Salvatore Palmieri

La Mente
Nera
(the black mind)

Per contattare l'autore:

www.salvatorepalmieri.it
salvatore.palmieri3@tin.it
www.myspace.com/salvatorepalmieri

Gli altri romanzi pubblicati da **Salvatore Palmieri**:

<u>Anno 2008</u>: ***"Il Treno Va, per La Terra degli Angeli"***
<u>Anno 2010</u>: ***"Apokalypsis, L'Apocalisse dei Demoni"***

Titolo | La Mente Nera
Autore | Salvatore Palmieri

ISBN | 978-88-66183-53-2

Youcanprint Self-Publishing
Via Roma, 73 - 73039 Tricase (LE) - Italy
www.youcanprint.it
info@youcanprint.it
Facebook: facebook.com/youcanprint.it
Twitter: twitter.com/youcanprintit

Introduzione dell'autore

Caro Lettore,

se stai leggendo queste righe, ne deduco che tra le tue mani vi sia una copia della mia ultima fatica letteraria. Per l'esattezza, se mi permetti di essere così perspicace, direi che si tratta della raccolta intitolata *"La Mente Nera"*. Apro il discorso, confessandoti con sincerità, che ce l'ho messa tutta affinché le storie che seguiranno possano intrattenerti, distrarti e divertirti. Spero con tutto il cuore di essere riuscito nell'intento e di averlo fatto in maniera soddisfacente.

Se vuoi che ti dica perché lo faccio, beh, saprò risponderti in maniera concisa e sintetizzandomi al massimo: mi piace! Scrivo da quando ero piccolo e farlo, per me, non è solo un hobby, una passione e un modo per imprimere la fantasia su carta, arricchendola con le relative sensazioni ed emozioni che si possono o meno riscontrare raccontando storie. Scrivere mi fissa nel tempo. Scrivere mi permette in tutta libertà di evadere dalla routine quotidiana e di creare mondi, personaggi, mi consente di risvegliare miti e di grattare sul fondo della nostra anima di umani alla ricerca delle nostre più antiche paure. Scrivere è un'arte, proprio come lo è dipingere, creare o fare musica e come tale, credo sia parte di una fetta di quella torta che determina la nostra personalità. Una personalità con la quale imparare a convivere e con cui condividere il nostro tempo. Come artista in genere, tra i miei hobby, imprimere nero su bianco idee, supposizioni, stati d'animo e descrivere sogni, paure, terrore, in romanzi o storie, prendendo spunto da tutto ciò che più m'influenza o mi ha influenzato nel corso della vita, mi rende migliore, mi gratifica e mi fa sentire felice.

Potremmo dire che *"La Mente Nera"*, pur non essendo il mio primo libro, sia in effetti il primo da me scritto, dal momento in cui impugnai una penna diversi anni fa. Creatosi pezzo dopo pezzo durante la mia età adolescenziale, questo libro formato da dieci racconti, a differenza dei miei altri due già pubblicati ed entrambi romanzi (*"Il Treno Va, per La Terra degli Angeli"* e *"Apokalypsis, L'Apocalisse dei Demoni"*), vuole rappresentare una sezione di quella torta di cui poco sopra ho accennato e quindi della nostra personalità, in questo caso avariata, chiamandola *terrore* e dando a essa la giusta scarica di fantasia, mista all'incomprensibilità dell'agire umano, andando a scavare laddove nella mente umana, il comune raziocinio e la follia s'incontrano.

Parlando dei racconti, se avrete la costanza e la voglia di andare fino in fondo, noterete quanto alcuni siano stati scritti in prima persona, mentre altri in terza, o ancora secondo una particolare struttura discorsiva che spero sia gradita nel suo genere. È chiaro che, come ogni autore che si rispetti (almeno un po'), i racconti siano stati revisionati e, di conseguenza, modificati più volte prima della loro pubblicazione finale, rispetto alla loro prima stesura, ma confesso di aver cercato comunque e sempre un giusto compromesso affinché essi mantenessero quanto più possibile lo schema iniziale sul quale gli eventi li partorirono. Ho cercato di *srotolare* queste storie basandomi in maniera più fedele possibile sullo schema che, tra un incubo e l'altro, comparve per la prima volta al mio visionario cervello. Per citare qualcosa, *Anime Lugubri*, uno dei primi racconti che troverete all'interno, nonché il racconto donatomi dalla fortuna nella vittoria del *Premio Campiello Giovani 2000*, fu scritto tra i miei diciassette e diciotto anni e quando ancora frequentavo gli studi. *Paura*, così come *Buio*, è la metafora espressiva di un semplice terrore diviso in due fattori: l'oscurità e la solitudine in tutta la sua tristezza. Chi non ha mai avuto paura, in una notte burrascosa, magari nella più tenera età, dell'*ignota presenza* che si annida tutt'oggi nell'oscurità e che, creata dal nostro cervello, dopo essersi fastidiosamente giocata di noi dandoci a credere di essere soli nella nostra casa, ci dona quella fastidiosa impressione di essere osservati attraverso gli occhi di uno sconosciuto?

Come in un quadro, è una storia che ha dell'assurdo e dell'inaspettato (al giorno d'oggi neanche poi tanto) e racconta di come potrebbe alimentarsi ed esplodere una furia omicida, priva di alcun senso logico, movente, o altro, se non quello dell'irrefrenabile follia umana. In sintesi, un racconto molto violento, ne ho tratto spunto seguendo le orme della memoria in alcuni sogni. *La stanza degli ospiti*, invece, è un racconto nato dall'interazione di vecchi ricordi e pura, perfida immaginazione, ma la cosa divertente, a mio parere, è aver inserito tra i paragrafi una numerazione egizia, così da rendere il tutto più originale nella grafica dell'impaginazione, riprendendo anche in parte il tema trattato. Quindi, le stanghette che troverete tra un paragrafo e l'altro, sappiate che non sono inventate, ma frutto di un reale metodo di numerazione di quegli antichi popoli! *Ascensore dell'addio* parla di fantascienza, di un futuro andato a farsi friggere (speriamo non il nostro), di superstiti malati e ridotti allo stremo delle forze fisiche e mentali. Tale creatura, nacque da un incubo apparentemente infinito, dal quale mi destai di soprassalto, madido di sudore in una calda notte d'estate, per poi decidermi subito nell'appuntare l'idea sul primo pezzo di carta a me più vicino.

Passato che torna lo definirei l'anticipo di un'altra avventura che da anni mi balugina nella testa, un'idea sadica e perversa. Se mai la scriverò, potrete trovare degli annessi, ma vi avverto, se mai la scriverò…

In assenza del chiaro di luna, una delle storie più lunghe all'interno di questa raccolta, come vedrete, è l'esperimento di un racconto-intervista, basato quasi esclusivamente sul dialogo e sul protagonista narrante. Vorrei che riusciste a immedesimarvi nella parte, ricordandovi di chi, quando eravate piccoli, vi raccontava delle storie prima di dormire. Mi è piaciuto descrivere una situazione, in cui la narrazione divenisse, in realtà, una specie di novella raccontata e raccontata da qualcuno che fosse, nel contempo, innocuo ma anche misterioso. Volevo creare un'atmosfera di passato, immaginare come sarebbe stato ascoltare un vecchio, riguardo a fatti strani accadutigli e descriverlo così con l'enfasi del suo animo datato, ma ancora astuto e diabolico. Mettetevi seduti dunque, aprite le orecchie e immaginate di essere in una stanza, intenti a origliare la conversazione di due personaggi alquanto singolari e misteriosi, in uno svolgimento discorsivo lugubre e sanguinolento! Non siete curiosi neppure un po', di conoscere cosa questi due avranno da dirsi?

Eccoci arrivati a **Ricordi lontani**, qui ho cercato di evidenziare un'amicizia profonda, tra due giovani con passioni in comune e, nonostante il tremendo risvolto finale, mi auguro di aver trasmesso almeno un po' quello che si proverebbe nel perdere qualcuno a cui si vuole bene. Vi è mai capitato di visitare una casa abbandonata? E di sentirvi spiati dalle sue stesse mura cadenti e ammuffite?

Per finire, **Sogno di solitudine** è quasi una riflessione personale, un incedere di ricordi e questioni mentali da risolvere, basate sulla memoria e sul sentimento a contrasto con l'umanità: il finale svelerà però, una dura realtà!

In tutta la raccolta, ho cercato di stabilizzarmi su di uno stile narrativo in prosa quanto più classico possibile, non solo perché è quello che preferisco, ma anche perché mi sembrava il più adatto per delle storie.

"La Mente Nera", è un insieme di semplici racconti dell'orrore (il mio genere letterario preferito), ma anche un insieme d'idee che, come fattori nocivi, permettono alla fantasia più tetra e sconvolgente di evolversi sul filo di ossessioni che, probabilmente, raderebbero al suolo la nostra comune razionalità. Quello che si va a leggere è il frutto di una finzione ideata e di input poi realizzati sulla base di paure e brutti incubi. In questi mondi non vi sono persone reali e non esistono situazioni realmente accadute, ciò nonostante, *"La Mente Nera"*, penetra nella materia grigia del lettore, avvolgendolo in un gelido e tagliente abbraccio e regalando lui tensione, horror e fantascienza. Volevo assemblare cellula dopo cellula, il mostro della paura rinchiuso in ognuno di noi e dicendo questo, alludo al terribile *babau* che si nasconde ogni notte dentro i nostri armadi, o al terribile folletto che ci attende al rientro da una dura giornata

di lavoro, dietro il forno della cucina, pronto a sorriderci con il suo bel visino ebete e finto da clown… o ancora al fantasma del morto che vorremmo dimenticare e mai se ne andrà, per il solo intento di vederci soffrire alla terribile vista della sua forma, permanendo nell'osservarci, accovacciato e con gli occhi sbarrati, avvolto dal buio, in fondo alla stanza più tetra della nostra abitazione… o in fondo al nostro letto… e magari, anche sotto di esso!

Spero di cuore di essere riuscito nel mio intento, Caro Lettore. Nello stesso modo, mi auguro che apprezzerai la mia fatica quel tanto che basta e concludo felice, nel dirti che queste storie sono dedicate a te. A te e solo a te!

Con affetto,

S.P.

Salvatore Palmieri

La Mente
Nera
(the black mind)

"Nell'idilliaco Sogno di Luce,
Noi arderemo.
Nell'abominio dell'Incubo Oscuro,
Noi risorgeremo…".

Anime lugubri

1

La nostra psiche costituisce un mondo misterioso e complesso, ricchissimo di potenzialità, ma frenato da inibizioni e da meccanismi difensivi; è una realtà dotata di risorse strabilianti di creatività e di impulsi straordinari di distruttività, di capacità di gioire e di cadere in stati dolorosi di angoscia, di depressione, di nevrosi.
(da un testo di psicologia)

***

Per imparare a scrivere il miglior modo è scrivere.

Così mi fu detto e per scrivere un buon racconto, credo sia opportuno cominciare dalle cose basilari, quelle più comuni che si susseguono giorno dopo giorno nella vita di ogni essere umano, quelle che spesso possono diventare noie, ossessioni e talvolta anche elemento di distruzione mentale, ma per adesso, tutto ciò non fa al caso mio.

Anche oggi, per essere una giornata di metà agosto, non è che si stia d'incanto a sciogliersi sotto il sole cocente. L'aria è fresca, il vento soffia a momenti più o meno forte e le folate accarezzano le cime dei pini emettendo un fruscio cullante. Il cielo è nuvolo, non ad acqua imminente, ma abbastanza perché il sole non possa dar sfogo alla sua calda brillantezza. Di solito è molto caldo quaggiù, si suda incessantemente e quindi si veste di solo costume… cose che da tre o quattro giorni non accadono più, se non per brevissimi momenti nell'arco della giornata.

Oggi fa quasi freddo (incredibili queste stagioni, non ci si capisce più niente) e all'ombra ci vuole almeno una t-shirt che ti ripari dalle folate.

Mi sono svegliato prima del solito, alle 09:00, anche se di norma mi alzo alle 11:00, 11:30, perché la sera faccio tardi con il lavoro, ma ero perfettamente riposato e scattante, così ho messo pantaloncini, costume e mi sono recato al mare. Il tempo, come ho già detto, non è dei migliori, ma avevo voglia di svagarmi un po' dalle mura di casa, dai pensieri di casa e, soprattutto, dal pensiero dei miei. Avevo voglia di stare un po' da solo nella mia testa, assaporando la trasparente tranquillità di quel venticello che si diverte a tirar giù dagli alberi gli aghi ormai secchi.

A volte abbiamo bisogno della solitudine, di quel silenzio che si annida intorno, coinvolgendoci in un'atmosfera di indisturbato rilassamento. E stamane era la giornata adatta, una mattina in cui si preannunciava la lettura di un ottimo testo, o forse l'ispirazione per scrivere qualche buona storia o una lettera a qualche amico lontano standosene comodamente seduti nella propria casetta estiva al calduccio.

Calduccio? Ad agosto?

Sì, calduccio ad agosto.

Verso le undici ho preso la bici e sono partito.

La mia residenza estiva è piccola e fatta di puro legno, fuorché la base che, invece, è tirata su a mattoni. Non è proprio mignon, ma nemmeno una villa. E' carina, l'essenziale per trascorrervi un paio di mesi, a vederla dalla strada sotto la pineta ricorda la casetta di Biancaneve, con la sola differenza che non ci sono i nani! Non dista dalla spiaggia più di 300 metri.

Al bagno dove sono solito andare non c'era quasi nessuno per essere domenica, i soliti bagnanti che, anche se non conosci per stretta di mano, ti appaiono come facce per nulla nuove, ma piuttosto familiari, un paio di stranieri, la solita coppietta e niente più. Di solito ho il mio gruppetto di amici, ma stamane, reduci da un pessimo sabato sera, i ragazzi che sono solito frequentare erano solo in due. Due fidanzatini che conoscevo ormai da anni.

Dopo una breve sosta al bar, salutato il ragazzo di qualche anno più grande di me che, assieme a suo fratello, porta avanti la baracca tirata su dai genitori, mi sono diretto per il lungo stradello artificiale fino giù in spiaggia. C'era vento, ma non si alzava la sabbia come due giorni prima. Non oggi. Era un vento di terra e il pericolo maggiore era la corrente del mare che portava a largo con piccole increspature violacee che ti accarezzavano a pelo d'acqua. Il manto sotto il cielo tappato e grigio diveniva scuro, di un colore verde sporco quasi nero, di un viola un po' spettrale che faceva immaginare a un manto maligno sotto il quale si poteva insidiare qualsiasi sorta di mostro, pronto a mordere con i suoi denti aguzzi chiunque vi si fosse immerso.

Toltemi le ciabatte, ho bagnato i piedi sulla riva e un brivido di freddo mi ha fatto accapponare la pelle sulla schiena. Era più che freddo e non era solo la vista a incutere tale sensazione, il tatto e il mio corpo lo confermavano. Nonostante tutto, era quello che ci voleva, così, con lentezza, mi sono immerso fino alla vita, mi sono bagnato i polsi e sono andato giù. Ho nuotato un po' per scaldarmi e per liberare la mente da ogni singolo pensiero. Non ho bagnato la testa, tenendo i miei lunghi capelli legati dietro la nuca.

La mia immersione è durata dieci minuti, forse qualcosa in più, poi quando ho cominciato a sentire le dita dei piedi e delle mani iniziare a intorpidirsi per il gelo dell'acqua, sono uscito e quel venticello, che pensavo avrebbe congelato definitivamente la mia pelle bagnata, si è rivelato invece più caldo di quanto non fosse l'acqua e quindi piacevole.

Sono risalito su al bagno, mi sono fatto una doccia ghiaccia (tanto per rimanere in tema di *surgelati*) e mi sono seduto per qualche minuto, gocciolante come un pulcino bagnato, a contemplare il deserto sabbioso che si estende tra il bar e i primi ombrelloni.

La sensazione di essere quasi solo in un posto artificiale quasi disabitato mi piaceva, mi eccitava, mi rilassava. Non che questo bagno sia stato mai affollato, ma agli sgoccioli dell'estate non c'è davvero nessuno o quasi. Preferisco questo periodo ai mesi caldi e afosi, dove non si respira e dove la gentaglia occupa ogni centimetro della spiaggia, per prendere solo una tintarella da far invidia a qualcun altro. Tante volte sembra una gara: *facciamo a chi si abbronza di più!*

Prima di tornare a casa ho comprato due quaderni di quelli che si usano a scuola per fare gli esercizi di matematica o scrivere le bozze dei vari compiti. Mi sono fermato a un tabaccaio e da lì ho dato sfogo a ciò che mi angustia la mente da qualche giorno a questa parte e cioè alla voglia di scrivere. Sì, ho pensato che avrei scritto qualcosa nel pomeriggio, tanto le previsioni del tempo potevano solo peggiorare e sarei dovuto rimanermene in casa.

Qua al mare non ho, ne' macchina per scrivere, ne' computer su cui battere i pensieri che mi si annidano, via via, nella testa, ma per questi restanti giorni estivi posso benissimo sfruttare la mano e la biro, poi magari a settembre trascriverò tutto!

Oh, scusate, non mi sono ancora presentato!

Lo farò brevemente.

Sono un ragazzo di diciassette anni, studio grafica pubblicitaria e sono al quarto anno a partire da settembre, cioè da quando riapriranno le scuole. In tutto gli anni sono cinque, non vedo l'ora di finire. Mi trovo bene però e sono passato, fino ad adesso, sempre con ottimi voti. Mi piace scrivere e mi diverto a mettere su, parole su parole, nel mio tempo libero. Spero di diventare un buon scrittore, ma nella situazione attuale, non m'interessa se i miei scritti avranno un esito positivo o meno, lo faccio soprattutto per passare il tempo, per passione, più precisamente. Spero che un giorno si possa leggere qualcosa di mio nelle librerie. Come si è sempre detto e si continua a dire, *la speranza è l'ultima a morire!*

In ogni modo, continuo a farlo e continuerei a farlo, è una soddisfazione personale, forse uno sfogo ribelle verso il mondo di merda che ci circonda assieme a tutti i suoi fottuti stronzi e, scusate le parole, ma è la realtà e non c'è altro modo di esprimersi per descriverla!

Sono castano chiaro, quasi biondo, con i capelli lunghi fin sulle spalle e ho intenzione di farli crescere ancora un po'. Occhi castani, media altezza e un fisico atletico. Poi… ma scommetto che questo non v'interessa e non v'induce a leggere questa storia, né tanto meno voglio annoiarvi! Non è questo ciò che ho intenzione di raccontarvi. Voi volete qualcosa di *forte*, di strano, di coinvolgente e state tranquilli… sta per arrivare! Abbiate solo la pazienza di leggere… non rimarrete delusi!

Vi domanderete come mai sono solo in una residenza estiva (anche se non l'ho specificato), non ho accennato ad altri familiari e questo v'induce a crederlo, no? Beh, i miei sono solo a passare qualche giorno da amici. Si tratterranno per un poco ed io, ormai, sono abbastanza grande da potermi gestire da solo, specialmente adesso nelle vacanze! Ho anche un fratello. Ha cinque anni meno di me, ed anche lui è con i miei genitori.

Come ho già scritto, la sera faccio tardi perché lavoro, ma è solo un impiego stagionale, uno di quelli estivi che io stesso mi sono voluto cercare per l'estate.

Lavoro in un bar gelateria e devo ammettere che mi trovo bene. Vado alle otto di ogni sera e stacco alle due, due e mezzo circa. La sera c'è sempre molta gente e funziono un po' come jolly della serata, dilettandomi dal fare gelati al servire ai tavoli o fare caffè e drink. Ci sono un po' di ragazzi, per lo più stranieri in questo periodo, ma anche molti italiani. Le ragazze sono spesso gentili e carine, più di una volta, dopo esserci presentati e conosciuti, con il trascorrere delle serate, mi hanno lasciato indirizzo e numero di telefono almeno per rimanere in contatto. Per il resto, tutto ok! O almeno così mi pare e, in ogni modo, non voglio proseguire oltre. Questo vi deve bastare per quanto riguarda il mio lavoro.

Ma arriviamo al dunque, o meglio, ai dunque!

Fu tre sere fa. Avevo staccato alle due (faccio solo il turno serale) e cavalcavo il mio motorino alla velocità di circa trenta chilometri orari, diretto a casa. Di solito andavo a farmi un panino quando finivo il lavoro, ma quella sera ero troppo stanco e decisi di non sostare in nessun pub aperto fino a quell'ora. Viaggiavo lungo la ciclabile (due o tre chilometri di lunghezza), che separa il piccolo posto di mare dove lavoro, dal paese di mare in cui passo le vacanze. La ciclabile si snoda completamente sotto la pineta, la attraversa come una venatura colorata e diretta, nel buio totale, senza che neppure la luce fioca di un raro lampione la rischiari. Non è mai stata dotata d'illuminazione per i passanti notturni, niente luci, non ve ne sono adesso, né credo ve ne saranno mai. La pista di mattoni colorati è usata molto di giorno dai campeggiatori e dai turisti in genere. Come dice il nome *(ciclabile)*, è stata costruita appositamente per le bici, ma a una certa ora non c'è altro che il buio, quindi non ho timore di prendermi qualche multa.

Ricordo anni prima, quando non avendo ancora l'età per guidare il motorino, costretto ad andare in bici, andavo a trovare qualche amico dopo cena e, mentre all'andata era tutto tranquillo, al mio ritorno avevo sempre il terrore di trovare qualche fuso mentale ad aspettarmi. La mia immagine del *fuso* era quella di un uomo con gli occhi sbarrati per essersi appena fatto, che se ne stava in mezzo alla pista per fermarmi e farmi del male, cosa che mi terrorizzava e mi costringeva a pedalare usando tutta la forza che avevo nelle gambe per filarmela al più presto da quel tragitto buio. Sapevo benissimo che non era così, che si trattava solo dell'immaginazione e della suggestione creata dalla pineta ombrosa, ma era quasi come se mi divertissi da solo a eccitare quella parte della mente che, suggestionata, avrebbe finito per far venire un colpo a chiunque al solo richiamo di un uccello notturno. Poi sono cresciuto e mi è passato tutto. Due anni dopo presi il motorino e, adesso, sono già tre anni che me lo tengo stretto sotto il culo!

Per fortuna ho una luce non indifferente ora e il mio motorino, che dopotutto è uno dei più grossi sul mercato per la possente carrozzeria, se pur s'incontrasse con un *fuso*, lo schiaccerebbe e scaraventerebbe dietro qualche cespuglio. Forse cadrei, ma considerando tale ipotesi, se ci fosse da farsi male... ce ne faremmo in due!

Alle otto passo sempre sulla strada principale, appunto, perché la ciclabile è affollatissima di bici e con il cinquantino, oltre alla multa, rischierei di creare un fine vacanza in anticipo a qualche straniero, ma alle due di notte, come vi ho detto, non c'è un'anima (o perlomeno non ci sono persone, riguardo alle anime e agli spiriti non ne sono molto sicuro), quindi prendo e do gas. Fatto sta, che per fare prima, la pista è la miglior scorciatoia notturna, sempre facendo attenzione, però!

Poche volte mi è capitato di incontrare qualche bici (un paio, non di più) e vederle passare a quell'ora, per tornare a casa munite di piccoli faretti simili a lucciole in lontananza.

Il mio faro illumina per buoni cinquanta metri e più (non è una dinamo) e crea con il suo fascio di luce un tunnel bianco, che sotto la pineta ricorda e farebbe immaginare a chiunque (almeno un pensiero fugace), di essere a bordo della *Batmobile* lungo la strada nascosta nella foresta per la casa di Batman. Logicamente con molta fantasia!

Tre sere fa ero di ritorno. Mi trovavo circa a metà tragitto. E' mia abitudine, quando stacco, accendere il cellulare per leggere eventuali messaggi o chiamate alle quali non ho potuto rispondere e porlo nella tasca della camicia bianca. Quella sera non erano comparsi messaggi, né squilli vari. Non c'era stato nessun *bip-bip*: *ricevuto nuovo messaggio – Leggi?* Così, un po' deluso, misi il telefono in tasca e partii a manetta.

Andavo a circa trentacinque chilometri orari, dopo aver imboccato la buia stradina. Davanti a me, il fascio di luce apriva la pineta come una spada folgorante lungo la ciclabile colorata.

Non c'era nessuno. Nemmeno in lontananza.

Il rombo chiassoso del motore e della marmitta quasi vuota sovrastavano dignitosi il frinire dei grilli, il canto lugubre degli uccelli e quello delle civette accovacciate sui rami alti dei pini e tra i cespugli della pineta.

Il cielo era denso di una fitta coltre di nuvole, a guardarci non si sarebbe neppure scorta la luna piena.

La sera prima mi ero fermato a svuotare la vescica proprio nel punto in cui stavo passando, avevo frenato e, lasciando il motore acceso in modo da avvertire un eventuale passante della mia presenza ed evitando così uno scontro con il motorino, avevo svuotato tutta l'acqua che avevo in corpo. La luce illuminava la via vuota, poi ero salito di nuovo ed ero arrivato a casa.

Bravo! Una bella pisciata all'aperto!

Se avevo avuto paura del buio? Un po' sì, ma non c'è niente che si muova tra le ombre tetre della notte, scricchiolante come le ossa di un vecchio che spunta dagli arbusti per venirti a mangiare il pipino, no? E poi, da queste parti, se deve proprio succederti qualcosa, non vai mai più in là di un infarto per una civetta che ti vola all'improvviso sulla testa!

Il motore scoppiettava. Ero a tre quarti della pista.

Poi il telefono s'illuminò di quel fosforescente che tutti i telefoni hanno, dipingendomi la camicia di un alienante colore verde. Suonava e lo capii non solo dalla luce, ma anche dall'effetto vibrazione che avevo inserito poco prima.

Era un messaggio! E mi sentii felicissimo. Finalmente era arrivato qualcosa di nuovo! Qualcuno che mi aveva scritto o che mi aveva cercato... speravo in una ragazza.

Rallentai appena appena. Circa cinque chilometri orari. Presi il cellulare con la sinistra, mantenendo la destra sull'acceleratore e pigiai – *Leggi ora.*

Procedevo a testa bassa, dando veloci occhiate davanti a me e leggendo, contemporaneamente, il breve messaggio mandatomi da un'amica di tempo prima. Era piacevole quello che il piccolo apparecchio elettronico che tenevo in mano mi stava raccontando, carino e così... come non dovrebbe mai accadere, ma accade...

Leggevo e guardavo. Leggevo e guardavo. Poi per un attimo non guardai più... lessi e basta, riflettendo su quanto era scritto sul piccolo schermo illuminato e, quando rialzai la testa, come se il destino fosse sempre pronto ad aspettarti con la prima sciagura possa lanciarti contro, pensai di averla presa.

Era una ragazza in bicicletta. Non credo che avesse neppure una dinamo, perché pedalava avvolta dal completo buio. Indossava dei calzoncini rosa e una magliettina bianca. I capelli erano raccolti dietro la nuca.

Vidi questo in un attimo e pensai non ci fosse più niente da fare, quando già i miei riflessi mi avevano permesso, con una veloce manovra, di schivarla per un pelo e superarla. *Che fortuna!* Pensai e sentii il cuore salirmi in gola, come un ascensore espresso che, per secondi, dopo un grosso spavento, ti fa quasi mancare l'aria nei polmoni. Ma come aveva fatto a sbucare così, all'improvviso?! Lei poteva anche non avere fari, ma io, con la mia potente luce, avrei dovuto vederla per forza anche da molto prima! Anche da lontano!

«Accidenti», mormorai, «che colpo!». In ogni modo ero io ad avere il torto, ciclabile o non ciclabile, non dovevo giocare con il cellulare mentre guidavo!

Me lo avevano detto anche i miei! Ma ora erano in vacanza...

Che strano però...

Quando il mio muscolo involontario tornò giù nel petto, avevo preceduto la ragazza di una trentina di metri, ma non di più. Avevo rallentato molto e avevo riposto immediatamente il telefono nel taschino, perché non mi causasse altri problemi. Senza mai frenare, osservai nello specchietto retrovisore in cerca di qualche eventuale traccia della sconosciuta, nello stesso tempo cominciai a tornare in me, ma era notte e quindi troppo buio per usare quello stupido vetro riflettente. Non si vedeva nulla, nemmeno una lucciola tonda come una moneta, cosa che confermò il mio pensiero di poco prima: la bici che avevo appena passato, non aveva una dinamo, perlomeno non accesa!

«Ma tu avresti dovuto vederla!», disse la mia mente e aveva ragione. Avrei dovuto vederla, ma... un momento!

La mia mente? Sembrava un pensiero, ma un pensiero proveniente da qualche altra parte... ero stato davvero io a esclamare quella frase di rimprovero?

Ero ancora stordito dallo spavento, sicuro!

Percorsi altri pochi metri, pensai fugacemente di fermarmi anche solo per scusarmi in caso avessi impaurito la ciclista a sua volta, con il mio passaggio veloce e veramente repentino, ma scacciai subito l'idea dalla mente. Poi, per un attimo, rividi il *fuso* della mia infanzia pronto ad assalirmi se solo mi fossi fermato. Che stupido!

Proseguii fino alla fine della ciclabile, schivai il blocco di cemento armato che ne ostruisce l'accesso passandolo sulla destra e, una volta fuori, decisi di fermarmi. Frenai solo un minuto più avanti, sotto la luce di un lampione solitario.

Non so perché lo feci. Non pensai a niente in particolare. Mi fermai e basta. E poi a essere sincero non sembrava neppure che si fosse accorta della mia rischiosa manovra quella giovane, però... però avrei potuto chiederle scusa! Avrei dovuto frenare prima... invece di fuggire! Quasi avessi dovuto temere io qualcosa dalla ragazza, quando invece era lei che aveva appena rischiato di essere investita da quasi cento chili di plastica e ferro!

Curiosità? No…

No, non reggeva. Però… aspettai due minuti, spensi il motore e mi voltai verso l'imboccatura della ciclabile dalla quale sarebbe dovuta uscire la bici che per poco non avevo caricato. Era davanti a me e procedeva nella stessa direzione, quindi poiché andavo piano anch'io, sarebbe stata questione di secondi e… la ragazza misteriosa avrebbe fatto la sua comparsa.

Chi sarà? Chi ci sarà dietro il muro? E come sarà colei che si nasconde? Carina?

Non sai pensare ad altro! Falla finita! Almeno ora!

Per un attimo mi sembrò di essere in uno di quei quiz americani, in cui un uomo o una donna devono scoprire l'altro sesso nascosto da una porta magica e, se poi si piacciono, il seguito vien da sé. Che programmi del cazzo! E pensare che la gente va matta per certe stronzate! Specialmente le vecchiette, per quanto ne so io! In ogni modo… lì non era un muro a separarci, ma l'oscurità.

Era umido. La sera a quell'ora lo è quasi sempre.

Io ero l'uomo che nello show era a caccia dell'anima gemella e, quella che per poco non era diventata una vittima, si mascherava come la ragazza disponibile nascosta dall'ombra.

Passarono cinque minuti. Cinque buoni minuti e la giovane ancora non si vedeva. Io me ne stavo seduto sul mio motorino, avvolto dalla notte come un uccello rapace che aspetta la preda, nascosto tra i rami di un vecchio albero.

Ancora minuti, scanditi lenti dall'orologio elettronico che porto al polso.

Poi, quando mi accorsi che il tempo andava oltre, cominciarono i brutti pensieri, quelli che si susseguono sempre in situazioni di panico, quelli che appaiono sempre come presentimenti o paure e che non puoi fare a meno di scacciare, ma che se ci provi, tentando di mandarli via, più t'impegni a non pensarci, più ti pugnalano la materia celebrale con sorprendenti spine aguzze fino a farti impazzire. Ecco che quindi…

«E' caduta», disse qualcuno, *«è caduta Mike!»*. Si trattava di un qualcuno che poteva essere la mia mente, ma che forse, non lo era. Comunque… no, non poteva essere, non aveva neppure ac-

cennato gesta volgari o urlato eventuali imprecazioni per mandarmi a quel paese quella là! Non avevo udito proprio niente.

Già, è così che va, infatti, a te sembra di averla schivata per un pelo, ma in realtà l'hai presa, l'hai presa in pieno e l'hai mandata a pedalare nell'altro mondo! Povera ragazza!

Un groppo in gola.

Bene e allora, come mai non avevo sentito il minimo rumore, nessun richiamo di protesta, nessun minimo e carinissimo insulto rivoltomi alle spalle?! Di regola, se fai cadere qualcuno dalla bici, perché vai con un motorino, su una strada su cui non puoi transitare e sei anche distratto, di chiunque si tratti, poco ma sicuro rischi di vincere una vacanza per qualche giorno in quel posto buio dove non batte il sole! E non sto parlando della pineta più fitta che c'è da queste parti!

Aspettai. Aggrottai la fronte in segno di riflessione e continuai ad aspettare. Poco tempo e la voce tornò all'attacco.

«E' caduta Mike! Lo vuoi capire, sì o no?! Non hai sentito rumori, perché non ha detto niente, non ne ha avuto il tempo, la bici si è sicuramente infilata in un cespuglio e lei ha battuto la testa su un sasso prima che potesse dire ah!».

Vattene! Scacciai il pensiero che cominciava a scocciarmi, turbandomi per la seconda volta, ma della ragazza ancora non c'era traccia e dopo tutti quei minuti, era possibile che fosse addirittura tornata indietro per uscire dall'altra parte. «Già, sarà tornata indietro», dissi fra me e me, nel buio rischiarato solo da quel fioco lampione. «Più che probabile! E' fattibile! Avrà fatto dietro front!».

«O forse ha avuto paura di te?», incalzò di nuovo la voce maligna, forse lo stesso eco della mia coscienza. Non capii bene da dove provenisse, ma sembrava talmente reale che a chiunque sarebbe venuto il sospetto di guardarsi intorno. E continuò a contorcermi le budella stuzzicandomi. Disturbandomi.

«Ha paura di un pirata della strada come te, che ne dici? Forse crede che tu sia ubriaco e che voglia romperle le palle, ti ha visto rallentare, no? E ha paura che tu la stia aspettando, tutto si spiega, così ha fatto retro marcia e arrivederci!».

«No, non credo…», dissi parlando alla notte e… *sta zitta stupida voce!* Questo lo pensai soltanto, ma ormai ero diventato suo schiavo... schiavo di quel piccolo incubo dal quale temevo, non mi sarei più destato.

«Perché c'è qualcosa che non va? Qualcosa che ti rode, forse, perché non ne sei sicuro? Ehi, pirata?! Pirata della strada? Ci sei?».

Cristo!

Ma che diavolo... andavo pianissimo, facevo solo trenta chilometri orari e non avevo toccato nessuna bici. L'avevo schivata!

«Questo è ciò che pensi tu!».

«Vaffanculo!», esclamai ad alta voce perdendo la pazienza. Non avevo investito nessuno, punto e basta!

Poi l'immagine della ragazza colpita dal mio motorino mi trapassò la mente come una freccia rovente e la vidi: era giovane (non avrei saputo attribuirle un'età) e giaceva nella sabbia. Nel mio sogno ad occhi aperti, aveva battuto la testa sull'estremità laterale della ciclabile e dal cranio rotto, rivoletti di sangue si erano fatti strada tra i soffici capelli per colorare anche le sue povere guance, solcandole la fronte liscia e illibata. Presto i suoi capelli sarebbero divenuti ciocche appiccicose intrise di cervello e sangue. Gli occhi strabuzzati per la sorpresa e una O nera per bocca, sarebbero stati resi tali dalla morte improvvisa. E sarebbe rimasta lì, in una notte scura chiamata *Morte*, oppressa da un cielo senza luna, un cielo nero, un cielo che era solo frutto della mia mente lugubre che mi stava giocando brutti scherzi. Vidi quando l'avrebbero ritrovata il giorno seguente, con la faccia appiccicata nella terra, con il sangue coagulato sulla ferita, con un'enorme pozza di sabbia impregnata ancora umida a contornarle la testa, come l'aureola di un mosaico bizantino. Avrebbe avuto la pelle bianca. Non proprio color latte, ma più pallida del solito. Avrebbe...

«No, ma che cazzo stai pensando?!», esclamai ai tronchi che mi stavano intorno. Mi rispose una civetta lontana.

Il silenzio era rotto dal canto dei grilli. Chissà se davvero la ragazza era tornata indietro, ma perché avrebbe dovuto? C'era qualcosa che non andava. Sarebbe dovuta uscire allo scoperto da molto, ormai.

Diedi una veloce occhiata al mio orologio, segnava le due e un quarto e da quando avevo finito di percorrere la ciclabile, erano passati quasi tredici minuti. Niente.

«Non ti preoccupare, potrebbero farle pure compagnia gli animali, in fondo! Non ti pare una buona compagnia? Quegli animalucci tanto carini e deliziosi che si avvicinano al solo odore della carne fresca...».

Gli animali? Ma quali animali?! Si sarebbero avvicinati all'odore del sangue? Si sarebbero cibati della ragazza?

«No Mike, non si ciberanno della carne fresca ancora calda, banchetteranno con essa! Ma sì, faranno un bel festino e l'indomani mattina le mosche saranno la candelina sulla torta!».

Oh, Cristo! Che bella notte sarebbe stata e l'indomani non solo sarebbe apparsa agli occhi del pubblico come vittima di un pazzo senza cervello, ma la poveretta si sarebbe presentata anche con una miriade di forellini di varie dimensioni su tutto il corpo, simili a enormi foruncoli esplosi. Magari un po' di pizzichi di zanzara (finché il sangue fosse rimasto caldo) e qualche insetto a passeggiarle per l'anticamera del cervello.

«Ehi! Adesso basta! Ma cosa ti passa per la testa!», mi rimproverai di nuovo.

«...una formica Mike? Una formica!».

E poi... cos'altro?

«Basta così», mi dissi ancora come a convincermi che si fosse fatto troppo tardi. «Basta davvero, io non ho preso nessuno, non ho investito nessuno!». Un brivido mi attraversò il corpo, fui scosso come per una ventata di freddo gelido e decisi che sarei tornato indietro. Avrei controllato. Non mi fidavo più neppure di me stesso. Quella voce insistente mi aveva scosso fin dentro l'anima. Ma da dove veniva?

Quando riaccesi, il motore sempre caldo ripartì senza il minimo sussulto. Compii un'inversione a U e puntai i fari dritti lungo la ciclabile che, poco prima, mi ero lasciato alle spalle. Il mio faro illuminava cinquanta metri buoni. Non si vedeva nessuno.

Imboccai di nuovo la pista, ma non c'erano, né biciclette, né ragazze con la testa rotta che aspettavano con il viso inzaccherato in una pozza di sangue, il turno degli insetti. La quiete del buio.

Gli alberi dalle forme spettrali e misteriose. Il canto dei grilli e degli uccelli nel loro ripetersi incontaminato.

Come ben sapevo, non c'era nessuno.

«Eppure l'hai vista», sussurrò la voce da un altro angolo del pianeta che tornava a essere ora più concreta e, se pur avesse avuto ragione, in quella pineta non c'era e continuava a non esserci nessuno.

Mi fermai. Pensai fosse meglio così e tornai indietro. Lungo lo stesso tratto di ciclabile, ci fu un attimo in cui mi sentii attraversare da un altro alito gelido che mi profanò il corpo facendomi rattrappire, senza saperne il motivo. Era tutto a posto, no?

«Per l'amor di Dio! Non c'è un'*anima*!», esclamai ai vecchi tronchi oscurati dall'ombra della notte e fu solo poco dopo che nel mio cervello si aprì qualcosa, si accese una scintilla e cominciò a bruciare. Cominciò a bruciare ogni sorta di razionalità che l'intelletto umano può contenere.

Nessuno. Eppure reale.

L'avevo detto io stesso con quell'ultima esclamazione e me ne resi conto solo poco dopo.

Quando la realtà concreta oltrepassa i limiti dell'immaginabile, o perlomeno del comprensibile, cade in una dimensione di cui noi non potremo mai conoscere l'origine. Possiamo provare a immaginarla, possiamo crederci o non crederci, ma mai e poi mai risulterà chiara e limpida, come l'acqua che ogni giorno scorre dal rubinetto del lavello di casa.

L'avevo detto. Senza rendermene conto e ancora non ci credevo. Non mi sembrava una cosa possibile.

Non c'è un'anim...

Anima? *Anima.*

La mia mente divenne la lavagna nera di una classe di studenti. Era l'ora di matematica e su di essa si scrivevano numeri, cifre fratte, lettere. Di colpo mi attaccò un fortissimo mal di testa, un'emicrania improvvisa e dolorosa. Non riuscivo più a ragionare con lucidità e il gesso che scriveva su quella lastra nera non era altro che il mio dito sporco di sangue: Anima = Spirito. Spirito = Fantasma.

Fantasma? Era quello ciò che avevo visto? Un fantasma?

L'emicrania sembrava un trapano impazzito. Era iniziata così, all'improvviso, aprendo la sua bocca vorace sulle mie cellule e mi torturava tanto che mi fermai e dovetti urlare.

Cosa mi sta prendendo? Mi chiesi. La lavagna nera non mi abbandonava ed era come se fosse elettrizzata, frizzava. Mi strinsi le meningi con i palmi delle mani e urlai ancora.

«Mike ha visto un fantasma! L'anima di un morto!», urlò ancora la voce a me sconosciuta tornando allo scoperto. Aveva accennato ad andarsene, ma era subito riapparsa.

La testa martellava sotto il continuo ripetersi di quella strana equazione: Anima = Spirito. Spirito = Fantasma…

Poi finì tutto. Con la stessa rapidità con cui era cominciato.

Non ho mai sentito gente raccontare di spiriti che tornano dall'aldilà per fare una passeggiata in bicicletta. E' assurdo!

Per fortuna i miei sono in vacanza. Non gli avrei raccontato questa storia, non gli riferirei mai di ciò che mi è accaduto qualche sera fa.

2

Oggi è successo di nuovo qualcosa di strano. Non ci capisco più niente.

Sono passati due giorni dal mio primo scritto.

Il tempo è ben lontano dall'essere uno dei migliori, una coltre di nuvole forma una cappa a poche centinaia di metri dalle cime dei pini e sembra debba piovere da un momento all'altro. Ogni tanto si ode un brontolio lontano che minaccia ogni metro della pineta. L'aria però è calda, afosa e si suda a stare fermi.

Prima ero in cucina, stavo guardando la TV facendomi compagnia con un bicchiere di cola ghiacciata. Il canale televisivo trasmetteva uno dei tanti telefilm americani che si vedono per lo più nelle ore della mattina, cioè nell'orario che va dalle 10:00 alle 12:00 circa.

Come sapete sono solo e lo sarò per diversi giorni ancora. I miei mi telefonano al cellulare ogni sera, prima che entri a lavoro e mi hanno riferito che se la stanno spassando.

Stamane la sveglia mi ha destato, con il suo assordante trillo, alle 10:30, puntuale come un orologio svizzero all'ora in cui l'avevo impostata e, anche se come tutte le mattine, ho faticato non poco per alzarmi per via del lavoro serale, non ho desistito. Ora sono le 12:00 e mi trovo sdraiato sul tappeto del salotto.

Prima, invece, mi trovavo seduto al tavolino, pensavo alle mie ultime serate come cameriere e andando verso il fine mese, tra non molto dovrei avere la mia paga spettante, ed è solo quello che aspetto! Indossavo un paio di pantaloncini corti e a vedermi in quello stato, scapigliato, barbuto e con gli occhi ancora appiccicati della notte, avrei dato tutta l'impressione di uno che deve ancora riprendersi da un brutto colpo.

Al di fuori dei pochi pensieri futili del lavoro, la mia mente era una scatola vuota. Non pensavo a niente di più complicato che fare uno più due e, se vi state domandando che cosa ne ho fatto dell'accaduto di pochi giorni fa, ebbene sappiate che, come tutte le cose, con il passare dei giorni, anche le più strane e sconvolgenti si affievoliscono appassendo come fiori colti ormai da tempo. Ciò che ho vissuto quella notte, è stato archiviato nella mia libreria cellulare come nient'altro che un fatto irrisolto di scarsa importanza. Causa: la probabile stanchezza. Nei due giorni di classica routine successivi, la preoccupazione per qualcosa che non ho compiuto è stata cancellata automaticamente. Quasi ho dimenticato e quasi ci sono riuscito. Fino a quando quel qualcosa che ho creduto destinato a rimanere nel passato, stamane, non è stato riportato alla luce con notizie fresche fresche di giornata.

Me ne stavo lì, appoggiato al tavolino della cucina, seduto nella completa rilassatezza e sono rimasto immobile per un buon quarto d'ora, forse mezz'ora. Ho buttato giù un paio di bicchieri di cola e ho seguito il telefilm già cominciato. Mi ero destato con una gran sete.

Pensare che tutto ciò sia accaduto solo poche ore fa, mi mette addosso brividi di paura. Verso l'una è mio solito pranzare, ma non credo che oggi lo farò, sono troppo scioccato e così me ne starò seduto a riflettere.

Dal punto in cui mi trovavo stamane, dopo essermi alzato, con la coda dell'occhio, riuscivo a vedere attraverso il varco della porta, metà divano del salottino nella stanza adiacente. E' un divanetto da quattro soldi, piccolo come tutta la stanza, le altre stanze e la casa stessa, ma sicuramente abbastanza soffice e comodo da potercisi appisolare e sprofondare in un sonno senza precedenti.

Il divano, fino a poco fa, era ricoperto da un telo bianco, uno di quelli che sembrano lenzuoli, ma che sono confezionati apposta per sofà, con funzione di proteggere la stoffa da eventuali briciole di cibo. Adesso non ho la più pallida idea di dove sia finito…

Ce lo mise un anno fa mia madre, così che, io e mio fratello avremmo potuto stare tranquilli nel fare merenda sui cuscini nuovi, senza permettere al tessuto marroncino striato di bianco, di sporcarsi con gelato o frammenti untuosi di patatine.

Bevevo la mia cola e continuavo a guardare la TV nel mio stadio di totale rilassatezza, da parere quasi in trance. Potevo scorgere metà salotto con la coda dell'occhio e in tale metà, erano compresi anche i tre quarti del piccolo sofà.

Tutto era tranquillo a parte qualche brontolio lontano che si proponeva di giungere imminente, insieme a una copiosa scrosciata d'acqua. La luce in casa era piuttosto fioca e regnava una quiete ombrosa, flaccida, resa tale dalle nubi che soffocavano la luce solare e dagli alberi che chiudevano la luminosità in un'ancora più nauseante sfumatura grigia.

Lì per lì non mi sono accorto di niente in particolare, è stato dopo un minuto o due che sono ricaduto nel panico. Questa volta rimanendo veramente allucinato da ciò che vedevo, tanto da credere che sarei diventato pazzo. E anche quell'odiosa e stupida voce è tornata a farmi visita. Quella voce che ho definito *voce bastarda del mio inconscio,* subito dopo l'evento della bicicletta di poche sere fa.

«Ma tu… sei pazzo!», ha esclamato con impeto, quasi a voler sottolineare il mio pensiero di pochi secondi prima.

Con la coda dell'occhio ho percepito qualcosa muoversi, ma solo lievemente. Mi sono voltato senza avere la più pallida idea di cosa stessi per vedere ed è stato allora, che ho notato qualcosa sotto il telo bianco neve del divano, gonfiarsi! Il telo si stava gonfiando, cresceva rotondo come una palla e sembrava perfino che... respirasse! Le inalazioni erano all'altezza in cui una persona poserebbe la testa e, sotto quel lenzuolo elasticizzato, l'escrescenza rotonda si gonfiava e si sgonfiava, come vi fosse stato sotto qualcosa o qualcuno in grado di respirare. Il lenzuolo inspirava ed espirava aria attraverso i forellini della propria stoffa. Se non era lui, sotto pareva ci fosse qualcuno...

Sono rimasto perplesso, con la bocca aperta e gli occhi di un tossicodipendente che si è appena fatto e si sente mancare per la dose troppo eccessiva. «E' un telo del cazzo», ricordo di aver detto. «Il telo che ricopre il divano... che cazzo diavolo sta succedendo?».

Il vento, ho pensato, *sta svolazzando con il vento, uno spiffero d'aria, niente di amorfo, non ti preoccupare!*

Così ho posato la mia cola sul tavolo e mi sono addentrato in quello che è il salotto di casa mia. Mi sono avvicinato al copridivano con il passo inconsapevole di un astronauta che varca la soglia della propria astronave e si cinge a calpestare un suolo alieno a lui del tutto sconosciuto. I miei piedi nudi non hanno emesso suoni. La mia bocca non ne ha voluto sapere di chiudersi, mentre la mia testa ha cominciato a credere in un'alterata percezione della realtà e mi trasmutava nell'immagine dell'incredulità pura. Poi il cuore ha preso l'ascensore dell'esofago per bloccarmisi direttamente in gola.

Non era vento e avrei dovuto immaginarlo benissimo, dato che l'unica finestra del salotto era chiusa fin dalla sera precedente e per di più... stava succedendo anche qualcos'altro... o mi stavo sbagliando? Non stavo sbagliando. Ero ancora addormentato, ma non stavo sbagliando.

Stava respirando! Stava gonfiandosi, crescendo come se... qualcosa tra il telo e la stoffa dei cuscini sottostanti, stesse prendendo forma inspirando ed espirando, inspirando ed espirando... a ritmi regolari e faticosi. Decisamente faticosi! Cresceva qualcosa anche sul bracciolo della poltrona di destra, qualcosa là dove i cuscini verticali s'incontrano con quelli orizzontali e qualcosa dove un uomo qualsiasi avrebbe posto le gambe, in una posizione regolare dello stare seduto su di un divano. Anche il punto in cui i cuscini orizzontali della seduta s'incontrano con quelli verticali dello schienale ad angolo retto, stava gonfiando e l'escrescenza respirava, da prima gonfiandosi come un palloncino, poi aderendo a una superficie che solo dopo ho notato prendere la forma di una pancia.

Una pancia? Cristo, ne vedevo l'ombelico!

Il telo ha continuato a gonfiarsi con il rumore del rauco respiro di un vecchio sofferente che dorme, ancora per alcuni minuti. Ha smesso di crescere aderendo alla figura, scoppiando come una fune tesa all'improvviso, solo pochi attimi dopo. E così ha smesso anche di respirare. Bloccandosi all'improvviso, come per un inaspettato attacco cardiaco.

Ho fatto un salto all'indietro e por poco non sono inciampato nei miei stessi piedi.

Si è udito un rumore secco simile a un *FLOP!*, *CLOP!*, o qualcosa del genere nel mentre in cui la sagoma prendeva forma. Dove c'era stato il rigonfiamento del bracciolo, adesso c'era un avambraccio terminante con una mano. Dove una persona avrebbe avuto le gambe, si erano materializzati due quadricipiti, due ginocchi e due polpacci di stoffa. Non c'erano i piedi, quelli no, probabilmente perché il telo era troppo corto perché potesse ricoprirli. E il viso! Dove fino a poco prima il tutto aveva cominciato a gonfiarsi respirando prendendo le sembianze rotonde, simili a quelle di un palloncino, adesso era apparso un volto. Una testa!

Ho sperato di stare sognando, presto mi sarei svegliato e mi sarei alzato per bere qualcosa di fresco. In pochi minuti avrebbe suonato il mio orologio sveglia, avrei costatato che erano le 10:30 e avrei, come prima cosa, svuotato la vescica nel cesso di casa.

«Sei pazzo, non stai dormendo!», mi ha detto subito dopo la voce assidua e folle dall'interno del cervello. *«Sei proprio uno stupido pazzo!»*.

Una figura umana si è materializzata tra il divano e la stoffa del telo, non schiacciando quest'ultimo come a volte mi è capitato di vedere nei film di fantasmi creando un avvallamento d'increspature, bensì sotto di esso, sfruttando quest'ultimo per dare nuovamente vita alla propria forma, ai propri lineamenti, alla propria sagoma.

E il bianco della stoffa ha aderito, aderiva perfettamente come se fosse stato incollato a ogni singola cellula di quell'essere a me sconosciuto. Produceva un effetto perfino migliore di una maglietta fradicia che si appiccica al torace muscoloso di un giovane atleta. La figura sembrava scolpita, quasi fosse una persona vera verniciata di bianco.

Sei pazzo.

Il lenzuolo aderiva addirittura sulla bocca e… nella bocca? Non si capiva bene, ma si vedevano i denti e la lingua quando capovolgeva il labbro leporino in un ghigno animalesco. La stoffa s'insinuava nei buchi delle narici e degli orecchi e… degli occhi, gli occhi mi fissavano e si muovevano. Occhi bianchi latte mi osservavano aperti da sotto quel fino panno di stoffa bianca. Non avevano pupille, ma mi fissavano, mi studiavano. Lo sentivo.

«Che cazzo diavolo succede!», ho urlato alla stanza.

«Sei pazzo. Sei diventato pazzo ed è successo tutto quella notte… Mike! E quella povera ragazza… cosa mi dici al riguardo?!».

«No!», ho urlato di nuovo. «Io non ho investito nessuno! Nessuno! Nessuno!». Sono rimasto pietrificato e ho continuato a urlare frasi senza senso che nessuno avrebbe mai udito. Le mie urla stavano squarciando l'aria solo all'interno della mia testa. «Non ho messo sotto nessuno!».

«Oh, sì che l'hai fatto! Non lo vuoi credere, ma l'hai fatto!», ha continuato a ripetermi la voce.

«No! No! No!», ho insistito.

«Allora vuoi credere che…».

«Era solo, solo…».

«…che cosa, un fantasma?! Non mi dirai davvero che credi a quella puttanata, vero?!».

«…la mia immaginazione! Immaginazione!».

«Ah sì e questa, questa di adesso che cos'è… immaginazione?».

Davanti ad un'indagine statistica, a confronto tra il *Signor-Biancaneve* e me, non saprei dire chi sarebbe apparso più bianco all'occhio di uno spettatore. La figura è rimasta immobile per un buon pezzo, forse per acquisire tutte le proprie energie, non saprei dirlo, sembrava si stesse caricando di forza soprannaturale. Poi si è mossa. Questa volta non per assemblarsi nelle forme del proprio corpo, facendo sì che aderisse al telo del divano, ma per cercarmi. Per inquadrarmi meglio.

Si stava muovendo, Cristo! Riusciva anche a muoversi!

Naturale Watson...

Ha ruotato la testa, prima a destra, poi a sinistra come ad assicurarsi che fossimo soli. Successivamente ho notato un'altra cosa e cioè che stava ridendo, stava ridendo tenendo stretti i denti in un ghigno da psicopatico. *Uno psicopatico! Se la ride. Il bastardo se la ride!* Ho pensato, quasi stessi assistendo alla scena di un film.

La figura avvolta e incollata al telo bianco ha voltato ancora la testa in entrambe le direzioni, poi, quando forse si è convinta di trovarsi veramente sola con me, si è accinta a sollevare un braccio, ha spalancato le cinque dita della propria mano immacolata e si è voltata con uno scatto secco del collo dalla mia parte, come a volermi salutare. *«Ciao Mike!»*, ha esclamato una vocina stridula, mentre sul volto di stoffa persisteva quel sorriso così ebete e irreale, di fronte al quale un bambino sarebbe potuto rimanere scioccato per il resto della vita.

Ciao Mike! Ciao Mike... Ciao...

«Mike!», ha esclamato ancora la voce proveniente da sotto il telo e, assieme ad essa, quella del mio inconscio che non finiva di turbarmi, è divenuta presto un tutt'uno.

Nello stesso istante in cui il suo braccio è scattato verso l'alto nel gesto di saluto, come lanciato da una molla e la sua testa ha girato nella mia precisa direzione per ruttare quell'orribile frase contenente il mio nome, i suoi occhi telati di bianco si sono forati scoppiando dall'interno, dando vita a due cavità nere e vuote come l'anima di Satana. E' stato uno *STROP* stavolta, un rumore nitido dello strapparsi di stoffa e nello stesso tempo di qualcosa di molliccio che esplode.

STROP!

Ciao Mike!

Volta verso di me, quella che sembrava l'anima di non so chi, con quel volto bianco come un lenzuolo (stupido! Era un lenzuolo!) e con quelle due uniche cavità nere per occhi sopra un ghigno da ebete fuso, ho creduto fosse la mia ultima visione di questo mondo che, prima o poi, ci trascina tutti a marcire sotto terra, solo per portare avanti le sue stupide leggi della natura.

Mi guardava, rideva a denti stretti e mi salutava: *«Ciao Mike!»*. E la mia testa ripeteva come un disco incantato: *come cazzo fa a vedermi se non ha gli occhi?!* Non lo sapevo, ma sapevo per certo che mi osservava. L'uomo lenzuolo mi spiava dentro. Non aveva bulbi con iride e pupilla, ma i due buchi neri non cambiavano di funzione. E salutava, standosene fisso come una vecchia diapositiva in un proiettore che colora una parete bianca di terrore, come una foto sull'album ricordo di famiglia, come una macchia bianca di muffa nel mio cervello... brillava...

Il suo saluto rimbalzava nella stanza come la pallina di un flipper impazzito e i miei orecchi si sono convinti di udire ciò che non esisteva: lo sparare di una mitragliatrice, solo che al posto di un probabile *TA-TA-TA-TA-TA...* il suono assordante che scaturiva il fucile della mia fantasia era un rumore molto simile a un... *Ciao Mike! Ciao Mike! Ciao Mike! Ciao Mike!*

Mi ha attaccato la terribile emicrania di poche sere fa, ho visto migliaia di luccichii volare nell'aria, poi sono caduto. Prima di lasciarmi andare a terra, ho visto il soffitto ligneo di casa mia.

Era sporco di sangue.

Lo è tuttora.

Ho sognato la sua mano dilatata e protesa a salutarmi. Ho sognato la sua bocca contorta nel folle riso. Ho visto le cavità nere come il buco di un culo mangiarmi l'anima dalla paura. Stamane è successo ancora qualcosa di strano. Ho visto la cosa. Il lenzuolo è venuto a trovarmi.

Ciao Mike!

Poi il buio.

I miei sono in vacanza. Non possono aiutarmi.

Mi sono destato solo venti minuti dopo. Dovevo trovarmi in una posizione non del tutto corretta per un normale pisolino, perché quando ho aperto gli occhi e ho capito di essere ancora vivo, non sapevo che fine avesse fatto la metà sinistra del mio corpo. Mi frizza ancora di quel brulichio noioso.

Sono svenuto, questo mi è stato quasi subito comprensibile, probabilmente cadendo di traverso dopo aver compiuto una mezza piroetta e il mio braccio e gamba sinistra devono essere rimasti schiacciati sotto il peso del mio corpo, in una posizione completamente scorretta.

La sensazione che ha persistito dopo è stata quella di essere solo metà corpo, ma una volta sollevatomi con una flessione del braccio destro, ha cominciato a farsi sentire il tipico brulichio nella parte addormentata e insensibile del corpo, che continua, seppur diminuito, anche adesso. Comincio a credere che non smetterà più. Dopo pochi minuti ho ricontrollato i miei arti, mi sono messo a sedere come un piccolo indiano che si prepara al rito del Gran Capo e ho fatto i conti.

1+1=2... 2+2=3... 3+3=4! Bene, è tutto ok allora! Mi sono detto.

Ma in realtà… no, non era tutto ok! Per un bel niente! Non era tutto ok poco fa e non lo è adesso. E' inutile nascondere la verità a noi stessi, dobbiamo accettare ciò che sappiamo e, in quel momento specialmente, mi sono reso conto di quanto i veri risultati di un ragionamento razionale e logico fossero andati a farsi friggere. Sta succedendo qualcosa e non riesco a capire cosa. Quando ho puntato lo sguardo al divano, non mi sono sorpreso di vedere che il telo che fino a stamane ha sempre protetto i cuscini dalla polvere, era sparito. Bene, per lo meno quel fottutissimo stronzo di spirito si è levato dai coglioni!

Questo è quello che spero tuttora.

Seduto a gambe incrociate, quando ho sentito la testa cominciare a pulsarmi, mi sono portato la mano alla nuca e ho trovato un bernoccolo sporco che mi ha macchiato il palmo con tre filamenti rossi. Erano tre goccioline di sangue, le ho guardate scendere vivaci e fresche tra le rughe della pelle fino alla punta delle dita. Una attraversava la cosiddetta linea della vita in senso verticale, le altre due scivolavano più lentamente.

Quello con cui stavo in un certo qual modo giocando era sangue fresco, mentre quello che avevo notato nel momento della caduta, sotto il soffitto, è ancora lì ed è ormai asciutto. Lo toglierò più tardi. Non so di chi sia.

Cadendo ho picchiato la testa piuttosto forte e se sono ancora vivo, devo ringraziare solo mio nonno che quando ebbe la bella idea di tirar su questa casa, ebbe l'accortezza di creare un pavimento di solo legno.

Bella fortuna. Grazie vecchio! Mi hai salvato la vita.

Il parquet plastificato su cui mi sono quasi spaccato la testa è sporco di sangue, ma solo una piccola pozzanghera di non più di cinque centimetri.

Tutto bene.

Mi sono sollevato in piedi e ho provato un lieve capogiro, ho proteso le mani davanti preparandomi a un'altra eventuale caduta da svenimento, ma sono rimasto in piedi.

«Grande, ce l'hai fatta, ma adesso c'è un altro problemino», ha sussurrato dopo la voce amica della mia perfida immaginazione.

Dove è il lenzuolo?

Già, dove era? Ma soprattutto, chi o che cosa era, colui che vi era apparso sotto?!

«Un fantasma naturalmente», ha parlato la voce nella mia testa. *«E chi se no? Non sai che i fantasmi vanno in giro sotto un lenzuolo a spaventare gli stupidi come te, tintinnando le loro belle catene, l'una contro l'altra?».*

Già, le catene, ma mettiamo anche che l'ipotesi (molto azzardata e altrimenti senza spiegazione), fosse stata vera, questo spettro non aveva catene quindi non avrebbe fatto tintinnii! Si sarebbe potuto muovere in silenzio, senza che lo sentissi se mi fosse comparso alle spalle…

Ho pensato facendo diverse supposizioni, poi ho avuto come la sensazione di essere osservato da dietro e, improvvisamente, ho compiuto un balzo da seduto, ruotandomi verso l'entrata del salotto alle mie spalle, pronto ad assalire il bastardo. Logicamente adesso era subentrata in gioco la suggestione.

«Ti aspetta, nascosto in qualche angolo della casa, è pronto a coglierti alla sprovvista. Ti assalirà e ti soffocherà con le sue stesse mani, in fondo è un telo di stoffa, può farlo come hai…».

Bene davvero, adesso immaginavo il lenzuolo maledetto! Chissà, attraverso gli occhi di un bravo regista avrebbe potuto fare un figurone nelle sale cinematografiche, non è così?

«E tu hai paura di un lenzuolo, Mike?», mi sono domandato finendo in una risata forzata.

Sono rimasto qualche minuto ancora fermo in piedi, a respirare l'aria del salotto a pieni polmoni, poi ho deciso di tornare in cucina. Avrei finito di bere la mia cola e avrei guardato ancora la TV.

Tutto a posto di nuovo. Il lenzuolo non fa più parte del mobilio della casa ma credo sia tutto a posto.

«Ti aspetta Mike. Ti aspetta per coprirti la testa e infilartisi nella bocca, nella gola e nel naso!».

Nella gola… e nel naso…

Un nuovo spot pubblicitario: *respira vivo… finché puoi!*

«Non scherzare stupido! Ti strozzerà avvolgendoti il collo e stringerà fino a farti schizzare gli occhi fuori dalle orbite! Basterà guardarti negli occhi vuoti per vedere il volto dell'assassino!».

«Fottiti!», ho esclamato alla voce penetrante che ancor ora mi ronza dentro, come una mosca in trappola. «Fottiti!», ho ripetuto al nulla.

Quando mi sono seduto di nuovo al tavolino della cucina, ho notato il bicchiere di vetro che avevo abbandonato circa mezz'ora prima. La cola che ne riempiva la metà ha fatto la stessa fine del panno. Il cilindro era vuoto. Qualcuno ha bevuto la mia cola e ha lasciato attaccato sul fondo, sfruttando la condensa della bibita ghiacciata, un simpatico biglietto con su scritto: *Ciao Mike!*

Ho riso di buon gusto e ne rido ancora. Era proprio bella quella, uno spirito che beveva coca-cola!

«Fottiti stronzo. Fottetevi tutti quanti!».

3

Il bernoccolo di tre giorni fa che ho sulla testa sta scomparendo quasi del tutto, per due giorni l'ematoma è rimasto sotto la cute come una pallina da ping-pong, ma adesso va meglio. Meglio, si fa per dire!

Ci sono cose che, anche se ci sforziamo di capire, nella vita restano a noi incomprensibili. Diamo delle supposizioni, tiriamo somme, facciamo calcoli spesso sbagliati e crediamo in divinità probabilmente inesistenti, ma poi nella banale tristezza che ci affligge e ci consuma dentro, fino alla follia, nonostante la realtà delle cose sia palesemente visibile, ci accorgiamo comunque quanto tutto ciò sia un bene, un bene senza il quale molti uomini non avrebbero senso di esistere. Siamo per la gran parte macchine, oggetti che si muovono, tarati e scontati, che non si sforzano mai più del dovuto e, quando accade, è cosa rara. Le nostre gesta fanno di noi ciò che siamo, nel bene e nel male. I nostri pensieri cercano sempre la strada più semplice e, nello stesso modo, agisce la nostra coscienza nel raccontarci ciò che ci accade intorno… spesso ci riferisce sempre e solo quello che vogliamo. Nella mia agonia mi pongo domande: chi è Dio? Da dove proviene la razza umana? Esistono gli alieni?

«Mah!», potrei rispondere, «per quanto riguarda gli alieni non ne sono completamente sicuro, ma posso affermare per certo che esistono i fantasmi!».

Mi riferisco a presenze oscure, maligne e benigne, che riflettono le capacità dominanti di chi, per ultimo, ha modellato la loro forma psicologica attraverso la mente. Presenze con capacità sublimi, irreali e non concrete, ma dalle conseguenze disastrose sui corpi e sulle menti dei deboli… parlo di coloro che fanno rabbrividire l'aria e bussare il cuore, coloro che non hanno piedi, ma camminano, coloro che non hanno materia, ma si nutrono.

Spiriti, frutto delle nostre malattie.

Mi viene in mente la sigla del cartone animato che guardavo sempre da piccolo, gli *Acchiappa Fantasmi: e allora chi chiamerai…? Ghostbusters!* Ma sì, sdrammatizziamo! Ricordo che i fantasmi mostruosi di quel cartone erano sempre più paurosi e originali, tanto da sorprendermi ogni volta ne usciva fuori uno. M'inquietavano sempre un po' quelle loro voci da orco cattivo rinchiuso in una caverna, ma mi piacevano, in fondo erano cartoons!

Peccato, però, che nella realtà i fantasmi siano diversi, abbiano sembianze diverse e voci diverse. Nella realtà, *loro* vengono associati alle anime dei morti e, malgrado siano solo il ricordo di uomini e donne a noi simili, vi assicuro che fanno più male e più paura di un mostro verde e maligno, che urla con la voce di un orco in una grotta.

«Spesso», mi diceva sempre mio nonno prima di volare lassù dove si racconta esista un paese fatto di nuvole, «i fantasmi reali sono i peggiori, perché ricordano le persone più care, le voci delle persone più care e ti guardano con occhi trasparenti di chi hai amato».

Quando però i fantasmi che cominci a vedere non sono neppure più le anime dei morti, ma gli spettri della propria mente, della propria follia e incomprensione dell'agire... beh, allora sei proprio nella merda!

Ora sono in bagno e mi sto guardando allo specchio. Mi sono appena lavato i denti e infilato il pigiama. Mi sorreggo al lavandino con le braccia e contemplo, piegato in avanti, la conseguenza di tre notti insonni. Sotto gli occhi ho due pesche violacee che continuano a scurirsi.

«Ti verranno gli occhi neri, Mike! Come un buco di culo!», dice la voce che non mi abbandona. Non mi ha più abbandonato da quella notte sulla ciclabile.

Mi descrivo mentalmente, facendo caso a come mi sono ridotto in soli pochi giorni e, soprattutto, da quando qualcuno nella mia testa mi convinse di aver messo sotto una persona inesistente. *Sì... deve essere cominciato tutto da lì.* Mi convinco.

I muscoli del mio corpo sono come drogati da una sostanza che non conosco, ma cui posso alludere una vaga risposta: incapacità di sonno. Insonnia, chiamatela come volete!

Sono arrivato al punto di credere di essere malato.

«Sei malato di una nuova malattia incurabile», mi dice il cervello, o la parte maligna che ne ha preso il sopravvento sotto il timbro vocale di quell'orribile voce. Quasi pare una presenza ella stessa. *«E presto ti verranno anche i denti neri, le labbra nere e le unghie nere...»*, continua senza dare alcuna speranza di quiete, senza smettere dalla strana sera del fatto accaduto sulla ciclabile. Ripete incessantemente le stesse cose e si trasforma in follia pura. *«Presto le occhiaie ti cadranno ai piedi, carissimo Mike, in due lembi di carne marcia e gli occhi... ti scivoleranno nelle orbite, come due ciliegine spremute, lasciando sgorgare*

all'esterno solo un rivolo di pus. Perché? Perché tu stai marcendo, Mike! Tu sei marcio dentro!».

Tu sei marcio dentro, ripete la mia testa, ormai assecondando ciò che non sembra più poter schivare. *E' la fine. La fine corrisponde a ciò che ti accade... la fine corrispondente a... alla...*

«Putrefazione! Putrefazione della coscienza e dello spirito, Mike!», finisce per me la voce.

Continuo a fissarmi nello specchio. Sento un lieve sibilo lontano che si avvicina come un treno in corsa che non frenerà, quando vedrà che sui binari c'è un essere umano. Deve essere il mal di testa improvviso che mi ha assalito per ogni mia allucinazione e, questa volta, mi colpirà ancora più violentemente. Facendomi male. Molto male.

«Non voglio», dico alle pareti umide per la doccia bollente appena fatta.

Non penso a niente. Scruto solo la mia faccia.

In queste tre notti sono caduto, come si usa dire, dalla padella nella brace, o meglio, dal trono del potere alla tazza del water. Dopo le mie due prime visioni mentali (credo non siano state altro e mi rifiuto anche ora di credere a un'eventuale esistenza reale dei fatti), più e più volte, nella notte, mi è capitato di svegliarmi rannicchiato in un angolo buio della casa o addirittura fuori, nascosto dal tronco di un pino qualunque, nella pineta di fronte all'abitazione. Tutto sembra più lento e incredibilmente folle. Tutto appare ovattato e allucinante... le ore passano e i minuti sembrano fatti di gomma... rimbalzano in una testa vuota. In un cubo vuoto... in un cuore vuoto. Mi domando se sia solo un periodo della vita... se si possa superare anche questo... se tutto faccia parte di un grande disegno indotto dal destino... ma poi, come ogni cosa, il perché della domanda e di tutte le domande decade e lascia spazio solo al silenzio. E' forse tutto frutto della paura inconscia? Ma paura di che cosa?

Dell'uomo bianco, dell'uomo lenzuolo! Penso tra me e me. Già, adesso non è più l'uomo nero a spaventare i bambini, ma l'uomo bianco, sai com'è, i tempi cambiano... il mondo va avanti!

«Che stronzate!», dice la voce più odiosa che si possa mai sperare di incontrare.

Ho paura sì, ma del mio sonno probabilmente, dove una grossa porta si materializza e si compone nella materia grigia e si apre spalancandosi su di una stanza a me ignota, una porta oscura che già so mi lancerà al cospetto di nuove emozioni, lasciandomi nutrire della realtà più assurda… un portale magico di cui non ho mai posseduto o ne ho perso la chiave.

«Dove è la chiave?», domando un po' adirato al vuoto.

«Ti è caduta quella notte», risponde subito di rimando la voce, *«quella notte che tu non vuoi ricordare, ma che esiste nei tuoi ricordi»*.

«Io non ho investito nessuno, come te lo devo dire?!».

In principio tutto tace, ma poi pare esserci dell'altro.

«Non quella notte Mike, ricorda, abbi le palle per ricordare… altrimenti chi fa il cattivo sarà punito dall'uomo… bianco! Ah! Ah!».

«Io non ho fatto niente! Niente! Non ho investito nessuno! Per Cristo!», urlo. *Già, ma le vie della morte sono infinite.* Penso subito dopo.

Ho paura, non so di preciso di che cosa, ma ho paura e non conoscere la malattia che mi ucciderà, è la cosa che mi rende più nervoso che mai. E' un assassino che continua a mietere vittime e nessuno riesce a smascherare niente di lui, perché si sposta come fosse invisibile. Spesso le paure notturne sono create proprio dalla mia ignoranza verso chi mi perseguita, ma non credo di voler conoscere le vere sembianze di costui… se un qualcosa di forma e sagoma simile all'uomo esiste. *E' un babau blu, peloso e con i denti gialli…* provo a dirmi, cercando conforto nel cervello stanco.

Sono qui che mi fisso, infondendomi nelle mie pupille nere e dilatate, per la luce molto tenue che la lampada del bagno emana. Lo specchio è abbastanza grande da riflettere la mia immagine dalla vita in su. Continuo a guardarmi e Dio solo sa da quanto lo sto facendo. Osservo come un archeologo sicuro di sé, convinto di trovare una reliquia in un terreno sconosciuto, di cui però vuole conoscere assolutamente ogni imperfezione, perché sicuro di trarne qualcosa d'interessante.

Guardo, guardo e guardo finché dentro di me non accade ancora... non succede ancora. Il mondo si blocca... tutto si ferma... il mondo diventa denso... e mi avvolge la plastica.

«*Chi cerca trova!*», dice la voce strafottente.

Il treno si avvicina e fischia. Non si fermerà, neppure questa volta, perché in realtà non si è mai fermato. E' più vicino. Farà male.

I miei genitori sono in vacanza per fortuna. Loro non sanno niente e non sarò costretto a dire loro niente.

Lo specchio sprofonda nel fluido denso della realtà irrisolta. Lo vedo allungarsi all'interno della parete come diventato all'improvviso una lastra di gomma flessibile, in un gioco di realtà virtuale.

E poi vedo anche lui. Vedo lo spettro, questa volta più reale di tutti gli altri, tanto da sentirlo fiatare sul collo.

E' il culmine del primo traguardo, il treno fischia, sprofonda nella mia materia grigia in un dolore squarciante e si affievolisce di nuovo allontanandosi per un nuovo attacco. E' il *Male* che incombe e ti manipola a suo piacimento rendendoti suo schiavo. Sento la testa scoppiarmi, vedo le vene delle tempie gonfiarsi e poi tutto è come prima.

Adesso non è solo la mia immagine a essere riflessa dalla lastra appesa al muro. Ora sono in compagnia di un nuovo amico che m'incuterà terrore nelle prossime notti. C'è una sagoma che mi sovrasta.

Girati Mike, parla in silenzio il mio cervello, *lui non è reale, non esiste e se ti volti, scomparirà!* Ma non è vero. E' come tutti gli altri. *E' solo un gioco di luce riflessa!* Penso ancora e poi... no! No che non lo è!

Lui è fermo, immobile e respira ansimando come un vecchio esausto. L'aria che sprigionano i suoi polmoni è nauseante, pregna del tanfo della muffa e del legno marcio. E dietro di me, lo specchio ci riflette. Non so riconoscere se si tratta di uomo o di una donna, perché è sfatto!

«*E' così che dovrebbero essere tutti quanti ormai... dopo un po' il corpo imputridisce. Come la tua anima!*».

Colui che vedo ha gli occhi che brulicano di vermi, ma nonostante siano indistinguibili, fissano, nella loro assenza, il mio sguardo incredulo e sofferente. Due fori neri dai quali si affacciano bulbi fantasma. Ciocche di capelli lunghi e biondi nascono, come serpenti morti, dal suo cranio spellato dall'età e dalla decomposizione. Sono ciuffi d'erba in un deserto arido. La pelle dello spettro puzza di cibo avariato e tutto puzza in questo fottuto cesso, da quando è apparso costui! Il tanfo nauseante deriva dalla carne che, come budino sciolto, cola e ciondola, simile a un residuo di sporco rimasto attaccato a un bidone dell'immondizia. Lembi di pelle gli dondolano da sotto gli occhi come enormi occhiaie e, altri, pendono dalle labbra avvizzite e dal collo quasi del tutto decomposto.

Io sono paralizzato e ho tutto il tempo di vedere, di osservare, fino nei minimi particolari. Perché lui vuole questo! La voce vuole questo! Il destino vuole questo…

L'aspetto pallido di costui degrada verso un verde muschio e le ferite, conseguenza della decomposizione, spiccano come enormi tagli violacei. Ha croste ovunque e sgorgano un liquido che non è sangue ma pus. Le sue ferite colano come burro sciolto. E sbuffa. Ansima, mentre sento il suo fiato gelido pungermi sul collo. Sulle spalle.

Non vorrei vedere, ma sono costretto, incapace di ogni movimento. Lo spettro alle mie spalle mi trattiene con una forza a me sconosciuta. *Non hai la chiave. Non hai la chiave!* Continua a ripetermi la mente.

Poi il mostro apre la bocca. Sembra voglia dirmi qualcosa, ma non riesce, non ha parole e così emette un suono grottesco, un gorgoglio catarroso. All'interno, la sua bocca è lo spettacolo peggiore: denti gialli, neri e incrostati di rifiuti si sormontano come vagoni di un treno deragliato.

Il mio mezzo di locomozione si avvicina di nuovo. Sta fischiando. Fischia sempre più forte. L'emicrania mi spacca in due.

Vedo ancora quella merdosa bocca, dietro le labbra marce del mio coinquilino, molti denti sono spezzati e altri cariati.

Basta ti prego…

«Basta? E perché?».

La sua lingua, la lingua nera dello spettro si muove tra palato e mandibola come un verme mozzo che sta per cedere. Sopra di essa, una miriade di bollicine bianche si muove pulsando a ritmo dello stesso respiro dei suoi polmoni putridi. Fili di bava gli scendono lenti agli angoli della bocca, spalanca le fauci e altri creano una fitta ragnatela tra un dente e l'altro, ma c'è ancora una cosa…

Basta… basta… finirò per vomitare anche le budella! Ti prego! Implora la mia anima.

«Ma come, non ti piace lo spettacolo Mike? Non ti aiuta a ricordare? Ed io che credevo che… avresti gradito!», esclama la follia, prendendosi gioco di me.

C'è ancora una cosa… che lui alle mie spalle vuole farmi vedere e, all'improvviso, sembra che la voce orrenda, quella schifosa e maligna che mi perseguita da ormai diversi giorni, sia persino la voce spettrale del fantoccio stesso in decomposizione che mi sta accanto nello specchio. Dentro quel buco nero e filaccioso della sua bocca, laggiù, in profondità, è come se ci fosse una festa, uno scoppiettio lontano.

«Sono i vermi che banchettano Mike. Non li vedi? Nella sua bocca spensierati e felici? Ma non è questo il punto!».

Scruto e mi sembra di vedere tanti minuscoli fuochi d'artificio. Sto per vomitare nell'immagine di centinaia di minuscole pustole che esplodono tra decine di minuscoli vermi, nella bocca di un cadavere fantasma.

«Non trovi siano carine? Quelle tenere bollicine che ha sulla lingua… sai cosa fanno?».

Non lo voglio sapere! Confesso, già sapendo di essere inerme.

«Frizzano ed esplodono in rapida successione, annaffiando la bocca del mostro di continuo pus e larve morte. Ma non è questo che ti vuol far vedere lui, Mike. Ancora no… ancora non ci siamo!».

So che si tratta di un fantasma, ma i fantasmi puzzano? I fantasmi respirano? I fantasmi marciscono, per Dio?!

«Sotto gli occhi dei pazzi, sì!», esclama la voce.

Mi sforzo di capire. Mi sforzo di resistere… di non vomitare. Mi sforzo di combattere e di non cadere a terra, ma piuttosto cerco di rimanere in piedi contrastando quella terrificante immagine e mi sforzo nel comprendere cosa possa esserci di più. Poi finalmente capisco.

Posso vederci attraverso!

I miei sono in vacanza. Si divertono.

Si muove. Forse vuole salutarmi come l'incubo di pochi giorni fa e allora sì che morirò, lo farò qui, seduta stante, quando il suo braccio salirà per compiere il gesto. Ma alza un braccio e lo tende verso lo specchio, verso la porta del mondo illusorio, perché...

...nulla è come sembra, gli specchi non riflettono ciò che le persone sono realmente, non nei casi comuni e tu sei stato premiato! Penso.

Il braccio sinistro dello spettro mi riempie la visuale provenendo dalle mie spalle ed è ora che capisco quanto l'essere sia reale, perché per un attimo non è solo riflesso dal vetro, ma compare davanti alla mia vista.

Gli spettri si riflettono?

«Te l'ho detto. E' qualcosa di più...».

La sua mano si muove fino allo specchio, vedo le sue unghie sorrette solo da sottili filamenti di tessuto organico, vedo il suo anello affondato fino all'osso e...

L'anello che mia nonna mi regalò per la mia prima comunione! No, non può essere, deve essere uno uguale, non può essere lo stesso... non può essere! Penso ancora. *Non può essere...*

«Il tuo Mike?!», mi dice la voce. *«L'hai riconosciuto! È proprio il tuo!».*

I polpastrelli del mostro toccano la lastra vitrea e questa s'increspa come un manto d'acqua posto verticalmente in una dimensione parallela, in mille cerchi concentrici, dando al lugubre fantasma il potere necessario per agire. Siamo solo lui ed io. Nel frattempo con l'altra mano mi tocca, mi preme con l'indice in un fianco e... mio Dio! Me lo sta infilando nella carne! Lo sento premere con una forza inumana e...

Che cazzo sta facendo?!

La mia pelle si strappa. Il dito marcio mi brucia nella carne sana. Il treno fischia spaccandomi i timpani e mi spappola la materia grigia in un lampo di dolore. Sono morto. Il fantasma ha funzionato da filo conduttore. Una presa nella corrente, una nell'elettrodomestico e il gioco è fatto!

Addio Mike, mi saluta la voce fottuta della follia.

Addio Mike...

Ma perché?

«Ti darò un'ultima spiegazione, lui, malgrado sia quasi reale, non può avere contatti con il mondo materiale... così ha dovuto usarti per illustrarti la via. Semplice, visto?». La voce lugubre mi accompagnerà fino alla fine.

Il mio dito indice segue il braccio dello spettro, ma non passa attraverso nel momento in cui tocca il vetro. Tocco la superficie fredda dello specchio e un fluido rosso m'inizia a colare non solo dall'indice che tengo proteso sulla superficie vetrosa, ma anche lungo il fianco dove è stato profanato il mio corpo. Il polpastrello scrive adesso, sicuramente brucerebbe, ma io non sento più niente. Sono morto. E scrivo senza vedere ciò che scrivo.

4

Non esiste realtà o fantasia quando crediamo realmente in una cosa, la realtà non è tutto ciò che tocchiamo e tutto ciò che vediamo, ma ciò in cui crediamo, ciò che desideriamo, quindi quando la dimensione apparentemente irreale del fantastico invade il mondo che appare a noi reale, solo perché così ci hanno insegnato a credere fin dal giorno della nostra nascita, i due livelli, realtà e irrealtà, non hanno più senso, si fondono assieme creando un limbo in cui tutto è reale e tutto è irreale.

La vita come noi la vediamo a questo punto non avrà più alcun significato. L'irrazionalità dilagherà come un fiume in piena fino allo straboccare degli argini per impregnare ogni centimetro di terreno.

Vincerà ogni insidia e ribellione. Distruggerà.

Sono seduto in terra, ancora nel bagno. Guardo lo specchio su cui qualcosa mi ha imposto a scrivere pochi minuti fa, dopo che il dolore alla testa mi ha investito di nuovo come un treno in folle corsa.

Sul vetro c'è scritto: *SEI TU!*

Il treno carica di nuova follia. Il sangue che sgorga dalle vene dei miei polsi recisi mi circonda in una larga pozza dal sapore ramato. Comincio a vedere sfocato, appannato.

Non posso resistere. Non ce la faccio.

La fredda visione del corpo del delitto giace a pochi metri da me. Un paio di forbici per capelli.

«*Tu, Mike!*», insiste la voce. Ricalca la dura realtà appena appresa.

E' l'unica soluzione. E' il mio ultimo pensiero. L'ultima volta che sento la voce del cervello ormai andato.

Forse questa è la sola giusta ricompensa che uno si possa aspettare per il folle omicidio dei propri genitori!

La follia.

Tu, Mike! Sei tu... quello là dentro! Penso.

Tu... sei tu !

I miei sono in vacanza. Stanno sfacendosi nel fondo di un piccolo laghetto dei dintorni.

Vedo la *Morte*.

Mio padre è ancora avvolto nel lenzuolo bianco del divano, mentre io, mi scompongo nell'etere dei ricordi, riflesso nella memoria di uno specchio vuoto.

Paura

Un bambino. Un pomeriggio lugubre di Maggio, quando, invece che ai primi raggi di sole, il cielo plumbeo dà sfogo a lampi e tuoni, alla cattiveria umana di un pazzo maniaco incompreso.

Un bambino solo, piccolo, indifeso, si rintana come un animaletto sotto le coperte del suo soffice lettino, mentre fuori piove. E' una gran tempesta. Lui ha molta paura, la sente crescere dentro sé e ogni volta che aumenta, si sente soffocare. Ha paura dei tonfi rimbombanti. Ha paura dei flash taglienti come le lame di un rasoio. Ha paura del buio silenzioso.

La luce del suo comodino, accesa, emana un bagliore giallastro che, scontrandosi con gli oggetti e gli spigoli della stanza, dà vita a ombre tetre.

E' sdraiato con le gambine fragili un po' rannicchiate.

Nella cameretta regna il *Re Silenzio* con la sua palude, dove nulla si muove e tutto sogghigna. Tutto è oscuro, anche ciò che la lampadina con il suo bagliore artificiale riesce a illuminare.

Il piccolo si guarda intorno, osserva i suoi giocattoli, esamina i suoi pupazzi e in particolar modo, il clown che solo pochi anni prima gli aveva causato incubi e terrore. È il suo sorriso, quel suo sorriso teatrale e finto! Un riso forzato. Il fantoccio sembra prendere in giro chiunque lo fissi a lungo, sembra chiedere allo spettatore: *hai paura?*

E lui, il bambino, ne era rimasto ossessionato fin dalla prima volta, senza che nessuno lo sapesse.

Un tuono. Rimbombo lontano.

«Hai paura? Hai paura?». Sembra cominci a chiedere il clown.

Altro tuono. Vicino.

«Hai paura?».

Tuono. Lontano.

Il bambino salta al rumore di un tuono vicino. Sposta gli occhi dal clown e poi ritorna a guardarlo facendosi coraggio. «No», dice a se stesso, «non ho più paura di te!».

Quando era piccolo, aveva terrore del pupazzo, adesso non più, non ora che sta diventando un ometto, non dopo il suo settimo anno di età!

Non ho paura. No! Si convince.

Niente paura.

«Hai paura?».

Il cielo limpido e sereno non esiste più ormai. Fuori, nubi gonfie e nere come un ematoma, mangiano il cielo in un vortice tempestoso. Il vento, il vento che sbatte, il vento che scuote, il vento che strappa le piccole foglioline indifese dai rami, con la stessa violenza con cui si potrebbe strappare un piccolo dal grembo della madre. Le folate assassine distruggono, uccidono e lui...

Il bambino, lui è indifeso.

E' solo in casa.

L'acqua cade violenta e lacera i fiori, le piante, scalza il terreno ribaltando le zolle flaccide, irrompe come un vichingo assetato del sangue della vittima. L'acqua distrugge tutto...

Anche le persone? Si domanda il piccolo. Sta sotto le coperte e se lo sta chiedendo: *può distruggere le persone come fossero sabbia?*

Vuoto.

Può scioglierle fino a farle diventare un fuso di melma maleodorante e appiccicosa?

Silenzio.

Può sfarle come una porzione di cibo rigurgitata dallo stomaco?

Il *Re*. Il *Re Silenzio* incombe.

Non lo sa. Il piccolo è lì, fermo, immobile. Nel silenzio e nel nulla. Nel pensiero irrisolto, alimentato dal disgusto di una mente prematura. La giusta mente di un bambino.

Si volta facendo capolino dalla coperta tenuta stretta nei pugni e tirata su fin sopra il naso. Conduce veloce lo sguardo timoroso alla finestra sulla sua sinistra e lo manda oltre.

L'acqua ticchetta come fosse composta di tante palline di plastica sul vetro gocciolante e, assieme al vento, scuote gli alberi condannati dalla ferocia aggressiva della tempesta. Si sono formati dei canaletti di fango lungo le stradine e il bosco, che si contorce intorno alla casa, si è tramutato in qualcosa di soprannaturale e appiccicoso, si sta squagliando come una suola di gomma in un caminetto.

Il silenzio dentro la stanza.

La natura feroce fuori.

«Hai paura?». La voce immaginaria del clown gli si ripete incessantemente nella materia grigia come un disco incantato, lo ossessiona, lo stressa e lui stringe fortissimo gli occhi per cancellare i ricordi.

La luce della lampada è sempre accesa, ma un lampo di gran lunga più potente in fatto di elettricità illumina ugualmente fino allo sbiancamento totale le pareti della stanza. Lascia il posto a un tremendo boato.

Il bambino fa un salto. La pelle d'oca lo invade. Brividi, secchi e taglienti, gli corrono sulla schiena.

«Hai paura?».

Un'ombra si muove. Dentro la camera.

«Hai paura?».

Ed è il caos. L'inizio della fine. Quando l'acqua sembra non smettere più di cadere dal cielo, quando il vento sembra eliminare ogni cosa gli ostacoli la strada, quando le scariche elettriche rapiscono i tralicci e i tronchi trasformandoli in ceppi ardenti…

Un altro lampo. Un altro tuono.

Un lampo e un tuono.

Un altro.

E un altro ancora.

Lui ha paura. Il bambino è terrorizzato. Lo sente e riesce ad ammetterlo a se stesso, non c'è altra soluzione che il terrore puro e l'ammetterlo lo rende vulnerabile. Ma non c'è altra scelta.

Guarda così con gli occhi sbarrati ogni angolo, ogni ombra, ogni singolo soprammobile della sua camera stando ben attento a non muoversi, a non fare il minimo spostamento, né rumore. Sente il suo stesso fiato fargli male, entrargli nei polmoni e uscirne in sbuffi un po' rauchi.

L'aria è sempre più tetra e buia, se andasse via la luce, forse, morirebbe all'istante.

Stringe i lenzuoli nei piccoli pugni sbiancati e colui che, inesistente ma reale, comanda, inizia a fargli sbattere i denti dietro le labbra tremanti. Le morde e un piccolo filo di sangue gli scorre lento sul mento.

Vulnerabile.

L'acqua continua a essere sparata da un cielo d'inferno, con l'intento di compiere gesti maligni.

«...e bussa, bussa sui tetti, alle finestre e alle pareti, alle porte di grandi e piccini, bussa feroce sulle menti dei bambini...», (ricordo).

«Hai paura?».

Le ombre.

Si muovono dentro. E anche fuori.

«...il temporale di fronte al quale un qualunque uomo si sarebbe sentito schiacciare alla sola speranza di uscirne vivo...», (ricordo).

Un lampo, un tuono.

Una ruga elettrica nel grigiore del cielo.

«...l'inizio della fine...».

«Hai paura?».

Solo.

«Hai paura? Hai paura? Hai paura? Hai paura?».

Squarcio metallico e aggressivo con boato.

Il nero. Buio, pesante, ossessivo.

L'aria è pesante anche nella camera e il bambino respira con rantoli faticosi, tenendo le palpebre dilatate mentre il suo viso diviene l'immagine di uno sguardo ormai perso e immobile nell'infinito del terrore.

I capelli, i capelli gli stanno sbiancando!

E poi...

«Hai paura!».

E poi...

«Hai paura! Paura! Paura! Pauuurrraaa!».

Li sente.
Vulnerabile.
Li sente.
Cominciano a muoversi.

La pioggia cambia. Diventa l'incubo più travolgente di una mente ancora troppo giovane. Non è più pioggia di distruzione, ma di malvagità e le gocce diventano di color rosso cupo nella loro caduta imponente.

Un volto ancora dolce e morbido, simbolo di giovinezza, rovina in lacrime singhiozzando. E' un volto tenero, ma sembra un disegno, tanto è rigido. Le sole cose che gli danno vita, sono le lacrime che gli solcano le guance lasciandosi dietro una scia salina umida. Soffre, ma ormai è un corpo incosciente e la sola mente rimane legata a piccoli frammenti di razionalità, resi però invisibili dal terrore. Un terrore ramato e vermiglio.

L'aria continua a uccidere gli alberi, spezzandoli come stuzzicadenti e sbattendoli l'uno contro l'altro, in secchi rumori simili al suono di ossa spezzate. Il vento diventa il soffio di Satana e aumenta, mandando alla rinfusa le tavole superficiali del tetto e grattando le pareti. Tutto è melma, tutto si scioglie e si colora di uno strano rosso scuro. Il fango crea mostri, gnomi e folletti. Rami, foglie morte, piante e arbusti sembrano comporsi nel vorticoso rotolare tra terra sciolta e pozze, fino ad assumere immagini proprie e crudeli. Sembrano prendere forme strane.

Un ramo si schianta prendendo fuoco sotto l'azione incontrollata di un fulmine e, nella camera, l'assordante rimbombo che ne segue, impregna i muri rimbalzandoci contro.

E' stato molto vicino. E' caduto vicino. Si respira elettricità.

Il cervello del bambino, ancora capace di ragionare nel corpo paralizzato che rimane, se ne sta là, solo.

Più solo che mai.

Forse soffre.

Forse ha paura.

Forse trema.

Ma è solo. Solo come un cane abbandonato.

E capisce ancora.

Comprende il terrore. Quello che non ha fine.

I rami caduti continuano a impantanare le proprie foglie, i cespugli sono sommersi dalla pioggia rossa e rinascono, la melma si anima…

Un altro lampo e un fulmine si schianta a pochi metri dalla sua finestra, mentre gli occhi vitrei del piccolo vedono il clown sorridere. *E' normale, i clown sorridono, tutti i clown sorridono!* Pensa il bambino che ancora rimane aggrappato a questa terra.

Ma stavolta il pupazzo sorride di più.

Gli ultimi spasimi del corpo, le ultime reazioni, non sono altro che un tremolio stanco. La pelle d'oca appare in un ultimo atroce brivido sulla sua schiena e trasforma il piccolo cuore del bambino in un martello pneumatico. *Ti scoppierà nel petto… o ti sfonderà la cassa toracica, dipingendo le pareti dello stesso colore che adesso sembra avere la pioggia! Può farlo?*

E' sangue, non pioggia, ma sangue e quei cespugli formatisi dagli scarti della natura, nel fresco temporale, adesso si nutrono, si rotolano, crescono.

Crescono!

Solo, solo e vulnerabile.

Forme crudeli. Lui le vede.

Il clown sorride.

Sorride di più…

Il bambino sembra un manichino dal volto color latte, un pezzo immobile sotto delle coperte candide che non gli daranno più il tepore originale. Sono poche le azioni che ancora lo rendono vivo, al cospetto di un occhio immaginario che lo osserva dall'alto.

La luce lampeggia. Uno sbalzo di corrente.

E se saltasse?

La mente pensa.

Il corpo è perso.

Perso nell'inconscio, nella paura dell'aver terrore, nell'inizio della fine, un luogo in cui tutto e nulla si fondono, si mischiano, si confondono e creano… solo il nero immaginario della mente confusa. Solo essa rimane a galla. Per sempre.

Ma pensa.

La materia grigia sotto i capelli, ora completamente bianchi, pensa.

Pensa… *e se la finestra scoppiasse in mille schegge taglienti? Se il sangue di Satana non finisse mai?*

Allora allagherà.

Ma che cosa allagherà?

Il mondo, il mondo è già intriso del sangue del demonio, si può vedere facilmente e non sarà una piccola sagoma ancora in fasce a cambiarlo.

Il grigiore si tramuta in nero a tratti lampeggiante e rimbombante.

E lui li vede.

Le sente.

Ora ne è certo. Ora è vulnerabile e incredibilmente solo.

«…ci furono le creature. I maligni…», (ricordo).

I lampi giallastri sono gli occhi dei folletti e degli gnomi della foresta che si accendono e si spengono a intermittenza, come le luci di un albero a Natale, tra la densa nebbia del buio.

I tuoni sono la risata delle creature informi, formatesi dal fango, dagli alberi e dalle foglie morte.

Le creature morte…

Un lampo…

Il bambino ne vede una, non volendo, con la coda dell'occhio, mentre il suo sguardo è ormai fisso e immobile di fronte a sé. Non osserva più con gli occhi che ha nel cranio, ma con un unico occhio invisibile che è l'occhio della mente. Guarda con la mente. L'unica cosa che ancora resta un po' reale nel sogno di una morte.

Ne vede uno attraverso il vetro grondante sangue e urla.

Ne ho visto uno!

Uno.

Ma uno cosa?

Strilla.

Due occhi contratti e gialli lo spiano, incastonati in una sagoma nera, da dietro la finestra. Lo spiano come due palline fosforescenti e tremendamente maligne.

Così il piccolo urla di nuovo e si lascia possedere dal terrore fatale, che può rendere la pazzia determinabile e determinante in un bambino.

Un bambino prescelto.

Prescelto per morire…

Che urla e, mentre urla, quel qualcosa che lo fa pensare ancora, nel suo piccolo cranio, si domanda se quelle cose possano entrare. Ma non ha importanza.

«Hai paura?».

Entrati?

Sono più di uno adesso, sono una decina, forse un centinaio.

Chi può dirlo?

Si alzano dal fango sanguinolento sporchi e spinosi, tenendo gli occhietti gialli e luminosi spalancati come…

Come…?

…la porta, la porta della sua camera si apre e sbatte contro il mobiletto al suo fianco, facendo saltare tutti gli oggetti che vi sono sopra.

Puntano su di lui, sulla sua testa, sulla sua mente.

Creature dei sogni? Creature dell'inconscio più tenebroso?

Non sa, ma la cosa che sembra primaria è che sono creature vere.

Reali.

«…tutto può diventare realtà, purché lo si creda veramente…», (ricordo).

Purché si creda, purché si convinca la materia fino al punto magico nel quale l'impossibile muore e il possibile diventa infinito.

Sarebbero entrati?

«Hai paura?».

La porta sbatte di nuovo e il corpo del bambino sente il freddo, il buio, sente le tenebre inconfondibili della solitudine prematura e, soprattutto, li sente entrare.

Arrivano, arrivano, arrivano, arrivano, arrivano…

Deve chiudere la porta, ma non può muoversi, perché il terrore lo tiene stretto come un chiodo in una morsa.

Entra una folata di vento e la porta sbatte ancora. Sbatte.

Ancora una botta e il clown cade a terra mettendo in funzione la sua risata malvagia: *IH! IH! AH! AH! AH! – IH! IH! AH! AH! AH!…*

Ma non ha le pile!

Non ha le pile, sussurra il piccolo, ma solo nella sua mente. *Non può funzionare. Non può farlo senza le pile!*

«*Tutto è realtà, purché lo si voglia davvero... hai paura?*», dice una voce, una voce frutto di un suono che non esiste. La voce di un orco.

E' senza pile, non può ridere... il clown non può ridere!

Ma invece lo fa e lui, il bambino... è vulnerabile.

Non può ridere senza le pile...

Ma il pupazzo sghignazza. E si muove. Sobbalza sui propri ingranaggi meccanici e fa rumore. È l'unico suono che sembra distruggere quel silenzio divenendo l'assassino più temibile della stanza. La porta sbatte a intervalli regolari. Un tuono scoppia nel cielo ogni volta che essa tocca il mobile al suo fianco. La luce della lampada sembra volersi spegnere da un momento all'altro. Il clown ride. Il piccolo è solo.

E poi loro.

Un lampo...

...e la luce si spenge. Si spenge e non torna più.

Rumori. Stanno entrando?

Sì, certo, sarebbero entrati comunque.

Mi mangeranno? Mi uccideranno? Pensa il bambino.

Ma certo. Lo avrebbero ucciso in ogni modo.

Schizzeranno il muro di quel rosso sangue di cui il suo corpo caldo è pieno e poi giocheranno con i suoi organi, con la sua testa dal volto contratto in una smorfia di terrore, tirandola per i capelli resi bianchi dalla paura e facendola rimbalzare prima su di una parete, poi sull'altra...

Il bambino non sente i passettini appiccicosi avvicinarsi al suo lettino, ormai ha perso la capacità di connettere. Non li sentirà.

Migliaia. Litigheranno per il cibo e lo strapperanno da ogni dove.

Il bambino non vede gli occhietti gialli e malvagi di mille folletti e gnomi osservarlo, non ha più la capacità di distinguere e riconoscere. Non li vedrà.

Piccole bocche digrignate. Tanti piccoli denti aguzzi.

Forse è bene che il cervello lo abbia abbandonato.

Un lampo.

Un tuono.

E' già morto. E' un manichino di carne umana.

Lo uccideranno?

Sì.

Il temporale non finirà mai più, la sua forza aumenta progressivamente e non si ferma. Il sangue, il vento, i lampi, i tuoni, la pioggia, il terrore… continueranno con eterna crudeltà, fino a dilaniare il cielo del tempo indefinito, come un lembo di tenera carne.

Lo uccideranno?

«Hai paura?».

…paura…

Certamente!

*("**Save Me**" – foto di Raffaella Dagnese)*

Come in un quadro

1

L'auto grigia camminava già da un pezzo.

Johanna non avrebbe saputo dire di preciso da quanto. Si limitava a osservare dal finestrino il campo di grano ancora verde alla sua destra. Dopo un po' che viaggiavano avevano imboccato una stradina di campagna e avevano proseguito sempre dritto per un buon tratto.

L'aria fuori dall'abitacolo era calma e osservando le cime degli alberi in lontananza, sembrava esserci solo un leggerissimo venticello a smentire la cosa, ma niente di più. Era una di quelle giornate di primavera in cui il tempo sembrava fermarsi, prima di riprendere il suo trapasso da una stagione all'altra. Il sole era abbastanza radioso da scaldare quasi al completo delle sue capacità, ma a tratti era velato da un soffice manto di nuvole che si spostava lentamente, verso sud. C'era silenzio al di là del vetro dell'auto, un profondo silenzio rotto soltanto dallo scricchiolio della ghiaia sotto la macchina in movimento.

Johanna era seduta comodamente alla destra del guidatore e assorbendo l'atmosfera un po' particolare e strana, ma ugualmente magnifica, fresca come un fiore primaverile, nel suo intimo si abbandonava a vecchi ricordi di giornate trascorse felicemente con il suo ragazzo. Il ragazzo che adesso stava guidando. Il ragazzo della sua vita. Il ragazzo che tutte avrebbero desiderato.

Non sapeva dove Stephen avesse intenzione di portarla, non gli aveva chiesto niente, si era semplicemente affidata a lui e alla splendida giornata che le si era presentata ottimamente fin dal mattino. Johanna si era svegliata nel suo lettone matrimoniale verso le nove. Stephen era al suo fianco e vicino alla sua testa, sul cuscino ricoperto dalla candida federa chiara e fresca, le aveva fatto trovare una bellissima rosa di un cupo rosso seducente. La mattina era iniziata alla grande, non contando poi la soddisfazione nel destarsi con la colazione a letto! Comodità con cui ogni tanto lui la omaggiava! Quello sì, che secondo lei, era un buon modo di svegliare la propria amata! Uno dei migliori, per augurarle il buongiorno con amore! Chi avrebbe mai detto il contrario?! Stephen sarebbe stato un uomo speciale di cui vantarsi per tutta la vita e sapeva veramente prenderla per i versi giusti, quando voleva!

Poi si erano vestiti e verso le undici si erano messi in macchina per quella meta sconosciuta (almeno a Johanna), di cui lui non aveva voluto rivelarle niente. Lei aveva provato a stuzzicarlo, giocando a fare un po' la curiosa (e non che non lo fosse), con quei metodi che avrebbero fatto parlare qualsiasi uomo (e gli uomini sanno a cosa mi riferisco), ma stavolta, se così si poteva dire, quella ad andare in bianco era stata lei! Johanna aveva immaginato così, che dovesse trattarsi di qualcosa d'importante, valutando quanto il suo uomo fosse preso da tale segreto! Dunque non le era rimasto che sorvolare semplicemente la questione buttandosi lui sopra a braccia aperte, così come centinaia di altre volte aveva fatto, ma stavolta usufruendo però dell'abbraccio di entrambi gli arti, superiori e inferiori. Diceva che doveva portarla in un posto, no? Che ce la portasse allora! Dov'era il problema?! Chissà, magari avrebbe potuto azzardare nel chiedere lui qualche indizio una volta saliti in auto, si era detta, ma... conoscendo il suo compagno, fin da subito era stata più che sicura che non le avrebbe svelato ugualmente dove voleva dirigersi, quindi, sarebbe stato in ogni modo inutile continuare a ronzargli intorno come una mosca! Tanto valeva aspettare! Lui la conosceva bene e quella storia aveva tutta l'aria di volersi aggiungere a situazioni già vissute in passato, situazioni che avevano preceduto sorprese ben più astratte, delle volte, a confronto dei piccoli beni materiali che un uomo poteva regalare a una donna! Una scappatella in aperta campagna, per esempio, non sarebbe stata un'idea sbagliata e… con un tocco di romanticismo, sarebbe rimasta pur sempre frutto di una bella sorpresa!

Johanna uscì momentaneamente dai suoi pensieri, quando l'auto, per via di una crepa nel terreno, la fece sobbalzare sul proprio seggiolino in maniera piuttosto brusca. Si girò verso Stephen e aspettò che lui si voltasse a sua volta per dirgli che lo amava. Lui contraccambiò e risero insieme.

Forse quel ragazzo aveva trovato un posticino accogliente tra tutto quel grano? Forse le avrebbe chiesto di farlo come anni prima avevano consumato sulla spiaggia, o come quella volta sulla riva di quel grande lago, amoreggiando sotto quelle capanne di legno costruite dai pescatori, lungo il perimetro di quello stupendo manto d'acqua? Poteva anche darsi… erano state giornate indimenticabili quelle! Ma avrebbe potuto trattarsi anche solo di un pic-nic, un pranzetto all'aria aperta di campagna! A Stephen piacevano i posti tranquilli dove poter sconfinare con i propri pensieri nella natura, respirando aria pura e riuscendo a carezzare ciò che, non sempre, era possibile fare in città.

In passato avevano trascorso ore nei pressi di laghetti, sul lungomare o nei boschi, delle volte si erano divertiti, altre meno, ma avevano sempre scherzato e riso come matti dopo essersi serenamente rilassati. Quello era un modo come un altro, di evadere dal caos cittadino e dal lavoro giornaliero, riempiendo di sorrisi le giornate festive. Erano momenti di pace, di tranquillità e di svago in cui tornare bambini per poche ore o divertirsi come tutti i giovani adulti avevano fatto a loro tempo.

Quando Johanna stava con il compagno, non si sentiva mancare niente. E poi c'era quella sensazione di estrema protezione che quell'uomo riusciva a darle, che la faceva sciogliere, la gratificava, le dava sicurezza! Era un ragazzo dolce in fin dei conti… sempre un ragazzo, certo! E per tale s'intende, ma… incantevole in un modo abbastanza singolare, da rendere la realtà, un sogno ogni qualvolta i loro sguardi s'incontravano.

Stephen non beveva, quindi non era sua abitudine e consuetudine tornare a casa ubriaco, come molti dei *mariti fregatura* di molte ragazze che Jo conosceva (almeno per ora) e questa era una fortuna, nei tempi che correvano! Così le chiamava Johanna quando era in compagnia delle amiche, i *mariti fregatura!*

Stephen non fumava, né aveva altri vizi come il gioco d'azzardo o altro, che spesso potevano sfuggire di mano se non si era abbastanza scaltri da capire quando era il momento di smetterla... o che avrebbero comunque potuto fargli fare tardi la sera, magari riducendolo a uno zombie stordito dal sonno al volante! E tale conseguenza avrebbe dato da pensare a Jo, sulla sua salute e l'incolumità di chi amava, perché il suo uomo avrebbe sempre potuto correre il rischio di finire fuori strada o cadere nelle grinfie della prima puttana che fosse capitata lui a tiro o Dio sapeva cos'altro!

Stephen era semplicemente perfetto, se solo lo si estraniava dai suoi piccoli difetti, almeno secondo Johanna e il proprio punto di vista, era chiaro!

Stephen era un tipo creativo, sempre indaffarato nel cercare un qualsiasi compito che gli avesse permesso di sfruttare al meglio il proprio tempo. Era diverso da tutti gli altri. Era infaticabile, dignitoso e stabile nelle proprie idee. Era un tipo sicuro, deciso, ma anche amorevole, dolce e sensibile... seducente e attraente... davvero un bel tipo!

Lei lo amava più della sua stessa vita.

E anche lui la amava.

***

Adesso, nel campo di destra dove Johanna aveva guardato fino a quel momento, il grano verde era scomparso e compariva un'ampia distesa dorata. Probabilmente il grano era già stato colto lì, o non era stato neppure seminato. Compariva come un campo di paglia secca e schiacciata. Dava l'effetto bidimensionale che si poteva ottenere osservando uno di quei quadri dove i pittori, anche disegnando soggetti presentanti profondità di campo, riuscivano a far sembrare tutto schiacciato e privo di tridimensionalità. La sensazione era che fosse tutto finto, dipinto quasi come in un quadro, appunto!

La stradina ghiaiosa continuava. Ogni tanto qualche buca faceva sobbalzare l'auto e qualche sasso di troppo si frantumava o partiva schizzando da sotto gli pneumatici. Era una via stretta e al passaggio del mezzo si alzava una leggera polvere marrone, in nuvolette simili a quelle dei cartoni animati. La via, priva di nome come qualsiasi viottolo lontano e disperso dalla civiltà, non misurava molto di larghezza e sembrava stringersi ogni metro di più. Sì e no, si sarebbero detti quattro metri da un limite all'altro, non di più e con gli sportelli aperti… chissà, forse avrebbero grattato contro la staccionata di legno che la fiancheggiava!

La staccionata era una di quelle di routine, che si usano generalmente per delimitare piccoli parchi giochi o aree verdi in piccole città ed era composta di tante X di legno, con pali orizzontali inchiodati sopra, affinché il tutto si completasse in una struttura durevole e resistente. Anche la staccionata, come la strada che si srotolava nel centro, sembrava proseguire all'infinito, simbolo di continuità fra quei campi dorati. La costruzione lignea, era una linea di demarcazione creata da tante X erette nel nulla e ripetute incessantemente.

Non si vedevano fattorie in lontananza. Non si vedevano pascolare animali, né passeggiare cani o svolazzare fringuelli. Si trovavano ben lontani da qualsiasi casa, palazzo o grattacielo che fosse, tanto lontani, che per scorgerne anche solo qualcuno all'orizzonte, avrebbero avuto bisogno di un potentissimo binocolo. Lontano da uffici e computer. Lontano dalla tecnologia che t'invadeva e intasava i cervelli.

Che bellezza questa campagna! Pensò Johanna.

L'influenza cittadina scompariva in quei luoghi, sembravano altri mondi, mondi dove non esistevano radio, televisori, squilli assordanti e tubi di scappamento a inquinare l'aria (a parte il loro). Quelli erano posti che mai e poi mai avrebbero potuto nuocere in qualche modo alla salute. E raggiungerli era facile in fondo! Bastava staccare la spina e partire, per un'ora di relax difficile da scordare.

Johanna era felice, spensierata e incredibilmente curiosa. Aprì il finestrino girando la manovella all'interno della portiera e lasciò trapelare, da un sottile spiraglio, un po' di aria di campagna, tutt'altro che fresca, ma asciutta e piuttosto calda. Se era la primavera, si sentiva arrivare in quei posti, molto più che in città. Era così riposante e bello! Nonostante tutto, però, c'era qualcosa che non quadrava nell'osservazione di quella natura. Una minima perplessità stentava a trovare logicità con il tempo e le stagioni, con il raccolto del grano e con il periodo in cui loro si trovavano. Era una piccolezza che pareva stentare a reggersi in piedi, nel rigor di logica conosciuto e che lasciò una lacuna ombrosa in uno dei tanti angoli bui della mente di Johanna. Forse era un'osservazione senza alcuna importanza, ma... sarebbe rimasta.

Stephen continuava a guidare tenendo entrambe le mani sul volante e i bracci ben tesi. Il sorrisetto fiero e un po' misterioso di chi si stava divertendo alle spalle del vicino non era scomparso e lo presentava divertito. Sulle sue labbra un lieve sorriso si ampliava ogni qualvolta lei, Johanna, si voltava per guardarlo negli occhi, cercando di frugargli dentro, senza ottenere mai alcuna rivelazione sulla destinazione imminente.

In parte anche lei era divertita da tutto quello e la sensazione di euforia andava man mano aumentando, ma cercava di trattenersi. Era paziente, ma allo stesso tempo impaziente di scoprire, di vedere e poi Johanna era anche molto carina! Sperava di fare l'amore con lui in quella stessa giornata, magari anche tra quei campi e se questa fosse stata l'idea del suo uomo, avrebbe accettato senza alcuna esitazione. Senza proteste. Più andavano avanti, più si sentiva eccitata.

Passarono ancora minuti di silenzio. Entrambi cercarono di parlare il meno possibile, lui per non rivelare il segreto, lei per non annoiarlo. Poi, mentre tutto continuava a muoversi a una velocità di circa quaranta chilometri orari, Stephen si voltò verso di lei, che catturando con la coda dell'occhio il suo sguardo, si voltò a sua volta. Jo, il diminutivo con cui lui la chiamava raramente, pensò di essere arrivata, che di lì a un attimo sarebbero giunti al dunque, che le avrebbe parlato e rivelato il suo segreto, così si osservarono sorridendo mentre la macchina li faceva sobbalzare, ma dopo un secondo, con la sua solita aria calma e pacata, lui le disse semplicemente che la amava. Jo aveva sperato, per poco, ma Stephen l'aveva fregata lasciandole in corpo tutta la curiosità di prima. Iniziava a mordersi le labbra. In ogni modo, però, era contenta per ciò che lui le aveva detto e, senza distrarlo mentre guidava, non si trattenne dallo stampargli un bacio sulla bocca. Fu lei a spostarsi, logicamente!

L'auto continuò a camminare. La strada non finiva mai. Campi dorati si susseguivano a campi dorati… e Johanna si domandò quando Stephen si fosse fermato. Dove avrebbe voluto farle questa sorpresa? Forse aveva trovato uno stagno carino dove sdraiarsi al fresco? Ci rifletté su e si disse che era improbabile là, ma neanche impossibile. Forse il suo uomo aveva trovato qualcosa d'importante da mostrarle, o forse… forse… e ancora forse.

Stephen continuava deciso. Passarono ancora minuti. Poi dopo un po'…

«C'è ancora molto?», domandò Jo.

«Non molto», rispose Stephen, «sei curiosa?».

«Sì!», confermò la ragazza. «Moltissimo!». E sorrise.

«Lo so», dichiarò lui continuando a nascondersi dietro quell'aria furbesca, ma allo stesso tempo felice di riuscire a tenere la sua adorata donna sulle spine. «Ne ero sicuro! Non manca molto comunque. Molto meno di quanto immagini. Vedrai, ti piacerà! Ha fatto a me lo stesso effetto! Ma credimi, ogni attesa, è sempre giustamente ricompensata!».

La via continuava arida, secca e ghiaiosa. A tratti, ciocche di paglia già schiacciata, facevano capolino da sotto la staccionata, per essere schiacciate di nuovo dal passaggio dell'auto che sobbalzava, per la continua discontinuità del terreno. Era davvero una via lunghissima, di pochi metri di larghezza, ma apparentemente infinita, delimitata da due lunghe staccionate di legno ai suoi estremi e campi di grano incredibilmente dorati, che finivano proprio nel punto in cui la staccionata li staccava dalla stradina.

Sulla sinistra, dalla parte del guidatore, oltre lo steccato, cominciava subito un enorme campo di rigoglioso grano, fatto di spighe alte, forti e bellissime, che coloravano tutto di un oro lucente e meraviglioso e aventi un'iridescenza, che pareva si sarebbe potuta notare anche al buio più pesto. Quei campi avrebbero brillato anche sotto le stelle e al chiarore di una bella luna, in una notte limpida e sgombra di nuvole. Di giorno apparivano dorati, mentre una volta tramontato il sole, Jo se li immaginò divenire argentei e incredibilmente romantici.

Più avanti, qua e là, sempre dalla parte del suo Stephen, comparivano alcuni olivi e alcune querce dalla folta chioma e dal tronco evidentemente molto duro e nodoso, disposte secondo schemi precisi e ben ordinati.

Johanna sedeva sul sedile con le mani in grembo. Era spensierata e si sentiva leggera come una farfalla spostata da una lieve brezza. Era bellissimo, anche se la sorpresa che poco prima si era preparata a ricevere, sembrava andasse per le lunghe!

Lo sguardo di lei tornò sulla sua fiancata e da quella parte, invece, continuava imperterrito il campo spoglio dalle sembianze bidimensionali. Ancora una volta. Non c'erano alberi.

***

Passarono altri minuti, Johanna non avrebbe saputo dire quanti, ma aveva già provato come il tempo sembrava allungarsi, come attratto da una calamita astrale, quando ci si annoiava o quando si era costretti a trattenersi in attesa più del dovuto. Stare sulle spine poteva diventare stancante.

Sembrava fossero trascorse ore. E forse, nonostante la beltà di tutto, avrebbe cominciato anche ad annoiarsi se fossero andati così per le lunghe, ma sicuramente non lo avrebbe dato a vedere. Amava Stephen e lui era così felice di quella cosa!

Il silenzio, però, nel susseguirsi dei soliti campi iniziava a nausearla. Johanna riconosceva quanto fosse bello vivere quell'avventura, ma… anche del bello ci si annoiava, quando diventava ossessivo e sembrava ripetersi all'infinito. Nonostante questo, lo avrebbe accettato ugualmente. Lo avrebbe fatto per il suo uomo. Avrebbe fatto quasi qualsiasi cosa per lui.

La stradina era una cicatrice perfetta sul volto di un'area morta. Poi… per un attimo Jo si sentì avvolta da tutti quei colori che, malgrado non fossero molti, osservandoli attentamente, cominciarono a sedurla come il frutto proibito nel giardino dell'Eden, tanto erano forti e tanto era appassionante percepirli e… sotto il cielo che adesso era all'improvviso nuvolo e sfumato di grigio, si sentì staccare dalla vita terrena per essere proiettata in un quadro, in uno spazio, quindi, scenografico e spirituale. Una foschia densa le appannò il campo visivo trasportandola in una dimensione pacata, senza tempo. Conobbe il silenzio. Vide la solitudine. Si sentì persa. Fu vittima di sensazioni che non aveva mai provato prima, le fecero mutare espressione sul volto e, per un attimo, quella felicità che aveva dentro, andò smarrita in un luogo a lei sconosciuto, dove non sarebbe stato facile recuperarla. Jo si sentì come avvolta nella tela di un dipinto, un dipinto dove regnavano marcature pese, tendenti al grigio, dense e oleose. Dio com'erano oleose! E tutto era fermo! Immobile! Così immobile! Con nessun suono a ripetersi se non quello perpetuo del silenzio.

Come...

Non riusciva a pensare.

Come in un sogno.

La sua personalità fu rapita da una bolla di sapone nera, che attutiva ogni suono e ogni colore della vita esterna. Bidimensionale. Johanna sentì la propria testa come schiacciarsi dall'interno, fino a raggiungere la forma piatta di una tela, i cui spigoli ricoperti da una spessa cornice, presero presto a bucarle senza pietà il cervello.

L'inizio di un forte mal di testa? Si domandò Jo.

Era strano come a volte gli stati d'animo di una persona, potessero completamente cambiare da un modo a un altro e, rispettivamente, da un momento all'altro, in così poco tempo! Cosa le stava accadendo? Che significava tutto quello? Era caduta così rapidamente da una dimensione emotiva all'altra, che per poco si sarebbe detta vittima di un mancamento!

«Stephy, comincio ad annoiarmi», avrebbe voluto dire Jo, cercando di nascondere al meglio le sensazioni che in pochi istanti l'avevano invasa turbandola, ma proprio quando fece per aprire bocca, l'auto si fermò.

«Si è fermata la macchina», disse calmo Stephen, continuando a tenere le mani sul volante e torcendo il collo verso di lei, come un fantoccio privo di articolazioni. Il suo viso era folle. Semplicemente folle come tutta quella situazione che si era andata creando.

Johanna, che si era voltata nel momento in cui la vettura si era fermata domandandosi se quella campagna sarebbe mai finita, rimase stupita nel vederlo in quel modo. Stephen non era lui. Ma fece finta di niente. «Bene», disse, «almeno potrai mostrarmi quello che mi hai nascosto fino ad ora, non credi?». Poi sforzò un sorriso.

Lui continuò a fissarla inebetito, con gli occhi spalancati e la testa inclinata in un gesto innaturale.

Johanna cercò di sdrammatizzare cercando di vederlo in modo buffo e, soddisfatta di essersi almeno fermata, gli rise in faccia, scherzò e gli stampò un bacio. Questa volta all'angolo della bocca, mentre con la mano destra si avvicinò provocante al suo interno coscia. Il momento durò un attimo. Fece un'altra risata e le parve che il sollievo di non vedere più quelle spighe girare all'infinito intorno a loro, sopprimesse tutti i pensieri confusi di minuti prima. Anche l'emicrania, che sembrava stesse prendendo possesso della sua testa, sembrò improvvisamente placarsi. Poi si girò e aprì la portiera.

La serratura scattò quando Johanna tirò la maniglietta interna verso l'alto e lo sportello si aprì con un rumore non secco come credeva dovesse essere, ma ovattato. Non fu un - *clak*! - o un rumorino più o meno simile, fu piuttosto silenzioso. Come tutto del resto in quel posto e... beh, nulla di anormale, ma più silenzioso di quanto non si sarebbe detto! Quella portiera aveva sempre fatto quel rumore?

Nel momento in cui lei ruotò le proprie natiche e stese le gambe fuori dall'auto, si domandò se il suo ragazzo stesse continuando a guardarla in quel modo strano. Per poco non era saltata fuori spaventata, quando si era voltato! La frase che le aveva detto poi... *«la macchina si è fermata»*, le risuonò ancora nel cervello come un sonetto incantato. Era una frase senza senso, piovuta dal cielo. E la sua bocca dal sorriso leggero e folle, faceva assomigliare il volto di Stephen a quello di un povero pazzo! Aveva la tipica espressione di un pupazzo di coccio, che voleva apparire il più umano possibile, quando non lo era, perché inanimato! Finto! Un oggetto senza vita, morto! Che senso aveva... *la macchina si è fermata?*

A Jo, Stephen aveva ricordato subito una di quelle bambole che collezionava la madre, una di quelle con gli occhi di vetro e le pupille dilatate sotto un sorriso ossessivo di ceramica. Odiava quelle bambole. Le avevano sempre fatto paura. E Stephen le era apparso in un modo alquanto simile. Ma lui aveva anche un'altra caratteristica, adesso che l'aveva guardata... era tetro.

Tutto appariva silenzioso e lento, maledettamente lento come i suoi movimenti, la sua capacità di pensare e di agire. Si sentiva immersa in un liquido denso, oleoso. Quello di un quadro sciolto nel caldo umido, afoso.

Ovattato.

Ma che sciocca! Pensò Jo. Cercò di tornare in sé, stirò nuovamente le gambe standosene seduta sul sedile con la portiera aperta e respirò una boccata di aria calda e ora nauseante. Incredibile, quei pensieri che tutti insieme l'avevano turbata non erano da lei, non erano nel suo stile caratteriale. Valli a capire questi esseri umani! Per di più, permettere che tali scemenze e sensazioni la facessero giungere alla conclusione di paragonare il suo dolce Stephen, a un pupazzo di coccio senza vita, era in pratica ridicolo! Aveva dovuto trattarsi sicuramente di un malessere temporaneo. Quanto la faceva lunga! Il caldo le aveva giocato uno scherzetto... sicuro! Un falso scherzetto...

Ma tutto vero.

Passarono un paio di minuti forse, poi non udendo alcun rumore (non che Jo ne avesse sentiti molti in quella mattinata e tanto meno ora), né sentendo Stephen dire nulla, si voltò quasi di scatto e lo chiamò per nome, ma lui era scomparso. Gli aveva voltato le spalle, fin lì ci arrivava, ma per due minuti, giusto? Una persona comune avrebbe sentito l'altro compagno di viaggio scendere dall'auto... l'avrebbe sentito allontanarsi... no?!

La portiera del guidatore era ora aperta e il sedile vuoto.

«Stephy?», chiamò Johanna stupita e nessuno le rispose. «Stephy?», provò di nuovo, con il solito risultato.

Dove diavolo era scomparso il suo uomo, in due maledetti minuti?! Non poteva essersi dileguato così in un niente e se avesse aperto lo sportello dell'auto, avrebbe sentito comunque scattare la serratura, per non contare che si trovavano nel bel mezzo di una distesa dorata! Ovunque fosse corso il suo uomo, l'avrebbe visto! Era come perdere una biglia rossa su di un largo tavolo bianco! Era come dire di non vedere il sole in una giornata limpida d'estate! Come non accorgersi che fosse buio nella notte più buia dai tempi dei tempi! Cristo! Non aveva senso neppure quello, ciò che le stava capitando continuava a non avere senso!

Un fuoco caldo la riempì salendole dai piedi fin oltre la testa. Non era collera, ma paura di essere sola in un luogo tanto desolato. Johanna ebbe paura.

«Stephen!», urlò Jo. «Non è divertente, vieni fuori!». Ed ecco che tutte le strane sensazioni di poco prima ripresero possesso del suo corpo. Scoprire la propria paura la innervosiva rendendola isterica e terrorizzata. Ma paura di che cosa? Delle cose strane. Era quella la sorpresa? Stava forse giocando a nascondino?

«Dove sei! Che razza di scherzo è questo! Non è da te! Dai amore mio!», esclamò Johanna continuando a urlare allibita. Ma lì con lei non c'era nessuno e nessuno le rispose. Johanna non aveva udito rumori, non aveva visto il suo uomo correre da nessuna parte per nascondersi, Stephen non poteva essersi gettato nel campo di grano alla sua sinistra, perché le spighe alte erano tutte troppo ferme e continuavano a emanare quel fluido trasparente e spettrale da olio su tela, ma... allora dove era finito? Un maldestro come lui, se solo avesse tentato di farle uno scherzo infilandosi tra le spighe, le avrebbe buttate giù tutte facendosi subito scoprire, ne era sicura. E poi era accaduto in un attimo! Stephen era scomparso alla velocità della luce!

***

Jo, stanca, si mise a correre.

Il suo uomo era scomparso nel nulla, si era dileguato. Non si sarebbe stupita se in un'atmosfera piatta e priva di logica, come spesso accadeva nei sogni e come adesso sembrava stesse vivendo, avesse saputo che il suo lui era stato rapito dagli alieni! Ma quella era realtà giusto?

Appena scesa dall'auto aveva ispezionato velocemente tutti i dintorni, aveva guardato ripetutamente intorno alla macchina e perfino sotto, che diamine! Si era sentita stupida e inoltre, se era qualche indizio che era andata cercando, non ne aveva trovati. Doveva essere proprio impazzita! La sua paura era aumentata e la preoccupazione la accompagnava su quella lunga via, rendendola incosciente nella propria corsa come una bambina.

Jo era salita anche in piedi sulla staccionata per una visuale migliore, facendo sì che i suoi occhi potessero osservare dall'alto e perdersi tra tutte quelle spighe alla ricerca di un piccolo movimento. Non aveva scavalcato completamente lo steccato, quei campi avevano qualcosa di alieno che non si sapeva spiegare, non le piacevano. Aveva continuato a osservare per un bel pezzo, ma non aveva trovato nulla.

Mentre correva senza meta alla ricerca di qualcuno, sentiva la rabbia espandersi nei vasi sanguigni fitta come il traffico di una rete stradale, alle otto del lunedì mattina. Johanna sentiva il cuore batterle pesantemente tra i seni e i polmoni raschiarle nel petto. Si era messa a urlare quando non aveva trovato nessuno. Aveva gridato avvolta da quell'atmosfera mista tra follia e stranezza, la stessa all'interno della quale si erano andati susseguendo i fatti. Aveva urlato il nome del suo uomo, ma tutto era stato vano.

Fuori dell'abitacolo dell'auto l'aria era ancora più oppressiva e crudele, ancora più oleosa e densa, come quella di un dipinto a olio che si vaporizzava in un caminetto e, ben presto, anche se la bocca di Jo continuò ad aprirsi, quell'entità opprimente trasformò ogni suo grido in silenzio. Le sue corde vocali divennero mute. Urlò più e più volte, immaginandosi di essere la protagonista di uno di quei film muti che avevano dato inizio alla storia del cinema e ormai sepolti dal tempo.

Era in un film dunque? No… era in un quadro! Era in un orrido disegno di qualche pittore del cazzo che non sapeva dove ficcare quei fottuti colori. Un disegno che faceva schifo anche lontano un miglio, uno di quelli che non erano neanche degni di essere chiamati quadri e con cui ci si sarebbe potuto pulire il culo un barbone in un vicolo buio!

Ma faceva paura. Tutto ciò metteva terrore e Johanna non avrebbe mai più dimenticato quell'atmosfera cupa, astrale e aliena. Se tutto da principio era sembrato bello, adesso era come mutato in una situazione squallida e lugubre. Jo correva e mentre le sue gambe si davano da fare per arrivare il più presto possibile alla fine di quella schifosa stradina di campagna, notò involontariamente come tutto fosse cambiato.

Il paesaggio era illuminato da raggi di luce grigia e fuligginosa, sui campi si era creata una particolare foschia simile a nebbia (ma non era nebbia, si sarebbe detta più un'opacizzazione dell'immagine) e il sole, che fino a poco prima era stato splendente, era ridotto a una palla di un color bianco perlato. Inspiegabile.

Correva, correva piangendo e respirando forte per la fatica. I piccoli blocchi di terra arida si sgretolavano sotto le sue scarpette da ginnastica. I capelli lunghi rosso mogano le volavano in ciocche dietro la nuca. Percorse un buon pezzo di quella stradina ghiaiosa, così le parve e l'auto avrebbe dovuto essere ben lontana ormai, ma questo non importava. Avrebbe dovuto trovare qualcuno, qualcuno di vivo e umano che fosse stato in grado di muoversi e di riuscire ad aiutarla a uscire da quel terribile incubo.

Doveva pur esserci qualcuno!

Allora si fermò. Cercò di riprendere fiato mentre si osservava intorno, venendo a conoscenza della totale scomparsa dell'auto dietro le sue spalle. Non vide altro che la solita via di campagna sulla quale si erano avventurati lei e Stephen, nient'altro che le due staccionate lignee erette a delimitarne i pochi metri di confine e, di là da esse, non vide altro che i campi. I campi infiniti di grano.

Il fatto che pur essendo lontana, la distanza non avrebbe dovuto impedirle di vedere l'auto, quando invece non la vedeva, non la preoccupò. Johanna stava ancora riprendendo fiato. Eppure la vettura doveva esserci! Per quanto si fosse allontanata, non aveva certo percorso chilometri ed erano in perfetta pianura quindi... come si spiegava? Vedeva l'orizzonte e non vedeva l'auto del suo ragazzo?

È come se la terra se la fosse inghiottita! Pensò. *E forse... si è inghiottita anche Stephen!*

Maggio, era il mese in cui si trovavano. L'estate avrebbe tardato ad arrivare e cominciava solo adesso a farsi sentire la primavera. Ancora cose strane. Jo guardò il grano. Non era un'esperta contadina, ma le spighe, dalle sue parti, si coglievano intorno al mese di giugno, mentre lì, un campo ne era già maturo, un altro era verde, in un altro ancora erano già state colte...

La vita non aveva senso.

L'auto. Avrebbe dovuto vederla.

Se pur l'aria era calda, un brivido le percorse la schiena. Era successo qualcosa, ne era sicura. Stava succedendo qualcosa! Era accaduto qualcosa a Stephen e lei lo sentiva. Doveva aiutarlo. Così si fece forza e provò a correre nuovamente, ma fu come correre sott'acqua, i sassolini sotto i suoi piedi non emettevano più suoni, i suoi piedi non emettevano più suoni e i suoi capelli sembravano rimanerle incollati sulla testa, come se l'azione del vento causato dalla corsa non avesse avuto più alcun effetto... vento? Ma quale vento? Non c'era vento, era come se nulla stesse accadendo. Non sentiva quella freschezza sul volto bagnato dalle lacrime scaturite dalla propria incomprensione, niente di niente.

Johanna si abbandonò stanca e stremata subito dopo e cadde in ginocchio chiudendo gli occhi. Vide il volto di Stephen comparirle nel buio come un angelo, bello, luminoso e... sperò di riuscire a scappare dal luogo in cui si trovava in quel modo, continuando a partecipare all'idilliaca visione, immaginando quello che per lei era l'amore più grande. Ma non funzionò.

Quando aprì le palpebre era ancora avvolta dal quadro della propria immaginazione e lì per lì, anche se c'era qualcosa di nuovo, non le diede importanza. C'era qualcuno in quel dipinto adesso. Una figura che ne occupava un piccolo spazio in lontananza.

Johanna vide la figura di un uomo e se in quel posto poteva esistere una distanza esprimibile in metri, beh, allora colui che ora lei stava osservando doveva trovarsi a meno di venti metri.

Lui, l'uomo, sembrava non vederla. Doveva essere un contadino, non era il suo Stephen, dato il suo abbigliamento e non dava l'idea di essere una persona colta, ma era sempre meglio di niente, così Jo fece per avvicinarsi.

L'uomo portava un cappello sulla testa e vestiva di una tuta blu. Un personaggio tranquillo, si sarebbe detto. Se ne stava appoggiato al semplice steccato con un piede appuntellato a esso e una Marlboro pendente sul lato destro della bocca. Questo, assieme alle mani affondate nelle tasche, influiva nel dare al contadino l'aria di un uomo vecchio e assorto nei propri pensieri. Guardava dritto davanti a sé.

Johanna lo valutò e dedusse che avrebbe avuto a che fare con un probabile deficiente, magari pure analfabeta, ma per fortuna era sempre una persona e, chissà, forse sarebbe stato in grado di spiegarle cosa diavolo stesse accadendo?! Se così fosse stato, non avrebbe esitato nel ringraziarlo. Si fece coraggio e si avviò verso la figura. Arrivata a circa metà della distanza che li separava, poco prima, si rese conto di quanto colui che alla prima occhiata era apparso lei come uno sconosciuto, fosse in realtà molto più familiare. Si avvicinò ancora un po' all'uomo.

Ma il suo Stephen? Il suo ragazzone, che fine aveva fatto?

Non ricordava chi fosse l'uomo vestito da contadino, ma non se ne fece un problema. Non era neanche tanto vecchio quanto sembrava e parve accorgersi di lei solo quando Jo gli fu davanti.

«Signore, buon uomo», cercò di dire Johanna in modo educato e comprensibile, «potrebbe aiutarmi?». Era disperata.

Il contadino parve destarsi completamente nel momento in cui lei aprì bocca per parlare, come fosse uscito da un incantesimo che fino a poco prima lo aveva reso immobile e assente. Se non altro pareva che qualche suono avesse ancora un valore funzionale in quel luogo, che diamine! Era giovane e non appena cominciò a parlare sembrava sapesse tutto di lei. «Johanna, Johanna come stai?», le chiese il tipo in tuta blu, accarezzandole il volto disperato e inondato di lacrime. Poi, come se le avesse letto nella mente attraverso gli occhi, disse: «dove è Stephy? E' successo qualcosa a Stephy?».

La bocca di Jo si tramutò in una O di stupore. Quel contadino sapeva tutto ancor prima che lei gli avesse chiesto qualcosa? Chi diavolo era… che ci faceva lì? *Beh, magari sei tu a essere un po' fuori luogo… donna di città!* Rispose per lei la sua mente. Strano, era tutto sempre più assurdo e quel campagnolo le sembrava di conoscerlo, ma non ricordava…

Poi lo sconosciuto proseguì con quella che sembrava la magia più potente di ogni secolo: la lettura del pensiero. «Non ti preoccupare, ci sono qui io», disse e si avvicinò a Johanna per baciarla sulla bocca.

Lei rimase fissa e ancorata al terreno, immobile come una statua greca, cadendo e perdendosi negli occhi verdi di chi aveva davanti, mentre nella sua mente interrogativi e calcoli matematici s'intrigavano in una ragnatela di confusione. Non interferì più tra le parole del vecchio amico che aveva di fronte. Non parlò più. E non si ricordò mai di lui, né chi fosse, né dove avesse avuto modo di conoscerlo.

Ci fu un attimo in cui i due si guardarono. Un attimo troppo lungo, un attimo di quelli che dicono tutto e, spesso, tentano di assecondare le cattive notizie dissipandole senza riuscirci. La tensione salì. Poi si spense come una lampadina fulminata. Scoppiando. E lui disse qualcosa ancora, ma Johanna non sembrò aver capito, non parve aver compreso a pieno delle sue capacità.

«Beh, vedo che tanto tu stravedi solo per lui, non è così?», chiese il contadino in parte schifato.

Lei non rispose, rimase solo zitta e bloccata in una paralisi corporea e spirituale. Cosa le era successo, era caduta in coma? Era così che accadeva? No, non si poteva cadere in coma da un momento all'altro, standosene ritti in piedi! Però non lo sapeva. Non capiva più niente. Gli occhi le si spensero in un'espressione di dolore e si sentì sola, più di prima quando lo era realmente. Jo era sempre stata sola dal momento in cui Stephen era scomparso e, solo adesso, lo capiva realmente, sentendolo dentro. Solo lui era in grado di farla sentire viva, apprezzata e felice. Solo Stephen. E lo stesso Stephen si era volatilizzato nel nulla, come sotto il raggio di una pistola spaziale a scomposizione molecolare. Un tempo indeterminato continuò a scorrere sulla lunga via della sua vita, consumandola di un altro gradino, di un'altra ora, di un altro giorno.

Un sogno… o un quadro del terrore?

Poi il contadino le sussurrò di guardare.

«Guarda…», le disse e una parte dentro Jo notò il tono dell'uomo farsi un po' imbronciato, simile a quello di un bambino che s'impermalisce per qualcosa e si prepara a fare una scenata. Forse nel caso dell'uomo era un pizzico di gelosia, dovuta al fatto che Johanna avesse mostrato esplicitamente di non volersi concedere neppure alla più banale delle effusioni, un bacio.

Lei si mosse lenta, pesante. La sua faccia era una paresi d'incomprensione e chiunque l'avesse vista, avrebbe notato sul suo viso un grosso punto interrogativo colorarle la pelle, come un marchio a fuoco sul culo di un vitello.

Il quadro…

Il campo di grano. Il cielo grigio.

Stephen.

Dove sei, si chiedeva la sua mente.

***

L'auto che prima non vedeva, era adesso visibilissima, a pochi metri da loro, a soli pochi metri da quel campagnolo sfacciato e da lei. La macchina di Stephen riposava fredda e immobile. Ma lei aveva corso per arrivare fino a lì! Si era allontanata a tal punto da non vederla più! Com'era possibile quel mondo d'incredibili stranezze, tanto pungenti da far divenire pazzi anche i più sani?

Basta! Era ora di finirla di porsi domande senza senso e alle quali non era possibile darsi una risposta. Era giunto il momento di guardare.

Johanna fu guidata come una marionetta dal contadino, che, senza la minima fatica, la fece avvicinare alla staccionata su cui lui era appoggiato quando lei gli si era presentata davanti. Si ritrovò a spostare lo sguardo per uno di quei campi di spighe. Era infinito e, forse, era sempre il solito, ma non vedeva niente di nuovo.

«Guarda», sussurrò un uomo piuttosto giovane alle sue spalle, una persona dai tratti familiari, ma alquanto sospetti, per certi aspetti, «guarda meglio e dimmi cosa vedi Jo!».

«Guarda!»

«Guarda!»

«Guarda!»

Lei sentì l'alito gelido di lui colpirla sulla nuca, il suo fiato puzzolente e marcio, come fosse stato non più un essere umano, ma un mostro verde e pieno di pustole purulente. Tutto a un tratto, sembrò che quell'uomo avesse ingurgitato un topo di fogna. Le labbra del contadino le sfiorarono la guancia e finirono strisciando, appiccicose di saliva, fin sul lobo del suo orecchio destro.

Nello stato di coma provocato dallo shock, Jo guardò di fronte a sé, dove quel qualcuno le diceva di guardare, senza vedere niente. Forse non voleva vedere niente, forse non c'era niente, forse…

La sua vista rimase appannata fin quando il contadino non morse. Strinse i denti tanto forte, da staccarle il lobo per intero dal restante orecchio e il sangue caldo cominciò a fluirle dalla brutta ferita, striandole il collo, lento e copioso, denso e rosso. Johanna non sentì niente, non provò più dolori, non più dopo quel colpo che finalmente mise a nudo e crudo il suo mistero.

L'aveva trovato, aveva trovato Stephen e in quel momento nessun male fisico avrebbe potuto causarle dolore più profondo, di quello che provava nell'anima.

Stephen era nel campo di grano, non molto più lontano di sei metri dall'auto. Riverso a terra, giaceva nella posizione flaccida di un animale appena sventrato. Le spighe intorno a lui erano state schiacciate dalla stessa massa corporea e dipinte dal suo stesso sangue. Nonostante la teatralità macabra dell'evento, il grano schizzato sembrava il soggetto più frizzante e di maggior spicco, tra tutti i colori del quadro mentale che Jo si era fatta, immedesimandosi come parte di quel luogo. Vi era sangue fresco ovunque, reso denso e colloso dal caldo afoso che regnava tra quei fili lucenti. I vestiti di Stephen erano in gran parte strappati selvaggiamente, la camicia completamente intrisa di un colore vermiglio e la maglietta sottostante, che avrebbe dovuto essere bianca come le ali divine, lo presentava come un angelo spruzzato di malvagità cui era stato aperto un foro nero nel centro dell'addome. Il buco era oscuro come l'inferno. Un foro verticale che partiva da sotto lo sterno fin oltre l'ombelico, non solo sulla maglia, ma anche sul corpo del suo ragazzo.

Johanna non avrebbe voluto vedere tutto questo, eppure più si sforzava di comandare al cervello di distogliere la vista, più una mano invisibile la tratteneva occupandosi di farle vedere quanto più possibile. Voleva girarsi, voleva voltarsi e le sarebbe bastato anche semplicemente chiudere gli occhi, ma non poteva, qualcuno glielo impediva. Il cervello glielo impediva…

Un tubo organico, gommoso e probabilmente giallognolo, sotto il sangue ancora non coagulato, fuoriusciva dal foro che Stephen aveva sulla pancia, come un serpente dalla bocca nera di un morto. Doveva essere un frammento dell'intestino. Cristo! Aveva tutto l'addome strappato come da un enorme morso! Le sue... le sue...

Guarda! E adesso Jo vedeva, vedeva tutto.

...budella! Budella ovunque. Chi poteva aver fatto una cosa del genere? Erano su ogni filo d'erba, spiaccicate in cucchiai di gelatina, quasi tirati a spregio con lo scopo di far inorridire chiunque si fosse soffermato a osservare lo scempio del cadavere. E la sua faccia! Il volto di Stephen, sporco di terra, contorto in una smorfia di dolore, era mangiato.

Doveva aver sofferto. Johanna non voleva sapere di più, non voleva, ma il suo corpo vivo era una scultura di granito e quanto allo spostarsi da lì, non ne voleva sapere. Non avrebbe retto.

Uccelli! Decine di maledettissimi uccelli neri erano già giunti da ogni dove per assalire il cadavere. Gli svolazzavano gracchiando sulla testa, un paio erano appollaiati vicino alle sue mani rattrappite e violacee, altri gli strappavano la carne dal collo riducendola a filamenti elastici e sanguinolenti. Erano cornacchie. Ma le cornacchie mangiavano i morti?

Maledetti, pensò la mente di Jo, *come vorrei schiacciarvi tutte sotto i miei piedi!*

Ma non poteva.

Come vorrei!

Il contadino era scomparso. Non la teneva più, ma lei non poteva muoversi ugualmente, perché era bloccata, bloccata per sempre di fronte al più terribile spettacolo della sua vita. Intrappolata nell'incubo più macabro dei suoi anni. Inebetita, ferma. Con gli occhi sbarrati osservava la sagoma del suo uomo morto e l'unica parte funzionante di lei in grado di ribellarsi, tirandosi fuori da quella situazione, non ne voleva sapere. La mente era la sola a poter fuggire, ma non era tanto facile.

Non voleva vedere.

Alcune cornacchie, zampettanti in un rito tribale, si abbassarono sulla testa di Stephen per strappargli gli occhi e punzecchiargli la lingua all'interno della bocca aperta.

Maledetti! Urlò la mente di Jo. *Maledetti uccelli! Schifosissimi bastardi!* Non voleva vedere, non avrebbe voluto continuare a farlo, ma adesso vedeva tutto e nei minimi dettagli. E sentiva tutto! Come se la sua incapacità di movimento avesse contribuito ad attivarle e amplificarle tutti e cinque i sensi. Vedeva, udiva, percepiva al tatto quella sensazione plastica dovuta all'assurdità di essere sprofondata in un quadro molle e colmo di colore... e poi sentiva l'odore della morte, riusciva quasi ad assaporarne la sottile e definitiva astrazione sotto il palato. Se si trattava di una tortura, era la peggiore cui avesse mai assistito e probabilmente l'ultima dalla quale si sarebbe liberata.

Le piansero gli occhi. Johanna continuava a osservare contro volontà, rinchiusa in un bozzolo stretto e trasparente. Sentiva anche ciò che sarebbe stato impossibile udire a orecchi nudi, da un qualsiasi essere umano. I becchi sporchi degli uccelli facevano un rumore flaccido e molle, ogni qualvolta le loro piccole teste unte penetravano le orbite buie del cadavere di Stephen, andando poi a picchiettare sul fondo del cranio. Il rumore dei piccoli strappi che quei maledetti aprivano con i loro becchi sulla lingua del morto, erano amplificati di cento volte. Alcuni pennuti lo calpestavano e piccoli frammenti di materia grigia, abbandonati qua e là sul corpo e sulla faccia del suo ragazzo, ciondolavano appesi alle loro zampette ogni qualvolta uno di loro ne pestava un pezzo. Lo sciacquio dell'inzuppare qualcosa di solido e acuminato, in una sostanza bagnata e viscida, divenne il rumore più terribile e odioso al quale Jo avesse mai assistito.

Un uomo normale non avrebbe mai catturato con i propri timpani simili piccolissimi rumori, non così bene e a metri di distanza! Ma i nuovi sensi di Jo glielo permisero per aumentare d'intensità la tortura alla quale stava assistendo. Il colore del sangue le riempiva la vista, mentre l'odore e il sapore dolciastro e caldo dello stesso, le fecero venire conati da vomito. E c'era pure qualcos'altro, Jo sentiva il calore del corpo... il calore del corpo di Stephen morto e riverso a terra...

Incredibile! Lo sentiva nella realtà dei fatti, o lo ricordava semplicemente, tramite un'associazione di pensieri e ricordi, basandosi su tutte le volte che si era stesa su di lui?

I becchi degli uccelli continuarono il rito di funzione, rumori secchi echeggiarono tra le pareti della materia celebrale di Jo, ogni volta che essi andarono a cozzare contro i denti del suo ragazzo, i denti di Stephy, ma ciò che divenne insostenibile, fu sentire i lembi di carne del suo amato strapparsi come pezzi di stoffa vecchia, incessantemente, sotto l'azione truculenta di quei pennuti assassini e... in fine, udire il cuore di Stephen battere lentamente.

Il suo cuore?

Batteva ancora o cosa?

Non voleva vedere, non voleva sentire.

Era nel quadro.

Poi un qualcosa cominciò a gonfiarsi nella pancia squarciata di Stephen e subito dopo il contadino riapparve. Dunque era sempre stato lì dietro, dietro di lei, si era solo nascosto per non farsi vedere! Era lui che la stringeva così forte tenendola ferma senza permetterle di muoversi? L'aveva stregata forse? Era una sorta di stregoneria quella?

«Non è un quadro», disse la voce familiare del contadino ormai presunto disperso, alle spalle di Johanna. «Non è un quadro. È il tuo momento Jo. Il momento di scappare!».

La ferita nella pancia di Stephen tentò di allargarsi, come una bocca che si dilata per parlare e dire la sua. La pancia gli si gonfiò ancora un po'. Dopo alcuni minuti, una creatura cercò di uscire contorcendosi dall'interno dello squarcio sanguinante inflitto sul cadavere e schizzò ovunque goccioline rosse... si poté intravedere un piccolo cranio scuro. Una testa da pennuto piccola e unta. Era nera e appiccicosa. Era la testa di una di quelle fottute cornacchie, ma come poteva trovarsi là dentro? Dentro lo stomaco del suo uomo!

Johanna vide i suoi occhietti neri riflettere il proprio volto paralizzato e urlante e si accorse che le due perle scure la osservavano. Capì. Capì tutto quanto c'era da capire. Era un'altra di quelle stupide bestiacce, ma questa era la principessa. Questa era la più grossa, la discendente di tutte le altre, quasi fosse stata la madre di una colonia di scarafaggi, piuttosto che la madre dei pennuti bastardi e il corpo morto di Stephen l'aveva partorita attraverso il varco della morte.

Assurdo!

Quando l'uccello deforme uscì aprendo le ali in segno di vittoria, sprizzando un ventaglio di sangue dall'addome distrutto di Stephen, Jo cadde in un baratro buio e senza fondo.

«Non è un quadro...», diceva la voce del contadino.

Non voleva vedere.

Lo stanno mangiando, mio Dio basta! Basta! Basta merdosi! Pensò. Non si poteva muovere. Tutto girava intorno a lei.

«Non è un quadro...», continuava a gracchiare il contadino, il mostro che le si nascondeva dietro. «Non è uno stronzo di un quadro!».

Mentre tutto vorticava intorno a Jo, un'ultima immagine del suo ragazzo morto le passò davanti agli occhi veloce e allungata, come in una distorsione computerizzata: la carne che gli si strappava nel collo, nelle braccia, nelle gambe e miliardi di becchi che ne fuoriuscivano intrisi dall'interno, prima bucandolo e poi dilaniandolo.

Basta! Basta! Basta!

«Non è un quadro!», urlava adesso il contadino. «Non lo è! Non lo è! È solo uno stramaledetto...», non finì la frase.

Tutto girava. Johanna si accasciò su se stessa e poi si spense. Le si abbuiò la vista, nello stesso momento in cui il mostro che ora le urlava alle spalle, disse quello che non si sarebbe mai immaginata.

«Non è un cazzo di quadro! È solo un cazzo di... sogno!».

***

Johanna si svegliò trasalendo, in seguito all'improvviso spavento che l'incubo le aveva procurato. Era ancora sul sedile dell'auto di Stephen.

Si era addormentata, tutto lì. Aveva chiuso gli occhi e si era lasciata trasportare da quella sonnolenza che solo un'automobile in movimento poteva darle. Aveva viaggiato nel buio del sonno scatenando tutta la fantasia immaginabile, eppure sembrava tutto così crudelmente vero... non si sapeva spiegare, erano anni che non faceva brutti incubi. Erano anni che non sognava in quel modo... ma per fortuna era tutto finito. Quasi stentava a crederci, quasi aveva stentato a comprendere quale realtà fosse effettivamente la primaria, subito dopo il risveglio, tanto era rimasta stordita!

Il suo ragazzo guidava tenendo entrambi i palmi sul volante e le braccia ben stese in un gesto fiero e maschio, che le davano un'estrema sicurezza. Sorrideva.

Beh, perlomeno Stephen era su quel sedile e non scomparso come Jo aveva creduto fino a poco prima. Questo la rassicurava tanto quanto il fatto di vederlo felice. Immaginare la cosa peggiore che le fosse potuta capitare nella vita, cioè perdere ciò che più di ogni altra cosa le stava a cuore, le dava terrore tuttora e, malgrado quel brutto film mentale fosse arrivato a termine, nonostante adesso avesse gli occhi finalmente aperti, le conseguenze continuavano a turbarla. Stavano passando lentamente. Lo svegliarsi e il trovarsi di fronte la via stretta e ghiaiosa a solcare quei campi oro come nell'incubo, aveva fatto a Jo quasi paura in un primo momento. Per poco non si era messa a urlare, quando si era destata, ma nella realtà le cose tornavano a essere perlomeno più concrete e logiche, nel loro assemblarsi degli eventi e delle situazioni. Johanna si rassicurò. E cominciò a chiedersi come mai fosse stata vittima di quell'evento strano. *Come diavolo hai fatto ad addormentarti! È appena mattina e ti sei alzata solo poche ore fa! Che stupida sei!* Si rimproverò. Probabilmente era stata colpa del viaggiare troppo lentamente, per non parlare di tutte quelle cunette e buche, che in parte turbavano, ma in parte cullavano piacevolmente, nonostante le sospensioni dell'auto non fossero delle più nuove! Non ricordava però, di avere avuto tutto quel sonno! Era stato qualcosa d'improvviso e nonostante le ipotesi, rimaneva il fatto che si era assopita. *Vorresti chiamarlo pisolino? Ah! Ah! Sonno profondo direi!*

Appena le sue palpebre si erano aperte, Jo si era protesa di fronte al parabrezza, concentrata sulla stradina di campagna su cui era cominciata tutta la vicenda. Quella venatura sterrata era sempre là e pareva proseguisse veramente all'infinito, ma tutto sembrava prendere altre sembianze più naturali e dignitose adesso che era sveglia. Le chiome dei radi alberi e le spighe di grano ondulavano levigate dal vento ed emettevano un soffice fruscio di riso soffiato. Un paio di fringuelli giocavano a rincorrersi cinguettando e alcune vespe, in compagnia di grossi calabroni neri, ronzavano in qua e là sui fiori che nascevano spontanei lungo i margini dello steccato. Era bello. Caldo e splendente. *Tutta un'altra questione!* Pensò Jo.

Per quanto tempo fosse stata addormentata non ne aveva la più pallida idea. Non ricordava quando avesse chiuso gli occhi... come avrebbe fatto a stabilire un tempo? Potevano essere stati dieci minuti o forse un'ora, non faceva differenza. Così Jo guardò lo Swatch al suo polso, uno dei primi regali di fidanzamento che Stephen le aveva fatto dopo averle detto che la amava. Le lancette segnavano l'una passata, ciò voleva dire che erano in macchina da almeno due ore, giusto? Decisamente.

Notò la strana sensazione di sentirsi stanca (forse era solo noia), atrofizzata dalla posizione seduta in cui era stata per troppo a lungo e sentì il bisogno assoluto di scendere a sgranchirsi le gambe. Era come se fosse stata in quell'abitacolo per secoli, le girava un po' la testa e temeva le fosse venuto presto un terribile attacco di emicrania, decisivo nel rovinarle la bellissima giornata, più di quanto la sua immaginazione non avesse già contribuito a farlo.

«Vedo che ti sei ripresa», disse Stephen volgendole lo sguardo mentre continuava a guidare.

Ti sei ripresa? Pensò Jo. *Ripresa da che cosa?* Poi rispose mantenendo un tono di voce tranquillo e pacato. «Già, per quanto sono stata nel mondo dei sogni?», domandò.

«Per un po'. Un'oretta direi...». Stephen le volse un altro sguardo, poi continuò dicendo: «sei pallida, cosa ti è successo? Stai poco bene? Sembra tu sia tornata dall'aldilà!», esclamò quasi divertito.

«No, no, è tutto a posto. Solo che ho avuto un incubo terribile e la cosa sconvolgente sta nel fatto che mi ero immedesimata a tal punto, che pareva fosse tutto vero! Mi ha scosso un po', ecco tutto!».

«Hai avuto paura?», chiese ancora Stephen.

«Ero terrorizzata cazzo!», imprecò Jo.

«L'ho notato, ti muovevi in modo strano, come se qualcuno ti stesse trattenendo mentre tu cercavi... non so... di liberarti! E hai pure strillato una volta! Doveva essere tremendo questo sogno!».

Già. Lo era! Pensò Johanna, ma non lo fece presente a Stephen. Si stupì invece del fatto che avesse strillato. «Ho strillato? Dici sul serio o mi stai prendendo in giro?», chiese sconcertata.

«No, dico per davvero! Perché dovrei inventarmelo! Ti stavi agitando e ho pensato di svegliarti, ma poi quando ho visto che ti sei tranquillizzata, ti ho lasciato stare. Deve essere stata questa lunga via a metterti sonno, sai? Non essendo tu a guidare, può capitare…». Stephen s'interruppe per sorriderle, poi continuò dicendo: «la prima volta ha fatto lo stesso effetto anche a me! Ma vedrai, ne vale la pena! La sorpresa che ti ho promesso ti piacerà!».

Johanna si sciolse ancora e si rilassò cercando di riacquisire la serenità di quando si erano messi in viaggio. Nonostante il risveglio le avesse lasciato una leggera nausea, il fatto che si fosse trattato solo di un sogno le diede sollievo ogni minuto di più. Guardò fuori dal finestrino dell'auto e il sole splendeva alto nel cielo. Non c'erano nuvole e, soprattutto, faceva caldo.

Jo era quasi di nuovo in ottima forma. Quella mattina aveva preparato dei panini con prosciutto e del riso freddo, il tutto poi era stato riposto in un frigo portatile che Stephen aveva fregato una volta a sua madre ed erano partiti all'avventura. Nel mini frigo avevano aggiunto un po' di formaggio e un paio di lattine di Pepsi, perché si mantenessero fresche e, in seguito, dopo un momento di esitazione, si erano decisi nel portare anche un paio di bottiglie d'acqua in più rispetto al dovuto. La giornata si preannunciava calda e nella macchina, che noia avrebbero potuto dare? Non sarebbero state di peso per nessuno. Jo e il suo uomo avrebbero mangiato fuori all'aria aperta e sarebbe stato un altro di quei magnifici giorni, da riporre tra i più bei ricordi della loro vita passata insieme.

La strada continuava.

«Manca ancora molto alla tua sorpresa, tesoro?», domandò Johanna mostrando un sorrisino che esprimeva tutta la sua comprensione, ma anche un buon principio di noia.

«No, siamo arrivati», rispose subito Stephen, quasi le avesse letto nel pensiero, assecondandola. «Ma prima voglio che mi parli di questo sogno che ti ha tanto terrorizzata, vuoi?», le chiese.

«Preferisco di no», rispose Jo massaggiandosi per un attimo la tempia, come se solo l'idea di quel brutto sogno la nauseasse ancora e poi, cosa gli avrebbe detto? Cosa gli avrebbe raccontato? Caro il mio tesoro ti ho visto morto mentre venivi mangiato dagli uccelli? Non era il caso di rovinare tutto! Così la buttò là dicendo: «magari dopo, se proprio insisti, ma non adesso, ti prego!». Ci fu uno scambio di effusioni, le loro lingue si toccarono e i loro sguardi s'intrecciarono appassionati.

«Come vuoi», le rispose Stephen, «ma credo che dopo, come dici tu, avrai ben altro a cui pensare!». Poi le fece l'occhiolino e le mostrò tutta la sua buona intenzione di farla divertire. Jo intuì cosa potesse aver avuto in mente il suo uomo e risero insieme. Sapevano entrambi che avrebbero fatto l'amore.

Ancora pochi metri e l'auto grigia si fermò. Il paesaggio intorno ai due innamorati era fermo ed estremamente rilassante. Gli insetti volavano, gli uccellini cantavano e loro si godevano quella calda atmosfera attraverso entrambi i finestrini aperti. Ma quando sarebbero scesi, che effetto avrebbe fatto su di loro quel posto? Il suolo sotto i piedi gli avrebbe procurato una sensazione di stabilità e dominio del proprio corpo, che li avrebbe resi matti l'uno dell'altra.

«Se qui ti va bene...», propose Stephen, facendole ancora l'occhiolino, «beh, possiamo dire che siamo arrivati!».

«Benissimo!», esclamò Jo pronta. «Non mi pare vero! L'idea di rimanere ancora chiusa qui dentro potrebbe farmi impazzire!».

E alla fine scesero dalla macchina.

Lui, Stephen, girò intorno al suo *motore con le quattro ruote*, com'era solito chiamare l'auto che possedeva e abbracciò Johanna stringendola forte al suo petto. Si baciarono lentamente e a lungo. Era bellissimo l'amore, la cosa più bella che la natura umana avesse mai potuto regalare! Si sarebbero divertiti, avrebbero scherzato e riso fino a sera e, se lui glielo avesse chiesto, l'avrebbero fatto più di una volta. Si amavano troppo. Da anni ormai!

Poi l'idea della sorpresa riaffiorò a galla come una busta misteriosa sulle onde del mare, nella mente di Jo. «Allora? Questa sorpresa?», chiese lei con l'occhio indagatore che faceva tanto ridere il suo ragazzone. Lui la trovava divertente quando si comportava in quel modo.

«Quale sorpresa?», ripeté a sua volta Stephen, simulando una dimenticanza, non del tutto convinta.

«Dai, non mi tenere ancora sulle spine!», esclamò lei.

«Ah… quella sorpresa! Ok, ok, mi sembra più che giusto, è arrivato il momento, ma prima devi fare un'ultima cosa per me», le disse lui.

«Quello che vuoi tesoro…», sussurrò Jo assumendo subito un tono provocatorio e ammorbidendosi in una posa piccante, «quello che vuoi…», disse ancora e prese a ridere allungando le mani su oggetti che non le appartenevano, ma che a tempo debito le avrebbero dato piacere. Oh, sì! Gli attributi di Stephen le avrebbero dato molto piacere… ormai lo conosceva bene e sapeva come usarli!

Si baciarono. Lei impaziente e lievemente eccitata da tutta la situazione che si era e si andava creando, lui accondiscendente. Subito dopo, però…

«No, non ci siamo proprio…», la contraddì Stephen. «Non è questa la sorpresa che avevo in mente, per ora almeno, devi solo allontanarti qualche metro dall'auto e voltarti verso il campo, ma mi raccomando gli occhi! Tienili ben chiusi! Altrimenti… la sorpresa non sarà più una sorpresa!», esclamò e le sorrise.

«Stephy! Lo sai che per me è già abbastanza tutto questo! Hai davvero un'altra sorpresa da mostrarmi? Qualcosa di diverso dallo star bene insieme? E di cosa mai si tratta! Lo sai che non voglio regali! Non farmi arrabbiare!». Jo si sentì ancora più eccitata e si strinse nelle spalle con un sorriso accecante. Non avrebbe mai chiesto regali al suo ragazzo, ma i regali facevano sempre piacere a chiunque, specialmente a una donna!

«Fai come ti ho detto. Non preoccuparti e vedrai. Ti piacerà!», la rassicurò lui.

«Va bene, ma non ci mettere tanto quanto hai impiegato a portarmi qua, ok? O rischierò di sciogliermi senza di te!». Jo scoppiò in una risata, poi si affrettò a seguire l'ordine impostole, divertita più che mai. Posta come le aveva ordinato Stephen, sentì aprire il baule posteriore dell'auto e scartocciare qualcosa che poteva essere benissimo un regalo. Un qualsiasi genere di regalo!

Ha un pensiero per te, Jo cara? Lo sai che è un ragazzo stupendo, no? Non finirà mai di stupirti!

Poteva anche darsi, cose del genere erano da lui! Era già risuccesso in passato e malgrado lei cercasse sempre di evitare situazioni imbarazzanti, ricevere un presente rimaneva un piacere! Di qualsiasi genere esso fosse!

Poi Jo sentì un suono ferreo. Ancora qualche scartoffia ed ecco che i passi di Stephen si avvicinavano di nuovo.

«Dai, Stephy, posso girarmi?», chiese Jo saltellando sul posto, come una bambina impaziente che aspetta i doni la notte di Natale. «Dai… non resisto più!», disse ancora.

La ghiaia scricchiolò sotto i piedi del ragazzo che si prestava a lei avvicinandosi di passo lento, ma deciso. Sarebbe stato bellissimo. Si amavano. Un passo ancora. L'assestamento dei sassolini sotto le scarpe di lui e…

«Dai! Non ce la faccio più. Fai veloce o finisco per addormentarmi di nuovo!», disse scherzando la ragazza. Sul volto aveva un ampio sorriso. I denti bianchi le risplendevano nel sole, sani e giovani.

«Non preoccuparti amore, sarò veloce», sussurrò poi finalmente Stephen di rimando, dietro di lei.

Jo continuò a ridere. Qualcosa nel profondo del suo animo, però, ancora non capiva… non capiva perché ci mettesse tanto e… fu veloce. Veloce e inaspettato.

***

Qualcosa tagliò l'aria con un sibilo maligno, colpì la spalla della ragazza e gliela distrusse procurandole un dolore lancinante. Fu qualcosa di cui lei non era mai stata partecipe prima. Jo si sentì mancare il fiato e non ebbe nemmeno la forza di espellere il male provato in un urlo, che subito cadde a terra inconsapevole. Fu completamente risucchiata dallo stupore e dall'agonia.

«Cazzo!», sbraitò qualcuno indignato dietro di lei. Quel qualcuno era Stephen.

Stephen? Stephen? Stephen! Pensò Johanna. Proprio lui?

Il suo uomo era sopra di lei come un enorme falco sulla preda, si era trasformato in un avvoltoio con una pesante pala d'acciaio dal manico di legno stretta in pugno. Jo distinse l'oggetto solo pochi secondi dopo la fitta alla spalla, quando la vista sembrò ricolorarsi con lo scenario della campagna che li avvolgeva, ma c'era troppa luce ora, per i suoi occhi!

Forse lui voleva prenderla alla testa? Perché l'aveva colpita alla spalla? Aveva forse sbagliato mira? Voleva ucciderla?! Ma perché?!

Johanna e Stephen si amavano, ma c'era ben poco da capire. Il suo uomo era sempre stato un maldestro e aveva sbagliato perfino stavolta. Era uno dei difetti a cui Jo non faceva più caso dopo tanto tempo e, per di più, quel suo essere com'era, a volte rendeva il suo Stephy anche simpatico e buffo. Comico! Forse era più azzeccato!

Ora la spalla di lei, a contrasto con la dura percossa, era stata quasi completamente asportata e l'osso della clavicola le fuoriusciva rosso e vivo dalla carne lacerata. Il suo sangue era schizzato ovunque e fiotti caldi le avevano subito colorato i vestiti. Dio quanto n'era!

«Volevi la sorpresa?», sbraitò Stephen. «Eccola la sorpresa! Eccola che arriva!», urlò ancora.

Il sole divenne una biglia luminosa a cui Jo non fece più caso, tanta era l'agonia. Tutt'insieme i canti dei passerotti erano finiti. Il venticello si era fermato. L'aria era divenuta pesa e nauseante come quella del sogno, come quella del quadro di circa mezz'ora prima, nel quale Johanna si era sentita immersa e, mentre si rotolava in terra accecata dalle fitte di dolore, la pala riprese a colpirla. Le cozzò addosso ripetutamente, con forza. Ogni volta che lui la colpiva dove le ossa emergevano di più dal corpo, un rumore ferreo di latta echeggiava nell'aria, confuso insieme a uno più debole di ossa che si rompevano.

«Prendi, troia, prendila tutta!», urlava adesso il mostro.

L'attrezzo agricolo le cozzò un ginocchio, una botta meschina che le fece partire la rotula. Recisi i legamenti con un colpo rasoterra, Jo vide l'osso piatto del suo arto volare come un ufo per andare a nascondersi tra le spighe più lontane. Mentre volava, aveva uno strato di pelle attaccato sopra.

Con l'altra gamba Jo riuscì a tirare un calcio a Stephen e malgrado lo colpì nei genitali, la sua azione servì a fermarlo solo per poco. Quanta forza era riuscita a metterci in quel misero colpo di difesa? Lo amava. Così provò a scalciare ancora con l'unica gamba che le rimaneva funzionante, ma fendette l'aria. Uno stinco le si fratturò, o meglio, le si piegò spezzandosi in due mentre la pala rimase conficcata nel terreno, sotto l'azione di un altro potentissimo colpo infertole da Stephen. *Urla, Jo! Urla! Urla per l'amore del cielo!*

E se anche l'avesse fatto, chi avrebbe potuto sentirla? Un contadino forse?

Non c'erano contadini lungo quella staccionata. E poi loro erano volati oltre adesso, si dirigevano verso un fosso mascherato dai rovi. Lei si trascinava a terra, lui le stava sopra come un demone assetato di sangue.

Il bruciore era insopportabile. Johanna si chiedeva come mai non fosse ancora svenuta. Chissà, magari poteva essere un altro incubo? Ben presto si disse che non lo era. Non stavolta. I sogni davano nausea, paura, terrore, sgomento e dolore... a volte, ma solo nell'anima, non dolore fisico come quello che stava provando adesso! Non quel tipo di dolore che sentiva bruciarle nel corpo come il fuoco! Era così che funzionava, no?

Stephen, sussurrò la povera ragazza. Le forze la stavano abbandonando. Non capiva più niente di cosa stesse accadendo o da dove potesse giungere la prossima palata. Tutto le girava intorno e la vista le giocava brutti scherzi, sovrapponendo le immagini o appannandosi come succedeva ai vetri d'inverno. Ma... un momento! C'era qualcosa vicino ai suoi piedi... vicino ai piedi del suo ragazzo e... doveva essergli caduta dalle tasche dei pantaloni! Cos'è che aveva scorto? Proprio mentre se lo chiedeva, un'altra botta le arrivò dritta all'addome. Di piatto, per fortuna! La pala dava l'impressione di essere molto affilata!

Jo subì il colpo, le mancò il fiato e si concentrò sull'oggetto che aveva visto. Sì, lo vedeva ancora, offuscato, ma lo vedeva. Qualcosa in terra. Doveva averla fatta saltare dalle tasche di Stephen con il calcio... era una boccetta in vetro o qualcosa del genere... di sicuro un sonnifero, o un allucinogeno. Una volta nel suo passato ne aveva visto uno. *Cristo Santo! Allora quel sonno improvviso...* era stato in qualche modo indotto! Non c'era altra spiegazione. *E quando? Quando è successo?* Si domandò Johanna. Poi rammentò che prima di partire aveva bevuto dell'acqua e quella stessa mattina aveva fatto colazione a letto… era stato lui a portargliela… come tante altre volte… doveva essere accaduto in uno di quei momenti, ecco che si spiegava quella sonnolenza improvvisa e profonda… quel senso di nausea e… che razza di bastardo che era stato il suo uomo!

Mi ha avvelenata? Mi ha somministrato un sonnifero?! Jo stentava ancora a crederci.

Stephen diede un calcio al medicinale per allontanarlo, di qualsiasi cosa si trattasse e, anch'esso, velocemente si nascose tra le spighe come la rotula di Jo, scomparendo per sempre. «Tieni! Tieni! Tieni!», urlò colui che lei amava, impregnato dal liquido nero della follia pura. Era diventato un orco maligno, oscuro, cattivo e spietato.

La pala colpiva.

Quel ragazzo tanto dolce che per anni l'aveva amata, si era venduto alla pazzia.

La pala colpiva e faceva male. Ma che cosa era il dolore in quello stato in cui ormai la povera Johanna si trovava?

Non era possibile. Non poteva crederci!

C'era sangue, sangue ovunque. Schizzi caldi coloravano il cielo ogni volta che la pala si alzava e si abbassava. Si alzava e si abbassava. L'attrezzo metallico cozzava a ritmo perpetuo sul corpo sdraiato non ancora deceduto della ragazza e le peggiori battute, malgrado entrambe diffondessero un dolore tremendo, erano quelle che Stephen imponeva trasversalmente, perché quando il ferro fendeva l'aria di taglio, nell'urto apriva sempre! Le botte trasversali erano quelle che tagliavano. Erano quelle che lasciavano il segno vero… quello che difficilmente si sarebbe potuto curare, in qualsiasi altra situazione.

Le mani di Jo tentarono di aggrapparsi al terreno facendo resistenza con le unghie, cercando di allontanarla dal pericolo come insegnava l'istinto di sopravvivenza, anche se ormai era troppo tardi, ma l'arma tagliò l'aria ancora una volta e la pala tranciò mezza mano destra della vittima inerme. Jo sentì gli ossicini spezzarsi come arbusti secchi e la pelle aprirsi come il burro. Le partirono tre dita. Le vide a terra abbandonate come tre grossi vermi, tozzi e sanguinanti. *Basta Stephen*, implorò dentro di sé. *Basta ti prego, basta...*

Stephen. Ma perché... perché lo faceva?

La tortura continuò. Quell'odio malvagio che si era creato nell'uomo più divino della terra non cessava più, non si scaricava più. E la pala continuò a fendere aria e carne, aria e carne...

Il braccio destro di Jo fu tagliato di netto, mostrando il moncherino dell'arto scuoiato dalla propria pelle, ai tristi occhi della creatura morente. Lei cercò di parlare, di dire qualcosa, ma non ci riuscì. Quando cercò di aprire la bocca per respirare, una palata le sfoderò la guancia che le cadde flaccida e sanguinante sul collo sudato.

Bene, adesso era veramente sistemata a dovere!

Ma perché...? Si chiese Johanna, mentre Stephen la uccideva. La risposta era semplice, perché si amavano!

«Tieni troia! Ti piace la sorpresa? Ti piace, eh?!». Stephen sbraitava come un orco imbestialito. Era sopra di lei e la braccava senza pietà, con disprezzo, con forza, senza permetterle neppure di boccheggiare. Senza ritegno, né compassione. Era sudato come un animale e i capelli gli ricadevano bagnati sulla fronte. Sbavava! Cristo se sbavava! Sembrava quasi fosse un fottuto maiale! Un fottuto cane con la rabbia all'ultimo stadio!

Sotto i piedi di Stephen, la massa sanguinante si contorceva nell'agonia. Ormai Jo era ridotta a un cumulo di carne e ossa. Poco le rimaneva da vivere. Veramente poco.

Stephen. Perché Stephen?! Chiese sussurrando la ragazza in brandelli, ma quello che Johanna pensò di aver detto, non fuoriuscì mai dalla sua bocca.

Non era possibile, lui la amava.

«Troia!».

Uno squillo lontano risuonò debole nell'aria. Jo lo sentì e per un attimo se ne convinse... *è la sveglia, è la sveglia che ho sul comodino... fra pochi minuti sarà tutto finito. Mi alzerò e andrò a lavoro!* I suoi pensieri erano sottili, trasparenti e leggiadri, quasi inesistenti.

Anche lui, Stephen, l'aveva sentito. Lo squillo c'era stato davvero e per un attimo il mostro si bloccò con un colpo a mezz'aria. Poi esclamò qualcosa e Jo si perse nell'oblio.

Il trillo lontano era solo il cellulare dell'orco cattivo che suonava senza una voce che andasse a rispondere.

Ti prego Stephy, vai a rispondere! Ti prego Stephy! Vai a rispondere, ti... prego! Pensò Johanna, quasi quella richiesta avesse potuto servirle per una salvezza, se solo l'orco che aveva invaso il suo uomo, fosse stato distratto da fattori ben altro che importanti, quanto farla a pezzi.

Altri schizzi. La giostra umana impazzita riprese la corsa.

«Ti piace la sorpresa, Jo?», urlò lui.

No! Voleva dirgli di no. *Non mi piace!* E a chi sarebbe mai piaciuta?! Ma ormai Johanna era finita. Non vedeva più, ma sentiva. Percepiva la *Morte* sdraiarsi al suo fianco e il cuore smetterle pian piano di batterle tra i seni lividi.

Chi aveva detto che la morte era una cosa orrenda? La morte l'avrebbe fatta smettere di soffrire, le avrebbe dato pace e sollievo. In quel caso la morte sarebbe stata ben accetta e l'unica ad avere il benvenuto. Johanna voleva smettere di soffrire per Stephen che l'aveva giocata. Il sangue le inondò il volto. *Stephy...*
Era folle.

Jo si sentì riempire la gola di quel sapore ramato e forse cercò di sputare, ma ormai era solo una contrazione muscolare involontaria, qualcosa che accadeva senza che fosse il cervello a comandarla, era puro istinto.

«Brava!», continuò a sbraitare l'orco-Stephen. «Fammi una pompa, fammela adesso con tutto quel sangue! Troia! Maledetta troia! Muori troia!».

La pala continuò a tagliare e spaccare anche dopo che Jo fu morta da un pezzo. C'era un sapore strano nell'aria, un sapore oleoso e pesante che non era quello del sangue, ma piuttosto quello di un dipinto bruciato in un caminetto. E prima di chiudere definitivamente gli occhi, lei capì che cos'era.

Quello che Johanna sentiva nell'anima, era il quadro nella sua mente che andava distrutto per sempre.

***

Lo amava. Johanna amava il suo uomo con tutto il suo cuore...
e proprio il suo cuore, fu giocato dal male sconosciuto della follia improvvisa.

2

Quando Johanna aprì gli occhi, ebbe l'impressione di trovarsi
ancora su quella maledetta strada di campagna, apparentemente
infinita e pregna di quell'atmosfera appiccicosa e viscida di un
quadro a olio. Ci rifletté su e si chiese se davvero era così che ci
si sentiva a essere dipinti in un quadro, ma era poi mai possibile
una cosa del genere? Si poteva mai descrivere a parole una con-
catenazione di eventi simili, paragonandoli a un'idea tanto assurda? Beh, rimaneva il fatto che il suo fosse un quadro mentale,
dunque una tela dipinta dalle emozioni, più che da un pittore folle!

Si era destata di soprassalto e non appena mise a fuoco la realtà,
si rese conto di trovarsi nel proprio letto. Nella propria dimora.

La luce che entrava dalla finestra della camera rischiarava vivace, mettendo a tacere le tetre ombre della notte appena giunta al
termine.

Con una mano cercò il suo ragazzo, tastò le lenzuola, cercò di
allungare il braccio in cerca del corpo caldo di Stephen, ma non
lo trovò, così girò la testa e se ne accorse. Accanto alla sua
chioma, sul guanciale di fianco, c'erano dei fiori, delle rose per
l'esattezza e sopra di esse, era poggiata una piccola lettera. Johanna si sporse per afferrare i gambi ben ripuliti dalle spine e si
prestò ad aprire la piccola lettera. All'interno vi era un biglietto
dipinto di giallo chiaro e su di esso una scritta a mano, un po'
goffa, recitava le seguenti parole:

*Buongiorno mia adorata! Spero che questo mio pensiero possa
regalarti fin dal mattino tutto il mio amore!*
Ti amo,

Stephen.

Jo riconobbe subito la scrittura del suo ragazzo, era impossibile non farlo, per di più dopo tutto quel tempo che condividevano la stessa casa! Così sorrise e posò di nuovo il biglietto e le rose sul materasso per metà vuoto, accanto a lei. Per un secondo si sentì felice, come avrebbe potuto non esserlo! Tali sorprese la gratificavano ancor di più! Erano sorprese alla Stephen!

Con fare disinvolto ruotò su se stessa, sporse le gambe fuori dal letto e si sollevò in piedi. Scese scalza, percorse qualche metro sul parquet in direzione della finestra e si lasciò scappare una risata. E bravo il suo ragazzone, gliel'aveva fatta un'altra volta! Ma dove si era cacciato? E soprattutto quando si era alzato? Lei non l'aveva neppure sentito svegliarsi e la casa pareva fosse vuota, all'infuori che lei.

Johanna raggiunse la finestra, ne aprì i battenti e una piacevole luce mattutina riempì la stanza con fare radioso. Fuori il mondo andava avanti ed era una bellissima giornata, per fortuna non intesa come nel suo sogno di poco prima! Era suo solito fare incubi allucinanti, ne faceva fin da piccola e si diceva fosse solo colpa della sua fervida fantasia, ma ormai non vantava più di alcuna curiosità tanto invadente da permetterle di andare a esaminare nei dettagli il perché, di tali fenomeni notturni, né le interessava badare alle cause di simili deviazioni mentali nei suddetti eventi. Nel dormire, era comune avere la mente che faceva i capricci, ogni tanto! Chiudendo gli occhi e abbandonando il corpo al riposo, non era possibile controllarla e non restava che subire il film che la materia grigia interessata decideva di proiettarle nella sala cinematografica a forma di scatola cranica, contenitore di luoghi ancora oscuri a molti scienziati.

Johanna si spostò verso il bagno, forse Stephen era là dentro e provò a chiamarlo: «Stephy?». Aspettò qualche secondo, ma non udendo risposta, ne dedusse che non fosse neppure sulla tazza del cesso o semplicemente a radersi, così scese le scale e si recò al piano inferiore della loro abitazione. In cucina trovò una seconda sorpresa. Stephen le aveva preparato una gustosa colazione.

Un vassoio perfettamente ordinato, vantava di una buona tazza di caffè ancora caldo, biscotti e una brioche. La sorpresa spiccava sul tavolino degnamente riuscita e sotto il tovagliolo piegato con cura, spuntava allegro un altro piccolo messaggio. Jo lo aprì e stavolta vi trovò su scritto:

Questo è il mio bacio del mattino...

Stephen aveva fatto le cose in grande quel giorno e dato che entrambi non avrebbero dovuto recarsi a lavoro, la sera precedente aveva promesso a Johanna di portarla anche in un bel posto.

Lei si guardò intorno, un radioso sorriso le illuminò gli occhi e la stanchezza che ancora le permaneva sul viso per essersi appena svegliata, parve stendersi e scomparire all'istante. Cercò ancora il suo ragazzo, il suo magnifico uomo, ma non lo trovò. Stephen non era in casa e fu evidente a quel punto, che fosse uscito per una qualche commissione di cui non aveva parlato prima, o forse per sbrigare affari per gli uffici o ancora per fare della spesa. A conferma di tutto ciò, Jo notò dalla finestra della cucina che l'auto di Stephen non era in giardino. La cucina, posta al piano inferiore rispetto la camera, si affacciava su un altro lato della strada che non le era stato possibile vedere prima, non permettendole così di accorgersi dell'assenza della vettura.

Johanna fece colazione, si trastullò nella decina di minuti successivi e proprio quando fece per andare verso la doccia, lo sentì arrivare. Stephen imboccò il vialetto di casa, parcheggiò nel giardino privato e scese dalla vettura con alcune buste di plastica del supermercato.

«Stephy?!», chiamò Johanna facendosi sentire e aprendo il portone mentre gli andava in contro, stando ben attenta a non scivolare sugli scalini della veranda ancora umidi per la nottata. «Dove eri finito?», gli chiese.

«Oh... buongiorno piccola! Ero solo andato fuori per comprare alcune cosette! Tutto qua! Sono arrivato in paese al volo e ho fatto più veloce del previsto! Immagino che tu abbia già trovato tutte le mie sorprese?!», le rispose lui.

Johanna si limitò a sorridergli, poi aggiunse solo poche parole di ringraziamento. «Sei un tesoro! Ma perché non mi hai detto che saresti uscito? Potevamo andare insieme, se ti andava!».

«No… perché mai? Volevo tu riposassi. Volevo farti felice augurandoti il buongiorno a modo mio… un modo tutto speciale! Non trovi?». Nel dire questo Stephen si avvicinò alla propria donna, lasciò le borse in terra e si cinse ad abbracciarla stringendole la vita. Poi la baciò. Era sereno e sprizzava allegria da ogni poro.

Jo lo osservò a lungo e per qualche secondo lasciò che i suoi occhi sprofondassero in quelli scuri e profondi di lui. Si baciarono ancora. Di lì a non molto lei avrebbe preparato qualcosa da portarsi dietro per pranzo e sarebbero usciti. Era loro abitudine pranzare fuori con un panino o altro, nei giorni di festa, in special modo se Stephen le accennava in anticipo qualche strana voglia di partire per andare in giro. Poi…

«Ehi! Quasi dimenticavo!», esclamò lui. «Sai che ci sono un sacco di saldi giù al negozio di giardinaggio? Ho preso alcune cosette che potrebbero esserci utili e non le ho pagate quasi nulla! Vieni… guarda qua!», le disse Stephen. Si staccò dall'amorevole presa e tornò verso l'auto.

Jo, sorridente, si prestò a seguirlo e andarono vicino al bagagliaio. Stephen lo aprì con disinvoltura e frugò all'interno. Jo vide che era pieno di cianfrusaglie e notò molti attrezzi da giardino nuovi di pacca: una canna di gomma per l'irrigazione, due irrigatori automatici, alcuni fertilizzanti in busta per il prato e alcuni piccoli ferri utili a scalzare erbacce, o dediti al giardinaggio in genere e ottimi al fine di piantare nuove forme vegetali.

«Visto? Niente male vero?», si limitò a chiedere lui, attendendo una conferma positiva da lei.

«No, affatto! Hai fatto bene! Stavo proprio pensando di ridare una sistemata al nostro giardino questo weekend, che ne dici?».

«Dico che è un'idea! Un'ottima idea, Jo cara!». Così lui smosse ancora quegli oggetti nel bagagliaio, per mostrare di nuovo a grandi linee l'onesta compera alla propria amata. Rovistò veloce, senza mai arrivare a toccare il fondo del baule, quasi avesse voluto rendersi onesto e trasparente, ma senza esagerare e, proprio quando fece per chiudere nuovamente l'auto, Jo vide qualcosa che non la convinse. Che cosa c'era tra tutta quella roba? Cosa aveva visto in fondo a tutti quegli oggetti di tanto strano da attirare a quel modo la sua attenzione? E perché aveva avuto quella

brutta idea che Stephen non si stesse rendendo totalmente trasparente di fronte a lei? Senza dubbio era stata colpa di un pregiudi-
zio insensato e ingannevole del suo istinto di donna... fatto sta,
che Jo si fece in un secondo più seria, quasi avesse scoperto il
proprio uomo a prenderla in giro su fattori a lei sconosciuti, ma
palesemente evidenti. Guardò meglio nella penombra del vano
metallico prima che si chiudesse totalmente, rovistò nella memoria tra gli oggetti che aveva appena scorto quando non poté più
vederli e... eccolo lì! Ecco che cosa avevano catturato i suoi occhi di strano! Che Stephen le stesse nascondendo qualcosa? A-
veva forse in mente qualche altra sorpresa? O Jo aveva visto bene?

Quello che Johanna aveva notato sotto tutte quelle cianfrusaglie
era un manico. La punta di un manico di legno.

«Scusa tesoro, potresti aprire di nuovo?», chiese allora lei.
«Cos'è? Cos'è quello? Ho visto un'altra cosa... mi piacerebbe
sapere cos'altro hai trovato d'interessante che non mi hai mostrato».

Stephen la guardò incuriosito come un bambino, era dolce e il
suo volto era quello tenero di un fanciullo illibato. La guardò
senza capire inizialmente cosa gli stesse chiedendo la sua donna,
poi, con fare disinvolto, si prestò a riaprire il bagagliaio. «Cos'è
che hai visto amore mio? Cos'altro che non ti ho già mostrato?»,
domandò sereno.

Una volta aperto il vano posteriore dell'auto, Johanna allungò il
braccio e indicò con il dito un cilindro lungo e scuro, molto simile al manico di una scopa, ma ben più robusto. «Cos'è quello?
Quell'oggetto che spunta là sotto, sotto tutti gli altri nel tuo bagagliaio?», chiese ancora.

Stephen sembrò allibito, poi scoppiò in una risata e disse: «Oh!
Questa! Quasi dimenticavo di mostrartela! Guarda dove si è infilata! Non la ricordavo già più! E pensare che è il pezzo sul quale
mi hanno fatto il miglior sconto!». Il ragazzo di Jo infilò una
mano sotto gli utensili da giardinaggio, ne smosse alcuni e una
volta afferrato il cilindro indicato da Jo, estrasse il tutto con un
minimo di fatica, mentre Jo restava a guardare.

«È una pala!», disse in fine Stephen. «Una gran bella pala! Ho
creduto potesse tornarci utile!».

*("**Mistyc**" – foto di Raffaella Dagnese)*

Ricordi lontani

1

Ogni tanto mi capita di ricordarlo, sapete?

Tommy Mansell, è di lui che vi parlerò.

Si tratta di una storia che accadde molti anni fa, ma che delle volte, malgrado abbia cercato di dimenticarla con il tempo, torna a galla nei recessi più remoti della mia mente. Alcune volte lui mi compare in sogno e devo dire che, a certe realtà, non ci si abitua mai. Inutile, certi fantasmi non si dimenticano e basta, ci sono scheletri nascosti nell'armadio che mai verranno riesumati, quindi, se la questione è non riuscire a liberarsi dei ricordi ostili, l'importante è perlomeno non soccombervi ed è proprio per questo, che sto pensando a Tommy ancora una volta. Quello che spero è che, trascrivendo tutto su carta e riuscendo così ad avere qualcosa di concreto di quel vecchio e reale incubo tra le mani, esso possa scomparire per sempre, lasciando della mia passata amicizia con Tom, solo cose belle. Forse avere questo compito mi aiuterà ad allentare la tensione, ad alleviare la paura e la tristezza. Forse mi permetterà di raggiungere una serenità interiore e mi spronerà nel convincermi che è acqua passata.

Avevo l'età in cui la gente poteva considerarmi ancora un giovanotto, con tutta la vita di fronte e tutta l'esperienza dei più adulti da apprendere, al fine di farsi una personalità propria. Frequentavo uno dei tanti licei che si ergevano nelle città dell'Inghilterra di quel periodo, per l'esattezza un liceo classico statale abbastanza grande da contenere più di duemila ragazzi, che quasi mai, a quel tempo, frequentavano gli edifici per studiare. Era un periodo piuttosto difficile nelle città, per imporre pensieri e dottrine. La disciplina era un po' dura, come definiremmo oggi, ma spesso funzionava ed era funzionale, riusciva a calmare molte teste calde! Non tutte, ma molte, tra cui quelle dei figli dei contadini più avidi e degli analfabeti di ogni etnia, che s'iscrivevano al solo scopo di fuggire dal duro lavoro dell'agricoltura, pensando di trovare l'oro sotto gli alberi in città. Gli insegnanti, per la maggior parte, si facevano rispettare, o almeno ci provavano e delle volte, se necessario, usavano anche maniere drastiche, ma più che naturali e scontate per gli anni in cui io vivevo la mia adolescenza!

Andavo tutte le mattine, e dico tutte, nel mio edificio di studio, dove non ero simpatico a molti ragazzi, proprio perché mi ero sempre rifiutato di marinare la scuola insieme a loro e interpretavo lo studente modello che ogni professore avrebbe voluto nella propria classe. Non erano molte le persone orgogliose e di seriose intenzioni, i più erano sospesi fin dai primi giorni dell'anno e, se così non era, tornavano a casa con le mani rosse e gonfie per via delle bacchettate che gli insegnanti regalavano con disinvoltura, affinché si mantenesse il minimo ordine nelle classi e la dottrina non andasse del tutto persa ai quattro venti.

Se qualche ragazzo si ribellava di tanto in tanto? Certamente, ma nessuno guadagnò mai nulla di buono e di cui andare fiero da ciò, a suo tempo. Compromettersi con i professori che avevano punito qualcuno malmenandolo o espellendolo, peggiorava solo le cose. Così la rabbia si sfogava alla pausa, al momento della ricreazione. Molte volte scoppiavano risse nei cortili degli edifici e tra quelle, scintillavano sotto il sole coltelli a scatto.

Non ricordo di essere mai stato bacchettato, ma alcune volte mi sono ritrovato immischiato in risse del doposcuola. Per fortuna sono sempre riuscito a togliermi dai piedi in tempo e senza un graffio! Ne sono rimasto illeso. Ci si poteva lasciar la pelle! Un paio di volte ci furono delle vittime e gli assassini, fortunatamente, furono arrestati.

Ero al mio ultimo anno di scuola quando successe il fatto che oggi mi obbliga a scriverne, dopo di che sapevo mi sarei sicuramente iscritto ad altri corsi di specializzazione utili per la mia futura carriera. Fin da allora ero un ragazzo serio e distinto, ero intraprendente e voglioso di fare. Ero molto simile a Tommy Mansell. Povero Tommy…

Lo conobbi agli inizi dell'anno e mi disse di frequentare il liceo linguistico situato di fronte al mio. Non lo avevo mai visto prima di allora, di sicuro non lo avevo mai notato e capii il perché, quando mi raccontò di venire da fuori città. Ci incontrammo la prima volta a pochi metri da casa mia, cosa che non sarebbe assolutamente successa se non avesse comprato una casa a soli due isolati di distanza da essa! In ogni modo, era un bravo ragazzo ed era sicuro di sé.

Io avevo quasi diciannove anni, li avrei compiuti in novembre, tre mesi circa dopo l'inizio delle scuole. Avevo un'auto usata, ma praticamente nuova, che mio padre mi aveva regalato per il diciottesimo compleanno, dopo aver lasciato il lavoro per godersi il resto della propria vita, ancora giovane e usufruendo della buona pensione. Mio padre non era vecchio, ma poiché le regole dei tempi lo consentivano, avendo lavorato fin dalla tenera età, scelse la cosa più giusta da farsi. L'auto che mi comprò era sportiva, aveva il colore di una notte limpida d'estate e, soprattutto, era spaziosa. Allora in famiglia i soldi non mancavano e così i miei poterono comprarmi quell'auto che mi faceva impazzire.

Tommy si era trasferito dal sud. Lui non possedeva ancora una macchina, né aveva la fortuna di avere un padre al fianco in grado di regalargliela. Non aveva mai visto il padre, mi confidò di non essere in grado neppure di ricordarlo, data la morte giovane che lo aveva colpito, appena un anno dopo la sua nascita. Nonostante la mancanza di quest'affetto e le difficoltà multiple riscontrate, lui era cresciuto sano, aveva sani principi ed era un tipo con i piedi per terra. Aveva diciassette anni e frequentava la quarta del liceo linguistico che si ergeva di fronte al classico, cioè al mio.

Ci conoscemmo per un incidente ciclistico (tipico scontro da film molto imbarazzante) e cademmo entrambi culo a terra sulla stradina pedonale che si stagliava, rossastra, appena fuori delle case di quella via dove abitavamo. Era uno stradello di mattonelle in cotto (piuttosto ben fatto), che ancor oggi sono sicuro posa, perfetto, davanti al mio ex cancello e a quelli delle villette stabili, solide e allineate, della vecchia strada in cui vivevo.

Era una mattina come tante altre, mi svegliai, mi lavai e dopo aver fatto colazione in fretta e furia, come mio solito, mi recai in garage per prendere la bici. Sì, lo so, avevo la macchina, ma quella la utilizzavo in gran parte la sera quando andavo a divertirmi! Non distavo molto dal liceo, così preferivo fare due pedalate, specialmente quando l'aria era tiepida e tendente a scaldarsi nel corso della giornata.

E' bellissimo passeggiare in bicicletta verso le otto del mattino, quando si è a fine primavera e si preannuncia l'estate. Mi piace tutt'oggi sentire il sole che dopo un lungo inverno, comincia a picchiare sulla pelle. Mi rilassa sentirlo bruciare sul volto ed è una sensazione che fa rinascere di nuova luce l'anima.

Quella mattina ero in ritardo, ma anche molto felice di recarmi ancora a scuola per passare una delle ultime e interessanti mattinate scolastiche, assieme agli amici più cari. Con Tommy accadde tutto prima del vero caldo, quello che presto avrebbe preso piede su tutto il territorio e una volta cominciate le vacanze, avrei trascorso come di norma, nuove avventure con gli amici che mi ero fatto. Insieme avremmo passato serate a divertirsi spassandosela o semplicemente a chiacchierare dei nostri interessi comodamente seduti in veranda e ci saremmo accompagnati sempre da buona birra. Non erano tantissimi i ragazzi con cui mi trovavo bene, ma nemmeno pochi.

Quella mattina, soltanto quando girai la maniglia di ferro del garage e lo aprii, mi accorsi di quanto, forse, la voglia di spingermi verso il liceo, stesse in parte scemando. Se ne stava andando, rimase appesa a un filo nel vero senso della parola o meglio, c'era sì una trazione che mi spingeva verso l'edificio, ma era la voglia sempre maggiore di sentirmi partecipe di una vita colma di obiettivi e di progetti da realizzare e non tanto l'influenza che i libri davano alla mia anima. Avevo studiato abbastanza in passato e la voglia di apprendere ancora, evidentemente non era più importante quanto la crescente voglia di iniziare a mettere in pratica il mio sapere. Stavo crescendo.

Quel pensiero fu audace, quanto audace era la mia manualità nel riparare la gomma forata di una bici! Avevo una ruota a terra e odiavo quella cosa! L'avevo sempre odiata! Non mi consolò essere obbligato a tale sforzo, dopo l'amara sorpresa, sapendo quanto già fossi in ritardo. In quel momento era la cosa peggiore che mi potesse capitare dovermi piegare ad una riparazione simile, ma il destino voleva che incontrassi Tommy. Cercai così di sbrigarmi e con la fretta nelle mani e l'orologio che mi ticchettava nella testa, ossessionandomi a ritmo perpetuo nel rintocco odioso dei secondi, riuscii a sporcarmi anche il nuovo paio di pantaloni e la manica del soprabito. Due macchie di grasso della catena, che avevo involontariamente urtato, per ben due volte, si impressero sui miei vestiti sporcandomeli. Per fortuna non si vedeva quasi niente, anche volendo non avrei avuto certo il tempo ulteriore di cambiarmi! Non ci volle molto per riparare il foro nella ruota della bici, ma quel poco bastò a farmi cambiare completamente umore e a farmi impazzire dalla furia di andare.

Sono uno che non molla, di solito tento fino alla fine!

Appena ebbi concluso con quella carcassa di *dueruote*, mi precipitai fuori dal cancello di legno del giardino davanti casa, senza preoccuparmi minimamente di guardare la piccola via mattonellata, o chi su di essa stesse passando. Di solito a quell'ora non c'era nessuno, ma se nell'ipotesi fosse sbucata una bambina o bambino di colpo, sicuramente l'una o l'altro sarebbero stati investiti… e per quelle case ne giravano di mocciosi! Anche la siepe, alta e vigorosa, ostacolava la visione laterale del viottolo partecipando alla vicenda negativamente, ma per fortuna non misi sotto nessuno… o quasi!

Tommy Mansell era di fretta come me, quel giorno. Era una mattina come tante altre, ma lui veniva sparato come un razzo proprio per la stessa via che, oltre a passar davanti al mio cancello, passava anche davanti al suo. La stradina, il viottolo, era un passaggio che collegava, come la rete di un computer, un portone all'altro. Inutile dire che non era stata costruita per le bici!

La *dueruote* di Tommy mangiava i metri e, rivestita di

copertoni nuovi, ronzava tagliando l'aria veloce come il vento. Fosse uscito qualche ragazzino, a mio stesso modo, Tommy non avrebbe fatto in tempo a fermarsi. La sua bici era nuova, quindi aveva dei bei freni, una bella tenuta di strada e i riflessi di un giovane come lui erano di solito scattanti, ma… c'era sempre l'ipotesi che uno sbaglio procurasse contusioni poco piacevoli a uno sfortunato malcapitato! Se si fosse trattato di un moccioso, poi… sarebbe stato anche peggio! Anche lui era in ritardo e doveva andare alla svelta, come il ragazzo che avrebbe conosciuto solo pochi secondi dopo la sua partenza! Quel ragazzo logicamente ero io!

Quando uscii dalla siepe, sgommai con la ruota posteriore lasciando una striscia nera dietro di me e quasi caddi per la momentanea perdita di equilibrio. Poi mi rimisi in pista e a farmi cadere fu l'uomo-proiettile. Non lo vidi arrivare e non lo schivai per un pelo, tanto ero preso dall'ora che si era fatta. Riuscii a malapena a catturare la sagoma di quello che sarebbe diventato il mio futuro amico, con la coda dell'occhio sinistro. Lo stesso occhio, non fece mai in tempo a trasmettere definitivamente il pericolo al cervello al quale era collegato, tanto da permettermi di evitare lo scontro.

Tommy era un fulmine, la strada era un po' in discesa, ma correva veramente in modo esagerato! Doveva fare una cinquantina di km orari, la bici da corsa ultimo modello glielo permetteva con la minima fatica e, armato di cartellette (ne aveva due, una appesa alla manopola sinistra, l'altra su quella destra del manubrio), che sicuramente rendevano difficoltosa qualsiasi deviazione improvvisa, pedalava come un matto alla conquista di un trofeo ciclistico.

Feci per voltarmi, non appena l'impulso di qualcosa che stesse venendomi addosso fu registrato con ritardo dal mio cervello, ma fu inutile. Ci fu un flash e per un attimo non vidi più niente.

Quale delle due cartellette mi urtò la testa, non saprei dirlo, ma una delle due, nel groviglio che creammo, mi fucilò la tempia destra e, prima ancora di cadere, non compresi neppure ciò che stessi vivendo. Un frullato di asfalto, mattonelle e ruote s'impressionò nella mia retina, come lo spezzone di un film confuso, per concludersi in un ultimo boato. Nel caos feci appena in tempo a scorgere lo sconosciuto volare in aria, staccato dal terreno di qualche metro. Meno male si trattava di un uomo e non di una testata nucleare!

Fu tutto in un attimo, uno scontro non male e ad alta velocità che sicuramente, nelle trasmissioni satellitari di oggi, avrebbe recato shock e divertimento, in un qualsiasi spettatore incurante della piega tragica che avrebbe potuto prendere l'evento. Sfortuna? Piuttosto fortuna, direi… nostra e solo nostra, perché nessuno dei due si fece male seriamente! Spuntò qualche livido in seguito, ma niente di più e soprattutto niente di grave!

Ero in terra che mi massaggiavo la tempia e vedevo ancora nella mente le due biciclette volare attorcigliate e un missile non ben definito sfrecciare nell'aria della mattina. Fu una scena anche comica, se vogliamo, nonostante non l'avrei più dimenticata.

Tommy cadde, lo vidi rotolare per un paio di metri (pensando che si stesse facendo veramente male), per poi rimettersi subito in piedi e correre verso di me con aria spaventata. A prima vista mi stupì. In seguito scoprii che non solo era un bravo ragazzo, ma sapeva essere anche un buon amico! Ancora oggi, credo che se pur si fosse fatto veramente male, avrebbe ugualmente alzato di fretta le chiappe, senza preoccuparsi minimamente di se stesso, per correre invece incontro a colui nel quale era andato a sbattere, così da assumersi pienamente le colpe del gesto.

Allora, però, eravamo in errore entrambi! E anch'io mi sentii in debito di scuse. Continuavo a massaggiarmi la tempia, cercando di rimettere a posto l'accaduto nelle giuste sequenze, ma lui si era già catapultato verso di me chiedendomi come stessi e se mi fossi fatto male. Mi sembrò di vedergli del sangue sul petto, ma si trattava solo della botta che continuava a rimbalzarmi da una parte all'altra del cervello, facendomi vedere cose che non c'erano. Vidi appannato e rosso per qualche momento, come quando si guarda fisso il sole e si continuano in seguito a vedere macchie scure sugli oggetti circostanti, poi passò. Dissi che non era nulla di grave, posi a lui la sua stessa domanda, ed ebbi la mia stessa risposta.

Le bici, al contrario, si erano ammaccate in diversi punti e si erano incastrate insieme, ma non per questo erano diventate inservibili, almeno non quella del mio futuro amico! La mia *dueruote* non era rotta visibilmente, ma il cerchio anteriore non girava più come avrebbe dovuto. A dirla tutta, era andato! E con lui i bulloni che lo sostenevano! Pensare che lo avevo appena riparato!

Fu così che ci conoscemmo. Prima si presentò Tommy, dopo toccò a me dire il mio nome. In fondo ci eravamo lievemente urtati… mi sembrò il minimo, fare le presentazioni!

Quella mattina andammo a scuola lo stesso, ma con la bici di Tom. Io montai in canna. Eravamo un po' impacciati e nello stesso tempo non mi sentivo molto a mio agio, perché non conoscevo ancora il ragazzo che mi stava dando un passaggio, ma mi bastò quel poco che aveva fatto per me subito dopo l'incidente, a farmi capire che si trattava di una persona di cui avrei potuto fidarmi. Mi vergognavo leggermente! Nei minuti che ci separavano ancora dalla scuola, parlammo un po', così, alla rinfusa, mettendo insieme frasi determinate da molti *già* e molti *mah*. Poi arrivai in ritardo, ma mi fecero entrare ugualmente alle lezioni, dopo che raccontai agli insegnanti cosa mi era capitato.

Prima di lasciarci, nel salutarci con una stretta di mano signorile e vigorosa, Tommy mi promise che avrebbe ripagato i danni causati alla mia ferraglia di bici e che quindi si sarebbe rifatto vivo. Io rifiutai, rispondendo che non aveva motivo di preoccuparsi, ma dovendo obbligatoriamente accettare un invito a cena da lui, così da non far sentire l'uomo-proiettile in colpa per lo scontro. Ci ritrovammo all'uscita e fui scortato di nuovo fino a casa, ma stavolta fui io a guidare e guidai piano!

Quando feci per entrare in classe, mi accorsi non solo di essermi strappato i pantaloni lungo la cucitura esterna della gamba destra (poiché era in fondo al pantalone, potei rimediare con un piccolo risvolto della stoffa tanto da renderlo meno visibile), ma anche di essere, in un certo qual modo, incuriosito da quel ragazzo, più di quanto mi fregasse fare una figuraccia con i compagni di studio, per avere i vestiti strappati. Tommy si era comportato in modo molto singolare, con cordialità e gentilezza. E non era da tutti!

Ricordo che pensai: *a quanto pare esiste ancora gente*

socievole in giro!

Quella sera avrei conosciuto meglio Tommy, sua madre (una brava donna) e la loro storia.

2

Uscii da casa alle diciotto e trenta spaccate, con l'intento di passare da un fioraio. Ero stato invitato da Tommy, ma non sarebbe stata una brutta idea portare un pensiero anche alla madre, senza considerare il fatto, che un mazzo di fiori, mi avrebbe consentito di sicuro maggiori attenzioni e mi avrebbe fatto guadagnare rispetto nei confronti della loro gentilezza. Una composizione floreale, variopinta e colma di essenze, sarebbe stata quanto di più scontato e doveroso, per un primo invito a casa da estranei! In altra circostanza avrei potuto fare di meglio, ma come primo programma d'intrattenimento a casa di Tommy, per di più alquanto improvvisato, sarebbe andato più che bene.

Personalmente trovo che i fiori diano allegria e scaturiscano una sorta di benessere nell'anima, specialmente nelle donne di una certa età e nelle madri.

La Signora Mansell ne sarebbe stata lusingata.

Ero già proiettato oltre, quando ritenni giusto aggiungere al pensiero anche una bottiglia di un buon spumante, ne avevo proprio una nuova e di ottima scelta nella tavernetta di casa e decisi di portarla via con me, dopo aver avvisato mia madre che non sarei tornato per cena. Poi scesi le scale della veranda, posai la bottiglia avvolta in un sacchetto di carta blu sul sedile posteriore dell'auto e, invece di partire nel senso di marcia lungo il quale avevo parcheggiato, gestii capace e fluido un'inversione a U proseguendo sull'altra corsia e quindi nel senso opposto. Dovevo comprare i fiori.

Alle diciannove meno cinque minuti ero già di ritorno nel quartiere dove Tom ed io abitavamo e dunque, imboccai la striscia di asfalto che era divenuta a me familiare ormai da circa quindici anni, la via di casa, quella strada a due corsie, separata al centro da un sottile nastro bianco dipinto, che avrei saputo riconoscere a confronto di altre cento colate di asfalto simili. Ricordai quando andammo ad abitare là, quando ancora piccolo, le prime volte, mia madre non si stancava mai di raccomandarmi di stare attento, di tenere gli occhi aperti quando decidevo di attraversare a piedi o con qualsiasi altro mezzo la strada, perché le auto a volte sfrecciavano, le vetture, a volte, erano vetture pericolose e assassine guidate da pirati pazzi e incuranti del pericolo... ed io avevo paura dei pirati! Specialmente di quelli senza un occhio e con un uncino al posto della mano! Così me ne tenevo lontano, ma con l'essere premurosa, mia madre mi tenne in guardia da certe sciagure, cosa di cui dovetti ringraziarla quattro o cinque anni più tardi, quando un bambino, distratto e spensierato, fu investito da uno straniero ubriaco.

Mi lasciai alle spalle le mura della mia abitazione con il tachimetro che segnava i sessanta, né mio padre, né mia madre erano in un qualche modo visibili e proseguii la mia corsa per altri settecento metri, fino a casa di Tom.

L'abitacolo della macchina era impregnato del mio profumo, forse ne avevo messo troppo quella sera (nemmeno stessi andando a un incontro amoroso), ma ci tenevo davvero a fare bella figura, mentre quell'essenza avrebbe impiegato giorni a scomparire del tutto dall'auto! Sul sedile posteriore, adesso, oltre allo spumante, giaceva vivace e rigoglioso un mazzo di fiori. Non sapevo di preciso che fiori fossero, mi ero fatto semplicemente consigliare dalla negoziante, ma erano belli. Il loro profumo si confondeva con il mio, mischiandosi e creando un odore particolare e dolciastro. Non male! Era un odore frizzante!

Mentre le ruote del mezzo divoravano la via lasciandola alle mie spalle, tornai ancora una volta bambino e ricomparve nei miei ricordi la figura di un fiore animato che, nell'atto di fare una presentazione, invece della propria mano, galante, porgeva al prossimo una delle sue foglie. Non ero diventato stupido tutto insieme, ma il sentirmi io stesso felice e gratificato per quanto stesse accadendo, mi donò nella memoria colore e vivacità. Quel fiore animato in stile cartoons, mi teneva impegnato davanti alla tv quando ancora non avevo neppure idea, di come si sarebbe prospettata la vita di un uomo nel suo futuro.

«*Piacere di conoscerti*», disse l'immagine del fiore protesa in avanti, porgendo la sua piccola foglia verde alla mia mente. «*Piacere di conoscerti Simon, vedo che per la prima volta nella tua vita, dopo la serena infanzia, ti sei degnato di ricordarti di noi dedicandoci un po' del tuo tempo. Vedi, non sono solo, e qui con me ci sono molti altri miei amici fiori. Vuoi conoscerli? Io mi chiamo…*».

Chi cavolo se ne frega! Pensai, in risposta a quello strano ricordo, modificato in comica scenetta dalla mia testa. Mi scappò una risatina stupida.

Quando mi pentii di non essermi fermato a comprare una bottiglia migliore per Tommy, fu ormai tardi. Pensai che la sua ospitalità, forse, avrebbe meritato il meglio ed ebbi paura, solo per un attimo, di non essere all'altezza dell'invito. Poi mi feci comunque coraggio, perché alla fin fine si trattava solo di una cena!

Mentre andavo, già che ne ero in tema, si presentò e si mise accanto a me, simile a un simpatico spettro del passato, un altro personaggio dei cartoons frutto dei miei ricordi infantili e, proiettato dalla fantasia attraverso i miei occhi, lo immaginai seduto sul sedile laterale al mio posto guida. Questa volta si trattava di un personaggio più famoso però e, come ogni personaggio di classe che si rispettasse, nella tipologia dei personaggi costretti a comunicare anche utili informazioni ai bambini, non solo egli aveva addirittura la cintura allacciata, ma con un sorriso quasi ipnotico, bacchettava un dito nell'aria in un costante dondolio, quasi volesse allertarmi di qualcosa o volesse dirmi che mi stava osservando. Era Poldo! Sì, lui! Quell'omone paffuto capace di divorare soltanto panini! Il personaggio che compariva sempre con secondaria importanza nei cartoons di *Braccio di Ferro*! O almeno, così sembrava!

Poldo? Bah! Forse quello era l'inizio di una qualche strana psicosi e, forse, l'indomani avrei fatto bene a consultare un medico esperto! *Poldo!* Pensai ancora. *Perché mai lui! Posso capire l'associazione di pensiero con il ricordo del fiore animato, per via del mazzolino appena acquistato*, mi dissi, *ma Poldo?!* L'avrei forse incontrato nel futuro? Pazienza. Decisi che se così fosse stato, gli avrei semplicemente offerto un panino!

Fanculo!

Arrivai a destinazione e tutti quei ricordi e quei pensieri, che da quando ero piccolo avevo accuratamente conservato in testa, fino al giorno della loro ricomparsa (a volte ritornano), scomparvero con la stessa rapidità con cui sarebbero scomparsi i mostri immaginari nella stanza di un fanciullo, nel momento in cui si fosse deciso ad accendere la luce, destandosi da una notte orrenda e piena di incubi. Tom mi aspettava sul davanzale a braccia conserte e dall'espressione sembrava imbronciato, non molto, ma imbronciato e familiare.

Chi ti ricorda, Bruto? Mi dissi sarcastico e la domanda fu seguita immancabilmente da un'insegna luminosa al neon, nel mio cervello, che esclamava STOP! *Basta con i cartoni animati di Braccio di Ferro e basta con qualsiasi altro cartone! Simon, è ora di tornare alla realtà!* Mi dissi. Ma che diavolo mi passava per la mente?

Tommy non era imbronciato, il sole che aveva intrapreso l'azione del tramonto, creava sul suo volto sfumature da renderlo tale alla prima occhiata. Ne fu conferma il nascente sorriso quando mi vide arrivare.

Smontai dalla carrozza motorizzata e alzai la mano in cenno di saluto, lui mi sorrise e fece lo stesso sollevando il braccio destro. Presi i due bagagli che mi avevano fatto compagnia durante la breve corsa e li disposi a dovere, la bottiglia sotto il braccio, il mazzo di fiori sempre ben incartato e ordinato, nella mano sinistra. Poi chiusi la portiera posteriore e feci scattare la sicura di quella anteriore. Tom mi venne incontro per accogliermi, come avrebbe fatto solo un caro vecchio amico di lunga data.

Riguardo allo spumante, a quel punto non m'importava se avrebbe fatto più o meno figura, se fossimo divenuti buoni amici, avrei avuto modo di sdebitarmi ancora e in qualsiasi altro momento, se così mi fosse parso giusto.

Festeggiammo il nostro incontro e il nostro terribile tamponamento risoltosi senza feriti, sua madre aveva preparato una squisita cenetta e brindammo al nostro futuro. Feci la mia parte, o almeno m'impegnai a farlo è l'impressione che ebbi dalle loro gesta, servì a farmi capire che davvero erano felici e lusingati di avermi tra loro. Non mi erano capitate spesso situazioni del genere. L'abito che indossavo fece anch'esso la sua figura e la Signora Mansell si confidò, con sincerità, affermando che mi donava molto. I fiori poi, furono ben accetti e ben riposti subito in un vaso con dell'acqua. Volevo sembrare un ragazzo per bene, come poi ero e riuscii anche in questo intento, prendendo nell'immediato confidenza e senza provare imbarazzo nei confronti di entrambi. Grazie a Dio non ero mai stato molto timido, anche se l'essere invitato a cena a casa di sconosciuti, inizialmente mi aveva creato un po' d'ansia.

Alla fine della serata, prima di andarmene con il dovuto rispetto, Tommy mi ringraziò del pensiero e la Signora Mansell lo stesso.

Non dimenticherò mai il volto di quella giovane donna, illuminato dalla sfumatura rossastra del sole al tramonto, nel momento in cui mi invitò a entrare calorosamente nella sua dimora per la cena, come una madre avrebbe chiamato a sé un figlio. Quell'immagine mi rimase impressa fin da subito e, allo stesso modo, fu congelato nella mia memoria l'attimo in cui fui costretto a salutarla, per via dell'ora tarda, quando, piena di gioia negli occhi, la Signora Mansell mi sorrise accarezzandomi una guancia.

Non dimenticherò mai, però, neppure lo stesso volto, quello della stessa donna, la madre di Tommy, quando solo un anno e mezzo dopo quella sfavillante cena, consumato improvvisamente dalla vecchiaia per la scomparsa del proprio figlio, mi scrutò a fondo, colmo di tristezza e sofferenza, come solo una madre poteva fare, esprimendo il picco massimo dello sconforto verso tale perdita.

3

Questa è storia di circa otto anni fa ormai. Una storia che oggi saprei ricostruire nella mia memoria mattone su mattone, molto lentamente, ricordandone ogni punto determinante dall'inizio alla fine. Non sto altro che riordinando in modo definitivo le fasi di un'esperienza della mia vita, lungo il mio indice di razionalità.

O quello che ne rimane.

Attualmente, quel ragazzo di diciannove anni, che senza volerlo si scontrò con un giovane frettoloso di nome Tom, ha ventisette anni e fra poco farà il passo più grande che un uomo possa compiere nel proprio cammino, dal punto di vista sociale, spirituale e fisico, prima della successiva decisione di avere un figlio. Io, Simon, sto per sposarmi. Ci sto pensando, ne sono felice e non è un gradino lontano da raggiungere, ma non è questo che mi turba la notte, non permettendomi di dormire tranquillo. Non è della mia vita personale e privata che voglio scrivere.

Alcune volte mi reco sulla tomba di Tommy e prego. Prego ricordandolo e soffrendo per quei momenti trascorsi assieme. Eravamo due ragazzi semplici e senza problemi. Ci amavamo quasi come due fratelli, ma fu un atroce destino a dividerci per sempre. Una disgrazia che non mi sono mai azzardato a raccontare a nessuno, né mai lo farò, fuorché a queste pagine di carta.

Quando la notte non riesco a dormire e terribili incubi si affacciano alla finestra del mio sonno per pungermi di dolore, ma maggiormente di rimorso, mi metto a sedere sulla sedia a dondolo che ho in salotto e ascolto il rumore vuoto della notte. La mattina dopo, come accade ogni volta, mentre il soffio tagliente e sottile del vento sfiora le lapidi del cimitero in cui Tommy è sepolto, nel ricordo irrazionale d'incomprensione, ne sentirò il bisogno, lo raggiungerò e mi ritroverò ancora una volta a piangere sulla lastra marmorea che copre il mio migliore amico. A volte a farmi piangere è proprio quel soffio leggero di vento che taglia l'animo a fette. Nessuno sa di tutto questo.

Ogni anno, per il giorno del suo compleanno, mi reco con maggior ragione presso quella pietra eretta verso il cielo, mi ci siedo accanto e dopo aver accarezzato le lettere fredde di quel nome con i polpastrelli, guardo gli alberi di solito scossi da una brezza delicata e fredda, piegare le loro cime sottili sotto l'influenza di quel vento spettrale. La lapide di Tom ha una forma quadrangolare, sul centro in basso è posta la sua foto a ricordo dei suoi diciassette anni. Ne avrebbe avuti venticinque adesso, due meno di me. Ma non c'è più.

La sua anima continua a tirare avanti dentro la mia, facendomi vivere di giorno in giorno il suo ricordo. Spesso però, non sono solo i bei momenti a comparire. Durante la notte, che non mi è sempre amica, un'altra figura domina sul ricordo del mio amico. Gli sta sopra come una diapositiva opaca, che non lascia trasparire immagini.

Così scrivo:

La nostra amicizia durò pochi mesi a confronto di una vita passata insieme tra risa e scherzi, ma fu una di quelle impossibili da dimenticare. La sera che cenai a casa sua, scoprii quella che era la più grande passione di Tommy. Lui lo considerava un hobby... secondo me era più un'ossessione, glielo dicevo sempre, ma scherzando. In ogni modo, fosse quello che fosse, la sua passione (non poi così singolare ai tempi d'oggi), non lo turbava affatto, né lo faceva apparire diverso dagli altri ed era semplicemente una di quelle cose che, cresciuta dentro fin da ragazzo, non lo avrebbe abbandonato neppure in età adulta. La passione di Tommy era una di quelle cose che, se avevi fortuna, poteva portarti anche a probabili profitti futuri. Ciò che lo entusiasmava non era il modellismo, non era la collezione dei francobolli o di monete, niente di tutto ciò, ma quello che adorava Tommy era collezionare strumenti di tortura, più o meno antichi, che andava a cercare nei posti più strani e impensati. Forse in un futuro immaginario avrebbe aperto un museo di genere, se la vita glielo avesse permesso, premiandolo... ma allora era solo agli inizi. A tal proposito, però, ne conseguiva la passione per l'horror. Adorava il cinema splatter e tutti i trucchi che venivano usati per rendere reale la finzione, dal truculento al macabro, dal dark, allo spirito folle che solo certi personaggi riuscivano a raggiungere nelle loro interpretazioni sullo schermo. Tom aveva poster dei primi più grandi film del genere, giornali in cui si spiegavano gli effetti speciali e perfino riproduzioni delle prime maschere in lattice, che nelle sale cinematografiche si adattavano ai volti degli attori, deformandoli nelle facce di quei mostri che poi, con gli anni, sarebbero divenuti i miti di cui tutti i ragazzini, oggi, conoscono l'esistenza. Vampiri, zombi, mostri marini, il mitico

Frankenstein erano la sua materia extra-scolastica. Il suo divertimento!

Lo stesso sfrenato divertimento, con Tom, divenne presto anche il mio.

***

Come vi ho detto, quindi, Tom e l'horror erano amici intimi.

Una volta mi raccontò di un ragazzo indiano con il quale manteneva un'amicizia da anni, nonostante non l'avesse mai incontrato di persona. Disse che tramite lettere erano rimasti in contatto, avevano una corrispondenza e lui, l'indiano, ricordo aveva uno strano nome che noi, per semplificarne la pronuncia, trasformammo in Liggy. Ci sembrò un buon soprannome. Tommy mi raccontò qualcosa di lui una sera e come ogni buon indiano che si rispetti, Liggy pareva fosse a conoscenza di molte leggende, saggi e detti della sua terra. Conosceva storie antiche quanto i vecchi popoli e ne conosceva altre, più adatte ai tempi odierni nei quali vivevamo. Capii presto perché il mio nuovo amico e l'indiano avessero acceso una profonda amicizia, fu palese! Il giovane indiano andava a sua volta matto per le storie e, come Tom, tanto più strane, lugubri, sanguinarie erano, tanto più aveva piacere nel sentirle raccontare. Riguardo ai racconti-leggenda di Liggy, Tommy mi concesse di leggerne alcuni e ciò che egli scriveva nelle sue lettere, posso assicurarvi, era davvero sorprendente! Dovetti presto ammettere che, nonostante molte di quelle diccrie fossero piuttosto raccapriccianti e altre semplicemente interessanti, tutte, alla fine, per quanto assurde potessero apparire, erano in grado di conferire sempre in una morale, un insegnamento su qualcosa e, dunque, acquisivano sempre una credibilità capace di ostentare la razionalità del comune vivere. La mia vecchia nonna era convinta che nelle leggende vi fosse sempre un briciolo di verità.

Il misterioso Liggy sarebbe dovuto venire per il funerale di Tom, un'occasione molto triste per incontrarsi da parte di entrambi, ma se non altro sarebbe stata comunque un'occasione per conoscerci e vedersi in faccia. Poi l'indiano mi chiamò e mi riferì che non avrebbe potuto raggiungerci, per non ricordo quale motivo e ciò che mi irritò non poco, fu il modo in cui egli si espresse riguardo a Tommy, il nostro caro comune amico. Liggy mi parlò con parole schiette, come se già sospettasse che prima o poi Tom sarebbe finito a quel modo.

Così, il leggendario indiano dalle storie ricche di morali, rimase e rimane tuttora una figura nera e fantastica del mio passato, rinchiusa da qualche parte nella mia mente. Una di quelle sagome che mai conoscerò probabilmente, ma chi può saperlo in definitiva? Il destino è davvero strano e la vita è abbastanza lunga… delle volte!

Il funerale del mio compagno di divertimenti, non fu in primo luogo, il funerale di una persona ritenuta realmente morta, non da tutti almeno! Il suo possibile decesso rimase un ennesimo mistero da bilanciare all'improvvisa e dubbiosa scomparsa. Visto come si erano andati svolgendo i fatti (erano solo pochi giorni che mancava da casa e sembrava non aver avvertito nessuno di un'eventuale partenza), la cerimonia non si svolse da subito come un rito definitivo, non almeno fino alla prova schiacciante di qualcosa che lasciò scemare le speranze di ognuno, nonostante non vi sarebbe mai stata la certezza totale dell'avvenuto decesso. La madre di Tommy decise per il funerale e la sepoltura, quando fu la legge a imporglielo e quando ebbe tra le mani un pezzetto della camicia di suo figlio, che in qualche modo diede all'unisono una prova schiacciante della sua scomparsa, nonostante ella stessa non poté mai credere pienamente a ciò che il cuore le sussurrava. Il corpo di Tommy non sarebbe mai stato ritrovato e per un genitore, la speranza di sapere la prole ancora viva da qualche parte, non muore mai. Seppellire una bara vuota, è come fare un processo alle intenzioni.

Non fu facile per me far visita a casa Mansell in quel periodo e, tanto meno, farmi vedere da sua madre, persona gentile e ospitale in qualsiasi circostanza, che molte volte mi aveva trattato come un figlio. Il momento peggiore poi, fu quando dopo cinque giorni di vane ricerche, mi sentii obbligato nel presentarmi alla giovane signora irrompendo, rumoroso e goffo, nel nido dei cari parenti che avvolgevano la famiglia. Le portai io quel pezzo di stoffa, quel pezzo di camicia di Jeans, quel pezzo insignificante di suo figlio Tommy, che avrebbe dato da riflettere sulla sua effettiva scomparsa, indirizzando tutti sulla strada buia e solitaria della morte. Mi ero promesso davanti a sua madre di aiutarla e, alla fine, avevo trovato il coraggio di farlo, mantenendo la parola.

Non fu facile per niente fare quel passo, fu piuttosto triste e difficile, ma fu l'unica occasione che il destino seppe crearmi, così da poter mostrare agli occhi dei disperati, nel bene o nel male, un qualcosa di attendibile capace di far loro accettare una delle tante possibilità ai quesiti che si erano posti. Contrariamente alla vera realtà che mi affliggeva da giorni e non mi avrebbe mai più abbandonato definitivamente, loro, i parenti di Tommy, forse un giorno avrebbero messo in pace l'anima. Io no.

In ogni modo, il ricordo di Tom rimarrà per sempre un momento magico della mia vita e la sua immagine, dentro di me, sarà sempre quella di un ragazzo coraggioso, leale e privo di paure, con un grandissimo spirito, con un forte senso dell'avventura.

Dal giorno del nostro incidente ciclistico, andammo a scuola insieme, o in bici, o quando la pioggia non lo consentiva e l'inverno non era dei migliori, con l'auto. Spesso passavo a prenderlo io ed entrambi eravamo due ottimi studenti che però, non studiavano molto, malgrado i buoni risultati in ambito scolastico, per non contare poi l'essere due ottimi amici baldoriosi, incapaci di tralasciare anche il divertimento! Eravamo quei ragazzi che uscivano perfino la sera insieme, che andavano rimorchiando insieme e che pisciavano scherzando nei cessi pubblici, l'uno di fianco all'altro, sempre insieme. Delle sere, quando la voglia di uscire andava scemando e il momento dell'amato sesso scarseggiava, ci sedevamo su una sedia nel giardino di casa o in veranda da Tom, ci scolavamo confezioni da sei di birra inglese e parlavamo guardando le stelle come due autentici froci, ma il bello di ogni situazione, stava nella nostra profonda amicizia. Parlavamo di tutto, nulla escluso, a partire dalle prime esperienze avute con le ragazze a come avevamo avuto l'occasione di cagare quella mattina! Due figure indefinite nel verde smeraldo di un giardino lucente, due sagome avvolte dalla fresca umidità della notte, due ragazzi che sognavano di volare, imprimendo gli anni d'oro della vita, quella senza troppi pensieri, senza troppi risentimenti. Allora, la luna ci osservava, brillante e piena, immersa nel suo manto scuro.

Ricordo quando prendemmo due lucciole che per caso ci passarono davanti e si posarono a qualche metro da noi, le catturammo e divennero due simboli che ci permisero di stringere ancor più a fondo la nostra lodata amicizia, con un vero patto in una sera di mezza estate. Tom mi spiegò che le lucciole, per brillare in quel modo, possedevano un liquido particolare e prezioso come il nostro sangue e che se le avessimo spiaccicate nella parte posteriore, sfregandole su una maglia bianca, la sostanza che le rendeva di quel verde fosforescente avrebbe colorato anche i nostri panni. Io non avevo mai provato una cosa del genere, non ci avevo mai pensato, ma logicamente le due lucciole sarebbero morte. Catturammo dall'erba fresca del giardino i due lumini viventi e in quella bellissima serata compimmo il nostro singolare rito. Entrambi avevamo una maglia bianca sotto le camicie che presto ci accingemmo a togliere e, prima uno, dopo l'altro, consumammo il posteriore del piccolo insetto sul petto. Non era freddo e le nostre t-shirt si colorarono di un sorriso luminoso. Tommy era più piccolo di me, ma m'insegnò molte cose che non sapevo. Forse più di quante ebbi a insegnargliene io.

Si susseguirono giornate al cinema (luogo di culto ai nostri tempi), dove si davano le prime edizioni di quei film che oggi farebbero schifo a qualunque ragazzo odierno abituato a vedere ben altro, in fatto di effetti speciali! Poi vi furono avventure scolastiche, avventure che dividemmo estasiati, serate nella noia, ma anche moltissime nel divertimento. Ci apprezzavamo l'un l'altro e presto divenni vulnerabile anche alla più macabra delle passioni di Tom. Nel nostro breve periodo, sembrerà strano, vivemmo la vita come la si vive in molto tempo, ci presentammo amici e amiche, organizzammo feste in cui si faceva molto tardi la sera e passammo anche avventure poco piacevoli che mai dimenticherò, ma piuttosto conserverò nella memoria con quella punta di rammarico, nel loro umorismo nero, che quel grande amico m'insegnò ad apprezzare.

Beh, forse con Tom fu davvero il periodo più bello della mia adolescenza, il tempo in cui mi divertii di più e, senza alcun dubbio, quello in cui la mia maturità mentale raggiunse la consapevolezza e la determinazione di un futuro uomo, quale sarei diventato. Lo definirei un periodo, un bellissimo periodo, che nessuno si aspettava arrivasse e che nessuno di noi si aspettava finisse nello stesso modo in cui andarono le cose. Ben presto, tutto sfumò e si disperse come un grumo di saliva si spande in una pozza di pioggia. Affascinante, ma corto, troppo corto. E ingiusto.

Fu un'esperienza che nacque e morì, disfacendosi nel mio animo, lasciandomi solo ricordi di sofferenza. Ricordi di una vita. Ricordi di Tommy.

4

Tommy era stato protagonista di molte avventure anche prima che ci incontrassimo, me ne raccontava sempre di nuove. Perlopiù si era trattato di situazioni piuttosto banali... chi nella sua adolescenza, non è mai entrato in un cimitero di notte, o non ha visitato almeno una volta una casa abbandonata su cui si raccontavano strani episodi, intrufolandosi di nascosto al suo interno? Di solito i ragazzi sono sempre protagonisti di simili avventure, nella loro giovane età, specialmente se si tratta di ragazzi di paese o residenti nelle periferie cittadine più noiose... il fascino e il mistero delle cose surreali e del soprannaturale è qualcosa che mette sempre a dura prova il coraggio! Incosciente giovinezza!

Beh, il bravo Tommy, o Tom, come vogliamo, si può dire che fosse uno che non aveva mai perso il vizio! Lui se le andava in effetti cercando e ricercando, certe situazioni, ma non per questo, come vi ho detto, era diverso da tutti gli altri del suo tempo!

«Non è poi il massimo del terrore, rimanere chiuso in un cimitero per tutta la notte, non credi Simon?», mi domandò una volta, aspettando paziente il mio giudizio in merito. «Certo, delle volte mi sono capitate situazioni al limite del paradosso, come quella volta che per poco non fui trucidato da una macchina agricola in aperta campagna, per poi essere appeso a un albero come la pelle di un animale, ma… basta saperla prendere con spirito alla fin fine! Che ne dici?».

In quell'occasione ricordo di averlo guardato e di averlo semplicemente schernito, non dando lui troppa importanza. Non ebbi mai la facoltà di credere che una cosa del genere, fosse potuta realmente accadere a Tom, ma se davvero fosse stato vero, a mio avviso, quella volta doveva essersi spinto molto più in là del limite consentito che precede il pericolo e, prendere le cose con spirito, voleva dire avere davvero una bella faccia tosta!

Comunque, a parte l'aver rischiato di essere trucidato da una macchina agricola, per il resto, nei resoconti di Tom si trattava fortunatamente di situazioni piuttosto divertenti, collezionate tra piccoli incidenti e ragazzate senza troppa importanza.

Adesso, povero ragazzo, giace in una cassa da ormai otto anni e, ogni giorno, mi domando se davvero avrebbe dovuto finire così. *Dio è crudele?* Mi chiedo di tanto in tanto e poi mi rispondo da solo… *credo che molte volte lo sia…* ma se anche fosse, non eguaglierà mai la crudeltà di cui è capace la razza umana.

Provo emozioni per vecchi ricordi e poi qualche lacrima mi riga il volto, silenziosa come la morte. Una goccia salata compie una lenta discesa ondulata.

Caro Tom, dovevi stare più attento in quella casa! Dovevamo stare più attenti entrambi! Non farci prendere subito da quella stronza di una baracca murata, solo per l'emozione dell'avere un'altra avventura del cazzo da raccontare! Perché quella volta, dovete sapere, fu davvero un'avventura del cazzo, in un luogo del cazzo, in un giorno del cazzo e continuo a ripetermelo continuamente, in questa testaccia che mi ritrovo! Me lo dico da quel giorno, perché se adesso il mio migliore amico è sdraiato sotto la terra, la putrefazione lo sta o lo ha già divorato e tante piccole larve, come quelle provocate dalle mosche su un pezzo di bistecca lasciato marcire, lo stanno o lo hanno divorato, è anche colpa mia!

Come posso scrivere cose così brutte, sulla persona che mi accompagnerà nei miei ricordi fino al giorno della mia morte? Forse sono crudele anch'io? Se Dio lo è, posso esserlo a mia volta. O forse perché è tutto vero e per sconfiggere la realtà superandola, bisogna vedere realmente le cose come stanno!

Tommy, questa è la storia di Tommy, quel Tommy che non ha mai avuto neppure modo di abbandonare le sue ossa tra i morbidi cuscini di una cassa mortuaria; quel Tommy che nessuno ha mai seppellito se non nei propri pensieri; colui che non si trova sotto la tetra lastra di marmo su cui mi reco a piangere e pregare; colui che non ha un crocefisso posto verticalmente sulla testa a fargli ombra sulle palle nelle giornate estive... il Tommy che non avrà mai fiori vicino... quel Tommy! Quel Tommy che non avrà mai pace.

Gli stessi petali dei fiori posti sulla bara del suo ricordo, cadranno sulla superficie di un sepolcro vuoto e, la sua anima, vagherà prigioniera di una morte ingiusta.

Non sento il suo calore quando vado a trovarlo tra tutte quelle lapidi, perché lui non c'è. Abbiamo seppellito un pezzo di stoffa blu. E solo le preghiere, forse, lo raggiungeranno.

E quando me ne andrò anch'io? Come mi tratterà il destino? Mi poserà, dove non si trova ora Tom?

No, non voglio. Io, Simon Wagner, merito quello che Tom ha meritato.

Quel giorno eravamo insieme, uno di fianco all'altro e così dovrebbe finire. Dovremmo essere ancora insieme un giorno lontano, per ridere di nuovo, per incontrarci di nuovo, per cominciare ancora una nuova e sana amicizia, in una vita più miserevole, ma più leale.

***

Tom fu ucciso. Da chi non so, ma probabilmente a prenderlo fu nientemeno che la sua stessa imprudenza, ed io non fui capace di salvarlo. Si faceva prendere troppo dalle emozioni, in determinate cause.

Il destino? Il bastardo schifoso del destino? Non credo sia stata solo colpa del destino.

Nessuno dei suoi conoscenti seppe mai come la morte venne realmente a coglierlo, né lo saprà mai nessuno, perché non parlerò mai di un giorno che la mia stessa mente sta cercando di reprimere nell'inconscio. Non seppe e non saprà mai sua madre. Non saprà mia moglie. Non sapranno i miei figli.

Anche a me piaceva e piace ancor oggi l'avventura. Sono un appassionato di mistero, i fatti strani mi eccitano e tutti i punti interrogativi che da sempre e per sempre l'uomo si pone e si porrà, fino al giorno del giudizio, senza avere una risposta concreta e razionale, m'incuriosiscono da matti! Per quanto riguarda la religione, invece, di qualunque tipo essa sia, vedo un solo Dio, un Dio ancora incapace di mostrarsi a tutti i popoli sotto un'unica e sola forma, ignara da guerre e incomprensioni. Per di più, il Dio che esiste nella mente di chi lo prega, posso dedurne dalla mia esperienza, altro non è che sinonimo di speranza. Una speranza che non sempre riesce ad attenuare le sofferenze terrene.

Quando avrò finito di scrivere questi pochi fogli, li nasconderò, sigillandoli, in un posto che nessuno mai troverà, come si seppellisce un ricordo della propria vita, ordinatamente nel suo archivio, per poi ricercarlo solo nei momenti più tristi. L'unica cosa per cui sarei disposto a pagare, sarebbe una pozione magica capace di non farmi avere più quegli spaventosi incubi, ma piuttosto solo sogni, semplici e banali sogni. Non voglio più trovarmi di fronte Tommy corroso dalla morte, non voglio più vederlo, contrariamente alla realtà, sdraiato in una bara e mangiato dai… vermi! Anche se so che così non è.

Non voglio più avere questi incubi su Tommy, perché so che non potranno, anche nella loro cruda realtà, mai essere veri. Lui non sarà mai seppellito. Tutto ciò continua a pungermi come un ago sotto pelle e mi angoscia. Mi domando se riuscirò mai a togliere questo spillo dalle mie carni. Il travaglio peggiore e il dolore lancinante arrivano ogni volta che un ferro appuntito e sottile, nella mia immaginazione, mi buca nel ricordo di un passato ingiusto e mi rammenta la sua fine reale e tragica, fino a quando mi sveglio di soprassalto durante la notte. Poi guardandomi allo specchio, mi accorgo di quanto gli anni mi stiano facendo brutti scherzi. Oppure un altro momento dei peggiori è quando sobbalzo da un brutto incubo che non potrà mai essere cosa reale, ma che in qualche modo mi ricorda una bella amicizia finita brutalmente, o quando scopro veramente di avere ventisette, ventotto anni e di avere ancora paura degli angoli bui della mia casa… non è piacevole, non lo è!

C'è qualcosa di cui d'ora in avanti avrò sempre terrore folle e alludo a una qualsiasi casa abbandonata, una qualsiasi baracca cadente, un qualsiasi cigolio insolito di una vecchia porta tarlata e una qualsiasi finestra rotta da cui sbuffi l'alito fetido della morte. E' la paura cieca delle case abbandonate, delle abitazioni buie fuori città e degli angoli oscuri della fantasia inimmaginabile, che quel giorno mi fece assistere al delirio umano del mio amico sbranato, in un luogo inesistente, da una cosa inesistente.

Nonostante sia benissimo consapevole di quanto tutto ciò sia assurdo, è la realtà. La realtà imprevedibile.

Pensare che proprio le vecchie case abbandonate fossero in primis, i luoghi capaci di eccitare maggiormente Tommy, mi fa star male, semplicemente perché fu proprio lì, in una di esse, che il suo cuore cessò di battere.

Ne esplorammo più di una, ogni volta con la curiosità e l'attenzione della prima volta. L'eccitazione era tale da farci sentire grandi, forti, e solo troppo tardi, ci accorgemmo di essere stati anche stupidi! Quando si parlava di vecchie mura abbandonate, il mio amico era sempre il primo a saperlo e a esaminarle. Era convinto che le vecchie case nascondessero dei tesori, che le persone dalle nostre parti non portassero mai via tutto nel momento del trasloco e, non poche volte, mi elencò non so quante parti di mobilio pregiato era riuscito a recuperare e a rivendere guadagnandoci sopra. Spesso Tom aveva racimolato oggetti più o meno preziosi, non più indispensabili alla famiglia che aveva abitato una, o un'altra casa e, non una volta, mi mostrò i suoi trofei rinvenuti da baracche disabitate da anni! In una riuscì perfino a trovare un orologio d'oro, uno di quelli che oggi varrebbero molto più, di un buon gingillo di prima qualità; in un'altra casa, frugando tra le travi di un pavimento dissestato, aveva riportato alla luce un vecchio cofanetto di gioielli appartenuti, disse, a una vecchia che vi abitava ed era morta senza parenti a cui dare eredità, poi confiscata dal comune. Mi chiesi quanta fortuna Tommy ebbe nel trovare quel cofanetto, perché se la vecchia non aveva parenti, probabilmente nessuno avrebbe potuto sapere neppure dei suoi gioielli nascosti nel pavimento! Era bravo! Tom si divertiva ad andare in esplorazione e aveva tutto quello che lo esaltava. Visitare un'abitazione abbandonata dava lui mistero, protagonismo, gli faceva accarezzare quella suspense che solo vedendo un film horror poteva provare e, se andava bene, riusciva anche a guadagnare qualcosa. Ciò che ricavava dalle cianfrusaglie, era servito lui per pagarsi libri, studi e per aiutare sua madre. Le persone, da quando mondo è mondo, nascondono sempre qualcosa in casa e Tom andava cercando tutto quello che gente, più o meno comune, aveva dimenticato, non aveva avuto modo di riprendere o semplicemente non aveva potuto riprendere per cause maggiori, quali mancanze improvvise. Non immaginate neppure quanto sia divertente ed esaltante, profanare una casa, un tempo abitata da sconosciuti, su cui si raccontano leggende metropolitane e dove non saprai mai quello che troverai, fino a quando non ci sarai dentro! A chi non piace dimostrare il proprio coraggio, a chi non piace avere un po' di paura o raccontare, esagerando magari, qualche avventura vissuta capace di far venire la pelle d'oca?

5

Un pomeriggio Tom, non ho mai saputo da chi esattamente, venne a conoscenza dell'esistenza di un grande casale vuoto ormai da anni, situato nei pressi di un promontorio a non troppi chilometri dalla nostra città. Si diceva che fosse abitato da contadini, molto tempo addietro e mi raccontò quanto avrebbe dovuto essere ampio, secondo alcune ipotesi dichiarate dal passaparola. Inizialmente Tom affermò che probabilmente non sarebbe neppure valsa la pena fargli visita, perché quasi sicuramente al suo interno non avremmo trovato niente di buono da vendere, ma disse anche che per un film dell'orrore e qualche brivido sarebbe stato il massimo! Il casale, più una grossa casa di campagna, si ergeva a una trentina di chilometri dalla città e probabilmente anche qualcosa in più, radicato con la sua stazza tra i campi desolati, dove non passeggiavano bulli delle medie metropoli in espansione, né paesani di piccoli borghi. Non potete neppure immaginare la curiosità che gli rodeva dentro e la sua felicità quando gli dissi che l'avrei accompagnato volentieri! La cosa esaltava anche me, l'idea di un'avventura mi sembrava emozionante!

I chilometri che ci separavano dall'abitazione da esplorare dovevano essere una trentina o pochi di più, a sentire dai racconti, ma il difetto di Tommy era quello di credere alla lettera a tutto ciò che gli veniva riferito, così le distanze ridotte, furono in realtà l'equivalente di ben cinquanta chilometri tra curve e stradine sdrucciolevoli.

Si raccontava, tra le leggende paesane dei dintorni, che dall'ultimo inquilino, dato poi disperso, l'abitazione non fosse stata più venduta, né usata per altro scopo, causa spiriti inquieti propensi a banchetti goliardici durante la notte! *Classico!* Pensai in primo luogo. *Banale e classico!* Rimaneva il fatto, però, che avessi dato a Tom la mia parola e per nulla al mondo mi sarei tirato indietro. L'esperienza di sentirmi anche solo una volta come un esperto esploratore, mi eccitava, mi esaltava più di quanto, prima di incontrare Tom, avessi mai pensato.

Così parlammo ancora molto quel giorno... ci mettemmo d'accordo sulle cose da portare, sull'orario, sui soldi che avremmo speso nel compiere i chilometri in modo da dividere la spesa...

Ma arriviamo al punto e vediamo di mettere fine a questa storia che, da anni, mi si ripete nella mente come un vecchio nastro indelebile che non finisce mai di girare.

Partimmo. E questa è la fine.

***

Andammo con la mia auto, di primo pomeriggio, il mio orologio segnava le due. Alle tre e un quarto circa eravamo sul luogo. Il sole nel cielo era una sfera infuocata che ardeva di passione propria. L'aria era immobile e giaceva indisturbata lungo tutto il pendio della collina su cui la vecchia baracca si ergeva. C'era un viale ghiaioso fiancheggiato da radi alberi scheletrici che, come una biscia, serpeggiava sul terreno con l'intento di benvenuto, in un migliore appoggio per il piede sciocco e ignaro, di chi si fosse proposto volontario nel percorrerlo. Altri alberi, dello stesso tipo di quelli sulla via principale, erano sparsi in modo disordinato su tutta la collina. Malgrado ci si avvicinasse alla stagione calda, in quel luogo non cantavano uccelli, né si faceva notare qualsiasi altra forma di vita. C'era una caratteristica ancor più sinistra, però, in tutto quello che stavo vedendo... quei tronchi, quella terra... sembravano bruciati. Alberi neri e terreno morto. Un antro sterile sul mondo.

Avevamo viaggiato a non più di settanta chilometri orari quando avevamo potuto e rallentato in prossimità di terreni meno stabili, per non uscire fuori strada. La mia auto era comoda e aveva percorso l'intera distanza senza il minimo sforzo, avrei potuto toccare anche i centotrenta, centoquaranta forse, se avessi voluto e se la strada lo avesse consentito, regalando a Tom un'emozione ben più salutare a confronto di quella casa, nonostante la pericolosità del gesto folle alla guida, ma il nostro obiettivo era un altro, il nostro scopo era quello di arrivare e profanare un luogo sconosciuto. Nulla avrebbe distratto Tom da tutto quello e nulla sarebbe riuscito a deviarlo dal destino con differenti emozioni. Mentre per quella ferraglia che mi trovavo a guidare non sarebbe cambiato niente tra settanta o più chilometri orari, per Tommy, tra il fare quella visita o meno, sentivo ne sarebbe potuta valere la mutabilità di un'amicizia. La radio aveva suonato canzoni non troppo antiche dalla sua bocca rettangolare metallica e, creando un'atmosfera rilassante, avevo guidato felice, anche se le giornate cominciavano a essere veramente afose. Mi avevano pervaso leggerezza e freschezza d'animo. L'aria che entrava dal finestrino per metà abbassato, mi aveva accarezzato il viso per tutto il tragitto e l'abitacolo dell'auto si era riempito di un profumo deliziosamente naturale. Un piacevole odore di libertà.

Ricordo che Tom indossava un paio di occhiali dalle lenti offuscate, la montatura era azzurra ed erano leggerissimi, erano comuni occhiali da sole, ma mi piacevano in un modo fottuto e così pensai che un giorno o l'altro gliel'avrei fregati. Anche lui teneva il finestrino molto abbassato e, mentre mi parlava, folate irregolari di vento gli arruffavano i capelli. Eravamo entrambi spensierati, giovani, illibati dalla crudeltà che oggi rode la nuova pro-

genie terrestre. Gli zaini sobbalzavano lievemente sui sedili posteriori e sembrava stessimo andando a un pic-nic con amici o,
come avevo già avuto modo di provare, all'avventura con il
gruppo dei boy-scout. Era cominciato tutto nel migliore dei modi.

Mentre la radio informava sulle nuove uscite di dischi musicali,
alternandosi con le condizioni meteorologiche, noi ci davamo alle più libere chiacchiere e, quando l'informatore riattaccava presentando qualche brano musicale che ci piaceva sul serio, cantavamo a voce sempre piuttosto alta, aggiungendo qualche cavolata di nostra invenzione al testo originale della canzone. Così per
tutto il breve viaggio. Uno stormo di uccelli ci aveva salutato
sfrecciando alto nel cielo al momento del nostro passaggio,
l'orizzonte ondulante allo sguardo per il paesaggio collinare accompagnava i nostri pensieri e i pochi spruzzi di neve sulle montagne non troppo vicine annunciavano l'imminente fine
dell'inverno. Tra quei campi nascevano anche svariati stagni ed
erano uno spettacolo, con il sole che vi si specchiava sopra, mentre le piccole pozze d'acqua divenivano argentee e accecanti! La
sensazione reale, era quella che fosse già estate da un pezzo.

Avevo guardato Tom seduto e indisturbato al mio fianco canticchiare con estrema concentrazione, a tratti con una certa diffidenza riguardo alla sua sanità mentale e finii di essere stupito da
ciò, solo quando i nostri sguardi s'incontrarono di nuovo, ed entrambi scoppiammo in un'altra delle ennesime risate che ci facevamo spesso insieme. Era proprio un matto e se lui era matto, io
lo ero con lui!

Sebbene la distanza da quello stupido luogo si fosse rivelata più
lunga del previsto, la mia ilarità interna continuava a regnare sovrana, nutrendosi del fatto che stavo trascorrendo del tempo con
una persona ritenuta da me medesimo, cara e simpatica. In una
classifica Tom non sarebbe stato al primo posto per la bellezza,
malgrado fosse ritenuto carino da molte ragazze, ma come simpatia avrebbe saputo toccare i vertici di un giudizio comune! Sapeva come farti schiantare lo stomaco dalle risate, quando voleva!

In quel periodo ero già fidanzato e la mia ragazza era colei che
presto diverrà mia moglie; il suo pensiero nella mia testa, in

quella mattina, era lievemente sfocato, ma non per questo assente! Anche Tommy stava per mettersi con una ragazza che era molto più carina di quello che mi sarei aspettato, lui diceva che si era presa una cotta e la cosa lo divertiva. Mi rode ammetterlo, ma anche in questo campo, il mio carissimo amico aveva avuto molte più esperienze di me!

Era già trascorso un intero anno, un cortissimo anno, c'eravamo conosciuti agli inizi della scuola ed ecco che presto sarebbe cominciata di nuovo. Ci volevamo divertire, chi credeva che quello sarebbe stato il nostro ultimo giorno insieme?! Chi poteva saperlo?!

Prima di arrivare, negli ultimi chilometri, avevo accelerato un po' e alzato il volume della radio fino a quando non avevo sentito le casse, poste ai quattro sportelli, darci veramente dentro con la massima potenza. Supposi che forse avrebbero potuto sentirci anche le rane, abitatrici degli stagni nei campi che il sole dipingeva d'argento, ma a chi importava, le rane si sarebbero fatte problemi? Sarebbero venute da me a rimproverarmi del fatto che tenessi la musica troppo alta, inquinando il loro spazio acustico? Al diavolo tutto! Si vive una volta sola! Almeno in questo corpo.

Anche se fossero schiantate le quattro casse con un botto e gli sportelli fossero saltati dalle giunture (cosa molto improbabile), avrei continuato a viaggiare e a cantare! Ero con un amico, un vero amico! E mi stavo divertendo! Avevo ingranato fino alla quinta per un breve tratto lasciandomi trasportare da un ritornello che mi faceva impazzire, poi ero tornato alla velocità costante. Ero al fianco di Tommy, ma lo sarei stato ancora per poco.

Torniamo al dunque allora…

***

Ci fermammo. Tom riconobbe subito il luogo che era stato lui descritto e mi fece cenno di accostare. La strada che avevamo percorso era quasi deserta, non molto frequentata, perché le persone in generale, preferivano viaggiare più comode e più velocemente sulle nuove arterie che raggiungevano i centri città. Avevamo visto passare un'auto o due, non una di più.

«Lì, quel viottolo lì!», esclamò all'improvviso Tom, nel frastuono della musica, puntando il dito fuori dal finestrino, tanto sbadatamente, che in altro luogo, se fosse passato un qualunque mezzo sparato in direzione opposta al nostro senso di marcia, nella migliore delle ipotesi avrebbe potuto limargli l'unghia! Per fortuna, l'asfalto che avevamo percorso non era dei più trafficati e, nello stesso tempo, era anche silenzioso. Forse troppo.

Imboccammo lo stradello sterrato di cui vi ho accennato prima, quello con gli alberi scheletrici e puntammo in aperta campagna. Era abbastanza lungo e mi tenni a una velocità lumaca, per rovinare e impolverare il meno possibile la macchina che custodivo con cura, ma le buche, quelle si facevano sentire ugualmente! Non appena fummo tra quei tronchi, l'atmosfera sembrò cambiare.

Arrivati al termine di quel sentiero ghiaioso che tagliava, sotto gli alberi neri, le dune spigolose del terreno campagnolo in una stretta via marrone, ci preparammo e scendemmo. Subito dopo Tom mi fissò in modo strano e, dapprima, pensai volesse solo avvertirmi di qualcosa, data la sua esperienza in tali missioni, in seguito, capii che stavo sbagliando. La nostra allegria si era spenta completamente, tutto insieme, solo a causa dell'aria che in quel posto si respirava: era l'atmosfera che si creava alle pendici di una collina apparentemente bruciata, su cui si ergeva semidiroccata una grossa casa abbandonata capace di spaventare nell'anima. Beh, se erano quelle le sensazioni finali di un'avventura esplorativa, confessai a me stesso che non erano affatto divertenti e piacevoli come mi ero aspettato! Ma sarei rimasto con lui in ogni modo, al fianco di Tom, fiducioso delle sue mosse.

«Stai molto attento Simon», mi disse raccomandandosi lui e guardandomi dritto negli occhi. Chiuse il discorso e caricandosi gli zaini in spalla, si avviò per il sentiero.

Ehi! Gli zaini? Perché Tom ne ha due e uno più grosso dell'altro? Si porta forse dietro una tenda scomponibile da allestire all'interno dell'abitazione, o cosa? La domanda nacque spontanea alle pendici dei miei neuroni confusi, ma non le diedi molta importanza. Tom non aveva solo il comune zaino, ma anche un'altra sacca gialla impermeabile, molto più capiente e molto simile al grosso giacchetto di un pompiere, o comunque cucita con lo stesso materiale, che non avevo notato caricargli prima. Non avevo idea di quando l'avesse messa nel bagagliaio della mia auto. Non avevo visto niente! Non ero a conoscenza di quella borsa, prima di vederlo allontanarsi!

Fu a quel punto che capii che c'era qualcosa che non andava… che forse Tom sapeva cose di cui io ero all'oscuro… ma poteva anche darsi che si trattasse solo del suo kit di sopravvivenza! In fin dei conti era lui l'esperto di profanazioni! E qualsiasi storia fosse venuto a sapere Tom di quella casa, non sarebbe stata altro che il frutto di leggende paesane! Che cosa avrebbe mai potuto nascondere?!

Mi sentii per la prima volta tradito.

Percorremmo lentamente la salita, mentre il sole ardeva sulla nostra nuca e i piedi scricchiolavano per via della pressione corporea sulla ghiaia e sulla terra secca, ponendo il terreno a contrasto con il nostro peso. Fu da quel momento che cominciai a dubitare della strana pazzia che ci eravamo proposti di compiere, destandomi dall'emozione iniziale e sentendomi succube, dentro, di quella strana sensazione che tenta di metterti in guardia, quando qualcosa sembra non quadrare. L'espressione nel volto di Tom, non appena era sceso dall'auto, ancora non mi convinceva, ma cercai di non dargli importanza, non fermandomi e ponendo la questione solo come risultato di un intuito affrettato e superficiale.

Tom ti nasconde qualcosa, Simon. Mi dissi. *Non ti ha detto tutta la verità, non stavolta.*

Tom aveva un solo difetto, si faceva trasportare troppo da certe fantasie e, in quel caso, la malattia che lo aveva fatto schiavo era solo e soltanto l'essenza scaturita dalla struttura persuasiva di quella casa maledetta. Per un momento, paragonai l'espressione con cui mi aveva avvisato di stare attento a quella di una persona eccitata, che voleva scacciare dalla mente il pensiero delle eventuali probabili conseguenze, solo perché troppo affascinata da qualcosa per lei molto più importante, di quella che sarebbe potuta divenire la realtà.

Che cosa ti hanno detto Tom? Che cosa ti hanno raccontato realmente stavolta? Mi chiesi mentre lo seguivo. Era come se un punto di lui, una sua terminazione nervosa conservatrice, non trovasse più un comune accordo nella razionalità di tutti i giorni. Fu come se Tom, trasformato metaforicamente in un marchingegno, avesse espulso dalla coscienza l'ingranaggio essenziale della sua personalità propria.

Ma tu, ti fidi di lui, no? E allora seguilo! Stai attento, ma seguilo... in fondo è solo una casa abbandonata! Mi sussurrò la mente. E già altre volte mi era capitato di ascoltarla, ma stavolta... era tutto diverso.

L'abitazione si poteva vedere benissimo anche da dove avevo lasciato l'auto, grande, imponente, immagine che si sarebbe ripercossa ossessivamente nel mio sogno per tutta la vita.

Camminammo e ci sembrò di non giungere mai alla meta. Le voci della coscienza mi avvolgevano, nauseandomi come un segno premonitore. Tom era decisissimo a non tornare indietro per nessun motivo e se solo avessi provato a convincerlo nel rimandare, già immaginavo come mi avrebbe guardato e giudicato nel futuro successivo. Non mi avrebbe neppure ascoltato, tanto era preso. Non mi avrebbe neppure sentito. E se non l'avessi seguito, l'avrei perso. Da lì, la paura di perdermi a mia volta in quell'oblio che diveniva pazzia, in momenti di tale suspense, non si sarebbe più placata. Se ci fosse accaduto qualcosa, nessuno avrebbe sentito, nessuno ci avrebbe visto e, in quel luogo, probabilmente, neppure trovato.

L'auto parcheggiata lontana sarebbe stata un'altra meta irraggiungibile in caso di fuga. Eravamo scesi e avevamo preso tutto il necessario, ma non tutta la prudenza. Negli zaini avevamo solo qualche panino e un paio di birre per festeggiare quella grande stronzata che stavamo compiendo, o almeno io avevo solo quello, riguardo a Tom, ero meno sicuro e ciò mi preoccupava. «Che cosa hai lì dentro?», gli domandai indicando la sua sacca con sguardo insospettito.

«Niente d'importante», rispose pronto lui, «solo panini e birra!».

«Non intendevo nello zaino dei panini, Tom! In quella specie di sacca gialla e sporca che non ti ho visto montare su nell'auto!», esclamai, cercando di spronarlo a svelarmi il suo mistero.

«Ah, stai parlando di questa», rispose allora vago Tom, voltandosi appena. «Non ti preoccupare, c'è della roba che ti farò vedere quando saremo in cima alla collina. Sarà stupendamente divertente, credimi!».

«E perché non adesso? Fammi vedere adesso che cosa hai lì dentro e facciamola finita! Non mi sarei mai aspettato da te una cosa del genere! Mi stai nascondendo qualcosa, Tom! Ti si legge negli occhi!».

«Ok, non ti nascondo niente, ti faccio vedere in cima. Promesso! Va bene?». Così tagliò corto e lo feci anch'io. Non volevo certo litigare!

Lasciai stare e continuai a seguirlo camminando con aria sospetta e incredula. Ero stupito per il radicale cambiamento del mio migliore amico. Non si era mai comportato in quel modo. Quello non era da lui. Non era lui! Quel posto sembrava averlo posseduto! Non ebbi, né il coraggio, né il tempo di insistere su quella che sarebbe potuta divenire un'amara discussione. Proprio in quel mentre, mi tornò alla memoria la nostra chiacchierata di quella mattina e, meglio, un favore che Tom mi aveva chiesto prima di partire e a cui non avevo dato la minima importanza, tanto sembrava essere sciocco e insensato dargliene: *«non dire niente a nessuno Simon, non far sapere niente ai familiari»*, aveva supplicato, ma in modo ironico, quasi stesse scherzando su qualcosa, che però non era da prendere in modo serio. Solo più tardi, mi resi conto di come Tom stesse scherzando su quella che pareva una questione in realtà ben più profonda e minacciosa, di quanto potesse apparire a una prima occhiata. Il suo era un prendersi beffa delle paure in modo sottile!

Così, alla fine, nessuno sapeva dove fossimo. Perfetto, no? Nessuno sapeva se fossimo usciti e se fossimo usciti insieme… eravamo in un certo modo… soli! Tom ed io. E una cosa sola era chiara ai nostri familiari: non saremmo tornati per cena! Tutto ciò non aveva senso. Eravamo solo noi…

Ben presto, i circa settecento metri che ci separavano dal morbo nero, lo stesso che aveva invaso la mente di Tom, finirono. Il mostro dai lineamenti quadrangolari che ci osservava dalle sommità di quella collina folle, stava per divorarci nel suo turbine d'irrazionale follia. La casa ci aspettava. Attendeva il nostro arrivo.

6

La casa era recintata da una vecchia cancellata grigia, prevalentemente ricoperta e assediata da folti arbusti selvaggi. In molti tratti, il metallo che componeva la barricata, era stato consumato e corroso dalla ruggine e dal tempo. Noi ci facemmo spazio ed entrammo come due intrusi, sbucando da un grosso cespuglio. Una volta dentro, il sole, che fino a poco prima aveva illuminato con luce vitale e iridescente ogni oggetto sulla Terra, sembrò oscurarsi. Comparvero improvvisamente delle nubi minacciose e un enorme giardino si aprì davanti ai nostri occhi increduli, proiettandoci in un altro tempo. La recinzione metallica che si scorgeva all'esterno, tracciava il perimetro di quel luogo abbandonato, estraniandolo da ogni cosa vi fosse fuori e, nello stesso tempo, occultando in modo singolare le mura diroccate dell'edificio con tutto ciò che si sviluppava lui intorno. Le fondamenta a tratti scoperte della casa, visibili per via di un parziale diroccamento, esternavano tutta la loro solidità e resistenza, laddove la muratura umida e ammuffita si sbriciolava sul suolo. Qualsiasi muro, era un appiglio per rovi e arbusti che s'incuneavano, flettevano e attorcigliavano, in ogni foro e lungo ogni trave, mentre nel giardino, nascevano piante scure dalle identità a noi sconosciute. Dove c'era del legno, si aprivano buchi neri di muschio; dove vi erano finestre e una volta dovevano esserci stati dei vetri, adesso rimanevano orbite vuote; dove la vernice antica si scoloriva e cadeva a croste, le erbacce selvatiche avevano la meglio. Ebbi l'impressione che ovunque vi fossero spini, rovi e rami secchi, pronti ad attaccarsi alle nostre caviglie, per trascinarci a fondo nella loro terra madre marcia e ruvida. Dentro quel nucleo malsano e pesante, pareva nulla fosse stato più curato da anni e anni.

Usufruendo di un flashback e tornando infantilmente a parlare dei miei personaggi mentali dei cartoons, potrei dire oggi, che quel luogo somigliava moltissimo al bosco incantato di *La bella addormentata nel bosco,* in cui tra i grossi rovi e gli spini affilati, regnava il castello della vecchia strega. La leggenda metropolitana del casale abbandonato era diventata l'incubo vivente di una casa tetra, lugubre e malata. Una villa che raccontava una storia lunga e antica.

L'abitazione era enorme, ma a differenza delle mie associazioni di pensiero assurde e sottili, il tutto compariva a noi molto più realistico e solido, mentre la natura, nonostante le apparenze, risultava essere molto più scura e ostile, rispetto a quella di un cartoons!

Mi dimenticai di chiedere nuovamente a Tom cosa avesse nello zaino. In parte, la promessa di svelarmi il contenuto della sua misteriosa sacca, una volta giunti in cima alla collina, prese la piega di una farsa, dall'altra, confesso che preso dall'osservare, feci quasi finta di scordarmene. Tom non mantenne la parola, non lo fece mai di sua iniziativa.

Quando finalmente uscimmo da quei rovi tenebrosi, tirai un respiro di sollievo. Tra tutte quelle piante mi era sembrato di soffocare! Il mio amico Tom mi aveva preceduto e quando misi la testa fuori, era seduto sugli scalini scardinati della vecchia veranda già da un paio di minuti, al di là di quello che per me era stato un breve incubo nella claustrofobia. Mentre strappavo via le gambe dagli ultimi arbusti ancora attorcigliati ai piedi, come avessero voluto sul serio rendermi schiavo della loro terra maleodorante e ombrosa trattenendomi, il ragazzo che mi aveva condotto lassù, con i suoi due zaini ai piedi, cominciò a scartocciare un sandwich ben farcito.

Ci fermammo qualche minuto sugli scalini rotti dell'entrata decadente della casa, di fronte alla vegetazione che ci aveva ingurgitato, digerito e in fine sputato fuori spingendoci fin lì, nel fulcro del *Male*. Doveva esserci un fiume nei dintorni, di cui noi non avevamo visto la brillantezza cristallina, ma sentito il frusciare lungo il suo letto. Tutta l'atmosfera che si era andata formando e che ci avvolgeva, mi portò a immaginare un'epoca di cavalieri, un'epoca dove castelli e armature su cavalli erano routine giornaliera. Tom ed io eravamo stati catapultati in un posto che ricordava l'ottocento o giù di lì.

Mi resi conto di non vantare di una completa tranquillità, la segretezza della nostra missione, così come Tommy aveva voluto che fosse, continuava a turbarmi assieme al suo mistero rinchiuso in quella sacca gialla che si portava dietro. Tutto girava attorno a quello zaino sporco e di lì a non molto, forse, mi sarei deciso a svelarne il contenuto anche con la forza, se fosse stato necessario. Non riuscivo a capire la segretezza di tutto quello che stava accadendo e, ancor più, mi sorprendeva il fatto di quanto, con Tom, non mi sentissi più mentalmente sulla stessa lunghezza d'onda. La nostra amicizia, divenuta quasi una fratellanza priva di menzogne, segreti e inganni, stava decadendo rapidamente per colpa di una stupida casa… quella casa! Essa doveva stuzzicare il mio amico a tal punto, da permettergli di dimenticarsi di tutto il resto. Non sarei riuscito a fermarlo, né potevo obbligarlo a tornare indietro, perché arrivati in prossimità del varco, Tommy non mi avrebbe più degnato di alcuna considerazione. Potevo solo stare al suo gioco ormai e, in caso di pericolo, cercare di difenderlo.

Difenderlo? E da chi? Da che cosa? Mi domandai, ma fu un pensiero insensato. Non avrei saputo proprio giustificare quella mia preoccupazione. Ormai mi sentivo coinvolto e nello stesso tempo frastornato, come fossi stato drogato dall'essenza invisibile emanata da quel luogo. Era così strano con la sua erba incolta, nato tra le foglie delle piante intrecciate… e nell'aria, esse stesse, pareva emanassero una tossina velenosa con il solo intento di intorpidire parte del cervello, al fine di indurti a continuare per un senso unico. Era come se davanti a quelle mura vi fosse un grosso imbuto fantasma, una volta entrati al di là del cancello, riuscire a tirarsene fuori, pareva fosse stata un'impresa faticosa e insostenibile.

Il mio pensiero nel difendere Tom, fu una conseguenza creatasi da quello che mi diceva la mente seguendo il puro istinto, ma fu un pensiero privo di fondamento… una parentesi metafisica di un prurito celebrale solo molto profondo e coscienzioso.

Finita la pausa, caricammo ancora una volta gli zaini in spalla e salimmo i pochi gradini dell'abitazione. Poi ci fermammo qualche istante davanti al vecchio portone sgangherato, ma non a esaminare quel vecchio legno in modo approfondito, quanto ad osservare il paesaggio che si scorgeva da lassù, oltre quel fitto giardino oscuro. Pareva che tutto quel verde, quella sorta di piccola foresta incantata dal coinvolgimento claustrofobico, fosse il simbolo di un confine tra sogno e realtà. Al di là dell'incubo, una macchia nera tra le colline, comparivano immensi campi dalle più svariate forme e colori, campi dove i contadini si recavano a versare sudore ogni giorno al solo scopo di portare avanti la famiglia e campi vivi, campi prosperosi che lungo la strada che avevamo percorso, era stato impossibile scorgere nei dettagli. Si vedevano i piccoli stagni riflettersi come specchi d'acqua e i tetti di un paesello facevano capolino da dietro una collina. Era tutto così… romantico! E soprattutto, pensai che laggiù battesse ancora il sole, che da quei campi il cielo sarebbe apparso stupendamente blu come in una qualsiasi giornata serena, mentre sopra di noi, invece, sembrava che tutte le turbolenze atmosferiche possibili e immaginabili, si stessero unificando per scatenarsi contro la nostra perfida e incosciente curiosità. Tom ed io eravamo avvolti in una macchia scura, in una bolla d'oltre tempo, densa, oleosa come il catrame, satura di gas nocivi. Questa fu l'impressione che diede lo stare lassù al mio corpo, alla mia anima.

Eravamo nel giardino del *Male* e ci preparavamo a varcare la soglia della sua casa.

***

Cristo, non ce la faccio! Non ce la faccio!
Cristo, dammi la forza per andare avanti. Dammi la forza per finire di raccontare i miei ricordi. Dammi la forza per superare le mie paure.
Ti prego.

***

Sapete, mi piace immaginare cose lasciandomi trasportare dalle emozioni e quell'atmosfera tendenzialmente medioevale, se posso permettermi di dirlo, mi riportò a un sogno che facevo sempre da bambino: cavalcavo in un tramonto rosso e infuocato su una sella estremamente comoda e riposante; ero un cavaliere di valore o per lo meno degno dei miei avi; portavo una gloriosa spada allacciata alla cintura e una bellissima damigella, coperta da un lungo abito celeste, mi abbracciava alle spalle. I capelli di lei, sciolti e leggiadri, volavano nel vento del tragitto in corsa sul mio cavallo bianco e il suo profumo di fiori freschi mi sfiorava le narici con estrema delicatezza, una delicatezza che, in futuro, sarebbe divenuta sensualità. Attrazione. Voglia di amare...

Nel sogno, ci lasciavamo dietro praterie, colline, popolazioni e castelli, mentre il sole scendeva dietro l'orizzonte illuminandoci i volti di un rosso ardente e passionale. Il mio cavallo nitriva, forte e coraggioso come il suo padrone, tagliava l'aria calda e carezzevole, intento a compiere il proprio dovere fino alla fine delle proprie forze; portava due persone unite dall'amore lontano da tutti, lontano da quel mondo terreno, lontano fino alle sponde di un regno inimmaginabile e fantastico, dove ninfe e fate ne erano padrone... era un sogno forse poco singolare e molto oggettivo, ma nella banalità, mi aiutava a rilassarmi.

Il galoppo si faceva ancora sentire nelle mie fantasie quando tornai al fianco di Tommy. La cavalcata nella prateria senza fine svanì nel mio cervello sfumando, per riallacciarsi alla tragica e crudele realtà, che viveva intorno a me in quell'istante della mia vita. Questo mi face paura.

Uno strano pensiero si formulò nella mia testa: *tu sei colui che cavalca; la donna che ti abbraccia è la tua donna e ti seguirà per sempre; il cavallo è il tuo cavallo e mentre tutto ciò continuerà a succedere, non dovrai temere niente, perché sarà tutto tuo. Hai l'amore, hai il sogno, hai la vita. Sei tu quel cavaliere!* Non ho mai avuto la minima idea del perché la coscienza mi sussurrò quelle parole. Così arrivò il momento di staccare la spina e mi girai di centottanta gradi. Ecco, ero di nuovo lì, a faccia a faccia col portone malefico che avrebbe rovinato la mia esistenza e i miei sogni più gradevoli, turbandoli con una crudele, tetra freddezza.

Non potrò mai dimenticare la voce di Tommy, quando disse: «finalmente ci siamo!», né quel qualcosa di tanto strano e misterioso che gli brillò nel profondo degli occhi, nel momento stesso in cui lo esclamò. Mi stava nascondendo la reale gravità della situazione nella quale ci stavamo cacciando. Quella non era solo una vecchia casa, non era la nostra avventura, non era niente di tutto ciò che sarebbe potuto sembrare al primo impatto, quella era la follia di due persone, era la paura! E la mia coscienza iniziò a preoccuparsi per noi, ma ormai era troppo tardi per tornare indietro. Saremmo andati fino in fondo.

Tommy sfondò la porta tarlata e frastagliata di schegge con un calcio, non si curò di aprirla normalmente. Essa cadde senza opporre resistenza regalandoci l'immagine di un lungo corridoio nero e pregno di morte. Aleggiò un tanfo insopportabile.

Eravamo ancora sulla soglia, quando quell'oscurità che scorgemmo all'interno ci rapì in modo profondo, tanto che qualsiasi cosa fosse avvenuta fuori, non avrebbe avuto per noi più importanza. Non era determinante se fuori fosse stato giorno o notte, non importava se stesse per piovere o se il sole avesse arso ancora come il fuoco, nulla ebbe più valore in quegli attimi. E se il *Male* si fosse concentrato su quel suolo, nascendo per poi abbattersi sulla Terra intera, non ce ne saremmo accorti. Stavamo per essere ingoiati dall'incapacità di comprendere e da tutte le cose che potevano assalire la mente folle di un pazzo, sotto l'effetto di potenti allucinogeni.

Un topo scappò dall'oscurità, dell'interno verso l'esterno, passandoci tra i piedi. Tommy si affrettò a frugare nello zaino giallo e ne tirò fuori due lanterne di quelle antiche, con del cherosene. Sembravano adatte al luogo e mi venne da sogghignare, vedendo fino a che punto si poteva alimentare l'irrazionalità di un caso, plasmandola sulle fobie di un uomo.

Varcai la soglia della casa e non so se lo feci per seguire Tom o se fui attratto da qualcos'altro, la sensazione fu di essere spinto. Per un attimo non capii più niente, non seppi più dove mi trovavo o che ore fossero e, probabilmente, persi anche la cognizione del giorno e del tempo stesso in cui stavo vivendo. Poi vidi brillare le due lanterne, una tra le mani di Tommy, l'altra nelle mie.

Dentro l'aria era pesante e sembrava ristagnare da molto tempo, malgrado molte finestre dell'abitazione fossero andate in frantumi, forse per causa di qualche temporale troppo violento o di alcune sassate tirate da ragazzacci di passaggio. Cominciammo a camminare solo dopo alcuni minuti, quasi avessimo dovuto riprenderci dalla brutta sensazione che si respirava e Tom proseguì per primo. Io, seppure molto turbato, mi cinsi a stargli dietro fedelmente.

L'oscurità era densa come il fumo e le lanterne che tenevamo in mano bastavano a malapena a illuminare dove mettevamo i piedi. La luce che emanavano era forte, ma tra quelle pareti malamente ammobiliate, la fiamma che ardeva all'interno del vetro pareva anch'essa una cosa morta, bruciava lentamente e sembrava volersi spengere da un momento all'altro, non permettendo a quel buio di aprirsi, di squarciarsi, di affievolirsi minimamente. Tutto era molto strano e nella loro incredibile situazione, quelle pareti, quegli intonaci, trasudavano malvagità. Quel posto rifiutava la vita, respingendola a contrasto con forze a noi sconosciute.

Posavamo un piede dopo l'altro, molto lentamente e in assoluto silenzio, cercando di decifrare gli oggetti che avevamo intorno e sforzando gli occhi nella penombra. Le travi che tenevano il soffitto e attorno alle quali s'inerpicava la casa, erano molto polverose, come l'aria che respiravamo del resto, mentre il pavimento, oltre a lamentarsi come un vecchio sofferente, sembrava essere appiccicoso, nonché vuoto nell'area sottostante. Noi, incuranti di ogni cosa, continuammo ad andare avanti, continuammo a camminare come due bambini increduli in un posto del tutto sconosciuto, come fossimo nella casa degli orrori di un parco giochi e procedemmo fino a una scala per metà distrutta che conduceva, curvando a ellisse, a un piano superiore. Essa era in legno e gli scalini pendevano leggermente sulla sinistra, dove l'intera struttura poggiava al muro diroccato e ammuffito.

«Beh, niente di cui allarmarsi fin qui!», sussurrò Tommy nella semioscurità.

«Proprio così!», esclamai a mia volta di rimando, quasi lo stessi dicendo più a me stesso, che rivolto all'amico di fianco. Con una sorta di sguardo indagatore non del tutto sicuro, mi feci coraggio e cercai la fiducia in Tom, che stavo, passo dopo passo, perdendo considerevolmente.

«Allora andiamo di sopra?! La scala dovrebbe reggerci!», propose Tom e, ancor prima di ogni mio consenso, fece per avviarsi nella pericolosa salita.

«Ehi, ehi! Non vorrai farti male sul serio?!», gli dissi cercando di metterlo in guardia. «Voglio dire, se la scala dovesse cedere? Ricorda che siamo in aperta campagna e se dovessi troncarti una gamba… mi sarebbe molto difficile venirti in soccorso!».

Tom non se ne curò, mi sorrise come uno stupido. «Hai paura Simon?», mi chiese poi. Il suo sguardo vacillò, ma non era sicurezza, era emozione e nel buio rotto solo dalla fioca luce delle lampade, sembrò quello di un pazzo.

«No, ma comincio a odiarti! Anche se… sì!», confermai. «Ho paura Tom! Ho paura di quella strana espressione che ti è comparsa sul viso da quando siamo arrivati qua. Ho paura di quello che nascondi in quella fottuta sacca e ho paura di cacciarmi in qualche brutto guaio, per non parlare poi del fatto di mantenere il segreto su questa nostra missione… il fatto che tu mi abbia chiesto di non dire niente a nessuno, mi preoccupa. Perché tutto questo mistero? Non capisco!».

«Zitto!», esclamò immediatamente lui. «Non parlare. Fidati di me!». Tom fece appena in tempo a bloccarmi che qualcosa cadde sotto i nostri piedi, qualcosa di molto pesante, qualcosa che sembrava essersi mosso sotto il pavimento.

«Che cosa è stato?», domandai.

«Non lo so. Andiamo prima di sopra!».

E così salimmo la scala, prima uno, poi l'altro, facendo sempre molta attenzione a dove gli scalini avrebbero potuto rompersi o meno. Rischiai di cadere lo stesso. La luce delle lanterne era quasi nulla, ma serviva.

Sopra trovammo ancora vecchi mobili, di un'epoca difficile da decifrare tanto erano avvolti da ragnatele e polvere, ma sicuramente molto antichi. Qua e là ciondolavano, storti come impiccati, vecchi quadri di ritratti e volti informi dagli sguardi tetri. Due dei dipinti erano in terra con le tele strappate in mille strisce e si mischiavano con pezzi di vetro. Vi erano cassetti vuoti e pochi bicchieri sporchi posati in una vecchia dispensa.

L'abitazione si sviluppava in diverse stanze, tutte in pessime condizioni, logicamente! In particolar modo, profanammo il salotto brevemente descritto sopra (o quanto ne rimaneva), un bagno antiquato completamente rigato negli scoli da calcare e ruggine, decorati a loro volta da muffa e piante che salivano per poi spuntare attraverso i tubi e, in fine, una vecchia stanza da letto matrimoniale completamente distrutta. Subito dopo, molte altre stanze più o meno piccole fecero la loro oscura comparsa di fronte ai nostri occhi, ma fra tutte, solo un'altra fu degna delle nostre particolari attenzioni. Questa fu la più terrificante. Più avanti, tra le più sorprendenti, una porta si apriva sulla cameretta in disuso di qualche fanciullo non più residente nel luogo, ed essa, era piena di vecchi giocattoli spaccati, tranciati, smontati e tirati alla rinfusa. Grossi batuffoli di polvere grigia si posavano sopra di essi e sporgevano da ognuno, simili a grossi tranci di pelle di ratto, abbandonati qua e là. Quello sporco era talmente fitto, che quasi si sarebbe potuto scambiarlo per materiale organico, perso per chissà quale metamorfosi, così come la natura voleva che facessero i rettili. La polvere, la muffa, l'unto sul pavimento, sembravano un misto tra pelle marcia e guano. Le nostre impronte rimanevano impresse a terra, come il piede del primo uomo rimase impresso sulla superficie della Luna e l'aria, là dentro, si faceva pesante, stantia, dava quasi prurito.

In un primo momento non ci feci caso, ma accostandomi a una finestra di una di quelle stanze per guardare fuori, mi resi conto di come fosse volato il tempo. All'esterno, dove si respirava ancora a pieni polmoni, era notte, una luna rossa ghignava nel cielo sbaffata da stracci di nuvole violacee e, nel giardino in cui solo un'ora prima Tom ed io eravamo passati, stando a quanto il mio orologio suggeriva, le piante sembravano essersi trasformate nelle più terribili creature immaginabili. I vetri delle finestre che prima, da fuori, apparivano rotti e incrinati, dall'interno, adesso, erano sì polverosi e incorniciati come li avevamo immaginati da fitte ragnatele, ma tutti completamente integri! Probabile che fossimo in un lato della casa invisibile dal giardino? La realtà pareva distorcersi plasticamente man mano che la nostra immaginazione si scolpiva nella crescente tensione.

«Tom, non mi piace. Andiamocene!», esclamai. Poi mi voltai deciso, quasi sorpreso dal mio tono autoritario, ma il pazzo che mi aveva condotto in quel luogo maledetto tenendomi all'oscuro di qualcosa che non sapevo e che a quel punto, avrebbe dovuto trovarsi proprio dietro di me, era scomparso.

«Tom?», chiamai. «Tom, dove cazzo sei? Dimmi dove cazzo sei! Adesso ti prendo, ti do un pugno in faccia e ce ne andiamo, capito?! Mi hai proprio rotto! Questa storia sta andando troppo oltre! Tom? Cosa speri di trovare tra queste mura ammuffite e pericolanti? Tom? Dove diavolo sei finito?». Quando pensai che l'amico mi avesse udito, capii che i soli ad avermi ascoltato incuriositi erano stati i topi e i ragni, così fui invaso per un attimo dalla rabbia che fino ad allora ero riuscito a contenere. Poi mi rincamminai a passo svelto verso la scala. Non riuscivo a vederla, ma sapevo per certo che era davanti a me, avvolta dall'oscurità e, dopo una decina di passi, la trovai.

«Io me ne vado, mi levo dalle... Tom!», esclamai allibito. La sua sagoma comparve davanti ai miei occhi come sospesa nell'aria, o almeno quello mi sembrò. Per un attimo temetti il peggio. «Dove ti eri cacciato, maledetto il cielo! Non mi hai sentito urlare? Stavo quasi per sbottare! Dimmi, non mi hai sentito allora?».

«No...», disse titubante lui, «io non ho sentito nessuno urlare!». Tom pareva ipnotizzato, reso incosciente o seriamente concentrato su qualcosa, forse qualcosa che aveva sentito, proprio come il rumore che entrambi avevamo udito poco prima di salire la scala, sotto i nostri piedi. Non stava volando comunque, ma si era immobilizzato proprio dove gli scalini consumati e in gran parte scardinati della scala scendevano verso il basso. Era avvolto dal buio, solo una piccola spinta e avrebbe potuto rovinare in una dolorosa caduta.

Non potei far altro che guardarlo corrucciato. Le lanterne bruciavano ancora, ma la luce che rimaneva, non era altro che un appiglio di poca sicurezza e inutile speranza.

«Tom, per un attimo ho creduto tu volassi! Sì, non mi prendere per scemo, ma non riesco a vedere quasi più niente, sai? Abbiamo alzato della polvere, più di quanta già non ve ne fosse e con queste lanterne... non è del tutto semplice capire esattamente dove recarsi!», confessai.

«Simon, credevi fossi uno spirito?! Certo che non sto volando! Piuttosto... ascolta!». Non demordeva. Qualsiasi cosa gli avessi detto o consigliato di fare, sarebbe stata vana e inudibile alle sue orecchie.

Scendemmo e tornammo al pian terreno. Il lungo corridoio si aprì nuovamente davanti a noi. Ci avviammo verso l'uscita e m'illusi che Tom si fosse deciso finalmente ad abbandonare la missione. Le pareti di quel corridoio trasudavano muffa e lungo di esso, vecchie porte che non avevamo notato prima, marcivano sprangate e chiuse per sempre. Tom cercò di aprirle ma non ci riuscì, erano troppo robuste e ancora i tarli non avevano portato a termine il proprio lavoro, rendendole completamente friabili.

Finalmente uscimmo e potei sentirmi risollevato. Avrebbe dovuto essere ancora pomeriggio, ma fuori, ora, era davvero come poco prima avevo costatato dalla finestra di una delle stanze! Era buio pesto.

«Finalmente ti sei deciso!», esclamai rivolto a quel maniaco della paura che mi stava accanto, ma egli non mi rispose. Come fosse avvolto dai pensieri, dai propri calcoli, Tom non era soddisfatto e, soprattutto, non aveva terminato il suo giro d'ispezione. Presto mi sentii gelare il sangue.

«Dobbiamo rientrare», annunciò.

«Cosa? Tu sei matto! Sei matto! Giuro che ti faccio passare ogni voglia di ritornare là dentro, se continui!». Feci per dargli un pugno, imitai soltanto il gesto, cercando di essere quanto più gentile possibile, ma Tommy si scansò e varcò per la seconda volta la soglia della tetra dimora. L'oscurità lo ingoiò di nuovo.

Non era più il Tommy che conoscevo. Non era più il mio amico.

Eravamo ancora in quel fottuto corridoio, la ronda ripartiva come il secondo atto di uno dei tanti film diabolici che avevamo visto insieme mangiando pop-corn, e lui, Tom, si cingeva nella ricerca. Lo vidi impegnarsi al massimo osservando in basso, sfruttando la poca luce della lanterna per vedere in che punto mettere le mani, gli vidi scansare delle ragnatele e provare ad alzare delle vecchie travi. Dentro di me pensai a tutto, ma non di poter assistere a tanta ostinazione per così poco e in un'avventura del genere. Tutto sembrava perso, quando lo disse apertamente scoprendo il velo segreto. «Deve esserci una botola qua da qualche parte! Simon! Lo sai anche tu! Non dirmi che prima non hai sentito quei rumori?! Qualcosa si è mosso! Qualcosa di pesante ha fatto rumore e non era su di sopra! Quindi deve nascondersi sotto questa casa!». Era eccitato.

«Scherzi?! Sotto quelle travi sarà pieno di topi e non voglio proprio prendermi un bel morso! Non ti aiuterò!», risposi io.

«No, non credo ci siano solo topi, Simon, ma un passaggio, forse l'accesso a una cantina e… mi hanno detto…», non finì la frase. Una luce gli si riflesse negli occhi, abbagliando la mia acutezza di pensiero.

Che cosa Tom? Che cosa ti hanno detto? Pensai prontamente. «Cosa ti hanno detto?», chiesi al nulla e alla polvere che si estendevano espandendosi allegramente, con leggerezza.

Tommy si accovacciò ancora un paio di volte, poi la trovò. Proprio come aveva sospettato, come credeva e come gli avevano raccontato, probabilmente, c'era una botola. Un ferro infilato in due occhielli d'acciaio ne impediva l'apertura, ma era facilmente rimovibile. Il piano di legno quadrangolare si sollevò scricchiolando sulle due cerniere e si aprì come una bocca, lasciando trapelare un orribile tanfo di muffa e di marcio, un fetore ben peggiore di quello che già impregnava l'aria! Subito dopo si udì un soffuso lamento, difficile da classificare come umano o meno, ma indiscutibilmente agghiacciante.

«Tom, ti prego!», esclamai sussurrando. «Se vuoi andare fino in fondo a questa faccenda, torniamo almeno di giorno!». Cercai di convincerlo, ma fu inutile.

«No Simon, non si può fare, probabilmente il giorno come lo immagini tu, non regnerà mai all'interno di questa casa. Gli spettri che abitano questo luogo, non hanno tempo, né dimensione terrena!». Stava delirando.

«Stai dando di matto!». Ci provai ancora. «Quando siamo arrivati, era giorno e solo poco dopo essere entrati, è come se la notte fosse calata tutta insieme! Credo vivamente che torneremo quando il sole sarà alto nel cielo, se proprio dobbiamo farlo!». Ma continuò a non servire.

«No, ti sbagli. Da quando abbiamo varcato quella soglia, Simon, è come se non fossimo mai più usciti. Non capisci? Anche se hai creduto di essere fuori da tutto, qualche attimo fa, in realtà eravamo sempre qua dentro, nella casa, con la mente, con l'anima, avvolti dall'essenza di quest'abitazione, dal suo tempo.

E ora, non è realmente buio come credi, è lei che te lo fa pensare, siamo intrappolati nella sua bolla cosmica ormai e lo saremo fino a quando non raggiungeremo il termine della scoperta. Non temere, è solo un'allucinazione… fuori sono sicuro che sia ancora giorno, sì, uno stupendo pomeriggio e il sole, lo stesso che ci ha accompagnati fin qua, sono certo stia bruciando ancora! Dobbiamo agire adesso! Dobbiamo agire di giorno, nel nostro giorno! Nel nostro tempo! Solo così questa falsa notte, renderà loro più deboli!».

Capii allora perché Tom mi aveva condotto all'uscita solo qualche secondo prima, non voleva andarsene, ma voleva assicurarsi che le sue idee fossero fondate. Mio Dio, in quale casino mi ero cacciato?! In quale delirio eravamo incappati?! «Dobbiamo agire… dobbiamo… che cosa? Ma che cazzo… stai dicendo?!», gli chiesi esterrefatto. Osservai Tom, come mai avevo fatto con nessun altro. Rimasi di stucco, prosciugato da ogni parola, mentre lui, il mio caro amico, continuava a dare fiato alla bocca, come un profeta cui era stato drogato il cervello.

«Sono loro, che ingannano la tua mente attraverso il *Male* che avvolge queste mura, Simon», proseguì lui, «ma tu ne uscirai vincitore, se non ti farai ingannare da queste stupide imitazioni. Quanto tempo credi sia passato? Visto il tuo orologio? Si è bloccato vero? Bene. Ora ci rimane poco tempo. Il *Male* si addensa ogni secondo di più all'interno della bolla. Stanno prendendo forza, ma sono ancora molto deboli a confronto di noi. Questa non è la loro notte, ma il nostro giorno! Il nostro giorno fortunato!». Tommy sudava e mi convinsi eccamente che qualcosa l'avesse posseduto.

«Loro… di chi stai parlando… cos'è tutta questa storia… cosa stai cercando di dirmi Tom? Per Diana, spiegami! Non riesco più a seguirti!». Volevo capire, ma non ci arrivavo.

«Capirai fra poco. E' tutto come mi hanno raccontato!», finì in breve lui.

Rimasi immobile, agghiacciato, osservandolo incredulo, mentre tutta quella faccenda raggiungeva il limite massimo dell'idiozia, sperai di avere una risposta più sensata e non l'ebbi. Prima di proseguire guardai il mio orologio, ma al contrario di come Tom aveva detto, non si era fermato. La notte era calata velocemente, era vero, in modo del tutto innaturale, ma... le lancette, nel quadrante che portavo al polso, non si erano mai fermate.

Così ci calammo e mentre ciò avveniva, si udì un altro tonfo, simile a quello che era rimbombato sotto i nostri piedi, non appena eravamo entrati la prima volta. Il rumore, però, fu nitido e chiaro, ora che avevamo tirato su la botola. Una scaletta stretta e ripida ci condusse su un suolo umido e scivoloso. Sotto era caldo, stranamente, ma era caldo. L'odore di marcio era disgustoso e si confondeva con l'aroma ramato della ruggine. Le lanterne sembrarono acquisire più potenza, riuscivano a illuminare un paio di metri in più intorno a noi, ma non tanto da farci distinguere le ombre che si muovevano negli angoli più bui della cantina sotterranea.

Facemmo pochi passi, fino ad arrivare vicino a un tavolo storto che gocciolava... sì, gocciolava! Probabilmente era acqua, umidità certo, in quel posto era tutto così schifosamente bagnato, ma... quando ci avvicinammo fino a sbatterci quasi contro e m'inumidii un polpastrello per sapere di cosa si trattasse realmente, il colore scuro e il calore tiepido della sostanza, s'intersecarono nella mia mente per concludere nella maniera più logica e razionale, quanto mai avrei creduto fosse.

Uno stridere di catene dietro le nostre spalle ci fece voltare di scatto, poi qualcuno o qualcosa mugolò da un angolo a noi invisibile nell'oscurità. La luce della mia lanterna illuminò per un millesimo di secondo la faccia di Tommy e ciò bastò a farmi comprendere la sorpresa che aveva sul volto. Anche lui aveva paura adesso, ma ormai era troppo tardi per qualsiasi cosa e tornare indietro, sarebbe stato impossibile. Ciò che era scritto, già stava accadendo.

Seguì un biascicare colloso, poi silenzio. Un passo forse, dopo nuovamente silenzio. Qualcosa si mosse adagio strusciando viscido sulle mattonelle rotte del pavimento dissestato e ancora quel terribile suono flaccido, di una bocca che impastava.

«Cos'è stato?», sussurrai, pensando di aver detto davvero qualcosa, quando in realtà mi ero solo limitato a farlo, muovendo le labbra. Pareva fossimo al centro di un enorme stanzone. Quando Tom ed io tentammo di muoverci con l'intento di raggiungere una qualsiasi parete, tramite la quale poi muoversi lungo l'intero perimetro di quello che sembrava un enorme seminterrato, pestai un topo e per poco non caddi. Il piccolo essere unto e grigio squittì di dolore sotto il mio peso e fu quel suono, stridulo e agghiacciante, a defluire nell'aria fetida come elemento chiave, di una situazione caotica e delirante, attraverso la quale tutto sarebbe degenerato nell'assurdo. Un attimo di distrazione, un sussulto.

Tommy ed io ci staccammo, ci distanziammo di pochi metri e subito la sua immagine si fece scura e poco definita ai miei occhi e alla lampada che tenevo ancora in pugno. Persi l'equilibrio e andai a cozzare contro un muro roccioso, grezzo, quasi fosse la parete di una grotta. Voltai su me stesso e decine di topi mi corsero sotto i piedi mentre esseri a me sconosciuti, che si nascondevano non molto lontani da dove mi trovavo, cominciarono a mugolare e a respirare affannosamente e velocemente. Ansimavano, fiatavano, emettevano suoni rauchi come volessero parlare, ma senza riuscirvi. I loro versi erano orribili, raccapriccianti! Successivamente si udì un tonfo. Qualcosa cadde, flaccido e morto. Ci furono dei passi irregolari e goffi e, mentre cercavo a tutti i costi di riavvicinarmi a Tom, scoprii sufficientemente, grazie alla luce della mia lanterna, gli autori di quei terribili suoni che sentivo provenire tutt'intorno dall'oscurità ostile e controversa. Nelle pareti tra le quali eravamo rinchiusi, vi erano dei fori ad arco scavati irregolarmente nella roccia e la loro grandezza variava dall'ampiezza della cuccia di un cane, a quella di un grosso scatolone. Da essi, ogni genere di oscenità diventava concreta. Quelli che vidi non erano altro che piccoli antri abitati da mostri indescrivibili.

Per un attimo, infinitamente breve e infinitamente lungo per la mia situazione mentale in quell'istante terribile, dimenticai il mio amico e, senza dubbio, fu lo sbaglio più grande che potessi fare. Ero troppo scioccato, stupito, difficile descrivere quelle emozioni, se non racchiudendole in un'unica sola parola: terrore!

I buchi che riuscii a scorgere nelle mura, nelle pareti, erano una decina, posti a diverse altezze e mai più alti di un metro da terra. Non potei contarli tutti e non saprei dire ora quanti ve ne fossero esattamente in quel posto, ma ad oggi, ciò che ricordo bene e che all'improvviso, irrigidito dalla paura, fui quasi convinto di udire quei lamenti duplicarsi, triplicarsi e scaturire da ogni dove, da ogni angolo fosse possibile sentirli! Dalle inferriate che ostruivano i fori, uscirono braccia gonfie e livide; intravidi facce malate ricoperte di pustole e bubboni, che cercavano di parlare mentre si schiacciavano contro le grate arrugginite; vidi corpi colmi di escoriazioni sanguinolente. Erano esseri, persone, o perlomeno organismi cellulari simili alla nostra razza, ma... se si trattava anche di uomini, mi domandai come potessero sopravvivere rinchiusi in spazi tanto angusti! Chi li aveva rinchiusi la dentro? E per quale motivo? Era quanto di più orribile avessi mai visto.

Schivai con un salto plastico due braccia crepate da croste che, con le loro mani rattrappite, per poco non mi afferrarono la camicia e illuminai il mostro che vi stava dietro. Questo era piccolo, incredibilmente magro e denutrito, se ne stava ripiegato su se stesso in una posizione innaturale, giallognolo e sporco di escrementi. Si teneva incollato al fondo del suo foro nel muro, mimetizzato nell'ombra e si allungava, si protendeva nella forma abominevole e disturbante che possedeva. Un aborto deforme sarebbe apparso cosa naturale. Le gambe di quell'omuncolo erano lunghe come quelle di un bambino e le braccia, a confronto, quasi inesistenti. Pochi capelli gli ricoprivano la testa, in gran parte piena di bozze livide e chiazze, tra le quali nascevano piccole isole di pelo a ciuffi, simili allo stesso batuffolo appiccicoso che aveva tra le gambe. Non vidi organi genitali nella sua nudità, ma solo peli lunghi e neri, come l'anima di un assassino. Era una cosa abominevole e ancor più macabro, era il suo modo di spingersi verso di me, nella sua danza ripetitiva e ossessiva, mentre cercava di muoversi, di alzarsi e forse di camminare, riuscendo invece soltanto a sobbalzare su se stesso. Ogni qual volta il suo cranio goffo e gonfio, lo faceva ricadere piegato sull'addome scheletrico, si udiva un suono simile soltanto a quello che faceva uno stivale quando, dopo un lungo acquazzone, cadeva in una pozza di melma.

Mio Dio, sembra un pupazzo a molla rotto, che non ne vuol sapere di smettere di saltare! Pensai e subito dopo, Tommy urlò. Emise urla di strazio e dolore, un dolore che parve essere acuto e penetrante.

«Tommy!», gridai subito di rimando ai suoi lamenti. Mi resi conto di essere ancor più terrorizzato per averlo perso di vista.

Mi sentii solo e vulnerabile, malgrado gli esseri intorno sembrassero intrappolati. «Tommy, dove cazzo sei! Dimmi dove sei! Diavolo! Dove sei finito?!», sbraitai.

Prima niente, poi… pian piano, si udì qualcosa.

«Simon! Sono qui Simon!». Era un'esclamazione disperata. Un urlo disperato! La sua voce era quasi stridula e ne dedussi che stava male. Tommy era stato preso, gli era successo qualcosa di cui nemmeno lui si rendeva conto. La situazione non aveva più controllo e il mistero che ci aveva avvolto fino a poco prima, il mistero della casa nella quale ci eravamo imbattuti, era caduto nel completo degrado.

Presi a correre all'impazzata e fu proprio quello che, forse, mi salvò, perché se fossi rimasto fermo, probabilmente adesso non sarei qui a raccontare. Gesticolai nel buio, sicuro di me e delle mie capacità, sicuro che sarebbe andato tutto bene, che ce l'avremmo fatta e che avrei salvato il mio amico a qualsiasi costo… se fosse stato necessario. Così iniziai a urlare, agitai le braccia tenendo sempre stretta la lanterna e continuai impavido ad afferrare solamente e soltanto, il mantello nero della morte che ci soffocava.

I mostri deformi urlavano, sobbalzavano, mugolavano e grugnivano, protendendosi dalle loro celle, dai muri…

«Tommy…!», urlai ancora instancabile, soppresso dalla follia. «Tommy!», gridai ancora, quando qualcuno si mosse a me vicino, senza riuscire a prendermi, grazie a qualcosa di molto consistente che mi fece cadere. Divincolandomi avvolto dal buio, inciampai in un oggetto molle, molle e abbastanza pesante da farmi cambiare rotta collassando su me stesso. Poi urtai un tavolo all'altezza dei testicoli e mi piegai, andando a picchiare quasi la testa contro la sua superficie, ma una gamba recisa e ancora attaccata a un busto umano, fermò il contraccolpo schiacciandosi sotto il mio addome e funzionando da cuscinetto. Un ottimo airbag! Quando capii, cominciai a strillare come una femminuccia stuprata. Come un maiale braccato a cui sta per essere sparato un colpo in testa.

Del sangue caldo mi era schizzato sul viso nella pressione e il pezzo di busto, con la gamba penzoloni, cadde a terra sopra i miei piedi, causando in me una reazione immediata di spavento e terrore. Saltai all'indietro allontanandomi quanto più potei da quel pezzo di carne morta e in parte putrefatta. Dietro le mie spalle, dove prima sembrava non esserci niente, comparve uno scaffale e, nella botta che seguì lo spavento, ne saltarono fuori due topi grossi come gatti. Mi voltai perso, credendo di svenire e lì, penzolanti dalle mensole grottescamente sostenute dal muro grezzo, tintinnarono metalliche decine di mannaie e coltelli. Nonostante la vecchiaia e la sporcizia con cui quegli attrezzi si esibivano, il loro corpo contundente pareva fosse l'unica cosa più curata di quel posto da incubo. Tra le lame, vi erano mille cianfrusaglie, torture e seghetti...

No, non è possibile... no! Nooo! Urlai dentro la testa ed ebbi modo di credere realmente di aver chiuso con il mondo esterno, ma... c'era Tommy. Lui era ancora vivo, lo sentivo, lo sapevo.

«Tom!», chiamai.

Si udirono dei passi. Erano passi in corsa diretti verso di me, gli stessi di qualche attimo prima e gli stessi che entrambi noi due ragazzi avevamo percepito lievemente, senza dargli importanza e giusta appartenenza, quando eravamo entrati la sotto come due stupidi avventurieri del cazzo.

Come possono quelle creature emettere rumore di passi, Simon? Mi domandai. *Come possono, se sono rinchiusi in un metro quadrato? Come possono mettersi a correre?* Mi chiesi ancora. Eppure continuavano a esserci dei passi, divennero più furiosi di prima, più decisi, ed echeggiarono nel buio dell'enorme scantinato fino a simulare una corsa impazzita, mentre i gemiti delle creature informi, con i loro rutti e i loro peti, non riuscivano a cancellarne completamente il suono.

Che qualche essere sia riuscito a evadere? Si chiese la mia coscienza. Ma era impossibile dirlo. E se invece si fosse trattato proprio di qualcuno che là sotto vi abitava, poi? Sarebbe stato davvero uno shock, ma... *no, non è possibile!* Mi dissi. *Che razza di essere potrebbe mai vivere in queste condizioni!* Non poteva essere... non avrebbe potuto vivere nessuno là sotto... avvolto dall'oscurità e dal fetore insopportabile della decomposizione! Eppure quelle creature rinchiuse non erano ancora morte, piuttosto si muovevano e respiravano!

«Tommy!», chiamai ancora. Poi ancora... e quasi lo sussurrai, quando finalmente la sua figura comparve davanti a me. «Tommy...». Non osai aggiungere nient'altro, mi limitai nel fissarlo a bocca aperta, mai indeciso come allora sul da farsi, su cosa dire... fu come se vedere il mio compagno di divertimenti mi avesse recato improvvisamente un blocco e invece di reagire in suo soccorso, in nostro soccorso, rimasi solo immobile. Persi la ragione, mentre il mio cervello continuava involontariamente a registrare... e registrare... e registrare ancora... nel buio quasi totale di quell'inferno incomprensibile.

Tom aveva i capelli bianchi e il volto pallido slavato. Ricordo che piangeva... che urlava come io stesso avevo fatto attimi prima, quando mi ero scontrato con il pezzo di cadavere... ed ecco che tornava a piangere, a lamentarsi... ma era troppo tardi. Era troppo tardi. Troppo tardi!

Avevo ancora lo schizzo di sangue del busto sventrato e infetto che mi colava lento sulla guancia, alcune gocce mi caddero sulla camicia. Non me ne resi conto.

Tom era per metà piegato in diagonale e cercava di raggiungere, faticosamente, un punto indeterminato della sua schiena, dove non arrivava e dove gli era stato conficcato un punteruolo. Lo avevano trafitto da parte a parte.

Mi avvicinai, ma non troppo. Cristo, avevo paura! Il mio amico stava male... ed io avevo paura!

Il punteruolo doveva avergli forato un polmone, anche volendo, non sarebbe riuscito più a parlare correttamente, non in quel momento e infatti farfugliava. Il sangue gli colava dalla bocca in un filo denso e uniforme. Dalla sua gola usciva un fischio debole. Il mio amico stava soffrendo.

Mi avvicinai, feci due passi indecisi verso Tom. Cominciai a tremare nella fioca luce della lanterna che ancora stringevo in pugno, ma quando andai per girarlo in modo da vedere meglio che cosa lo avesse trafitto, con l'intento di esaminare meglio e da più vicino l'accaduto, vidi in faccia chi teneva ancora in mano il ferro appuntito e rischiai l'infarto nonostante la giovane età. Mi ritrassi inerme. Il punteruolo che trapassava il polmone di Tommy era stretto nella mano di un braccio, con la sola differenza che l'arto non era un arto singolo a se stesso, ma una biforcazione di arti cresciuti assieme, l'uno dentro l'altro, come l'innesto tra due piante appartenenti al solito tronco. Gli avambracci che vidi terminavano entrambi con una mano destra, di cui una stringeva il ferro, l'altra ciondolava come morta. L'assassino del mio amico era sempre lì, nascosto nell'oscurità, non se n'era mai andato, neppure dopo averlo colpito.

Per poco non caddi dallo spavento, ma ciò che a maggior ragione mi fece sbiancare, fu capire che anche quel pezzo di carne, quel doppio braccio, non avesse un padrone! Esso era il risultato, reciso brutalmente, di qualche esperimento o della follia stessa della natura. Chi si era servito di quell'arto, si eclissava di là da esso.

Lessi più volte negli occhi di Tommy la parola aiuto. E avrei veramente voluto aiutarlo! Ma successe tutto così velocemente… e anche se adesso, raccontando, potrebbe non sembrare, vi giuro che una volta scesi là sotto, tra il guardarci intorno, inciampare nel buio, scoprire dove fossimo finiti e renderci conto di dove ci fossimo andati a cacciare… fu un tutt'uno! Fu un attimo indelebile che durò solo pochi secondi. Forse minuti… che durarono solo pochi attimi.

Dovevamo solo andarcene.

Una luce si spense in me, lasciandomi tra l'attonito e lo sbigottito. Per fortuna tornai presto sulla terra. Il film che sembrava scorrere davanti ai miei occhi, come visto al rallenty, riprese a girare la propria corsa in tempi reali. «Tom…», tentai di dire protendendomi verso l'amico sofferente… *dobbiamo andarcene!* Finii nella mia stessa mente.

Il fuoco nella lanterna che mantenevo in mano bruciava ancora. Passi in corsa, poi lenti e strascicati, vennero verso di noi. I corpi informi ripresero a mugolare per un attimo più forte di prima. Poi cessarono di botto, lasciandomi udire solo lo scalpiccio molle della cosa, che pose fine alla nostra avventura con un salto nell'oscurità. La lanterna di Tommy cadde e si ruppe e il suo fuoco debole morì sul colpo. Non vidi molto. Urlai. E lo persi per sempre.

Le lingue offuscate e grigie, che vissero dopo all'interno della mia luce, divennero fredde. Quando lo ritrovai, Tom era a terra che si dimenava. Le mani recise gli giacevano vicino alla testa in una pozza nera e urlava, si contorceva in un'inutile opera di salvataggio, mentre la cosa deforme dalle unghie gialle e rotte che lo aveva assalito, gli strappava i vestiti di dosso, gli scavava nella carne tenera dello stomaco… e si apriva varchi tra le sue viscere e i suoi organi, cavalcandolo come avrebbe fatto un indigeno affamato intento a lavorarsi la preda prima di cibarsene. Tommy fu l'immagine di un corpo straziato. Schizzò sangue, sangue ovunque, che in quella terribile oscurità, apparve nero, come il *Male* che in quel posto vi abitava. Tom soffrì molto. Ma non potei fare nulla per lui.

Era sempre vivo, dopo che quella cosa gli ebbe tagliato via le mani. Era sempre vivo, mentre i diti tozzi del mostro deforme gli aprivano la carne calda dello stomaco, per prelevarne l'intestino con tutte le interiora… ma non potevo fare niente. Tommy era già morto.

Era sempre vivo… mentre il mostro lo spezzava… penso ogni tanto. *Corri, corri via, Simon! Non ti resta altro da fare. L'avventura è finita.* Mi dico negli incubi che ad oggi mi consumano la mente.

Prima di cominciare a correre sul serio, comparve davanti a me lo zaino giallo che il mio amico si era portato fin laggiù. Era afflosciato, caduto in terra come un frutto gigante e marcio. L'imboccatura tenuta stretta dal cordoncino bianco si era aperta, slabbrandosi come la bocca di una vecchia e lasciandone fuoriuscire parte del contenuto: un paletto appuntito, una bibbia rovinata e un martelletto impigliato in una collana d'aglio con dell'acqua santa. *Pensavi di trovare dei vampiri, Tom? Era di loro che parlavi? Erano loro che ci stavano ingannando dai loro sonni profondi? Dimmi, era a questo che alludevi prima? O mio Dio! O mio Dio, ma chi ha potuto raccontarti una cosa del genere… che cosa Cristo andavi pensando?!* Ragionai, ma senza accorgermene realmente.

Corsi, ma per un attimo di troppo il volto dell'essere rimase impigliato nella mia retina. Non credo fosse in grado di vedermi, ma credo fosse capace di sentirmi, di percepire la presenza di cose vive e succulente per il suo fine palato! Sono sicuro, che udisse il nostro cuore martellare di terrore dentro al nostro petto.

Il mostro si voltò. Mi guardò. E anche se io ero già in corsa alla ricerca dell'uscita, potei vederlo mentre si dava da fare con i brandelli che rimanevano di un essere umano, che non avrebbe mai meritato quella fine. Era carne contorta, come tutti gli altri lì dentro, ma questo era grosso e non era chiuso in una gabbia. Aveva gli occhi del cranio asimmetrici, bozzi ovunque e la bocca sporca di sangue rappreso completamente spostata su un lato. Le labbra erano grasse, carnose e i denti marci e robusti come tavolette di legno, sarebbero stati capaci di spezzettare ossa e nervi con estrema facilità. Un brandello della camicia di Tom gli pendeva dal mento e masticava, masticava velocemente pezzi di colui che, la curiosità, aveva ucciso. Sputava sangue.

Presi a correre saltellando, mi urinai addosso e mi fiondai alla ricerca della piccola scaletta che mi avrebbe condotto alla botola, mentre mi sentii avvolgere da migliaia di sguardi, migliaia di occhi che non c'erano… sguardi di mostri rinchiusi come cani randagi. Si trattava evidentemente di povera gente e di bambini, ne sono quasi sicuro, persone che ormai erano state dimenticate e che sarebbero apparse irriconoscibili a chiunque. Forse deliranti oggetti da laboratorio. Forse esperimenti e mutanti genetici sottoposti a test radioattivi. Erano tutti secchi, nudi, alcuni completi, altri mutilati, privati di arti tra cui braccia e gambe, per non parlare di quei corpi storti che, senza piedi, cercavano di rizzarsi in piedi sui soli moncherini… sanguinanti! Molti degli esseri avevano perso gli occhi nell'oscurità e si muovevano, come ammassi di ossa e pelle giallastra rosicchiata dai topi, riuscendo ancora a capire qualcosa di ciò che gli accadeva intorno. Mugugnavano, sbavavano…

Divenne tutto più chiaro, i miei occhi forse si abituarono a quel buio, forse vollero vedere, forse vollero razionalizzare l'accaduto. Solo così capii, sarei potuto uscirne vivo. Ansimavo, correvo, non ci capivo più niente e sfrecciavo guidato dalla parte di cervello che mai mi aveva abbandonato. Non avrei mai dimenticato.

Rividi il gobbo peloso scavare con la faccia nella pancia di Tom, rividi la sua testa spelacchiata simile a quella del bambino contorto nel fondo della propria cella… rividi i suoi bocci grossi come susine deformarlo e compresi, compresi nella mia mente cosa avevamo raggiunto: il fondo dell'irrazionalità e della malvagità umana.

Non so come, non so in che modo, non so per grazia di chi, mi ritrovai a correre nel lungo corridoio dell'abitazione abbandonata, urlante, grondante di sudore e urina, scioccato, ma vivo e integro. Ero pervaso dalla rabbia e dall'odio e da una forza tale che non avevo mai conosciuto prima. Ero sporco di sangue. Continuai a correre e, una volta fuori da quelle mura, il mio terrore si trasformò in distruzione.

Scaraventai la lanterna ancora accesa dentro una finestra e subito le vecchie tende, rapprese dalle ragnatele, cominciarono a bruciare. Il fuoco sembrò propagarsi avvincente e la poca benzina che quasi a nulla era servita contro l'oscurità che regnava all'interno di quella casa, non fu sprecata invano, né finì lasciandomi solo in quei sotterranei. Parve bastare per carbonizzare gran parte della baracca. Ma non tutta.

7

Sono un codardo, lo so. Mi comportai in modo sbagliato, ma scappai e dissi a tutti che non avevo visto Tommy in tutta la giornata.

Ora, però, ogni qual volta che una casa abbandonata o disabitata mi compare davanti, accade quella terribile cosa che mi successe per la prima volta, quando varcai la soglia di quelle mura con Tom. Un forte mal di testa comincia a trapanarmi le cervella e queste, ancora succubi di quel passato incubo, mi creano lampi di dolore tanto forti, da farmi quasi svenire. In quei momenti la razionalità del quotidiano mi abbandona e, spesso, dopo si susseguono davanti ai miei occhi cose strane…

Immagino Tom mangiato e sventrato seduto nella mia auto accanto al mio seggiolino guida, oppure quel mostro deforme che tira fuori una mano da un angolo buio la notte mentre dormo, ma la cosa che mi terrorizza nel profondo, è che non sto sognando, non lo immagino soltanto a livello mentale e quindi nella più perfida fantasia… sembra tutto così reale, che quasi appare vero… come fosse lì… tutto a pochi passi dal mio corpo. Sono allucinazioni.

Spero solo di non perdere mai la ragione, di non confondere mai ciò che vedo d'irrazionale in quei momenti fatidici, con le persone che realmente mi stanno vicino e alle quali voglio bene. Nessuno sa di Tom. Nessuno probabilmente lo saprà mai.

Questo vuole essere solo un modo di confessarsi, di svuotarsi, sperando che da oggi in poi, possa così regalarmi notti più lunghe, con sonni più profondi e più rilassati. Chissà se ci riuscirò. Chissà se mai guarirò.

Il racconto, un semplice ricordo lontano, non appena sarà terminato, sarà nascosto. Tornerò lassù, su quella collina bruciata e maligna per seppellirlo come un feticcio. Lo farò sprofondare tra le radici di un albero, sperando che nessuno mai lo troverà e che se l'anima di Tom, ancora viva in quella casa, potrà in questo modo perdonarmi, possa decidersi prima o poi a raggiungerlo per custodirlo come un mio ricordo in sua memoria. Spero lui possa vedere questa piccola fatica, come un dolce pensiero e un perdono per non aver avuto la forza di prenderlo a pugni prima, portandolo via in quel terribile giorno ormai lontano.

Dovrò vederla ancora una volta… quella casa… mio Dio! Lo farò per lui. Lo farò e mi sentirò fiero di quello che avrò fatto. Non dimenticherò mai quel giorno.

L'abitazione che fece scempio delle nostre anime, distruggendo le nostre menti, compariva come una delle classiche case americane scelte dai registi più famosi, per girare pellicole dell'orrore composte di scene agghiaccianti, con scopo di sbancare al botteghino. A Tommy questo piaceva, ma non riuscì a capire quanto lì fosse tutto reale e non frutto di un set cinematografico. Forse credeva di essere in una sala e di essersi fuso con lo schermo del cinema fino ad entrarvi dentro, magari con un cono di pop-corn in una mano e un paio di occhiali 3D nell'altra…

Ma io, io non scorderò mai i rovi e le piante che avvolgevano quelle fondamenta… le tende strappate e quegli stracci sporchi che si muovevano come lingue, dai vetri rotti, mentre un lieve vento di morte respirava piano. Non cancellerò mai dalla memoria quei tendaggi impigliati tra schegge di legno e ganci di ferro, che sembravano non volerli lasciare andare… quelle finestre rotte, almeno dall'esterno, divenire bocche nere e fameliche nell'ombra della sera... non lo scorderò. D'ora in avanti, ogni casa priva dei propri abitanti avrà per me i muri esterni umidi, screpolati e avvolti dal muschio. Lo stesso muschio che cresceva in quella casa. Ogni dimora diroccata, per me avrà il tetto spiovente e sfondato dalle tegole mal poste, denti storti sui fori della vecchiaia, come il tetto di quella casa. Il portone marcescente, schizzato di fango e forato da colpi irregolari che vedrò altrove, tra le mura inabitate di qualche contadino, nei miei ricordi, non sarà altro che lo stesso portone di quella fottuta casa! E ogni volta che vedrò un'abitazione abbandonata, sarà per me l'abitazione in cui Tom morì.

Si fa avanti la luce bluastra e magica della luna che, come un riflettore, a tratti è coperta da qualche nuvola stracciata, che le sfiora velocemente il viso pallido. Guardo fuori, dalla finestra del mio studio e là, al buio, la vedo. Vedo le vecchie mura alte sulla collina, poste a un migliaio di chilometri da dove adesso vivo. La vedo attraverso i mattoni delle altre case, attraverso gli alberi e i cespugli che progressivamente la corrodono di giorno in giorno sempre di più, simbolo del *Male*, in un pensiero d'odio privo di logica e impossibile da capire. La vedo attraverso il tempo. La casa. E' in parte bruciata, ma è sempre là. Figlia di esperimenti, colma di spettri putrescenti o risultato dell'inferno.

C'è una macchia ora nella mia memoria, una macchia che non scomparirà mai del tutto neppure con i migliori solventi, una macchia che assomiglia a una bolla di sangue esplosa, una macchia che già conoscevo e che si è allargata.

Da piccolo avevo un cane, l'unico che avessi mai avuto nell'infanzia e morì. Non raccontai mai a Tom di aver avuto un cane anni prima e, spesso, mi dimenticavo addirittura di averlo avuto, forse volontariamente e inconsciamente. Lo accudii per circa tre mesi, poi una mattina mi alzai e lo trovai morto sui gradini della veranda di casa, vittima di una qualche auto notturna, che aveva fatto in modo di stampare sullo stipite del mio ingresso il cranio della piccola bestiola. Lì, fu la prima volta che vidi e imparai a conoscere la morte. Una macchia nera senza fondo, senza pietà, né pena alcuna.

La macchia di sangue rappreso che trovai sullo stipite del mio portone di casa, dovuta al forte impatto tra la testa del mio cane e il legno, a seguito del violento investimento, rappresenterà per sempre un'icona nella mia vita. L'icona della malvagità umana. Quella stessa macchia, in memoria della nostra forte amicizia, ora appartiene a Tom.

Non ti dimenticherò, amico mio.
Non lo farò mai.

Con affetto, Simon.

(**"Come To The Sabbath"** – *foto di Raffaella Dagnese*)

Ascensore dell'addio

0.

Scendevamo negli inferi per mezzo di un piano metallico funzionante come ascensore. Si muoveva lentamente e i cavi d'acciaio, che permettevano la nostra discesa, fendevano l'aria con un tormentoso stridio. Al di fuori di quell'odioso strazio uditivo, null'altro carezzava i nostri timpani e, oltre quel sottile muro sonoro, vi era silenzio, solo e nient'altro che il silenzio.

Mentre il piano scorreva, tagliando l'oscurità nella tenebrosa caduta, i pensieri, nelle nostre menti decisamente più evolute rispetto all'età, nel tempo in cui vivevamo, ci legavano insieme come frammenti di un'unica cellula essenziale per la vita. Ciò che a un attento esame ormai ci avrebbe sorpreso, sarebbe stata solo la nostra capacità di mantenere la calma, in ogni situazione ci si fosse presentata dinanzi. La calma... che gran cosa! Un pregio averla, nel nostro mondo... essa non era mai venuta meno, scemando, neppure davanti alle più crudeli e schifose realtà, di cui anche noi, alla fine, avremmo fatto parte.

La piattaforma avanzava verso i moderni sotterranei andati ormai distrutti. Non sapevamo cosa ci attendesse precisamente, ma nulla ci avrebbe più sconvolto, neanche la morte. Neppure la nostra.

Ormai sapevamo che tutto era andato perso da molti anni. Il mondo terrestre, da come ci era stato insegnato, si diceva si fosse sgretolato con la stessa rapidità di una carcassa mummificata e conservata al buio per secoli che, dopo essere stata riesumata, si consumava velocemente per azione della luce e degli agenti atmosferici. Tutto era finito, nulla aveva o poteva aver resistito alla fine. Eravamo soli, nel silenzio, nel nulla, in una discesa verso il nostro *the end*.

Nessuno parlava, nessuno si muoveva o osava incrinare la bolla metafisica del silenzio che ci avvolgeva. Solo i nostri pensieri, ancora insaziabili, rincorrevano nella materia grigia le infinite strade di un tempo a noi illustrato e irraggiungibile. Non parlavamo più molto, non era essenziale come in passato, ormai riuscivamo a capirci, a capire le nostre gesta, il movimento sussultorio dei nostri occhi, le frequenze invisibili della mente e... i nostri occhi! Diavolo! Descrivendoli, potevamo solo dire quanto fossero sempre più stanchi e, ogni dì, più infossati nelle loro orbite violacee. Le forze erano allo stremo e così anche i muscoli cominciavano ad atrofizzarsi.

Senza parole, privi di movimenti umani, molto simili a cyborg, il nostro motto nello stile di vita che conducevamo era qualcosa che rimaneva, metaforicamente parlando, a cavallo tra la mietitura della negazione e gli avanzi di una società ingorda.

Mentre la morte avanzava contro di noi, noi ricordavamo.

Lei ci aspettava. Noi la aspettavamo.

-1.

La vita era agli sgoccioli.

Ieri... *2086: anno previsto - natalità embrioni evoluti - embriogenesi completata con successo.* Fu la prima cosa che fummo in grado di comprendere.

Oggi... *2104: anno non calcolabile, di eventuale probabile decesso - composto pluricellulare - intelligente.* Ciò che saremmo potuti arrivare a comprendere, dopo il regalo fattoci dai nostri padri creatori. Un dono di sofferenza durato anni.

I monitor e gli hard-disk mi raccontarono del secondo millennio, il 2000, tanto atteso da tutti, così come in particolar modo dell'anno 2012, con le profezie Maya annunciate e il successivo 2036, dove si temeva che un grosso asteroide, si sarebbe scontrato con la Terra. I software furono un grosso archivio da consultare per noi e tramite loro, ci fu possibile evolverci sulla storia terrestre. Lessi, in linguaggio digitale, di come gli anni si erano susseguiti all'insegna delle sempre più sofisticate tecnologie, di come la medicina aveva preso campo nelle varie epidemie contrastando, non una volta, catastrofi mondiali... ci fu insegnata l'educazione, la matematica, l'astrologia, a leggere e scrivere, nello stesso modo in cui la dottrina imponeva ai nuovi natii abitanti del globo, prima del caos totale, ma alla fine di tutto, nel vecchio mondo, il bene non era prevalso. Nell'evoluzione umana, mille erano le cose buone che l'uomo si era impegnato a risolvere, come mille altre, meno buone, allo stesso tempo, non furono prese giustamente in considerazione. La fama e il potere, erano i *goblin* dell'inconscio che prima o poi catturavano sempre i facoltosi più deboli, rendendoli schiavi di qualcosa difficile da sostenere. Noi ultimi rimasti, nel delirio distruttivo frutto dell'incoscienza, apprendemmo quanto fosse geneticamente umana, negli esseri del passato, la difficoltà di coesistere in modo pacifico e costruttivo. Sembrava che tutto ciò fosse dovuto a un gene, se mai di gene si potesse parlare, che nella preistoria, ancor prima che l'uomo divenisse bipede, fosse stato impiantato nel suo genoma in modo tanto radicale, da rendere difficile, per non dire impossibile, la sua estirpazione al fine di creare una razza migliore. Tale mistero, distruttivo e maligno, condusse i popoli in continue guerre, fino la fine dell'intera esistenza, ancor prima che fossero gli astri a deciderlo e il tempo.

Con le migliaia di nuove grandiose scoperte, utili e decisamente favorevoli alle condizioni climatiche, geologiche e naturali degli organismi pluricellulari più evoluti, mai venne meno, nonostante centinaia di accordi e trattati, l'impiego delle più perverse tecnologie in campo nucleare. Gli scienziati che, incentivati e sostenuti anche segretamente dagli stati, continuarono a operare nel settore, costruendo armi sempre più minacciose e colossali, finirono nella mischia infernale da loro stessi creata. Cosa potevamo dire noi, alla nostra nascita? Cosa potrei dire adesso io, di tutto questo? Potrei considerarlo un errore? Una fatalità?

Dico solo che quegli uomini erano tutti dei gran bastardi, quegli schifosi studiosi del nucleare e siti radioattivi, tutti uguali! Fanatici che rifiutavano di accorgersi di star costruendo, di giorno in giorno, la loro futura bara atomica! Ecco cosa penso.

Delle storie che leggemmo, però, la notizia veramente pessima, fu scoprire quanto i nostri genitori e le nostre famiglie fossero immischiate in tutto questo. Mio padre e mia madre facevano parte di quegli scienziati! I genitori degli altri ragazzi sopravvissuti che vissero con me, erano scienziati! E tutti lavorarono sul filo del rasoio, con disinvoltura, ad un passo dal collasso decisivo. Non mi rammarica oggi, pensare che tutti quei fanatici, pazzi della scienza, della chimica, siano morti volando dal loro dio tanto amato, nel quale noi non crederemo mai. I nostri cari avevano ancora una speranza, volare in cielo, tra quel blu turchese e sereno che dalla nostra posizione non vedremo mai… loro avevano la fede nell'aldilà, nella religione… ma a noi non resta niente. Nulla se non la sopravvivenza spietata. Noi non abbiamo dio. Noi non conosciamo il cielo per mezzo dei nostri occhi. Noi non voleremo mai lassù… come potremmo, da centinaia di metri sotto il suolo terrestre? Come potremmo mai credere a tutte quelle favole, vedendo quanto triste è l'incedere drammatico della vita, nel tempo in cui viviamo?

Come una piccola tribù, persa nel cuore delle dimenticanze, ci estinguiamo.

I nostri cari commisero troppi errori e noi ne pagammo il prezzo. Lo paghiamo tuttora. Loro uomini d'ingegno, insieme con altri, contribuirono alla distruzione del mondo. Loro, loro e soltanto loro, furono i colpevoli… loro uccisero gli animali della terra, loro distrussero le piante e le città, gli uomini e i mari nei quali navigavano, le terre, le montagne, i ghiacciai, l'intero ecosistema vivente!

E sempre loro, questi diavoli della terra in carne e ossa, ci misero al mondo artificialmente attraverso l'evoluzione delle macchine.

-2.

Ormai è storia, una storia che non potrà mai comparire, né su volumi, né su libri di scuola.

Che cos'era la scuola?! Ce ne facemmo un'idea a suo tempo, ma nessuno di noi capì bene come funzionasse e come potessero apprendere tante persone tutte assieme, da una fonte così imprecisa e suscettibile quale l'uomo. Il nostro apprendimento fu preciso e indotto tramite macchine e computer. Ci basammo su dati registrati, statistiche, date, ricorrenze, tutto materiale scaricabile in file e software preregistrati e impiantati in microchip, contenenti la storia dell'intero universo mai conosciuta. Altri popoli ci clonarono, ci inseminarono, ci insediarono tra le montagne, donandoci culti in cui credere e su cui basarsi per farla franca sulle avversità della vita. Chi erano costoro? Da dove venivano?

Quaggiù in questi bunker sotterranei di migliaia di chilometri quadrati, non c'è molto da leggere, se non la storia sui teleschermi, ma delle volte scrivere ci è servito. Ci è servito per donare una prigione alle nostre idee, rinchiudendole in piccoli campi bianchi di cellulosa ingiallita.

-3.

Dopo il 2022, a causa di conflitti bellici, i missili perfezionati dopo anni e anni di duro lavoro, con nuovi composti chimici e innovative sostanze tossiche altamente radioattive, furono scagliati in una guerra tra psicopatici. Anche allora, i computer riuscivano già a gestire interamente la situazione e, tra le varie guerre descritte nel passato, l'ultima, la più terribile e distruttiva, fu soprannominata *ghost-war*, la guerra fantasma. Non erano più gli uomini a combattere, non solo almeno, ma le macchine stesse da loro create. Da qui ne derivò il nome di guerra fantasma; mentre gli eserciti erano impiegati nelle città e sui confini, cercando di sostenere un equilibrio stabile tra le masse in subbuglio, macchine elettroniche, radiocomandate e dotate d'intelligenza artificiale, si scontravano senza pietà alcuna sui fronti, noncuranti degli umani che sarebbero sopravvissuti all'impatto. Robot, umanoidi tenuti precedentemente sotto stato criogenico, macchine cyborg dotate di bombe in grado di dividere in due semisfere un satellite di massa appena inferiore alla Luna... capaci di polverizzare interi continenti, di far sprofondare intere regioni trasformandole in giganteschi crateri, determinarono l'inizio di una fine rapida e prolungata nel tempo. Nell'incedere dell'apocalisse, l'uomo dichiarò di controllare tutto tramite computer, mentre fuori, non si combatteva più con spade o fucili, ma con laser e moderne tecnologie, sempre più inclini al fuoco e prive di sentimenti. La guerra fantasma.

I paesi, impazziti, misero allo scoperto ogni sorta di arsenale, uccidendosi a vicenda per una gloria che mai avrebbero potuto avere, macchiandosi della più grande colpa di cui l'uomo possa oggi vantare: la fine del mondo. Al termine, nessuno portò a casa la vittoria. La Terra, cosparsa di funghi atomici, avrebbe ricordato, a un occhio attento, una massa deforme e gassosa impossibile da abitare. Radiazioni e nubi di veleno avvolsero la piccola sfera in un sudario di morte, che sarebbe durato secoli.

Interi popoli, i più fortunati, morirono sul colpo. Molte altre persone, rifugiatesi in sotterranei anti-atomici, costruiti proprio per date evenienze, si presume riuscirono a salvarsi all'impatto, ma con il tempo, se le radiazioni arrivarono fin dove noi adesso ci troviamo, nelle viscere più profonde di uno dei bunker più grandi mai esistiti sulla Terra, dubito che qualcun altro ce l'abbia fatta.

Potevamo reputarci fortunati? Non credo, nessuno di noi lo pensò mai, la fortuna era ben altro! Siamo rimasti vivi grazie all'ostinazione, al coraggio e a un filo di speranza, che nell'oscurità più densa, ci augurava ogni giorno di aprire ancora una volta gli occhi.

Forse negli altri due bunker nascosti dal governo e dai militari, altrettanto segretamente come questo, corpi si aggirano ancora vivi come noi eravamo, tra chilometri di ferraglie e plastica, ma quanto rimarrà loro, se mai esistono, prima che facciano la fine che noi stessi stiamo facendo? Riusciranno, loro, a vivere abbastanza da risolvere il gran casino che fecero i pazzi dei nostri discendenti? No, certo che no...

Il nostro bunker fu rifugio ospitale, sia per cittadini semplici aventi ruoli comuni nell'importanza della società, sia per gli individui più facoltosi e fortunati del nostro stato. Ai più rispettabili e ai più ricchi furono assegnati i piani del complesso sotterraneo posti più in basso, quelli più sicuri e più lontani dalla crosta terrestre, quelli più lussuosi, mentre agli altri, furono dati i piani più alti. C'erano poi persone, come i nostri padri e le nostre madri, che dovendo rispettivamente controllare ciò che accadeva fuori della città artificiale e, nello stesso tempo, cercare anche di proteggersi al meglio da radiazioni e virus, vivevano a una media altezza, così da spostarsi ovunque con maggiore facilità e agilità. L'organizzazione all'inizio sembrò cosa buona e giusta, ma tutti, e dico tutti, non stavano altro che cercando rifugio e pietà, da una morte certa.

All'inizio, probabilmente, fu come vivere in una grande città sotterranea divisa in quartieri rispettabili, non mancavano certo illuminazione, acqua, elettricità e riscaldamento, ma pochi anni dopo, la profonda buca brulicante di umani, non divenne altro che una fossa comune lunga centinaia di metri, sepolta a centinaia di metri di profondità. Seppellire masse di persone sarebbe stato inutile, erano già tutti sepolti, sepolti vivi, in uno strato alieno di crosta terrestre! Così, alla fine, i nostri sopravvissuti alla guerra, andarono lentamente al creatore con tutti gli altri.

Oggi, ci spengiamo di secondo in secondo e, come noi, così ogni altro essere vivente ancora capace di respirare, in una realtà immaginaria e priva di comunicazioni satellitari, se ancora esiste e cammina in qualsiasi altro rifugio segreto, in tempo breve abbraccerà il nulla.

Morti presenti o morti futuri, la nuova generazione, da qui a chissà quanto tempo ancora, sarà solo una generazione di cadaveri. La speranza non ha seguito, quaggiù. Ovunque, vi è solo morte e distruzione.

Un grosso cortocircuito, creatosi dal nulla, mandò tutto in frantumi e nel freddo, nel buio… rimasero solo alcune capsule. Si trattava di ovuli meccanici alimentati da generatori di riserva, scollegati dall'intero impianto elettrico che si ramificava tra i piani e i vari livelli del complesso sotterraneo. Gli uteri che ci misero al mondo, erano cabine metalliche congiunte tra molecole di vetro antisfondamento e lega antiossidante trattata, niente di meno che uova artificiali frizzanti... sì, erano frizzanti! Quelle cabine friggevano, quasi fossero state bollenti, pur essendo cosparse di ghiaccio. Le scariche di elettricità che le attraversavano, sfiorando la loro superficie esterna, erano strabilianti, riuscivano a illuminare l'intera stanza di un tenue colore violaceo e bluastro. Le uova, avvolte nell'oscurità, erano grigiastre e fredde, come freddi sarebbero stati i nostri giorni sul mondo che rimaneva.

L'intero rifugio, a suo tempo, fu creato in similitudine a una gigantesca nave spaziale, ma nonostante non fosse stato progettato per attraversare galassie e viaggiare attraverso varchi spazio-temporali, pur nella sua posizione passiva, non aveva sostenuto appieno le pressioni umane e tutti i fabbisogni richiesti. Al centro dell'intera macchina sotterranea, un cuore costruito da ingranaggi e microchip, estraeva calore dal mantello di magma sottostante la crosta terrestre e tramite quell'energia ricavata, si poterono avere riscaldamento, luce, fuoco e tutto il resto necessario. Poi la triste conclusione.

Adesso, tutto è andato perduto.

Nella fuga dalla superficie bombardata, furono trascinati nei sotterranei anche animali da allevamento, da usare oltre che come produttori naturali di viveri, come viveri essi stessi, ogni qual volta con l'aiuto umano, avessero messo al mondo nuova prole. Vi erano vasche di pesci e carne in quantità sufficiente, in aggiunta, cibi liofilizzati, pillole e nuovi composti fisiologici nutritivi, da iniettare endovena. L'acqua era estratta direttamente dalle rocce. Il nuovo paradiso, l'Arca di Noè del nuovo millennio sembrava compiuta, poi tutto finì.

Noi, ultimi rimasti, saziammo fin da subito i nostri stomaci, riducendo i lamenti gastrici, grazie a pillole e concentrati in polvere di vitamine e sali minerali modificati. Crescemmo grazie a proteine e ormoni essenziali allo sviluppo che, costruiti in laboratorio, ci permisero di proteggere l'organismo per anni oltre il dovuto, da batteri e radiazioni in continuo aumento, anche a profondità impensabili. Il nostro palato non conobbe mai il sapore di un misero pezzo di pane, così come mai la nostra lingua carezzò una succulenta fetta di carne... mai, le nostre papille gustative ebbero modo di fremere di fronte al pensiero di un prodotto vegetale o animale ricavato dalle risorse naturali del globo, assaporandone la cucina di un ottimo chef. Non potevamo nemmeno immaginare come fosse il sapore di un piatto prelibato, perché non avremmo mai avuto modo di mangiarne uno. E ancora, colazione, pranzo, cena… erano abitudini che non potevano esistere nei nostri ultimi anni di vita. Per noi, solo pillole insapori.

Gli animali sopravvissuti e mantenuti nei ranch sotterranei vissero per un po', ma poi, quelli che non morirono per sfruttamento, presto si estinsero per sempre, come tutte le altre bestie abbandonate alle bombe e ai cataclismi creati dalla guerra. Si ammalarono o diventarono innocenti vittime di malformazioni di cui non starò a specificarvi esattamente ogni particolare, vi basti pensare, ad esempio, alla nascita di agnelli a due teste, o a due corpi attaccati a uno stesso collo, così come alla nascita di mammiferi a cinque gambe, con terribili malformazioni ossee o ibridi distorti non conformi alle leggi della natura. Tutto questo orrore, escludendo sempre il numero incalcolabile dei feti abortiti e delle bestie nate morte! Interi archivi, mi mostrarono fotografie interminabili, di animali venuti alla luce in sacche putride, o ridotti a grumi cartilaginei di pelle e ossa. Dopo le disfunzioni genetiche degli animali, toccò ai bambini umani.

La *Signora Morte* prevalse presto, acquisendo il suo personale regnò, ovunque e su chiunque. Nacque e si nutrì come un verme maligno e oscuro, segnando il tempo da allora fino ad oggi, dove ancora scava le ossa, come una presenza vorace e cancerogena, sconosciuta a chiunque.

Solo lei. Alla fine perverrà solo la morte che, come l'eco in una caverna, ad oggi, rimbomba e si espande, duratura e ossessiva, tra le pareti concave di un cranio vuoto.

La Morte.

-4.

Il nostro piano scendeva nella sua ripida discesa con incredibile lentezza, mentre i cavi ai quali era aggrappato, stridevano come belati di agnellini uccisi, martoriati, straziati, intenti nel far passare gli ultimi soffi d'aria attraverso le loro giovani ed elastiche corde vocali, prima di una terribile e scontata fine.

Un'altra scena di terrore ci aspettava, un altro modo di cedere alla vita, diverso dagli altri che avevamo già condiviso e avuto tristemente modo di apprendere, ma stavolta più interessante. Stavolta era tutto più interessante, perché ciò che avremmo visto e compreso, avrebbe illustrato noi stessi il modo in cui avremmo abbandonato i nostri corpi, al pavimento in metallo arrugginito e umido del rifugio.

Ci guardavamo intorno, come a voler salutare il luogo dove avevamo vissuto fino a quel giorno, quasi già sapessimo fosse stato l'ultimo e mai più saremmo risaliti. Cercavamo di ricordarlo con ogni sguardo, anche nelle sue nefandezze, mentre l'ascensore della morte procedeva stanco, ma forse anche divertito nella propria singolare corsa.

La piattaforma scendeva tra due enormi cilindri metallici alti centinaia di metri, in una discesa interminabile, così come interminabile era stata da sempre la nostra sofferenza.

Avanti e dietro di noi potevamo vedere solo la lamiera scorrere, mentre sulla sinistra, a circa dieci metri, c'erano piani di cemento-armato allineati uno sopra l'altro, che ricordavano piccoli appartamenti di un grattacielo privo di vetri (naturalmente sapevo dei palazzi più alti mai costruiti dall'uomo, sempre grazie alle immagini offuscate che fedelmente i computer mi avevano impresso nella memoria!). Alcuni piani erano diroccati facendo poggiare le lastre, incrinate e scrostate del pavimento, su quelli posti più in basso; altri erano sottoposti a pesi eccessivi e recavano crepe; altri ancora ospitavano oggetti abbandonati. Scendendo mi si proiettarono nella mente come tante diapositive rettangolari e la vista di quelle mura vuote, mi suscitò una sensazione già provata mille altre volte: solitudine.

Ricordo di aver osservato attentamente il passaggio di altri tre piani in particolare, che scorsero davanti ai miei occhi come frammenti di una vecchia pellicola disastrata. Nel primo: delle cisterne, molto probabilmente contenenti rifiuti tossici o avanzi e scarti della vecchia società, vomitavano fuori un liquido nero-verdastro; nel secondo: stracci accatastati in un angolo umido e freddo, richiamavano alla memoria i camici di dottori ormai defunti; nel terzo: uno scheletro. Uno scheletro vestito di bianco, indisturbato nel dormire il sonno eterno, disteso in una pozza di muffa acida. Dovevano essere i resti di uno dei tanti scienziati riusciti a scappare pochi attimi prima della grande esplosione, ma purtroppo, per qualche motivo inspiegabile, era andata male anche a lui. Beh, era un altro di quei bastardi in meno! Bastardi che non avevano fatto altro che cacare rifiuti tossici per l'intera durata della loro schifosa vita, e che, di fronte alla morte, si erano versati la loro stessa merda sulla testa per morire ridendo alla faccia della progenie futura.

Gli impianti di riscaldamento erano andati in fumo e l'umidità, scendendo, si faceva sempre più densa. Essa, in eccesso, con gli anni aveva portato muffa, ruggine, malattie.

Folate di freddo, misto a tanfo di cadavere (e posso dirvi per certo quanto lo fosse), salivano dal basso degli inferi. Mi chiesi se saremmo finiti al centro della Terra o se direttamente nel cesso del Diavolo! Non importava. Ormai la nostra vita era, in ogni modo, agli sgoccioli.

Più si scendeva, più il freddo diveniva pungente sulla nostra pelle debole e coperta solo da logori stracci. Non si congelava, non ancora, ma era sempre più fastidioso. Ci stringevamo le ginocchia, aumentando la presa con esse, ogni metro in più che il piano metallico ci allontanava da quel luogo in cui non avremmo mai più messo piede. Il nostro naso gonfio e arrossato sentiva gli infiniti odori della fine e nel percepirli, sulla destra, fiorì presto, ben visibile, il buio profondo dell'altezza.

Pensavo ai miei amici che dividevano con me il piano omicida, guardandoli e lasciando che guardassero me a loro volta, tutti consapevoli dell'agonia che ci affliggeva. Eravamo cinque anime sottoposte allo stesso identico supplizio e soffrivamo per le cose che non avevamo avuto, per i genitori che non ci avevano accudito, per le dure e tristi rivelazioni… di cui il mondo ostile ci aveva reso protagonisti succubi e partecipi di ben poche risorse.

Cinque corpi, cinque esseri del futuro distrutti dal delirio di una società passata e triste.

Mentre andavamo giù, uno scricchiolio si fece udire sopra di noi. La nostra attenzione nei dettagli anche minimi, ci proiettò fulminei in uno sguardo verso l'alto, ma invano, non era stato nulla di grave. Soltanto un cavo, uno stupido vecchio cavo che aveva fatto rumore e i miei occhi si spostarono immediatamente verso la piccola lastra metallica che, affissa sul piano in discesa, ci accompagnava silenziosa. Si trattava di un cartello, forse arancione, difficile da distinguere nell'oscurità, su cui una scritta squadrata informava quanto da lì in poi, la discesa avrebbe proseguito più velocemente e che, in caso di peso eccessivo, un guasto o addirittura una rottura dei cavi, sarebbero state conseguenze possibili quanto irreparabili per chi, incurante dell'avviso, vi fosse stato sopra. La portata massima della piattaforma, una volta, doveva essere di almeno 3000 chilogrammi, questo quando viaggiava su quattro cavi d'acciaio, ma in quel momento… scorreva lungo le incanalature incise nei cilindri, appesa solo a due di essi. La situazione non era delle migliori: uno dei due cavi era consumato e avrebbe potuto rompersi da un momento all'altro, mentre il secondo, ancora intatto, eravamo sicuri ci avrebbe retto comunque. Non saremmo morti così stupidamente.

Eravamo cinque. Solo cinque. Un numero di cui noi facevamo parte e che, nello stesso tempo, ci apparteneva. Il nostro numero fortunato.

Ce n'erano altri con noi al momento della nostra nascita stabilita artificialmente dal contatore delle macchine, ma noi fummo gli unici a cui non si guastarono le capsule vitali. Fummo gli unici che, quando all'età di cinque anni circa, uscimmo dai grembi delle nostre madri semi-biologiche, vedemmo gli altri fratelli rinsecchiti e morti dal freddo, in posizione fecale, negli ovuli metallici che avevano presentato disfunzioni elettriche. Cinque anni, cinque di noi, sempre quel numero, il numero di cinque bambini soli al cospetto del mondo stesso che li aveva generati, per chissà quale misteriosa causa, se non l'immediata intesa con la morte. La *Signora Morte*, paziente, ci attendeva da allora, sussurrandoci di continuo di far buon uso dei pochi anni di vita che ci sarebbero rimasti, perché di lì a non molto, quei giorni di respiri straziati, sarebbero finiti ben peggio e lei, immancabilmente, sarebbe tornata.

Non avevamo nomi propri, le targhette affisse alle nostre bare di cristallo recavano solo il nome di chi ci aveva donato alla vita, così come alla *Signora Oscura* dell'aldilà. I nomi che scoprimmo, non erano i nostri, ma solo oggetti incollati in memoria di chi si era impegnato a darci come schiavi, a una vita straziata dall'agonia.

Eravamo gli unici sopravvissuti, almeno su quel piano dell'enorme costruzione sotterranea.

-5.

Rivolsi lo sguardo verso l'alto, dove un lungo esofago oscuro stava cancellando il nostro passato inghiottendoci.

Guardai i miei amici che ricambiarono. I miei unici amici, le uniche persone con le quali avevo condiviso ogni cosa fino a quel momento indeterminato. Gli stessi dai quali non mi sarei mai diviso fino all'ultimo sospiro. Rammentai quanto, nonostante tutto, svariate avventure ci avessero portato a sorridere insieme, anche nelle situazioni più difficili, in quei luoghi difficili... pur sapendo che alla fine, sarebbe giunto anche per noi il giorno in cui ci saremmo ammalati e pur sapendo che, di lì a non molto, saremmo scomparsi come ogni altro uomo sulla terra. Eravamo un gruppo, avevamo stretto una fratellanza e dovevamo ricordarci di noi sempre, come eroi capaci di superare qualsiasi tipo di ostacolo ci si fosse prostrato davanti. La morte ci avvolgeva fin da quando eravamo in fasce, ci comandava, ci dominava e ci osservava senza perderci mai di vista, rendendoci sicuri del solo fatto, che alla fine ci avrebbe catturati nel suo lucido sudario, ma le nostre anime... quelle forse, sarebbero rimaste libere. In cinque, eravamo più di semplici corpi pluricellulari... eravamo un numero, eravamo pensieri, emozioni, sentimenti e un unico grande cervello. All'unisono, avevamo deciso di non lasciare mai che la fine cancellasse le nostre tracce. Mai avremmo permesso una cosa del genere. Le nostre anime, fuse assieme in un unico grande spirito, avrebbero dato alla memoria qualcosa di eterno.

Quando ruppi il silenzio, quasi me ne pentii, ma non volevo sentirmi andare in solitudine, volevo continuare a scendere avvolto dalle calde voci familiari dei miei compagni di viaggio e poi, quel silenzio, tutto quel dannato silenzio, cominciava a darmi sui nervi. Mi piaceva sentirmi vicino a loro, ultime persone civili che, come me, avevano apprezzato il mondo, comunque esso li avesse accolti, nel bene e nel male. «Cosa pensate che sia? Sì, beh, voglio dire... cosa pensate ci stia divorando? Che cosa sta distruggendo il nostro organismo?», chiesi io con una voce tremante che non credevo di avere, non solo dovuta al freddo, ma anche all'imbarazzo provato, per aver interrotto i sogni irreali che aleggiavano sulla nostra grande lavagna mentale.

«La *Morte*», rispose con tono serio e sincero, ma sfiorando il sarcasmo, il ragazzo da noi reputato il più matematico. «La *Morte*, è lei che ormai ci ha in pugno e stiamo andando a trovarla semplicemente per capire il modo e il motivo per cui ci vuole!».

L'unica ragazza del gruppo, bionda, occhi scuri e un corpo capace di farci sognare, quasi perfetto nella siluette femminile e garbata, al di sotto di un viso dalle fattezze scandinave, si alzò al solo udire delle nostre parole e ci osservò entrambi. Quante volte ci aveva consolato nei momenti più tristi, permettendoci di distruggere anche solo per alcuni attimi la solitudine... lei era la sola e unica donna a fungere per noi come madre, sorella, amica e allo stesso tempo amante. Fuori da ogni limite, era una ragazza forte, coraggiosa e di grande spirito. Colei che ci guardava in quel momento, era l'unica ragazza che mi avesse mai baciato. «Nessuno di noi se ne andrà», disse poi, fissandoci come lei sola sapeva fare. «Nessuno abbandonerà gli altri e comunque vada, ci ricorderemo sempre a vicenda, nei nostri cuori. Ora e per sempre, giusto? L'abbiamo promesso! Non scordatelo mai!». La sua voce era bella come un fiore d'estate... una cosa che non avremmo mai potuto vedere, se non attraverso freddi monitor.

La nostra discesa proseguì. La ragazza rimase in piedi nel centro della piattaforma e ci guardò ancora, con aria malinconica e contemporaneamente di sfida, quasi spronandoci ad affermare egoisticamente il contrario di quanto aveva appena detto.

Ci issammo in piedi tutti, prima si alzò il ragazzo a cui avevo rivolto la parola, poi fu il mio turno e subito dopo, ci seguirono gli altri due, staccandosi visivamente dalla voragine del vuoto. Loro erano veramente belli, uno biondo, l'altro di una bellissima carnagione scura.

Andammo al centro del piano meccanico e ci abbracciammo. Piangemmo. E mentre i capelli lunghi della nostra ragazza mi sfioravano le guance bagnate, sentii i miei amici cominciare a ridere. Sembrava impossibile riuscire ancora a farlo dopo tutto quello che avevamo passato, eppure, come stava succedendo, ridevamo. Ridemmo mentre le nostre guance bagnate si sfioravano l'una con l'altra, ridemmo della nostra vita e della nostra imminente morte. Ci volevamo bene, un sacco di bene. Poi, l'unica donna che avessimo mai conosciuto, amica e sorella, ci baciò tutti quanti.

Quanto mancasse alla fine della corsa, nessuno lo sapeva, tranne colei che ci aveva appena dato l'ultimo addio per mezzo delle sue morbide e giovani labbra. La nostra compagna si era già recata laggiù e casualmente aveva scoperto da dove provenissero quei lividi che, ormai da qualche tempo, avevano cominciato a ricoprirci totalmente, recando noi senso di nausea e vomito. Lei capiva la biochimica, le era sempre piaciuta fin da quando era piccola e così, era lei che indagava e si preoccupava di assegnare un nome alle influenze e alle infezioni che via via ci facevano ammalare, riuscendo sempre a curarci con farmaci attualmente estinti, ma stavolta… era qualcosa di molto più grave. Stavamo per affrontare qualcosa di grosso e con la speranza di salvarci tutti, lei compresa, ella si era spinta in luoghi che noi quattro non avevamo mai neppure visitato prima. Fino a scoprire di cosa quel morbo che ci macchiava la pelle fosse fatto.

Passò ancora qualche minuto, senza che nessuno smettesse di abbracciare gli altri. Dopo lei ci avvertì che eravamo quasi arrivati al luogo di destinazione. La sua bocca non si aprì, le sue labbra non emisero suoni, ma nel suo ultimo tenero sguardo, io, come gli altri tre ragazzi a me vicini, capii subito cosa stesse per domandarci: «siete pronti?».

-6.

Da giorni, dei grossi lividi si erano man mano andati formando sulla nostra pelle. Erano prima comparsi sui nostri piedi, probabilmente la parte del nostro corpo che più soffriva a contatto quasi diretto con il suolo, poi si erano propagati fin sulle gambe per raggiungere le natiche. Ai due ragazzi che avevano stentato di più ad alzarsi, quando scendevamo sulla piattaforma, le grosse macchie erano apparse sul collo e, in parte, sul cuoio capelluto.

Comparivano da principio come piccoli puntini rosei e poi sfumavano dal rosso al viola livido. Non recavano particolari dolori, ma la loro caratteristica era quella di far sentire l'organismo succube sempre più debole.

Come con le altre malattie che per brevi periodi ci avevano interessato, per poi scomparire senza lasciare traccia, credemmo di imparare presto a convivere anche con quelle strane escoriazioni, ma ciò che vi ho appena detto, non fu tutto.

Il momento peggiore era quando quelle macchie sull'epidermide cominciavano ad allargarsi e a secernere sangue, obbligando i pori dei primi strati cellulari a dilatarsi al punto tale di massima estensione, da non permettere alle parti interessate, di riprendere nuovamente la loro forma originale nel seguito subito successivo. Quelli che così, inizialmente apparivano come semplici e innocui lividi, lasciavano presto che aree flaccide di carne si riversassero sui muscoli, simili ad enormi vesciche. Come se non bastasse, tra cellula e cellula, misto al sangue, delle volte, un liquido verdastro mischiato a pus scendeva denso e caldo sui tessuti organici geneticamente modificati e alterati, per porre fine al tutto e sottolineando, in modo allarmante, la nostra sempre più eccessiva preoccupazione verso quella malattia.

L'ascensore metallico e cigolante scese nuovamente più adagio. In quell'ombra ci sentivamo spengere di ora in ora, di minuto in minuto, di secondo in secondo. Mi domandai mentalmente cosa fosse per noi il tempo, ma non seppi darmi una risposta.

Probabilmente niente.

Avvolti nell'ombra, scendevamo.

-7.

Adesso sono quaggiù, nel luogo in cui saremmo dovuti arrivare tutti insieme, nel luogo a cui è stato ordinato di rapire le nostre

anime per l'eternità; saremmo dovuti essere già tutti morti, a-
vremmo dovuto andarcene, come gli altri, il giorno stesso della
nostra nascita.

Avremmo dovuto…

Sono passate circa due ore, se definire il tempo in questo posto,
è possibile e il puzzo dei cadaveri dei miei amici è già penetrante
e nauseante, l'aria intorno a me ne è completamente intrisa. I
miei unici fratelli sono morti, ma continuo a sentirli vicino come
fossero sempre vivi e, questa sensazione, perdurerà fino a quando io stesso resterò in vita. I tre ragazzi… tutti morti, mentre lei,
la speranza fatta donna, purtroppo impossibilitata nel procreare,
come ogni donna lo fu tra tutte quelle del passato di cui sentii
parlare qua sotto, resiste ancora e mostra una resistenza invidia-
bile. Lei resiste, è dura a morire, perché il suo organismo è forse
realmente più forte di quello maschile… ma poco le rimane. E
poco importa. Alla fine di ogni sofferenza, non sarà un bambino
simbolo di speranza e salvezza a venire alla luce… ma un altro
mostro.

La nostra ragazza, amica, madre, sorella… resiste ancora al dolore, ma si vede dalla sua espressione che la *Dea Oscura*
dell'oltretomba, è lei ben vicina quanto ella stessa dista dai miei
piedi. Questo dramma non durerà ancora a lungo. Poco fa, morente, lei ha cercato di chiedermi cosa stessi scrivendo e le ho risposto: «tutto il male che ci hanno fatto, al fine di evitare, in un
futuro, il nuovo compimento di un altro simile errore!». Lei ha
sorriso e mi ha detto che era fiera di me.

Ormai è poco il tempo che mi separa dalla morte e quando la
figura oscura che mi fissa dalla soglia si deciderà a toccarmi,
credo che sarà una cosa forse più violenta di quella che ha preso i
miei compagni, ma fortunatamente più veloce. Ho resistito troppo e sto sprecando le mie ultime energie, invece di riposarmi,
quindi, quando *il germe* si deciderà a uscire, troverà i suoi compiti molto più facili e sarà più veloce.

E' quello che voglio. Voglio morire velocemente.

-8.

Mancavano pochi metri, quando notammo dei grossi fori sui lati dei giganteschi cilindri che reggevano i cavi dell'apparecchio meccanico in movimento.

Erano dei buchi di diversi diametri, ma non erano procurati dalla ruggine e nessuno aveva mai creduto che una qualsiasi sostanza, potesse creare delle simili corrosioni. Si trattava di un'area più vecchia rispetto alle altre, tanto è vero che lo stesso ascensore con il quale scendevamo era, rispetto agli altri, più meccanico che elettronico, ma il materiale che era stato impiegato per lo scheletro di tutto quel grosso componimento era sempre lo stesso e… era durissimo da rompere o altro!

Non ci mettemmo a misurare le loro larghezze, tanto meno sapevamo cosa avesse potuto scavare dei fori del genere, in leghe tanto moderne quanto spesse come quelle, lasciando per di più una cornice di bava intorno. Quando mi staccai dalla presa del gruppo, però, per avvicinarmi a uno di essi, a uno di quei buchi, in modo da osservarlo più da vicino, malgrado continuassimo a scendere, nell'attimo in cui uno mi sbucò da sotto i piedi per poi scomparire subito sopra di me, mi resi conto che misuravano un diametro paragonabile alla lunghezza che partiva dai miei piedi, fino ad arrivare ai miei ginocchi. Doveva essere uno dei più grossi e non era il solo. Ovunque vi erano buchi neri, su ogni superficie metallica che ci accerchiava.

Stavamo per rallentare e finire la nostra passeggiata. Avrei voluto domandare alla ragazza di cosa si trattasse, dato che lei era già stata laggiù, ma proprio quando stavo per farlo, prima di aprir bocca, una cosa deforme mi abbracciò il polso. Era caduta da uno dei fori che ci stavamo lasciando sulla testa, era saltata fuori dall'alto, dall'oscurità ed esattamente da uno dei buchi neri! Notai con disgusto quanto fosse calda.

Da principio non fui il primo ad accorgermene. Uno dei miei compagni riuscì in tempo a staccarmi dai pensieri in cui ero assorto per riportarmi alla realtà. Indicò la cosa con il secco indice, prima ancora che fossi io a notarla e venni così a conoscenza della causa del mio improvviso formicolio al braccio destro. Era bollente. Si trattava di una specie di piattola e mi si era avvolta attorno all'arto, stringendomelo in modo atroce. Cercai con gli occhi la nostra ragazza perché era l'unica che potesse sapere come comportarsi in quella situazione, ma anche lei ne fu stupita.

Passò un attimo, prima che lei intervenisse e in quel brevissimo frangente, le mie retine furono talmente veloci a immagazzinare quelle immagini nel cervello, collaborando con la percezione visiva che, malgrado il tempo non me lo concesse, fu come se fossi stato a guardare quell'abomino per un sacco di tempo. Registrai velocemente ogni singolo movimento della cosa e lo feci tanto veloce, che potei notare ogni suo particolare: era grossa, appiccicosa, una specie di frittella gialla pulsante. Capii solo dopo che pulsava perché succhiava il mio sangue, quando mi sentii svenire improvvisamente e, assieme al sangue, capii con che velocità rubasse anche le poche energie che ancora mi rimanevano in corpo, assieme a ogni liquido vitale dello stesso. Quella cosa era una spugna bavosa piena di minuscole vene viola, un concentrato assurdo di migliaia di piccole ventose vampiro succhiatrici di anime.

Nostra sorella corse i pochi passi che ci separavano urlandomi contro di togliermi quello schifo di dosso, dicendomi che lei non avrebbe potuto toccarlo, dicendomi di togliermelo dal braccio al più presto, altrimenti il mio braccio… sarebbe andato.

Mi misi a urlare per la paura, volsi lo sguardo verso i miei compagni chiedendomi se fosse giunto il mio fatidico momento, ma sarei stato il primo a morire e non potevo lasciarli soli… non potevo! Non volevo! Il *cinque* era il nostro numero fortunato, e perdere quel numero sarebbe stato come rompere un amuleto magico… lo stesso che ci aveva condotto fin laggiù dopo i nostri lunghi e corti anni…

Non volevo morire, non ancora. Avevo paura e timore che se avessi rotto la catena e, fossi stato io a farlo, dopo, tutto sarebbe finito più in fretta di quanto ognuno avesse immaginato. I miei occhi, in preda al panico, catturarono l'immagine dei cavi del piano movibile. I cavi! I cavi scorrevano stridendo…

Sentivo quella specie di piattola ciucciare, succhiare e fare lo stesso rumore che si faceva con una cannuccia sul fondo di un bicchiere, quando si giungeva al termine del suo contenuto. Noi non avevamo cannucce, ma alcuni video ce le avevano mostrate nella loro utilità, stupidi video tra i molti interessanti e meno del vivere quotidiano cittadino, di altro tempo.

I cavi erano metallici, un po' consumati e, probabilmente, con una giusta pressione, molto taglienti. La cosa non si staccava ed io non sentivo alcun dolore, nonostante mi stesse corrodendo l'intero avambraccio. Poi la mia testa agì e mi disse di farlo con convinzione.

«Fallo! Fallo!», mi urlò qualcuno dietro di rimando, quasi mi avesse letto nel pensiero.

Fallo o sarà troppo tardi figliolo! Mi sussurrò la coscienza nell'orecchio mentale, che solo in situazioni di estrema pericolosità ci permetteva di farsi udire, al solo scopo della sopravvivenza.

I cavi. C'erano solo loro. Salivano più lentamente, ma salivano e avrebbero funzionato. Mentre loro salivano e noi scendevamo, sarebbero stati l'arma migliore contro quella silenziosa atrocità pluricellulare.

La morte della piattola fu una cosa vomitevole.

Mentre il mio braccio sinistro afferrò quello destro per portarlo a strusciare, nel punto in cui si era aggrovigliata la cosa deforme, lungo uno dei fili scoperti dell'ascensore in movimento, sentii il mio polso scricchiolare. La cosa pulsante nel frattempo si era gonfiata a dismisura.

Urlai di gusto e mentre lo facevo, la frittella gialla consumò le pareti del suo stomaco sopra il cavo d'acciaio, che la spappolò completamente. Pezzi molli caddero ai miei piedi e un liquido giallo colorò il cavo che subito portò via i rimasugli appiccicosi, nel buio sopra le nostre teste. Era scoppiata schizzandomi completamente di sangue, il mio sangue! I capillari neri del corpo alieno che erano rimasti appiccicati all'intreccio metallico scomparvero sopra di noi, scomparvero e caddero di nuovo come gelatina sul piano dell'ascensore.

Mi voltai per guardare i miei compagni e, con la mano sinistra che reggeva ancora l'avambraccio destro, pensai: *ce l'ho fatta, l'ho uccisa!*

Proprio in quel momento, una parte di me stesso cadde a terra con un suono ovattato: era il mio braccio.

Ridotto a un osso venoso e a una mano rinsecchita, ricordava l'arto di un vecchio decrepito e malato, o meglio, quello di uno scheletro. Lo buttammo giù con un calcio. Sarebbe arrivato in fondo prima di noi, ma di lui non avrei mai più trovato traccia.

-9.

Il tanfo ora è davvero insopportabile. Una grossa macchia viola è affiorata sul mio stomaco e mi circonda l'ombelico. La nostra ragazza se n'è andata, avvolta dall'agonia, guardandomi e regalandomi un ultimo dolce sorriso. Ora sono solo, completamente solo, nonostante le anime dei poveri ragazzi con cui sono cresciuto mi siano ancora vicine dandomi coraggio. Esse mi attendono per abbracciarmi ancora, odo le voci dei loro ricordi tra gli antri della mente.

Mi trovo in una piccola stanza dalle pareti metalliche, a sedere a un tavolino, una volta probabilmente occupato da marchingegni computerizzati e, forse, anche qualche teleschermo lcd. Ho di fronte a me dei fogli ingialliti e sto scrivendo con quella che potremmo definire una scheggia di legno appuntita. L'inchiostro con cui scrivo è il mio stesso sangue, la mia stessa vita che fluisce all'esterno dal braccio recisomi dalla massa spugnosa e vorace incontrata sull'ascensore e, mentre la *Morte* comincia a muoversi lenta nell'oblio dell'immaginazione, avvicinandosi, mi sbrigo nel portare a termine ciò che mi sono imposto. Soffro come un cane, sto male da impazzire!

Scrivo con la mano sinistra, l'unica che mi resta, anche se non sono mai stato molto bravo a scrivere con essa quanto con quella destra. Scrivo della vita, dei ricordi, di quello che i nostri cari ci hanno fatto, scrivo di me e dei miei amici, scrivo una metafora della sofferenza umana dinanzi alla quale siamo stati costretti a fletterci, mentre la *Morte* che vedo sulla soglia di questa piccola stanza si avvicina ogni secondo di più. Scrivo con il sangue, fluido misericordioso dei giorni più belli e unico bene prezioso decisamente indispensabile che mi resta.

Il mio fungo sulla pancia sta crescendo a vista d'occhio. Mi devo sbrigare, se voglio finire gli appunti del mio ultimo giorno di vita maledetta. Manca poco, davvero poco e se un giorno riuscirà a esserci qualcuno in grado di leggere questi fogli con lo stesso sentimento con cui io li scrivo, spero che lo aiuteranno a capire come abbiamo vissuto, in che condizioni. Fino all'ultimo respiro. Fino all'ultimo sospiro.

-10.

Arrivammo alla fine della discesa. Il piano si arrestò di colpo e sussultò. Scendemmo davanti ad una porta di ferro arrugginita, l'umidità era molta, il freddo un po' meno, il tanfo irresistibile, ma ci abituammo.

Setacciammo la zona e tutti i suoi reparti, sempre guidati dalla ragazza del gruppo che, dandoci la mano ad uno ad uno, si comportava come una sorella che svelava ai propri fratelli un importante segreto. Le stanze computerizzate erano completamente distrutte, uno spettacolo catastrofico e indescrivibile, ma ancor peggio, fu trovare centinaia di corpi umani ammucchiati negli angoli di esse, prosciugati fino alle ossa dai propri fluidi vitali. Quei corpi rinsecchiti e accatastati gli uni sugli altri, giacevano abbandonati e marcescenti, come montagne di panni vecchi e logori, dimenticati dal tempo.

Nessuno si sarebbe aspettato di trovare quaggiù un simile scenario! Ci fu un attimo, dopo aver preso visione di quella tremenda realtà, in cui nostra sorella si voltò verso di loro, verso i cadaveri, sussurrando: «buongiorno fratelli», per poi lasciarsi sfuggire una lacrima che le scivolò giù per la guancia. Non so perché lo fece, non capii appieno cosa volesse significare quel suo saluto, né ebbi mai il coraggio di chiederglielo nei minuti che seguirono.

Ma adesso tutto mi è chiaro, solo ora mi sono fatto un'idea vaga di cosa quel saluto potesse voler dire. Anche quei corpi, probabilmente, provenivano da capsule, da uteri metallici come gli stessi che a loro volta ci avevano partorito. Da quanto erano laggiù quindi? Da quanto erano defunti per via della nostra stessa malattia?

-11.

Il mio livido sullo stomaco si sta allargando a dismisura, a macchia d'olio. È arrivato fin quasi sotto lo sterno. Al di là dello stato contuso e comatoso dell'epidermide, delle volte sento la pancia vibrare, così alzo i miei indumenti sporchi e vedo il mio strato addominale tremare come in preda a convulsioni muscolari. Ma io so benissimo non essere questo il problema che mi attanaglia. Non si tratta affatto di convulsioni. Il mio stomaco vibra, sussulta, trema come se il male che porto dentro, dovesse uscire all'improvviso allo scoperto.

Tempo fa avrei riso, pensando a un uomo cui fosse data la possibilità di provare emozioni simili alla gravidanza, paragonandolo a una di quelle donne gravide che avevo visto nei monitor di centinaia d'anni addietro, ma adesso… non più. In un certo senso, anch'io provo lo stesso piacere, lo stesso dolore… anch'io sento muovere il mio piccolo all'interno del mio corpo e nel mio ventre! Lo sento! Il mio piccolo bastardo!

Per noi, noi che non saremmo mai potuti diventare padri, né madri, questo non può essere che l'ultimo parto nella nostra tragica e irrisoluta esistenza. Sono incinto! Di cosa? Beh, di preciso non lo so, ma ho un leggero sospetto e quasi trovo piacere, in tutto questo! Un piacere terribile!

Ma adesso basta, devo continuare a scrivere.

-12.

Entrammo e visitammo molte stanze, collegate l'una all'altra da corridoi e spaziosi atri. Vi erano ancora le rimanenze elettroniche di schermi, computer e macchinari distrutti. Pannelli colmi di tasti e grossi pulsanti, su alcune pareti, dove gli lcd incrinati fungevano da occhi, trasformavano i muri e donavano all'immaginazione il ricordo di grossi volti butterati. Laggiù, prima che arrivasse l'inferno vero e proprio, si era andata ramificando una rete di centri di controllo e stazioni radio a livello universale. Sicuramente vi erano stati potentissimi apparecchi capaci di comunicare attraverso qualsiasi canale, ma naturalmente, quando arrivammo noi, era tutto rotto. I cavi elettrici erano andati bruciati, i micro-cip si erano fusi con gli hard-disk, i display erano squagliati e disintegrati, persi per sempre dal momento del grande corto circuito, che aveva fatto saltare le macchine regolatrici degli impianti di riscaldamento e dell'elettricità. Mentre camminavamo, grazie ai generatori di riserva in grado di alimentarsi autonomamente in casi di blackout come quello, i luoghi che percorrevamo erano tetri e pieni di ombre, ma lo stesso sufficientemente illuminati. I nostri antenati avevano studiato e creato generatori capaci di portare avanti i fabbisogni d'interi gruppi di persone, dando loro la possibilità di usufruire dell'elettricità che erano abituati ad utilizzare, attraverso sonde. Esse ricavavano energia allo stato puro da ogni atomo, con semplici metodi fino a quelli più complessi. Li chiamavano i generatori *pensanti*, proprio perché consapevoli delle necessità di ognuno e in grado di stabilire e verificare i reali fabbisogni giornalieri dell'intera struttura. Lo scheletro di tutto l'impianto sotterraneo, non era altro che un enorme, gigantesco, polpo elettronico pensante e noi eravamo nel suo cervello.

Tra tutte quelle attrezzature, raggruppati o no, riposavano esseri pluricellulari simili a noi e probabilmente deceduti per la nostra stessa causa. Una malattia infettiva.

Tutti i morti che vedemmo, ci spiegò nostra sorella, erano come noi e quindi nostri fratelli, o per lo meno, una parte di essi lo erano stati. Alcuni dovevano aver vissuto fino a poco tempo prima della nostra venuta al mondo e lei ci spiegò che avevano cercato di riparare i computer; ci raccontò, secondo le sue personali ipotesi ricavate dalle indagini che aveva eseguito, come doveva essere trascorsa la loro vita là sotto; ci disse, in fine, come per liberare alcune entrate del fondo di quella base, avesse dovuto accatastarli lei stessa, tutti insieme, posizionandoli in angoli abbastanza lontani, da non dare noia alcuna ai futuri calpestatori del tempo che sarebbero entrati in quei luoghi umidi e nauseabondi.

Futuri...? Ci sarebbero stati ancora dei futuri calpestatori del tempo? Uomini come noi? Come gli altri che riposavano il sonno eterno intorno a noi, sul fondo dell'inferno?

La sorella che ci aveva accudito e cresciuto ci raccontò delle sue scoperte, di come quei giovani ragazzi ormai in balia dei vermi in passato avessero consumato la loro esistenza là sotto, senza venire mai a sapere di altri esseri simili e vivi sui piani posti maggiormente in superficie della costruzione sotterranea. Così, nello stesso modo, noi stessi non avevamo mai saputo degli altri e neppure delle altre centinaia di ovuli meccanici che giacevano, nascosti da porte metalliche e spessi muri blindati, alle pendici di quell'Eden d'oltretomba. Lei ci disse che presto si sarebbero schiuse altre uova geneticamente modificate, uova criogeniche, forse contenenti individui umani predisposti alla sopravvivenza e alla riproduzione della specie, forse contenenti esseri semi-umani, più forti e dotati di nuove flore antibatteriche evolute al punto tale, da poter resistere alla morte perfino in quei luoghi ostili. Nuovi esseri di riserva... ma chi poteva credere in simili storie? E se si fossero presentati altri guasti? Guasti futuri non calcolati e non quantificabili dal passato? Se gli ovuli meccanici fossero andati distrutti? Se i nuovi natii non avessero avuto difese immunitarie sufficienti alla sopravvivenza?

Nessuno di noi avrebbe mai potuto saperlo, né in quel momento, né mai più. Dovemmo fermarci di fronte alla fantasia e chiudere gli occhi dinanzi alla speranza.

-13.

L'unica cosa gratificante di questa infame morte è che non dona pena alcuna, nessun dolore fisico, se non quello spirituale, che si consolida nella presa di coscienza della morte imminente. La cosa più difficile, adesso, è farsene una ragione e riuscire a sorvolare il fatto che non vedrò mai più i miei compagni.

La macchia, la macchia si sta ingrossando ancora coprendomi lo sterno. *Quanto mi resta da vivere? Vedrò nascere... soffrirò molto nell'attimo del parto? Quanto ancora... quanto?!* Mi domando e... la sento pulsare. Ancora più forte. Ancora più forte. Ancora più forte... la cosa dentro me pulsa!

-14.

Corpi, una ventina di corpi erano al centro di questa stanza, accatastati uno sopra l'altro e di volumi fisici schifosamente ridotti, come fossero stati privati di ogni liquido vitale contenuto al loro interno. Le carcasse non si distinguevano più le une dalle altre. Li spostammo circa quattro giorni fa, posizionandoli nell'ala est di queste misere mura e ovunque trovammo scheletri ammuffiti, corpi senza vita che mandavano e mandano tuttora, folate di marcio. Ormai non erano nient'altro che rimasugli di persone dalle orbite vitree o vuote, sopra facce prive di espressioni, facce che fissavano il vuoto e lo fissano tuttora, nel buio della loro fossa comune. Quando spostammo i cadaveri, alcune teste di essi, rivolte verso l'alto, fecero da contrappeso allo scheletro rivestito di pelle marcia, mettendone in mostra il torace rinsecchito e malato. Altri busti, che non toccammo, si lasciavano andare flaccidi e molli, alla semplice legge della natura che li aveva fatti prigionieri. La pelle dei cadaveri, completamente viola e macchiata di funghi più o meno scuri, ricordava una stoffa a chiazze tirata attorno a scheletri e ossa deformi. Molti crani, anche i più vecchi, vantavano ancora di una folta chioma e quasi tutti avevano capelli chiari.
Eravamo piombati dal cielo metallico del futuro, per scoprire carcasse, centinaia di carcasse umane, una volta proprietà delle anime dei nostri fratelli. I nostri fratelli defunti nell'agonia.

-15.

Sto per morire, la *cosa* sporge dal mio corpo di centimetri e punta verso l'esterno, deformandomi le pareti dello stomaco. Vuole bucare l'epidermide e nonostante il solletico, riesco ancora a scrivere, intingendo la scheggia che ho raccolto da terra poche ore fa, nel sangue del mio braccio reciso. Ci riesco ancora.

Ne ha perso di sangue il mio giovane arto in questi giorni, ma fra poco, nonostante le cure, sangue chiamerà sangue. Penso ce ne sarà altro. Molto altro! *E allora spingi, schifosissima creatura!* Mi dico convinto e in parte indignato per la morte certa che mi attende.

Avrete sicuramente capito di cosa si tratta, non è vero? In caso contrario, nel tempo che mi resta, vi aiuterò ancora un po', chiarendovi le idee. Questo abominio ci metterà ancora dei minuti, prima di sfondare! Sapete, sono sempre stato uno forte, di stomaco! Dopo andrò a dormire… mi farò una bella dormita.

-16.

Alcuni di noi uscirono prima, gli ovuli diedero loro la vita e il destino gli permise un'esistenza molto simile alla nostra, qua sotto nelle profondità, fino al tocco finale della *Dea Oscura*. Adesso sono tutti in una stanza, un bel gruppo di partecipanti al banchetto patetico e lugubre della non esistenza, che brindano felici la danza della morte. Un unico disco canta indisturbato per loro, quello del silenzio eterno.

Ho spostato i miei amici verso la parete a me più vicina, in modo da porli ordinatamente a sedere, uno accanto all'altro, con le spalle al muro. Che fatica! Ma sono riuscito nell'intento. Volevo che mi vedessero e ora mi guardano, mi guardano ancora a occhi aperti come una giuria a un comitato studentesco e, ogni tanto, le piattole gialle che si stanno nutrendo di essi, fanno cadere loro addosso pezzi di carne. Pezzi della loro stessa carne! Quelle schifose luride piattole sono ovunque e i miei amici ne sono invasi, ricoperti, mentre esse succhiano, aspirano, vivono di loro. Queste sono molto più piccole di quella che mi avvolse il braccio, ma sono altrettanto mortali.

Così, nello stesso modo, morirono gli altri che trovammo quaggiù, per questa strana malattia formatasi dall'umidità e dalla sporcizia e, senza alcun dubbio, alterata in modo inconcepibile, dalle radiazioni che ebbero la fortuna, con gli anni, di calarsi nelle profondità più buie di questo enorme edificio sotterraneo, attraverso i condotti d'aria e i filtri semidistrutti e ostruiti. Una malattia infettiva micidiale.

Questa specie di fungo alieno, si andò formando dentro i primi corpi più deboli, deperiti e moribondi, usandoli per crescere, nutrirsi e riprodursi. In seguito, qualcosa lo rese ancora più terribile, degnandolo di capacità ben superiori alle comuni aspettative umane. Il fungo prese piede e cominciò a strappare la carne dei vivi e dei morti, uscendone fiero e sazio all'esterno. Si trasformò in una sorta di piattola gigante. Una piattola carnivora.

Dopo aver risucchiato bene le prime prede, come enormi spore, le piattole, gonfie di sangue infetto, lasciarono il resto del pasto al naturale processo della decomposizione e il virus si propagò a dismisura. La putrefazione avveniva, ma era più lenta, perché esse si erano già impossessate della maggior parte dei liquidi corporei degli individui che, per primi, avrebbero conseguito al degrado cellulare, sotto effetto di quella nuova causa. Corrodendo qualsiasi cosa e defecando su ogni superficie sangue infetto, solo in parte digerito dal loro apparato molle e spugnoso, le piattole giganti e l'infezione progredirono fino all'inimmaginabile.

-17.

Basta così. Inutile continuare a descrivere una malattia tanto orrenda. Nessuno saprà mai come nacque di preciso questa terribile pestilenza; nessuno troverà mai un vaccino per curarla. Io stesso, che credevo sarei morto per primo, sono invece ancora qui…

Il più fortunato, forse? Non saprei… non saprei davvero! Ve l'ho detto… a volte i più fortunati sono i primi! I primi ad andarsene! Ed io, forse proprio grazie al braccio reciso, ho tolto del cibo a questa cosa che mi sta crescendo dentro, rallentandone il suo naturale processo.

Le pillole che assumevamo, ricche di sostanze necessarie al nostro corpo per vivere e di anticorpi adatti alla battaglia degli agenti patogeni, stavolta non hanno funzionato con nessuno. Non ci hanno protetto. Me compreso.

Le radiazioni, invece, nonostante i rifugi sotterranei studiati accuratamente, sono riuscite con il tempo a passare e riusciranno ancora a farlo, sempre in maggior quantità. Come si diffusero nell'aria, così fecero nei deboli polmoni di tutti.

Appena scesi dal piano metallico che ci condusse qua dove adesso sono, scoprimmo che anche gli altri umani prendevano pillole e, probabilmente, anche la composizione chimica delle capsule da loro ingerite, in un modo ancora sconosciuto, influì alla modifica genetica di quelle *cose* orribili, dando vita alla scintilla di questo male che ci stermina. La chimica e l'aria inquinata sanno fare miracoli a quanto pare! Chi l'avrebbe detto? Ma tutto questo fa solo parte di una serie d'ipotesi non fondate.

Umidità, radiazioni, freddo, aria tossica e perché no, anche le sostanze chimiche delle pillole! Non c'è altra spiegazione che non comprenda almeno due di questi fattori uniti assieme.

Sto cedendo. Non posso continuare.

-18.

Ha bucato.

C'è stato uno schizzo di sangue che, involontariamente, ha sporcato anche il mio ultimo foglio. Pare sia già tutto scritto nel destino!

Ho sentito la mia carne strapparsi emettendo il rumore di uno straccio che si lacera, tirato contemporaneamente da due forze opposte; subito dopo ho visto una cosa giallastra, un po' arrotolata, uscire qualche centimetro dal mio corpo e srotolarsi sul mio ombelico. All'inizio pareva una lingua, ma a osservarla meglio, quella semicirconferenza che mi sporge dallo strappo nella carne, non mi ricorda solo una lingua. Piuttosto una bocca! Sanguinante e gonfia. «La bocca dello stomaco», sussurro, «o meglio, la bocca, nello stomaco!».

Sto perdendo sangue, molto!

Guardo i miei compagni seduti di fronte a me sperando che sia tutto un sogno, sperando di svegliarmi solamente sudato, nel letto di casa, una qualsiasi casa, con accanto mia madre, una qualsiasi madre, che mi dica di non preoccuparmi, che è stato solo un brutto incubo o... perché no, al fianco di mia moglie... una qualsiasi moglie... ma poi mi rammento che io non ho una casa, non ho una madre che mi accarezzi, né una moglie fedele che mi dia la forza di continuare a vivere. E' un sogno di altro tempo, un sogno che non mi appartiene... e voglio morire. La *Morte* si avvicina. Mi sfiora con il suo vaporoso manto nero sul viso e godo di un'innaturale freschezza. E' così bello...

Gli altri hanno già consumato questo immenso piacere.

Gli altri sono ricoperti di quelle strane frittelle che si rigirano loro nella carne e che tormentano le loro budella.

Non vi dimenticherò mai. Penso. *Non dimenticherò mai... amici miei.* Mi dico ancora e vedo i pezzi di carne dei miei fratelli che saltano in aria al momento della rottura dei loro bocci viola...

Sto morendo... sto morendo... *sto morendo?!*

La *Morte* ha scavalcato la soglia, mi ha visto, ha passato l'ingresso ed è qui che mi aspetta, che mi accarezza... proprio come una madre, sempre giovane e gioviale. «Devi raggiungere i tuoi amici...», mi dice *Lei*.

Sì, devo raggiungere i miei amici, devo...

...il buio.

Devo morire con loro, voglio morire con loro... vicino a loro.

...il nulla.

Questo vuol dire ancora un po' di fatica, ancora uno sforzo per spostarmi... ma devo farcela. Voglio morir loro accanto, li voglio abbracciare, voglio abbracciarli, voglio abbracciarli tutti!

...il delirio.

Oh, Morte... maledetta! Maledetta puttana! Esclamo nella mente. Non ce la faccio. Le mie forze vengono meno. Devo raggiungerli. Devo... raggiungere i miei unici compagni di avventure, ma... la mia mente si spegne nel buio totale e la parola *morte* diviene una corda elastica, che si allunga in un mondo privo di dimensioni; una parola unica, una parola inesistente, ma concreta... senza, ne' capo, ne' coda. *Mortemortemortemortemorte...* cinque volte. Cinque come noi. E' Lei! Lei! Lurida assassina!

O forse è il tempo. Forse è solo lui il mio unico assassino.

…

«Devo abbracciarli prima. Aspetta un attimo!».

…

«Devo baciarli, ricordarli, per sempre!».

…

Per sempre.

…

Sono vicini, ma nello stesso tempo, così lontani… che mi sembra ci vogliano anni… per avvicinarmi a loro.

…

Sì, devo farcela, per i miei fratelli. Con loro, per loro. Mi convinco.

…

Ho un varco nella pancia. Il sangue mi schizza fuori da ogni parte, dalle orecchie, dal naso, dalla bocca… non vedo più molto bene e scrivere in piedi mi è difficile. Scrivere in piedi mentre mi avvicino ai corpi poggiati al muro, è offuscato…
Offuscato… penso.
Voglio…
La forza.

…

«Aspetta ancora un attimo, ti prego!», esclamo implorando contro la *Morte*. La mia voce è quasi impercettibile. Inesistente ai miei timpani. Risuona nella mia mente e sembra provenire da molto lontano.
Ma li ho quasi raggiunti.

…

Voglio…
Là! Voglio morire là!
Mi sposto. Goffo. In ginocchioni. Stanco. Ma sono arrivato ai piedi della ragazza e ai piedi dei miei amici e sono felice. I miei amici, i miei fratelli, la mia vita.
Sì! Sì! Sì! Volere è potere… ce l'ho fatta. Mi congratulo. *Ce l'ho fatta…*
E allora li bacio tutti, li abbraccio, mi gira la testa e non capisco più niente, ma li vedo. Non quegli stupidi esseri schiacciati e gialli, non le piattole giganti, ma i volti dei miei compagni di

giochi. Sono luminosi e sorridenti. Li vedo… e ora i miei fratelli sorridono tutti e i loro occhi sono luminosi.

…

Vi voglio bene. Penso. E non ci sono parole, perché non ce n'è bisogno.

…

Ora posso riposare, ora posso dormire… il mondo è uno schifo, ma la vita, un'inimitabile bellezza e il dono più bello che un uomo possa ricevere. Comunque essa sia.

Infinito. Infinita. È la forza di vivere.

In ogni condizione.

…

E vedo la morte. La *Signora Morte*. Ma vedo anche i miei fratelli. Li vedo vivere. E mentre cado, sorrido al pensiero di saperli vivi per sempre. Magari in un altro mondo. Magari in un altro tempo. Magari in un altro quando indefinito nello spazio.

…

«Prendimi ora. Prendimi! Ti supplico… ora puoi farlo!», esclamo, ma intorno a me non c'è già più niente. Il buio mi travolge senza odori, né sapori, senza suoni, né colori… nel sangue, la mia anima si abbandona, così come se mai fosse esistita.

Ci sono riuscito. Ho raggiunto il mio scopo. Sono dai miei amici ora. Sono con loro. Prendimi Morte! Prendimi ora… adesso puoi farlo!

Passato che torna

1

Ore 8:00.

Il cielo si oscurò lentamente. Assunse dapprima un colore grigio sporco, poi sfumò in un verdastro color oliva e, infine, raggiunse il nero cupo della pece. Un vento fresco, umido di pioggia, cominciò a far ondeggiare le cime dei grossi abeti facendone man mano scricchiolare i grossi tronchi centenari e possenti, in una spinta sempre più pronunciata e sofferta. I cinguettii e i piccoli rumori del bosco cessarono all'improvviso cadendo nel silenzio, come se ogni animale ed essere vivente in quella vegetazione fitta e rigogliosa, fosse stato istantaneamente cancellato da una mano maligna e privato della propria esistenza nel suo mondo. Il colore delle piante fu reso oscuro da uno spruzzo impalpabile d'inquietante malignità. Si espanse a macchia d'olio l'atmosfera elettrica che precedeva un grosso temporale e, assieme ad essa, un interminabile richiamo di nulla.

Ora, il cielo nero, di una gradazione impenetrabile così densa che sarebbe stato raro vedere in altri temporali, avrebbe messo inquietudine a chiunque, regalando al fortunato o meno spettatore, un senso monotono e ossessivo di pesantezza. Gli alberi si piegarono flettendo come archi pregiati di un popolo indiano pronto all'attacco, sotto l'effetto di un soffio freddo e minaccioso. L'aria compenetrò con violenza tra le foglie e quasi parve di sentire il bosco lamentarsi, urlare come se tra le cime di quegli alberi, vi fossero stati dei fantasmi pronti a terrorizzare chiunque si fosse addentrato tra quelle piante.

Nonostante ciò, l'ossigeno fresco che s'infilava nelle narici per inebriare i polmoni e l'aria fresca che carezzava il viso, sembravano regalare a quei momenti un'estrema beatitudine e lasciavano sciogliere lo spirito di un villeggiante nella rilassante forza della natura. Respirando la forza della medesima e chiudendo gli occhi alle spalle di una casa sicura e accogliente, protetti dal calore di un fuoco giovane e forte, tutto ciò era quasi orgasmico. Non sempre un'atmosfera tersa doveva apparire dunque anche terribile, secondo l'uomo che la osservava.

Come la mano delicata di una madre che accarezzava il proprio figlio, la tempesta in arrivo sfiorò ancora una volta la sagoma umana ferma sulla veranda, penetrando essa sotto i vestiti, sotto gli indumenti più intimi e trasformando i capezzoli dell'uomo in due piccoli spilli duri e turgidi.

Cominciò a piovere da un momento all'altro. Gli schizzi lanciati dal vento, come proiettili d'acqua, strappavano arbusti e spezzavano i rami secchi più vecchi. Un mostro invisibile si attaccava con gli artigli ai tronchi e, saltando da uno all'altro, li strappava e li schiantava al suolo in parabole ululanti. Un mostro chiamato vento, sotto il peso del quale, alcune cortecce avrebbero resistito, altre no, proprio come le vittime di una guerra su di un fronte nemico. Presto, il terreno gracile, sarebbe diventato fangoso.

Un lampo squarciò il cielo plumbeo in una soprannaturale, breve, venatura elettrica. Poi, in concomitanza, ci fu un'altra potente folata, quasi il successivo rimbombo del fulmine avesse creato una sorta di piccola onda d'urto nel cielo e la pioggia colpì qualcuno, qualcuno che sostava in piedi sulla propria veranda e contemplava il tutto con sguardo speranzoso. Lo colpì non più carezzandolo come una madre affettuosa, ma schiaffeggiandolo come farebbe il demonio.

Com'era buffo lassù, il tempo era in grado di cambiare così velocemente, delle volte, che pareva quasi impossibile. Solo un'ora prima era sereno e si preannunciava un pomeriggio di pesca al lago, invece poco dopo…

L'uomo guardò l'orologio da polso, segnava le otto e zero

cinque, i secondi scandivano la frequenza dei tuoni fragorosi e in progressivo avvicinamento, dichiarando quanto di più violento ci si sarebbe aspettato da un comune temporale. Un boato scosse l'aria e fece tremare la terra.

Il vento si fece violento e potente, era lui il padrone adesso, era lui che avrebbe gestito le nubi raggruppandole e dirigendole, come un branco di enormi mostruose bestie nere, tenendo in pugno la lama affilata e umida della pioggia, per allontanare chiunque avesse tentato di ostacolarlo. Gli alberi continuarono a flettersi, a dimenarsi scalpitanti come cavalli selvaggi, erano arti imbizzarriti della terra tenuti al laccio dal destino. Molti dei sempreverdi che avrebbero resistito, nel futuro prossimo, avrebbero vantato di una vittoria combattuta, protendendo in alto rami scheletrici denudati di colore e foglie. I cespugli litigavano graffiandosi come creature fantastiche animate, sguainando i ramoscelli per mantenere il proprio terreno e ogni essere ancora capace di respirare, che non fosse stato ucciso da quel terribile temporale, si sarebbe spinto ben oltre le proprie capacità fisiche di resistenza, per non sopperire alla tempesta.

Era ora di ritirarsi in casa e di sedersi comodamente davanti al fuoco del camino. Fuori l'acqua era ovunque e bagnava ovunque. Lui, l'uomo, si girò finalmente verso l'entrata e mentre lasciava il piccolo portico, la pioggia lo investì di nuovo mentre il vento lo accoltellava alle spalle vigliaccamente. Un lampo lo illuminò mentre si dava a uno scatto felino e ne dipinse un'ombra nera sul pavimento interno dell'abitazione, quasi la natura stessa, in totale subbuglio, avesse voluto regalare lui un'ultima foto ricordo. L'uomo era stato a osservarla a lungo, assorto nei pensieri e divenendone quasi parte egli stesso, ma era ora di rientrare. Era ora di mettersi al coperto, di scaldarsi le ossa prima che il gelo avesse cominciato a mordere in profondità. Era ora di rilassarsi sotto un tetto solido e di perdersi tra le ardenti fiamme del caminetto acceso. Non c'era niente di più meraviglioso dello starsene tra le mura della propria amata casa, quando fuori pioveva, ma... un momento! No! Impossibile!

La casa... in quale casa mi trovo... non può essere! Non può essere! Pensò l'uomo impaurito.

Era lei, non c'era dubbio. La stessa casa dove quello schifoso essere gli era apparso la prima volta! E se fosse entrato di nuovo, l'avrebbe rivisto, ne era sicuro! Lo stava aspettando dietro la porta, certamente! Era lì! Era lì dietro che se la ghignava e… non appena avesse girato la maniglia… ZAC! Eccolo! Eccolo là, pronto a ucciderlo! Oh, sì… perché stavolta l'avrebbe fatto, ne era certo! Ne era sicuro! Non l'avrebbe mancato, non stavolta! Il tempo delle mele era giunto, non si diceva così? Stavolta l'avrebbe ucciso!

No! No! Perché?! Esclamò terrorizzato l'uomo e, mentre lo pensava nel suo cervello assopito, lo chiese anche alla stanza in cui si trovava. «Perché non mi lasci in pace! Maledetto!».

2

Jonny si svegliò di colpo da un brutto incubo. Era nel suo nuovo letto quando si rese conto di essere tornato alla realtà. Seduto sul materasso, con le coperte arrotolate sui fianchi e completamente madido di sudore, comprese ancora una volta quanto quel vecchio ricordo lo stesse logorando. Da quando era partito non l'aveva mai abbandonato, né mai l'avrebbe fatto.

Eppure era morto, giusto? Questa era una delle tante domande che continuavano inconsciamente, involontariamente a tartassarlo… era morto! Morto e basta! Si moriva una volta sola, una per tutte… oppure no?!

Viveva ormai da giorni nella pura incertezza e malgrado facesse di tutto per dimenticare, nonostante si sforzasse di cancellare il proprio passato, il suo cervello era stato in un qualche modo inspiegato, come scalfito da una scheggia che non si poteva togliere, una scheggia penetrata troppo in profondità. Il veleno di quella puntura noiosa e brulicante non si sarebbe mai placato, dando pace alle sue membra, non si sarebbe mai affievolito nel dolore e nel terrore più profondo. L'immagine di quel piccolo demone ripugnante! Quel mostriciattolo strisciato fuori solo Dio sapeva da dove… era un incubo che non si sarebbe mai più disciolto. Così Jonny continuava a farsi le stesse domande… sempre e ogni volta… sempre… e ogni volta… *è davvero morto? Si farà vivo di nuovo? Forse mi ha seguito? Sì, forse mi ha seguito e aspetta solo il momento giusto per...*

Non lo sapeva, proprio no. Chi avrebbe potuto dirlo!

Il suo corpo faceva ombra sul muro, Jonny osservò attentamente quell'ombra e la vide trasformarsi, attraverso l'immaginazione, in un grosso punto interrogativo nero. Si sentiva debole negli ultimi giorni, incredibilmente debole, quasi avesse una forte influenza in atto, intenta a debilitarlo nelle proprie difese immunitarie e così passava gran parte del suo tempo standosene chiuso in casa a dormire. I sogni che faceva, però, finivano sempre per sfociare in terribili incubi. Gli incubi che suo padre gli aveva tanto amorevolmente confezionato e regalato, vendendo la propria anima a Satana.

Ma che diavolo avevi nella testa, padre? Si chiese Jon in un ghigno di dolore, pensando ancora all'accaduto di pochi mesi prima e a tutto quello che aveva scoperto riguardo alla propria famiglia. *Che diavolo avevi in quella testa bacata?*

Da quando si era trasferito, Jonny stava peggiorando di giorno in giorno, aveva perso gran parte dei capelli e sulla sua nuca calva si andavano intensificando via via piccole chiazze scure. Sembravano macchie di melanina, quasi avesse preso il sole ricoperto da uno strato di carta da parati bucherellata... erano molto simili alle macchie che andavano intensificandosi sulla cute delle mani di un vecchio, ma... lui... lui aveva soltanto trentaquattro anni! I suoi occhi, malgrado si sforzasse di dormire, continuavano a sprofondargli nelle orbite retrocedendo ogni mattina un po' e dando l'impressione di infossarsi ogni giorno di più, scendendogli nel cranio lenti come palle di gelatina sciolte al sole. Le pupille, invece, ridotte allo squilibrio totale, lo avrebbero dato sicuro per un drogato strafatto che stava per lasciarci le penne e tutto allo sguardo di un comune medico. Anche se nessun medico avrebbe fatto al caso suo! Jonny parve riflettere... poi constatò l'integrità del suo corpo, delle fibre muscolari e concluse, per fortuna, rasserenandosi almeno quel tanto che bastava, ringraziando il cielo per quanto quell'ammasso di carne e ossa non fosse ancora in via di decomposizione. L'involucro che lo teneva in vita non era andato ancora completamente distrutto, ma se l'incedere dei giorni non fosse mutato, probabilmente l'uno o l'altro, si sarebbe risvegliato sudato, terrorizzato e con qualche pezzo in meno attaccato al busto, mentre il suo culo sprofondato nel materasso fradicio di liquame decomposto, avrebbe ricordato un budino di cellulite butterato. Cristo! Era giovane, ma si sentiva peggio di un vecchio!

E non solo! Lui sapeva! Doveva crederci...

3

Aveva nove anni quando scoprì che suo padre partecipava a messe nere, ma era troppo piccolo perché capisse fino in fondo di cosa si trattasse e di quanto esse fossero pericolose. Quella sera il suo vecchio era rincasato prima del solito e, a seguito di una probabile distrazione, nel posare il lungo soprabito nero nel guardaroba, qualcosa di simile a un piccolo mattone era caduto lui da una tasca. Il padre di Jonny, da principio, non parve neppure accorgersene e, superficiale come spesso si mostrava nei confronti della famiglia, si era diretto dalla moglie per gli usuali saluti e convenevoli vari. All'occhio furtivo di Jonny, però, quel piccolo mattone cartaceo non era sfuggito e ben presto scoprì che era proprio per quello che il padre non si era accorto della perdita... era un mattoncino di carta, un piccolo libro, che a contatto con il pavimento duro, non aveva prodotto alcun rumore troppo evidente all'orecchio di un adulto distratto. Jon lo vide e, stranito dall'oggetto, lo raccolse da terra dando esso subito una veloce occhiata. Lo aveva visto cadere ed era ancora a terra quando il padre se ne stava già seduto al tavolo della cucina a guardare la TV. Quel ragazzino era un tipo sveglio e non appena aveva un'opportunità curiosa, non se la lasciava sfuggire!

Dunque era un libro. Un libro scuro e con un insolito disegno stampato al centro della copertina. Nella rappresentazione, piccola, molto accurata e, quasi si sarebbe detta stampata a fuoco, si evidenziava un cerchio rosso posto sopra una croce lavorata; all'interno della piccola circonferenza, padroneggiava una stella a cinque punte che a Jonny sembrò capovolta. Anche la croce, a un'attenta occhiata, era capovolta! Jonny era ancora molto giovane e non vantava d'essere un gran lettore per l'età che aveva… ciò nonostante, il misterioso oggetto, quasi fosse dotato di un potere magico, lo incuriosì al punto tale, da indurlo a sfogliarne le pagine. Dapprima velocemente, senza far troppo rumore e ben presto la sua vista si acuì e tentò più volte, invano, di decifrare quanto sul piccolo libro era scritto. Le parole si susseguivano e intersecavano in una strana lingua, una lingua che nessuno gli aveva ancora insegnato, né mai probabilmente l'avrebbe fatto, mentre quelle che avrebbero dovuto essere lettere sembravano per la maggior parte piccoli disegni. Non sapeva proprio decifrare quello strano volumetto, constatò soltanto quanto, nella reale impostazione delle pagine, fosse molto simile al libro delle poesie scolastiche, che l'insegnante di letteratura faceva rigorosamente studiare a loro, giovani pargoli senza cultura. Su ogni pagina, prima di un titolo scritto in grassetto, era disegnato un simbolo che stava all'apice come un titolo; accanto ad esso, incisa a penna come sua madre faceva con la lista della spesa, suo padre aveva disegnato un occhio e, sopra di esso, aveva fatto una X. Fu quando stava per chiuderlo, totalmente spaesato, che Jonny vide qualcosa di familiare capace di riaccenderlo nell'interesse cha stava man mano scemando. Sfogliando l'ultima pagina, si accorse di un disegno, un disegno che aveva già visto: il medaglione con la testa di capra dipinto in chiaroscuro alla fine del volumetto, somigliava tantissimo al ciondolo che suo padre portava al collo e Jonny sapeva quando suo padre lo indossava!

Il ragazzo rimise il piccolo libro nella tasca del soprabito del padre e si allontanò dalla stanza, ma perché mai si sarebbe dovuto porre un crocefisso a testa in giù? Era come disporre Gesù in modo anomalo rispetto a quanto gli era stato insegnato!

Logicamente Jonny non confessò mai a nessuno di aver frugato nelle cose del padre, perché se il padre stesso ne fosse venuto a conoscenza, sapeva per certo, lo avrebbe punito e Jon non voleva essere punito, in nessun modo. Suo padre non era un cattivo uomo, almeno questo era quello che sembrava, ma di sicuro non amava i ficcanaso! Così, una volta sistemato il tutto a dovere, come nulla fosse, corse in salotto e si mise a guardare la TV come il suo stesso vecchio stava facendo.

Sua madre fece loro un buon pasto quella sera e sia Jonny, che il padre, mangiarono avidamente. La stessa notte, però, quando tutti dormivano, il piccolo ficcanaso ebbe un incubo terrificante. Jon camminava solo per i corridoi della casa avvolto dal silenzio, dall'oscurità e dalle tenebre, fino alla stessa cucina dove solo poche ore prima lui e la sua famiglia avevano ingurgitato una prelibata cenetta… e c'era sua madre, la sua adorata mammina! La differenza stava nel fatto, che ella non stava serenamente ad aspettarlo, la donna se ne stava di spalle e come il libro del padre gli aveva suggerito, Jonny la vedeva a testa in giù, quasi fosse stata attaccata al soffitto per i piedi come solo *Spiderman* poteva fare. Si avvicinava, si avvicinava ancora fino a raggiungerla e quasi a toccarla, fino a quando… la madre non si accorgeva della presenza del figlio dietro le spalle. Allora il corpo della donna si voltava rapidamente, quasi fosse stato sospinto da una forza soprannaturale e i suoi occhi, colmi di strazio e sofferenza per la morte brutale e sanguinosa, le esplodevano all'interno delle orbite sotto una risata satanica e perversa. Nell'incubo la madre di Jonny era stata uccisa, uccisa e appesa alla parete a testa in giù, capovolta proprio come un crocefisso in una chiesa sconsacrata e votata al *Male*. Le stesse braccia della donna, orizzontali e aperte rispetto all'asse del corpo capovolto, ricordavano i bracci della croce di Gesù. Jonny cominciava a urlare, ma dalla bocca non fuoriuscivano suoni, qualche strana forza oscura rendeva l'habitat insonorizzato alle urla umane, così tremava, si guardava intorno e sentiva il terrore pervaderlo freddo e pungente, salendogli dietro la schiena come fosse stato munito di guanti dalle punte taglienti e acuminate. Sua madre iniziava un ballo, una danza macabra, ciondolando testa in giù e sorridendo beffardamente: negli occhi ora neri, le erano stati infilzati due spilli d'acciaio e dalla gola recisa in profondità, da un orecchio all'altro, sgorgava un rigoglioso flusso di sangue che, stranamente, invece di formare una pozza sul pavimento, proprio sotto la testa della defunta, colorava simpaticamente il soffitto.

Jonny si dimenava dandosi colpi alla testa e solo allora, riusciva a mettersi a correre per la casa, aprendo altre stanze, ma ogni qual volta ne apriva una, all'interno, al di là della porta che spingeva, sua madre era sempre là, sempre brutalmente uccisa e posta a testa in giù a ridere selvaggiamente di lui. Qualunque porta aprisse, si ritrovava sempre nella stramaledetta cucina e l'incubo terrificante si ripeteva e si ripeteva all'infinito, fino a quando una terribile voce, a lui sconosciuta, lo informava di un errore.

Quale errore? E di chi? Si chiedeva alla fine Jonny.

Poi si svegliava urlando.

I sogni si erano ripetuti più volte da quella notte e alla fine, era sempre la stessa voce che dava chiusura alle terribili immagini che apparivano nella piccola mente del ragazzo. Poi una notte lo vide. Solo una e subito dopo i suoi incubi cessarono per ritornare in seguito e a tempo debito. La creatura che sussurrava alla fine di ogni suo incubo era un mostriciattolo basso, ricurvo e gobbo, aveva la pelle ruvida e piena di rughe che sfumava dal marrone al verdastro. Gli occhietti vigili e malvagi lo osservavano scavandogli l'anima da una pupilla dilatata e nera come la notte e la sua bocca… aveva una bocca piccola, contornata da labbra fini ed esangui, una bocca che era un abominio, digrignata in una miriade di zanne aguzze e gialle dalle quali pareva impossibile scappare se solo… se solo quell'essere avesse deciso di balzare avanti per mordere! Tutto questo, accadeva mentre Jonny osservava il corpo della madre morta e lui, il folletto verde, se ne stava accovacciato di là dal cadavere della donna appesa, giocando tra le ombre a un simpatico *ti-vedo, non-ti-vedo*, nella continua oscillazione della massa corporea defunta. Jonny era bianco in volto e il mostriciattolo se la rideva silenziosamente, se la spassava e lo fissava. La volta in cui Jon lo vide nel suo ultimo incubo, il folletto disse lui che un giorno avrebbe pagato a sua volta proprio come il padre stava già facendo, disse lui che avrebbe pagato per il *Signore delle Tenebre* scontando la sua pena, stramazzando nel suo stesso vomito e nella sua stessa carne marcia, ma… solo raggiunto il tempo più propizio!

Dopo centinaia di sogni simili, la mattina seguente all'avvistamento dell'essere, Jonny aveva trovato sua madre morta come l'aveva sognata. Lo shock fu tale che il ragazzo rimase in blocco per lungo tempo. Per un po', la sua mente fu talmente provata, che chiuse le ante a qualsiasi cosa, perfino agli incubi. Vide per l'ultima volta suo padre piangere in ginocchio davanti al corpo pallido della propria moglie, poi quell'uomo misterioso che lo aveva accudito con amore e serietà, quell'uomo che aveva fatto cadere incurante quel piccolo libro sul pavimento, perché qualcuno involontariamente lo trovasse, scomparve per sempre. Jonny non lo vide mai più.

4

Si sarebbe decomposto pezzo dopo pezzo. Anche ora, mentre se ne stava seduto sul proprio letto, Jonny sentiva l'alito pesante stagnargli sotto il palato, un alito pesante che avrebbe ricordato qualcosa di più, di uno sgradevole odore. Se avesse accostato la mano alla bocca e avesse annusato, le sue narici avrebbero inalato il tanfo di marcio. La sua lingua, davanti allo specchio, sarebbe apparsa come un piccolo bruco nero.

Tutto cominciava dall'interno. Stava avvenendo proprio come l'essere aveva annunciato.

Era passato ormai circa un mese da quando si era trasferito dal nord, ed erano circa tre settimane che Jonny abitava quelle nuove mura. Non era un gran che come abitazione (di certo sarebbe sfigurata a confronto della sua vecchia casa di montagna), ma sarebbe bastata per quei forse pochi, miseri mesi, in cui ancora sarebbe rimasto in piedi.

Il corpo di Jon era diventato tanto secco che guardandosi nello specchio, delle volte, quasi stentava nel riconoscersi, sembrava uno di quei bambini sopravvissuti alla guerra del Vietnam, che aveva visto di tanto in tanto in qualche documentario in TV. Lui non era mai stato in guerra, ma probabilmente, a livello psicologico, l'esperienza avuta gli aveva gravato in modo assai più distruttivo, di quanto avrebbe potuto gravare a un valoroso soldato. Sì, era così e forse quanto stava passando, era anche peggiore.

Alcuni componenti del mobilio che si era portato con sé, dalla vecchia casa andata distrutta, erano ancora imballati e posti nei vari angoli del nuovo salotto. Altri enormi scatoloni poggiavano in cucina. Altri ancora nell'ingresso, subito dopo il portone principale. Dopo il trasloco si era quasi rifiutato di ordinare la nuova casa che lo avrebbe reso ospite e, anche se vedere quei grossi e costosi mobili tutti ammucchiati e coperti dallo spesso nylon, lo rendevano triste, cominciava a credere che fosse giusto così. Nella sua camera aveva solo un letto matrimoniale e tutt'intorno, in esclusiva, nientemeno che il candido e semplice bianco delle pareti. Prima viveva immerso nella natura e adesso, adesso che tentava di vivere in una città, quello di lasciare la casa sgombra da ogni spigolo legnoso gli pareva l'unico modo più vicino al suo vecchio e, ormai passato, stile di vita. Avrebbe voluto respirare come respirava... vivere come viveva... senza sentirsi oppresso da masse eccessive, capaci di pesargli nel campo visivo. La casa che aveva preso era ugualmente grande, abbastanza da potergli permettere una posizione similare di tutti i suoi mobili più cari, ma l'idea di essere circondato da enormi palazzi di cemento, anziché la foresta, già gravava sul suo animo nauseandolo. Dunque, l'assenza del mobilio non gli avrebbe dato di certo quella libertà che cercava, ma l'avrebbe aiutato nell'adattamento iniziale, almeno all'interno di quelle mura. E poi... avrebbe deciso il tempo! Ma quanto gli rimaneva ancora? Doveva morire, giusto? Era giunto quasi il momento!

Jonny si sarebbe sdraiato su quello scomodo materasso e lì avrebbe dormito per un giorno, per due o magari per tre, fino al mattino in cui i suoi occhi non avrebbero più voluto saperne di aprirsi e allora, forse, avrebbe trovato un po' di pace. Anche quel brutto incubo era passato. Il suo cuore si era calmato riprendendo la normale andatura dei battiti e le arterie, pulsanti nelle tempie, si erano placate notevolmente. Respirò affannosamente a bocca aperta e si massaggiò la fronte su cui i capelli gli ricaddero sudati e appiccicosi. Indossava solo un paio di boxer che doveva reggere ogni qual volta avesse deciso di alzarsi, per non rischiare di ritrovarsi nudo. Per un attimo, Jon immaginò che tutti i brutti ricordi, le paure e le ossessioni che lo avevano tormentato fino a quel momento, sparissero nel nulla. Si rimise sdraiato, si voltò sul lato sinistro della stanza e osservò il bianco muro della solitudine. La sua malattia l'avrebbe portato man mano a non distinguere più neppure la realtà dal sogno, ma la paura, quella che gli faceva battere il cuore all'impazzata, riusciva sempre a farsi riconoscere in tutti i suoi aspetti singolari e terrificanti.

Non stava cambiando solo il corpo di Jonny, ma anche il suo spirito. Si sentiva sporco e dannato dentro, condannato alle fiamme dell'inferno. Ma cosa aveva mai combinato quel diavolo di suo padre, perché lui meritasse quello? E con quale ragione sua madre aveva meritato poi l'orribile morte cui era andata incontro?

Il muro bianco della parete era ancora parte della sua intera visuale. Stava diventando pazzo, delirava incredibilmente e lo sapeva, sì che lo sapeva, ma… un momento! C'era qualcosa! Aveva visto qualcosa poco prima, su uno dei suoi mobili accatastati, o stava forse sbagliando? Non appena si era risvegliato da quel terribile incubo del temporale, aveva scorto una differenza e solo ora se ne stava rendendo conto! Anche la sua capacità intellettiva faceva calcoli a rilento ormai.

Jonny si tirò su di nuovo. Si mise seduto e roteò sulle natiche rinsecchite, simili a due prugne giganti, posizionandosi in modo tale da avere un'ottima visuale dei mobili coperti dal nylon, posti nell'angolo più lontano del salotto. Scrutò a fondo e puntò quello più imponente, l'armadio. Era l'armadio, quello che aveva portato con tanto affetto dalla sua vecchia abitazione! E *Lui…* era nel guardaroba, lo sospettava!

Beh, se per un attimo era riuscito almeno ad allontanarsi dal passato, eccolo che ritornava con tutta la delirante idiozia e dando sfogo a una realtà impossibile. I vecchi ricordi tornarono subito a galla nelle cervella sciolte di Jon e la domanda, *è davvero morto, oppure no?* fu la prima a riavvolgerlo in un'atmosfera logora e pregna di paranoica paura. Cercò di osservare più dettagliatamente il mobile lontano, sforzando al massimo gli occhi stanchi, per quanto glielo consentissero e il pensiero ossessivo della morte tornò lui alla mente, colpendolo come un pugno in faccia, quando vide quelle piccole gocce rosse sulla maniglia del suo antico e tanto amato armadio. Rimase di sasso e temette che, se non avesse avuto quel sottile strato di carne a reggergli ancora la mandibola, essa avrebbe potuto cadergli a terra. Guardò laggiù, in fondo alla stanza, dove ancora erano accatastati i mobili, lasciando che il suo sguardo viaggiasse alla velocità della luce, prima attraverso la camera e poi attraverso tutta la sala, per concentrarsi sulle ante del vecchio mobile macchiato di sangue.

Sangue? Come fai a esserne così sicuro?! Si chiese.

Era sangue, lo sapeva. Forse era un altro dei suoi incubi, in fondo non riusciva più a distinguerli dalla realtà! Ma no… non funzionava. Così un brivido di freddo gli risalì nelle viscere, ormai condannate alla distruzione progressiva dalle anime di Satana. Il cuore ricominciò a bussargli nel petto come il tamburo di una tribù indigena, proprio come poco prima, quando era saltato sul materasso per il terribile incubo appena avuto. Il muscolo involontario gli martellava dietro lo sterno a una velocità impensabile e Jonny pensò, data la situazione fisica in cui si trovava, che presto gli avrebbe spaccato le costole per schizzare spappolato sul muro…

Il muro! Cristo Santo!

Quello di sinistra, che aveva ammirato pochi secondi prima da sdraiato, era sempre bianco, ma l'altro, quello di destra, era cambiato… lui continuava a non distogliere lo sguardo dal mobile posto all'altra estremità della stanza, fisso davanti a sé, ma poteva notare con la coda degli occhi il cambiamento della parete e se avesse girato la testa (per confermare la sua apparenza), avrebbe avuto paura, ancora più di quanta già non ne avesse.

Così non voltò lo sguardo.

Sul muro Jonny poteva percepire qualcosa di rosso, di denso. Qualcosa che gocciolava. Una scritta. Sì, una scritta con sotto un disegno: un cerchio, una croce capovolta adiacente a esso e una stella all'interno, capovolta anch'essa.

Era lui, era tornato! *Ma io l'ho ucciso!* Si disse Jonny terrorizzato. Non lesse direttamente quello che c'era scritto sulla parete, proprio sopra il disegno che un giorno aveva conosciuto su quello strano libro del padre, ma la sua mente lo confermò all'interno della propria scatola cranica: *il passato torna sempre,* diceva.

Una finestra sbatté in un'altra stanza per un'improvvisa folata di vento, probabilmente nel bagno o nella sala da pranzo. Jonny si sentì avvolgere da un'atmosfera sinistra che ormai conosceva bene e, mentre l'angoscia lo ottenebrava, cominciò a soffocare. Stava per morire, stava per cadere su quel misero materasso, per non rialzarsi mai più, nemmeno nei sogni. La lingua fece per rovesciarsi nella sua gola e subito s'infilò due dita in bocca per non permettere che ciò accadesse, ma continuò a soffocare, continuò a mancargli aria e il suo respiro si fece man mano sempre più rauco, come quello di un vecchio morente, mentre si dimenava stringendo le lenzuola che per ultime avrebbero donato lui un po' di tepore. Dopo Jon cadde sdraiato sul letto, sbattuto a pancia in su, come spinto da un'entità soprannaturale e i palmi delle sue mani cominciarono a percuotere l'aria come a voler combattere con qualcosa di invisibile e inesistente. Voleva portarsi una mano alla gola, ma qualcuno glielo impediva. Non ce la faceva. La sua gola non incanalava quasi più aria e le sue corde vocali davano vita solo a rantoli e fischi smorzati. Le vene sul collo si stavano gonfiando, irrigidendo... troppo! *E' la paura Jonny! E' la paura! Se continui così... sei finito!* Si disse dentro di sé.

Nella fantasia più perfida si vide lì, sdraiato, a gemere come un malato in un mare di odio e dolore, su di un letto logoro e maleodorante di un'infermeria. Si vide già morto.

Jonny! Cristo! Calmati! Calmati! Calmati! Gli ripeteva la mente. *Calmati o non ce la farai! Calmati o ci rimarrai secco all'istante!* Ma ormai cosa importava. Sarebbe morto lo stesso di lì a pochi giorni. Era stato maledetto! Gli mancava l'aria e come si faceva senza respirare? Qualcuno gli schiacciava lo stomaco, era seduto su di lui, lo spingeva e... quando sembrò esser giunto alla fine... tutto si placò e il suo gorgogliare tacque.

5

Jonny si alzò dal letto e posò delicatamente i piedi nudi sul pavimento gelato. Un brivido gli percorse la schiena, ma dubitò che si trattasse del pavimento freddo, più facile che fosse una conseguenza di quello che stava vedendo e di quello che aveva paura di vedere, una volta raggiunto il suo armadio. Le sue labbra erano un filo roseo di tensione.

Lui gli aveva detto quello che sarebbe accaduto. Aveva detto che alla fine sarebbe tornato e gliel'avrebbe fatta pagare. E ora era lì. Jonny lo sentiva. Jonny avrebbe pagato, si sarebbe sacrificato per gli errori di suo padre, per le promesse che lui non aveva mantenuto con il diavolo e solo Dio sapeva per cos'altro!

Si diresse piano verso l'armadio. Era quello meno imballato e il lucido colore del legno rispecchiava la luce senza che nessuno straccio di nylon glielo impedisse. Aveva un piccolo pomo color oro a funzionare da maniglia sull'anta destra e, un altro, macchiato di sangue, su quella sinistra.

Jonny non distolse mai lo sguardo da esso, non si voltò. Continuò a guardare davanti a sé verso quel pezzo di legno, verso quel pezzo di antiquariato, pronto a tutto. Poi, finalmente lo raggiunse e gli fu abbastanza vicino da poter allungare un braccio e aprirlo. Così fece. Gli tremavano le mani, ma era quello che *lui* voleva in fondo! E Jon non poteva resistere alla volontà del *Male*.

La maniglia dell'armadio era macchiata. Piccole gocce erano colate da essa e avevano dipinto vivide striscioline di sangue sul sottostante mobile, ora protese a raggiungere il suolo, in una lenta corsa perpendicolare.

Il cuore martellava nel petto di Jonny talmente forte che ebbe l'impressione di sentir ripercuotere quel suono persino nelle pareti che lo circondavano, nell'intera casa, in tutta la costruzione che teneva su quel dannato palazzo. I suoi occhi si spalancarono. Le sue pupille si dilatarono e le sue braccia, mentre un enorme sospiro di terrore lo penetrava dolorosamente, si allungarono per aprire.

Ci fu un tonfo, qualcosa cadde, ma solo all'interno di Jon, nella sua mente, che all'improvviso venne a mancare. Era lo stesso rumore che emetteva un corpo investito da un'auto, dopo una brutta frenata. L'armadio era aperto e, dove una volta teneva i suoi vestiti, le camicie, le giacche, adesso tutti quei panni erano spariti per cedere il posto a *Lui*!

Esso era all'interno del mobile che lo osservava con un ghigno giallastro e sporco, felicemente impegnato nel continuare la propria opera. Era quella specie di folletto, piccolo e crudele, nonché invincibile, che suo padre aveva risvegliato con i suoi seguaci incappucciati e crudeli, durante le loro messe nere. Era successo circa ventiquattro anni prima. Il mostro se ne stava accovacciato sul fondo ligneo dell'armadio, sempre ricoperto dal suo vestito folle di foglie e fango, a penetrarlo nell'anima tramite i suoi occhietti gialli e terrificanti. Legato a Jonny da un canale telepatico distruttivo e logorante, il demone non era solo. Accanto a lui, rannicchiato in una posa flaccida e ricoperto da una strana sostanza gelatinosa, c'era anche suo padre. Il vecchio padre di Jon ormai defunto da tempo! Il folletto scavava con i suoi denti una mano del cadavere in putrefazione, mentre le sue labbra rugose si tingevano di rosso vermiglio. La sua mandibola si dava da fare con le piccole ossa dell'arto, con i tendini e i muscoli che, una volta, avevano permesso a quelle dita ormai morte di flettersi e compiere i gesti utili a ogni essere umano che si rispetti. Il folletto stava mangiando, masticando, si stava cibando di suo padre!

Jon non avrebbe avuto il coraggio di guardare più di una volta quel cadavere in volto, ma il rigurgito del *Male* che lo stava aprendo a morsi nell'anima lo costrinse ancora.

«Guarda, Jonny, guarda qui!», bisbigliò l'essere offrendo in un'orrenda visione il suo pasto, a colui che lo stava osservando. La mano del padre di Jon era ridotta a un brandello sbudellato. «Guarda Jonny, è proprio lui! Non era scomparso! Era sempre stato qui dentro, sei tu che non volevi vederlo! Era nel tuo armadio! E adesso è mio, Jonny! Proprio come lo sarai tu fra non molto!», gli urlò contro l'essere malvagio. Poi se la rise malignamente.

Jon non aveva la forza di muoversi, né di rispondere. Avrebbe voluto prendere a calci quello schifoso folletto che gli stava parlando, ma non ci riusciva, era come inchiodato al pavimento. Anche la sua mente sembrava non rispondere più, era come morta.

Il folletto avvicinò ancora un po' di più la mano scarnificata del cadavere al viso di Jonny e lo incitò ancora una volta, perché guardasse e stavolta vide. Jonny vide la fede insanguinata che suo padre aveva sempre portato al dito medio della mano sinistra e ricordò quando aveva visto portargliela. Era la fede preferita di suo padre, quando usciva nelle notti oscure per raggiungere quelle mete misteriose, dove si sarebbe consumato un terrificante rituale. La stessa fede che indossava assieme a quello strano medaglione con su incisa la testa di capra. Lui diceva che era un regalo indiano, che portava fortuna! Sopra l'anello c'erano incise tre strane lettere e, nel centro, dove l'oro e l'argento si univano assieme concatenandosi in un morbido abbraccio, compariva sempre lo stesso disegno: il cerchio con la stella capovolta. Il maledetto pentacolo.

Adesso anche Jon avrebbe pagato. Si sentì tirare forte alle caviglie e trascinare giù, attraverso il pavimento. Si sentì sprofondare, ma non c'era sangue, né dolore… com'era possibile?! Il respiro gli si strozzò in gola, un peso immaginario gli si poggiò sulla sommità del capo e lo spinse, mentre i suoi muscoli irrigiditi si contraevano sotto l'effetto della pressione per l'ultima volta. Jon tentò di ribellarsi, ma ogni suo sforzo fu vano. Com'era possibile che tutto quello stesse accadendo realmente? Chi diavolo era a spingerlo con tutta quella forza, facendolo passare attraverso gli atomi di ogni singola mattonella del pavimento?

Le gambe di Jonny si consumarono lentamente, partendo dai piedi e cominciando a disperdersi nel vortice buio che andava formandosi sotto di lui. Entità sconosciute e invisibili afferrarono Jonny dal pavimento… ma anche da sotto, da dentro la muratura ora divenuta un lungo e stretto tubo attraverso il quale avrebbe potuto passare a malapena un bambino, rimanendoci sicuramente incastrato. Come poteva passarci lui?! Un adulto che, per quanto malato e ridotto nelle proprie dimensioni fisiche, era ben più grande di un fanciullo?! Il pavimento si alzava, la prospettiva dei mobili raggiunse velocemente, in pochi secondi, vette che parevano elevatissime anche agli occhi di una persona ormai di una certa età e tutti i muri intorno, parvero chiudersi sopra Jon. Così l'uomo si guardò attorno incredulo e timoroso di aver effettivamente capito quale fosse la propria sorte. Satana si stava prendendo ciò che gli spettava, la sua anima… ciò che gli era stato promesso, in un gioco losco e diabolico.

Ma perché?! Protestò la mente di Jonny, incapace di farsene una ragione vera e propria, lui non aveva fatto nulla di male!

Lui forse no, ma suo padre sì e quel che era stato promesso, era stato promesso! I patti dovevano essere rispettati e il saldo era cosa debita! Nella mente di Jon si distinse una sola e ultima parola: *bastardo*. E nessuno poté mai sapere a chi realmente quella forma espressiva di disprezzo fosse attribuita, a chi delle due entità più spregevoli che avesse mai avuto modo di conoscere nella sua misera e corta esistenza. Si trattava forse di suo padre? O dell'essere verde e rugoso nascosto nell'armadio? Chi avrebbe voluto condannare Jon, dei due?

Il suo corpo veniva risucchiato, ma un momento! Quello non era il suo corpo! Era la sua anima, quindi se si trattava dell'anima… dov'era il vero Jonny?

Il folletto ora lo osservava dall'alto del vortice oscuro, ma era sempre lì, a scavare con i piccoli dentini acuminati, nelle carni del padre viscido e putrefatto di Jon. Sghignazzava e il suo sorriso diceva chiaramente: *te lo avevo detto che avresti pagato!*

La paura di Jon divenne stupore, quando la sua testa girò verso il letto per l'ultima volta e scoprì, amaramente, che il suo corpo era già morto. Disteso sul materasso, schiacciato sulla schiena e a bocca aperta, Jonny se ne era andato da giorni. Era defunto da giorni. Morto da giorni.

("In The Mist" – *foto di Raffaella Dagnese)*

Buio

«Guarda quell'ombra… quell'ombra laggiù…
io sono nascosto lì dietro… e mi confondo con essa».

«Guarda quell'angolo scuro… dove non batte il sole…
io sono in lui e… ti aspetto!».

«Guarda quel punto buio nascosto nella tua mente.
Quella è la tua follia, ciò che non comprendi…».

«Avvicinati, avvicinati ancora un po'…
io… ti aspetto!».

***

La prima volta che ebbe l'impressione di essere seguita, Jessica stava uscendo dal suo ufficio. Non era stata una giornata particolarmente pesante, o perlomeno non una delle peggiori, ma ugualmente abbastanza stancante da indurla a desiderare con tutta se stessa la propria casa. Voleva la sua poltrona, la sua TV e, soprattutto, il suo pacchetto di sigarette serale da consumare, lentamente, assieme ad un fresco bicchiere di Gin. Lo desiderava!
Erano le sette e trenta del pomeriggio. L'orologio digitale che le aveva regalato il capo ufficio e che teneva amorevolmente sulla propria scrivania, aveva scandito prima i minuti e poi le ore, senza tentennare e senza permetterle pause, come di norma, legandola fino alla fine della giornata alle sue scartoffie e agli

articoli da trattare. Jessica, come spesso le succedeva, presa dal lavoro, non si era permessa neppure un attimo di respiro, era più forte di lei, malgrado volesse, considerava il proprio dovere un qualcosa dal quale non si poteva distrarre, nei periodi di piena come quello. Ogni giorno, negli ultimi tempi, tornava a casa con un forte mal di testa e, spesso, lo stesso lavoro che fin da piccola aveva tanto desiderato, la riduceva in pezzi. Aveva il proprio ufficio, le proprie responsabilità, il suo reddito era piuttosto buono e al contrario di molti vecchi amici, aveva esaudito il proprio desiderio, cioè quello di lavorare per la redazione di uno dei più famosi giornali del continente, ma... alla lunga, tutto stancava! Si sentiva realizzata... certo! Anche se da un po', era giunta alla conclusione che tutto ciò non era poi di gran lunga così meraviglioso come aveva sempre sognato. Dunque una vittoria l'aveva avuta, ma avrebbe mentito a se stessa, vantandosi per sempre di essa! Una volta era stata felice, forse lo era ancora, ma lo stress degli ultimi tempi la confondeva così profondamente, da non permetterle più di capire con chiarezza neppure cosa fosse veramente importante per la personalità di cui vantava.

Quando l'orologio aveva scandito gli ultimi minuti di lavoro, informandola della fine della giornata lavorativa, Jessica si era prestata a chiudere velocemente gli articoli nelle apposite cartellette e, con cura, aveva riposto il tutto negli appositi cassetti della scrivania, rispettando ordinatamente il genere e la numerazione del tema trattato. Poi aveva spento il suo ultimo nuovo compagno, il suo PC di fiducia tramite il quale impaginava, faceva ricerche e navigava sul web in cerca di nuove notizie da confrontare e rielaborare. Successivamente, indossato il proprio giaccone e data un'occhiata in giro per assicurarsi di non aver dimenticato nulla di personale in ufficio, se ne era andata tirandosi dietro la porta con forza. *E anche oggi è andata!* Si era detta la ragazza provando conforto. Non ne poteva più! Era arrivata al limite. Forse era solo stanchezza, magari una pausa di qualche giorno o una breve vacanza, avrebbero risolto il tutto... poteva chiedere a qualcuno di sostituirla... ma non l'avrebbe fatto.

Jessica viveva in un appartamento in affitto situato al

diciottesimo piano nei pressi della più grande metropoli dell'America orientale: New York. Abitare la *Big Apple*, la grande mela, era il sogno di ogni uomo o donna intraprendente, una città dove il livello economico di molte famiglie americane e la vitalità delle masse potevano sfiorare il picco, ma probabilmente non valeva altrettanto per il suo piccolo rifugio che, al contrario delle incalcolabili dimensioni della metropoli, era piuttosto contenuto e misero al punto tale, da essere carino soltanto per la semplice e originale funzionalità che aveva. A Jessica i soldi non mancavano, avrebbe potuto cercare cambiamenti, in fin dei conti, ma non era il suo forte perdersi in arredamento.

Lo stress la mangiava, la consumava di giorno in giorno macinandole le meningi e fu proprio in quel momento, mentre l'ascensore dell'enorme grattacielo in cui lavorava la trasportava dal settantesimo piano ai garage sotterranei, che Jessica si rese conto di quanto quella che stava vivendo non fosse la vita che tanto aveva sognato.

Aveva studiato in Italia, si era diplomata e poi laureata con il massimo dei voti e alla giovane età di soli ventiquattro anni, aveva lasciato la famiglia per cercare fortuna. Beh, la fortuna l'aveva trovata, ma adesso? Cosa le restava? Negli anni passati aveva conosciuto molte persone, aveva avuto un sacco di amici nel proprio paese, aveva scambiato parole con centinaia di ragazze e ragazzi che probabilmente sarebbero stati lieti di invitarla a cena tuttora, se si fosse rifatta viva, ma… tutto era diverso adesso. Se ne era andata e tutto era parte del passato, un passato che non la riguardava più come una volta e come ogni umano sulla terra, aveva fatto la sua scelta. Aveva lasciato tutti, compresi i propri cari e, malgrado avesse un animo forte, delle volte, quando si trovava sola a pranzare in qualche ristorante di periferia, si sentiva incredibilmente disagiata, tanto era la loro mancanza. Mamma e papà gli mancavano più di ogni altra cosa.

Erano tre anni ormai che Jessica lavorava al suo giornale a tutti quei metri di altezza e, talvolta, non si poteva dire che non avesse la testa fra le nuvole! Spesso la chiamava sua madre e, delle volte, si erano fatti sentire persino alcuni dei suoi ex compagni di studi, nonostante le telefonate, almeno da parte loro, fossero andate scemando con il passare del tempo. Comunque, tutto si era svolto sempre al meglio e, anche nei momenti più tristi, le chiamate ricevute l'avevano ogni volta incoraggiata, sorreggendola e tirandole su il morale. Suo padre nel farsi ascoltare attraverso il ricevitore era stato sempre molto carino e Jessica, non una volta, aveva mentito non esprimendo appieno i propri sentimenti e mascherandosi nel piangere. Fortunatamente tutto passava molto in fretta!

Giorno dopo giorno, tra un lavoro e l'altro, la ragazza aveva imparato a conoscere e valutare negli aspetti più intimi e nascosti gli americani, aveva condiviso esperienze costruttive con gente nuova e aveva intensificato la conoscenza della lingua straniera nel dialogare con loro. Si era fatta alcuni amici, amici che le avevano chiesto talvolta di uscire insieme la sera per una cena e altri che le avevano offerto solo un drink. Quando un uomo le interessava, di solito accettava, ma in quanto a ragazzi veri e propri, ne aveva avuti soltanto due negli ultimi tre anni. Si era trattato di ragazzoni tipici di quel nuovo continente che lei conosceva così poco e che, entrambi, alla fine l'avevano tradita per giovani donzelle tutte tette e niente cervello. Adesso usciva con un terzo uomo, era da più di otto mesi che si frequentavano e aveva impiegato un po' prima di concedersi del tutto a lui, ma proprio tre giorni prima, lo stress in crescente aumento, assieme alla paura di essere presa in giro di nuovo, l'avevano spinta ad un'azione folle e azzardata e aveva attaccato lui il telefono in faccia. L'uomo aveva provato a richiamarla, ma lei non ne aveva voluto sapere e non si era provata neppure a rispondergli. Quel ragazzo non sembrava come gli altri, ma qualcosa l'aveva spinta e continuava a spingerla perché si comportasse così. Non sapeva neppure più perché, si ostinasse a quel temperamento, non ci capiva più niente, ma era più forte di lei, quindi… gli aveva attaccato la cornetta in faccia punto e basta!

Era entrata così nell'ascensore, l'aria all'interno era calda e vi aleggiava un gradevole profumo di pulito. Le ante della cabina ultramoderna si erano chiuse lentamente, eseguendo un movimento elettronico e costante, in perfetta simbiosi tra di loro e scorrendo da destra verso sinistra. Subito dopo, il piano sotto i piedi di lei aveva cominciato a scendere.

Jessica era una ragazza mora, abbastanza magra, alta e attraente al punto giusto, tanto da far sì che gli stessi dipendenti dell'edificio in cui era occupata, si girassero a guardarle le gambe ogni qualvolta si fosse decisa a passare loro davanti. Indossava, come routine, una gonna corta e una camicetta rosa di seta e, non che indossasse sempre le stesse, ma la gonna corta e una fresca camicetta morbida e impregnata di profumo alle rose, erano il suo tipico abbigliamento d'ufficio. Sopra aveva un lungo cappotto nero, imbottito di piume d'oca, che le dava tepore a contrasto con il gelo invernale. La borsetta personale e preziosa alla mano destra.

L'ascensore scendeva velocemente e il numero dei piani che via via la ragazza si lasciava sulla testa, nel pannello informativo digitale, mutava in ordine decrescente con la stessa rapidità con cui il suo cervello, senza saperlo, si prestava ad analizzare i suoi ultimi attimi di vita. La sua vita... che valore poteva avere? Forse nessuno, forse era frutto di una sola triste illusione... e il suo stesso successo? L'aveva ingannata, inebriandola con la stupidità del valore economico? Chi poteva dirlo?! Il lavoro continuava per il meglio, sia a livello economico, sia per quanto riguardava la fama, lavorava bene, nelle giuste condizioni e come molti avrebbero desiderato fare, ma in ogni momento regnava solo e soltanto lui, il *lavoro*! E così, fogli su cui scrivere e fogli da correggere, da leggere, fogli da scomporre, articolare e selezionare, per poi ricomporli e cominciare tutto da capo e... Cristo! Dove erano tutti i suoi vecchi amici? Dove erano finiti i suoi giorni spensierati? E soprattutto, perché di quello in fondo poi si trattava... dove era finita lei stessa? Dove diavolo era finita?! Non si riconosceva più e il problema era uno soltanto e cioè che lavorava. Lavorava troppo! E poi c'era il passato, il passato che nelle ultime notti era tornato ad avvolgerla assieme alle candide coperte del suo letto, il passato che non si scordava, il passato che non si dimenticava...

Jessica aveva paura degli angoli bui della propria casa! Era terrorizzata dall'oscurità che s'insinuava e creava nella sua abitazione durante la notte! Inammissibile a una certa età! Anche se, probabilmente, ciò era frutto nientemeno che dell'influenza dei suoi pesanti giorni passati in ufficio! Dunque era solo stanchezza e stress… cos'altro?!

L'ascensore scendeva velocemente e, in pochi attimi, sarebbe giunta al termine della discesa. Jessica si massaggiò le tempie e socchiuse per un secondo gli occhi, come a voler trovare un brevissimo, ma intenso, attimo di pace. Poi li riaprì e si lasciò cadere le braccia lungo i fianchi, soffermandosi a reggere la cinghia della propria borsetta poggiata in spalla. Trasse un respiro, profondo, apatico e lungo, come quello di un bambino dopo un lungo pianto. Si guardò intorno e si rese conto che la sua sensazione di essere stata seguita, braccata, si faceva sentire ancora, senza abbandonarla, anche dentro quella terribile scatola mobile e grigia. Tutto questo era impossibile, *lei* stava diventando impossibile e forse pazza, ma era vero, la sensazione era sempre la stessa. Qualcuno la seguiva. La seguiva ormai da giorni e Jessica sentiva il fiato di uno sconosciuto pesarle sul collo. La sensazione di essere pedinati non era una sensazione nuova o a cui si poteva non far caso, in un ambiente del genere… in una città come New York, capitava spesso, specialmente nei parcheggi, nei luoghi più appartati e se si era una ragazza giovane e bella e si viaggiava sole… ma stavolta c'era qualcosa di strano, di più intenso. Le era capitato svariate volte, in quegli ultimi anni, di voltarsi dietro mentre camminava o mentre si accingeva a raggiungere la propria auto, credendo o avendo la sensazione di essere pedinata, ma nessuna di quelle volte le aveva magicamente donato quella sensazione tanto ostile e per tanto a lungo, da farla sentire male e tanto nervosa quanto le stava accadendo quella volta. Si trattava di un malessere appiccicoso che non la mollava da quando era uscita dal suo ufficio. E tutto poi era così folle! Insomma, si trovava in ascensore, quindi in un luogo chiuso, sicuro se vogliamo… da sola… nemmeno qualcuno avesse potuto saltarle addosso!

Stava sudando lievemente. Forse non stava bene, forse aveva la febbre. Avrebbe dovuto prendersi qualche giorno di vacanza, ma conoscendosi, sapeva che non avrebbe mai avuto il coraggio di chiederlo al principale. Che stupida! Sua madre l'aveva chiamata al telefonino soltanto poche ore prima, erano circa le quattro del pomeriggio e, nonostante la simpatica signora fosse, deducendo dalla voce, molto allegra a felice di sentire la propria figlia,

Jessica non era stata per nulla consolata nel proprio animo. Avevano affrontato gli argomenti di sempre, la casa, le situazioni varie della vita di ogni giorno, i parenti, il papà, ecc… ecc…

La madre di Jessica, la Signora Moretti, era una persona grassottella, simpatica e alla mano, di quelle sempre pronte ad aiutare il prossimo e a confortare i propri figli nei rispettivi problemi, una signora molto giovane di spirito, che amava la comodità e la vita semplice, così come semplice era il suo vestirsi. Era abitudine della madre chiamare Jessica una volta ogni due o tre giorni al massimo, ed era rimasta anche quel giorno alla cornetta per un buon quarto d'ora, nonostante le distanze tramite cavo telefonico non le giovassero al portafoglio. Dopo una spigliata chiacchierata (non si soffermava più di tanto sugli argomenti quando tutto pareva filasse liscio), la mamma aveva semplicemente riagganciato con un enorme sorriso sulle guance. Alle varie questioni sollecitate dalla madre, Jessica aveva risposto come avrebbe risposto normalmente, riuscendo a nascondere molto bene la tristezza dell'ultimo periodo e ogni sorta di nervosismo. Si era data per falsa, mostrandosi serena quando invece non lo era e ci era riuscita molto bene, sapeva recitare, ma non lo aveva fatto per cattiveria, voleva solo che quella povera donna non avesse di che preoccuparsi. Sua madre era stata sempre molto dolce con lei, l'aveva amata e accudita sin dal giorno della nascita come una piccola reginetta e ora che la sapeva lontana, a Jessica non andava affatto che nascessero in lei preoccupazioni profonde, causa un semplice e banale periodo di stress. Pensare che per poco, non aveva risposto male anche a sua madre… quando aveva insistito più volte, nel dirle che non le pareva sua figlia fosse molto felice! Assurdo! Jessica era felicissima e così aveva continuato a tenere il gioco.

Non era niente! Assolutamente niente! Giusto? Le piaceva credere questo e molte altre stupidaggini auto-sostenitrici, frutto d'ipotesi assurde e surreali. E poi ecco che ogni volta che si faceva quelle stupide domande, la risposta arrivava fresca e lucida di speranza: lei era lì, a New York, punto e basta! Tutto sarebbe filato liscio. Lei era lì ed era una donna in carriera! Una donna in carriera che non voleva ammettere di essere stanca, annoiata e stressata dal proprio dovere prima di tutto; una donna in carriera che non voleva ammettere di stare perdendo il lume della comune razionale ragione; una donna a cui mancavano il divertimento, gli amici e, senza alcun dubbio, il proprio passato! Perché non voleva ammetterlo? Perché non ci riusciva?

Beh, arrivata a quel punto, non esisteva altra soluzione che quella di un bel frullato di cattivi stati d'animo fusi insieme, capaci di mandare a gambe all'aria chiunque. E Jessica in quello sapeva farci! Così come avrebbe saputo mandare a gambe all'aria molti uomini! Oh, sì! Avrebbe saputo difendersi! Aveva delle belle gambe lei! Ma per quanto ancora avrebbe potuto vantarsene non avrebbe saputo dirlo, forse molto poco, se non fosse stata abbastanza scaltra da liberarsi al più presto di quello strano peso! E sebbene la giornata lavorativa non fosse stata delle più pesanti, la stanchezza la stava uccidendo, la stava braccando, succhiando, consumando come si faceva con un lecca-lecca alla fragola! Perché Jessica era quello, un bocconcino prelibato alla fragola! Un boccone da logorare, frutto della nuova società e pronto a lasciare tutti, per la propria distruzione fisica e mentale!

Qualcosa si mosse sul piano mobile dell'ascensore e girò intorno ai piedi della ragazza velocemente. L'ombra che regnava in un angolo si spostò e aderì, dopo un breve girotondo, all'angolo opposto, diagonalmente. Fu una cosa decisamente impossibile, dato che le luci poste all'interno dell'ascensore non erano programmate per subire nessun tipo di spostamento durante la discesa! Luci fisse creavano ombre fisse e immobili. Ma così era stato. Jessica la scorse, vide quell'ombra e continuò a osservarla vedendola ondulare come se si trattasse di un trasparentissimo velo nero. L'ombra si muoveva. Che cosa diavolo era? Forse i suoi occhi stavano subendo un appannamento? Resi stanchi dal monitor del computer, stavano forse osservando qualche strana forma delirante di psicosi, indotta dalle retine stressate?

Poi il triangolo di buio sembrò stabilizzarsi e si fermò. La sensazione di essere pedinata che Jessica stava provando, non fu mai tanto forte quanto in quel momento. Si portò nuovamente la mano alla testa e se la passò sulla fronte, chiedendosi mentalmente se tutto ciò si fosse potuto spiegare semplicemente con un gioco di luci. Concluse che, in ogni modo, la cosa rimaneva impossibile.

L'ascensore, a parte lei, era vuoto. Jessica era sola e non si rese conto di quanto l'unico angolo buio in quel posto, l'unica ombra in grado di muoversi e di braccarla, fosse in realtà solamente e soltanto quella esistente nella sua mente, un'ombra del tutto irrazionale. Quello che aveva appena scorto era il buio della sua infanzia, il buio della mancanza di un luogo caldo e pregno del respiro familiare, era il buio partorito dal troppo lavoro che uccideva le emozioni, il buio da cui ogni sorta di mostro avrebbe potuto permettersi di uscire e di cui ogni bambino avrebbe avuto paura. L'ombra di Jessica era quel qualcosa di morto e di incomprensibile che veniva rimosso, nella tenera età, perché troppo tenebroso da affrontare. E adesso... adesso stava tornando! Ma perché? Perché gli incubi della sua infanzia stavano rinascendo dal più profondo della sua memoria, per terrorizzarla ancora? Perché provava terrore per il buio che regnava sotto il suo letto, la sera quando andava a dormire e di ogni altra sorta di ombra capace di destare sospetto, anche nella propria abitazione?

Perché era stanca. Perché era stressata e, malgrado fosse una persona ormai adulta, rimaneva una persona debole, un individuo di entità femminile che aveva raggiunto il punto in cui il desiderio diveniva più forte della pazienza e del saper attendere. Era sola. Era braccata e le ombre si spostavano intorno a lei. Il buio la pedinava. Il buio degli eventi passati, lo stesso che aveva avuto tutto il tempo per aspettare una situazione proficua, evadere e manifestarsi in una mente resa docile dalla stanchezza, per rinascere con una follia di gran lunga maggiore.

L'ascensore si bloccò con un lievissimo e quasi impercettibile sobbalzo, si udì il debole suono del campanello che funzionava come avvertimento dell'arrivo alla destinazione scelta e, dopo pochi attimi, la porta metallica rivestita di legno si aprì lentamente nel verso opposto rispetto al quale si era chiusa precedentemente. Jessica guardò l'orologio che aveva al polso e si affrettò a uscire.

Bene! Si era lasciata alle spalle le scartoffie e presto avrebbe fatto altrettanto con quell'edificio, ma la parvenza di essere seguita non la abbandonava, piuttosto aumentava e ora cominciava ad avere anche un po' paura. Tutto era cominciato dal momento in cui si era chiusa quella stupida porta d'ufficio dietro le spalle ed era salita in ascensore. Anche se nella sua testa tutto risaliva a molti giorni prima, ai giorni in cui aveva cominciato a rendersi conto di quanto quella che stesse conducendo, non fosse la sua vita. E forse... se c'era una virgola che non andava nella sua testa, allora risaliva a un passato ben più remoto.

***

Chi, da piccolo, non ha avuto qualche incubo, qualche piccola sindrome che lo terrorizzava e che lo angustiava, influenzandolo a tal punto, dell'avere paura di rimanere solo in casa o di non riuscire a dormire senza una piccola luce accesa vicino al proprio letto?! Tutti, nella nostra infanzia, abbiamo avuto una qualche paura, quella paura che, conseguenza di un fatto accadutoci o semplicemente frutto della nostra fantasia, se n'è poi andata col nostro progressivo crescere o di cui il tempo ha fatto poi scempio, rendendola solo un lontano ricordo, affievolendo la pruriginosa brezza del terrore che ci procurava. Nel peggiore dei casi, invece, l'età che si somma nei numeri, compleanno su compleanno, può riuscire a farci credere, delle volte, che tali paure se ne siano andate, quando contrariamente esse continuano a vivere a livello inconscio dentro noi stessi, condizionandoci senza darcene avviso, nel nostro stesso modo di vivere e di agire. Mettiamo il caso, quindi, che ognuno di noi abbia al suo interno, nascosto negli angoli più remoti della propria mente, nell'*Io* inconscio, un piccolo incubo personale risalente agli anni in cui girava ancora con il triciclo di plastica per i corridoi di casa, o agli anni in cui ancora non sapeva classificare come diversi i due mondi opposti tra loro, quali quello della realtà e quello della fantasia...

Mettiamo che un piccolo, vecchio e ormai apparentemente dimenticato terrore infantile, non sia stato rimosso adeguatamente e a fondo, come normalmente ci è stato fatto credere nel conscio e, mettiamo che, se anche esso fosse stato disgregato tra i neuroni, almeno in parte, qualcosa sia rimasto, non essendo stata sufficiente la rimozione totale dell'oggetto…

Ciò permetterebbe così a quell'oscura e tenebrosa incognita che vive nel nostro passato di ritornare, grazie ad un particolare stato d'animo, dando essa la possibilità di riprender vita tutt'intorno. E l'ipotesi finale avrebbe come risultato qualcosa di orribile, non è vero? Probabilmente vi rifiutereste di crederci e vi classifichereste come stupidi o addirittura come pazzi! Malgrado ciò, è così che succede. Di solito le vittime sono le persone più deboli! E voi chiedetevi chi, meglio di una figura femminile indistinta nella comunità degli esseri umani, tanto più sfinita dallo stress e deturpata dalla solitudine e dall'astinenza al piacere, potrebbe essere colpita dall'inconscio, facendo sì che appaia di nuovo in lei un vecchio incubo come qualcosa di nuovamente reale e possibile?! Chi, meglio di una giovane ragazza fragile e indifesa, seppur dotata di grande caparbietà e forza d'animo, sarebbe meglio per offrirsi vittima di una tale violenza? Di quale persona, se non di quella resa debole dalla vita, quel lontano incubo non cancellato, potrebbe meglio nutrirsi e con più facilità, facendosi spazio fra pensieri esausti, rendendola succube?

***

Jessica uscì frettolosamente dal cubo delle ombre mobili che era divenuto l'ascensore, ma non si rese conto che, quel cubo dalle ombre mobili in cui le sagome si spostavano e veleggiavano nell'aria attorno ai suoi piedi, non sarebbe mai più uscito dalla sua mente. Era stanca, lo era già da molto tempo, ma soltanto quella schifosa sera si stava accorgendo di quanto stesse veramente male e arrivò, lei stessa, a capire quanto fosse ormai tardi per prendersi una pausa. Fuori dall'abitacolo mobile, la ragazza si accinse a scendere frettolosamente le poche scale che ancora la separavano dal parcheggio e quindi dalla propria auto. I

227

gradini interni, nel sottosuolo, erano illuminati da ogni angolazione, non regnavano ombre di nessun genere là e una telecamera a raggi infrarossi registrava di continuo, trasmettendo immagini alla centralina computerizzata e interna del palazzo. Nella stanza di controllo, dove si registravano ore e ore di filmati, sedevano minimo cinque poliziotti, tutti rigorosamente in servizio e intenti a donare sicurezza all'intero edificio.

Jessica fu registrata mentre scendeva, mentre usciva dall'ascensore, mentre apriva la porta del garage e scompariva nella fioca luminosità dell'enorme parcheggio. La sensazione di essere seguita, pedinata, ancora non l'aveva abbandonata e si faceva, nonostante l'assurdità della situazione, sempre più ossessiva. Oppressiva. I suoi passi si muovevano veloci, andava di fretta. Consumò gli scalini in pochi secondi e sparì dalla telecamera a infrarossi situata sotto il soffitto in cima alle scale.

Là sotto, nell'enorme parcheggio dei dipendenti che risiedevano o avevano lavoro nel grattacielo, l'aria si faceva più pesante e quell'odore sottile di olio, benzina e motori in genere, pareva non se ne andasse mai. In terra, le macchie nere provocate dai serbatoi delle vetture e le sgommate dei copertoni furiosi non mancavano, mentre a stabilire i giusti spazi in cui il guidatore doveva parcheggiare, ci pensavano le vecchie strisce gialle e stinte, che quasi mai nessuno si preoccupava ormai più di rispettare da svariato tempo.

Jessica odiava chi non rispettava le griglie del parcheggio, quei menefreghisti che, per una scusa o l'altra, posizionavano sempre l'auto occupando due posti, le facevano saltare i nervi, li avrebbe presi volentieri a calci! La verità era che da quando avevano avuto la fortuna di possedere una patente, ancora non avevano imparato a compiere un buon parcheggio!

Mentre il rumore dei suoi tacchi echeggiava con un classico *toc toc* nell'intero sotterraneo, i suoi passi si fecero più pesanti e i suoi gesti più decisi. Anche là sotto, moderne telecamere ottimamente poste e ben montate, una per angolo, svolgevano un minuzioso lavoro di registrazione. Qualsiasi gesto vandalico, sabotaggio, furto, si fosse verificato tra quei piani di cemento armato nell'arco delle ventiquattro ore, sarebbe stato ripreso. Gli apparecchi sul controllo dell'edificio, montati a suo tempo per la sicurezza della comunità che vi abitava o che lì lavorava, immagazzinavano ogni sorta di movimento e senza alcuna distinzione, proprio per dare la possibilità di riesaminare in un eventuale futuro qualsiasi azione punibile dalla legge. Jessica guardò in alto, verso le telecamere di sicurezza e nel notare le loro vivaci spie rosse di accensione, si sentì in parte rincuorata.

L'auto della ragazza si trovava nell'ala nord dell'enorme rettangolo sotterraneo, vicino all'angolo posto a nord-est e a circa cinquanta metri dalla salita che l'avrebbe ricondotta all'aria aperta, sicuramente più fresca e meno inquinata di quella stantia e in parte unta, che impregnava quel luogo. Ma questo era normale nelle grandi metropoli!

Prima di partire decise di fumarsi una sigaretta, tanto per rilassare lo spirito almeno un paio di minuti e sperando che la strana sensazione di essere pedinata si affievolisse. Proprio in quel momento, si fermò e all'improvviso si sentì pungere alle spalle dallo sguardo di qualcuno, qualcuno che le stava dietro, che la osservava, ma che non esisteva. Fu come essere investiti da un camion fantasma. O magari chissà, un'ombra! Si voltò, ma non c'era nessuno.

Portò la borsetta su di un fianco, aprì la cerniera lampo e ne estrasse un pacchetto di Marlboro nuovo di zecca. Non aveva mai fumato in vita sua, ma ultimamente si era concessa il vizio, quasi sperando di trovare un nuovo tipo di svago temporaneo tra una scartoffia e l'altra e anche se ciò, già sapeva, non avrebbe funzionato, né giovato allo stress, ormai ne era caduta vittima. Indipendentemente da tutto, prese una sigaretta, se la portò alla bocca e la accese con la classe di una vera donna in carriera, servendosi del piccolo accendino firmato, comprato solo due giorni prima. Era così che si faceva, no?! Subito mandò nell'aria uno sbuffo di fumo che si disperse velocemente alle sue spalle. Ripose di nuovo l'accendino nella borsetta e riprese a camminare verso la propria vettura parcheggiata là sotto dal mattino.

Jessica sperava ardentemente, che con la stessa velocità con cui il fuoco consumava il tabacco del piccolo cilindro bianco, così anche i suoi problemi fossero presto passati. Sperò di avere dal fumo sollievo, ma così non fu, anzi, esso stesso riuscì a innervosirla maggiormente, mentre per quanto riguardava l'essere pedinata, si trattava di una concezione di realtà a cui pareva la sua mente non volesse in alcun modo sottrarsi!

Aumentò il passo e, per poco, non cadde inciampando sui suoi stessi piedi quando un tacco le finì in una crepa del cemento e la fece oscillare bruscamente. Diede un altro tiro nervoso alla sigaretta, sbuffò indignata e tornò a frugare frettolosamente nella borsetta alla ricerca delle chiavi dell'auto. Per un attimo pensò di averle perse, poi le riconobbe, fredde e seghettate, al tatto dei polpastrelli. Le fece tintinnare, provando qualcosa di bello nel sentire il rumore familiare e vivace.

Giunta alla vettura, Jessica si rese conto di quanto l'illuminazione là attorno, sotto quel basso soffitto di cemento armato, fosse magicamente fioca e, subito, si rammentò la strana esperienza avuta solo un minuto prima in ascensore. Com'era stato possibile vedere ombre muoversi? Come poteva accadere una cosa simile? Ancora non ci credeva, non riusciva a capacitarsene e poi, quello strano modo di sentirsi… come se qualcuno la stesse spiando continuamente… non era normale. Beh, dopotutto in quell'edificio c'erano telecamere ovunque, quindi poteva trattarsi anche di una paranoia da occhio cibernetico, ma… non le era mai accaduto prima. *Già, può anche darsi siano quelle ridicole telecamere! Sicuramente sono quelle, che si stanno divertendo con la mia stanchezza! Con il mio fottuto stress!* Si convinse Jessica. *Che vadano al diavolo!* Ma le telecamere erano solo occhi cibernetici freddi e senza anima. Osservavano quello sì, ma dubitava lei stessa che potessero imprimere in una persona sensazioni così profonde.

La luce del parcheggio, più avanti, nonostante fosse appannata e piuttosto rilassante, al contrario di quella che vi era nelle scale che separavano l'ascensore dai posti auto sotterranei, dava vita a una miriade di ombre, grandi e piccole, che si allungavano e si protendevano in ogni dove. C'erano ombre sotto le auto, ce n'erano tra l'una e l'altra vettura, c'erano ombre negli angoli più lontani e ve ne erano, d'incredibili, all'interno di ogni abitacolo delle macchine che circondavano Jessica. Dunque, che cos'era un'ombra, se non una piccola fetta di buio?

Jessica si congelò davanti alla portiera della propria auto con le chiavi in mano. Doveva essere spaventoso pensare che, all'improvviso, tutte quelle macchie di oscurità cominciassero a muoversi per fluttuare, sospese dal suolo, come le era successo all'interno dell'ascensore! Si osservò attorno ancora pochi secondi. La sigaretta a metà, fumante nella bocca. Un ultimo tiro e la schiacciò sotto i piedi, poi si decise ad aprire la portiera e mentre girava la chiave nella toppa, si accorse di essere persino terrorizzata dalle imponenti colonne che tenevano su, con maestosa dignità, tutto quel bendiddio. Le travi si schieravano tra le auto luccicanti come tanti soldati neri della morte.

Cazzo! Ma che diavolo mi prende! Esclamò Jessica dentro se stessa, in parte stupita da quella sua reazione. Adesso stava esagerando! Per un attimo aveva avuto paura persino delle colonne! Per non dire di chi vi si fosse potuto nascondere dietro… quando sapeva per certo, che non c'era nessuno! La sensazione di essere sorvegliata però non diminuì e non lo fece neppure all'interno dell'auto.

***

Si mise a sedere sul sedile consumato della sua Ford, allungò le gambe al suo interno fino a toccare il pedale della frizione e dell'avviamento del motore, nonché quello del freno e, dopo aver appoggiato quasi istericamente la propria borsetta sul seggiolino di fianco, inserì la chiave nel pannello di accensione.

Basta, non ne posso più! Si disse. Era stanca, stinta nella propria personalità e consumata come una vecchia spugna da bagno. Jessica esalò annoiata un respiro dalla bocca e si accorse di quanto l'alito le puzzasse di fumo. L'odore le diede la nausea, le faceva schifo, ma allora perché diavolo fumava?! Non lo sapeva. Credeva fosse una delle tante azioni che si prendeva l'abitudine di fare nella vita e da cui, poi, era difficile separarsene, una volta instauratasi come vizio. A quel paese anche quello! Aveva cose ben più serie cui pensare e di cui occuparsi!

Qualcuno la stava osservando, la spiava!

Jessica si fermò con la chiave per metà girata nella toppa

231

dell'accensione dell'auto e, lievemente sgomenta, lasciò che lo sguardo le cadesse sulle dita propense a girare nella piccola fessura, l'oggetto della salvezza. Esse stringevano all'estremità piatta il piccolo strumento di ferro che le avrebbe permesso di filarsela da lì più velocemente di chiunque altro, ma constatò con stupore quanto temeva: le dita le tremavano. Le sue mani tremavano! Cristo santo! Era forse la fretta? Il nervosismo? L'indignazione? O forse la paura? Ma di che cosa?! *Del buio logicamente!*

C'era qualcuno che la pedinava, ma era così bravo nel proprio mestiere, da riuscire a farlo fin laggiù, senza che Jessica si accorgesse della sua presenza. Un brivido le si srotolò sulla schiena e la giovane ragazza in carriera s'irrigidì di colpo sul proprio sedile. Aveva la mano sinistra poggiata al volante e la destra stringeva ancora in pugno le chiavi per metà dentro, per metà fuori, nella piccola fessura dell'accensione. Rimase ferma, immobile e senza respirare. Aveva sollevato la testa quel tanto che bastava a permetterle di osservare davanti a sé, al di là del vetro dell'auto, fuori dell'abitacolo e, di colpo, il movente di quel fatidico brivido corso lei sulla pelle, fu svelato nella palese deduzione: era terrorizzata dal buio. Problema risolto, quindi... era meglio andarsene!

Qualcosa si mosse davanti ai suoi occhi. Una sagoma indefinita, avvolta da un'ombra priva di contorno, fece brillare nell'oscurità un oggetto. Si trattò di un bagliore veloce e accecante, che fece vibrare il buio stesso intorno alla figura sconosciuta, per poi spengersi di nuovo. Fu un minuscolo flash nella nottc.

Jessica era nell'auto e davanti a sé, non più lontano di cinque o sei metri, un grosso spicchio di buio si protese dalla sommità del soffitto del parcheggio, fino a toccare il suolo. Si trattò dello spostamento dell'ombra cupa di un angolo, in cui la parete rientrava circa di un metro e mezzo, per nascondere, dopo un sottile muro, una porticina riservata a qualche pannello elettrico o qualche vecchia caldaia probabilmente inservibile. Ce ne erano quattro di quelle piccole porte metalliche nel parcheggio, una per ogni angolo dell'enorme rettangolo e il destino volle, che la disposizione delle luci, poste secondo ordine dopo il termine della costruzione del fabbricato, offrisse una fetta d'ombra su ognuna di esse, per via della notevole rientranza. Tutte e quattro quelle piccole porte avevano alla loro sommità un vetro.

Chi o che cosa fu l'artefice di quel riflesso nell'oscurità, Jessica non seppe spiegarselo. Forse lo stesso vetro della piccola porta, al di là della quale si sarebbero scoperti solo vecchi tubi rugginosi, aveva creato un bagliore? Jessica rifletté fino a dichiarare a se stessa l'impossibilità di tale evento. Quelle piccole porte erano in acciaio e per quanto avessero potuto essere lucide, non avrebbero riflesso la luce in quel modo, inoltre, la porta metallica non si trovava neppure in una posizione fortuita, perché una qualsiasi luce creasse un abbaglio simile!

Inutile girarci intorno, c'è qualcuno e mi sta spiando! Esclamò nell'animo la ragazza. Sì, qualcuno l'aveva pedinata da quando era uscita dall'ufficio e adesso si divertiva alle sue spalle, osservandola di nascosto e procurandole quella strana sensazione d'inquietudine e di soffocamento, di nausea logorroica, indotta da un pensiero remoto del suo lontano passato.

Improvvisamente le ombre parvero ondeggiare nuovamente attorno a Jessica, proprio come le era accaduto solo pochi minuti prima nell'ascensore e parvero spostarsi, allungarsi e distorcersi, per riconcentrarsi, ancora una volta, in quel misterioso angolo posto di fronte alla sua macchina. Si sentì vacillare, le sembrò di svenire, ma si riprese immediatamente. Non aveva intenzione di rimanere là sotto un altro minuto. Si fece forza, spinse la mano con le chiavi e fece per mettere in moto la vettura. Il motore sussultò, ma non partì. Provò di nuovo, sembrò cominciare a salire su di giri, ma si spense ancora. Accadeva tutto come nei film! *Ma che sta succedendo...* si domandò una voce debole e incredula nella mente di quell'attraente ragazza che, fin da giovane, sopra ogni altra cosa, aveva scelto la strada della carriera. *Che cavolo mi prende, che cavolo mi succede?! Sto forse vivendo in un cazzo di copione o cosa? Che situazione del cazzo è questa?! La paura del buio... un riflesso che ti dà la nausea... e la macchina che non parte! Andiamo!* Finì quasi per urlare Jessica nella penombra dell'abitacolo, mentre quella debolezza era sopraffatta da una forza più dura meno accondiscendente: la rabbia.

La ragazza continuò a sentirsi osservata. Chiuse così tutte le serrature dell'auto dall'interno e provò a mettere in moto di nuovo, provando e riprovando, incessantemente, instancabilmente, imprecando ogni volta perché il motore partisse e la portasse via e quasi bestemmiando ogni volta che, invece, la macchina non ne volle sapere di partire. Provò ancora per tre buoni minuti senza mai fermarsi, poi la rabbia e la paura si fecero talmente dense, che non seppe più controllarsi. «Portami via di qui!», urlò Jessica all'abitacolo vuoto all'infuori che per lei. «Devi partire, macchina del cazzo! Devi partire! Partire! Partire! Ora! Lo sai quanto mi sei costata l'altra schifosissima settimana? Eh? Lo sai? E allora, perché non parti? Perché proprio adesso!», sbraitò come una pazza. Il suo volto acquisì un rossore acuto e imbarazzante, ma la macchina non partì e lei, esausta, si rese conto di aver paura di qualunque cosa non riuscisse a vedere. Molti erano gli oggetti che, avvolti dalle ombre dell'oscurità che soggiogava e si nutriva in quel fottuto parcheggio sotterraneo, non lasciavano identificare con chiarezza la propria massa.

Jessica iniziò a cedere lentamente a un limbo allucinatorio, immaginando di essere l'attrice principale di terribili incubi fatti a occhi aperti. Provò timore persino per le sue stesse gambe che, trovandosi sotto il cruscotto e sotto il volante, finivano pian piano nell'ombra rendendosi a malapena visibili. Immaginò di vederle vecchie, rinsecchite, avvolte da appiccicosi filamenti simili a ragnatele e s'impaurì nello scorgere brulicanti insetti di ogni forma e dimensione, darsi da fare nel bucarle le carni dei polpacci, per trovare in essi dimora e rifugio nascondendosi al loro interno. La visione le fece accapponare la pelle e la fece urlare, dopodiché sparì, svanendo con la stessa rapidità con cui era comparsa.

Lo stress del lavoro l'aveva distrutta, ormai non c'era più speranza, non poteva farcela e a esso, si aggiungeva il rimorso per aver attaccato la cornetta in faccia al proprio ragazzo, così come la mancanza che sentiva per i propri cari e tutto il resto.

Ecco, ecco che lo sguardo di Jessica si posò nell'incavo del portacenere, dove riposava un mozzicone di sigaretta contorto e macchiato di rossetto... *oh mio Dio!* Urlò ribelle la voce della ragazza nella sua testa. *Cristo Santo! È un occhio! Un occhio spappolato!* Accanto alla sigaretta, si era materializzato un occhio dall'iride verdastra e la pupilla enormemente dilatata. Il bulbo era schiacciato sulla parete destra e, dal globo semidistrutto, fuoriuscivano dei sottili e lunghi filamenti rossi, simili a minuscole attinie. Il portacenere si riempì rapidamente di sangue, fino a straboccare e a riversare il contenuto sul tappeto del posto passeggero.

La sensazione di essere osservata non diminuì. Poi, tutto ciò che regnava attorno a Jessica, all'improvviso, parve prendere sembianze strane, deformi e sconosciute e, nel buio decifrato dalla mente stanca che soggiornava in quel corpo femminile, in quell'auto che non si decideva a partire, nulla fu più lo stesso. Ogni cosa apparve a Jessica tanto comica quanto un dito mozzato e tranciato posto sulla seduta del seggiolino di fianco, o divertente come una rana morta e dilaniata simpaticamente posta, in modo che facesse capolino dal cassetto del cruscotto semiaperto… proprio davanti al comodo posto del passeggero, dove a farle compagnia, adesso, si abbracciavano soltanto due sacchi neri pieni di membra di cadavere!

Logicamente tutto questo non faceva parte della realtà, non era concreta la pozza di sangue putrido in cui Jessica pensò di aver immerso i piedi per raggiungere i pedali della vettura, non erano concrete le rane morte seminate ovunque tra i seggiolini e, tanto meno, lo erano i cadaveri che aveva visto sorridere, nascosti nel buio degli abitacoli, nelle macchine a lei intorno! Si trattava della sua testa, della sua mente e dei suoi pensieri, della sua perfida immaginazione che, ribellandosi e servendosi del totale sfinimento, le dava a credere, così come nulla fosse, a concetti irreali e frutto di una totale forma allucinatoria. Era incredibile, in quello speciale stato d'animo, come le fosse facile divenire incapace di distinguere la razionalità dall'irrazionalità.

Jessica tornò nella memoria a quando era piccola e per anni, aveva creduto che sotto il tavolino della cucina si nascondesse un enorme cane rabbioso. Quell'immagine la terrorizzava e solo in età avanzata, aveva capito trattarsi di un nodo del legno, apparso solo alla sua fantasia, vagamente come un occhio maligno… poi tornò a vivere l'esperienza del triciclo, il suo primo mezzo di locomozione e si trovò ancora alla fine del lungo corridoio di casa, lo stesso che non aveva mai provato a percorrere per intero, per paura le sbucasse dinanzi la nonna morta, delineandosi dal buio coperta di terra e vermi. Fu la volta di paure e ancora paure, modificate nel tempo, dalla società e dal modo di vivere, ma su cui Jessica non si era mai decisa a far fronte. Non le aveva mai combattute, né sconfitte e ora stavano tornando. Avrebbe dovuto occuparsene molto tempo prima, invece di evitarle, mettendole semplicemente da parte, schiacciandole, seppur con volontà, perché entrassero nelle profondità più nere e tetre del suo *Io* inconscio. Jessica aveva chiuso una serratura da piccola, l'aveva chiusa in malo modo e adesso… adesso che era debole… la serratura di quella cassa si era rotta… il contenuto all'interno si stava gonfiando come il corpo di un cadavere al sole ed era pronto a esplodere. Le sue paure sarebbero fuggite! Il pensare che se ne fossero andate a tempo indeterminato era folle! E nello stato in cui stava vivendo, avrebbe fatto da cavia al male più antico: il buio.

Jessica aveva sempre sofferto di visioni del genere, fin da piccola. Create dalla fantasia o semplicemente da una malattia, ne aveva subito le conseguenze e pensare di curarsi da sola, prometteva le principali leggi della psicologia umana, nonché risultava rischioso per il fatto che, divenuta adulta, se indebolita dallo stress e dalla stanchezza, causa motivi esterni, esse avrebbero potuto manifestarsi nuovamente. I documentari in TV davano a vedere come un uomo ridotto allo stremo dal sole, nel bel mezzo di un deserto, potesse andare incontro ad allucinazioni: un'oasi, dell'acqua, qualsiasi altra cosa. Jessica, ridotta ugualmente ai limiti della resistenza fisica, andava incontro a fenomeni allucinatori differenti e in relazione al contesto e all'ambiente in cui lei stessa si trovava.

Jessica aveva paura del buio.

Non sei più una bambina! Non puoi avere paura del buio! Si rimproverò quasi credendoci, ma l'aveva! E molta!

Qualcuno, dalla striscia d'ombra dell'angolo scuro che si materializzava davanti all'auto della ragazza, la stava spiando da quando era uscita dal suo ufficio. Una sagoma l'aveva seguita, l'aveva consumata e, dopo anni e anni che la pedinava nei parcheggi, nascondendosi dietro le case o avvolta dal pallore della notte, finalmente era riuscita a spaventarla, a distruggerla, ad a-limentarsi del buio nella sua mente. Divenuta padrona di tale spazio, l'ombra poteva ora trovare la realtà concreta in cui e-spandersi.

Ci fu un altro luccichio. Un altro riflesso nell'oscurità.

Jessica era chiusa in macchina da soli dieci minuti. Erano le sette e quarantacinque e aveva finito la sua giornata lavorativa da solo un quarto d'ora. Il quarto d'ora peggiore della sua vita. Forse della sua intera esistenza!

Qualcosa si mosse nell'angolo d'ombra di fronte alla sua vettura. A pochi metri da lei. La ragazza continuò a osservare quel triangolo nero, come se prevedesse che qualcosa di orribile si sarebbe potuto materializzare da esso. Si era arresa nel tentativo di far partire l'auto solo due secondi prima, aveva urlato, aveva pianto e ora se ne stava quasi rannicchiata sul sedile, tenendo gli occhi chiusi e stando ben attenta a non aprirli per non vedere qualche altra oscenità. Solo in un secondo momento, si accorse che così comportandosi, non avrebbe fatto altro che dare altro spago alla cosa che le cresceva dentro e… lenta, stava affiorando allo scoperto dai meandri della sua coscienza. Jessica si fece coraggio, pensò a quanto fosse bello il sole del mattino e all'incredibile luce che emanava. Tale immagine le permise di aprire le palpebre, ma…

L'angolo scuro davanti alla macchina di Jessica si mosse, un oggetto riflesse un fioco bagliore per l'ultima volta e una figura nera come il catrame si delineò, fuoriuscendo dall'ombra, contro una delle enormi colonne del vasto parcheggio sotterraneo. La sagoma vantava di grossa stazza, era alta, pareva vestita di stracci ed era pregna di una sostanza che pareva oleosa. Si scioglieva goccia dopo goccia, quasi fosse stata composta di benzina solida.

«E quello chi cazzo è?», si chiese incredula la ragazza intrappolata tra le lamiere levigate e brillanti della propria carrozza mobile. «Chi cazzo è! Da dove è uscito! Allora eri tu schifosissimo bastardo!», esclamò ancora, incerta di ciò che stesse vedendo.

La figura che le stava davanti sembrava un… un barbone! Era di quello che si trattava? Era lui ad averla nauseata tutto il maledettissimo giorno da là sotto? Da una parte, la sensazione di essere continuamente spiata poteva trovare una logica in tale rivelazione, ma come si spiegava il fatto di aver sentito pervadersi di suddetta follia, fin dal momento in cui era uscita dall'ufficio? Era insensato! Senza tener presente che Jessica avvertiva quel presentimento, quello di avere qualcuno che la osservava alle spalle, fin dalla stessa mattina! Probabile che la misteriosa identità ci fosse riuscita con la forza del pensiero?

Jessica sembrò rianimarsi dalla posizione rannicchiata e scattò di nuovo a sedere. Doveva mettere in moto quella maledettissima fottuta macchina! Ci doveva riuscire a ogni costo, era impossibile che non partisse, dato che si trattava di una vettura nuova! Per non dire quanto era attenta alla manutenzione! Circa una volta al mese la faceva controllare dal meccanico di fiducia! La sua mano destra sfrecciò nuovamente alle chiavi, sempre infilate nell'accensione, l'altra, subito sul volante, strinse forte, mentre provava a mettere in moto ancora. L'auto non andava, non partiva. Non fece nemmeno un sussulto.

La figura, tetra e abominevole nella sua mascolinità, se ne stava ferma, immobile a soli pochi metri dal cofano della vettura della ragazza. La stava osservando, Jessica ne era sicura, ma non riusciva a vedere neppure un poco della faccia di colui che le sostava di fronte, non percepiva neppure un piccolo scintillio degli occhi, semplicemente, sentiva premere lo sguardo dello sconosciuto sul corpo. La testa di quello che sarebbe parso, a prima vista, un grasso barbone, era completamente nera e sembrava avvolta da spesse bende. Sopra, indossava un flaccido cappuccio.

«Andiamo! Andiamo! Andiamo, maledetto il cielo!», sbraitò Jessica ormai in preda all'angoscia più totale, alla paura e allo stress. Se solo quell'uomo… quella figura…

L'uomo non si muoveva. La fissava, la penetrava, eretto e rigido, come una statua di bronzo resa opaca dai secoli. Pareva finto, pietrificato e incredibilmente tetro nella sua fitta misteriosità. Teneva le gambe lievemente divaricate, ma l'altezza rimaneva imponente come quella di una montagna. Le braccia erano abbandonate lungo i fianchi e le dita gli sporgevano a malapena dalle lunghe maniche del soprabito, grosse e tozze come salsicce. Nere come fossero state bruciate sul fuoco.

«Partiii… vai, cazzo!», imprecò urlando la vittima di quella che forse sarebbe stata la visione più terrificante, cui una ragazza avesse potuto assistere. Già... una visione? Un'altra di quelle maledettissime stupide visioni? Eppure a volte sembravano così reali, che Jessica riusciva a stento a distinguerle! Un momento però! L'individuo... meglio, la cosa... si stava muovendo lentamente, stava girando un pugno all'interno della manica del largo soprabito come... volesse afferrare qualcosa al suo interno. Si mosse ancora... abilmente... plastico... fino a quando... Jessica, impallidendo dal terrore, capì. Capì cos'era che aveva luccicato nel buio la prima volta. Capì che le stava succedendo qualcosa di brutto. Capì che non se ne sarebbe mai andata da quel parcheggio, salvo che qualcuno non fosse saltato all'improvviso fuori per trarla in soccorso. In fondo era possibile che qualcuno giungesse involontariamente a salvarla, perché se anche nell'inverno il sole tramontava presto, era ancora sera, erano passate da poco le sette e mezzo! Dove erano finiti tutti?

Lo sconosciuto che la fissava con il volto corroso dall'oscurità, consumandola con la stessa rapidità con cui egli stesso gocciolava liquame, riversandolo sul terreno, aveva impugnato un'enorme mannaia. La teneva stretta con tutta la forza immonda di cui era grato dal giorno della sua comparsa e continuava a rimanere immobile. A gambe divaricate, come a volere ostacolare chiunque avesse tentato di investirlo con la propria massa, faceva luccicare il ferro affilato. Scrutava la ragazza da un volto privo di naso, di bocca, ma soprattutto, privo di uno sguardo che la tenesse costantemente informata delle sue intenzioni omicide.

Ah! Ah! Simpatico il tipo!Chissà quali siano le sue intenzioni! Come se già non si capissero del tutto bene! Jessica urlò, si dimenò, diede calci e ginocchiate sotto il volante e tentò, inutilmente, di mettere in moto. Nello stesso tempo, la figura cominciò improvvisamente a correre verso il cofano della sua Ford, come se fosse stata animata e spinta da una sconvolgente forza invisibile e da un imprevedibile attacco d'ira. Il mostro, nero, aveva una camminata goffa, pendeva da un lato e, ora, manteneva il ferro, rettangolare e tagliente, quasi proteso sulla testa.

Nei tre secondi successivi, trascorsi fino al momento del tremendo impatto, Jessica ebbe il tempo di notare quanto quello che sembrava essere il barbone più grosso che avesse mai visto, fosse in realtà anche sporco e logoro, tanto da fare della propria ombra, parte stessa del vestiario: materia animata e abiti si fondevano insieme. L'ombra che quel corpo proiettava a contrasto con le fioche luci del parcheggio, scompariva all'interno del corpo stesso.

***

Lui stesso è un'ombra, ebbe il tempo di riflettere nella mente la povera ragazza, *una fetta di buio nascosta nella tua mente... uno sporco barbone ubriaco che ti stava pensando da tutto il giorno, nascosto dietro quel fottuto angolo dove non batte mai il sole. Era lì anche stamane, quando hai parcheggiato l'auto! Era lì che ti spiava Jessica! Ed è per questo che oggi ti sentivi osservata! Per tutto il tempo i suoi occhi ti sono rimasti incollati sulle tette!* Mah... Cristo! Quello non aveva neppure gli occhi!

Sì che ce li ha. Guarda tu stessa! Continuò a pensare Jessica. E poi, non era vero che si era sentita osservata per tutto il giorno, era successo solo dal momento in cui era uscita dal suo ufficio, giusto?

Cazzate! Certo! Quando stavi tornando da lui la sensazione è stata più forte, la tua mente inconscia cercava di avvertirti, ma quante volte ti sei girata da stamane per guardarti le spalle? La coscienza di Jessica parlava da un altro mondo, un mondo parallelo. *Tu non hai neppure una vaga idea di quanti pazzi e folli si aggirino fuori dal tuo ufficio e dalla tua casa, standosene nascosti nella penombra! E questo è il prezzo per non aver voluto ascoltare! Cazzo! Cazzo! Parti auto di merda!*

L'enorme corpo si lanciò con un balzo, spudoratamente a braccia e gambe larghe, sul cofano blu notte della Ford. Vi piombò sopra con tutto il peso e l'urto fu talmente agghiacciante, che per un secondo appena, Jessica ebbe modo di credere che l'auto fosse partita davvero e l'avesse investito lei stessa. Quando riaprì gli occhi, vide che non si era mossa di un millimetro e il cofano era su gran parte della superficie, completamente ammaccato.

L'ombra aveva scalciato, per metà protesa a raggiungere il vetro dietro il quale si nascondeva la preda, per metà puntellandosi

240

a terra con i grossi scarponi, sbattendo ripetutamente con le cosce contro il radiatore della macchina, quasi volesse montarla come un animale. Poi arrivò al vetro, si spiaccicò contro di esso come un fantoccio di gomma e Jessica poté effettivamente vedere che *quella cosa*, possedeva sul serio degli occhi! Occhi che somigliavano moltissimo a quelli di un essere umano, ma così in realtà non erano. Il mostro l'aveva guardata per un istante appena, ma fu tanto agghiacciante, che la ragazza sperò di non rivederlo mai più. Le due cavità dove risiedevano i bulbi oculari della sagoma sconosciuta erano piaghe di pelle flaccida, ugualmente dilatata, dentro la quale piccole sfere perlate, spettrali e avvolte da miriadi di capillari rosso fuoco, brulicavano di vermi, osservandola senza pupille.

Dopo, si ruppe la barriera che ostacolava i due rivali e tra sogno e realtà, non ci furono più ostacoli. La mannaia fendette l'aria e colpì il vetro anteriore con il manico, mandandolo in frantumi. La forza dell'essere nel colpire era stata impressionante e, la lastra contro la quale fino allora si erano scontrati solo insetti di ogni tipo, si frantumò, quasi scoppiando, in migliaia di piccole schegge taglienti. Jessica si spostò quando vide la mano dell'enorme uomo caricarsi, compì un balzo di sorpresa nel momento dello schianto e si affrettò, presa dal terrore, ad allungarsi verso gli sportelli dei sedili retrostanti. Cercò di raggiungerli, di aprirli, ma non ci arrivava bene e se solo fosse rimasta incastrata per un secondo di troppo, tra il sedile del guidatore e quello del passeggero, avrebbe potuto rischiare di essere afferrata per le gambe e poi colpita. Non valeva la pena continuare a tentare.

La cosa abominevole, che adesso si sentiva benissimo puzzare di benzina e alcol, era ancora lì che si dimenava sdraiata sul cofano della macchina come un enorme pesce fuor d'acqua. Sembrava si muovesse a ritmo di convulsioni, Jessica aveva visto muoversi persone in quel modo solo in preda ad attacchi epilettici. Cercava di raggiungerla, di afferrare la preda rinchiusa nella trappola metallica e fendeva l'aria nell'intento di colpirla ovunque il suo oggetto metallico potesse riuscire a farlo, recidendo, tagliando e spezzando. Nei movimenti, il barbone, lo sconosciuto, l'ombra, *la cosa*, o in qualunque modo si volesse chiamare, stillava un liquido nero, forse frutto del suo stesso sudore che, scorrendo sul corpo lezzo, ne raccoglieva le impurità, mentre il suo alito fetido di fogna e il suo respiro marcio, invadevano l'ossigeno aprendosi la strada da molto lontano, forse addirittura da dietro una maschera.

Una visione?

Una visione un corno! Sbottò la mente di Jessica, quella era tutta realtà! Come poteva una stupida immagine, creata dalla mente, saltarti addosso e spaccare un vetro? Come poteva sfondarti la macchina? E… mio Dio no! Qualcosa la colpì sul retro della coscia, mentre tentava di ritirarsi indietro e scappare dallo sportello opposto al seggiolino di guida. La carne della gamba, tagliata quasi orizzontalmente, si aprì rilassandosi come il ventre reciso di un grosso cetaceo, cui urge togliere le interiora. La profonda ferita rigurgitò un caldo fiotto di sangue che le inzuppò le calze. Jessica non sentì neppure il dolore, quell'attrezzo da macellaio doveva essere estremamente affilato, ma sentì il lacerarsi deciso della pelle, del muscolo, della carne sottostante. Urlò. *Che razza di bastardo!* Tornò indietro. Scalciò verso il barbone lezzo e nauseante, lo colpì due volte con i tacchi nel viso, protendendosi ora verso la maniglia della portiera, la aprì e fece per strisciare sui sedili per catapultarsi fuori dalla vettura. Lui fendette l'aria, sembrava essere la sua specialità, la cosa che gli riusciva meglio. La colpì altre due volte, sempre alle gambe e, probabilmente, un tiro meschino del barbone, andò a segno in pieno. La seconda volta in cui Jessica fu colpita ebbe fortuna, si trattò solo di un colpo di striscio, ma la terza volta il colpo andò più a fondo e l'oggetto contundente le recise un tendine, appena sotto la coscia destra. La ragazza non riuscì più a flettere la gamba e nel momento in cui si girò per strisciare fuori dall'abitacolo semidistrutto, sentì l'arto seguirla molle e inarticolato come non le fosse mai appartenuto. Aveva urlato ripetutamente, sia per il dolore, sia nella speranza che qualche passante la sentisse e si precipitasse in suo soccorso, ma non venne nessuno, non c'era nessuno, né tanto meno comparve una qualunque persona che volasse a salvarla come aveva sperato. Com'era strana la vita! *Ebbene! Così adesso non potrai neppure più alzarti e tentare di compiere una corsa!* Pensò sarcastica.

Lo sconosciuto continuò a fendere l'aria senza pietà e a scalciare per metà dentro, per metà fuori, da quello che una volta era stato un vetro anteriore e che ora pareva una bocca sguaiata creata da piccoli denti taglienti, intenta a risucchiare un grosso pezzo di stronzo. Non sembrò nemmeno accusare le due pedate subite in difesa dalla ragazza e la vittoria della vittima, fu soltanto quella di precederlo nelle azioni di appena due secondi, sgusciando fuori da tutto quel casino di vetri.

Adesso il barbone era in ginocchio e si stava tirando su in piedi sul tetto dell'auto, per poterla osservare dall'alto e raggiungerla, piombandole di nuovo addosso, dopo un attento braccare. Da lassù avrebbe seguito Jessica in ogni suo movimento. Con la sua mannaia colpiva ogni dove, tutto quello che si trovava lui davanti veniva ben presto distrutto e dalla sua bocca, uscivano le tenebrose urla di un pazzo assetato di vendetta. Urla di un orco cattivo, ma decisamente umano, almeno nell'apparenza!

Jessica ci sperò ancora, ma non poteva essere una finzione giocatale dalla sua mente. Era troppo reale! E l'aveva tagliata più volte! Sanguinava come un maiale! Cristo come sanguinava! C'era una striscia rossa dietro le sue gambe mentre tentava di allontanarsi dal luogo dell'assalto e, i sedili della sua auto, come il suo vestito, dovevano aver bevuto sangue come spugne! Jessica si trascinò con la forza delle braccia, l'unica rimastale, tra la sua auto e quella che le stava subito di fianco. Si sentì braccata, udì il rumore di altri vetri infrangersi alle spalle e di altra lamiera piegarsi, poi quell'essere fu ancora davanti a lei, in piedi, con la fedele arma stretta in pugno e lo sguardo vuoto, pungente, intento a osservarla, quasi volesse riprendere fiato. Jessica si sentì morire. Doveva girarsi e tentare la fuga un'altra volta, da un'altra parte, ma se l'uomo si fosse mosso verso di lei, non avrebbe avuto più spazio, né tempo per richiudere la portiera rimasta aperta e alla quale si era attaccata per lasciarsi cadere al suolo. E si trovava tra due macchine! Era zoppa e non poteva, né arrampicarsi, né saltare! L'unica via di scampo era strisciare sotto una delle due auto… o sotto lo sportello… e cercare di mettersi a correre a zoppo galletto, una volta superato l'ostacolo! *Bene ragazza mia! Allora fallo!* Jessica scelse lo sportello, sperava di passarci, dato che la sua vettura era piuttosto alta e così fu. Almeno questa le andò bene!

Il barbone, gocciolante sporcizia, le si avvicinò lentamente tremando come un malato, protendendo l'enorme coltello da macello al cielo grigio di cemento del parcheggio e urlando ripetutamente. Il suono proveniente dalla sua gola fu orrendo.

Jessica fece appena in tempo a passare sotto la portiera spalancata, che la lama del pazzo le ferì il piede della gamba ormai irrecuperabile. La scarpetta le salvò l'asportazione completa di metà di esso, ma sulla sua pianta, si aprì vivace e rosso un altro taglio tanto fondo, che sarebbe stato quasi impossibile ricucirlo, anche posto dinanzi all'esperienza di un esperto chirurgo. Altro sangue si riversò a terra. Un altro urlo della ragazza squarciò l'aria fetida dell'enorme parcheggio, ma in fine fuggì.

Fuggì per pochi attimi dalla vista del mostro. Riuscì con tutte le forze rimaste lei in corpo, a tirarsi su con un braccio ed ecco che, quando fu quasi pronta per mettersi a zoppicare verso le scalette di cui si era già servita per raggiungere il parcheggio, l'essere, con un urlo, raggiunto lo sportello dell'auto di Jessica che gli bloccava la strada, ne staccò i cardini e lo tirò. Cadde a una decina di metri con un suono metallico e l'ombra fu ancora, incessantemente e immancabilmente, addosso alla preda ferita e sanguinante ormai in più punti.

Jessica era ancora appoggiata al fragile braccio che, servendosi delle poche forze e dell'automobile parcheggiata accanto alla sua, tentava di rimettersi in piedi, ma cadde non appena vide volare qualcosa di metallico sparato dalle sue spalle. Si trovò ancora a terra e desiderò che tutto ciò non fosse mai cominciato, che tutto ciò sparisse all'improvviso, come facevano di solito le sue visioni. *Dovevi pensarci prima mia cara!* Non era possibile, tutto quello che stava vivendo, non era ammissibile. *Se ti fossi decisa ad andartene prima, forse non avresti provato la terribile esperienza di lottare, un giorno, con un barbone ubriaco e pazzo, in grado di ucciderti!*

Il mostro le aveva staccato di netto l'avambraccio, con un colpo di mannaia, era per quello che era caduta ancora! Jessica toccò il pavimento freddo con un tonfo sordo e doloroso, spaccandosi la faccia tra le macchie d'olio che regnavano incontrastate tra i vari pneumatici. Aveva battuto il naso e le sanguinava copiosamente. Altro sangue era schizzato da lì a un metro o due di distanza e il suo braccio, morto e privo di vita, giaceva lei accanto bianco e orribilmente mutilato, come un cimelio di guerra. Agitò il moncherino del gomito reciso verso il soffitto e cercò di posare lo sguardo su di esso, urlando a pieni polmoni. Era immersa in una pozza vermiglia e constatò quanto sangue potesse realmente contenere il corpo umano. Subito dopo Jessica si sentì svenire, ma lo sconosciuto, terrificante e oscuro, come un alfiere della morte, le fu sopra a gambe aperte e la afferrò prima che urtasse la testa a terra per la seconda volta.

L'uomo ombra impugnò Jessica per il collo. Con un solo braccio la sollevò dal suolo di un buon mezzo metro e la strangolò mentre lei si dimenava e tentava invano di urlare, riuscendo solo in un gorgoglio strozzato.

La faccia della ragazza divenne viola e gonfia, come quella di un impiccato lasciato appeso dopo la propria morte, fino al mattino seguente e, mentre tentava disperatamente di respirare aprendo la bocca e protendendo la lingua fuori, in cerca di un soffio d'aria, di un misero respiro, Jessica si vomitò addosso. La mano e il braccio dell'ombra assassina, furono impregnate dai suoi succhi gastrici. Quanto avrebbe resistito? Forse ancora un paio di minuti?

Poi l'inimmaginabile furia del bestione la scaraventò contro il cofano della Ford in gran parte distrutta. Jessica cozzò la testa contro il paraurti inferiore sinistro e un lembo di carne le ricadde sulla fronte tagliato dall'urto, mentre il sangue, caldo e denso, le inondava il volto contratto in una smorfia di soffocato dolore. Ormai però, non sentiva più niente, tutto si era spento intorno a lei. Tutto era buio, nero e oleoso, proprio come il suo aggressore.

Il barbone-ombra, nonostante avesse già vinto, sembrò non preoccuparsi di quanto la ragazza non rispondesse più di alcuna azione e continuò a malmenarla, fino a farla completamente a pezzi. Aveva un lavoro da compiere! Non poteva lasciarlo a metà! Così le corse addosso, la afferrò per i capelli e la scaraventò, prima sull'auto, poi di nuovo sul duro pavimento del garage sotterraneo. Urlava con la voce di una gola rotta, come se il suono delle urla di vendetta e fobia di uccidere, fossero lanciate da dietro una spessa coltre di gomma. Urlava quasi si divertisse a farlo e la sua mannaia fendette l'aria senza pietà, senza sosta. Colpì Jessica ripetutamente, prima alla testa, con tre colpi dritti sulla fronte che fecero del suo cranio una sfera intaccata e scuoiata, nonché sanguinante... dopo tirò nuovamente su il corpo della giovane, mantenendolo per una spalla come un fantoccio senza pile e la recise all'altezza del petto. Aprì il suo sterno strappandolo in due, lo aprì come la carcassa di un bue in un macello e agli applausi inesistenti delle auto spettatrici, la cruda malvagità della *cosa* non si fermò mai al semplice colpo superficiale, andò sempre fino in fondo. Una volta aperta Jessica, la *cosa* tentò di entrarle dentro le membra con le mani, infilò le grosse dita come salcicce dentro il buco flaccido che si era creata e all'interno, forzò la vescica sanguinante che si era formata nel dividerla, per spezzarla, prima una volta... poi due... tre... quattro...

Il bestione urlava a ogni colpo e gemeva di macabra soddisfazione ogni volta che qualcosa si strappava.

Jessica fu scaraventata ancora sul cofano ammaccato della propria auto, poi il suo corpo scivolò lento da esso e si piegò come una stoffa al suolo, come una fisarmonica strappata nella propria tela. Era ridotta al ricordo di una persona umana, una persona umana di cui sarebbe stato difficile riconoscerne l'identità in futuro. La sua fronte toccò il cemento macchiato di catrame appena davanti alla propria macchina e, per ultimo, un piede del mostro, le schiacciò la testa già sfondata ripetutamente dai colpi della mannaia, distruggendogliela col suo enorme peso. La forza di compressione concentratasi su di essa, fu tale, che il cranio le scoppiò spappolandosi e schizzando pezzi di ossa, sangue e cervella, tutt'intorno, dando vita nel parcheggio sotterraneo, a una festosa rosa rossa.

***

La mattina seguente...

Il corpo della ragazza fu ritrovato, con orrore, da un dipendente del ventiquattresimo piano. Fu chiamata immediatamente la polizia e il testimone confessò di aver capito che si trattasse di una donna, dagli affetti personali sparsi attorno all'auto distrutta. La salma della ragazza era irriconoscibile.

Adesso, l'ispettore a cui era stato affidato il caso, si trovava nel grattacielo in cui Jessica aveva lavorato fino allo sfinimento per quasi tre lunghi anni e, precisamente, nella stanzetta di controllo, dalla quale l'intero edificio era sorvegliato e dove le telecamere spedivano, continuamente, le registrazioni di ogni angolo del complesso. L'ispettore aveva con sé due colleghi più giovani, mentre per quanto riguardava gli specialisti della omicidi, loro avevano già esaminato, sia il corpo, che l'ufficio in cui la ragazza svolgeva i propri compiti. Il soggetto di entità femminile, maciullato, era già stato prelevato e tolto. Presto si sarebbero avuti i risultati concreti dell'autopsia, ma il caso pareva, in tutto e per tutto, un crudelissimo omicidio.

«Ehi, ispettore», chiamò a un tratto uno degli agenti addetti al controllo e alla sicurezza dell'edificio, «guardi qua!». Il giovane si spostò lateralmente facendo slittare con stile la sedia tipica da ufficio e, con destrezza del mouse, rimandò indietro il nastro che fino a poco prima stava attentamente osservando sul monitor del computer. Ora avrebbe potuto guardare anche l'ispettore.

Grazie alle telecamere, situate quasi ovunque lungo il perimetro del soffitto dell'intero parcheggio, nonché nelle scale che lo separavano dai primi piani e dalle ascensori, era stato possibile filmare i movimenti della ragazza fin dall'inizio. Nei video pareva che Jessica stesse fuggendo, scappando da qualcuno o qualcosa. La registrazione, monitorata e montata con una certa frequenza di orario dall'agente addetto al controllo, classificava in modo irremovibile ogni passo, ogni movimento del soggetto femminile in questione e dava a vedere ogni singola azione dello stesso, a trecentosessanta gradi. I fotogrammi erano più che sufficientemente visibili, tanto, da poter facilmente apprendere ogni mossa di Jessica in tutto il suo ultimo percorso. Jessica, così si chiamava la vittima, l'avevano letto dai documenti ritrovati nella borsetta e mentre la registrazione seguitava, si vedeva l'interessata scendere frettolosamente, la si vedeva frugare nella borsa, accendersi una sigaretta e voltarsi a guardare indietro, più di una volta, come vi fosse stato qualcuno alle sue spalle. All'ispettore fu impossibile sentire i suoni per via di una disfunzione audio, ma la brillantezza delle immagini e dei colori era buona. Per le indagini poteva bastare.

L'ispettore, affiancato dai colleghi, lasciò che il giovane poliziotto dell'edificio mostrasse loro il filmato in tutta la sua lunghezza e ne osservò, minuziosamente, ogni spezzone fino al termine della prova. Jessica, nel frattempo, si era spostata sul monitor per raggiungere la propria vettura, poi era stata ingabbiata dai teleobbiettivi del parcheggio e, in fine, era divenuta la protagonista principale di un piccolo cortometraggio, su uno dei vari schermi di controllo dell'edificio in questione. La ragazza era stata ripresa non solo da più cineprese, ma anche da diverse prospettive e anche una persona inesperta, a prima vista, si sarebbe fatta un'idea, seppur vaga, di quello che era potuto passare per la sua testa prima dell'omicidio. Il volto di Jessica esprimeva sgomento, paura forse? Ma di che cosa? Si vedeva benissimo che andava di fretta e non era affatto tranquilla, ma cosa stava passando? Quella donna sembrava nervosa, molto nervosa e la cosa non sarebbe apparsa tanto strana, paragonandola al modo di vivere delle persone del posto, New York era New York! Tutto nella norma dunque, ma poi… i fatti avevano preso una cattiva piega. Qualcosa d'inimmaginabile era successo.

Da principio, a risoluzione del caso, i poliziotti e i vari agenti dell'ordine che per primi avevano analizzato la scena, si erano cimentati nelle tipiche supposizioni dedotte dalla loro esperienza personale su campo, ma nessuno aveva azzardato resoconti finali. Per lo più, domande banali avevano preceduto risposte altrettanto banali. Più tardi, però, quando le telecamere avevano mostrato quello che gli occhi elettronici e fedeli avevano registrato su hard-disk, ai veterani del mestiere, ogni sorta di probabile supposizione terrena era andata scemando.

Nonostante il palazzo fosse monitorato giorno e notte, c'erano determinati e precisi turni da seguire. La sera, il turno di nuova guardia, montava alle otto, mentre per tutti gli altri sorveglianti che restavano chiusi in quelle piccole stanzette munite di pannelli di controllo centralizzati e altri apparecchi, il lavoro subiva un cambio d'orario intorno alle sette, poco prima che molti dipendenti delle società residenti nel palazzo si accingessero ad andarsene. Poi c'era il giro di controllo, quello era effettuato di routine e personalmente, tutte le sere, dall'agente di turno, a verifica effettiva della situazione negli angoli più nascosti e le entrate e le uscite meno rispettabili dello stabile. Infine, una volta controllato che tutto regnasse a dovere, rimaneva soltanto chi era stato votato al turno di notte. Di giorno gli agenti addetti al controllo potevano essere cinque, di notte anche solo due. Dipendeva dai casi.

La sera precedente, quella dell'omicidio di Jessica, il turno era toccato a due giovani tra cui Billy, il ragazzone che adesso si occupava, assieme al compagno, di illustrare l'incidente all'ispettore. Billy era un ragazzo alto, robusto e pieno di muscoli. Fin da piccolo aveva gareggiato nelle partite più attese delle migliori squadre di football americano e, solo da pochi anni, era entrato in servizio presso la struttura dove operava. Avendo partecipato in passato a numerose risse, per lo più sportive, dovute più al patriottismo che altro, ed essendo stato già preso in cura più volte per la vecchia abitudine di sbronzarsi, si vedeva bene quanto in quel preciso istante egli volesse impegnarsi nel proprio lavoro, al fine di dimostrare tutta la sua capacità e la sua completa disposizione. L'ultimo giro di ronda, la sera prima, era toccato a lui, così Billy, nonostante nessuno l'avesse ancora accusato del minimo sospetto, né l'avrebbe fatto in seguito, vide bene di pararsi subito le spalle con un fresco alibi del tutto inutile. Ultimamente ne succedevano di cose strane in città e lo stesso ispettore, che fin da subito l'aveva adocchiato in modo indagatore, non appena si erano stretti la mano nei soliti convenevoli tra colleghi, aveva messo lui indosso qualche preoccupazione. Non era lui il colpevole di tale omicidio, non avrebbe mai potuto esserlo, nonostante la sua forza e la sua stazza gli avrebbero consentito di alzare e tirare facilmente nel vuoto qualsiasi ragazza, ma quello che Billy aveva davanti era anche un infallibile ispettore, il più famoso della metropoli e così, anche il caso che stavano esaminando, era altrettanto il più assurdo al quale avesse mai partecipato! Dunque bisognava aspettarsi di tutto. Pensare che quell'uomo dallo sguardo indagatore e pungente, avesse messo dentro persino dei poliziotti, uomini spietati e corrotti della società malavitosa, incastrandoli ben bene con prove che nessun altro era mai riuscito a dimostrare, destò in Billy non poca preoccupazione, ma solo nei primi minuti.

Billy aveva raccontato subito che dopo il suo giro di ronda tutto era a posto e al posto giusto… aveva dichiarato di non aver sentito, né visto nulla di sospetto e di non essersi mai sollevato dal proprio incarico. «Guardate», disse ancora l'agente addetto al controllo, attirando l'attenzione dell'organico di funzionari dell'ordine che aveva intorno. «Guardate qua… è incredibile! Com'è possibile una cosa simile?! Io non… capisco. Non ho mai visto una cosa del genere! Mai!», esclamò.

Quella sera, forse solo per pochi minuti, forse per un caso o semplicemente per volontà del destino, nessuno si era accorto della presenza di Jessica sui teleschermi di controllo. Le immagini erano state inviate in diretta come sempre e a intervalli di tempo determinato e regolare al pannello principale, che poi le aveva registrate. Sicuramente nessuno era stato tanto stupido da distrarsi dal proprio incarico, perlomeno non tanto da non accorgersi di quello che stava accadendo nel parcheggio! Era anche vero, però, che l'accaduto si era svolto proprio nell'intermezzo del cambio di turno dei vari agenti e che, quindi, una piccola distrazione, un'assenza… poteva spiegare quanto stessero vedendo. Ma Billy, come tutti gli altri che lavoravano là dentro, era più che certo di non aver notato nulla d'insolito. Era stupido pensarlo, ma era come se il fatto successo là sotto, contemporaneamente registrato dalle telecamere, non fosse stato inviato alla memoria centrale del computer di controllo, nel momento stesso in cui accadeva. Al contrario quindi di quanto avevano appreso tutti il mattino seguente, la sera stessa dell'omicidio, la trasmissione delle immagini pareva essersi svolta senza segnalazioni allarmanti e dove tutto filava liscio, quando invece non lo era! Se ne deduceva che le telecamere avessero trasmesso immagini false! Incredibilmente false! E incredibile era da credere! Come poteva verificarsi una cosa del genere?! Quegli occhi elettronici dotati anche d'infrarossi avevano registrato un omicidio e, mentre questo veniva eseguito, non avevano trasmesso il segnale di allarme ai controllori notturni? Magari qualcuno aveva elaborato un sofisticato sabotaggio? Che si trattasse di un complotto tra lavoratori? Che lo sconosciuto di cui non vi era traccia, avesse organizzato tutto molto furbamente? Un virus emanato tramite rete nella memoria del computer madre, poteva causare incongruenze simili?

L'ispettore non sapeva spiegarselo.

C'era tutto il filmato, tutto registrato, ma tutto era stato visibile solo nella registrazione presa in mano la mattina seguente. Le telecamere avevano registrato regolarmente, ma nel momento in cui lo facevano, l'accaduto non era stato trasmesso contemporaneamente all'apparecchio centrale di controllo, per via di qualche disfunzione sconosciuta o solo Dio sapeva cos'altro. Per Billy, come per tutti gli altri, era un autentico mistero, quasi il frutto di una maledizione o di un fenomeno poltergeist. Mentre Jessica veniva straziata, le telecamere avevano continuato a inviare fotogrammi di tranquillissima routine. Era una cosa impossibile, ma quelli erano gli unici dettagli.

Il filmato seguitava, Billy aveva messo insieme tutte le parti delle singole registrazioni per farne una unica completamente riguardante Jessica e, se pareva impossibile sabotare le telecamere in quel modo così assurdo, altrettanto lo era la registrazione dello scempio a cui stavano assistendo, nuovamente, più e più volte, tutti insieme.

«Oh, Cristo di Dio!», esclamò Billy disgustato.

L'ispettore rimase da principio impassibile. Era una persona con molti anni di esperienza e si donava esclusivamente al proprio dovere, non facilmente alle emozioni o agli stupori, poiché il suo lavoro era spesso molto articolato e i fatti strani che doveva analizzare quotidianamente, non erano certo singolari in una città come quella! Tale caso, però, decisamente li batteva tutti!

«Non ho mai visto nulla del genere… tutto questo non c'era ieri sera! Nessuno se n'è accorto!», esclamò di nuovo Billy, stupito e sconcertato. «Non ho mai assistito a una cosa così assurda!».

L'ispettore, subito dietro di lui, con a fianco i colleghi, si lasciò sfuggire solo una breve e sussurrata frase in risposta allo stupore di Billy. Disse semplicemente: «nemmeno io!», per poi ripiombare assorto nei propri pensieri più serioso che mai. Quelle erano le immagini più cruente del peggior omicidio senza dovuta logica, a cui tutti avessero mai lavorato.

Nella ripresa Jessica era arrivata all'auto. Si era seduta al suo interno e, a parte il comportamento nervoso, visibile dalle prove su video, nient'altro era particolarmente evidente. Poi si era rotto il vetro anteriore della sua vettura e, velocemente, in pochi minuti, la vittima era stata giustiziata. Fin qui niente di strano si sarebbe detto! Sempre e solo se a giustiziarla vi fosse stato qualcuno! Il fatto che la povera ragazza fosse stata uccisa, rimaneva soltanto un tragico dato di fatto, ma la cosa su cui invece si soffermarono maggiormente tutti e su cui gli agenti si sarebbero applicati molto, anche in seguito, senza giungere mai a una soluzione razionale, fu il fatto su *chi*, fosse stato l'artefice di tale omicidio!

Nelle scene filmate e addizionate da Billy, Jessica compariva ripetutamente mentre veniva sbattuta contro ogni dove, contro il cofano della propria auto, contro il pavimento… ma il fatto sorprendente, era che lì vicino a lei, non ci fosse nessuno! Non c'era niente! Qualcuno o qualcosa la sollevava da terra, un oggetto metallico e contundente le lacerava il petto facendo schizzare sangue ovunque, tagli profondi le si aprivano automaticamente nelle gambe e sui polpacci… praticamente da soli! Nel filmato, continuava a non comparire nessun altro! Nessuno all'infuori di Jessica! Nessun uomo! Nessun individuo! Niente di niente! Jessica era spostata in volo come fosse stata una piuma, o una foglia secca, praticamente dal nulla.

Tutti, intorno al piccolo teleschermo, allargarono le bocche per lo stupore. Stavolta ne fu contagiato anche lo stesso ispettore dalla lunga esperienza e l'animo d'acciaio.

Jessica, nel monitor, volava e si abbatteva al suolo come un uccello stordito che cadeva in picchiata, urtava di viso fratturandosi il cranio, gli zigomi, il naso già rotto, ma continuava a non esserci nessuno in grado di essere visto dalle telecamere e in grado di farle compiere simili azioni. Non si vedeva nessuno a sbatterla ben bene! Intorno a lei aleggiava il nulla, quasi si trattasse di un incontro con un fantasma. E nonostante il corpo contundente continuasse a recidere, continuavano a non comparire armi!

«Non è possibile», sussurrò il collega poliziotto alla destra dell'ispettore.

«E' incredibile!», esclamò l'altro sul lato opposto. «Siamo di fronte a qualcosa di non umano!».

Fatto sta, che quelle rimanevano le prove. Sangue che schizzava, ferite che comparivano dal nulla per sgorgare di caldo e fluido liquido vitale sul corpo della vittima, un braccio che si staccava per cadere a terra privo di vita e visibilmente reciso da un qualcosa che... continuava a essere invisibile! Un qualcosa che non esisteva! Non avessero trovato il corpo della vittima, avrebbero creduto più semplicemente a uno scherzo, un video composto assurdamente da un giovane aspirante regista del macabro! Magari, messo su usando arcaici ma stupefacenti effetti speciali, ma... la vittima c'era. Jessica era in obitorio, maciullata come vi fosse passato sopra uno schiacciasassi.

Urla mute rivolte al nulla, si susseguirono ancora per pochi istanti. Altro sangue, poi la perdita dei sensi della ragazza e, ciliegina sulla torta, lo squartamento completo.

Un corpo non poteva volare da solo nell'aria! Non poteva rimanervi sospeso per quasi un minuto, mentre un oggetto dalla lama molto affilata lo affettava per ogni verso! Dalle prime impressioni, i dottori avevano detto che parevano tagli inflitti da una grossa mannaia, ma sul luogo del delitto, non avevano trovato nessuno strumento simile. Meglio ancora, non avevano trovato strumenti!

Nel filmato non comparivano nessuna mannaia o altro genere di coltello affilato.

L'ispettore, una volta terminata la visione della registrazione, scrutò gli altri colleghi a lui intorno confrontandosi e mantenendo, per due buoni minuti, la stessa aria di chi stava per accertarsi che un segreto fosse ben custodito, almeno fino alla fine delle indagini. Sebbene la sua esperienza lo rendesse inattaccabile, stavolta ne sapeva quanto gli altri che aveva intorno.

La sera, durante il suo rientro a casa, l'ispettore si sarebbe domandato se fosse stato giusto attribuire tale fenomeno a una conseguenza poltergeist, legata quindi a fantasmi o roba simile e di cui aveva sentito parlare solo in tv, ma si rifiutò subito di esporre tale teoria sui futuri rapporti e cancellò dalla mente quell'idea stupida e adolescenziale. La città in cui viveva aveva già troppi problemi, meglio non dargliene altri, specialmente di quel tipo! I fantasmi non esistevano! Lui e i suoi avrebbero sbrigato la cosa il più velocemente possibile e nel modo più consono. Il titolo di testa che avrebbero stampato i giornali, sarebbe stato: *selvaggiamente uccisa, per soli pochi spiccioli.* Poi avrebbero recato di fianco una piccola foto di Jessica, tanto per ricordare la ragazza e qualcuno avrebbe scritto su di lei un articolo commemorativo, delicato e struggente.

Dell'assassino nessuna traccia. E nessuno mai l'avrebbe trovato. New York era grande! E l'America era piena di serial killer impuniti!

Per ultimo, nella memoria dell'ispettore, così come nella mente di chiunque altro avesse assistito a tale registrazione, apparve quella povera testa schiacciata ed esplosa come un grosso cocomero, sottoposto alla pressione colossale di un grosso masso. Il cranio della ragazza era stato spappolato crudelmente e con l'impressionante spaglio di sangue, schizzato a ventaglio tutt'intorno, avrebbe dato incubi a molti di loro per lungo tempo. La pozza di sangue sotto la rimanenza di cervella e ossa fratturate, sembrava aver formato un'incredibile rosa rossa, una rosa che faceva da aureola al bocciolo più vomitevole e disgustoso di tutti i tempi. Un bocciolo di sostanza gelatinosa e biologica.

Nel filmato non compariva nessuno, né mai sarebbe comparso nessuno, neppure in seguito, ad assumersi di proposito o meno le colpe di tale omicidio.

Si trattava di un'ombra, in fondo! Un'ombra di buio!

Una stramaledetta ombra di *buio*!

La stanza degli ospiti

«La camera degli ospiti della casa, è accessibile tramite una comune porta di legno marrone, ma adesso è chiusa».

I

Sono seduto nel salotto di Barbarah.
Sul divano di Barbarah.
In casa di Barbarah.
Devo sembrare talmente stanco, da essere scambiato per un flaccido manichino di gomma privo di articolazioni o per una bambola gonfiabile forata che, senza vita, si dispone sui cuscini adattandosi alle loro forme morbide e curve.
Non ho neanche la forza di sollevare un braccio, per versarmi un altro goccio di bourbon nel bicchiere che sto fissando. Se alzo il gomito, compio un'azione inutile, perché la mia mente ha staccato la corrente dai muscoli e da ogni altra parte funzionante del mio corpo, ormai già da un bel un po'. Da un bel po', così indefinito, che in tempi reali di svolgimento di una qualsiasi vita umana, potrebbe essere un'ora, due, o forse anche tre. La vera realtà dei fatti è che, nello stato di shock in cui mi trovo, potrebbe passare anche una giornata intera senza che me ne renda conto, che non riuscirei mai a saperlo, quindi… chi può stabilire quanto tempo sia trascorso?!

Il colpo è stato forte, in fondo. Neanche le parole più dolci dettatemi dalla mia mente sono riuscite e riescono, tuttora, a farmi dimenticare quello che ho visto e di cui sono stato partecipe poco fa. Ah! Riguardo al *poco fa*, potrei sbagliarmi, non so più da che parte sia e da che parte si possa cominciare a contare, il tempo!

Ho cercato più e più volte di creare un dialogo con me stesso standomene stravaccato qui, su questo divano, in cerca di una risposta plausibile sulla vita, sulle cose che succedono in essa, che ci caratterizzano e di tutti i suoi misteri irrisolti, ma non ci sono riuscito. Teorie vaghe si sono susseguite dentro me senza avere né capo, né coda, partorite dalla *vocina* interna che abitualmente usiamo chiamare coscienza. Esse hanno cercato di risolvere questa mia momentanea aberrazione distruttiva, ma il mio cervello non ha saputo reagire ai fatti, neppure in modo tale da consolarmi. Non sono stato capace di crearmi una solida sponda su cui aggrapparmi. Non ci riesco.

Tutto ruota vorticosamente attorno alla mia testa: pensieri, deduzioni, ricordi. E' come se affogassi disperatamente, pur stando fermo e, di colpo, mi sento come un bambino che colto alla sprovvista beve acqua dalla piscina in cui è stato spinto. Un bambino che continua a deglutire, senza sosta, senza avere la possibilità di smettere e, in fine, la respira…

…respira la paura, respira il terrore che lo avvolge, tutto perché non sa nuotare… urla e nessuno lo sente, nessuno lo sentirà, fino a quando le sue braccia non si muoveranno nel liquido divenuto denso come melassa, sapendo che non ne verrà mai più fuori.

Tutto continua a volteggiarmi intorno, soprattutto le cose a cui ho voluto bene, le persone che ho amato… e lo vedo. Mi vedo. Quel bambino sono io e questa è l'unica cazzo di differenza che regna nel vortice mentale che adesso mi opprime, fino alla nausea. Io non sono una visione, io sono reale!

Sto annegando. Me ne accorgo. Provo a tenermi a galla, cerco di trovare una ragione abbastanza efficace e credibile per porre fine a questo incubo, per non farmi inghiottire dalla follia o, forse, solo per non morire, ma continuo a fallire. Starnazzo come una gallina inseguita da un coyote, mentre con il gozzo pieno d'acqua mista a cloro, non riesco a respirare correttamente. E nello sbattere i palmi sulla superficie del manto d'acqua, schizzando ovunque gocce di fredda paura, torno in me.

Sono fermo. Seduto a braccia aperte sul divano rivestito.

Con lo sguardo inebetito, fisso il contenitore di vetro sul tavolino a me di fronte, ma i miei occhi sono le finestre di un pensiero vuoto e la mia mente, un ricordo perso nel buio.

Sono io questo? Non è possibile, cosa mi è successo?

La sensazione di stare annegando è una sensazione che va e viene a suo piacimento. Tutto ciò mi terrorizza.

Forse sto annegando nel bourbon del mio bicchiere, ma sappiate una cosa, non sono ubriaco! Piuttosto… direi sconvolto, aggettivo molto più appropriato, in questo momento!

Nel silenzio, interrotto solo dai discorsi che mi rivolgo, come un suonatore di piano automa che si ascolta e cerca di autocorreggersi, le memorie messe da parte tornano a farmi visita, assumendo le sembianze di persone anziane ormai defunte, che ricompaiono, prendendo vita in un film muto. Sono i ricordi belli, quelli che ti danno la possibilità e la forza di continuare a tirare avanti il carretto della vita, anche quando capisci di aver raggiunto e sorpassato la frontiera della giovinezza, in cui ogni emozione era a te nuova.

Passano minuti, ore, ma forse anche decenni. Per me il mondo si è fermato. Non posso sapere per quanto resterà tale di fronte ai miei occhi, ma per ora si è preso una pausa, il tempo è andato in vacanza.

Le lancette dell'orologio a muro, nel salotto di Barbarah, continuano a battere selvaggi rintocchi, che scandiscono in fotogrammi, i miei pensieri giovanili.

Sono belli quelli, chissà se mi tireranno su il morale.

Il cilindro di vetro sul tavolino, a pochi centimetri dalle mie ginocchia, diventa una fonte luminosa accecante e, tutt'intorno, i muri sembrano brillare di quella particolare fosforescenza immacolata di quando, per lungo tempo, si fissa un oggetto senza distogliere mai lo sguardo da esso. Subito dopo la mia vista è assente e non riesco neanche più a definire, nelle sue reali forme, lo spazio che mi circonda.

II

C'era una volta Barbarah… è così che dovrei cominciare? Barbarah…

Mi disse che viveva con i suoi, in una comune palazzina di quattro piani color grigio topo. Mi disse che viveva lì dal giorno della sua nascita e che, da allora, non aveva mai abitato altre case all'infuori di essa. Mi disse, presentandosi, che la sua famiglia non possedeva residenze estive nelle quali recarsi durante le vacanze, né in montagna, né presso luoghi di mare.

Erano solo loro e solo in tre, i suoi e lei.

Le chiesi ripetutamente di parlarmi dei genitori e non per nessun motivo in particolare, ma per semplice curiosità, in modo da rendermi conto della sua provenienza sociale… sapete come si fa di solito quando si è dei bravi ragazzi, no?! Una volta scambiati i soliti convenevoli… «ciao», «come ti chiami», «quanti anni hai…», si cerca di sapere anche qualcosa sulla famiglia della persona che stiamo conoscendo, ponendosi quindi altre domande, tipo… «tuo padre lavora? E tua madre?», «che lavoro fanno?», ecc… ecc. Mi sembra normale la cosa. E a voi?

Non seppi mai per quale motivo, ma ogni volta che le rammentavo i suoi genitori, Barbarah s'innervosiva e cominciava a parlare in modo strano, dando vita a discorsi senza un senso logico o una fine naturale. Si trattava più di un *inceppamento* di parole, di dialoghi lasciati a metà e privi di un senso comprensibile o, semplicemente, delle solite frasi del tipo: «lasciamo perdere. Adesso non ho voglia di parlarne!». Capii così che non doveva andare molto d'accordo con loro e non la forzai mai. In ogni modo, con il passare dei giorni, riuscii ad ottenere lo stesso le informazioni che volevo riguardo ai suoi. Non che sia uno di quei pignoli all'antica che, perché s'innamori di una persona, questa debba avere anche la famiglia che gli vada per forza a genio, ma nel mondo in cui ci troviamo oggi, credo che se lo si fa, è solo per assicurarsi di avere a che fare con gente per bene! È una sicurezza per noi stessi! Informarsi non ha mai fatto male a nessuno!

Tranne che a me… forse!

Poi un giorno, più di ogni altro, mi raccontò di sua madre e mi disse che le erano morti i genitori alla sola età di tre anni. Per questo lei non aveva mai avuto nonni materni e ciò le dispiaceva moltissimo. «La madre di mia madre si chiamava Miriam», mi disse, «mentre suo padre, cioè quello che avrebbe dovuto essere mio nonno, si chiamava Dean, ed entrambi morirono in un incidente d'auto. Per mia madre, la gravità del colpo non fu percepita subito, imparò a sentirne la mancanza in seguito, quando cominciò a crescere…».

Risposi che ne ero addolorato. Avere dei nonni era una cosa bella, per di più, la tragicità dell'accaduto, oltre che rendere triste Barbarah, doveva aver avuto sicuramente più influenza nella Signora Anne che, poverina, aveva vissuto senza i propri cari una vita intera… ma concludemmo presto, affermando entrambi che quelle erano le inevitabili tragedie della vita e, quindi, data la loro tristezza, era meglio non pensarci.

Sua madre si chiamava Anne.

Per quanto riguardava suo padre, invece, aveva perso anche lui il suo vecchio, ma solo pochi anni prima che noi due ci conoscessimo. Suo nonno, quello paterno, era andato in paradiso per un attacco cardiaco sul lavoro, «si occupava di carichi e scarichi per tutto il giorno», mi disse Barbarah, «portava e importava qualsiasi genere di roba, pur di guadagnare qualche soldo e per tirar su famiglia quando era un giovincello…». Poi aveva parlato di sua nonna, quella paterna, l'unica rimastale in vita, ma che con dispiacere di tutti, aveva dato di balta, era impazzita e se ne stava tutti i maledetti giorni seduta sulla sua sedia a dondolo, osservando *le cose vive fuori dalla finestra.*

Più di una volta notai che la mia ragazza amava parlare più dei suoi progenitori, di cui solo una nonna impazzita ancora viva, che di suo padre e sua madre. Si partiva dalla Signora Anne e dal Signor Ray Piterson (questo era il nome di suo padre) e si finiva sempre a discutere dei genitori di questi ultimi, quindi dei nonni che non aveva mai avuto modo di conoscere o di quelli con cui, raramente, aveva scambiato poche parole.

Sapevo ormai da qualche tempo, che i coniugi Piterson si recavano molto spesso dalla nonna matta di Barbarah, perché provavano pena nei suoi confronti e la aiutavano nel mangiare, nel lavarsi e nel mantenimento della grande casa che la vecchietta abitava. Nello stesso modo, ero a conoscenza del fatto che, dopo la morte di quest'ultima, la villa appena fuori città sarebbe divenuta di proprietà Piterson e allora, per la prima volta dalla nascita della loro primogenita, gli stessi genitori della mia ragazza avrebbero traslocato verso mura dagli spazi molto più ampi. «Mio padre e mia madre non hanno fratelli», aveva continuato la ragazza con cui stavo insieme da circa sei mesi, accennando al cambio di proprietà, «sono entrambi figli unici!».

Fuori dalle disgrazie familiari, di cui non potevo che dispiacermi, Barbarah e i suoi genitori, da come lei raccontava, malgrado non amasse parlarne (forse per i classici disguidi che spesso tendono a crearsi tra adulti e adolescenti), erano una famiglia normalissima. Tranquilla. Serena. Decisamente serena!

III

«Il Signor Piterson, come lo chiami tu», mi raccontò una volta Barbarah, «cioè mio padre, lavora in un'azienda molto importante. Non so di preciso che genere di mansioni svolga, ma come a sua volta faceva mio nonno, s'impegna in un lavoro in relazione al commercio e, nel suo caso, commercio di beni primari per le aziende. La sola differenza sta nel fatto che, mentre mio nonno era un funzionario mobile di poco conto, quindi dedito agli spostamenti, mio padre se ne sta seduto da mattina a sera dietro una scrivania e si occupa di affari economici tramite un normalissimo computer. Si tratta di un'azienda commerciale di notevole importanza per quanto ne so e spesso il lavoro va in esubero, obbligando i dipendenti a trattenersi fino a sera. Alle volte mio padre torna per le sette, sette e mezza, altre invece si trattiene un po' di più. Se poi sono indietro con il lavoro, saltuariamente alcuni di loro si recano in ufficio persino la sera dopo cena, magari per sbrigare qualche compito che non hanno avuto tempo di sistemare nel pomeriggio, o in modo da avvantaggiarsi per il giorno successivo. Sai, mio padre lavora molto, ma a lui piace! Sta bene così!».

La sera in cui la mia dolce metà mi confessò questo, eravamo nella mia decappottabile rossa. Il cielo era stellato e a dir poco stupendo, mentre noi, giovani e freschi, avevamo completamente abbassato i sedili per godercelo in tutta la sua romantica bellezza. L'aria era piacevole, presto sarebbe tornata la primavera e non faceva freddo. La cena al fast food periferico, ristoro molto amato dalla stupenda ragazza che mi stava al fianco, era stata veloce e squisita: io mi ero fatto una pizza; lei un hot dog; dopo avevamo optato per un bel gelato entrambi! Poi avevamo corso di nuovo per le strade tra luci e baccano, per finire in un secondo momento su quella collinetta a poche decine di chilometri dalla città. Da lassù, data la notevole altezza, si poteva assistere a un incredibile spettacolo di luci e colori e… certo! Non era Las Vegas, ma anche la città che stavamo osservando aveva il suo! Per di più, finire la serata stando un po' in privacy, era il massimo che si potesse desiderare, giusto?

Stavamo bene insieme Barbarah ed io. Ci divertivamo un mondo. E ci dicevamo sempre la verità!

«Mia madre», aveva continuato lei, «è segretaria in un ufficio pubblico nelle vicinanze del centro cittadino. Lei lavora meno di mio padre e spesso, non considerando i giorni festivi, viene a casa per pranzo, per poi riscappare subito, fino alle sei del pomeriggio circa. Non stanno molto insieme quei due. Ma non credere che non si vogliano bene, capito? Loro si amano e non sono come tutte le altre coppiette indisciplinate che, dopo pochi anni di matrimonio, tendono sempre più spesso a separarsi. Guarda tu stesso, ho diciotto anni e sono stata concepita solo dopo tre anni di matrimonio!», aveva esclamato Barbarah convinta e soddisfatta di ciò che stava rivelando, facendo uso di una delle sue caratteristiche più adorabili. Quando esclamava qualcosa, riusciva a farlo sempre in modo scherzoso, sembrava una bambina adirata, ma molto, molto dolce e mi faceva sempre ridere. Era buffa e allo stesso tempo carina. Molto carina!

«Entrambi passano l'intera giornata tra colleghi e si vedono solo la sera per cena», aveva continuato poi lei, «dopodiché, se è una bella serata, escono un po' per svagarsi e rientrano sul tardi. Ma questo, come avrai capito, solo durante la settimana! Nel weekend fanno compagnia a mia nonna, quella con la villa e il cervello che naviga in un altro mondo da quando se n'è andato suo marito. Mio nonno! Poi ci sono le domeniche, che sono dedicate alle cenette intime in qualche ristorantino da spendaccioni, ma fortunatamente i miei possono permettersi anche quello e, in fine, si ricomincia l'intensa settimana lavorativa!».

«Già, è così che si fa in una situazione del genere! Tuo padre ne sa qualcosa!», mi limitai a risponderle io quella volta, non poco stupito del fatto che avesse deciso di parlarmi un po' dei suoi e aspettando che finisse, come sempre, sui nonni defunti o che concludesse semplicemente il discorso, con il suo solito: «basta, non ho più voglia di parlarne». Dopodiché facemmo l'amore. Quella serata fu magnifica, forse una delle migliori! Decisamente magica!

Con il passare del tempo, le cose si erano susseguite sempre meglio, non solo ci divertivamo assieme, ma spesso mi recavo a casa di Barbarah anche per studiare e ci scambiavamo pareri e formule matematiche per la mattina seguente, se avevamo particolari test da svolgere. La sera uscivamo e, nei giorni di festa, compivamo anche qualche passeggiata fuori città, per raggiungere pub a noi sconosciuti o discoteche in cui non eravamo mai stati. Tutto andava per il meglio. C'era solo una cosa che cominciava sempre più a incuriosirmi e a prendermi. Desideravo conoscere i suoi! E poi, non volevo passare per uno zotico opportunista, che una volta ottenuto ciò che voleva, non aveva interesse neppure nel farsi vedere dai futuri eventuali suoceri!

Ero stato diverse volte a casa di Barbarah, ma che dico! Ero lì quasi tutti i giorni! E ormai, sapevano tutti che stavamo insieme! Lei diceva che anche i suoi genitori lo sapevano e ne erano felici, ma mi credete se vi dico che, dopo sei mesi che filavamo, non avevo ancora mai avuto occasione di conoscerli di persona? Né di vederli anche solo di sfuggita? Il fatto che Anne e Ray Piterson rincasassero sempre tardi, era una giustificazione accettabile per quanto riguardava un nostro incontro nell'arco di una qualsiasi serata settimanale, per Dio, dopo una giornata di duro lavoro, non sarei andato certo a scocciarli, non si sapeva mai, ma… perché non potevamo incontrarci tutti insieme un sabato sera o una domenica? Anche solo per un'ora? La cosa mi avrebbe gratificato molto! E non una sola volta lo proposi anche a Barbarah! Ormai era una ragazza grande e non vedevo cosa ci fosse di male in tutto ciò, ma lei continuava a dire che la cosa non si poteva fare, che non era possibile e che era meglio così.

Per questo non ebbi mai modo di capirla fino in fondo! Mai fino ad oggi! Litigammo anche, per tale proposta, diverse volte, ma alla fine mi rendevo conto che la amavo e, comprendendo quanto anche lei provasse per me lo stesso sentimento e che quel suo modo di fare non era dovuto a insicurezza nei miei confronti, lasciai correre ogni volta, malgrado mi dispiacesse non poco. Per me era importante conoscere i suoi cari, ma non volevo farla star male, mi sembrava una ragazza così delicata e timida in determinate situazioni! Il tempo avrebbe fatto il suo corso! Pensai che magari si sarebbe sentita ancora in imbarazzo davanti a una situazione del genere… il suo uomo e i suoi genitori insieme, per una serata…

E il tempo continuò a correre.

Presto conclusi che, se non voleva farmi conoscere i genitori subito, l'avrebbe fatto quando più si fosse sentita pronta! L'importante era che stessimo insieme. Solo quello. Ma perché diavolo non voleva tale incontro?!

Quello rimaneva un mistero!

Sapete, io non bado alla povertà o alla ricchezza, penso che l'amore sia l'ingrediente essenziale per vivere e per superare ogni sorta di confine metafisico o terreno. L'amore è frutto di passione, di desiderio, ed è estremamente meraviglioso.

Tornando alla mia dolce metà, Barbarah e i suoi genitori si vedevano principalmente la sera. Loro erano divertenti, dolci e comprensivi, mi raccontò lei in seguito alla serata della cena al fast food trascorsa insieme e, a maggior ragione, quando mi rammentò l'argomento, riemerse in me la fervente voglia di incontrarli, ma immaginando già come avrebbe reagito, non esternai ancora la proposta. Anne e Ray la trattavano come una principessa, le davano tutto quello di cui aveva bisogno e mai nulla le era privato, se non troppo difficile da raggiungere. Barbarah era la loro figlia, la loro unica figlia e non avrebbero mai voluto vederla insoddisfatta o infelice, per nessun motivo al mondo!

Mentre per quanto riguardava me, io continuavo ad andare a casa sua e insieme continuavamo a spassarcela ogni qualvolta lo desiderassimo, sia quando fuori pioveva, sia dopo aver studiato, se volevamo e nei periodi scolastici più duri. La casa era sempre a nostra disposizione e potevamo permetterci qualunque stravaganza. Per un periodo, non pensai più neppure ai genitori di lei, non li avevo mai visti, non c'erano mai e me ne dimenticai completamente. Non m'importava più nulla di niente, se non della sola persona che sempre più, giorno dopo giorno, desideravo avere al mio fianco. Mi ero innamorato, ero cotto, forse anche troppo, probabilmente fino al punto da infischiarmene degli stessi consigli della coscienza. Non avevo mai arso con tanta simile passione! I Piterson divennero nella mia mente, semplicemente due figure vaghe, di cui tener conto solo per il doveroso ringraziamento nell'avermi permesso di sbattermi la loro figlia! Fui sicuro di Barbarah, così come lo fui della sua sincerità. La sua compagnia divenne indispensabile e mi sarei prostrato lei dinanzi, in ogni modo avesse voluto!

Se solo fossi stato meno innamorato e più intelligente...

Se solo non mi fossi convinto del contrario, quando le apparenze davano a credere che qualcosa di storto c'era...

Ma il tempo della verità arriva per tutto e per tutti.

La ragazza con cui mi fidanzai, quasi due anni e mezzo fa, studiava alla scuola di *Sant Griffer*, una scuola di ricevimento alberghiero di notevole livello e ponderoso rispetto. Aveva diciassette anni e possedeva tutti i pregi di una giovane donna già matura. Il suo corpo da fata, non denigrava lo stesso cervello generosamente premiato di personalità e intelligenza. Compì il diciottesimo compleanno, divenendo così maggiorenne secondo le leggi dello stato, dopo cinque mesi che ci frequentavamo.

Quando conobbi Barbarah, mi colpì per la luminosità e la bellezza dei suoi occhi, sembrava che al loro interno vi fossero rinchiuse due enormi sgargianti farfalle. Per quanto riguarda il nostro primo incontro di per sé, invece, devo confessare che non fu niente di particolare. Delle volte, nella vita, è la pura casualità e il misterioso destino a guidarci alla ceca nelle esperienze profonde e significative, che in un qualche modo colmeranno i nostri fabbisogni del momento. Tutto accade sempre quando meno ce lo aspettiamo, non è vero? O quasi…

Ci incontrammo alla stazione ferroviaria della città in una calda mattina di fine estate, quindi, una di quelle mattine in cui il sole bruciava ancora molto da permettere di indossare t-shirt e vestiti scollati alle ragazze. Ero lì di passaggio (l'università sarebbe cominciata solo dopo qualche giorno) e attendevo un amico, mentre lei tornava da scuola con un mezzo pubblico di quelli poco puliti e non sempre nuovi di zecca, che circolano normalmente in ogni posto abitato.

Fu quella dolce fata a compiere il primo passo, io l'avevo adocchiata, ma se non si fosse fatta avanti lei, sicuramente io non avrei mai avuto occasione, né coraggio di presentarmi. Mi chiese di uscire, non seppi resisterle e quando le chiesi come mai mi avesse invitato fuori, rispose che già svariate volte aveva avuto occasione di vedermi attendere alla stazione il mio caro amico di avventure, ma non aveva ancora avuto la possibilità di esporsi. Aggiunse a parole sue un aggettivo per dirmi quanto mi trovasse carino.

A mio tempo, anch'io aprii bocca e l'unica cosa che seppi risponderle fu: «beh, in effetti sono diversi giorni che gironzolo da queste parti a quest'ora…». Lo dichiarai arrossendo. Poi continuai: «e come mi sembra tu già sappia, sto aspettando un amico!». Esattamente! Un amico al quale avrei spiegato il mio improvviso cambio di programma, quando al suo arrivo non mi avrebbe più trovato! Un invito del genere non poteva essere rifiutato, sarebbe stato sciocco da parte mia, lasciar correre! Era l'occasione buona per smettere di fare l'uomo di mondo e fidanzarsi seriamente e così andò. Quel giorno smisi di aspettare il mio caro amico.

Con Barbarah ci vedemmo per un paio di pomeriggi filati, cercando di conoscere quanto più potevamo l'uno il carattere dell'altra. Poi, senza nemmeno aver bisogno di dichiararcelo, ci mettemmo insieme. Il momento della nostra love-story ebbe inizio con un tenero, profondo bacio.

Mi sono sempre sentito grande al fianco di Barbarah, anche quando uscivamo e lei indossava i tacchi superandomi di una spanna. Non me ne facevo mai un problema. Altri magari avrebbero provato disagio, ma io no. Ero fiero di me stesso, quanto della ragazza che mi ero guadagnato.

Barbarah è una perla tuttora, a prima vista, riuscirebbe a far innamorare chiunque. E' una persona dai buoni gusti, non troppo sfarzosa, ma semplice e delicata come il proprio portamento che, nello stesso tempo, è sempre invitante e coinvolgente, nell'oscillazione delle anche. Le sue curve, più di una volta mi hanno reso schiavo e fatto impazzire… cascherei avidamente tra le sue braccia anche adesso, di fronte alle sue labbra passionali che chiamano… se ne avessi la possibilità! I suoi occhi verdi indefinibili… i suoi capelli lunghi, castani, ramati e soffici, pieni di vitalità… le sue gambe lunghe… le sue tette! Oh sì, anche le sue tette, tonde e sode come poche e perfette nel loro esser rigogliose, sarebbero in grado di farmi schizzare in estasi! Tuttora! Peccato che…

Il nostro amore, invece di andar man mano scemando, come in ogni comune coppietta adolescenziale spesso accadeva, era andato irrobustendosi sempre più e simile a un fuoco che ardeva, il nostro *Io* spirituale, alimentato da una continua calda passione, si era trasformato in un sogno.

Ma di cosa sa un sogno, quando è solo l'immagine fuggente di una falsa verità?

Bella… oh, sì! Barbarah è stupenda! Ma è anche pazza! Pazza come sua nonna! Sempre che ne abbia ancora una!

Avrei dovuto tenere più a freno l'amore, badando maggiormente alla vera realtà che mi stava man mano coinvolgendo, delicata e silenziosa come i tentacoli di una piovra. Solo ora mi rendo conto di quanto le avventure che Barbarah diceva di aver condiviso con i propri cari, fossero pure falsità. Sembravano proprio storie inventate, le situazioni che mi raccontava su di loro, quando ancora non la conoscevo così bene! Ma io rifiutavo di accettare la realtà, mi fidavo… perché ero innamorato!

Povero stupido. Avrei dovuto svegliarmi prima.

Anne, Ray, i loro impegni, le loro dolci effusioni post matrimoniali… le cenette romantiche… tutte cazzate!

«…mio padre, lavora in un'azienda molto importante. Non so di preciso che genere di mansioni svolga, ma…», era una cazzata!

«…mia madre è segretaria in un ufficio pubblico nelle vicinanze del centro cittadino…», era una cazzata!

E sapete cosa vi dico io adesso? Beh, che se i Piterson lavorassero tutto il giorno, date le circostanze, sarebbe davvero ammirevole! Ma che dico, stupefacente! Tutte le informazioni e le novelle che Barbarah, la mia ragazza, mi ha raccontato sui propri genitori fino ad oggi, sono frutto di emerite concatenazioni di stronzate! Mentre per quanto riguarda quello che vi ho narrato io dei Piterson fino ad ora, dunque tutto quello che lei mi raccontò dei suoi e in cui mi fece credere fin dagli inizi del nostro rapporto, approfittando della mia temporanea incapacità di ragionare, è un'emerita stronzata!

Ma perché, perché mi domando, la vita di un essere umano che crede di aver trovato finalmente la pace, l'amore, deve sempre cadere poi così tragicamente in basso, dopo un traguardo che l'ha fatto volare, speranzoso e leggiadro come un uccello, oltre il cielo di grigie nubi che ci opprime ogni giorno?

Non riesco a dimenticare quei corpi disidratati e secchi. Ormai sono dentro la mia testa in un succedersi d'immagini dell'orrore, che intaccano e sporcano i miei ricordi felici dei momenti trascorsi con Barbarah. I loro volti si muovono dolorosi come cubi speronati, tra le pareti del mio stomaco e, nel salotto buio in cui mi trovo, le ombre degli oggetti create dalla persiana abbassata, ne prendono le sembianze.

Quando meno me lo aspetto, tra un battito di palpebre e l'altro, li rivedo: le bocche incartapecorite sotto le cavità nasali raggrinzite e marcescenti; le loro orbite infossate, prive di bulbi e buie come la notte; i loro volti scarni, del colore di una vecchia crosta che sta per cedere.

I Signori Piterson, una coppia perfetta! Decisamente! Sono loro quelli di là, che giacciono seduti su due sedie stinte e verniciate malamente, giusto? O forse no? I muscoli rattrappiti, come quelli di un animale morto per il freddo, su una strada, nel periodo invernale, dopo il colpo di striscio di un'auto in corsa, li rendono simili ad antiche mummie.

Mi fanno paura. Ogni tanto cado nell'inconscio, sforzandomi in ragionamenti capaci di rivelare ora, i contrasti visibili di situazioni passate e mai risolte. E allora guardo lontano, negli anni. Ma poi, lo sguardo del mio guscio ebete, abbandonato da ogni ragione e sopraffatto dallo stupore, viene di nuovo calamitato sul bicchiere di bourbon, per disperdersi ancora.

E' una stronza. Mi ha mentito. Come tutte le altre.

Mi sono innamorato di una pazza.

Barbarah dovrebbe tornare a momenti. Credo che la aspetterò, se avrò il coraggio di affrontarla.

A volte sento aprire e chiudere portoni, mi solidifico come un pezzo di argilla al sole immaginando che sia lei, ma m'illudo per niente. Gli altri inquilini del palazzo vanno e vengono, incuranti del delirio che si consuma tra queste mura. Odo dei passi delicati, leggeri, ma troppo decisi per essere i suoi. Sento delle voci, dei saluti, ma non è la sua voce. Delle chiavi in lontananza che tintinnano, emettendo un rumore ferreo. Non è ancora lei. Non è ancora la mia dolce metà…

Forse riesco a bere un goccio, faccio per allungare il braccio, per afferrare il cilindro di vetro sul tavolino del salotto e, incredibilmente, mi stupisco della gradevole solidità del contenitore al tatto della mia mano. Lo porto alla bocca e bevo un sorso. Ma il sorso mi si blocca nella gola bruciandomi come un tappo incandescente, il tubo elastico dell'esofago. Faccio fatica a mandarlo giù e, in quel mentre, mi pare che qualcosa, dentro il mio petto, si apra in due, si squagli come plastica.

Il bourbon che scende, oltre ad essere doloroso, sembra anche lento, pesante e lento, come il tempo che in questo momento mi circonda.

Ripongo il bicchiere per metà pieno, sul tavolino di legno dal centro in cristallo del salotto e l'espressione attonita continua a nutrirsi nel mio spirito, dando al mio volto le sembianze di una maschera mutevole e priva di lineamenti precisi, capaci di descrivere una qualsiasi espressione. Poi mi abbandono nuovamente, appoggiandomi allo schienale soffice della poltrona del divano e mi perdo, ancora, nell'infinito inconcepibile del destino dell'essere umano. Mi perdo in questa stanza. Nel salotto di Barbarah e, nello stesso istante, nei ricordi. Mi perdo nel bicchiere di vetro che mi attrae, deridendomi, da un mondo invisibile e parallelo.

Cosa mi è successo? Non mi ritrovo più! Dove diavolo sono finito?! Dove sto andando? E una voce mi dice: *questo è l'amaro prezzo della delusione d'amore. Questo è il pegno da pagare per aver voluto passare da stupido quando non lo eri. Questa è la conseguenza dell'inganno e la distruzione della cieca fiducia!*

Avevo sentito, in passato, percorrendo il corridoio della camera degli ospiti, in questa casa dove consumavamo, un odore diverso, leggermente sgradevole, ma…

Dove mi trovo?

Nella casa di una collezionista di cadaveri! Mi risponde la coscienza.

E ormai è questione di secondi.

Questo pomeriggio avevamo appuntamento alle cinque. Sono arrivato sotto casa di Barbarah con dieci minuti di anticipo e quando stavo per suonare al citofono, mi sono accorto che il portone del palazzo era socchiuso e quindi aperto. Così sono entrato senza bussare e sono salito. All'interno, per la tromba delle scale, c'era fresco e molto silenzio.

La maggior parte di questi inquilini sono vecchi e i pochi giovani, passano il pomeriggio a lavorare.

Una volta raggiunto il pianerottolo a me familiare, davanti al portone di casa Piterson (casa Piterson, una vera barzelletta!), mi sono sorpreso nel trovare anche quello socchiuso, con il battente della porta sporto sullo stipite laterale, al fine di non permettergli la chiusura. Non era da Barbarah lasciare la porta aperta! Non quella di casa! Ho bussato comunque e sono entrato facendo uso scontato della classica domanda di routine, usata nel porre piede su suolo non di nostra proprietà: «è permesso?», ho chiesto alla casa vuota, ma nessuno mi ha risposto. Ero in anticipo.

Ho immaginato, così, che la mia ragazza fosse scesa frettolosamente per un qualsiasi banale motivo e che avesse lasciato lei stessa entrambi i portoni socchiusi, sia quello del palazzo, sia quello della sua stessa abitazione, con il solo scopo di essere veloce nel rientrare una volta decisasi a tornare su. Magari era stata colta alla sprovvista da un imprevisto, qualcosa l'aveva obbligata a scendere solo per pochi secondi senza darle il tempo di chiudere... ma vi ripeto, non era da lei lasciare aperto!

E' molto gelosa delle proprie cose!

Probabilmente, nemmeno mi aspettava dieci minuti prima! Però sono arrivato in anticipo di così poco... anche se è vero che lei, ogni volta che fissavamo un appuntamento per telefono, si raccomandava e più volte, di essere puntuale e con quello intendeva sempre, né un minuto prima, né uno dopo. In tal caso, si giustificava affermando che avrei rischiato di non trovarla pronta o, nell'altro, annoiata per l'attesa.

Lei è sempre stata puntuale. Io, invece, sono solito arrivare in ritardo, ma oggi... per Dio! Volevo farmi perdonare la mezz'ora di attesa dell'ultimo appuntamento, un ritardo giustificato dal caotico traffico festivo, arrivando prima... solo quel tanto da essere puntuale e... invece!

Il portone dell'edificio era aperto. E la porta principale di casa Piterson anch'essa. Non ho esitato più di tanto a entrare. Il mio intento era di aspettarla. In fondo che male c'era, mi sono detto, avevamo appuntamento e ho trovato il portone aperto, senza nessuno all'interno ad attendermi! Potevo darle anche un occhio alla casa nella sua assenza, perché Barbarah avrebbe dovuto aversela a male?!

Ho girovagato un po' per la casa, ma sempre con le mani in tasca, stando ben attento a non toccare niente. Ho sempre paura di rompere qualcosa nei luoghi che non mi appartengono! Poi mi sono diretto in camera di lei passando per il corridoio, il corridoio della *camera degli ospiti*, la fatidica stanza sempre ben chiusa a chiave e alla quale Barbarah stava sempre ben attenta, nel non dimenticare aperta, per nessun motivo al mondo.

Avevo visto mille volte quella porta di legno e vi ero passato davanti altre mille, tutte quelle in cui ero stato ospite in casa della mia ragazza e mai, dico mai, avevo avuto modo di trovarla anche solo socchiusa, tanto da poter dare anche solo un'occhiata furtiva al suo interno. Barbarah si scusava sempre, confessandomi non poco imbarazzata, che vivere spesso sola e con i genitori che non erano mai troppo in casa, voleva dire qualcosa come non andare sempre d'accordo con l'ordine e la precisione. Poi aggiungeva, provando un po' di vergogna, che il padre e la madre, una volta tornati da lavoro, tendevano a spogliarsi velocemente per cambiarsi, farsi una doccia e rilassarsi, gettando così tutto sopra i letti della camera degli ospiti, preoccupandosi di sistemare gli indumenti solo in seguito. Dunque, era meglio evitare, meglio non farvi entrare nessuno che fosse venuto a farle visita, tanto meno il suo ragazzo! Affermava che non sarebbe stato educato, né tantomeno accogliente, mettere allo scoperto una stanza ridotta a ripostiglio!

La camera degli ospiti, dunque, era una camera in cui non avevo mai messo piede, mai fino a oggi. Tutte le volte che vi passavo vicino, accompagnato da Barbarah, essa era sempre sigillata ed ero sicuro che vi fosse anche una chiave, a donare sicurezza al contenuto (malgrado non potessi esserne sicuro), tanto da renderla quasi inespugnabile.

In due anni e mezzo circa di scambi reciproci di affetto e dolci momenti, mi è capitato, senza alcun dubbio, di vedere tutte le stanze dell'appartamento dei Piterson e di vederle bene, ma mai, neppure da uno spiraglio piccolo come la serratura blindata di quella porta, avevo posato l'occhio all'interno di quel misterioso antro… mai! Tutto fino a dimenticarmi persino che esistesse.

Beh, vi chiederete come sia quella curiosa porta? In nessun modo in particolare. Si tratta di una comunissima porta di legno, decorata in modo simmetrico e di un banalissimo colore marrone scuro. E' un oggetto tanto comune, che neppure io mi feci quesiti o strane supposizioni su dove potesse condurre o, ancora, sul perché fosse continuamente sbarrata, a suo tempo.

Barbarah mi aveva tenuto al corrente del disagio, continuando a ripetere che all'interno della *camera degli ospiti* regnava la confusione totale! Punto e basta! E si vergognava incredibilmente nel farmi entrare.

Lei è una ragazza precisa, odia farsi vedere in stati confusionali o situarsi al centro di faccende tendenti al disordine! Permane il fatto che, per amore, o semplice fiducia, io mi fidai ciecamente di lei. Una cosa più che determinante, nel rapporto tra due persone! Ma lei m'ingannava. Si è sempre presa gioco di me.

Ho capito che ci sono cose nella nostra vita, a cui tendenzialmente non facciamo caso, malgrado si ripetano ogni giorno davanti ai nostri occhi, per pura e semplice distrazione o per il modo singolare che abbiamo di snobbare le cose futili, o a cui non destiamo particolare interesse. Ci capita di coesistere in determinate realtà con altri individui verso i quali nutriamo indifferenza o passione e, a volte, ci blocchiamo nell'osservazione del loro aspetto esteriore privandoci della facoltà di approfondire questioni o altro, ben più importanti. A volte, su di un campo minato in cui le bombe sono i pericoli, si ramifica la nostra esistenza e ci muoviamo a stento, strisciando come serpi, lasciando che sia solo il destino a guidarci, nella sua misteriosa strada. Delle volte, questa strada è una strada folle e sdrucciolevole. Possiamo ribellarci all'apparenza e ingannarla tendendo lei un agguato, ma la vera realtà dei fatti, sarà svelata comunque vadano le cose, alla fine. La realtà non può essere nascosta per sempre e comunque sboccerà, seducente come un bacio tra innamorati, o pungente come la lama di un coltello che trafigge un torace. Sarà sempre davanti a noi. Talvolta la nostra mente crede di poter scegliere un'altra via nelle situazioni difficili, lasciando così che il coinvolgimento emotivo e il desiderio ci ingannino, impregnando abbastanza la nostra anima, a tal punto da confonderci persino sul chi siamo e, quindi, farci perdere così ogni razionale ragione legata alla più semplice delle soluzioni, ma poi… ci cade tutto addosso e allora scorgiamo ancora una volta quanto sia vasta la nostra stupidità, così come illimitata è la nostra bramosia di credere ai sogni che, forse, mai si realizzeranno come vorremmo. Ogni errore è pesato dal destino e se non si è abbastanza scaltri e fortunati, prima o poi, esso stesso potrà rivolgersi noi contro rendendoci vittime del suo stesso delirio.

Ho scoperto che la pazzia degli esseri mortali su questa terra, può davvero ingannare la ragione e, quando si scopre amaramente di essere stati giocati, giocati per lungo tempo, ogni legame s'infrange.

Cosa c'è di male nel nascondersi dietro una porta chiusa… cosa c'è di male nel vergognarsi un po' del disordine casalingo, quando si è una persona estremamente precisa e dunque si tiene alla perfezione? Cosa c'è di male nel fidarsi ciecamente, anima e corpo, della persona che si ama?

Nulla, assolutamente nulla. Ma il *Male* che non trae forza dalla fiducia, adesso, mi penetra selvaggiamente, per svelarmi ogni singolo straziante dettaglio della dura realtà. Si tratta del mondo intero che su di un palco lugubre e spettrale, svela il nascondersi della morte, al di là di una semplice lastra lignea dotata di maniglia.

La porta è in stile moderno. Rientra nel classico mobilio dei nostri tempi. Si tratta di una porta come ce ne sono a migliaia nelle case e forse, proprio questo dato mi terrorizza. La totale simbiosi, tra oggetto di ostruzione alla pazzia di una ragazza e la realtà comune nella quale il fatto si sviluppa, mi fa paura.

Vedo. Sento. Percepisco il tanfo acre e stagnante dei corpi morti, al di là di quella stupida porta, che permea attraverso le venature del legno, per poi passare attraverso le incisioni, incastonarsi nelle sue fibre scolpite, fino a giungermi nauseante e sconvolgente alle narici. Assaporo la putrefazione e la sento assecondarmi nel tempo approfittandosi di me. Una forza maligna dilaga e fluttua nell'aria come l'energia di un demone che, nell'avvolgermi di un suono ovattato e denso come melassa, mi schiavizza nell'immagine scaturita di continuo dell'enorme foro della serratura di quella porta, stampandomela nel cervello. Quella serratura che per lungo tempo è rimasta chiusa, diventa il mio incubo peggiore e la vedo... si nutre della mia immaginazione annebbiandomi la mente e obbligandomi a rassegnarmi a soli fotogrammi sporchi di morte.

Ma in che modo potrete mai capirmi, se prima non avrete modo di conoscere una qualsiasi colei, che tanto ardentemente avreste il coraggio di chiamare amore?! Sto parlando di quella dolce persona per la quale voi stessi sareste disposti a strapparvi il cuore con le stesse vostre mani, se fosse necessario!

Π

Questo pomeriggio avevamo appuntamento alle cinque.

Sono arrivato con dieci minuti di anticipo.

E il divano m'inghiotte come un assatanato divoratore di carne umana. Sento che affondo in esso e, nonostante rimanga dove sono, mi sembra di cadere... e continuare a cadere... sprofondando nell'ignoto.

Annego nell'acqua di una piscina, divenuta densa come colla da parati non ancora sciolta definitivamente; soffoco come una mosca intrappolata in un bicchiere di fumo; muoio lentamente, come un cerbiatto preso prigioniero da una tagliola, mentre il suo sangue fluisce via, tra la natura, in un lento piccolo fiume vermiglio.

Il bicchiere di vetro mi ghigna dal tavolino. Forse sto annegando nello stesso goccio di bourbon che ne colora il fondo. Ma non sono ubriaco.

Anche se vorrei tanto esserlo...

ΠΙ

Eravamo rimasti a quella fottuta porta di legno, se non sbaglio! E poi, come mi accade in quest'ultimo frangente di vita, mi sono lasciato travolgere da discorsi contorti e apparentemente privi di logica. Discorsi che ad ora mi turbano nell'animo inquieto e oppresso, ma che, in fondo, cercano solo di aggrapparsi a fini più razionali e concreti di quanto i fatti appaiano. Mi succede. Inizio a navigare, non so come si possa cominciare a farlo, ma spiego le vele e comincio ad andare... senza una meta ben precisa, laddove la mente vuole che io vada.

Sto affogando di nuovo.

In un tempo che adesso mi è indefinito, dato lo stato comatoso in cui galleggio, mi diressi verso la camera di Barbarah. Sto parlando di un tempo che forse risale solo a poco fa, o forse si riferisce a una vita passata, ma permane il fatto che tale fu il mio intento. L'avrei aspettata lì, nella sua camera, a sedere sul suo letto e... per giungere nella sua stanza, avrei dovuto prima e comunque attraversare quel lungo corridoio sul quale si affacciava e si affaccia tuttora, pregna d'instancabile orgoglio nella sua massiccia presenza, la porta dell'illibata, nonché misteriosa, stanza degli ospiti.

Classica e scontata nella propria semplicità, la porta se ne stava saldamente chiusa, come sempre, lasciando che le ombre della casa le incorniciassero i battenti e la confondessero in una mimetizzazione quasi spettrale, da farla apparire parte dello stesso muro in cui era incastonata. Posava come un pesante alfiere gigante, sul lato destro del corridoio. Chiusa.

Io, ignaro, se non fosse accaduto nulla, le sarei passato davanti senza darle importanza e senza alcun sospetto ancora una volta. Non avrei cercato di sfatare un mito, impegnandomi nel verificare quanto fosse stato vero quello che Barbarah mi aveva detto! Non era mi intenzione trovare risposte a un argomento che sapevo bene, essere oggetto di vergogna per la mia ragazza, causa il disordine e tradendo, per giunta, la fiducia di chi amavo! Se nell'assurdo l'avessi aperta e proprio in quel mentre fosse rincasata Barbarah, che figura ci avrei fatto? Potevo sempre approfittarne, direste voi... per vedere cosa vi fosse nascosto dentro, ma... per me non c'era niente al di là di quella porta e non mi andava di creare qualche diverbio, solo per un ammasso di stupidi panni sporchi e in disordine! Non sono mai stato curioso. Così scacciando involontariamente e immediatamente quella stupida idea dalla testa, noncurante come altre centinaia di volte ero stato, di mettere alla luce una realtà ben diversa da quella che mi era stata raccontata, ho proseguito.

Se un pensiero c'è stato, si è trattato di un pensiero veloce come il vento ed è stato prima che raggiungessi la maledetta porta, prima che le arrivassi lateralmente con passo deciso e sicuro, già certo su dove volessi arrivare, ma…

È stato inutile. A volte il destino riesce a essere molto più veloce di ogni nostra idea, supposizione, azione o quant'altro. Il destino… a lui non si comanda, ne siamo tutti schiavi e quando qualcosa accade per sua mano e volontà, spesso, è difficile non rendersene partecipi.

Mi sono spinto nel corridoio con l'intento di raggiungere la camera di Barbarah. Il pensiero traditore era stato soppresso ancor prima che si radicasse nella mia mente. Ho camminato tranquillamente, spensierato, stando solo ben attento, con l'orecchio teso, ai passi della mia ragazza e sperando di sentirla rientrare al più presto. Avevo voglia di vederla, di abbracciarla, forse di farle una sorpresa sbucandole all'improvviso davanti, come fossi stato il soggetto di un grosso pacco scherzo, ma… non avrei mai e poi mai pensato d'incappare in tanto terrore, adempiendo a un destino quanto mai inatteso. Sono stato io, in realtà, a essere partecipe di una notevole sorpresa!

Nel procedere serenamente, mani in tasca, fischiettando nemmeno fossi stato a passeggio in un campo di grano a primavera, ho oltrepassato quasi totalmente la porta che avrebbe condotto all'interno della stanza degli ospiti, poi, con lo sguardo già proiettato dove il corridoio svolta a destra (due secondi al massimo e alla mia vista sarebbe apparso un letto immacolato ricoperto da una candida federa color fragola e panna), sono inciampato.

Stavo guardando piuttosto in alto di fronte a me e, nell'incedere fiero come un soldato, a testa alta, vi giuro che non ho fatto minimamente caso a ciò che vi era sul pavimento! La penombra ha giocato a mio sfavore. Dietro l'angolo sinistro del corridoio che accompagna nelle rispettive stanze compiendo una specie di S, circa al pari della porta misteriosa che si chiudeva invece alla mia destra, subito dopo il bagno, un aspirapolvere era riverso a terra. Il tubo di aspirazione dell'elettrodomestico, quello che avrebbe aspirato polvere ovunque fosse stato spinto negli angoli della casa, probabilmente a seguito di una caduta dell'attrezzo, posava sulle mattonelle lucide e quasi dello stesso grigio della plastica, come un'enorme biscia morta. Prima che me ne rendessi conto, i miei piedi ne erano caduti vittima e le mie caviglie vi si erano attorcigliate facendomi cadere. *Maledetto aspirapolvere*, ho pensato subito dopo d'istinto stando con il culo a terra, ma nel cadere, non mi ero ancora accorto di essermi sbilanciato all'indietro urtando con una spalla la porta della camera degli ospiti della casa di Barbarah, per poi usarla come scudo nel contraccolpo che mi avrebbe fatto piombare a terra.

Beh, vi ho detto che la suddetta porta pareva massiccia, imponente e, soprattutto, era sempre chiusa…

Smentisco! Tali aggettivi le si sarebbero attribuiti solo a una prima superficiale osservazione. Non mi sono fatto gran che male, ho urtato solo un po' il sedere, oltre che la spalla e per fortuna non ho picchiato la testa! Ho districato i piedi da quella biscia grigia con un grosso foro al posto della testa. Mi sono passato una mano sulla fronte quasi a rassicurarmi che non fosse successo nulla di grave e nel voltarmi all'indietro per vedere dove avessi lasciato la clavicola, mi sono reso conto che a seguito dell'urto, la porta della camera degli ospiti nella quale ero andato a cozzare, si era aperta.

Un caso? Il momento ideale per le rivelazioni? O forse era solo una dimenticanza, da parte di una ragazzina intelligente che mi aveva fatto innamorare mentendomi?

Non lo sapevo, ma adesso, l'immagine di me stesso che cerca di correr via dal corridoio, al di là dal muro che mi sta di fronte, non fa altro che ripetersi nei miei ricordi come un disco incantato. Sono sul divano e la distanza tra me e la porta sconosciuta, si allunga, si squaglia assumendo le sembianze filamentose, di un qualcosa di gommoso che viene bruciato lentamente. È il corridoio, il corridoio dei miei ricordi che, in ogni modo, alla fine mi condurrà per sempre verso quella fatidica porta. La porta della camera degli ospiti. E poi ci sarà la caduta, inevitabile, come in un incubo che non fa altro che ripetersi nella sua monotona tragicità… e i cadaveri, i cadaveri che cercheranno di mordermi, di afferrarmi… ma non saranno seduti su delle vecchie sedie impagliate come nella realtà. Nuoteranno nella piscina, nella mia piscina, quella in cui sto affogando, perché preso alla sprovvista da un male inaspettato.

Barbarah è una ragazza alta uno e ottanta. Ha i capelli lunghi di un castano ramato e con stupendi boccoli alle estremità, che sembrano accendersi di riflessi argentei al tramonto lento del sole. I suoi occhi verdi smeraldo, indefinibili nelle varianti di sfumature in percentuale alla luce che vi batte contro, sembrano scurirsi nella notte e schiarirsi durante il giorno, instabili come le iridi incantate di un vampiro, che inebria la preda del suo fascino e del suo miracoloso potere. Il suo corpo è slanciato e sinuoso, seducente e determinante, in date circostanze, ma il suo carattere è timido. La timidezza le permette di essere spesso previdente e di muoversi con estrema cautela, all'apice di ogni problema, anche il più grave. A conoscerla bene, si direbbe una donna che teme la vita, osservandola sotto il suo sorriso nei momenti più duri, quando una lieve vena di paura compare sul suo volto, paura di sbagliare in qualcosa forse, ma non saprei definire bene quella sottile marcatura. Barbarah non ha paura. Non degli altri… semmai dovrebbe essere il contrario! E' una ragazza simpatica, socievole con chiunque, ma soprattutto, non ci si può fidare assolutamente di lei, perché Barbarah è pazza! Completamente pazza!

Dopo la caduta, da terra dove mi trovavo, non ho sentito subito il tanfo della putrefazione assalirmi, ma ben presto il terribile odore fuoriuscito dalla stanza degli ospiti, mi ha penetrato le narici con la stessa violenza di uno stupro. La porta si era aperta con l'urto, non molto, ma quel tanto che bastava a capire, a vedere… quanto al di là di essa, qualcosa non andasse. Incredulo di quanto stavo vivendo, mi sono avvicinato all'entrata, mentre di Barbarah ancora non si udiva traccia.

La prima cosa che ho intravisto dallo spiraglio è stata una mano. Una mano secca, asciutta, sulla quale i tendini risaltavano nettamente scolpiti dalla disidratazione e dove l'epidermide floscia aderiva alle ossa delle falangi, come un guanto in lattice tirato sottovuoto. Le unghie dell'arto, lunghe e ingiallite, ma notevolmente curate, nascevano dalla sommità delle dita ossee, per protendersi verso il pavimento freddo, come tetri becchi di avvoltoi calcificati dal tempo.

Ho lasciato che la porta si aprisse ancora un po'. L'ho spinta con molta cautela. Poi il tempo si è fermato… tutt'intorno a me. È stato incredibile, non riuscivo a credere a quello che stavo osservando, ma nonostante volessi convincermi del contrario, quella che stavo vedendo era proprio una mano e, per l'esattezza, quella di un uomo. Non sono stato vittima di uno sciocco macabro scherzo, ma di una triste lugubre realtà. Man mano che la porta si apriva sotto la mia lenta pressione del palmo, la mano dello sconosciuto seduto nell'oscurità, rivelava tutto il resto del corpo. Un corpo antico e malato.

Rialzatomi in piedi, sulle gambe tremanti, valutata la calma piatta che regnava indisturbata tra quelle mura e fatta una stima della mia futura incolumità, ho afferrato la maniglia fredda della porta e ne ho spalancato i battenti per addentrarmi nella stanza, simile a un profanatore di vecchie abitazioni ormai dimenticate. O un profanatore di tombe! Una volta adattati gli occhi alla penombra, ho avuto occasione di farmi un quadro generale di tutto il resto.

Dunque era questo, che Barbarah nascondeva da sempre, dietro questa porta di legno misteriosamente sbarrata e chiusa a chiave, sempre inaccessibile e mai presentabile! Mi sono detto. *Ed io che mi sono sempre fidato di lei! Io che le ho sempre dato retta, in ogni circostanza, senza mai tradirla nella fiducia! Io che non mi sarei mai sognato di entrare qua dentro…*

Ma le bugie hanno le gambe corte, nonostante non lo siano abbastanza quelle di Barbarah… e così ora tutto sembra scivolare via come olio nella spirale della vita, fino a quando un cecchino assetato di sangue non spara, freddo e inespressivo, ponendo fine al folle flusso del delirio. Lui è là, pronto a sorprenderti! Lui, il cecchino che ti spara alle spalle, la sagoma sghignazzante del destino che se la ride del tuo essere semplicemente umano!

I morti che ho scovato sono due ed entrambi, come l'arto che per primo ha catturato la mia vista, sono decrepiti e rinsecchiti, disidratati, prosciugati di ogni liquido vitale. Uno accanto all'altro, in una stanza che adesso non posso vedere, per fortuna, sarebbero in grado di ricordare due antiche mummie. Mummie adulte. I loro sguardi assenti si perdono in due orbite vuote e nere in cui la pelle, incollata orribilmente al teschio come stoffa, si stira in una miriade di minuscole piaghe, mentre quello che rimane dei nasi, ridotto a un sottile strato di cartilagine, fine come un panno consumato, ricorda appena le sagome dei suoi possessori.

Li ho osservati da capo a piedi poco fa… li vedo ancora… qui davanti a me… e ho preso mentalmente nota di ogni cosa riuscissi a scorgere nella penombra di quella stanza adibita a tomba. I due cadaveri sono vestiti. E non possono muoversi. Sono legati alle sedie, forse per far sì che non cadano. Il padrone della mano che mi ha destato terrore indossa un abito scuro, da cerimonia, abbottonato elegantemente sopra una camicia bianca di seta. Ha una costosa giacca gessata e una cravatta scura. L'altro cadavere, la donna, sta lui accanto e tiene l'uomo per mano.

Mio Dio! Si tengono per mano! Ricordo di aver pensato.

La figura femminile indossa un lungo vestito da sera, scollato sul petto grinzoso, dove ormai è scomparso qualsiasi principio di décolleté e decorato a sua volta, da scintillanti collane di perle bianche. Alcuni collier cadono perpendicolari sotto la forza di gravità, fino a lambire i femori delle cosce rivestite del soggetto femminile. Nel collo, disidratato e appiccicato attorno alla spina dorsale, dove la natura stacca la testa dalle spalle, è incastonata una spessa collana d'oro.

La cosa più terribile però, quella che ancora sovrasta ogni altro giovane ricordo nella mia mente, è la foto delle loro bocche rattrappite. Quell'immagine è il fulcro di un incubo che divora le cervella di chi vi assiste, rigurgitando momento dopo momento, senza sosta, ogni sua sperata ragione di sopravvivenza spirituale a tale scempio. Quelle dei due cadaveri sono due bocche oscene, come due buchi neri, due fori senza fondo, dilatati e protesi nel buio e adornati, tutt'intorno, da protuberanze ossee schifosamente sporgenti e gialle: i denti! Sono due ovali stirati, nella loro massima ampiezza, in uno sbadiglio mortale descritto dalle labbra secche e di un marrone alternato a striature violacee, che scoperchiano e cappottano su gran parte della mascella superiore e della mandibola. Quelle bocche mostrano gengive mummificate e mettono a nudo l'incastro dei denti, per l'inaridimento della carne morta che, in assenza di acqua, si ritrae fino quasi a strapparsi.

Questo era il segreto di Barbarah! Il segreto della ragazza con cui sono stato per due anni e mezzo, donandomi ciecamente anima e corpo. La stessa Barbarah che dovrebbe rincasare a momenti, ma che ancora non si vede! Quanto ci sta mettendo? Eppure, anche se il tempo per me sembra non avere più importanza, tanto è stato lo stupore e lo sgomento, di solito, quando si lascia la porta aperta, si ha a che fare con faccende che rubano solo pochi attimi!

Il portone principale di casa Piterson è ancora accostato, proprio come Barbarah l'ha lasciato. Mi domando ancora, se due cadaveri in casa possano mai puzzare, se due persone morte ridotte a mummie possano espandere la loro presenza olfattiva nell'aria di tutto l'edificio... ma le questioni veramente terrificanti e le domande che di continuo mi lampeggiano intermittenti dietro la fronte, come insegne al neon in una strada buia d'estate sono queste: *da quanto tempo quei corpi sono nascosti in quella stanza? Da quanto, i Signori Piterson, i genitori di Barbarah, siedono vicino dando il consenso alla polvere di depositarsi loro addosso e assicurando una dimora stabile a carovane di acari e mosche, permettendo loro di nascondersi tra ciò che rimane delle loro carni secche?*

Ecco che si spiega tutto, ecco che si spiega come mai quell'ostinata voglia di cambiare argomento, ogni volta che m'intromettevo in un discorso con la mia ragazza provandomi a discutere dei suoi cari... ed io che volevo conoscerli! *I Signori Piterson... quelli... sono i Signori Piterson!* Penso. Quelli che siedono nella stanza degli ospiti! Non ci vuole molto intuito a capirlo! I Signori Piterson sono due scheletri ricoperti di sole fibre essiccate, muscoli e pelle, sotto un sottile strato di tessuto privilegiato. I Signori Piterson sono pelle e ossa! I Signori Piterson sono due cadaveri!

Cristo! Non mi sembra ancora vero! Il segreto. Ho svelato il segreto di una ragazza che non sarebbe mai stato condivisibile con nessun altro, neppure con la persona capace di amarla, neppure con il proprio futuro marito, se mai l'avesse scoperta. Alla fine sono riuscito a svelarlo involontariamente. L'ha voluto il destino e senza volerlo, mi ha fatto un regalo.

Probabilmente l'odore di marcio, di decomposizione, malgrado fosse contenuto in una stanza nel migliore dei modi, se le due salme non avessero avuto un trattamento adeguato, si sarebbe propagato infiltrandosi ovunque, nel palazzo e oltre. Il tanfo si sarebbe diffuso lungo le rampe di scale appiccicandosi ai vestiti degli inquilini, come denso fumo invisibile di morte e avrebbe dato ai loro nasi modo di riflettere, fino a far nascere in loro ipotesi sospette e innaturali... ma credo seriamente sia da anni, ormai, che quelle carcasse siedano prive di emozioni, tra quelle quattro pareti e, che io sappia, nessuno mai si è lamentato di squallidi o nauseanti olezzi. In questo edificio abitano più anziani che giovani, ma... quei pochi ragazzi che vi sono, seppur non subito, vi fosse stato qualcosa nell'aria, sono sicuro se ne sarebbero accorti.

Se i due corpi fossero stati semplicemente abbandonati, non avrebbero retto per così a lungo fino a raggiungere lo stadio di mummificazione attuale. Barbarah ci è riuscita, ha fatto loro qualcosa.

Una volta varcato il confine del delirio, ne ho approfittato per guardarmi intorno e posso assicurarvi che all'interno della stanza degli ospiti, non giacciono solo due corpi. Subito sulla destra c'è un enorme scaffale di legno scuro. Esso ha delle mensole. Sopra le mensole posano strani barattoli avvolti da bende polverose e, dentro di essi, galleggiano osceni degli organi. Quelle che da principio non avevo subito riconosciuto come parti umane, sono ben chiuse sotto spirito e i contenitori in cui dimorano, quasi colmi fino all'orlo di un liquido trasparente, le conservano dandogli un aspetto, guardandoli dall'esterno, più grande di quanto non siano realmente. Vi sono dei cervelli, due per l'esattezza e mezzi spappolati… sono sicuro di aver notato due cuori, due fegati e altre parti d'interiora che non vi starò a elencare.

Poco più avanti, sopra un mobile, ho riconosciuto strane e lunghe pinze e altri insoliti ferri, tutti palesemente antichi. I ferri, lunghi e sottili a tal punto da non far stentare a credere che qualcuno li usasse anche in passato per compiere strani rituali, sono lugubri e sporchi. Certi oggetti sono capaci di cavare fuori ogni schifezza molle contenuta nel corpo di un essere umano, attraverso soli piccoli buchi. Come gli antichi popoli egizi, infatti, Barbarah deve aver usato quegli utensili partendo dal naso delle vittime, al fine di cavare loro fuori, attraverso di esso, le cervella. Non ci ho messo molto a capire cosa fosse successo e in che modo, tutti abbiamo studiato almeno un po' di storia nella vita! Il solo pensarci mi fa venire il vomito, è una cosa disgustosa da accettare ai nostri tempi, ma permane il fatto, che i Signori Piterson, seppur non avvolti da fasce e bende e chiusi in sarcofaghi di pietra o altri materiali usati per le antiche mummie, siano conservati più o meno nello stesso modo. Ecco perché le loro membra non emanano tanto tanfo, così assiduo e penetrante, da far pensar male non appena si varchi la soglia di quest'appartamento.

Ora che ci penso, a Barbarah hanno sempre fatto impazzire gli egiziani, ha sempre dato loro un'importanza divina, sostenendo come quel popolo fosse stato il principio dal quale si propagò poi la nostra evoluzione.

I cadaveri devono essere stati operati molto tempo fa, privati dei loro organi interni e ricuciti. Gli antiquati utensili, pinze e ferri, devono essere stati impiegati per estrarre loro il cervello attraverso le narici e, sulla pelle secca, dove a punti si diffondono leggeri strati di muffa, i due corpi devono essere stati cosparsi da un olio impermeabile contro gli agenti esterni, capace di conservare più a lungo le cellule defunte. Forse si tratta di un olio misto a grasso.

Beh, si tratta pur sempre di un lavoretto fatto in casa… direste voi… sfruttando solo in parte, le vecchie tecniche degli antichi egizi, ma posso metterci la faccia, che l'opera sia stata compiuta efficientemente! O almeno abbastanza bene perché nessuno abbia mai avuto di che sospettare fino ad oggi!

Passando davanti alla camera degli ospiti, in passato, solo poche volte avevo notato un odore apparentemente insolito.

Barbarah ha studiato accuratamente le tecniche di mummificazione e anche in quella schifosa stanza conserva libri e manoscritti, dove non si fa che parlare di cose simili. Ma come può una ragazza come lei aver fatto tutto ciò ai propri genitori e, ancor più, come può averlo fatto da sola?! Come può aver compiuto simili gesta, prima ancora di diventare donna?!

No… mi rifiuto quasi di credere alla realtà, una bambina che applica tecniche di conservazione delle salme, nel proprio appartamento, all'ignaro sapere di chiunque… è una cosa assurda! E com'è possibile che nessuno si sia mai accorto della loro assenza? Della mancanza dei Signori Piterson, intendo! Le riunioni di condominio? Devono pur esserci state delle riunioni di condominio in questo palazzo, ogni tanto! Le riunioni di condominio si fanno da tutte le santissime parti! Com'è possibile che nessuno ne abbia mai denunciato la sparizione? Come ha fatto Barbarah a nasconderli per tutto questo tempo?

Sono sul divano.

E di là, nella stanza degli ospiti, giacciono morti la Signora Anne e il Signor Ray: i genitori della mia ragazza Barbarah. Finalmente sono riuscito a conoscerli.

Il bicchiere sul tavolino a me di fronte è diventato un tunnel solido e freddo dove mi perdo con i pensieri e rimango intrappolato, senza poterne uscire incolume, mentre i miei occhi lo fissano ancora, senza cambiare direzione.

Ci sono dei quadri nella sala in cui mi trovo, tutt'intorno a me e hanno tutte le caratteristiche di essere dipinti molto antichi. Le loro cornici sono larghe, spesse e lavorate con maestria, incise a formare riccioli e rose lignee, attorno a paesaggi e ritratti piuttosto cupi. La luce aiuta, aiuta nello scurire le vecchie pennellate ormai secche di tempera a olio, facendole apparire quasi di una sfumatura tendente al nero. La persiana del salotto è quasi completamente abbassata e l'ombra mi avvolge fresca. Barbarah ancora non si vede.

La mia vista sfuma in abbagli di colore che si fondono insieme, in vortici misteriosi, come sulla sfera di cristallo di una disgustosa strega, intenta a compiere indagini nel futuro. Sì, il mio futuro...

Chissà se fra un po' ce la farò ad alzarmi, a raggiungere l'auto decappottabile di quella magnifica serata passata assieme a Barbarah e a recarmi fino a casa, senza investire nessuno...

Qualcosa continua a svolgere il suo compito, qualcosa che mi annebbia la mente, qualcosa che viaggia nel mio sangue e che m'intontisce, rendendomi sempre più pesante, sempre più debole, sempre meno cosciente... fino a quando, di colpo, capisco. Non ce la potrei mai fare. Non tornerò a casa quest'oggi. Forse domani, se mi sarò ristabilito. Il colpo è stato forte, il tradimento e la sorpresa, qualcosa di distruttivo per la mia anima sensibile e docile.

Non mi resta che aspettare la mia ragazza. Non mi resta che aspettare quella pazza di Barbarah e chiederle perché l'ha fatto. Perché ha fatto quello ai suoi genitori. Uno strano giro di giostra canta all'infinito nel luna-park dei miei pensieri.

ΠIIIII

E' trascorso altro tempo. Non so stabilire quanto, ma non posso continuare ad auto-distruggermi così. Questo mio stato d'animo mi corrode partendo dallo stomaco e appare solamente come una banale scusante dedita al totale abbattimento morale e spirituale, tipico di un individuo masochista. Mentre io, non godo nel farmi male! Devo alzarmi! Devo farla finita! E per prima cosa, scanso lo sguardo dal bicchiere di bourbon che poggia sul tavolino di cristallo.

Trovo il coraggio.

Giro la testa, il collo mi duole dolorosamente per aver mantenuto troppo a lungo una posizione quasi immobile e mi ritrovo a fissare il portone dell'appartamento. Da esso si accede alla casa, dopo esser saliti per la tromba delle scale. L'avevo lasciato socchiuso, proprio come doveva averlo lasciato Barbarah, ma ora è aperto. O forse no? Gli abbagli di luce che vedo davanti agli occhi m'ingannano distorcendo la realtà. Avevo lasciato la porta come l'avevo trovata quando mi ero permesso di entrare in casa, come l'aveva lasciata la ragazza che, a secondi, sarebbe dovuta comparire davanti ad esso aprendolo, e richiudendoselo definitivamente alle spalle.

Poi una scheggia sagace di riflessione raggiunge e trafigge il mio intelletto, subito dopo aver effettuato una seconda veloce indagine, con sguardo furtivo. *No, non posso credere anche a questo! Sto sicuramente sognando!* Mi dico, ma so per certo, nel profondo dell'anima, che quello è solo quello che vorrei che fosse, un sogno! Un incubo… quando non lo è.

Il portone è chiuso! E' già chiuso! E se si fosse chiuso per il riscontro, causato da una raffica di vento, lo avrei sicuramente udito! Avrebbe sbattuto! Avrebbe fatto rumore!

Dio salvami. Penso ancora. Non c'è vento in questa casa, non c'è vento in questo corpo, né vi è vento nel susseguirsi degli avvenimenti razionali, durante il compiersi di una vita su questo mondo. C'è solo morte. L'odore della morte che passa, filtrando lentamente, attraverso una porta che nasconde cadaveri, per stagnare negli angoli in muratura di un salotto buio.

Il portone principale della casa è chiuso… questo vuol dire che… *qualcuno è già entrato! Qualcuno ha già messo piede qui dentro senza che io me ne accorgessi! Com'è potuto accadere, se è tutto il pomeriggio che siedo sui cuscini di questo divano come un fantoccio?!* Mi domando.

«Non è tutto il pomeriggio», sussurra una voce alle mie spalle, «ma solo un quarto d'ora. Solo un quarto d'ora, mio caro tesoro!».

Non ho parlato! O perlomeno non credo di averlo fatto, non sto diventando matto fino a questo punto… dunque, chi è che mi ha sentito? Come ha fatto… se il mio era solo un pensiero? Ma la voce! Questa voce io la conosco, non potrei sbagliarmi, anche se sembra provenire da lontano, da molto lontano. Quasi da un'altra stanza. E' la voce di Barbarah. La mia ragazza mi sta alle spalle e, ora, si sposta sul fianco destro del divano, rimanendo sempre abbastanza nascosta dietro di esso, perché io non possa voltarmi a guardarla bene. La scorgo con la sola coda degli occhi e non riesco a girarmi maggiormente. Il mio sedere non si sposta, è come incollato!

«Non ti sforzare», dice lei e lo fa con estrema dolcezza, «tanto è inutile. Ormai sta facendo effetto!», esclama.

Sta facendo effetto? Che cosa?! Cosa sta facendo effetto?! Penso terrorizzato.

«Mi spiace tanto, sai, che sia andata a finire così, intendo, ma non posso permetterlo. Non posso proprio accettare il rischio che qualcuno sappia del mio segreto, perché in queste condizioni, prima o poi… verrebbe sicuramente allo scoperto!», esclama ancora la voce sottile, quasi da dietro le mie spalle.

Cerco di voltarmi, ma non ci riesco. Posso girarmi lentamente solo verso quel portone, un oggetto così distante da sembrare irraggiungibile e allora torno, vinto dalla mia incapacità di muovermi, a studiare il bicchiere che, adesso, è l'unico oggetto nitido e distinto nel mio campo visivo. Tutto il resto è sfocato, nebuloso. La mia vista trema. *Barbarah…* faccio per dire, ma il nome è un suono strozzato che si nutre solo dei miei pensieri.

«Non ti preoccupare», risponde lei, quasi mi avesse sentito un'altra volta, «è solo una polverina che ti aiuterà a dormire un po', a dimenticare… e tu immagini, come certi pensieri vadano dimenticati, vero?». Mi pone domande.

Dimenticati? Una polverina? Per Dio, come ha fatto a somministrarmi una polverina?! Forse nel bicchiere di bourbon! Sì, quel maledetto bicchiere del cazzo… fottuto bastardo, sapevo che tu c'entravi qualcosa in tutto questo! Io non ricordo di essermi preso da bere… deve essermi stato offerto, ma è così difficile ricordare… ho solo confusione nella testa. E' possibile scordarsi anche il proprio nome? I pensieri mi assalgono come cani affamati affetti dalla rabbia.

«Lo scoprirai presto», dice Barbarah.

Dunque… mi sente! E' capace di leggere nel pensiero o cosa?! Mi domando io. Non sono sicuro di stare parlando, ma probabile che bisbigli qualche parola e lei capisca, senza che me ne renda effettivamente conto. *Sono seduto da un po'… ho davanti a me un bicchiere… ma non ricordo di essermi messo a sedere… non ricordo di essermi versato del bourbon… non… non sono stato io... e quello che ho creduto fin'ora? Non sono stato io a prendermi da bere! In effetti c'è un vuoto.* Un buco nero nel passato m'invade.

«Sappi che non ti farei mai del male», sussurra ancora la mia ragazza, forse avvicinandosi al mio orecchio. «In fondo, sei il mio uomo! La *pozioncina* sta solo bruciando le parti marce del tuo cervello. Le sta solo cancellando, per ridarti la felicità e allora... potremo continuare a stare serenamente insieme!». Barbarah ride.

Felicemente insieme... penso. *Dubito che quando tutto questo sarà finito, potremo stare felicemente insieme, bastarda traditrice!* Le rispondo di rimando nella testa. Una *pozioncina*, tutto qui! Mi parla come fossi un bambino che deve prendere lo sciroppo cattivo, per far passare la tosse! Una *pozioncina* in grado di farti dimenticare, dice, dimenticare bruciando le parti marce... maledetta bugiarda! La rabbia dell'essere stato giocato, m'innervosisce in modo estremamente singolare. Che mi abbia somministrato un intruglio magico, magari estrapolato da vecchie pergamene egizie? Magari le stesse su cui ha studiato come fare mummificazioni di cadaveri? E che razza di polvere potrebbe mai bruciare dei ricordi, piccoli campi energetici tra cellule, nel mio cervello, se non un acido? Già, deve trattarsi senza dubbio di un acido! Mi ha mischiato un acido con il bourbon! Il bourbon che a me piace tanto... e lo stesso che mi sta... forse uccidendo? E prima di questo divano? Cosa viene prima di questo divano, cosa è accaduto in quella fetta di tempo che separa la mia rivelazione dalla stanchezza che ora mi affligge? *Come hai fatto...?* Mi chiedo.

«Non ti preoccupare. Finirà presto», dice lei.
Barbarah... perché?!

La mia ragazza parla. Racconta qualcosa riguardo ai suoi, a quello che è successo in questa casa e, di colpo, si accende una luce dentro di me. Un particolare che stava per essere dimenticato o chissà, magari cancellato dall'intruglio che ho capito di aver ingerito! Si tratta di qualcosa d'importante che ancora balugina nel mio passato di questo pomeriggio, senza definirsi chiaramente. E' qualcosa che devo ricordare a tutti i costi, ma che continua a sfuggirmi, scomparendo e scivolando, viscido e unto, senza darmi la speranza di afferrarlo saldamente nei pensieri.

Barbarah continua a parlare. Bombarda il mio cervello di parole che mi appaiono, per lo più, incomprensibili… melodiche… mi viene quasi da supporre che stia facendo un rito. Un rito di quelli che facevano gli antichi egizi per donare le anime ad *Anubi, Re dei Morti* o qualcosa del genere. Poi cerco di sdrammatizzare. *No, adesso non esagerare, sta solo raccontandoti la sua storia, l'inizio della sua follia!*

Ma è inutile, perché tanto non potrei mai capirla, il bourbon avvelenato dall'acido, come ha detto Barbarah due secondi fa, sta compiendo il suo lavoro nel mio cervello, nella mia mente e sui miei ricordi. Le parole che lei sta blaterando, si cancellano nello stesso tempo in cui i miei timpani riescono a percepirle. E non compiono nessun discorso logico alle mie orecchie, quindi non potrò mai ricordarle. E lei lo sa. Lo sta facendo apposta! *Schifosa, se solo…*

ma ecco che si fa strada il particolare che devo ricordare. E' lo stesso oggetto di prima che balugina al centro della scoperta di cui sono stato protagonista questo pomeriggio, riguardo quella stanza e che, forse, non è stato ancora cancellato del tutto dal veleno. *Devo resistere… con un po' di forza posso riuscire sicuramente ad afferrarlo, prima che sia troppo tardi. Prendilo ragazzo! Prendi il tuo ricordo! Cattura quel maledetto particolare!* Mi dico cercando di incoraggiarmi.

La mia ragazza mi gira intorno. Parla. Ma io non la vedo. C'è solo una sagoma sfocata davanti a me. La mia peggior sciagura.

Sto lottando contro la morte o cosa? E' così che ha fatto anche con loro? E' così che uccide? Ripete in ciclo, un grumo di cervello bruciato sotto la mia calotta cranica, senza più smettere. *Sto diventando come uno di quei pazzi da manicomio che ripetono le cose in continuazione, dondolandosi, senza mai smettere, su una sedia del cazzo!*

Il particolare. E' ancora lì, ma che cosa…

Devo farcela. Maledetta puttana, tu mi stai uccidendo! E' questo che stai per fare, vero? Mi stai mandando all'altro mondo prima del tempo! Urlo, ma non me ne rendo conto.

Barbarah è ancora davanti a me. Parla e di colpo si blocca.

Che sia io a non udirla più, per qualche altra corrosione permanente, interna al mio circuito nervoso principale? Mi domando, ma sto sbagliando. Baby ha realmente smesso di blaterare. Ed io non ho capito niente. Non potrò testimoniare neppure la sua follia. Mi guarda e mi punta. E' solo un'immagine sfocata davanti ai miei occhi.

Il particolare... sono sicuro che ci sia un'altra cosa importante che devo... ricordare? E a quale scopo, tanto ormai non potrei più dirlo a nessuno, in un modo o nell'altro! *Ma ci devo provare!* Mi convinco e... *possibile che nessuno mi senta?! Possibile che non c'è un'anima sana, in questo palazzo schifoso, che senta questo povero cristiano urlare?!* Sbraito e mi fa male la gola, ma la mia ragazza non si scompone e quando intravedo qualcosa brillare... ci sono! Finalmente ci sono!

Eccolo! Per Dio, Eccolo! Il fottutissimo particolare del cazzo! Lo agguanto e lo tengo stretto. Stavolta non mi scappa e che quell'acido continui pure a squagliarmi il cervello! E' bastato un sottile brillio...

⊓||||||

Barbarah prega. Posa in ginocchio a un paio di metri dai miei piedi e protende le braccia al soffitto. Ha spostato il tavolino con il bicchiere di bourbon da un lato. Ormai non le serve più. E' andata, ha avuto la meglio. Nelle sue mani stringe il *particolare* che sono quasi riuscito a salvare dalla distruzione mentale. Probabile che la mia esistenza finisca qui, probabile che rimanga sdraiato in un qualche punto di questa stanza, accasciato e inerme e che, quindi, non possa mai essere chiamato in causa con lo scopo di testimoniare i terribili eventi che si stanno consumando, ma forse... potrete farlo voi al posto mio! Chi può mai saperlo! Riuscirete a fargliela pagare per aver messo in atto i suoi folli piani?

Un pugnale d'oro si alza al cielo, un cielo immaginario, intreccio di anime morte e strani spiriti che si mordono a vicenda gli uni con gli altri, sagome di ectoplasma che si frustano, si scavalcano, si penetrano e si uccidono.

Anche *loro* avevano un pugnale indosso, quando ho scoperto il segreto di Barbarah. Anne e Ray Piterson giacevano morti con la lama metallica di uno strano punteruolo conficcata verticalmente nella schiena, all'altezza delle scapole. Il manico dell'arma fuoriusciva dal perfetto centro della loro spina dorsale. Sostava tra il punto di equilibrio che bilancia la vita e la morte, tra la luce e l'oscurità. Lì vi è il bagliore, il *particolare* che tanto ho sofferto nel trattenere a galla, permeando nello strato di semi-incoscienza in cui mi trovo.

I due coltelli, quelli che ho visto prima nella stanza degli ospiti, sono uguali a questo terzo arnese. Essi sono suoi simili, hanno la medesima impugnatura, la medesima lama e… anche se credo di essere già morto e in qualsiasi modo finirà, non ho nessuna intenzione, dovessi sbagliarmi, di permettere alla ragazza che ho di fronte di pugnalare selvaggiamente il mio corpo ponendo così fine a un ennesimo rito ignobile e miserabile.

Ho una tremenda voglia di alzarmi, di muovermi, di correrle addosso, addosso a Barbarah e sogno… sogno di sferrarle un tremendo calcio in bocca, facendole saltare i denti e mandandole in frantumi la mascella! Vorrei farlo così, all'improvviso… mentre prega in ginocchioni a pochi metri dal mio cazzo!

Il pugnale. Il *particolare*. Si protende verso l'alto, sorretto dalle determinate braccia di un'assassina.

Non sei ancora morto! Non sei ancora morto! Ripete il mio cervello dentro la mia testa, *è lei che vuole ucciderti!* Non posso permetterglielo! E ci provo sforzandomi ancora una volta, ancora un poco. Solo Dio può darmi il coraggio, solo lui può darmi la forza. *Alzati! Alzati! Alzati!* Urla la mia coscienza. *Non sei morto! Non lo sei! Non ancora! E' solo quella droga… sicuramente distruttiva, ma non al punto da non permetterti di alzarti… hai sollevato il gomito poco fa, ricordi? Sei uno tosto! Hai sollevato il gomito poco fa… hai girato la testa… puoi farlo di nuovo! Puoi farlo ancora! Hai alzato il gomito, ricordi?* La mia mente ripete come un disco rotto sempre le stesse cose.

Sì, ricordo, per prendermi un goccio di bourbon… e mi viene da sorridere, mentre immagino le mie labbra che si stendono ridando al mio volto un'espressione, un'ultima, misera espressione di sollievo. Felicità. *Bravo, sei fortunato, riesci ancora a permetterti la goduria di esprimere un'emozione, un sentimento improvviso, quindi questo vuol dire che… non hai ancora perso tutto! Non sei ancora del tutto bruciato! Puoi provare, puoi farcela! Volere è potere!* Volere è potere. Volere è potere. L'ho sentito dire tante di quelle volte… ma forse la coscienza ha ragione. Ho alzato il gomito poco fa e, anche se si è trattato di uno sforzo sovrumano, nella condizione in cui mi ritrovo, ci sono riuscito. La mia faccia era priva di emozioni e, adesso, sono riuscito a sorridere stirando dei nervi, seppur piccoli e in modo alquanto minimo. Rimane il fatto che vi sia riuscito. Ne sono sicuro e non è cosa da poco, non posso sottovalutare l'idea che, forse, stia riprendendomi. *Che sia davvero una polvere a effetto temporaneo? Mi chiedo. Allora è vero, Barbarah non mi farebbe mai del male… ma il pugnale?!*

Mi ucciderebbe. Qualunque sia l'effetto della pozione che mi ha somministrato, qualcosa di già vissuto traspira fiati gelidi attraverso queste mura e mi percuote con scosse di brividi. La ragazza che ho davanti, quel mostro, l'ha già fatto una volta, ha già compiuto quelle gesta con i suoi cari. La storia non farà altro che ripetersi.

Provo ad alzarmi, ma devo essere veloce. Posso concedermi una sola chance, altrimenti sopperirò sotto la sua follia e voglia di uccidere. Ma per chi? Per chi uccide? E mi accorgo che non lo saprò mai. Tutto è nebuloso, non vedo altro che una sagoma. La sagoma della mia ragazza in preghiera con il pugnale.

Un muscolo mi si contrae dentro il corpo, da qualche parte imprecisata. Non odo nemmeno più i rumori, le voci, i suoni. Ma qualcosa si sta muovendo. Mi concentro con tutte le forze. Deve essere uno scatto veloce e inaspettato. Devo sorprenderla! Devo sorprendere la sua medicina e agire prima che mi distrugga completamente il cervello! Devo essere audace, repentino, agire come un rettile tenuto in ostilità. Devo essere una saetta!

Un'altra espressione sul mio volto. Digrigno i denti. Mi decido nel compiere la mossa decisiva e vado per alzarmi, ma devo attraversare prima un mare, una piscina immensamente grande e profonda, dove un vortice che mi tiene per i piedi, non intende assolutamente lasciarmi. Vuole affogarmi, ma sento di poterlo battere. Solo un momento e poi…

Qualcosa esplode. C'è del fuoco che brucia nel mio cervello. I ricordi lampeggiano sbiadendo pian piano e, presto, anche le immagini della Signora Anne e del Signor Ray, si sciolgono nel mai visto, né sentito, ma il pugnale rimane. Sono più forte di lui e ormai lo tengo in pugno, nel pugno immaginario della mente. Il coltello è mio! *Tu lo hai dalla parte del manico tesoro, ma io stringo la lama! La stringo là, dove ormai non può più nuocermi!* Mi dico e divento io stesso parte di essa, la punta tagliente di un oggetto omicida. Evado dal cilindro di vetro del bicchiere di bourbon. Non posso scorgere la sorpresa di Barbarah, perché la sua immagine rimane offuscata e tremula ai miei occhi, ma riesco a raggiungerla. Veloce come una saetta. E così come avevo pensato di agire, tutto ruota velocemente intorno a me.

⊓∣∣∣∣∣∣∣

Le corro addosso, le sferro un calcio nel collo appena sotto la mandibola e subito rovino a terra come un sacco di patate, urtando il naso sulle mattonelle fredde del salotto. Perdo sangue, ne sento il sapore in bocca, l'aroma dolciastro e salato, ramato come sappiamo. Riesco a voltarmi e scorgo incredulo che anche Barbarah, però, è sdraiata a pochi centimetri da me. Lei mi è quasi accanto e finalmente ha smesso di pregare. Non si muove. Non molto almeno e mi sorge il dubbio che stia soffocando. Probabile che l'urto con il mio piede in volo le abbia rotto un'arteria… o l'improvvisa percossa, il colpo al collo, le abbia creato un trauma temporaneo, rendendola incapace di respirare a sufficienza. Ma non m'interessa. La dovevo fermare, questo era il solo obiettivo che mi ero posto. Dovevo rendere la sua follia inagibile una volta per tutte.

Giro la testa e scorgo quello che cerco: il pugnale. Esso dista circa un metro dalle mani di Barbarah, che ora si vincola a terra come un rettile capovolto cui è stata strappata la coda. La coda di una lucertola però ha la facoltà di ricrearsi, ed io, invece, non lo devo permettere. Io devo ucciderla! Devo raggiungere il pugnale, ma una forza maggiore non me lo permette. Il veleno. I miei arti sono molli, come quando si addormentano durante la notte, quando si è in una posizione storta nel proprio letto e la loro sensibilità è quasi pari a zero. Non ho potuto pararmi il volto neppure nella caduta. Il corpo m'impedisce di essere quello che voglio. Di fare quello che voglio… *maledetta troia!* La maledico.

Devo raggiungere il luccichio metallico, devo impossessarmi di quel fottuto pugnale! Ma non riesco. La corsa e il calcio sono state le mie due ultime carte fortunate, azioni nate dalla rabbia che un attimo fa mi ha pervaso e già sento scemare, causa un rilassamento involontario dei nervi, rendendomi nuovamente inutile. Sento girare la testa, la nebbia sulle mie pupille si tinge di nero, come la stessa oscurità che ci accarezza dopo una lunga giornata di fatica, quando finalmente ci si decide a chiudere gli occhi. Io, però, ho le palpebre aperte, quasi fossero paralizzate. Lo stomaco mi esplode. La mente m'implode. Mura di pietra si crepano e collassano metaforicamente, in maniera grottesca, sulla mia vita trascorsa e sui miei ricordi, anche i più belli, cancellandoli assieme a ogni emozione. Non ho più il privilegio del tatto, né tantomeno quello dell'udito. La vista non funziona come dovrebbe e dei cinque sensi, i soli due che sembrano permanere, sono il gusto e l'olfatto. L'uno dedito a riconoscere il sapore del sangue, l'altro, a percepirne il suo odore, mentre si riversa lento all'esterno, fuoriuscendomi dalle narici.

Mi rotolo lentamente verso la ragazza che ho di fianco, sperando che non si alzi inaspettatamente e che non mi pianti la lama dell'arma nella schiena, come già a fatto ai suoi cari… ma lei è lì, in terra, e continua ad agitarsi muta e senza emettere suoni. Forse si porta i palmi alla gola… forse non avrà mai più il potere di alzarsi. *Bene, spero tu soffra prima di morire! Perché è solo quello che meriti, maledetta assassina!* Mi dico. Ma si può morire con un calcio? Mi domando. Si può morire con un calcio alla gola?

Barbarah si vincola, si contorce. Senza suoni. Senza rumori. Scalcia nel vuoto come in preda alle convulsioni. Tiene gli occhi sbarrati e digrigna i denti, quasi stesse soffrendo nelle grinfie di un terribile attacco epilettico. La sua bocca non schiuma, ma si morde la lingua, trasformandola in un orribile spugna violacea e gonfia...

Ed è proprio in quel mentre che scorgo le anime e cado. Scivolo sul fondo della piscina, la mia piscina, quella nella mia mente... avvolto dall'oscurità della stanza.

La stanza degli ospiti.

ΠΙΙΙΙΙΙΙΙ

Mi risvegliai, sapete? E anche se si trattò di un acido solo *momentaneamente* distruttivo, di un veleno dall'effetto temporaneo, solo oggi, a distanza di cinque anni, sto cominciando a riprendere, almeno in parte, le varie funzionalità corporee.

I dottori affermarono che sarei potuto morire se non fossi stato giovane e non avessi avuto un cuore forte a sostenere il trauma. Subito dopo essere stato prelevato dall'appartamento, mi diagnosticarono una sorta di coma, un coma molto singolare e dalle ore contate, dopo il quale, se tutto fosse andato per il meglio, forse sarei rinvenuto sano. I medici riuscirono a calcolare un tempo d'azione della sostanza, cercando di dare un tempo e una durata agli effetti indotti dalla pozione che mi era stata somministrata, studiandone il processo evolutivo sul mio corpo. Logicamente viaggiarono tutti per approssimazione di calcoli e i medici stessi, aggiunsero sicuri, che se tale stress fisico si fosse propagato più a lungo del previsto, probabilmente ne sarei rimasto provato per il resto dei miei giorni e per la vita intera.

Differentemente da molti altri tipi di coma, dissero che una volta tornato alla luce, nonostante fossi stato impossibilitato nel muovermi, avrei potuto vantare della facoltà del parlare. Le mie parole non furono subito spigliate e ben scandite, ma potei dare un minimo di fiato alle corde vocali per rispondere ad alcune prime semplici domande. Ero in coma, o qualcosa del genere. Ero paralizzato, ma non del tutto incosciente. Sentivo gli odori e i sapori dei pasti che mi facevano inghiottire. I giorni passarono lenti anche dopo il picco del pericolo scampato, con me sdraiato nel letto di un ospedale e le infermiere che accudivano un paziente immobile, o quasi, quale ero. Al fondo della brandina, sulla quale trascorrevo gran parte del tempo tra una riabilitazione e l'altra, una cartelletta clinica affissa che motivava la mia collocazione nel reparto, fu sostituita molte volte. *Trauma da assunzione di sostanze tossiche*, recitava il referto medico non appena entrai nel mondo ospedaliero. Allora mi ritrovavo in circolo nel sangue sostanze cancerogene a me sconosciute, mi spiegarono, per fortuna a dissoluzione progressiva dal momento dell'assunzione, fino a tempo più o meno determinato, in base all'organismo che ne assumeva. In ogni modo, sarei dovuto morire! Ma qualcuno lassù mi aiutò.

I medici dicono tuttora che quello a cui fu sottoposto il mio cervello cinque anni fa, fu un intruglio di acidi e veleni mischiati assieme, fino a formare una droga abbastanza inusuale per i nostri tempi. Questo basta a farmi capire quanto a loro volta non sappiano esattamente di cosa stiano parlando, ma la cosa non mi sorprende così tanto, tenendo presente che, probabilmente, nessuno di loro ha mai studiato medicina egizia sui libri che Barbarah, invece, custodiva misteriosamente e con così tanta gelosia! I suoi erano libri antichi e molto pericolosi!

Non m'importa, secondo il mio parere, nessuno volle ammettere di non conoscere a fondo la composizione distruttiva che mi fu somministrata nella bevanda, mischiata professionalmente a del classico bourbon. Tutto qua! Pareva evidente, che nessuno ai giorni di allora avesse mai avuto a che fare con sostanze così ostili! E ancor oggi nessuno pare interessarsene! Mi fu raccontato addirittura in seguito, da alcune autorità, che nel rilevare le prove successive dell'accaduto, durante le analisi, non fu trovato nulla d'insolito che fosse in grado di spiegare l'avvenimento dei fatti. Anche il bicchiere risultò pulito nelle indagini successive e il liquido che mi aveva intasato le vene, secondo altri, trasportava solamente un alto tasso di adrenalina. Dunque... mi chiesi cosa volessero affermare esattamente nelle indagini successive e mi rifiutai di credergli. L'acido c'era, ma non si vedeva? Cosa andavano dicendo quei fanatici del cazzo?! Considerando poi il fatto, che l'adrenalina non riduceva il corpo in un ammasso flaccido di muscoli e non induceva a stati d'incoscienza, né tantomeno portava stanchezza o facilitava casi di paralisi muscolare... nulla seguiva più una reale logica medica. Le idee confuse, vollero insabbiare qualcos'altro.

La mia ragazza mi avvelenò. Fui salvato per miracolo. I postumi se ne andarono lenti e man mano che andavano scemando, causarono altri piccoli traumi dai quali ancora adesso sto cercando di tirarmene fuori. Sto riprendendo solo a oggi, il pieno controllo di alcune funzionalità del mio corpo, ma non riuscirò mai più a camminare correttamente, se non con due stampelle. Non riuscirò mai più a scorgere lontano, orizzonti che ebbi modo di osservare nel passato, con la stessa chiarezza e limpidezza della vista di cui vantavo. Non potrò mai più udire perfettamente il cinguettare degli uccellini, se non con un apparecchio acustico elettronico in grado di amplificarne i suoni. Ci sono cellule che una volta bruciate, non possono riprodursi. Io lo so. E anche quando i medici dicono che ce l'ho fatta, l'ho scampata e andrà sempre meglio… io conosco la verità, io sono consapevole delle mie capacità e di come esse mutano riacquistando i loro principi naturali. Qualcuno mi ha graziato salvandomi dalla paralisi, dal coma, dalla morte e, soprattutto, dall'affilata lama di un coltello millenario. Ma loro mentono, i medici che cercano di rassicurare i loro pazienti, a volte mentono. La mia vita non sarà mai più la stessa.

Con quel calcio inflitto a Barbarah, vi sembrerà impossibile, ma riuscii veramente a metterla KO. Riuscii a farle saltare qualche dente e non solo! Ci trovarono dopo ventiquattro ore circa, quindi nel pomeriggio seguente, grazie all'ostinazione di un postino testardo che doveva assolutamente e a tutti i costi consegnare un pacco urgente ai Signori Piterson. Barbarah aveva mentito a tutti. Aveva coperto la loro morte per anni. Mentre per quanto riguardava il pacco… beh, difficile da immaginare, ma i Signori Piterson avevano ordinato per posta prodotti di bellezza! Il postino conosceva bene la mia ragazza, ex ragazza, e sapeva quanto fosse pignola e poco accondiscendente sul ritardo delle consegne, così, avendo già consegnato altre volte allo stesso numero civico, aveva insistito volutamente fino a quando non era incappato in una tragica scoperta.

La porta, quella dell'appartamento, fu sfondata a seguito di mugolii strozzati, sofferenti, udibili dall'esterno e provenienti da dietro di essa. Il postino doveva ricevere il pagamento per la merce recapitata e si era impegnato a salire fino al portone dell'appartamento di Barbarah, dopo aver trovato l'entrata principale del palazzo socchiusa. Una volta varcata la soglia e calpestato il pavimento interno, trovarono due ragazzi riversi a terra, ma scoprirono che i mugolii, in realtà, provenivano dalla bocca di uno solo dei due. Quello che mugolava ero io, non Barbarah. Lei era morta da un pezzo!

L'ho uccisa con un calcio alla gola. La mandibola le si spezzò in due proprio nel punto di congiunzione con la mascella e, una scheggia d'osso, penetrandole all'interno del collo, le strappò la parete sinistra della carotide. Quando la ritrovarono, Barbarah aveva perso sangue dal naso, dalla bocca e da ogni buco di merda del suo corpo. Deve essere stato bellissimo! Peccato che mi sia perso lo spettacolo! E nel morire deve aver sofferto, quindi… decisamente meraviglioso!

Io, nonostante avessi goduto di quella mia piccola, ultima azione mortale, potei soffermarmi in seguito solamente ad annusare e assaporare l'odore del suo sangue malato, fuoriuscire a fiotti, mentre me ne rimanevo quasi immobile, come un fantoccio di gomma azionato da pile scariche, sdraiato al suolo.

I Signori Piterson furono trovati e prelevati, con incredulità e sbigottimento colossale.

I libri di Barbarah furono portati via dagli agenti di polizia e dopo essere stati catalogati come reperti facenti parte a un omicidio, quello dei Piterson, furono rinchiusi in un qualche archivio prima di essere distrutti o donati a un qualche museo archeologico.

Non saprò mai perché la mia ragazza fece quello, non saprò mai perché uccise Anne e Ray, i suoi genitori, ma ho il dubbio che cominciò molto prima a praticare quegli strani riti magici. *Magari nella villa dell'unica nonna rimastale...* penso talvolta tra me e me. Mentre nel più profondo, credo si sarebbe avvalsa di quelle antiche pergamene rilegate, anche nei confronti di chiunque altro le avesse dato minimamente disturbo. Non mi sarei stupito se anche nella villa della nonna avessero trovato vecchi cadaveri mummificati!

Alla fine, parlando ancora di me, da quando uscii dal coma e cominciai a riprendermi un po', anche se da quella tragica situazione ne uscii vivo, mi resi subito conto di non aver mantenuto tutte le rotelle a posto. L'acido, in fondo, aveva fatto quello che aveva fatto!

Non ricordo più della mia infanzia, non riconosco più le persone che mi vogliono bene e confondo molte altre cose, paragonandole a quello che non sono. Ciliegina sulla torta, ho scoperto un'ultima perla!

Sono in un ospedale, in un reparto comune di paese e la vecchietta che riposa accanto al mio letto, anch'essa sotto cure mediche, ha delle dita molto squisite! Cominciai a prelevarne l'altra notte, cercando di soffocare le sue urla con un cuscino mentre mi accingevo a recidergliele. Non che facesse alcun rumore… d'altronde è troppo vecchia perché urli e ogni suo grido, non apparirebbe altro che come un normalissimo banale lamento, ma le precauzioni non sono mai troppe! Ho ancora qualche falange da rosicchiare nascosta sotto il materasso, ben avvolta nel nylon del pacchetto di caramelle che rubai a un bambino qualche giorno fa. Il gusto e l'olfatto sono i soli due sensi che restano ancora a farmi compagnia, ma questo è un segreto!

Questa notte spero di poter finire di gustare le mie *caramelle*! Quando tutti saranno via e noi saremo spronati a dormire, rosicchierò i miei bocconcini prelibati. Poi nasconderò nuovamente il tutto, impacchettandoli bene come già ho fatto con le stesse mani della vecchia morente, sotto le lenzuola, perché nessuno veda l'accaduto. Bisogna sempre prevenire quello che potrebbe accadere a seguito di una probabile visita! Ma dubito che qualcuno verrà a trovarla… proprio lei mi ha detto di essere sola e in fin di vita, prima che le staccassi le dita. Quella vecchia è rimasta sola, sola come una cagna malata, me l'ha detto in un orecchio! Attraverso il suo tubo dell'ossigeno! Le mie caramelle non verranno mai scoperte!

Ah! Quasi dimenticavo… se ne avrò il tempo, aspettando il sorgere del sole, mi spingerò oltre e proverò ad assaggiare dell'altro, tanto la mia coinquilina non può urlare. E' in coma! E prima di staccarle le dita delle mani con i denti, tanto per riposare rilassato, le ho strappato persino la lingua! E' stato un bacio mozzafiato! Il migliore di cui mi sia mai vantato in tutta la mia vita! Domani le infermiere troveranno una sorpresa forse, ma potrò dare la colpa all'acido che mi somministrò Barbarah. L'acido che mi ha bruciato il cervello!

Dalla prossima settimana mi ricovereranno in manicomio, ma la cosa non mi preoccupa, non so neppure cosa sia un manicomio! Non riesco a ricordarlo! I medici dicono che il mio cervello non funziona più bene come prima, nonostante possa apparire un individuo sano come io stesso mi ritenga. Hanno costatato che qualcosa non va... e credono che il mio posto sia in quello strano centro di cura. Comunque, immagino che lì ci sia molto da mangiare! Loro ancora non sanno e così, un giorno non troppo lontano, divorando e assumendo cellule dal prossimo, magari potrò riacquisire finalmente le cellule morte che mi sono state portate via, da quell'ingannevole goccio di bourbon! Nel frattempo cerco di occuparmi delle mie cose... e dei miei segreti, senza che nessuno venga a scoprirlo! Loro possono dire quello che vogliono, ma finche terrò nascoste le mie nuove *caramelle*, nessuno potrà nuocermi! Nessuno potrà fare scempio del mio segreto! In quanto alle ferite inflitte alla vecchia, ho imparato a non farle sanguinare. I Signori Piterson mi hanno insegnato molto! La mia storia mi ha insegnato molte cose...

Sogno di Solitudine

1) "Scritto d'agosto"

È inconcepibile tutto ciò per cui su questo pianeta si distingua una natura umana. L'uomo è quanto di più perverso, sporco e opportunista si possa immaginare. Lo dimostrano i suoi rapporti nei confronti dei più deboli. È la bestia più malvagia cui Dio potesse dare vita!

Come si può parlare dell'uomo come di un soggetto benevolo e positivo alla natura e alla razza stessa che lo circonda, nello sviluppo continuo della Terra, quando tale agglomerato di cellule diffonde la sua sapienza basandosi esclusivamente su relazioni di origine materiale? Come si può far apparire tale bestia la chiave dell'esistenza umana, senza la quale, nulla di ciò che ci circonda sarebbe mai esistito, quando agli occhi altrui gli oggetti da lui creati non appaiono altro che come sinonimo di sporcizia, distruzione e inquinamento naturale? L'uomo crea, quanto distrugge, perché è nella sua stessa natura, la natura violenta e diabolica di cui fa parte. È scritto nel suo DNA. Tale essere venderebbe l'anima con le sue stesse mani, se ciò fosse abbastanza da portarlo al successo!

Seppur dotato di un notevole intelletto, considero l'uomo come un qualcosa incapace di farsi valere e, molte volte, quando mi fondo nel suo sguardo, capisco che è così. Il suo non è un distinguersi al di sopra degli animali e di *Madre Natura* stessa, ma un identificarsi tra le tante lacune della società che egli stesso crea. Il bipede dalla pelliccia rosa, non è altro che una fetta molle di torta all'interno dell'intero sistema che pian piano ammuffisce. Marcisce. Proprio come accade al suo stesso corpo dopo la sua morte. Sempre che prima, qualcuno come me, non sia stato a fargli visita rallentandone il processo!

La *Forza Intelligente* e *Spontanea* della *Natura*, invece, nella propria audacia e nella brillante capacità inventiva, nulla ha a che vedere con l'essere malato che la gestisce, o almeno crede di farlo, pensando di esserne il padrone assoluto. Si potrebbe dire di me forse, dei miei sbagli, ma come valutare allora le azioni dell'uomo, molto spesso prive di valore o considerevoli quanto un pezzo di sterco di cane spremuto in mezzo ad un'aiuola di cemento?

E' una razza inferiore. Loro, gli uomini, sono una razza inferiore, una razza che emerge dagli albori della vita, si sveste della storia raccontata nella Bibbia, negli antichi testi e si evolve soltanto per il singolo beneficio. Comparsa dal nulla come una forma primordiale e demoniaca, la razza umana appartiene alla materializzazione di un sogno inquietante. Un incubo evolutosi come un fungo nocivo che cresce e si ramifica troppo veloce per poterlo fermare. Esso si arrampica come un verme vorace, sui maestosi tronchi del ciclo vitale delle cose, per mangiarne le foglie, i frutti, i fusti stessi, senza la minima pietà.

Non ha diritto di vita prima l'uomo e poi la natura, ma prima il *Verdeggiante Spirito* capace del miracolo e di floreale energia con tutti gli abitanti ad esso connessi e distintisi come esseri puri. Poi, ma solo infine, dovremmo considerare colui che oggi ha la capacità eccessiva di privilegiare e di irrompere selvaggiamente negli antichi cicli per spezzarne le redini... spezzarle per l'eternità.

Siamo tutti nella stessa barca, non possiamo fare a meno delle invenzioni che con il passare dei secoli, hanno reso le nostre azioni più veloci, più efficaci, ci hanno regalato viaggi nel tempo e nello spazio, il tutto a velocità sempre più ridotte e considerevoli. Anch'io mi sono lasciato trasportare per un periodo dalla tecnologia, dalle comodità, dalla pigrizia, permettendo ai miei pensieri, ai miei sentimenti, alle mie sensazioni di viaggiare nel nulla per comparire a chilometri di distanza su telefonini cellulari o via internet, ma tutto questo, per quanto fosse soddisfacente nell'apparenza, ho capito non essere la base pura lungo la quale districare, come una matassa, la vera indole della mente umana. L'uomo può essere molto di più. Può fare di più. Solo che non lo sa! Ciò che gli è stato raccontato all'inizio dei tempi, è andato perso. Ma c'è di più. Per quanto gli occhi dei comuni mortali possano vedere oggi, esso non è niente e confronto di quanto si cela al di là di essi e della loro vera dote naturale. E parlo di occhi come specchio dell'anima, quindi uno specchio offuscato, in questo caso, che non riesce più a riflettere le cose. Al di là di esso, però, c'è molto di più.

Cari uomini, esiste un *Qualcosa* che sarebbe in grado di permettervi di camminare per anni sulla sola forza delle gambe, senza mai farvi desiderare una sedia, tutto pur di raggiungere il realizzarsi di un vero desiderio! Esiste un *Qualcosa*, per cui continuereste a combattere anche da morti se fosse necessario alla sopravvivenza di un qualsiasi altro essere, per cui ne valesse la pena. Esiste un *Qualcosa* che, armati di sola spada, di fronte a un esercito di pistole, sarebbe in grado di darvi coraggio a sufficienza da permettervi di combatterle e, forse, sconfiggerle. Padroni di questa forza, anche il più grosso e crudele gladiatore mai esistito sulla faccia della Terra, diverrebbe di fronte a voi una nullità. Esiste! Credetemi! Tutto questo esiste! Ed io per primo ne ho avuto certezza!

La tecnologia: televisori; telefoni; computer; palmari; I-pod e tutto il resto, non sono tutto. Il potere misurato nella follia del possesso, non è tutto. Il denaro non è tutto. Anzi, tutto ciò non significa proprio un bel niente! L'ho capito ormai da molto tempo. Sono anni che ci rifletto su, osservando l'evoluzione dei giovani uomini che mi circondano dopo il calar del sole…

Sono giunto a grandi e studiate conclusioni, o almeno posso vantarmi di aver raggiunto la capacità di potermi autogestire. La chiamo autosufficienza fisica, ma ancora più importante è quella mentale, una dimensione del coesistere con se stessi, sapendosi accettare, che forse molti altri non riusciranno mai a fare propria neppure in tutta la loro vita. Certo, sono diverso, ma… anch'io sono stato uomo!

Sono un *Diverso* in senso unico e tanto per spiegare quest'affermazione, lo dico perché dalla mia terra non si ritorna! Sono differente da tutti voi. Lo sento. Ne sono cosciente. Me ne vanto! Non ho, né rancori, né dispiaceri a tal proposito e nella mia situazione nulla mi affligge. Neppure la morte. Neppure la morte che ogni giorno mi ossessiona circondandomi di cadaveri e spiacevoli notizie, ma… la consapevole tristezza del non poter avere al mio fianco chi amo, né ora, né mai più, mi consuma lentamente. Non potermi confrontare con i miei cari e con le persone che, per tutta la mia esistenza, continuerò ad amare nel mio cuore, mi uccide di nuovo. Mi sgretola l'anima a ogni sorgere del sole.

Quando ero piccolo, ogni mio pensiero terminava con un'interrogazione. Mi chiedevo il perché di tutto e chiedevo perché ad ogni cosa, perché la vita fosse in un modo o nell'altro, perché accadessero certe cose, perché la gente agisse in un modo o nell'altro… e così via. Adesso, invece, a distanza di anni, solo una questione rimane irrisolta nella mia mente e non so ancora dare lei una risposta. C'è sempre un perché nella domanda che mi angustia, ma è un'interrogazione più precisa: perché… l'uomo non capisce?

Alcune volte mi chiedo se la mia sottile paranoia non sia alimentata dalla mia stessa visione del mondo, una visione probabilmente distorta dalla mia parte più che dalla parte di tutti gli altri… ma non posso darmi una risposta. Come ho già detto sono diverso, ma per quanto mi veda e riconosca come tale, sono sicuro non dipenda da me il caos che regna sul globo e, in fin dei conti, per me questa non è una natura tanto nuova. Come sono, lo sono sempre stato.

Un *Diverso*.

Delle volte ne ho fatto un dramma, finendo per sentirmi tanto male da credermi inopportuno e privo d'importanza nel tempo e nello spazio che occupo, ho rischiato grosso e ho raggiunto stati d'animo tanto assurdi che quasi ho rischiato di trovarmi schiacciato con la faccia sul fondo dell'abisso… ma poi ho pensato bene di rialzarmi e ogni volta che l'ho fatto, mi sono sentito più forte. Non mi andava affatto, di raschiare la faccia sul fondo, dove giaceva la merda! E probabilmente non era neppure tutta colpa mia o del mio esistere. Se ho fatto quello che ho fatto è perché gli uomini col tempo me ne hanno dato motivo, mostrandosi solo per quanto erano fieri del loro comparire e del loro essere umani. Ma il problema della diversità nasce tuttora, quando gli umani che popolano i centri abitati più assurdi, cominciano a dipendere seriamente da qualcosa di sbagliato. La privazione dello spirito libero e della gioia sono peccati che nessuno dovrebbe permettersi. E nel mondo dell'uomo, invece, sembra proprio che tali due virtù stiano venendo meno. Ciò che più è bello, atrofizza nella codardia, piuttosto che nella battaglia. Mentre solo chi combatterà avrà la meglio. Solo chi combatterà credendo veramente in qualcosa di buono, potrà arrivare vicino a quei sentimenti che vorrei riuscire a spiegarvi, ma non so minimamente da dove cominciare a farlo, perché a loro volta sono parte di *Tutto* e, nello stesso tempo, di *Niente*.

Solo chi combatterà solcherà a testa alta l'azzurro nell'alto dei cieli, con la fierezza a colmargli l'animo, fino alla resurrezione dello spirito. Solo così, anche perdendo, il bipede dalla pelle rosa ne uscirà vincitore, perché avrà vinto la bramosia di se stesso, scontrandosi con la propria anima.

Ma torniamo a qualcosa di più materiale, di organico, parliamo di cellule… sono un diverso e con questo? Sempre meglio distinguersi come tale, che somigliare solo vagamente alla nicchia schifosa di una razza che qualcuno, a suo tempo, fece germogliare su questo pianeta fino a trasformarlo in una stalla! Molti dei miei problemi sono spariti quando ho capito che gli uomini, sempre più spesso, stavano diventando persone morte. I ragazzi stessi, giorno per giorno, mutano in corpi *zombificati* alimentati dagli impulsi della stessa attrezzatura al litio che portano nascosta nei vestiti. Certo, tra tante zucche vuote, esistono sempre le eccezioni per fortuna e quindi, qualcuno potrà immedesimarsi in quanto sto dicendo, ma è sempre più difficile capire perché essi respirino! Ho molta più vita io in corpo, che loro!

Così passano i giorni. E passano così velocemente…

Il *Sole* nasce e muore. La notte avvolge tutto.

Un bambino si prostra al mondo e apre gli occhi per la prima volta, già consapevole che il suo primo respiro, metterà in moto una clessidra intoccabile che terminerà solo con la fine dei suoi giorni e dunque la morte.

Tutti moriamo. Chi prima, chi dopo... e lei, la *Morte*, ci applaude alla nascita e vive delle nostre paure. Lei ci era già alle calcagna quando venimmo al mondo e ci segue da quando eravamo soltanto dei bebè nei passeggini e nelle culle delle nostre madri. Delle volte gioca la sua partita prima del previsto, altre lascia correre per donarci qualche vittoria e poi tornare più tardi, ma non se ne va mai. È lì. È qui. E' ovunque si possa osservare e oggi, come domani, per colpa dell'uomo incosciente che popola la *Terra, Lei* riuscirà a mietere nuove vittime, senza distinzioni, né perché. Una partita con la *Dea dal cappuccio oscuro*, è una partita persa fin dal principio!

Penso. Mi domando ancora se è giusto quello che faccio e come mi muovo nel bel mezzo del caos cittadino, ma poi arrivo alla concreta soluzione finale, sussurratami dalla coscienza nell'orecchio, convincendomi su quanto l'uomo, la gran parte delle volte, debba solo fottersi! E dopo i denti cominciano a formicolarmi...

***

Continuo a scrivere. Lo faccio già da tempo, ma è come fosse la prima volta, perché non l'ho mai fatto così spontaneamente riguardo *Me Stesso*, i *Miei* pensieri e qualsiasi cosa *Mi* passi o *Mi* sia passata nella mente *lasciandoMi* un ricordo. In fin dei conti è soltanto una forma di sfogo come un'altra... ma è importante. Così posso descrivere qualsiasi cosa e sfogare il mio odio verso coloro che non hanno fatto altro che deludermi nella mia breve vita... e posso lamentarmi di coloro che mai scorderò nella mia lunga, futura esistenza! Questo mi gratifica e mi fa stare meglio.

«Beh, ma che scrivo a fare?», mi domando a bassa voce, lasciandomi sfuggire un risolino cinico. «Tanto fra poco si saranno già annoiati di leggere tutte queste mie baggianate! E poi... sono cose che riguardano la mia vita!». Così mi faccio serio. Non sono sicuro che stiate capendo neppure ciò che vorrei mostrarvi... vorrei aprirvi gli occhi di fronte alla vita, alla morte, a entrambe le cose!

Si tratta di particolari, in fondo, che non si possono descrivere, non nell'interezza della loro vera essenza. Ogni particolare ha la sua e nell'insieme, formano essenze singolari a se stesse, secondo punti di vista soggettivi in ogni essere pensante esistente sulla Terra. Si tratta di esprimere significati astratti di dimensioni, solo in parte, conosciute da ognuno di voi… e persino da me! Mi armo di buona volontà e l'anima che ho dentro, in attesa di esplodere, brucia, arde dell'oblio dell'infinito.

Forse *Certe Cose* si possono descrivere, ma esclusivamente con lo *Spirito* e voi, se solo sentirete almeno in parte, se solo capirete almeno quel tanto che basta, o per esperienza personale o altro, quello che vi dirò, sarete già abbastanza considerevoli da essere classificati come *Degni* di ciò che la *Natura* vi ha donato.

Se qualcosa rimane invece a voi oscura e incomprensibile, non abbiate timori, forse più avanti diverrà voi chiara come l'alba, sempre se il destino non vorrà farci incontrare prima!

Forse sono solo io che evado dal comune girotondo dei mortali, per elevare il mio spirito e il mio pensiero al di sopra di ciò in cui la gente spesso più non crede, ma la mia posizione me lo concede! Me lo impone! Forse, forse è solo colpa mia e del mio modo di concepire la realtà… forse viviamo tutti nell'*Insicurezza* e ci nutriamo d'illusioni, ma ormai il mio tempo è passato e per apprendere in profondità quella forza che spinge la vita su questo pianeta, non posso far altro che osservarla con il nuovo sguardo che mi è stato donato. Uno sguardo oscuro e tenebroso.

Mentre voi, dovreste cominciare a guardarvi intorno. Osservare il vostro passato. E occuparvi delle persone a cui volete o avete voluto bene.

Probabilmente non avete neppure una vaga idea di cosa significhi trascorrere un giorno al mare, standosene soli nella realtà in cui vivo, intenti a osservare le onde infrangersi sulla riva e a scrutare con lo sguardo assente e perso, nel blu del cielo fuso con le acque, una piccola imbarcazione navigare sull'orizzonte, per poi personificarsi in essa, laggiù, dove nessuno potrebbe raggiungerla in quell'esatto momento, se non con un pensiero fugace. Probabilmente non avete mai conosciuto il piacere di fondersi e confondersi con la sabbia su cui eravate seduti in un'estate al mare, scalzi, pensando a malincuore a un amore durato solo pochi giorni, a confronto di un'esistenza infinita che vi aspetta.

Se tale amore fosse raggiungibile, nel mio caso, andrei da lui… se solo mi separassero da esso pochi chilometri, non rifletterei più di un secondo sulla decisione di raggiungerlo o meno. Ma il tempo mi ha strappato in due lacerandomi fin nel profondo e mi ha fatto il regalo della tristezza. La nostalgia che provo per la mia vecchia vita, si scioglie in lacrime che talvolta nascondo sotto l'acqua corrente di un fiume o lascio cadere nel sottosuolo, durante una doccia. Una doccia che calda o fredda non fa differenza, sulla mia pelle! E ancora… piango per una lei che continuo a sentire vicino al cuore, per me raggiungibile soltanto attraverso le squallide linee telefoniche del tempo, le stesse che mi consolano esclusivamente tramite il ricordo del suono della sua voce riprodotta elettricamente. Sono anni che non la vedo, se non in una foto che conservo con cura. E continuare a piangere per lei, dentro, nel cuore, senza mai dimenticarla… è la tortura più assurda che possa sostenere.

Probabilmente non è lo stesso per voi. Probabilmente non avrete mai modo di provarlo… di sentire a pelle le stesse sensazioni di cui vi racconto e, al contrario, se avete vissuto tutto questo, magari con lo stesso spirito con cui io ho condiviso e condivido il *Mio Tempo*, perdendo la vista al di là della sottile e piatta linea blu dell'orizzonte che mi separa da migliaia di altre terre, da migliaia di altre popolazioni e da migliaia di altri modi di pensare, forse sarete più vicini a me di quanto io stesso possa pensare.

Adesso me ne sto qui, solo, senza nessuno che possa distrarmi, né disturbarmi nel giro di metri, metri che appaiono ai miei occhi come chilometri, chilometri quadrati che fondono nella loro vastità il sinonimo di una terra vuota, mangiata dalla *Pigrizia*, dalla *Povertà*, dalla *Devastazione* e dalla tetra *Solitudine*. Brutte bestie da combattere, proprio come l'uomo!

Sono su una spiaggia, Cristo! E siamo in pieno agosto! Farebbe caldo per chiunque… ma non per me. Io sento freddo dentro al cuore e la momentanea *Apparenza* è niente, a confronto di ciò che arde nel nucleo di membra sanguigne di cui si compone il mio fusto.

La *Pigrizia*... sono sicuro che sia anche questo uno dei punti fondamentali di cui voglio parlare, perché argomento basilare del mio essere conseguente. Lei è un punto basilare del mio passato che più non mi appartiene.

Ora come allora, ora come anni fa, tutto si ripete nella natura a me circostante... ma intanto il tempo passa e corre sempre più veloce, con il solo intento di raggiungere il suo traguardo sorretto dall'unica vera realtà concreta: la morte.

Il *Vento* libera i miei capelli lunghi e schiariti dal sole dal laccio che me li raccoglie e li stende dritti nell'aria, come fossero attratti da una calamità elettrica di notevole potenza o dal coinvolgente *Soprannaturale*. Il *Sole* splende, brucia, ma non sulla mia pelle. Nasce e poi muore. Scompare al di là di un velo di nubi svuotate di tutta la loro pesantezza e di tutta la loro ira.

Sono seduto, i piedi nella sabbia, il suono del *Mare* mi giunge alle orecchie triste come il lamento di un piccolo capriolo che sa di stare andando via, per sempre e da solo. E' rilassante, è debole e fa incredibilmente male al cuore.

Pensare che solo poco tempo fa fossi qui, nel pieno fervore della mia vita... della mia giovinezza... mi mette di malumore. Mi rattrista.

Delle volte sembra tutto fermo, immobile, senza vita proprio come appaiono le mie pupille nello specchio, nei momenti di magra. Poi comincio a contare e mi rendo conto di quanto sfuggano le ore, i giorni, i mesi... e così due, tre, quattro e poi... poi i dodici mesi, nel veloce ripetersi, formano decenni.

L'anno scorso m'innamorai di una ragazza, era più piccola di me ed era in vacanza. Ci sentivamo tutte le sere dopo la sua partenza e ci vedemmo altre due volte poco dopo. L'ultima è stata agli inizi dell'inverno scorso e chissà se non sarà cosa possibile ritrovarsi, per l'inverno che verrà! Era molto dolce, forse perché aveva anche un sangue altrettanto dolce e una cosa sola è certa quanto il mio volerle ancora bene: la voglio ancora! La voglio rivedere! Sono sicuro di amarla, ma mi sembra di non vederla da così tanto tempo... mi pare lontana una vita, come se la mia anima si fosse reincarnata in un altro corpo e la attendesse da secoli. Ci sentiamo ancora per telefono. Ogni tanto. Ci scriviamo, come due teneri giovani innamorati, incoraggiandoci con delle semplici parole, nel proseguire la vita schivando le sue avversità. Poi ci sono i messaggi, gli stessi di un amore platonico che forse non tornerà mai più a congiungersi come carne alla carne, come una volta…

Ma il tempo passa. Ed io sono più vecchio di lei. Ma lei cambia… io no!

Il *Tempo* è un problema. E non dovremmo fare di *Esso* qualcosa di tanto incisivo, perché è solo qualcosa d'insistente che non fa altro che rammentarci di dover andare via in un momento durante il quale ci stiamo veramente divertendo, o che ci informa dello scadere dei nostri giorni. È solo colui che ci avverte della fine di una festa, non appena cominciamo a divertirci.

Il tempo passa. Come tutto del resto e sono d'accordo, ma non fino in fondo, perché anche se i minuti, le ore, i giorni e le vite, portate via dalla *Falce Mietitrice*, si sciolgono come cera sul fuoco, non si sfalderà mai la vera anima del *Pensiero dell'Umanità Vitale* che conservo nel mio bagaglio e nelle mie memorie destinate all'inferno. E allora mi domando: *si può amare più di una persona contemporaneamente?* E vi chiedo: *si può dire ti amo a più di una ragazza, facendole capire che voi la amate per quello che veramente è, ma che la amate come altre, perché è tra le persone che più si sono donate con il cuore a voi, permettendovi di condividere i vostri sogni con i loro? Si può impazzire di sentimento verso una giovane e dichiararglielo, arrivando a dire lo stesso a un'altra che ci fa in ugual modo impazzire, prendendo posto in quella piramide di eventi per cui si distingue una vita, senza far sì che la prima si dispiaccia per ricadere vittima del suo stesso amore?*

Forse sì, se s'impara a guardare la vita in un modo diverso da come tutti la guardano e ci inducono a guardarla. Forse è possibile. E' possibile amare più di una ragazza assieme, amare ciò che ci circonda facendo di esso un oggetto di completamento utile all'*Io Fisico* e amare se stessi, in modo talmente profondo, da raggiungere un traguardo di autosufficienza, auto-attualizzazione, realizzazione e soddisfacimento proprio e personale. Assaporando le sfumature dell'esistenza, so che sarebbe possibile. E chi la pensa diversamente, credo non si meriti di vivere. Non oltre la morte… almeno!

Ma per tutto questo… occorre quello che io sento di avere e che non sono sicuro gli altri come me abbiano. Mi chiedo perché, perché tutto questo… perché scrivo e continuo a scrivere… cose che probabilmente rischieranno di andare perse…

Sono ancora giovane. Sono un ragazzo e lo rimarrò per sempre, anche se spesso mi hanno riferito che ragiono come un adulto, come una persona matura, se voglio! Per quanto riguarda l'aderire a correnti sociali, mi piace e mi trovo a mio agio nel confondermi con gente più antica, gente più evoluta e più adulta di quanti anni io stesso abbia. Confrontandomi poi con l'altra metà di mondo, osservo i ragazzi della mia stessa età nei gruppi che mi circondano e vedo sempre più spesso esseri confusi e soli, deboli e plagiati, che invece di mostrarsi per quello che sono, fanno di tutto per somigliare sempre più a squallidi animali. Animali perduti in una terra a loro ignota dove non esige essere dotati d'intelletto. E nel rendermi conto in che maniera per loro sia importante la vita, con i suoi valori, capisco ancora quanto io sia diverso.

Nel bene o nel male questo è il mio destino e se così è scritto che debbano andare le cose, beh, io ne sarò fiero. Terrò stretto ciò che è mio, ciò che mi appartiene. Ciò che mi è stato dato. Non scapperò mai trovando rifugio nel suicidio. Non mi nasconderò. Non lo farò mai, per nessuna ragione e per nessuna donna al mondo. Nello stesso tempo, non sarebbe neppure tanto facile farlo!

Potrò vivere nella solitudine e nella tristezza per un intero anno, causa un intenso amore durato appena un paio di giorni o altro, ma sarò fiero di questa sofferenza e del mio dolore. Loderò tali sentimenti nell'agonia, piuttosto che mandare tutto al diavolo e fondermi con l'idiozia che mi circonda.

Che si fottano tutti! Ci ho provato, ma io non sarò mai come loro. Mi farò vedere, mi spaccerò come simile scambiando qualche parola insignificante, in qualche dialogo stupido, al solo scopo di sostenere una scontata logicità discorsiva, ma poi evaderò comunque e continuerò per la mia strada e se dovrò viaggiare da solo, viverla da solo, lo farò, fiero delle mie azioni. La lode non cresce sugli alberi, ma va scovata negli antri bui della coscienza umana.

E se fossi la reincarnazione di un uomo esistito prima di me? O magari di più uomini, i cui spiriti si sono fusi assieme per creare un involucro di energia e di esperienza tale, da rendermi ciò che credo ma non so di essere? Se dentro il mio corpo vivesse una *Forma Paranormale* del *Passato* capace di stimolare il mio cervello a suo piacimento? Se fosse *Lui* a parlare anche adesso…

Mi sentivo scrittore… mi sentivo pittore… e poi poeta. Sì, un poeta, un poeta maledetto. Mi piace l'idea. L'unico che con la sua enorme capacità di assorbire sofferenza dal mondo, riesca a dimostrare agli uomini come fare di essa qualcosa di altrettanto magnifico, donando spiritualità a chi ne riceve l'ascolto. Donerò emozioni a chi vorrà seguirmi nella mia giungla e sarà un viaggio pieno di sensazioni! Allora forse manterrò la linea telepatica con un qualche poeta maledetto del passato, accomunando tramite un sottile filamento genealogico le nostre menti, ma nel mio caso, sarà ben più piacevole e tenebrosa l'oscurità.

Quando gli altri ragazzi mi vedevano scrivere a suo tempo, delle volte mi chiedevano se stessi facendo lezione o se stessi seguendo qualche corso in particolare. Io non gli rispondevo mai. Cercavo di essere vago. Non volevo sapessero niente di me. E oggi non sanno. Così come spesso non conoscono neppure il loro cuore che batte nei loro petti e così come non sanno di che fibra è composto il mio, all'interno della mia cassa toracica asciutta, abbronzata e muscolosa.

Anche se gli umani sono vivi, non sempre dimostrano di esserlo, non tutti. Non nello stesso modo in cui *Io* lo sono! Il loro cuore non batte come il *Mio*! Mi spiace dirlo. Non lo faccio per modestia, ma è la pura realtà! Non mi sento il *Perfetto*, non lo sono. Nessuno lo è, ma sicuramente ho raggiunto un pulpito al quale non sempre gli umani comuni aspirano. Questo, perché sono dei mortali.

Tutti siamo mortali, anche se ognuno secondo le leggi e i principi della propria natura!

Sono passati tanti anni ormai e l'uomo, invece di aver capito l'essenza reale della *Vita*, continua ad abusare di essa schernendola e facendo di lei qualcosa da distruggere, da uccidere.

La *Vita*. La vita è così bella! È così rasserenante sentirsi parte di essa e di tutte le sue bellezze naturali che la circondano... che a volte, quasi ne sento la mancanza!

***

Parlo, parlo, ma che parlo a fare...

Tanto non capite. Non capisco neppure io. Non so neppure io dove voglio arrivare, di che cosa precisamente vi voglio informare e che cosa specificamente vorrei che capiste...

Credo che dobbiate apprendere le mie scritture, solo come un qualcosa di nato dal mio spirito libero e che, audace e astratto, abbia avuto il permesso di correre fuori dalla mia mano, senza dover render di conto a nessuno. Libero la mente. Ma non crediate che tutto questo sia privo di fondamento! Perché ce l'ha! Ogni parola ha un suo *Fondamento* e ogni azione, ogni situazione che dipenda da un'altra, è legata da quella singolarità particolare d'incontro, a cui può attribuirsi solo il fato o il destino.

Probabilmente è tutto inutile. Il tempo che sto sprecando è inutile, quello che sto scrivendo è inutile e anche la mia vita lo è! Ma allora perché esisto?!

La vera realtà è che da quando ho pensato di cominciare a scrivere, cercando di fare del mio *Animo Interno* qualcosa di trasmissibile agli altri, semplicemente usando le parole, non sapevo neppure io da dove cominciare a farlo e a quale conclusione giungere. Si tratta forse del *Pensiero* ribelle di una sofferta esistenza? Forse di un *Sospiro* di *Libertà* nella solitudine monotona che mi abbatte? Forse, solo di ciò che la gente non guarda come dovrebbe, al di là del sogno individuale?

Non aspettatevi niente. Gettate pure la storia di questo povero illuso nel fuoco del vostro caminetto e aspettate per vederne bruciare le sue pagine, le sue frasi nulle di concretezza, i suoi pensieri...

Ma vi prego, non fatelo in presenza del suddetto, non davanti ai miei occhi! Sarebbe per me il gesto più terribile, vedervi dimostrare disprezzo verso ciò che non siete riusciti a

comprendere! L'offesa potrebbe far mutare le mie aspettative…
e forse muterebbe anche il vostro futuro!

La *Libertà* mi condurrà verso una meta, una meta che non
conosco e che nessuno è in grado di prevedere con estrema
certezza nella propria vita. Non si può prevedere questa forza che
ci spinge. Non la si può assecondare, né per noi stessi, né a
favore degli altri. Ed è qui, proprio qui che cominciano le
sensazioni più belle… nell'ignoto della nostra esistenza si
distingueranno parole: *Amore* e *Odio*; *Sorrisi* e *Pianti*; *Vita* e
Morte; *Inferno* e *Paradiso*. Laddove il corpo imparerà a respirare
soltanto al fine di nutrire l'anima lucente che dentro esso arde, lo
Spirito si delineerà decidendo la sorte.

E' tutto inutile! E' tutto inutile! E' tutto inutile! Ma d'altro
canto serve.

Mentre il mare s'infrange sulla battigia della mia mente, penso
a quante delle azioni compiute dall'uomo siano state inutili e
quante lo sono tutt'oggi. Poi capisco che è tutto parte del *Nucleo
Complesso* che racchiude i *Cicli* e la maggior difficoltà di
ognuno, sta nel saper chiudere il proprio.

Forse la miglior cosa sarebbe uccidersi, ma se già si è persi, se
già si è *diversi,* saremmo comunque condannati. Io più di
chiunque altro.

Non so che dirvi. Non so cosa raccontarvi, perché qualsiasi
fetta della mia esistenza vi apparirebbe così misera e comune che
disprezzereste anche queste pagine.

Ma non v'interessa sapere realmente chi sono? Vi ho detto che
sono un *Diverso*, no?!

Lo scoprirete, ma solo se avrete la forza di conoscere prima voi
stessi. Solo se avrete la pazienza di lasciare il tempo alle cose
che avete intorno, permettendogli di proseguire nel loro corso,
indisturbate nella singolare bellezza che le accomuna.

***

Non sono un genio incompreso, non sono nessuno di speciale,
per quanto possa sembrarlo *Colui* che soggiorna e si divincola
nel mio cervello dando sfogo a qualcosa di cui neppure io,
conosco le origini, ma non sono neppure vostro fratello. Forse lo

sono stato in passato, ma non adesso, non più ormai. Ora convivo con l'altra mia metà, quella che mi rende come sono e certe cose divengono quasi impossibili da evitare.

La mia parte oscura si divincola nel mio cervello senza mai porsi un limite, senza mai avere bisogno di riposarsi… è come un virus impazzito! Oh, non crediate che sia un mostro! Non crediate che sia qualcosa di brutto quanto un cancro, la cui sola parola così secca e gracida, sia in grado di risuonare in bocca alle persone che la pronunciano, così come farebbe un vecchio barattolo arrugginito strofinato al palato di un teschio… no… nulla di tutto questo!

Colui che mi domina è il mio stesso *Pensiero*.

La mia *Fantasia* non conosce più limiti e agisce solo a un unico fine. Quello del sangue. Difficile imparare a domarla! A volte risulta essere la cosa più difficile al mondo. Non potete immaginare come sfugga! Con quale rapidità! Con quale perversione! È lei il vero mostro e il fatto che vi sto per raccontare ne è la conferma. Tempo fa mi sono trovato a passeggiare per le strade e ho visto un ragazzo distratto attraversare incauto la via che stava percorrendo. Poi è inciampato e nello stesso mentre un'auto ha frenato all'improvviso e si è bloccata proprio a pochi centimetri dal suo volto. Non è successo niente, niente di grave almeno, ma il mio pensiero, nella mia *Immaginazione* si è chiesto subito che cosa ne sarebbe stato di quel ragazzo, se solo l'autista avesse frenato appena un secondo in ritardo.

Al contrario della realtà l'*Immaginazione*, frutto della mia *Fantasia*, all'interno del mio *Pensiero*, mi portò subito in una dimensione astrale di brevissima durata, in cui il cofano dell'auto cozzava realmente con la fragile testa del giovane. Il cranio allora schizzava via, strattonando il resto del corpo al quale era attaccato e lo sfortunato giovane volava nella mia mente pochi metri più avanti, in uno spaglio di liquido rosso vermiglio. A quel punto ovunque vi era sangue. Si udivano lamenti forse, ma era ancora il sangue il soggetto principale della mia scena, del mio film mentale… il sangue che viveva correndo vivace sull'asfalto, in un rivoletto frizzante. E lì rimase, così come vi rimarrebbe oggi, fino all'arrivo di un qualsiasi soccorso capace di provvedere all'eventuale malcapitato ormai defunto.

Non è incredibile? Il *Pensiero* è libero. Non lo ferma nessuno.

Se vedo una bella donna passarmi accanto e mancare la mia spalla di appena un palmo, per poi continuare nella direzione opposta dalla quale io provengo e nel voltarmi, vedo che lei porta una minigonna quasi trasparente con sotto un paio di slip minuti che coprono appena il punto rotondo in cui le gambe, lunghe e abbronzate, terminano sotto quella stoffa così facile da sollevare... ci cado di nuovo! Divengo *Vittima* di pensieri non più macabri, ma questa volta perversi come l'odore del pelo di *Satana* e allora... nella mia mente siamo sdraiati, nudi entrambi, lei sotto di me mentre le accarezzo le cosce incredibilmente lisce per poi stringerle le natiche. La stringo, la bacio, la lecco delicatamente sul collo e me la faccio... ma con il *Pensiero*, mentre lei geme soddisfatta della mia follia, sotto di me, incitandomi a continuare e a non smettere fino a quando non diverrà prossimo l'orgasmo. Così io vado oltre. Lei va oltre. L'altra metà che vive in me, va oltre... e in fine, vedo il sangue. Perché è questo di cui è fatto l'uomo, giusto? Perversione, desiderio, peccato, ed io nella mia sezione di tempo so essere anche di gran lunga peggiore, quindi... nel mio caso l'uomo è fatto anche di sangue!

Ma perché vi dico questo? Che cosa ha a che fare con la mia solitudine e con il mio abbandono?

Vorrei emergere, vorrei distruggervi tutti per poi donarvi di nuova vita facendovi comprendere quale sia, in realtà, la bellezza di cui vi parlo e di cui siete fatti, senza che ancora ne siate al corrente.

Voi umani fate molti sbagli. E spesso quello più grande è basato sull'amore. Guardare negli occhi una ragazza e credere di amarla soltanto perché si è donata a voi la notte precedente, o solo per paura di trascorrere la nottata successiva da soli... è folle! Spesso avete l'abitudine di osservare, decidere e forzare la vostra idealizzazione fino al culmine della credibilità, solo per mancanza di volontà verso il cambiamento. La paura di buttare giù un muro e tirarne su un altro vi opprime. E così ero io. Un vinto. Lo ero... ma non più. Ho perso, ma sono rinato. E adesso l'unica mia sconfitta, l'unica mia mancanza è quella di potermi nutrire di quell'amore astratto e non calcolabile, che va oltre ogni sensazione terrena ed è possibile raggiungere solo immedesimandosi nell'essenza dell'*Anima*, in modo alquanto inusuale. Sono un'anima che si disseta della popolazione umana che vive, si sposta e cambia, in base alle proprie esigenze. Cerco di ricordare *l'Amore*, di capirlo a fondo, di comprenderlo appieno dalla mia nuova posizione. L'amore del vivere. La gaiezza del respirare profondamente e a pieni polmoni. La soddisfazione del sentirsi se stessi…

Sono stato tanti anni chiuso al buio… e guardandomi intorno vedo i ragazzi di oggi, quelli che non sanno trovare divertimento se non nel fumo, nell'alcol, nella droga e negli acidi. Poveri illusi! Siete solo dei poveri illusi! Non avete capito proprio un bel cazzo di niente! Vorrei vedervi cadere sulla *Riva*, invece, e inginocchiarvi di fronte ad essa, lasciando la possibilità al *Mare* di inumidirvi le pendici scoscese e ruvide della personalità per farne qualcosa di ammirevole… vorrei vedervi affondare le mani nella *Sabbia* e stringere i pugni tanto da afferrare l'energia che la sfera su cui vivete vi dona…

Quando imparerete a volare, sentirete la *Musica* entrarvi dentro per mettervi i brividi sulla pelle e colmarvi di amor proprio e di energia al punto tale, che vi crederete immortali.

Io lo sono, ma forse posso morire.

Noi lo siamo. Ma moriamo ugualmente, uccisi dai nostri dispiaceri e dalla sofferenza per gli amori lontani.

Cristo. Cristo. Maledetto Cristo, non te la prendere per queste mie parole come fosse un insulto alla fiducia che la gente ha in te, ma rispondimi quando parlo! Dove sei?! Dove sono le cose in cui le persone credono senza metterle in atto?

Non c'è dubbio. Il *Male* è colui che domina. La *Sporcizia* è colei che domina. Il *Dispiacere* è colui che domina e quando saprete guardare anche *Esso*, *accettandoLo* come un compagno di giochi che condivide con voi la stessa via e riuscirete a *sorriderGli* contro, riuscendo a prendervi beffa di *Lui*… statene certi, nessuno sarà più in grado di uccidere il vostro *Io* interno…

***

317

Poveri illusi, siete tutti persi! Passate le giornate seduti sulle panchine di marmo delle *Vostre* città come tanti burattini abbandonati dai fili invisibili della vita, agonizzando in un'atmosfera stagnante e povera di pensiero e di movimento. Le vostre facce sono maschere compresse dalla noia e dalle quali i sogni e le capacità individuali di ognuno girano a largo. Vi abbandonano perché voi stessi chiedete loro questo.

Godete del non fare niente fino alla sconfitta finale della fantasia, senza neppure comprendere, né rispettare chi più di voi, cerca di sconfiggere il tempo ingannandolo con le proprie passioni.

E se avete delle passioni, sicuramente si tratterà di passioni alle quali vi ha spinto la *Corrente Malsana* dei giorni odierni per lasciarvi un unico regalo: *l'Ignoranza* e *l'Ipocrisia*.

Siete persi. Più vi guardo, più vi osservo e più mi rendo conto di quanto questa mia idea sia fondata. Io non sono come voi e di questo me ne vanto!

Io sono diverso. Io non conosco la noia, non le do di che vivere nell'arco della mia vita.

Voi siete dei cloni: vestite uguale, ridete uguale, compiete le stesse azioni che compiono coloro che vi stanno vicino e, addirittura, riuscite a essere talmente tanto deboli da permettere che anche le vostre idee siano clonate, per imputridire sotto le correnti di un mondo in cui solo la materia ha valore.

Io, invece, a suo tempo ho guardato, ho appreso, ma poi ho accomunato il tutto mischiando il *Bene* al *Male*, il sano all'illusorio e facendo di me qualcuno che sicuramente nessuno mai potrà imitare. La bellezza sta nell'essere singoli. Propri e solo di noi stessi, delle nostre idee e dei nostri pensieri. Osservate pure, se volete, ma poi, al momento giusto, siate tanto furbi da fare del mondo in cui vivete un posto sano in cui rimanere se stessi, senza che altri vi sfruttino nella ragione e nel corpo.

E una volta arrivati a un traguardo, siatene fieri ma non fermatevi, continuate a combattere per lasciare coloro che ormai sono infetti, ancora più indietro nei recessi della loro insoddisfazione personale. Uccideteli con il pensiero. Cancellateli come fossero virus mortali di un computer capace di decidere sulle sorti dell'umanità. Non si meritano altro.

Meglio vivere soli ed essere autosufficienti, che fidarsi di qualcuno fino al giorno in cui tradirà i tuoi modi di fare.

***

E i minuti continuano a trascorrere, mentre si muove il *Vento* e gli oggetti che il *Soffio* accarezza, con esso. Il *Mare* lontano, alle mie spalle. La *Sabbia* tutt'intorno ai miei pensieri, come una polvere magica che brilla di felicità e in cui, ogni granello, potrebbe ricordare un momento romantico del quale ha fatto parte durante una fresca notte d'estate.

Il *Tempo*, che significato ha? Vuole forse deriderci per ogni giorno in meno che ci resta da vivere mentre *Lui* potrà essere per sempre qualcosa d'incalcolabile? Vuole forse creare un ostacolo tra l'amore di due persone che si desiderano?

Beh, che altro scopo primitivo potrebbe avere?

L'Amore non ha frontiere. *L'Amore* vive e vola, tenendosi stretto alla folta criniera di un cavallo bianco, alato, che si perde nelle nuvole per la durata di un breve bacio.

Un bacio non ha tempo. Un *Desiderio* non ha tempo.

Che cosa è l'età? Una cosa stupida, una cosa che non ha senso e mai ne avrà, fino a quando due anime si congiungeranno, ignorando l'azione fisica che gli anni passati hanno sul corpo.

O *Mia Adorata, Mia Amata…* dove sei… dove sei finita… ancor oggi *Ti* sento e ricordo, ancora oggi *Ti* vedo qui, nel giorno della nostra conoscenza, nella sera splendente e ricca di stelle in cui tenemmo stretti tra di noi quei baci, così teneri e dolci, mentre le nostre bocche sbocciavano delle soffici parole di due innamorati…

Amor Mio, Tesoro Mio, perché mi sento così lontano? Perché così perso, mentre guardo l'orizzonte e poi il tramonto sulla spiaggia? Perché su questa spiaggia?

Sto cercando la *Sofferenza* e forse la nutro dei tuoi ricordi, rincorrendola io stesso, ma forse è questo l'unico *Destino* di un uomo.

La *Sofferenza*.

C'è chi si nasconde dietro il lavoro, dietro la famiglia, dietro

319

l'azione indaffarata dei propri compiti, ma se non fosse tutto? Se ci fosse dell'altro?

E poi c'è chi invece parte, osserva, scopre e lascia che la propria anima si perda nel *Vuoto* per viaggiare come un gabbiano solitario nei colori della *Natura*...

Avete mai fatto caso a quanto siano belli i *Colori* della *Natura*? Rispondetemi! Avete mai fatto caso a quanto sia bella la *Vita*? Rispondetemi! Fatelo sinceramente! E se ancora non lo sapete, non abbandonate le redini alla prima insoddisfazione gettandovi da un palazzo, ma imparate a vivere, imparate a guardare con il *Cuore*.

Oh *Uomo*, guarda fuori, osserva il cielo, la terra e gli alberi. *Amore Mio*, osserva attentamente per capire quanto è profonda la vita e sappi che io mi fondo con essa per starti vicino, per abbracciarti, per baciarti e dirti *ti amo*.

Che viviamo a fare? Per vederci soffrire davanti ad uno specchio vuoto, come corpi a cui è stata rubata l'anima da uno stupido gesto carnale?

Preferisco morire...

E a te lettore, ti fa forse male la realtà? Beh, impara a conviverci! Ma fai attenzione, nulla è come sembra e, al primo sguardo, *Tutto* appare come ciò che non potrà *Mai* essere. I corpi muoiono, si decompongono e svaniscono, come desideri mai realizzati sul punto di morte. Gli oggetti rimangono e racchiudono le lacrime delle persone defunte per cadere, come le foglie secche dagli alberi, in cassetti che raramente apriremo nel nostro futuro, per tornare al passato. Dunque tieniti pure stretto quello stupido pezzo di ferro, di plastica, di legno o quello che sia, ma ricorda, molte volte è negli oggetti più semplici che si nasconde il vero *Ricordo*. È degli oggetti più umili che si ciba *l'Amore*. È negli oggetti più insignificanti agli occhi altrui che batte un *Cuore*. Sia che si ami, o che si venga amati.

La mia mente è un subbuglio, *Amore*, mentre i miei pensieri si protendono verso il ricordo delle *Tue* candide mani, delle *Tue* gote morbide e del *Tuo* sorriso rasserenante. Il mio cuore impazzisce nel ricordo e si dimena per strapparmi il petto e correre libero e pieno di energia.

Vivere per soffrire. Soffrire per vivere...

Tanto vale uccidersi!

O farsi uccidere d'amore… farsi spezzare la grossa e fredda lama di una spada tra le costole lacerate, mentre un sorriso appare sul nostro volto per salutare accondiscendente il nostro peggior nemico!

Noi, uomini o no, vorremmo tutti abbandonare le sofferenze e ci chiediamo perché tutto debba sembrarci grigio anche quando splende alto il *Sole*, ma probabilmente fa tutto parte del losco gioco del destino. Che cosa saremmo senza sofferenza, senza lacrime, senza rancori, né dispiaceri? Inutili stampi di carne insensibile, viva o morta che sia! O bambole stupide, pronte a mostrare i denti come dei ritardati in manicomio?

Gli *Oggetti*. Guardo l'anello che mi fu regalato tanto tempo fa e che, da allora, non ho più tolto dal dito per dare forza alla promessa condivisa. Brilla mandando abbagli nel *Sole*.

Guardo lontano… *«pensa ciò che vuoi, fa quello che vuoi e la cosa che più ritieni giusta»*, disse una volta lei, *«ma sappi che finché il rotondo argento che porti al dito sarà con te, con su scritto il mio nome, non ci sarà mai nessun altro se non io, negli occhi di colei che bacerai…»*.

Aveva ragione e aveva torto, perché era soltanto un'altra fetta *dell'Esperienza Umana* che si accingeva a completare un cerchio infinito di eventi e situazioni.

Che cosa è un oggetto, se non uno stupido *Simbolo*, agli occhi altrui? Le vere promesse sono nell'anima, non si legano a un dito!

Una musica lontana mi giunge alle orecchie…

Anche le stelle cantano. E poi muoiono. A volte è solo per alcuni momenti…

A volte è per sempre.

Le stelle cadono, ma poi rinascono, se lo si vuole, ma fino ad allora regneranno solo la solitudine, il dispiacere e la distruzione del sentimento che nutre il cuore.

Perché non mi credi, non mi ascolti, non capisci?

Io sono diverso!

Io sono la *Solitudine* e la *Perdita*. Sono il *Male*, l'*Agonia*, l'*Angoscia*…

Io sono ciò di cui si teme. Sono il *Peccato*, la *Trasgressione*, la

Follia e *l'Inimmaginabile*.

Io sono il *Buio*. Mi nascondo in *Esso* come una malattia e mi nutro della *Sconfitta* per donare splendore ai miei occhi. Respiro, parlo e delle volte mi sento superiore alla morte stessa. Mi sento *l'Energia*. Mi sento la *Vita*. Ma è solo una sensazione a cui difficilmente si può giungere se non attraverso il dolore.

E scrivo. Non so neppure io cosa.

La vita di un uomo. I suoi sentimenti. Il ricordo lontano che angustia l'anima fino al suo totale tormento, o forse soltanto una lettera d'amore. Per la *Mia Adorata* che vive lontana, ma che ogni giorno è vicina al *Ricordo* del muscolo involontario che mi vibrava forte nel petto distrutto.

Sì, è per *Te*, è tutto per *Te Amore Mio*. Tutto.

Il *Sole* che tramonta, il *Mare* che infrange le sue *Onde* sulla *Riva*, il *Cielo* che sfuma dalla *Vita* per nascere di nuove *Luci* nella *Notte*. Regalo tutto a *Te* e con questo, miliardi di parole che vorrei dire e che non riuscirò mai a raggruppare in tutta la mia lunga esistenza. Perché è *Questo* che, in fondo, respira alla base putrida del pozzo umano, dando a *Esso* l'unica ragione di esistenza.

E' *l'Amore*.

Perché non lo capite?

Quanto vorrei essere come voi.

E quanto vorrei uccidervi tutti, per le vite sprecate che riuscite a seppellire nella *Coscienza*, senza uno scopo pratico, né rimorsi. Ma non abbiate timori, presto lo farò. Presto esploderò come una nube di gas radioattivo per liberarvi e darvi la *Pace*. Ci proverò con tutte le mie forze. Ma per adesso mi limito al possibile.

Cala il pomeriggio.

E' triste, è triste sentire un giorno che scorre via senza nessuno al tuo fianco che ti tenga stretto e ti culli tra le sue braccia. Quanto tempo è passato da quando la mia dolce madre…

E adesso? Che cosa penserebbe di me? Sarebbe fiera di quello che sono, di quello che ho raggiunto, o mi tratterebbe come un paranoico incompreso, capace solo di agonizzare la propria vita con le sue stesse parole?

Dove sono finito?

***

Io ho disegnato, ho dipinto, ho creato, ho dedicato gran parte della mia vita passata allo studio e, alla fine, ho pianificato con lo scritto. Tutto ciò mi è servito per trovare *Me Stesso*, per capire i *Miei desideri* e le *Mie* passioni. Tutto ciò mi è servito per fare del mondo la *Mia* terra e del *Mio* amore un *Qualcosa* che non ha tempo, né limiti, né confini. Le distanze accrescono gli affetti, non li distruggono. E anche oggi, quando guardo i miei quadri, quando vado oltre gli sguardi di quei soggetti immaginari che hanno popolato le stanze della mia mente, vedo in essi il *Ricordo* degli anni della mia gioventù di ragazzo, vedo racchiuse tra quei colori le *Mie* esperienze, i *Miei* momenti di rabbia, i *Miei* momenti di odio, le *Mie* vendette inferte dalla matita su carta. E mi rendo conto che quello sono *Io*. Quella è la *Mia* personalità…

Si alza il vento, l'impermeabile lungo e nero svolazza seguendo il ritmo dei miei lunghi capelli. Presto sarà notte. La *Mia* notte.

Ma potrei scrivere all'infinito senza sapere dove la penna mi porterà e a quali soluzioni giungerò.

Qualsiasi cosa ha una soluzione. Qualsiasi cosa ha uno scopo. Qualsiasi azione dipende da un'altra e a sua volta ne crea qualcuna.

Ricordo gli inverni trascorsi per le strade buie, sotto le luci scintillanti di New York. Ricordo il Natale trascorso nella magnifica, romantica città di Praga, abbracciato con la donna più bella della mia vita. Ricordo le campagne d'Egitto e le escursioni nelle foreste più fitte dell'Europa… ogni volta con una ragazza al mio fianco. Ogni volta con una diversa e vivendo quei momenti come se fosse stata sempre la stessa. Forse perché nel mio cuore lo era… ma gli anni passano.

Stanotte mi perderò negli occhi di una bellissima fanciulla per possederla e per volare ad ali spiegate con tutta la mia pallida bellezza teatrale. E mi sentirò un uccello. Sì, perché è questo che forse, più di ogni altra cosa, desidererei essere, un uccello, un rapace che uccide per dare amore, che incute paura e che, nello stesso e ugual modo, accudisce il suo enorme *Tesoro*.

Sono un uccello, nero fuori e candido nell'anima.

Ma forse anche il contrario, per quanto il mio modo di vestire prediliga mostrarsi cupo. Potrei essere un angelo fuori e avere una pozza di catrame che si muove nei polmoni e nelle viscere e sulle ossa, come il risultato di un fumo maligno che intasa, che nessuno se ne accorgerebbe. La forza che mi domina è una *Malattia* dalla quale non potrò mai più salvarmi.

I miei occhi bianchi sono lo specchio nel quale si riflette il volto delle persone che uccido, mentre canto loro le ultime preghiere. Ma l'ho desiderato così tanto… che non posso farne a meno. E adesso, quando ho voglia di vivere, vivo, quando ho voglia di ridere, rido, quando ho voglia di cantare, canto e quando ho voglia di uccidere… uccido! Sono dolce, dolce nella mia natura malvagia e, nello stesso tempo, spregevole, spregevole come uno sputo in chiesa per chi non sa fare altro che del male.

E' la mia natura ormai.

2) "Anime perse"

Ecco cosa sono… un'anima persa, un'anima persa nel vuoto, un'anima persa nel nulla, un'anima figlia del *Male* che sorregge un corpo morto.

Apro gli occhi e finalmente mi sveglio. Sono sdraiato a terra sul mio addome e la vista, ancora annebbiata, mi permette pian piano di distinguere la sfuggente sottilità che coesiste tra la realtà che mi circonda e mi assedia e la falsa dimensione verso la quale sono stato costretto dalla mia mente, solo pochi attimi prima.

Distinguo un banale bidone per i rifiuti di ferro lavorato. È il primo oggetto che riconosco. Capisco all'istante di non essere, né su di una spiaggia, né in nessun altro luogo di altrettanta incantevole bellezza. *Era un sogno dunque! Era tutto un sogno...* penso.

Ho sognato di me stesso, delle mie sofferenze, delle mie passioni, delle mie paure.

Non posso crederci. Deve essere stato lui! Aveva detto che sa-rebbe tornato per portare a termine la propria opera. L'aveva detto! Deve avermi stordito.

Di chi sto parlando? Ma del *Figlio delle Tenebre*, naturalmente! Del cosiddetto *Male*, o meglio, di una delle sue tante ammirevoli personificazioni! E così mi sollevo, pian piano, prima con le braccia, staccandomi dal suolo umido e viscido di questa strada e poi con le gambe ancora intorpidite e in parte bloccate dallo shock. Intorno a me c'è soltanto sporcizia, i bidoni che straboc-cano rifiuti di ogni genere divengono adesso chiari e ben distin-guibili ai miei occhi: sono tante bocche nere straripanti di mar-ciume. Accanto ad essi, scatoloni pregni d'acqua che si accascia-no gli uni sugli altri, negli angoli più bui di quello che pare un vicolo dimenticato dal mondo, sono il simbolo dell'abbandono e, i topi che vi si nascondono all'interno, pare banchettino col peg-gior cibo di cui si possano nutrire. In lontananza intravedo qual-cuno, forse un barbone. E chi altri se no?! Un posto come questo non potrebbe essere frequentato da nessun altro individuo bene-stante!

Sono in un vicolo ed è quasi completamente buio. I lampioni della strada non arrivano a illuminare neppure le coste più lonta-ne del mio cuore putrido, ora risucchiato violentemente dalle te-nebre e selvaggiamente distrutto. Mi accascio nuovamente a ter-ra. Le ginocchia in una pozza di grasso sciolto. Le mani al petto. Emetto un urlo, poi catturo con lo sguardo il barbone in lonta-nanza domandandomi se possa avermi sentito, ma pare che nep-pure si sia accorto della mia presenza e del terribile suono scatu-rito dalla mia gola graffiata e sanguinante. Probabilmente è trop-po lontano o troppo ubriaco per udirmi o, forse, entrambe le co-se.

Mi sollevo ancora. Finalmente è tutto finito, ne sono certo! Il buio mi avvolge, cancellandomi e nascondendomi dalla vita co-mune e dai suoi inutili mortali, con la fierezza di una madre che tiene stretto in grembo il suo primo figlio. Guardo in terra, ai miei piedi, nel punto esatto dove poco fa giacevo sdraiato intento a compiere il mio viaggio mentale, come trasportato dalla conse-guente allucinazione di qualche potente droga. Cerco di ritrovare me stesso o quanto di me sia rimasto. Dopo alzo il volto al cielo.

Un volto incredibilmente pallido. Incredibilmente sofferente. E' notte e la luna, malata ed esangue, sembra riflettere il mio stesso viso.

Rifletto sul tempo e arrivo ad alcune conclusioni alquanto scontate, tra cui questa: *anche quando sono uscito da casa era notte.* Ma adesso brillano le stelle, le più belle che abbia mai visto in tutta la mia esistenza. Le osservo e sorrido, quasi ne fossi gratificato. Ma il mio cuore piange, piange per la mancanza che provo verso la mia amata e verso l'intera umanità che di giorno in giorno, si perde senza concepire, né approfittare, delle bellezze della vita.

E' vero, ho scelto di morire, ma l'ho voluto, ho compiuto il passo credendoci ostinatamente e gettando in tale vortice di follia tutto me stesso. Non posso pentirmi ormai di quello che ho fatto. È troppo tardi e non mi è concesso.

Osservo i miei arti, le mie mani e… devo dirvelo, sono sempre le stesse, le mani di un ragazzo che comincia a diventare uomo, mani nerborute e forti, con le vene in superficie, che saprebbero resistere a qualsiasi presa… ma sono più chiare, più pallide. Sento il bisogno di vedere i miei lineamenti facciali, mi accarezzo una guancia, magicamente liscia, mentre cerco disperatamente un qualsiasi oggetto attraverso il quale possa… specchiarmi.

Poco distante c'è un vetro rotto, un vetro leggermente offuscato, un vecchio specchio, ottimo per il mio intento! Lo raggiungo con una rapidità che non ricordo di aver mai avuto e vi sono presto davanti.

Il mio volto è liscio… la quasi completa oscurità cerca di rendere i miei contorni indefiniti senza riuscirvi. Il buio della notte e la fioca luce in lontananza dei lampioni e delle case, cercano di rendere difficile la realizzazione visiva della mia immagine, ma falliscono.

Mi vedo. Vedo benissimo, anche nelle pessime condizioni d'illuminazione in cui mi trovo. La pelle del mio volto è quasi bianca, ma pare rinata, fantastica, lucida come quella di un neonato adulto. I miei lineamenti sono definiti, attraenti e i miei occhi… diavolo! I miei occhi… sono qualcosa di indefinibilmente affascinante! Chiari come due perle di cobalto e profondi, straripanti di vita e di forza come quelli di un giovane lupo intento a scoprire il mondo! Non sono mai stato così bello!

Osservo ancora per qualche momento ciò che sono diventato, i lineamenti dei miei zigomi, la linea marcata della mandibola, le mie labbra carnose e… i miei denti!

E' proprio tutto come avevo sognato, in fondo, perché al di fuori di ogni ragionamento logico o illogico, al di là di ogni pensiero razionale o irrazionale e di ogni ricordo, piacevole o spiacevole, in fin dei conti, è questo che desideravo! Sono quello che tanto ardentemente bramavo di essere in passato. Qualcuno mi ha degnato di questo fantastico dono, senza concedermi lui neppure per un futile ringraziamento. «Ti amo», sussurro rivolto allo specchio rotto, dove ancora il mio viso ne è prigioniero. «Ti amo con tutto il mio cuore… o almeno con quanto di esso ne rimane!».

Ma chi amare veramente? Sto forse parlando a me stesso o mi sto dichiarando allo sconosciuto che mi ha creato attraverso tale incredibile regalo? Mi sto rivolgendo al ragazzo dal volto pallido e dagli occhi di cobalto o alla figura immaginaria che balugina solo all'interno dei miei ricordi, senza definirsi come soggetto dalla forma reale?

Non lo so. Non posso dirlo, ho ancora molto da imparare.

Ripongo lo specchio laddove l'ho trovato e lo fisso ancora per l'ultima volta, mentre mi sollevo dritto e forte nell'oscurità della notte, assorto nei miei pensieri, nei miei ragionamenti e nelle emozioni che mi trasformano, scolorendomi, nelle ombre dell'inferno.

***

Che cosa è la vita? Che cosa è la morte? Perché viviamo? Perché… moriamo?!

Ancora questi *perché*, i *perché* di un uomo, ma anche i *perché* di chiunque possa avere la facoltà di pensiero, la capacità di osservare e rendersi conto che non tutto, si può spiegare attraverso semplici pagine di cellulosa o con semplici parole lanciate attraverso la TV, verso un pubblico tanto vasto, quanto ignorante nei confronti di chi, spesso, lo governa fin dal giorno della nascita.

Viviamo, soffriamo, piangiamo, mentre i singhiozzi e i sussulti per i dispiaceri provocatici, unica vena concreta della vita, ci uccidono e ci sconvolgono dall'interno dell'anima. Vi sono sofferenti e donatori di sofferenza, i secondi cercano *Essa* per le strade, lasciando libero il proprio istinto animalesco e permettendo alla bestia di sfogarsi su se stessi e sugli altri… così c'è chi uccide e chi si lascia uccidere… lasciando trasudare tragici eventi sulle pagine imbrattate di quotidiani e riviste varie, frutto di società devastate. Molte volte è ingiusto, molte altre, non è permesso dare a tali eventi neppure una degna sepoltura. La realtà è cruda… ed è la cruda realtà a essere folle, così come folle è la volontà dell'essere mortale. Così, mentre la vera sofferenza, *Colei* che spezza il cuore in un uragano distruttivo tramite la noia, l'ossessione e il dispiacere finale della perdita, s'impegna nel suo compito, il desiderio di evadere m'illumina di nuova essenza.

Un giorno mi sembrava di volare, di possedere l'intero mondo, di essere finalmente felice e realizzato fino ai massimi esponenti della propria capacità percettiva e poi… il giorno dopo, come se niente fosse, mi accorsi che tutto era finito. Allora mi alzai dal letto un mattino, quando il sole, sorto da poco, si faceva strada nel cielo limpido e brillante e gli uccelli cantavano e i bambini per le strade sorridevano, ma per me tutto era appassito e nulla più mi colmava di una qualche speranza. Mi sentivo già defunto allora, nel trambusto mattutino di tutti quei corpi convinti d'inutili progressi e destinati alla sola terra di un qualsiasi cimitero. Il lavoro, il successo, la fama… e nient'altro! Poveri illusi.

Questo che sto vivendo adesso non è un sogno, non più… e l'unico sentimento che provo guardandovi, è compassione. La vita dite? Credete che questa sia solo la vita quotidiana di tutti i santi giorni? Ah! Ah! E cos'è la vita, se non l'affermarsi di una lunga e intensa sofferenza, interrotta solo per insulsi attimi, da un illusorio e nullo piacere?

E la morte? Che cos'è la morte? L'ascesa verso un nuovo mondo? La mutazione dello spirito? Il raggiungimento del paradiso? Ve lo siete mai chiesti?

Ve lo dirò, vi dirò che cosa è per me adesso la morte: la salvezza; la resurrezione; la vita; il divertimento e il piacere dell'essere spregevole, spietato, inafferrabile e indistruttibile. Questa è la vera esistenza, quando il mondo lascia muovere sulla sua decadente terra, un'umanità di soli burattini clonati e ottusi nelle proprie idee e nei propri ragionamenti.

Io vi odio tutti. Non ho rancori, né rimorsi. Vi odio tutti.

E adesso, se anche i miei sentimenti continueranno a vivere immortali nei ricordi del passato, finalmente potrò liberare chi desidererò amare e uccidere chi si meriterà di essere ucciso. Ve le farò scontare tutte, vi farò pentire di non aver aperto gli occhi in tempo, di non aver capito in tempo che cosa è realmente la vita e di averne distrutto i suoi veri templi dell'accettazione idilliaca.

Io ero diverso e lo sono tuttora, più di prima, ma questo di adesso non è un maleficio, è un dono, un dono che mi sono meritato per aver capito la vera sofferenza e il vero amore che di giorno in giorno v'induce a seguire la sua preghiera e che voi scacciate.

Adesso non avrò più sofferenza. Non l'avrò più. Forse anche quella fa parte della vita, essendone indispensabile e costruttiva per il proprio futuro, ma sono stufo di tutto questo! E sono stufo anche di questi discorsi nulli, logici e illogici nello stesso istante, possibili e impossibili. Sono un diverso. Lo sono sempre stato e questa è solo l'ennesima mutazione del mio essere che si evolve all'infinito, nella sua amata agonia.

Vivere per soffrire…

Soffrire per morire…

Tanto vale uccidersi!

O lasciarsi uccidere da chi ne sa più di voi, semplicemente accettando immobili il suo consiglio di morte. Il suo bacio demoniaco…

***

Metto le mani in tasca e inizio a camminare verso l'uscita di questo cunicolo, avvicinandomi al barbone seduto sull'asfalto unto e sporco. Puzza, ne sento l'odore, sarei in grado di sentirlo anche lontano un chilometro! Sembra un russo. Forse perché sono in Russia… e guardandomi intorno riconosco Mosca. Una città meravigliosa come sempre… ci sono già stato!

Mi avvicino ancora, con l'immagine del mio nuovo volto fissa nel cervello. Sono così affascinante, attraente... che potrei avvinghiarmi a chiunque tramite il solo respiro dell'anima e contorcermi su qualsiasi corpo, come un verme viscido e peccatore che dona unica salvezza alla sofferenza della vita, per godere della morte. *Oh, mia amata, verrò a prenderti! Verrò da te, vedrai! Come tanto tempo addietro sognammo assieme. Volerò nella notte fino alla tua finestra, fino ai freddi vetri della tua camera e busserò per accedere al tuo abbraccio e al tuo abbandono.* Ora non è più sogno, non è più fantasia, ma pura esistenza. *L'uomo non merita niente, solo Tu, tesoro, meriti ciò che io ho sempre desiderato, nel bene o nel male.*

I miei passi si fanno più decisi, si avvicinano alle luci, al barbone e, nello stesso mentre, i miei pensieri divengono più chiari e desiderosi di vendetta. La vendetta è una bestia perdente, ma non quando è mossa dalla ragione e non quando si applica con il controllo del cuore. Fare del male per donare beatitudine, uccidere per pagare il perdono a un dio inesistente e per dare la pace ai bisognosi... divengono i miei unici scopi. E poi ancora... uccidere per liberare il desiderio, la trasgressione e la passione di ogni uomo. Uccidere per amore. Uccidere per permettere agli altri di conoscere sentimenti che non hanno mai conosciuto nel trascorrere della loro intera esistenza, perché troppo stupidi e troppo presi dai beni materiali. Uccidere! E penso al sangue, mentre le mie cellule impazziscono.

***

I miei passi si avvicinano. I miei tacchi fanno rumore e battono sull'asfalto, decisi ed eleganti. I capelli lunghi e umidi mi accarezzano il viso nella notte e il lungo impermeabile ondeggia nell'ombra, per impartire ai mostri del profondo animo umano che mi osservano, la superbia del loro nuovo padrone. Io sono la *Morte*. Io sono la distruzione.

La terra puzza di marcio, i topi vivono di cibi unti e la miseria incombe come lo scarto indiscriminato degli uomini insulsi.

Mi avvicino spietato d'amore.

Tesoro tornerò da te. Te l'ho promesso. Te lo promisi. E mantengo sempre le promesse… non mi dimenticherò di te. Io ti amo, Stella!

Le stelle cantano inni ai defunti con il loro soffocante abbaglio e *Lei*, è l'unica che doni pace al mio spirito, illuminando il mio cuore di eterno amore. La luna.

Sono immortale e tu con me. Lo sarai. E' già scritto. E' già fatto.

Il barbone che adesso dorme ubriaco e appoggiato al muro del vecchio edificio che mi sta di fianco, sarà la mia prima vittima. Se ne andrà senza sentire niente. Senza sentire dolore, né piangere. Senza sorridere e neppure avere il tempo di rimembrare sui propri errori. Perirà come un uomo senza cuore e non ricorderà mai più niente, se non la propria morte, in un mondo fantastico che non esiste.

«Tu perirai per primo. Tu sarai la mia prima vittima», sussurro alla notte e i topi, che ballano sotto i miei piedi, mi ascoltano allibiti con i loro occhietti rossi. «Dovresti ringraziarmi per questo, vecchio straccione. Ma non ti chiederò nulla, in fondo ti comprendo e ti ammiro, capisco le tue sofferenze e le tue delusioni e mi fai solo pena. Non temere, ti donerò la pace. Sono un diverso. Lo sono sempre stato!».

Mi massaggio il collo e chiedo grazie. Rendo omaggio al mio *Signore*. Il mio *Signore* dai denti aguzzi…

Presto ovunque è sangue, un sangue infetto che lo stesso uomo riversa su se stesso.

Così le stelle cantano… e poi muoiono… a volte è solo per alcuni momenti, altre è per sempre…

Le stelle cadono, ma poi rinascono, se lo si vuole, ma fino ad allora… regneranno solo solitudine, dispiacere e distruzione… nel mio cuore.

Vi odio, vi odio tutti e nello stesso tempo vi amo. Siete il mio cibo.

In quanto a te… piccola mia, ti amo. Ora e per sempre. Sussurro nella mia testa. *Per sempre…* la mia anima è nera, i miei occhi sono di ghiaccio e il mio cuore ha smesso di battere…

Io sono un diverso.
Ma come?! Ancora non l'avete capito?!
Io sono un *Vampiro*!

*(**"Bloody Sunday"** – foto di Raffaella Dagnese)*

In assenza del chiaro di luna

«Bene Signor Jones, può cominciare a raccontare i fatti come stanno!». L'investigatore privato, Clive Wes, schiacciò play sul suo registratore portatile e il contadino rumeno cominciò a narrare.

«Ok, si regga forte Clive, perché sto per mostrarle l'intera storia così com'è accaduta, senza censure stupide o raggiri assurdi di nessun genere! Un'altra cosa che ci tengo a precisare, è che non dirò fregnacce, che lei ci creda o no, ma solo quello che ho visto con questi miei vecchi occhi malati. Solo quello che ho vissuto! Niente di più, niente di meno!».

Entrambi gli uomini assunsero una posizione più comoda sulle poltrone del salotto, preparandosi a una migliore conversazione. Il Signor Jones, ben appoggiato allo schienale, si preparò a esporre i propri fatti e l'investigatore, lievemente proteso, intento a mantenere il suo apparecchio da giornalista, si tenne a una distanza tale da ottenere una registrazione scandita e chiara. Nella stanza si respirava aria calda, mista a quello che pareva aroma di rosmarino e nel caminetto acceso, che rendeva il locale rustico e campagnolo, fiamme rosse lambivano crudeli, pezzi di legno ormai nero.

Clive fissò negli occhi la sua *preda*. Non si trattava in realtà di una preda vera e propria come quelle che amavano tanto inseguire cacciatori di ogni età, da catturare o a cui sparare, ma in un certo senso, era così che Clive e i colleghi, nel loro paese, avevano l'abitudine di classificare gli sfortunati narratori. Per loro erano *prede*, perché era così che le persone spesso si sentivano al cospetto di tutte quelle domande! In maggior modo, quando qualcuno prima di loro aveva già fatto quel lavoro! Clive fece scattare con il pollice della mano destra il nastro del registratore portatile. Ci fu un *clik*, dopodiché Jones iniziò a far suonare le corde vocali.

Era strano, c'era qualcosa di strano in tutto ciò. Clive percepì una certa familiarità con quell'individuo, ma non seppe spiegarsi il perché. Così lasciò perdere e s'immedesimò nella parte, quello che andava fatto andava fatto! E lui stava svolgendo il suo lavoro alla perfezione. Solo il suo lavoro!

***

«Era il tre aprile. L'una di notte del tre aprile. Avevo finito di cenare come tutte le sere intorno alle nove e mi diressi giù in paese com'è mio solito. Ho degli amici là e spesso ci vediamo, solitamente dopo cena. Tra noi c'è chi ama bere, ma io non sono uno di quelli e una sigaretta ogni tanto non può essere, né causa di allucinazioni, né causa di pazzia, anche se è questo che molta gente pensa ora di me. Credono che sia un povero pazzo!

Sono sempre stato un tipo calmo e, nonostante l'età, ho tutte le rotelle ancora al posto giusto nel cervello, ne sono più che convinto!

Vivo solo, caro Clive. I miei tempi d'oro sono ormai scemati in una vita alquanto monotona e priva di particolari compagnie o attenzioni da parte del gentil sesso. La sera sono sempre a letto intorno alle undici, undici e mezzo. Mia moglie è morta sei anni fa e... povera donna, era così dolce! Pensi che tutti qui intorno...», il contadino non finì la frase che l'investigatore lo interruppe.

«Jones», s'intromise subito Clive Wes sperando che la storia non prendesse, fin da principio, svolte che non doveva prendere, «non le ho chiesto di raccontarmi la sua vita privata, né tanto meno di sua moglie, quindi... non c'è bisogno che si rammenti di episodi tristi. Le sto chiedendo solo di dirmi cosa ha visto quella notte, cosa le è accaduto, punto e basta! Non vorrei essere brusco, ma… lei mi capisce, vero?».

«Va bene, va bene, non c'è bisogno di scaldarsi tanto! E poi ci stavo arrivando! Lei è un po' impaziente giovanotto e ciò mi sorprende, dato che abbiamo appena cominciato, per l'appunto, ma la capisco Clive, perché probabilmente il lavoro che svolge deve essere davvero pesante… stare l'intero giorno fuori casa, sempre in cerca di… prove, di errori che possano incolpare qualcuno e mettere fine alla felicità e alla libertà di qualcun altro… deve essere davvero un delirio, dico bene? Come si dice oggigiorno… quando non si riesce a spiegare qualcosa di veramente strano e tutto finisce per essere insabbiato? Files irrisolti? Non m'interessa comunque, e affinché lei entri bene nella parte come io stesso vi sono entrato, bisogna che mi ascolti seriamente. Con attenzione!».

Clive sembrò stupirsi nel sentir dire al vecchio che non c'era bisogno di scaldarsi tanto e… beh, se quello per lui era scaldarsi! Ma l'investigatore non pensò minimamente di contraddire la propria *preda*, sapeva quanto fosse facile farsele scappare talvolta, in modo che si rifiutassero di procedere nei racconti (in fondo, nessuno obbliga nessuno in questo mondo, o quasi!) e si limitò a stare zitto. Un errore come quello sarebbe potuto risultare fatale! «Mi scusi, ha perfettamente ragione. Continui pure», disse così al vecchio signore.

Allora Jones sorrise e riprese sereno e sicuro di essersi fatto capire e capire alla grande! «Le ho appena detto che mia moglie morì sei anni fa e da quando se n'è andata, dato che morì proprio in questa casa, ho paura che qualcosa di lei sia rimasto. Lei Clive, crede nell'aldilà?

Non importa, fatto sta che da quando lei non c'è più, la notte, la maggior parte delle volte, ho l'impressione di sentirla. Di solito mi respira alle spalle e la sensazione di averla accanto mi fa voltare, ingannandomi, verso l'altra metà del letto ormai vuota. In altre situazioni ho provato invece a chiamarla per nome, rimanendomene sdraiato sul materasso con le palpebre socchiuse, ma non mi ha risposto mai nessuno. La sogno spesso, ma non sempre i sogni appaiono come semplici sogni, non quando le coperte a me di fianco cominciano a spostarsi da sole, o quando i capelli, quei pochi che ho, mi volano sulla fronte come mossi da uno spiffero proveniente dal muro! Per Dio! Non sono uno stupido e so benissimo che una cosa come soffiare attraverso un muro, per un umano, sarebbe impossibile! E lasci che aggiunga una cosa! Non si tratta di uno spiffero comune, pare proprio un soffio! Un soffio di quelli che a suo tempo faceva mia moglie! Lei sbuffava sempre quando c'era qualcosa nell'aria che non andava...

Sa cosa credo? Credo che la mia sposa sia sempre qui, qui con me, tra queste vecchie mura ammuffite e che mi osservi nelle azioni... credo che legga i miei pensieri! Probabilmente mi sta aspettando e forse sarebbe in grado di proteggermi, se dovesse succedermi qualcosa di brutto. Forse...».

«Signor Jones, per favore...», pregò Clive educatamente, interrompendo di nuovo quello che stava tornando a essere un esordio bello e buono. Non voleva, ma stavolta si sentì in dovere di farlo, anche rischiando di perdere la sua *preda*, perché pareva che quel vecchio volesse a tutti i costi prenderla troppo alla larga. Così lanciò un sorriso a Jones inclinando la testa di traverso ed esponendo testualmente, ancora una volta e in modo palese, il motivo della sua visita. Ma Clive non sapeva, dove Jones volesse arrivare.

«Sì, sì, va bene! Ma ciò non toglie che lei è un vero ostinato testardo! Caro investigatore, le ho già detto che per entrare bene nell'atmosfera...

Lasciamo stare.

Ritornando a mia moglie, credo si tratti del suo fantasma, della sua anima, ma per quanto riguarda il soffio dalle apparenze umane, quello non si fa sentire così spesso. Lo percepii, però, la notte del tre aprile, più lungo e soprannaturale del solito, più freddo di tutti gli altri. Una nottataccia quella! Sicuramente singolare nella particolarità degli eventi. Non credo che mi dimenticherò così facilmente di lei, di quella notte intendo! Probabilmente mi perseguiterà e non sarò mai in grado di darmi una risposta su quanto successo, per il resto dei miei giorni.

Quando ebbi la visione, sonnecchiavo da un'ora e mezzo circa, ma non ero ancora completamente avvolto dai sogni, non dormivo ancora profondamente. Era una notte piuttosto afosa e mi trovavo coricato sul fianco sinistro, con le coperte arrotolate sulla vita. Non ricordo a cosa stessi pensando o cosa la testa stesse per farmi sognare.

Ero uscito verso le dieci ed ero rincasato alle undici. *Da Frank*, il bar del paese qui vicino, si erano svolti i comici bisticci dei soliti ubriaconi e le interminabili discussioni sulla sofferenza della vecchiaia. Io non mi lamento mai dei miei acciacchi, un po' di dolori li ho, ma penso che quel Nostro Signore chiamato Dio mi lascerà campare ancora un altro po', prima di farmi raggiungere la povera Marie!

Andai al locale a piedi e tornai a piedi. Sono piuttosto vecchio, ma gli anni passati per i campi mi hanno scalfito bene i muscoli ed essi mi graziano ancora di forza e resistenza, tanto da permettermi di affrontare chilometri. In aggiunta, al contrario degli altri anziani che frequento, sono certo che la vecchiaia arrivi solo nel momento in cui uno voglia sentirla! Sempre godendo di buona salute! E non saranno certo quelle semplici rughe che vediamo a mattina nello specchio, a farci scoprire che gli anni passano veloci come il vento, giusto Clive? Come si dice? Chi si ferma è perduto!

Ma passiamo ad altro. Lei lo sa, sono un contadino come si suol dire, ed ero anche allevatore, quindi come gran parte della gente qui intorno, anche io ho, o meglio avevo, i miei animali. Avevo le mie cinquanta pecore, le mie dieci vacche e i miei maiali, possesso che molti mi invidiavano per via della loro origine in parte italiana e piuttosto pregiata. Molto fruttuose le mie bestie! Lavoravano bene loro! Ero uno dei più ricchi campagnoli dei dintorni, cosa che non si può certo affermare adesso e vivevo tranquillamente, senza nemici, né debiti da pagare.

Il mio cane Bolar era legato vicino all'ovile e se ne stava buono buono come sempre, acquattato nella propria cuccia, con la testa bassa e il muso davanti alla propria ciotola del cibo. La sera del tre aprile, quando mi vide rincasare, anche se era abbastanza tardi per un cane della sua età, non mancò di svegliarsi e darmi il bentornato iniziando a scodinzolare, per quanto ancora gli era concesso. Io lo salutai a mia volta e dopo alcune carezze al pelo lungo e morbido, com'era mia abitudine tutte le sere prima di coricarmi, diedi l'ultima occhiata agli animali. Bolar mi fece le feste, mi leccò tutta la faccia e mi fece compagnia. Poi, dopo aver controllato che tutto fosse in ordine, entrai in casa. Tutto era sereno, come sempre. Era stata una bella serata, un po' più appiccicosa del solito, ma sempre abbastanza fresca.

Prima di entrare mi soffermai due minuti in veranda. Il cielo era stellato e l'umidità della sera non tardò a farsi sentire sulle mie povere spalle, che accusarono un brivido di freddo. L'erba dei campi era fresca e bagnata, un letto sicuramente romantico per due innamorati, sotto un cielo come quello… così rimasi ancora un minuto rimembrando il passato.

Sa Clive, era tutto più che a posto, ma fu come se il ritorno a casa non mi giovasse come avevo sperato. Ricordo un particolare, forse a mio avviso non molto importante, ma che mi colpì leggermente: nonostante il cielo fosse limpido, non si vedeva la luna. Non era coperta da qualche nuvola passeggera, proprio non c'era! Attribuii il fatto a qualche evento meteorologico, a una probabile eclisse di luna sfuggitami dagli avvisi degli ultimi telegiornali, ma senza dargli troppa importanza, conclusi che non c'era e basta! Inutile starci a ragionare su, no? Anche se da una pianura come questa, in cui non ci sono, né palazzi, né montagne troppo vicine a far ombra alle cose, tranne che per le nuvole, non mi era mai capitato di non vederla in una notte come quella! La luna non c'era, non me ne fregava niente, ero stanco e andai a dormire subito dopo essermi lavato i denti (è un'abitudine che non ho mai perso), poi mi addormentai…». Jones assunse un'aria riflessiva, poi domandò quello che aveva da domandare. «Ha mai sentito parlare di incubi e succubi Signor Clive?».

«Sì, credo proprio di sì, Signor Jones, in fondo ogni tipo di materia che sviluppi particolarità appena fuori della norma m'interessa, perché fa parte del mio lavoro. Come l'ho informata tramite la segretaria, sono un investigatore privato e tratto proprio situazioni a cui la gente comune non saprebbe dare spiegazione. Mi occupo di casi normali, almeno apparentemente, ma anche di presunti paranormali. In ogni modo, mi avevano pregato di raggiungerla per un caso non spiegato, ma alquanto razionale e non pensavo, invece, di trovarmi di fronte ad un racconto di fantasmi. Se è questo che vuole insinuare… accennando a sua moglie, s'intende!».

«Bene, carissimo mio, ma la mia storia non insinuerà nulla, la mia storia parlerà chiaro! Lasci da parte le teorie per adesso, perché non sono sicuro che riuscirà a mettere assieme i pezzi tanto facilmente e subito, certo non prima che avrò finito di raccontare! Non ho neppure iniziato quasi! Il bello ha da venire!».

«Vedremo Signor Jones, vedremo. E' per questo che sono qui, lei continui!».

Il contadino rumeno parve fermarsi un attimo, poi riprese. «Già, sapevo che lei s'interessava di casi *strani* e… sospettavo anche fosse informato riguardo all'argomento degli incubi e dei succubi! Ma non si trattò di nulla del genere quella notte. All'una di quel tre aprile fu lei a svegliarmi, mia moglie! Mia moglie in persona!».

Clive, nonostante l'esperienza nel settore, parve lievemente stupito dalla confessione alla quale stava assistendo e, per un attimo, quasi esitò sul da farsi, per un secondo appena, volle chiuderla lì, farla finita con i pochi dati raccolti senza neppure addentrarsi nei meandri più assurdi della vicenda. Pensò seriamente di spengere il registratore, alzare i tacchi e salutare il vecchio Jones con tutte le sue storielle: tanti saluti e buonanotte al secchio! Ciò nonostante, l'aver già affrontato casi simili, lo allontanò dalla rinuncia al suo lavoro e creò un alibi abbastanza solido nella sua mente, da scagionare il Signor Jones da una probabile apparente forma di pazzia. Era vero, Clive si era occupato di casi *strani*, spesso irrisolti, tra i quali si contavano numerosi e apparenti fenomeni poltergeist, storie di alieni e mostri vari, ma per qualsiasi mistero, la dottrina gli aveva insegnato a cercare sempre il *fondo*, la parte solida posta più in basso di ogni altra supposizione che fosse, o meno, influenzata dalle fantasie umane. Il *fondo*, per Clive, era il risultato di un'equazione razionale, il fulcro solido di cui non si doveva mai dimenticare e lo stesso che, anche nei casi più strampalati, gli garantiva sempre una lucidità mentale ammirevole, perfino quando chi di fronte a lui, spesso e volentieri, riusciva a stento nel fargli credere lo stesso per la sua. Talvolta, i fatti più inspiegati si risolvevano e quelli paranormali svelavano misteri molto più banali e concreti di quelli aspettati. Dunque, la razionalità era da considerarsi per prima e sopra ogni cosa!

Il caminetto mandava un leggero tepore e Clive si convinse della sua gradevolezza, gustando il leggero odore che i ceppi carbonizzati lasciavano veleggiare nell'aria della stanza. Il vecchio, la *preda*, continuava il racconto.

«Mi sentii sussurrare alle spalle. Mi sentii chiamare, capisce? Il nulla, il vuoto mi stava chiamando, l'aria mi sussurrava qualcosa e riuscì a svegliarmi in modo alquanto singolare, come non mi era mai successo prima di allora. Solo adesso mi rendo conto di quanto fosse reale il fantasma di Marie e, in ogni modo, non ne ho paura, tutt'altro! Quell'esperienza mi ha fatto capire quanto ella mi sia vicino e sia decisa a proteggermi! Mi fa credere tuttora in un aldilà prossimo venturo! Chissà, magari addirittura adesso, Marie è qui e forse ci sta ascoltando... lei non crede?», domandò Jones interrompendosi e fissando Clive negli occhi, quasi si aspettasse, da lui, una risposta affermativa.

I due si guardarono scrutandosi, ma senza puntarsi troppo a lungo nelle pupille scure e dilatate, a causa della penombra alleviata solo dall'ardente luce del camino. Lo sguardo durò secondi, solo brevi secondi, ma tuffandosi oltre, ognuno nei pensieri dell'altro, ognuno dentro l'altro, gli occhi dei due uomini divennero una rete di comunicazione visiva e quasi telepatica. L'investigatore sapeva ciò che voleva! Il racconto nudo e crudo, quello che il vecchio aveva riservato solo per lui in versione integrale! Ma Jones... a che gioco stava giocando? Sembrava che nell'incedere delle parole, anche quel contadino mirasse a qualcosa, quasi avesse a sua volta uno scopo, una meta da raggiungere nel confessare gli eventi di cui era stato partecipe o... chissà cos'altro!

Forse vuole spaventarmi. La buttò là Clive, conversando al di sopra del registratore e al di là della propria fronte. *Forse, con le sue storielle da paesano e i racconti di una moglie morta che ricompare nei sogni, magari dopo un goccio di troppo, sta cercando di mettermi in difficoltà in un qualche modo...* ma il vecchio contadino non beveva. Jones non era un ubriacone, l'aveva affermato solo poco prima e stando alla fiducia, non si poteva far altro che credergli. Così Clive, continuando a tenere il registratore portatile proteso verso la *preda*, si posizionò meglio sulla poltrona e rispose scettico: «Può darsi, lo spirito di sua moglie adesso potrebbe anche essere qui, ma lei sa che io ora non intendo parlare di questo, vero?».

«Lo so, ma è importante che lei sappia tutto nei dettagli. A lei ora non interessa niente di questa mia pazzesca idea e, a essere sincero, neanche a me frega niente se lei crede a quello che le sto dicendo o crederà a quello che le dirò, perché in fondo sono consapevole dall'assurdità dei fatti. Sono cose che, in ogni modo, riguardano me. Più che cercare di convincerla fin dall'inizio, non posso obbligarla, investigatore Clive!».

«Credo proprio di no».

«Ma andiamo avanti, se mi concede. Ero nel mio letto, sentivo i fruscii della notte dalla finestra lievemente socchiusa. La lascio sempre aperta di uno spiraglio, ormai è una mia abitudine. Qui non ci sono ladri! Non ci sono mai stati!

Ero più di là che di qua, facendo riferimento al mondo dei sogni naturalmente, quando sentii il solito soffio, quello che già altre volte, in precedenza, mi aveva *struffato* i capelli. Assieme ad esso, stavolta, si alternavano dei mugolii, dei lamenti. Udii dei suoni incomprensibili alle mie spalle. Le coperte dietro di me si spostarono. Tutto si svolgeva nella comune routine delle altre volte, ma c'era del diverso e me ne sarei accorto presto. Quello che stava accadendo sarebbe stato unico, quanto raro. I sussurri divennero a poco a poco comprensibili, ma solo dopo che mi decisi ad ascoltarli con impegno e gli strani rumori di poco prima, parvero svelarsi nel significato. Era di nuovo lei. Era mia moglie!

Marie stava parlandomi alle spalle ed io riuscivo a capirla! Le sue parole formarono una frase sensata, chi l'avrebbe mai detto! Immagino che chiunque mi darebbe del matto se dicessi lui che ho sentito un fantasma parlare a orecchi nudi, ma lei mi stava mandando un messaggio ben preciso ed io riuscivo a comprenderla. Ci riuscivo, capisce Clive?!

Poi mi voltai rotolando su me stesso dall'altra parte del materasso. E lei, giovanotto, se fino ad ora si è sforzato di credermi, pur contro la sua stessa volontà, adesso smetterà assolutamente di farlo. Pensi pure che quello che le stia per dire sia impossibile, ma una volta giratomi, stando sdraiato nel letto, ho visto mia moglie! Marie era dietro di me! E' stato per un attimo, un momento veramente breve, ma ci sono riuscito. Mi è stato concesso dagli angeli di vedere una simile bellezza!». Jones si bloccò e fece una pausa più lunga delle altre. Nel parlare, quel contadino, non solo si reinseriva completamente nei fatti che lo avevano coinvolto, ma pareva quasi li stesse rivivendo. Sembrava riflettesse molto prima di aprir bocca e, probabilmente, Clive non sbagliò nel notarlo. Agli occhi indagatori ed esperti dell'investigatore, Jones si comportava come un bambino certe volte, un bambino che, avendo capito da non molto cosa fosse realmente la morte, si sforzava di comprendere il significato intrinseco della vita e così l'interazione tra esse. Parlava, si bloccava, s'inumidiva le labbra con la lingua, ma era ben deciso nella narrazione e questo rendeva il tutto più veritiero nella sua personalità di vecchio e contadino. Jones guardava a tratti fisso nel vuoto, come fosse stato incantato e parlava a impulsi. A Clive ricordò, per molti aspetti, un saggio indiano che aveva conosciuto tempo addietro, con la sola differenza che Jones era molto più spartano e meno profetico nell'esprimersi. Nel paese, non in pochi dubitavano di quanto stesse accadendo in quella casa e, molti, erano fermamente convinti che Jones fosse impazzito per la mancanza e la solitudine provate a causa della perdita della moglie.

«Una volta voltatomi», continuò il vecchio, «non aprii subito gli occhi, perché in fondo, per quanto soprannaturale fosse, era una sensazione piacevole quella di sentire la mia donna starmi vicino di nuovo e non volevo in nessun modo che finisse. Ma dopo poco ci provai. Fu la sua voce a suggerirmelo, così, stando immobile nella posizione in cui ero, sdraiato e insonnolito, aprii lentamente le palpebre.

All'inizio non ci fu nessuno e subito mi rimproverai per aver dato fine a quella sensazione di beatitudine che, per qualche inspiegato motivo, mi era stata donata. In effetti, credevo a mia moglie che tornava dall'aldilà per rimboccarmi le coperte, solo perché ero io stesso a volerlo, non perché ne avessi avute prove concrete realmente! Immaginavo fosse tutto legato ai sogni, ecco perché poco fa, le ho chiesto… degli incubi e dei succubi.

Guardai la sveglia sul comò. Segnava l'una. Nella stanza da

letto regnava il silenzio. Lasciai che il mio corpo si sciogliesse in una posizione più comoda e mi posi a pancia in su, cercando le ombre nel soffitto. Poi avvenne l'apparizione e da lì mi accertai dell'esistenza dei fantasmi, come mai prima di allora me ne ero accertato. Ora credo che a volte, sia davvero possibile ad alcune anime di correre in soccorso dei propri cari!

Marie, la mia amata donna, volteggiava nell'aria avvolta da un panno bianco, lindo e trasparente abbastanza da far trasparire la nudità e le sue curve sode sotto di esso. Quando se ne andò, aveva una certa età, il suo corpo era vecchio, ma lo spirito che avevo di fronte quella notte, era lo spirito di un corpo giovane e fresco, lo stesso di quando la incontrai per la prima volta, all'età di soli diciassette anni! Vestita così, pareva quasi una bambina! E volava! Fluttuava nell'aria come avrebbe fatto una medusa nell'acqua.

Sopra di me, Marie teneva le braccia aperte come un'aquila che spalancava le ali e planava nel vuoto. Si lasciava trasportare dal vento. Lei se ne stava lassù, muovendosi sinuosamente e fissandomi, mentre i suoi capelli, lunghi e di quel castano chiaro che a suo tempo mi fece tanto impazzire da innamorarmene, le s'intrigavano attorno alla testa, come mossi da una brezza spirituale. Era bellissima, mio caro Clive!

Ricordo anche un'altra cosa, un particolare forse degno di nota per il suo lavoro nella giusta classificazione di questo evento… osservandola, incredulo e sbalordito, guardando attentamente quel fantasma mandato dall'aldilà o semplice frutto della mia mente, fra tutti i particolari che potei notare in quei brevi attimi, non solo mi resi conto di poterla vedere ancora una volta in tutto il suo splendore corporeo per via del telo troppo fine, ma potei vedere lei attraverso! Me ne accertai più volte, riuscivo a distinguere i nodi legnosi sulle tavole che reggono il soffitto di questa vecchia baracca, oltrepassando con lo sguardo il corpo di quella donna! Era un angelo. E ora ci credo. Veramente. Ho sempre creduto a mia moglie e ora più di prima. Dio che darei per riaverla…

Clive, lei può benissimo non credermi, nonostante tutto io continuerò ad affermare che ciò che vidi quella notte, non fu assolutamente un'allucinazione. Ne sono più che certo, anche se non posso dimostrarlo e già so che non mi capiterà probabilmente una seconda volta». Adesso Jones parlava piuttosto lentamente, come se stesse ancora cercando spiegazioni a ciò che i suoi occhi avevano trasmesso al cervello, quasi a volersi accertare, ancora e ancora, che quanto aveva osservato, era stato reale. In fondo Marie lo aveva anche aiutato, nella sua apparizione! In un certo senso era stato così! Lo spirito di Marie aveva dato a Jones un po' di pace dopo la tanta sofferenza che lui si era portato sulle spalle da anni e aveva dato lui la certezza di non essere pazzo come tutti ultimamente lo facevano in paese. Jones era solo triste, certe perdite non potevano che lasciare un'amara agonia nella vita ed esistere in quello stato, a cosa serviva, una volta raggiunta la terza età e dopo esser stati traditi anche dagli amici più cari? Non una volta, il vecchio, uscito dal bar, aveva sentito i suoi compagni d'avventure deriderlo sulla sua presunta follia... *cosa esisto a fare*, si diceva allora lui ogni volta, *tanto vale morire... o ammazzarsi!* Ma avrebbe avuto il coraggio di farlo se fosse stato necessario?

Il pallore diffusosi sulla faccia di Jones durante la narrazione si notava tuttora e, dalla sua fronte rugosa e corrugata, si capiva benissimo che lo stupore e l'incredulità non abbandonavano ancora l'animo di quel pover'uomo.

Clive non poté vederlo in quello stato, provò un po' di pena e cercò di sdrammatizzare. Perdere il più caro amore della propria vita, a quell'età, dopo tanti anni passati insieme, era senza dubbio una delle cose peggiori al mondo e ogni ricordo felice della persona defunta, non doveva far altro che uccidere, ogni giorno di più, la restante ancora in vita. L'investigatore si parlò dentro e si promise che, se avesse potuto, lo avrebbe aiutato in qualunque modo pur di renderlo nuovamente felice. Ma non ne avrebbe avuta la possibilità, né il modo. Clive era lì per il solo lavoro.

La descrizione dello spirito era stata raccontata con minuziosità e lentezza, nello stesso modo, i sorrisi della povera Marie, erano ricomparsi nella mente di Jones, belli e allo stesso tempo, più dolorosi che mai. Il contadino rumeno, di origine inglese, che si era trasferito tanti anni addietro, assieme alla compagna, in quel luogo tanto lontano dalla propria terra quanto desolato, aveva avuto un brivido ogni volta che si era imposto di pronunciare il nome della povera defunta. La sua pelle raggrinzita da sessantacinquenne si era incartapecorita, per via della pelle d'oca, ogni qualvolta il suo pensiero era evaso da quella stanza per raggiungere una lapide fredda non molto lontana dalla propria residenza. Stava male, si vedeva. Non c'era dubbio. Subito dopo aver nominato Marie per l'ultima volta in quei discorsi, lo sguardo di Jones si era distolto da quello di Clive e aveva raggiunto la foto di una dolce vecchietta, conservata all'interno di una cornice posta sul ripiano più alto del camino. Poi si era zittito di colpo e, per due buoni minuti, non aveva fissato altro che il vuoto.

Ecco come la *preda* cadeva vittima delle ingiustizie della vita, pensò Clive, quelli erano i momenti peggiori secondo lui, momenti nei quali, già altre volte si era trovato e in cui non aveva mai capito bene come comportarsi. Fu costretto persino a stoppare il proprio registratore, per evitare che sul nastro fosse inciso un vuoto troppo prolungato e, in seguito, aspettò paziente che la tempesta emotiva passasse.

Jones combatteva contro il dolore dei propri ricordi e continuava a fissare il vuoto. Pareva si fosse imbambolato a tempo indeterminato, ma cercava solo un appiglio dove aggrapparsi: il *bastone* dell'anima in grado di ridargli, come a un cieco, la forza e il coraggio di andare avanti, mostrandogli di nuovo la via della vita e staccandolo da quella che era l'immaginazione.

In quei minuti di silenzio, Clive non osò disturbarlo. Poi gli si avvicinò, posandogli delicatamente una mano su una spalla e il vecchio si lasciò andare. Questa fu una reazione che lo colpì, perché non si aspettava che Jones si lasciasse trasportare dai sentimenti fino a quel punto, ma non per questo si ritrasse. Jones pianse a dirotto sul braccio di Clive. Da quanto quel povero vecchio non si sfogava con un suo simile? L'investigatore dedusse che nessuno dei suoi amici di paese potesse saperlo, così come non ne era al corrente lui stesso. In ogni modo, per quanto fosse mortificato nell'aver riesumato tali tristi dettagli, il lavoro lo attendeva e doveva far smettere Jones al più presto, doveva andare avanti con la storia e il sole stava già tramontando.

***

Jones pianse come un bambino. Subito dopo, riprese la narrazione. Un'ultima lacrima solitaria gli scese lungo le rughe dell'occhio sinistro, prima che egli stesso la asciugasse con il polsino sinistro della camicia a scacchi rossa.

Clive, un uomo sulla trentina, alto e di temperamento non poi così duro come delle volte sembrava, gli stette vicino. Non conosceva quell'uomo, ma lo fece lo stesso. Forse sbagliava, ma per un attimo e, solo per un attimo, l'investigatore, nell'azione di conforto, si sentì persino spinto da una forza maggiore e inspiegata, verso tale atto di consolazione. Quasi una percezione l'accompagnasse, Clive si prestò volentieri e, nonostante tutto ciò potesse non aver nessun significato, fu ugualmente molto strano. Continuava a sentire quel contadino più vicino di quanto non si fosse aspettato, questo da quando gli era stato assegnato l'incarico e, ancora di più, dal momento in cui aveva stretto lui la mano. C'era una certa familiarità nello sguardo di quel Jones, una familiarità che Clive non avrebbe saputo spiegarsi. «Mi scusi se l'ho portata fin qui, Signor Jones. Non volevo ferirla. Sono mortificato, ma è stato lei ad affermare e insistere che fosse necessario cominciare dal principio, dal fantasma!». L'investigatore si bloccò, si rimangiò le parole, le elaborò in altro modo e concluse con più autorevolezza. «Ha detto lei che era importante iniziare dalla sua povera moglie, volevo dire! Io sto facendo solo quello che posso per cercare di aiutarla, lei lo sa, vero?».

Jones si limitò a scuotere la testa. «Certo. Certo che lo so, Clive... e devo dirle che forse sta facendo anche troppo, in ogni caso mi sta aiutando, ci creda! E sicuramente mi aiuterà anche in seguito, confido molto in lei. Quindi, per quanto riguarda quello che può o non può fare, nessun problema, sta dando il meglio di sé. Credo a quello che dice, come voglio credere che lei prenderà sul serio la mia storia strampalata. Tutto a posto Clive, andiamo avanti, facciamo quello per cui siamo stati messi al mondo!».

«Non volevo arrivare ad argomenti che la rattristassero, dico sul serio e me ne scuso», aggiunse l'investigatore, «ma adesso, se lei ha deciso di raccontare la sua storia seguendo questa strada, presumo che tra i fatti accaduti ci sia un nesso logico!».

«E in effetti c'è, c'è un nesso, non so quanto possa essere logico o meno, questo dipende dai punti di vista, ma un nesso c'è. Ah! Non si scusi!». Rispose pronto Jones, che ora parve riprendersi velocemente per tornare sull'amata Terra.

«Ok allora! Quando è pronto…», lo incitò Clive.

«Sono pronto giovanotto. Accenda pure il suo marchingegno. Delle volte può essere anche bello ricordare il proprio passato, nonostante chi si è amato sia ormai passato a miglior vita. Certo il ricordo di Marie mi fa star male, quando penso a lei ne sento la mancanza e di colpo capita che vada giù di morale, perché mi rendo conto di quanto fosse importante, ma non importa, è acqua passata. Siamo su questa terra per soffrire. Per fortuna però, delle volte, si può rimediare anche a questo!».

«Forse dovremmo… rimandare? Lei preferisce rimandare Jones?». Propose Clive.

«No! Non dovremmo proprio un bel niente!», esclamò forte Jones di rimando, riposizionandosi sulla poltrona a petto in fuori come un re sul proprio trono. «E' ora che le dica il pezzo forte della storia, è ora che tutto si risolva, sono stanco di vivere così, mentre gli altri mi deridono alle spalle! Dobbiamo vincere quel bastardo!».

Bastardo? Di quale bastardo sta parlando? Si chiese all'improvviso Clive e, rovistando in quanto fino a quel momento registrato, non trovò proprio nessun bastardo!

«Sono anni che mi sta logorando dentro ed è arrivata l'ora di dare un taglio alle regole, anche se dovrò ricorrere a pericoli e ad atti incivili! Anche a costo della stessa vita! Tanto, ormai, non ho più niente da perdere, posso solo guadagnarci sopra! Guadagnarci la pace!». A quel punto Jones si era infervorato ed era passato da uno stato confusionale e di abbandono spirituale, a un sentimento impulsivo e quasi ribelle.

Nel frattempo… Clive si era perso e… *ma di cosa cavolo sta parlando?* Cominciò a chiedersi, subito dopo aver cercato il *bastardo* a cui Jones aveva alluso nell'attimo precedente della loro conversazione, senza trovarlo. Rifletté ancora, poi tornò con i piedi saldi a terra e incitò la *preda* secondo il volere del destino.

«Avanti allora, sono qui pronto a registrarla e crederò a tutto quello che mi dirà, ma solo se non si rimetterà a piangere, d'accordo?». Clive lanciò un sorriso all'intervistato cercando di essere convincente, ma sapeva bene che quanto appena detto, non era perfettamente in sintonia con quanto veramente stesse pensando.

Forse Jones lo sospettò, ma si lasciò tacitamente ingannare subendo il colpo basso dell'avversario. Si lasciò ingannare solo in parte. «No, non lo farà. Non ancora. So che non crederà profondamente a tutto quello che le dirò, ma... è normale. Comprensibile da parte sua, malgrado le miriadi di stranezze alle quali può aver assistito o di cui può aver sentito parlare».

E il contadino, riconobbe Clive, aveva più che ragione. Adesso era il vecchio ad osservarlo, come se avesse preso possesso della situazione o avesse impugnato il coltello dalla parte del manico. Jones aveva invertito i ruoli, trasformando l'investigatore in *preda* e trasformandosi personalmente nel racconto. Non era più Clive ad ascoltare un vecchio uomo, tenendo in mano un registratore portatile, ma un uomo anziano e furbo quanto lui, a dirgli cosa avrebbe fatto o in cosa avrebbe creduto, secondo la storia che lo possedeva e logorava da molto tempo. Clive stava combattendo per ottenere qualcosa e Jones era quello che l'investigatore cercava di estrapolare attraverso la composizione di parole, Jones era la storia.

Il suo sguardo, lo sguardo di quel campagnolo, sembrò incupirsi, parve sussurrargli nell'anima a quale *bastardo* stesse alludendo... parve passargli un messaggio subliminale, tra un battito di ciglia e l'altro, un messaggio che Clive non riuscì però a capire, né decifrare. Così l'investigatore azionò di nuovo il registratore e il nastro riprese a girare dopo il *clik!* Cosa, meglio delle parole, avrebbe potuto dare concretezza a tale imminente rivelazione? *Parla cavia, dimmi tutto quello che hai da dire e che non hai detto a nessun altro. Fallo adesso, avanti! Muoviti! Vuota il sacco!* Pensò Clive.

Poi Jones continuò.

***

«Fu quell'apparizione, quello spirito leggiadro e stupefacente a informarmi su cosa stava per accadere. Marie cominciò a volteggiare, fluttuando a mezz'aria, come una trottola impazzita e prese a esibirsi in qualcosa di simile a un rito spirituale molto antico, si arrotolò e srotolò assumendo strane posture e in quel mentre, mi parlò. Rimasi allibito da quello spettacolo, allibito come mai mi era successo in precedenza in tutta la vita. Mia moglie mi aiutò, ma non feci a tempo ugualmente», continuò Jones.

«Cosa le disse?», domandò curioso l'investigatore.

«Disse che *Lui* era vicino e che avrebbe fatto del male a Bolar, il mio cane e poi si sarebbe occupato del bestiame. Subito dopo, aggiunse che se non fossi stato scaltro, probabilmente avrebbe colpito anche me. Disse che sicuramente l'avrebbe fatto, se non mi fossi mosso al più presto per raggiungerlo! Marie mi sussurrò che *Lui* era impazzito e lo fece con il suono del vento, scaturendo fiato freddo dalle proprie labbra ectoplasmatiche: *«muoviti Jo, muoviti! Se ti svegli e lo rincorri... forse sarai ancora in tempo!»*, fu la frase che espresse per prima e dopo s'interruppe, mentre il sogno più affascinante di cui fossi mai stato partecipe cominciava a svanire scomponendosi con le molecole dell'aria. Poi aggiunse ancora: *«prendi il fucile Jo, il migliore che hai. E non farti ingannare! Dovrai essere forte in futuro e raccontare tutto alle autorità, ma non a una qualsiasi autorità che ti si presenterà dinanzi, dovrai riferire l'accaduto a una persona che potrà crederti... che sarà in grado di ascoltarti nel cuore!»*. E scomparve nel soffio di una brezza fresca, paranormale e aliena, appartenente a un altro regno.

Avrei voluto dirle che la amavo ancora, esprimerle quanto mi mancasse, ma non ebbi tempo, né modo di formulare parola alcuna. Rimasi momentaneamente paralizzato, forse cercando di capire in che mondo mi trovassi, se in quello dei sogni o quello reale, se in quello dei vivi o dei morti e, infine, dedussi semplicemente che ero sveglio. Solo. Come sempre, nel mio letto. Tanto ero stupito, che impiegai ancora del tempo ad assimilare concretamente quanto mi era stato appena riferito.

La mia sveglia segnava l'una di notte. Iniziai a riprendermi dallo shock e rammentai effettivamente solo dopo, cosa mi era stato consigliato di fare. Poi, quando mi convinsi che tutto era accaduto e non era stato frutto dell'immaginazione, provai una paura tremenda. Cominciai a essere terrorizzato da *Lui*, quel *Lui* che non conoscevo.

Si domanderà di chi sto parlando, Clive...

Beh, è naturale! Io non seppi attribuirgli subito una forma, una personalità e non sapevo chi fosse... sono solo certo di una cosa ad oggi e cioè, che non avrei mai creduto potesse arrivare a tanto!

Continuai a rimanermene immobile sul materasso, due brividi gelidi mi punsero le spalle e mi fecero rattrappire. Pareva i miei occhi non volessero scollarsi dal soffitto, nonostante davanti a me non ci fosse più nulla. Nella mente continuavo a rivivere nell'intimità l'ologramma spirituale di Marie, un numero infinito di volte. Poi trovai il coraggio di scalzare le coperte e alzarmi. Una volta in piedi, mi resi conto di quanto l'aria, tutto intorno, fosse pesante e densa. Il mio cervello comandava le mie azioni in modo insolito, ero insicuro e reduce di quella che, in un certo senso, si sarebbe classificata l'immobilizzazione autonoma della paura. Quello che in seguito avrei visto fuori, sarebbe stato ancora più scioccante e mi sarebbe stato confermato dalle autorità venutemi in soccorso la mattina seguente.

Raggiunsi la cucina, aprii le ante del mobile per liquori e mi feci un bicchiere di rum, trangugiandolo come fosse acqua. L'esperienza, per quanto miracolosa, mi aveva in parte traumatizzato e, per un vecchio come me, era sempre meglio mantenere alti i giri del motore, prima che questi avesse subito un collasso vero e proprio! Non era cosa da tutti i giorni, in fondo, assistere a tali manifestazioni! Ma feci presto nel bere, perché dovevo uscire, dovevo andare da *Lui*, lo stesso individuo di cui non conoscevo il nome, ma il solo pensarlo m'incuteva terrore. Dovevo agire come mi aveva consigliato mia moglie e al di là di ogni scetticismo, sarebbe stata la curiosità a muovermi.

Misi il giaccone di pelle sopra il pigiama e dopo avere impugnato il fucile più grosso che avevo, quello che ancora possiedo, uscii allo scoperto.

La notte era gelida e umida, non più la sera che sembrava un paio d'ore prima. La nebbia invadeva i campi, ma senza essere troppo opprimente. La luna, che mi affrettai presto a cercare, era ancora assente e nel cielo blu notte, privo anche delle stelle, non compariva minimamente.

Tenevo stretta in pugno la canna del fucile… *«il migliore che hai»*, come mi era stato suggerito da Marie, pronto a spianarla sul pericolo o su qualsiasi minaccia mi si fosse presentata davanti. Ho tre armi simili nell'altra stanza, le conservo con cura, ma quella che tenevo allora tra le mani, era quella più grossa e potente! La posseggo ancora e posso giurarle che aprirebbe lo stomaco a un bue, Clive!

Scesi dalla veranda e mi sentii congelare i piedi attraverso il tessuto consumato delle pantofole. Ero teso e tremavo come una foglia per via del gelo secco che si era posato sulla valle. Sapevo dove andare e se avessi avuto motivo di sparare, non avrei sicuramente esitato, né sbagliato bersaglio. Sono un ottimo tiratore, sa?! E' una dote che non ho mai perso dai miei tempi migliori!

Mi avvicinai così di passo lento all'ovile, dove tenevo le pecore. I due maiali e le vacche riposavano nella stalla, era molto spaziosa e l'avevo divisa in due ampie sezioni, tali da rendere entrambi i tipi di animali liberi di muoversi e di sentirsi a casa propria. La stalla era adiacente all'ovile, ma accessibile solo dalla parte opposta, cioè dal versante che non avremmo scorto se ci fossimo affacciati dalla mia veranda, quando ancora la costruzione era integra e stabile.

Quella notte era molto più oscura del solito. Le luci accese del vialetto d'ingresso servivano a ben poco, contro le tenebre riversatesi sulla mia terra e la lanterna a petrolio che lasciavo appesa sotto il tetto all'entrata dell'ovile, sembrava fosse scomparsa e… infatti così era.

Continuai ad avvicinarmi, cercando di abituarmi all'oscurità e pentendomi di non aver portato con me una pila a dissipare quel buio misterioso che nascondeva gli angoli. Quando giunsi dove sarebbe dovuto stare Bolar, vidi che la cuccia del cane pendeva da un lato come fosse stata sbarbata da una forte raffica di vento, la ciotola del suo mangiare era rovesciata e la catena con cui lo legavo prima di coricarmi, era spezzata. Bolar era scomparso.

Mi girai intorno, scrutando nella campagna circostante in cerca di un indizio, se mai ne avessi trovato uno e notai un elemento rettangolare pochi metri più in là di dove mi trovavo. Riuscii a distinguere molto presto quel rettangolo, lo distinsi subito, si trattava del cancello di legno dell'ovile, sradicato e gettato, con non saprei mai dire quale violenza, a circa dieci metri dalla stessa entrata. Era divelto!

Qualcuno aveva fatto del male alle mie bestie? Non potevo saperlo, ma se quelli erano i fatti, standomene impalato e a bocca aperta non avrei di certo svelato il mistero... *«muoviti Jo, muoviti... forse sei ancora in tempo...»*, disse allora la voce di Marie alle mie orecchie, ancora una volta.

Io non vedevo quasi niente, tanto meno l'entrata dell'ovile, attorno al quale regnava uno strano silenzio, diverso da quello che solitamente udivo nelle mie rare ispezioni notturne. Il silenzio di quella notte era profondo e nero come un pozzo abbandonato. Non gracidavano neppure le rane e Dio solo, sapeva quante ce ne fossero là intorno!

Fui assalito dal terrore e mi fiondai in casa a prendere la torcia. Ne approfittai per aggiungere nelle tasche del giaccone di pelle qualche cartuccia in più. Dopodiché tornai là fuori, più sicuro di prima e meno impaurito: nella destra impugnavo la doppia canna metallica di fabbricazione inglese; nella sinistra la torcia che tempo prima avevo trovato nel negozietto di souvenir giù in paese.

Corsi nel buio, senza far troppo rumore, fino all'entrata dell'ovile, mentre il fiato mi si condensava in piccole nuvolette bianche davanti al volto e il cuore mi martellava nel petto più forte di quanto già non facesse. Mi fermai al lato dell'apertura di quella baracca e accesi la luce, prima di compiere il passo decisivo. Quando con la torcia accesa varcai la soglia, caro Clive, rimasi incredulo.

Tutto lo steccato che rinchiudeva le pecore era stato scardinato e giaceva storto o riverso a terra. Nelle tavole di legno che fino a quel pomeriggio avevano formato un recinto caldo e ben protetto, si aprivano strisce frastagliate di schegge e alcuni fori grossi come il buco di un water, tanto ampi che avrebbero lasciato vedere l'esterno in una giornata di sole. Il fieno che avevo accumulato con il tempo non era più al solito posto, ordinato e fermo dal fil di ferro in matasse regolari, ma sparpagliato in grosse ciocche gialle.

Avevo un trattore in fondo all'ovile, i trattori di solito non sono di paglia, ed anche quello era distrutto, le sue lamiere erano state strappate come si strappa l'erba, era sporco e ammaccato. I danni del mezzo furono abbastanza da non permettermi più di usarlo. Lo vidi ancor prima dello steccato e del fieno sparso in ogni dove, perché puntai la torcia dritta di fronte a me, permettendo al fascio di illuminare il fondo della capanna. Il trattore ne occupava proprio il centro.

Nell'ovile regnava solo confusione, tutto era andato perso. Misi un piede avanti, varcai la soglia dell'inferno e prima ancora che mi chiedessi che fine avessero fatto le mie pecore, poggiai la suola della ciabatta su una cosa viscida e fredda. La matassa calpestata emise uno strano rumore, simile a quello di gelatina spiaccicata. Mi tirai indietro di scatto e puntai il fascio di luce verso il basso…». Jones interruppe il proprio racconto e volse lo sguardo ai suoi piedi, quasi vedesse ancora l'orribile scenario di cui presto avrebbe parlato.

✳✳✳

Quando il contadino riprese la parola, Clive già immaginava dove sarebbe andato a parare.

«Fu allora che lo vidi», continuò Jones, «vidi tutto il mio bestiame morto e accasciato al suolo, smembrato, spappolato, trasformato in un agglomerato di carne semiscomposta, simile a uno scenario che solo un'altra volta mi era già capitato di vedere, in vecchi filmati del dopoguerra. La visione di tutte quelle bestie morte, una sopra all'altra, mi ricordò in parte quello che rimaneva dei mal capitati rinchiusi a forza nei campi di sterminio tedeschi, nelle loro sale docce, dopo l'esecuzione del comando. Il piede mi era finito su un intestino, non umano, di capra logicamente, strappato e gettato come un tubo di gomma sanguinante davanti all'entrata dell'ovile. Per un attimo sperai facesse parte di uno scherzo, ma era impossibile che qualcuno fosse arrivato a tanto. Nessuno stava ridendo là intorno, né qualcuno si sarebbe mai impegnato in un simile scempio! Mossi

355

la luce in tutte le altre direzioni possibili e immaginabili e davanti ai miei occhi, sempre più allibiti e sgranati, il *Male* andò in visibilio.

Da principio sospettai che alcune pecore fossero fuggite, anche se il fatto pareva improbabile e chissà, magari era stato Bolar a portarle lontano per salvarne qualcuna... Bolar era un cane intelligente! Ma per quanto ne sapessi, poteva essere impazzito lui stesso contribuendo a terrorizzare le bestie! Quello che non mi spiegavo erano il cancello dell'ovile scaraventato nel bel mezzo della campagna e i buchi, i solchi che sorridevano sulle tavole della struttura di legno! Tutto prima ancora di spiaccicare l'intestino... poi mi venne da pensare a un branco di lupi... ma poteva essere? Era un'ipotesi azzardata, ma fu la prima a venirmi in mente e, se pur assatanati, un branco di lupi poteva mai riuscire a fare tutto quello, senza permettermi di avvertire il minimo rumore e in appena così poco tempo? Fossero stati lupi mannari magari sì, ma... mi convinsi che avevo a che fare con qualcosa di più grosso, più forte e più spietato.

Riconobbi il mio bestiame facendo ruotare il fascio di luce per l'ovile, ma non era di certo come avrei pensato di trovarlo. Le mie pecore non esistevano più come tali, nessuna si era salvata. Nessuna! Capisce Clive? Erano tutte morte! Sbranate, squartate! Cristo! Sulle pareti lignee che sostenevano il tetto di paglia, erano appiccicati brandelli, organi e budelli di ogni grandezza! Tutto era schizzato e rosso di sangue. Vi erano pozze nella paglia, pozze sulle lamiere ammaccate del trattore e pozze tra le balle di fieno. Nel caos di sangue, misto a esso, si confondevano ovunque grumi di budella ovine! Qua e là, ogni tanto, riuscivo a scorgere una zampa strappata e qualche busto privato degli arti... batuffoli di lana sporca tra la paglia, ricordavano piantagioni di cotone distrutte e ancora... ossa tronche che fuoriuscivano da masse di carne deforme e appiccicosa si posavano in ogni dove. In ogni angolo giacevano pezzi di capra ridotti al macello e sgorganti sangue... in ogni angolo, teste mozze e ventri dilaniati sorridevano come feticci, per farsi ricordare negli incubi e nel tempo... e a parlarne ho ancora la nausea, investigatore!

Le uniche pecore rimaste quasi intatte in quel delirio, furono quelle che ritrovai appese. Rispetto alle altre, esse riposavano poste a testa in giù, penzolanti dalle travi del soffitto della capanna come trofei. Erano state impiccate, o meglio, legate per le gambe con il fil di ferro di cui tempo prima mi ero servito per fermare il fieno in balle. Avevano tutte il muso rotto e le mandibole ciondoloni, scollegate all'interno del collo da nervi e muscoli che le sostenevano, quasi avessero preso a pugni le mie pecore sul muso fino alla morte, erano molli e disarticolate. Le bestie erano tutte in fila, ma la cosa che mi fece quasi morire d'infarto, fu il messaggio che esse portavano inciso sulle loro schiene. Alle due coppie, appese alle estremità, mancavano gli occhi, strappati come simbolo rituale, mentre le sei rimanenti all'interno della fila, invece, come constatai in seguito, non solo combaciavano con gli anni in cui mia moglie Marie era morta, ma portavano addirittura scalfita nella pelle una numerazione che procedeva in senso crescente, relativa agli anni che io avevo vissuto senza di lei! Sulla prima pecora era marchiato un uno, sulla seconda un due e così via fino all'ultima, fino alla sesta. Sei anni! Sei anni senza Marie! Sei, le pecore marchiate con quel messaggio numerico. Le povere bestie erano state segnate da qualcosa o qualcuno che sapeva il fatto suo e che non poteva certo essere un lupo, nemmeno uno dei peggiori! Quando feci per girarle, facendomi coraggio e cercando di osservarle da più vicino, vidi quanto il mio gregge avesse sofferto nel morire: le bocche di quegli animali erano raggrinzite e stirate in un'espressione di pianto, in un belato strozzato e i loro occhi spalancati, ancora umidi, riflettevano la tortura del demonio. Mio Dio! Era spaventoso.

Sa come mai non le avevo sentite belare di paura, Signor Clive? Perché *Lui* aveva strappato loro la lingua!

Di fronte a quello spettacolo, non potei fare a meno di correre fuori e vomitare. Non vomitai solo la cena di quella sera, ma anche tutte le altre già assimilate nei giorni precedenti di lì a una settimana. Nell'ovile si percepiva ancora il caldo, il tepore dei respiri caprini misto a quello delle loro membra in lento raffreddamento e si annusava il sangue che, per ultimo, giocava a confondere l'aroma della paglia con l'odore degli escrementi animali, in una penetrante flatulenza dolce e ramata.

Fuori, piegato in due dal dolore che provavo allo stomaco per i forti conati di vomito, non potei cancellare dalla mente le truci immagini alle quali avevo appena assistito e, abbandonando un attimo la torcia sull'erba, mai il fucile, lasciai che il cibo rigurgitasse fuori dalla mia bocca, osservandolo mentre mi schizzava le pantofole. Era tutta colpa di quegli occhi neri e tondi strappati dalle orbite delle mie pecore, di quei busti squarciati da cui fuoriuscivano costole tranciate e incrociate dalla violenza dell'atto consumato... vomitai pensando ai brandelli incollati con spregio su ogni sostegno ligneo della capanna... vomitai anche l'anima! Non potrò mai dimenticarlo! Sentii le gambe cedere e mi piegai in ginocchio. Per fortuna non caddi sulla stessa cena appena vomitata! Ci mancò poco! E mi ritrovai solo, solo come non lo ero mai stato, nella notte fredda e surreale, di quello schifosissimo tre aprile!».

***

Jones si fermò un attimo, si volse verso la bottiglia di Brandy che aveva al fianco e se ne versò un goccio nel bicchiere. Non sembrò molto convinto di quel gesto, si vedeva benissimo che non era sua abitudine bere, ma la storia era forte e la memoria di quell'evento recava alla sua vecchia mente ancora molta sofferenza.

Clive, al momento del suo arrivo, aveva trovato il vecchio già seduto su quella poltrona, intento a osservare le lingue di fuoco nel caminetto e con la bottiglia sul tavolino, ben posata al suo lato sinistro. La porta della casa era stata lasciata aperta e quando l'investigatore era entrato, aveva avuto l'impressione che Jones lo stesse aspettando.

Adesso l'atmosfera era molto più calda di quando il contadino aveva cominciato a narrare e, forse, dipendeva dalla cattiva circolazione dell'aria nella stanza, ma poteva anche darsi che la storia assurda e in *versione integrale*, alla quale Clive stava assistendo, stesse facendo la sua parte! L'investigatore non sapeva il perché, ma quell'uomo, da quanto affermato dagli agenti con cui aveva scambiato le prime chiacchiere, non aveva voluto raccontare a nessun altro l'intera storia. Si era limitato a dire come stavano i fatti nei confronti del proprio bestiame e lì si era fermato senza aggiungere altro. Probabilmente non aveva fatto riferimenti alla moglie morta o ad altre cose che sarebbero potute venire meno nella credibilità. Poi, un bel giorno, ecco che la segretaria di Clive si era fatta avanti nel suo studio per annunciargli un misterioso caso per il quale sarebbe stato più che adatto. Le informazioni e i permessi per tale lavoro gli erano stati girati dai piani alti della polizia della sua città. Clive aveva accettato volentieri l'incarico, nonostante i viaggi lunghi lo mettessero in agitazione creandogli piccoli scompensi e, tali scompensi, sarebbero rimasti poi finché non avesse fatto ritorno a casa. Proprio per questo, era alle volte impellente di raggiungere lo scopo del viaggio e districarsi quanto prima dalle questioni fuori dal continente natio! Ma non era colpa sua!

Jones riprese via con le parole e permise alla conversazione di essere registrata come seguito del lavoro già svolto. Scandendo sul nastro momenti precisi e ben datati, la notte del tre aprile riprese forma attorno ai due uomini nella stanza.

«Gli orizzonti che accerchiavano le mura della mia casa erano immobili e piatti nella loro povertà di contenuti, come la linea di morte certa su un elettrocardiogramma. La nebbia rendeva tutto umido e velato di foschia, una foschia innaturale e allo stesso tempo spettrale», disse Jones, mentre il suo sguardo si fece cupo. «Avevo visto tutto là dentro, ma continuavo a chiedermi dove fosse finito Bolar. Marie amava molto quel cane e speravo per lui che fosse fuggito, sperai che si fosse salvato. Dentro l'ovile, per via del caos, non mi era parso di vederlo, anche se ciò non esulava la possibilità che fosse solo un altro grumo di carne contorta e sanguinante, magari soppresso da qualche corpo tranciato o mimetizzato in modo tale, che fosse difficile il riconoscimento.

Fatto sta, che non era finita. Tutto quel macello, per quanto lo desiderassi, non era finito. Non bastò quello spettacolo ai miei poveri occhi anziani e se la costruzione per le pecore che io stesso avevo costruito, sarebbe apparsa a chiunque un inferno di malvagità, quella in cui avrebbero dovuto riposare le vacche e i maiali, fu ancora peggiore. A quel punto, desiderai soltanto ritrovare il mio cane. Era l'unico che potesse aiutarmi a ricordare Marie nei momenti tristi e l'unico che avrebbe continuato ad aiutarmi nello sconfiggere la malinconia. Bolar, con i suoi anni, legava assieme molti dei nostri ricordi e legava nel tempo molte delle mie avventure vissute con Marie. Anche Bolar era piuttosto vecchio e non più scattante come una volta, ma era tutto per me e lo rivolevo.

Ero ancora accasciato in ginocchioni a reggermi la pancia, quando sentii dei rumori. Udii del movimento, poi i maiali grugnire, mentre i muggiti si univano anch'essi, in un unico grido animalesco, terribile e impressionante. Fu un attimo e tutto tacque di nuovo. Rimasi carponi, con gli occhi chiusi e cercando, senza riuscirvi, di ridare pace alla mia già sofferta vita. Ripresi la torcia e la tenni stretta nel pugno proprio come il fucile, con tutte le forze che mi rimanevano in corpo. Respiravo a grandi boccate, dando vita a enormi nubi di fiato condensato per via del gelo e dell'umidità. Era sempre più freddo! La pelle incartapecorita di un vecchio sarebbe dovuta tornare in casa a quell'ora, dopo tutto quello che già aveva visto, ma la consapevolezza certa, sul destino dei miei animali, era difficile da abbandonare e poi… Marie mi aveva consigliato di raggiungerlo. Ma chi? Chi dovevo raggiungere? Ancora non lo sapevo. E a quale scopo? Dio, quanto avrei preferito aspettare il sorgere del sole! Però non potevo! E di chiunque si trattasse, quello stronzo stava uccidendo tutti i miei animali! Non potevo permetterlo! Non potevo acconsentire al volere di uno sconosciuto, stando zitto e immobile, chiunque egli fosse! Ed ecco che, se continuai ad andare avanti nella mia missione rivelatrice, lo feci solo per grazia di quella rabbia che mi travolse dentro e del pazzo bisogno di assicurarmi che il mio cane stesse bene. Caricai la doppia canna del fucile e mi provai a correre, per quanto potessi, verso la stalla. Per un attimo tornai indietro nel tempo e mi parve di essere ancora nel periodo della guerra, quando, appena giovincello, cercavo a tutti i costi di scamparla sottraendomi alle atrocità e alle ingiustizie dei nemici.

Lui aveva attaccato di nuovo. Non avevo la più pallida idea di chi potesse avere tale forza e velocità nell'uccidere, ma l'aveva fatto ancora. Da quando avevo sentito il bestiame agitarsi prima di cadere in un silenzio di tomba era passato pochissimo, constatai così in quanto misero tempo quella forza malefica avesse messo in atto la sua seconda strage. Il tempo di sollevarmi dall'erba umida, di sputare gli ultimi grumi di vomito rimastimi in bocca… e già sapevo, ne ero certo, mentre correvo come un soldato trasandato e zoppicante verso il punto della follia, che al mio arrivo avrei trovato ogni bestia morta.

Sembrava un sogno, un brutto incubo e l'immagine fresca del fantasma di Marie divenne solo un ricordo lontano, non significò quasi più niente per me, ma la sua voce… la sua voce echeggiava ancora nella mia memoria. Era così soave e bella! Se n'era andata però, ancora una volta come la prima e a me rimaneva Bolar, il nostro cane. Dopo Bolar, fulcro dei nostri affetti ancora in vita, vi era il bestiame, strumento di sopravvivenza in questa valle e nella tragica piangente vallata dell'esistenza umana. Corsi e cercai di muovermi, avrei combattuto se fosse stato necessario, anche a costo della vita, ma arrivai ugualmente tardi. Marie mi aveva avvertito.

La stalla era una stanza a quattro finestre, alte e piccole, ma nell'entrata sud, dove il vento soffiava più caldo, solo un cancello di pali in legno ad altezza vita separava dal resto, l'entrata principale. Il tetto era in parte coperto da tegole e in parte no, le pareti erano molto più dure di quelle dell'ovile, ma pur sempre in legno.

Quando feci per entrare pensai di trovarlo là dentro, o almeno di coglierlo in flagrante o nell'atto della fuga, ma grazie alla torcia, vidi che se ne era già andato. *Lui* non c'era. L'inferno continuava, ma le morti si ripetevano con la stessa macabra ilarità, nella loro prepotenza. Possedevo dieci vacche, ben dieci vacche, investigatore Clive e le ritrovai tutte infilzate nelle travi portanti, delle quali alcune spezzate. Lo scheletro della struttura della stalla era stato modificato a piacimento per essere utilizzato come strumento di tortura. Molte schegge strappate dalle travi erano state conficcate nelle carni delle bestie e poi, come non bastasse, erano state trafitte dai paletti acuminati che conservavo in un angolo, per la costruzione di un nuovo steccato l'anno venturo. Essi erano stati piantati loro nella carne fino all'osso, in ogni parte del corpo. C'era sangue ovunque, pozze rosse tappezzavano il suolo e parti anatomiche decoravano le pareti tirate su da poderose tavole. Nemmeno un quadro di Picasso avrebbe potuto rendere meglio l'idea della situazione in cui mi trovavo.

Come sui busti delle pecore, su sei addomi di sei vacche era inciso un numero, si partiva dall'uno per finire al sei, gli anni equivalenti alla mia solitudine dal decesso di Marie. Le sei bestie erano appese. Infilzate e appese!

Per fortuna quella era una capanna robusta, tenuta su da travi resistenti capaci di sostenere un peso del genere! In caso contrario, vi sarei rimasto sotto, lo posso giurare! Comunque fosse, la stalla, con il peso delle vacche morte e ciondolanti, scricchiolava minacciosa a ogni oscillazione di quei corpi.

Ma che ne dice di darci un taglio adesso, investigatore Clive? È inutile continuare a descrivere budella e fatti truculenti, non trova? Per un suo parere, credo questo possa bastare!». Jones esclamò quelle ultime parole prima di sostare in silenzio, puntando le pupille nere e pungenti in quelle dell'investigatore a lui di fronte.

Clive era molto riflessivo e non parve molto soddisfatto da quel finale, gli enigmi della vicenda erano ancora molti, ma già sapeva che quel contadino dalla pelle ingiallita dalla vecchiaia e dal duro lavoro nei campi, sarebbe andato fino in fondo. Il racconto doveva risolvere questioni e non porne di nuove, lasciando in incognita gli ascoltatori futuri di quell'insolito servizio!

Jones bevve un altro sorso di Brandy.

Clive lo osservò corrucciando la fronte, intento a scorgere ogni singolo inusuale movimento della sua *preda*. Avrebbe scritto ogni singola cosa sul profilo di quell'uomo nel suo futuro rapporto.

Il vecchio deglutì e fece schioccare le labbra, soddisfatto del liquido che aveva appena finito di ingerire. Poi i due si fissarono ancora, come già decine di volte avevano fatto, avvolti dal silenzio del salotto e disturbati soltanto dallo scoppiettare dei ceppi accesi nel camino. Non era la prima volta che i loro occhi s'incrociavano in quel modo da quando l'investigatore era giunto in quell'umile dimora e non era la prima volta che Clive, nonostante si sforzasse di mantenere a bada la *preda*, cercando di farle capire fin da subito a chi spettasse tenere il coltello dalla parte del manico, si sentisse ugualmente in parte scoperto, da quello che aveva tutta l'aria essere un attacco telepatico. Quel Jones era forte! Aveva carisma e nell'attesa di un tempo indeterminato di ripresa narrazione, non una volta Clive, sempre proteso con il suo registratore in mano, aveva distolto lo sguardo da quelle pupille profonde e scure e pregne di strana commiserazione. Come alla fine di un primo tempo al cinema, i due si concessero una pausa. Quant'era che parlavano, mezz'ora? Un'ora?

Clive sentì il nastro della cassetta nel registratore portatile giungere alla fine e bloccarsi di scatto. Finita. Il che voleva dire che si era prolungato in chiacchiere per circa quarantacinque minuti esatti, perché quello era il tempo di registrazione della cassetta che aveva inserito nell'apparecchio. Così la estrasse e ne infilò una vergine. Probabilmente un registratore digitale sarebbe stato più comodo, ma era sua abitudine usarne di più antiquati. Il parere di Clive sulla questione era che l'esperienza insegnava e i registratori a cassette, nonostante il leggero fruscio del sistema meccanico, molte volte erano più fedeli nell'originalità del suono e, soprattutto, avevano una memoria che si poteva estrarre!

«Jones», irruppe l'investigatore nel silenzio formatosi, «ho saputo per certo che non dichiarò l'intero accaduto alle autorità, nei fatti nudi e crudi, per quale motivo?».

«La risposta mi sembra ovvia investigatore! Perché lei era l'unico che potesse aiutarmi, è chiaro! Aiutarmi fino in fondo, intendo! E come le dicevo appunto un attimo fa... dovremmo finirla di parlare di budella e sangue, ma... prima devo terminare di raccontarle la mia storia».

La mente di Clive si fermò sulle parole *aiutarmi fino in fondo*. Beh, più che fare il proprio lavoro, cos'altro avrebbe potuto fare? *Aiutarlo fino in fondo!* Pensò. Più semplice di così... e l'investigatore si sentì cogliere alla sprovvista, qualcuno o qualcosa, lo colpì alle spalle, ma non letteralmente, solo a un livello spirituale che rasentava la premonizione. Era all'oscuro di qualcosa, forse di quella stessa atmosfera apparentemente familiare, fatto era che quel vecchio così fragile e sensibile alla memoria della propria defunta moglie, lo metteva in allerta nella vita attuale. Clive arrivò a dedurre che quel contadino non fosse poi così normale. Forse era strano davvero o, se così non era, forse nascondeva dentro di sé rivelazioni ben più oscure e tenebrose che, solo a tratti, uscivano allo scoperto trasparendo dai suoi occhi. «Scusi se l'anticipo Jones, disturbandola per di più nella sua riflessione, ma se per finire intende descrivermi anche lo squartamento dei suoi maiali, può saltare quella parte! Ormai mi pare ovvio che non le sia rimasto più nulla...», disse Clive.

«Ah! Ah! No! Così non va bene. Assolutamente! Lei sta assistendo all'intera storia in tutti i suoi particolari e dunque è essenziale che li ascolti! Clive, lei sa benissimo che nessuno ha mai sentito dalla mia bocca, in tutti questi giorni e in tutte le volte che sono venuti a interrogarmi, la sacrosanta verità! Dovrebbe essere onorato di questo e ascoltare attentamente, invece di incitarmi a saltare delle parti! Ho tralasciato solo piccoli frammenti inutili, ma il resto deve sentirlo! Lo consideri come un suo dovere nei miei confronti!», esclamò Jones.

«Bene, dopo questa specie di rimprovero, devo ammettere che ha pienamente ragione! Mi scusi dunque, Signor Jones e se non la disturba... le sarei grato se continuasse, allora!». Clive assunse un'aria accondiscendente, ma leggermente provocatoria.

«Vedo che comincia a capire investigatore. Sono stati qui molti suoi colleghi, se così possiamo definirli. Mi hanno chiesto dell'accaduto, ma non ho detto niente di più, di quanto anche loro non potessero vedere con i loro stessi occhi. Fui informato sin dall'inizio, che solo di lei avrei potuto fidarmi. Perché lei mi fu raccomandato. Mi fu detto che era il prescelto!».

E ora?! Che cosa cerca di dire ora, questo contadino del cavolo?! Si chiese Clive sempre più spaesato. La situazione gli stava sfuggendo di mano e un semplice interrogatorio, una normalissima intervista riguardante il singolare sterminio di un gruppo ristretto di animali, si stava trasformando in qualcosa di più. Cristo santo, quel Jones, a tratti gentile, a momenti triste e piagnucoloso e in altro tempo quasi arrogante e presuntuoso, era sempre stato così o forse era stata quella notte a cambiarlo? Clive decise che si sarebbe limitato ad ascoltare, a osservare il volto grinzoso della *preda* e ad ascoltare. Se quei discorsi così astratti e allusivi, in cui anche lui pareva c'entrasse qualcosa, si fossero protratti per le lunghe, al diavolo! Probabilmente se ne sarebbe fottuto di tutto e, veri o no, avrebbe levato le tende! Essere nelle mani di quel Jones non era più una cosa piacevole come lo era stata all'inizio, nient'affatto! E farsi terrorizzare da un contadino rumeno, di origine straniera, che sarebbe potuto essere suo nonno, era l'ultima cosa che l'investigatore Clive desiderasse. Così come farsi mettere nel bel mezzo di qualche casino! *Ha mentito agli altri per lasciare tutto a me?* Ragionò Clive dentro di sé. *Non ha raccontato la completa verità, perché solo io avrei potuto capirlo? Io sono il prescelto? Cosa Cristo sta tentando di fare quest'uomo?! Per quale motivo tra tutti gli investigatori di questa terra ha ingaggiato proprio me per questa missione? E ancora, perché mentire alla legge, se la legge era in qualche modo in grado di aiutarlo?* Non ne aveva idea. Clive si adagiò nuovamente sulla poltrona, poi disse: «ok Jones, andiamo avanti, ma prima avrei da farle un paio di domande. Lei è al corrente dei cosiddetti *chupacabras*? Data la situazione… lei mi capisce… mi pare giusto tirare in ballo anche certe storie! Cosa abbiamo da perdere in fondo?!».

«Nulla Clive, ma non credo proprio di sapere cosa siano questi… come ha detto? Ciupacapra? Ciupacapras?», ripeté il contadino, cercando di dirlo nel modo giusto. «Non li conosco!».

«*Chupacabras*, Signor Jones, *chupacabras*! Ma lasci che le spieghi cosa sono e cosa sono in grado di fare. Come ben sa, e a quanto pare sembra ne sappia più di me… mi occupo anche di elementi che tendono a protrarsi al di fuori delle norme comuni e credo, dopo le testimonianze acquisite, che tutto potrebbe spiegarsi con un'ipotesi simile. Lei probabilmente non se ne rese conto, tanto era il sangue che colorava le sue bestie, quanto il terrore che provò nel vederle così orribilmente mutilate, ma in tutti gli animali ritrovati, furono rinvenuti dei fori, dei fori classificabili solo come il tipico morso lasciato da questi strani animali da non molto scoperti. Sia le pecore, sia le vacche, nonché i due maiali, dopo l'accurato esame del nostro veterinario, presentarono come caratteristica del decesso dei grossi buchi sul corpo, dai quali era stato succhiato loro il sangue. È registrato nel fascicolo della sua storia. Mi è stato riferito da fonti attendibili!

Bene, ora parliamo dei *chupacabras...* si allude agli strani animali avvistati forse per la prima volta nel 1995 e per quanto ne so, ufficialmente annunciati nel 1995 a Portorico. Molte sono le testimonianze e le dichiarazioni su questi esseri non ancora ben identificati di cui, alcune, rilasciate anche da ufficiali di polizia del luogo ai quali era stato affidato l'incarico di esaminare resti di ovini mutilati inspiegabilmente. Si è parlato molto di essi, specialmente nei Caraibi, si dice che attacchino a branchi o addirittura da soli e che siano molto silenziosi nel compiere stragi di entità animali. Generalmente si annota, al riguardo, di vittime appartenenti alla classe degli ovini o dei bovini. Dei testimoni hanno descritto queste creature come creature demoniache, lunghe quattro o cinque piedi, quindi circa un metro e mezzo, con enormi occhi rossi e in grado di saltare come canguri sulle proprie zampe posteriori. Si afferma il loro colore, il quale si dice sia grigiastro e, sul dorso, apparentemente cangiante, mentre, riguardo all'odore di questi esseri, pare sia simile a quello dello zolfo. A diversi abitanti di Portorico e degli interi Caraibi, ma principalmente ad allevatori come lei, Jones, è successa una cosa molto simile. Una bella mattina si sono svegliati, si sono alzati e, una volta fuori, sono venuti a conoscenza di quanto tutti i loro animali fossero stati uccisi, mutilati, distrutti e privati di ogni fluido vitale interno, attraverso delle lacerazioni triangolari, i fori di cui le ho accennato poco fa. Si è trattato, fino ad ora, di casi riguardanti pecore, bovini, capre, ma anche animali domestici come conigli, gatti, cani, topi e uccelli.

Certamente la fantasia della gente si è spinta oltre ogni limite d'immaginazione e delle volte si è parlato di entità aliene, o esseri maledetti da Satana mandati per procurare sciagure e cose di cattivo gusto. Si sono formulate ipotesi su sette sataniche e si è persino attribuita la colpa a semplici esseri umani, complici di antiche religioni in cui la scarnificazione di animali è tutt'oggi oggetto comune.

Adesso, quello che vorrei chiederle io, Signor Jones, fa parte di una mia ipotesi personale. Vorrei sapere da lei se ha visto una creatura simile a una di quelle che le ho appena descritto poco fa. So che ha visto un'entità a lei sconosciuta, un'entità che l'ha terrorizzata, ma nessuno ha saputo comunicarmi informazioni più dettagliate della sua testimonianza e nessuno, meglio di lei, può farlo in questo preciso momento. Certo è, che i *chupacabras* solitamente il sangue lo succhiano, non lasciano neppure una goccia, ma... potrebbe trattarsi di una nuova razza! O magari altri animali potrebbero aver fatto scempio dei corpi già cadaveri in seguito. Magari proprio dei lupi!

Un momento ancora però, devo renderle atto di un altro piccolo particolare. I casi riguardanti i *chupacabras* si sono verificati negli ultimi anni nel continente americano, dove saltuariamente tutt'oggi continuano a verificarsi, mentre noi stiamo ipotizzando un attacco di tali esseri in territorio europeo, un continente del tutto distaccato dalla terra del famigerato Colombo e, dunque, dobbiamo tener conto dell'oceano. Il mare determina notevoli ostacoli per la propagazione della specie... fatto sta che anche in Europa, si sono registrati casi analoghi. Gli avvistamenti dei *chupacabras*, succhia-capre, spargendosi a macchia d'olio dai Caraibi, ci esentano dalla tranquillità di fronte alle stragi avvenute a vari animali di più allevatori, nonché dalla supposizione di paragonare queste singolari morti, a un qualcosa di diverso...».

Jones, che all'inizio aveva seguito Clive dando a vedere un lieve interessamento alla questione illustrata, si fece ora scettico in volto. Durante la spiegazione dei suddetti animali, si era trattenuto cercando di mostrare rispetto per la persona che aveva di fronte, ma ora cominciava a storcere la testa in segno di diniego, dando a vedere non solo un distaccato interesse, ma quasi volesse per di più smentire quanto appena sentito. Jones non conosceva quegli animali succhia-capre, ma sapeva qualcosa di cui Clive ancora non era stato informato. Jones sapeva di più e la sua storia sarebbe stata ancora più terrificante di quanto quell'investigatore, basandosi su ipotesi assurde, avesse supposto. Così interruppe Clive dicendo: «non vorrei contraddirla, investigatore, ma sono più che certo che lei stia facendo un buco nell'acqua. Ammiro la sua preparazione in questo campo, è molto preparato su queste bestie succhiatrici di capre, ma quello che vidi là fuori quella notte, fu ben altro che un mostriciattolo alieno con due enormi bulbi rossi per occhi e capace solo di saltellare come un marsupiale! Se solo lei vantasse di un po' di pazienza ancora e mi permettesse di terminare la storia, capirebbe chiaramente quanto le sue teorie stiano prendendo il largo! Alla grande! Per di più, se non erro, ha detto lei stesso che gli animali ritrovati morti nei precedenti casi analizzati e, apparentemente implicati con queste entità ancora in parte sconosciute, erano dissanguati! Adesso, nonostante i fori che lei dice siano stati trovati sulle carcasse delle mie bestie, in fatto di sangue, credo non potremmo associare questi succhia-capre alla mia esperienza!».

«Già, infatti questo è il solo elemento che non ci permette ancora di capire a fondo la questione. Gli animali trovati uccisi dai *chupacabras* nei vari eventi passati, avevano in ogni caso dei fori sui busti, sul cranio, molto simili a quelli riscontrati nel suo bestiame, ma per quanto riguarda il sangue... di quello, a seguito degli eventi, non è mai stata trovata una traccia così notevole. Nei casi archiviati si dice non ve ne fosse neppure una goccia, come prosciugato! Mentre nel suo caso... la storia è diversa. Ma come ho accennato poco fa, potrebbe trattarsi di una bestia similare o del risultato di due specie di animali venutesi a scontrare in momenti diversi sul suo territorio, usufruendo del suo bestiame!», esclamò Clive, cercando di essere più razionale possibile.

Jones, con aria del tutto scettica, continuò a guardare Clive servendosi di uno sguardo tanto compassionevole da turbare chiunque. Era chiaramente visibile quanto non credesse ai fatti di cui l'investigatore gli aveva appena parlato. «Clive», disse poi con sarcasmo, «sa cosa credo io, invece? Credo che l'antica leggenda del Conte Vlad stia per fare nuovi capitoli nella storia. Parlo di Vlad Tepes, detto anche *l'impalatore*. Il vecchio Conte Dracula! Cristo! Ora siamo tutti, non le pare?». Ci scherzò su.

Clive, sconcertato dalla battuta, rimase temporaneamente senza parole. Perfetto! Ora che aveva stimolato Jones nel verso giusto, sì che poteva aspettarsi il meglio! Però, chi l'avrebbe mai detto! La *preda* aveva deviato nel comico e prenderla di nuovo al laccio, sarebbe stato sinonimo di fatica e sudore. Ok allora, se quel dannato contadino bastardo voleva semplicemente trattenerlo un altro po', continuando a trastullargli la mente con fantasmi e sangue, senza giungere quindi a una soluzione, che continuasse pure! Era la cosa più giusta da farsi per Clive, almeno non l'avrebbe più preso per il culo! Più andavano avanti, più quel Jones gli dava sui nervi e pensare che, solo poco prima, lui stesso avesse cercato addirittura di consolarlo, beh... era incredibile! Così... «Jones, che ne dice di lasciar perder tutto, compreso il Conte Dracula, re della Valacchia vissuto nel XV secolo e ritornare ai suoi animali? Capisco che il *vampiro* possa essere adeguatamente nominato nell'ambiente in cui vive, forse tale figura si assocerebbe anche meglio dei miei *chupacabras* alla situazione, ma... forse dovremmo attenerci di più ai fatti! Ci tengo inoltre a precisare che mentre a lei tutto questo sembrerà strano, avvenimenti simili sono realmente accaduti e sono stati analizzati e provati da ricerche scientifiche! Scherzandoci su poi, se vogliamo, da quanto constatato, pare che stavolta il suo rinomato amico *conte dai canini aguzzi* più che aver sete, volesse giocargli solo un brutto scherzo!». *Bene, bravo Clive Wes, ti sei ripreso la preda! Gli hai dato ciò che si meritava! E adesso è tua. L'hai bloccata prima che prendesse il sopravvento.* Si congratulò l'investigatore con se stesso.

Il contadino rumeno, scrutò l'uomo in modo inquietante dalla poltrona di pelle, emanò un respiro che rasentava la somiglianza con un rantolo e non parve felice di essere appena stato deriso. Nelle sue pupille aleggiò vendetta e dietro la vendetta, parve nascondersi una realtà ben peggiore, di quella appena discussa. Clive lo aveva deriso a modo suo, ma era uno stupido di città che non sapeva.

Clive si chiese ancora chi fosse costui in realtà e perché gli incutesse timore nell'animo, ogni volta che i loro sguardi s'intersecavano. Era quella strana familiarità a metterlo fuori gioco! Perché mai, sentiva a pelle quella strana nausea nel contrapporsi a quell'uomo?

«Lasciamo stare il *Vampiro* investigatore, come dice lei, e torniamo alla mia storia, o meglio, alla *nostra* storia! Rimango dell'ipotesi, che i suoi succhia capre non sarebbero in grado di scrivere numeri sui corpi di bestie defunte!». Jones scandì molto bene quelle parole.

Clive Wes, giovane dalla notevole esperienza, ma mai troppa, annuì semplicemente compiendo un gesto con la testa e facendo cenno al vecchio di continuare.

«Dunque, mi pare fossimo rimasti ai maiali, se non erro», disse il contadino riprendendo il filo del discorso, da perfetto narratore.

«No, non sbaglia. Continui pure Jones!», incitò Clive.

***

«I maiali! Povere bestie! Se gli altri animali appartenenti al mio bestiame furono martoriati, a quei due poveri suini, andò ancor peggio!

Continuavo a far ruotare la torcia come impazzito, tra i resti sanguinolenti delle bestie, tra le travi rotte… in cerca anche di una sola misera traccia del mio cane Bolar. Lo desideravo disperatamente. Lo rivolevo e lo rivolevo vivo! Più di ogni altra cosa! Cercai di spostare alcuni corpi animali con la punta dei piedi, spingendoli, laddove ostruivano passaggi nei punti rotti della struttura, ma non vi riuscii, le vacche erano troppo pesanti per essere spostate in quel modo, anche se fatte a pezzi. Le pantofole mi s'impregnarono di sangue e non badai più neppure a quello. Ero disperato, terrorizzato, cercavo Bolar e… qualcosa che avesse lasciato segni, un qualsiasi segno… ma non vi erano impronte, peli, elementi di lotta o altro, attraverso i quali identificare il predatore che aveva fatto tutto quel dannato caos. Pareva non ci fosse nessuno ad abitare il silenzio della notte infernale nella quale stavo confrontandomi, nessuno all'infuori di me.

Fu solo in seguito che udii quell'orrenda voce chiamarmi per nome. Da principio, nella confusione mentale, non la distinsi. Sembrava così rauca, pesante, lontana… che per poco non la identificai se non come rifiuto della stessa coscienza, disposta a rendersi quasi visibile di fronte a simili oscenità di morte. Pensai fosse nel mio cranio. Ebbi modo di credere che fosse il mio cervello a giocarmi brutti scherzi, ma scoprii che così non era. Tutt'altro! Era *Lui*, Clive!

Ebbi ancora l'improvviso stimolo di vomitare, nonostante mi fosse ormai quasi impossibile. Nel percepire il richiamo m'immobilizzai e cominciai a sudare freddo. Le gambe cominciarono a cedermi e il fucile nelle mie mani divenne pesante come un macigno di cento chili. Non seppi più, né cosa pensare, né a che cosa, immaginai solo il mio cervello che, sbriciolandosi, cadeva come sabbia attraverso le mie orecchie, tanto fu la situazione di vuoto che provai all'interno. Il fucile mi avrebbe dato sicurezza e protezione in un certo senso, o perlomeno così credevo, ma non fui affatto sicuro che a confronto della potenza oscura di quel richiamo, mi avrebbe garantito tutto ciò. Era impossibile sottrarsi a quella voce, ti afferrava come un tentacolo. «*Jones*», sentii chiamare ancora, «*vieni fuori, mostrati e ti prometto che la notte non t'incuterà più paura. Non soffrirai più, stando al mio fianco. Mai più!*».

Stazionavo nella stalla sconvolto e terrorizzato avvolto da un tempo indefinibile, mentre la voce distintasi, invece, proveniva da fuori, dall'aperta campagna e sembrava molto lontana, sebbene la sua influenza si facesse strada attraverso una nitida maligna complicità. Desiderai scappare, ma riuscii nell'intento solo con il pensiero. Il contadino che lei vede adesso, investigatore, non si mosse da lì.

Ricordai così di nuovo Marie che mi diceva di essere sempre in tempo e che avrei potuto fermarlo... e mi feci coraggio. Non so in che modo, ma lo feci, trovai il coraggio e mi diressi verso quella voce lugubre anche se, ad oggi, sono più propenso credere che fosse lei, quella voce, ad attirarmi a sé, proprio come avrebbe fatto un grosso ragno col suo insetto, subito dopo averlo catturato nella ragnatela!

Fuori dalla stalla, camminai verso quella fonte sonora come ipnotizzato, mentre essa si ostinava a ripetere infinitamente il mio nome e le vocali contenute in esso, si allungavano ad ogni passo di più, assumendo un tono sempre più melodioso e ipnotico. Andai avanti per un bel pezzo. Le pantofole intrise di sangue che avevo ai piedi calpestarono prima la ghiaia, poi l'erba bagnata e umida della notte fino ai campi. Proseguii con la torcia puntata all'altezza del fianco e il fucile leggermente inclinato verso il basso. Qualcosa mi diceva, però, che quella stupida canna di metallo non sarebbe servita a un bel niente.

Avevo la mente congelata, fui incapace di ragionare. Non avevo trovato i miei due maiali nella stalla con le vacche e non me ne preoccupai minimamente, perché quello che contava per me, dopo tutto, era solo riportare a casa Bolar. In caso fossi riuscito a ritrovarlo, certo!

Il ricordo di Marie riaffiorò sulla lavagna visiva della mia mente, bello e delicato come una rosa che sbocciava tra il bacio di due innamorati. Malgrado mi sentissi solo da molto tempo ormai, proseguendo per quella via senza ritorno, man mano che la mia abitazione mi lasciava allontanandosi alle mie spalle, la mancanza che provavo verso la mia donna divenne qualcosa d'insostenibile . *Lui* mi attirava. *Lui* mi voleva a sé.

Raggiunta quasi la pendice di un piccolo avvallamento di terreno, smisi improvvisamente di sentire freddo. L'umidità fresca della notte bagnava anche gli steli d'erba, ma la mia cute, magicamente, cominciò a ribollire quasi mi stessi avvicinando a un fuoco. Poi, a circa un centinaio di metri dal perimetro della casa, lo vidi. E ritrovai anche i suini mancanti!

Distinsi prima una sagoma nera. Tale figura, dalle sembianze umane, se ne stava ritta in piedi nel bel mezzo del campo a braccia aperte, come fosse uno spaventapasseri enorme e sovrannaturale. Chiunque fosse, era molto alto e sicuramente dotato di una forza a me sconosciuta. Attorno al suo corpo brillava un'aura rossastra molto intensa e occupava il centro di una mastodontica croce di erba bruciata. Teneva qualcosa e quando mi avvicinai, capii cosa fossero quelle forme flaccide appese alle sue braccia… mi stropicciai gli occhi, nutrendo una minima speranza che si trattasse ancora di un sogno, magari fatto a occhi aperti, ma pur sempre un sogno... ma nulla da fare. Quella figura non spariva, non svaniva come aveva fatto Marie. Dalle braccia protese dell'essere ciondolavano i miei due maiali sventrati e sanguinanti, mentre sotto di essi, giacevano due promontori viscidi e umidi di intestini e budella. *Lui* reggeva le due bestie stringendo la terminazione della loro spina dorsale, laddove si congiungeva con il cranio, attraverso una lacerazione muscolare che i due animali presentavano nel collo. Manteneva il loro peso con una fatica minima, mentre le sue mani erano quasi del tutto invisibili, tanto erano conficcate nelle carni e tanto quelle piaghe sanguinanti gli tingevano gli avambracci logori.

Mantenne le braccia protese, con i rispettivi pesi animali ben staccati dal suolo, fin quando non gli fui a meno di dieci metri, poi ritrasse velocemente gli arti e fece cadere i corpi dei maiali morti a terra. Notai con quale rapidità compì quel gesto e sono sicuro tuttora, del fatto che quei maiali rimasero sospesi da terra, volando nell'aria, ben più a lungo di quanto la natura mi avesse insegnato sulla forza di gravità fino ad allora, anche dopo che *Lui* ebbe ritirato a sé gli arti. Quando caddero, il loro culo grasso emanò un rumore viscido di gelatina che si spappolava.

Da povero contadino, privato all'improvviso di ogni risorsa naturale, frastornato dall'irrealtà dei fatti e ipnotizzato da quella voce mielosa fautrice del mio sventurato cammino, non potei fare altro che fermarmi e lo feci sulla sommità del braccio più lungo della croce creatasi nell'erba bruciata. Di Bolar ancora nessuna traccia. Se solo fosse stato al mio fianco, non mi sarei sentito così vulnerabile e solo.

L'oscurità fatta persona si fece avanti guadagnando terreno, a testa alta e quasi sorvolando l'erba. Le capacità di movimento plastiche e armoniose di quell'essere, lo aiutarono nel ridurre a velocità estrema i metri che ci separavano. *Sparagli*, pensai dentro di me, *piantagli una pallottola nella testa, Jones!* Ma l'unica cosa in cui capii di poter riuscire a impegnarmi e l'unica cosa che, forse, avrebbe avuto la capacità di tirarmi fuori da tutto quell'orrore incolume, era la preghiera. Così non tentai neppure di illuminarlo con la torcia, che mi fu strappata dalle mani, così come il fucile. La *Sua* forza a me sconosciuta, non appena mi fu di fronte, mi rese passibile di ogni sopruso o violenza: sentii il suo alito gelido penetrarmi le narici e ostruirmi i condotti d'aria; sentii il tanfo del suo sudore acido e penetrante; sentii l'odore del sangue.

Continuai a pregare nel nome di Dio Padre Onnipotente, pregai perché facesse finire quella notte, pregai perché quell'odore caldo e ramato che avevo trovato nell'ovile e poi nella stalla si affievolisse nei miei ricordi olfattivi, pregai perché quell'orribile figura diabolica si scomponesse, come fumo, davanti alle mie pupille. Chiusi gli occhi per un attimo. Tremavo. Ebbi paura e mi sentii terrorizzato come un bambino chiuso nello sgabuzzino buio della propria casa, causa punizione, dal quale, per via della perfida immaginazione infantile, presto il più tremendo babau si sarebbe materializzato per divorarlo. La sola differenza stava nel fatto che il mio babau fosse vero e fosse lì, di fronte a me! Non se ne sarebbe andato con uno strillo di terrore, né al momento dell'arrivo della mamma giunta in soccorso. La cara mamma di ogni bambino ormai adulto, questa volta non ci sarebbe stata.

Si avvicinò ancora un po' invadendo il mio campo di visuale, forse fu lui a muoversi, forse fui io attratto e rapito dalla voce del tutto vuota e lugubre della *Morte*, che risuonava ai miei timpani dolce come una melodia, posandosi su di essi candida e fresca come petali di margherita. Alle mie orecchie quel suono era splendente e soave al punto tale, da racchiudere una magia, la magia di riuscire a trasmutare le sembianze reali di quel mostro nero e dal mantello stretto e lungo, nell'immagine irresistibile della persona che più avevo amato. Marie…

Razza di bastardo pezzente… così non vale! Pensai. *Così non vale!* E di colpo spalancai gli occhi, quelli che non avrebbe avuto modo di sopraffare un'entità così pregna di nera malvagità, gli occhi dell'anima! Quel mostro che da lontano pareva tanto cupo, quasi privo di riflessi, nonché simile a un'ombra soltanto, si stava nutrendo della mia essenza e delle mie speranze. I suoi occhi comparvero dal nulla come due abbaglianti rossi intermittenti, mentre la sua bocca, dai denti acuminati come chiodi affilati d'acciaio, continuò a muoversi ripetendo il mio nome anche quando mi fu a pochi palmi dal naso… «*Jon, Jon, Jon!*», diceva, fino a far divenire il mio nome una cantilena ossessiva, un fischio, un rumore e poi… il canto di una fanciulla, il canto che avrei riconosciuto in fine come il timbro vocale di Marie! Raggiunto il suo oscuro e ingannevole scopo, la vidi ancora. Fu *Lui* a volerlo. Non potei impedirglielo. Mia moglie fu di nuovo davanti a me, ma sapevo bene che non era come quando mi era comparsa nel letto. Stavo osservando quella bestia informe. Nonostante fossi stato indotto in uno stato allucinatorio, non ci misi molto a dedurlo.

Pregai ancora, anche se ormai il bene spirituale delle sante parole attraverso le quali cercavo protezione, era ben corroso dal sovrastante respiro del maligno. Dio non aveva futuro contro quell'essere. Dio era cosa impotente dinanzi alla croce d'erba bruciata sul tratto di campo in cui mi trovavo. Quel simbolo oscuro sull'erba, governato dal mostro, avrebbe fatto desiderare la pace a chiunque, a costo di vendersi l'anima. Io ero già in suo possesso, proprio come un burattino con il suo burattinaio. Mi aveva preso, il serpente aveva fatto con me, lo stesso che con Eva nel giardino dell'Eden e Marie era la mia mela del peccato.

Adesso c'era mia moglie a guardarmi, ma gli occhi dell'essere che ne personificava le sembianze, continuavano a lampeggiare rossi e vividi sotto quel velo di falsità. *Lui* mi logorava, mi consumava, mi opprimeva fino a disgregare ogni singola cellula di razionalità ancora viva nel mio cervello e andò avanti a lungo, fino a quando un urlo acuto e stridulo non frantumò violentemente il legame telepatico che tra noi si era andato creando.

Perso, caddi a terra.

Alle pendici del tronco muscoloso che aveva per corpo, si aprì, come pelle marcia, una parte dell'abito nero da cui l'essere non umano era avvolto. Si propagò una sfumatura di luce violacea e, simile a un frutto partorito dal nulla, ne uscì Bolar.

Bolar! Il mio cane… ma cosa gli era accaduto? Era tutto unto! E per quanto tempo il mostro lo aveva tenuto nascosto sotto il suo manto? Non potevo darmi risposte, non potevo farlo date le condizioni in cui ero. I miei occhi continuavano a osservare, ma non ero più la persona che conoscevo e che sapevo di essere! Comunque fosse, la cosa più importante era che quel cane fosse vivo! Almeno lui! Mi chiesi anche stupidamente se fosse stata Marie a ridarmelo, ma era assurdo!». A questo punto, Jones si fermò e smise di parlare.

Clive Wes non fiatò e attese che il contadino andasse a conclusione. Quanto stava dichiarando era inconcepibile.

«Dal momento in cui toccai il pelo del cane, caro investigatore, fui travolto solo da orribili immagini. Questa volta, però, non appartenevano alla mia vita, ma probabilmente a quella dell'essere che, in parte, sostava ancora appiccicato sul dorso di Bolar sotto forma di quella strana untuosità, di quella schifosa gelatina. Fui travolto da ogni genere di violenza: ingiustizie, saccheggi, soprusi, violenze carnali, delitti, omicidi e suicidi. Vidi i demoni peggiori che si potrebbero immaginare, scendere dietro il sole per sgozzare povere damigelle indifese e popoli indemoniati, compiere stragi a partire dai secoli più antichi fino ad oggi. Vissi attraverso occhi altrui le memorie di scempi, roghi in fiamme, esplosioni e storie di madri incinte, in corsa per la vita dei propri bambini che portavano in grembo, mentre le loro vesti andavano a fuoco. Quando desiderai veramente farla finita, Bolar mi fu strappato dalle braccia, gli fu spezzato il collo e fu tirato via come un peluche.

Era morto. Anche il mio adorato cane se n'era andato. Non mi sembrava possibile, mi domandai perché, perché tutto quello, ma non c'era alcuna spiegazione. Chi… chi aveva ucciso Bolar? Il *Male* fatto persona, o la finta anima di Marie, da lui creata davanti ai miei occhi per ingannarmi?

«Ecco cosa spetta a tutti Jo!», disse poi l'essere che mi stava davanti, alto e imponente nella sua forma diabolica. *«Questo è quello di cui siete fatti, di pure cellule, cellule a cui basta un niente per morire, dando dispiaceri a chi vi circonda, nonché a voi stessi. Non sei stufo, amico mio, di fare questa vita insulsa? Sei stato sei anni, sei lunghissimi anni a rammentarti delle avventure condivise con la tua troia Marie, beh, non sei ancora stufo di questa sofferenza?!»*.

Volevo rispondergli, ma da terra, in quella posizione in cui mi trovavo e drogato dalle immagini più atroci alle quali avessi mai avuto modo di assistere, non potei far altro che contorcermi come un verme nella fossa di un morto. *Lui*, nel frattempo, continuò a parlare: *«e smettila di chiamarmi mostro, in quella tua schifosa mente da mortale!»*, urlò, *«non sai chi sono? Non lo immagini neanche un po'? Sono il vostro tanto rinnegato Satana! O meglio, rappresento il nome che la vostra umanità mi ha attribuito! Cercate di scansarmi, di schivarmi, ma poi finite tutti nelle mie fauci, perché siete peccatori e come tali… peccate! Se solo sapeste la verità… la vera realtà dei fatti, di come furono modellati a piacimento nelle Antiche Scritture, allora forse cambiereste idea su molte cose e su molte altre, ve ne fareste una ragione!»*. L'essere parlò con voce roca e profonda dopo, non era più il timbro vocale di Marie. Tentai così di sottrarmi, di rotolare sui fianchi e allontanarmi dal mostro, dal demone, dall'essere che fosse, ma ben presto mi fu addosso di nuovo.

«Non scappare stupida vecchia feccia!», sbraitò la bestia sputandomi addosso, *«sono qui per aiutarti, non lo sai? Ti ha avvertito tua moglie poco fa, ma scommetto che hai già fatto di quella visione, un ricordo caro da conservare nell'archivio delle grazie divine, non è vero? Non hai pensato che tutto ciò avesse in realtà un significato?»*.

Io non riuscivo a capire e di colpo mi sentii strozzare, soffocare dall'inganno. Gli occhi mi si rivoltarono nelle orbite. *Lui* continuava a parlare… a urlare, ad abbaiare come un cane enorme ed affetto dalla rabbia!

«Jones! Jo, ci sei? Sei ancora tra noi? Ci tenevi al tuo cagnolino, vero? Bene, allora stammi a sentire e senti bene! Non saresti in grado di ammetterlo, ma faresti di tutto per riottenere la tua decrepita mogliettina, mi domando chi non lo farebbe! Io sono arrivato in ritardo, ma sono qui per proporti una cosa, un patto! Se così vogliamo chiamarlo. Ti ridarò tutto quello che desideri… compresa tua moglie… non la rivorresti? Riuscirei perfino a ripulire le sue ossa dalla polvere e dai vermi, sempre se in sei anni ce ne fossero rimaste! Potrei farlo in pochi minuti… se solo tu mi pregassi di farlo, ma come prezzo, dovrai fare quello che io ti dirò. Sarà uno scambio! Allora, cosa ne dici vecchio mio? Non ti eccita l'idea? Non ti senti già frizzare lo scroto? Potrai riavere tua moglie! Hai sentito stupido bastardo?».

Continuavo a soffocare. Le parole del *Male* mi pungevano la mente come spilli conficcati nel cervello e la mia schiena s'inarcava dove avrebbe dovuto esserci l'erba, ma regnava il terreno scottante dell'inferno.

«Ho capito, ho capito, non mi credi! Ti stai chiedendo chi sono realmente, da dove vengo, come mai ho ucciso tutti i tuoi animali e com'è possibile che faccia tornare in vita tua moglie, no?! Ti ripeto che sono Satana, che ho ucciso semplicemente per benessere e soddisfazione e che vengo in tuo soccorso, povera anima venduta, perché è questo che sei, Jones! Un vecchio bastardo che prega l'Alto per trovare conforto e poi vendersi a Lucifero, tramite bestemmie, perché nessuno lo ascolta! Ammettilo! In un certo qual modo, sei stato tu stesso a

chiamarmi! E tua moglie ti ha aiutato, a tua insaputa, perché non ce la faceva più a vederti soffrire, permettendoti di stringere un patto con me! Quasi dimenticavo... credo che dopo aver visto lei stessa di cosa io sia capace, si sia pentita nell'ultimo momento, ma ormai, come puoi immaginare, era troppo tardi! Quando mi s'invoca, ormai non resta che finire quello che si è iniziato. Rassegnati Jones, o rischierai di soffocare! Non sembri tanto in forma, ora come ora!». Poi se la rise di gusto.

Io, intanto, stramazzavo come preso da convulsioni epilettiche, mentre il demone inveiva su di me, su mia moglie morta e su un patto assurdo che non avevo mai firmato.

«Allora, qual è la tua risposta Jones? La rivuoi la tua troietta? Non devi far altro che dirmelo, non devi far altro che chiedermelo! Poi ti detterò il prezzo da pagare. Pensaci bene... tanto ormai cosa ti resta? Se rifiuterai di avere tua moglie, non solo non potrai portartela più a letto neppure un'ultima volta, ma dovrai versare lacrime anche sulla tomba di Bolar, il tuo adorabile cane che, poverino, è morto a sua volta! E quanto ci tenevi a lui, vecchio mio? Non hai mai pensato che Marie avesse potuto reincarnarsi nelle sue membra di animale e osservarti, affinché tu sentissi ancora la sua compagnia? Bolar aveva le abitudini di Marie in fondo e quando ti stava vicino era come se vi fosse lei... giusto? Allora? Scegli! Scegli bastardo e non avertela a male per i tuoi animali! Ogni cosa ha un prezzo e poi, devo pur nutrirmi anch'io! Mi spiace dirtelo, ma qualunque sarà la tua scelta, soffrirai ugualmente alla fine... però ti sto regalando un periodo! Ti sto vendendo una vita extra, una seconda possibilità che gli angeli del cielo non ti daranno mai, perché non esistono! Vuoi smettere di soffrire, o vuoi raggiungere agonizzante le tue bestie e patire per l'eternità? Devi solo svolgere un piccolo compito per me, in fondo! Se fallirai... ti ucciderò!».

Questo è quello che disse. Concluse e sparì.

Ebbi paura di non resistere, di non avere più la forza di sollevarmi in piedi. Pensai che il cuore mi lasciasse per un infarto fulminante. Flash di orrori e morti continuarono ad avvilupparmi la mente. Ebbi una visione di me stesso sdraiato in terra: gli occhi ancora rigirati nelle orbite; il volto cereo; la lingua protesa fuori dalla bocca spalancata, da cui non traevo più alcun respiro, come un budello asciutto. Mi vidi dall'alto, come se tra il mio corpo e la mia anima vi fosse stato un distacco temporaneo, mentre in quella parte del mio io fisico, dove il *Male* aveva preso piede, si ripetevano in ciclo immagini sporche di sangue. Volando su me stesso, a qualche metro da terra, vidi la grossa croce d'erba bruciata sulla quale mi contorcevo e non era più una croce come all'inizio mi era parso, ma un pentacolo. La croce era mutata. Dopo fui travolto nella mente dall'immagine dei maiali con i loro corpi strappati e le budella che penzolavano fuori dalla grossa ferita simile a una vescica, che era stata inferta loro sulla pancia. E ancora, vi furono le vacche, le pecore… vi fu sangue, mentre l'anima tornava ad abitare il corpo. Il mio corpo! Ogni cosa correva a ritroso nel tempo, nel passato e nel presente che stava vivendo di malvagità. La folle notte si riempì di urla, vento bollente, schizzi di caldo odio che mi scottarono il viso ed io, stanco e pallido, sotto quel cielo assente di stelle, di colpo fui morto al suolo. Tutto era finito. L'anima mi aveva abbandonato per vendersi a Satana. Non fui io a chiederlo, ma *Lui* mi prese ugualmente, non si lasciò certo commuovere dalla mia debolezza di uomo mortale! Il *Male* è così, quando ha bisogno di te, ti rapisce scaraventandoti sulla sua carrozza e ti porta via… senza permetterti neppure di controbattere, caro Clive! Un ultimo abbaglio di luce nera oscurò per sempre la mia capacità di ragionare. La mia anima era ancora lassù e continuai a vedermi, mentre piccoli gemiti finivano di scuotere il mio corpo, facendolo contrarre sull'erba fresca della notte.

L'essere oscuro mi prese a sé, volammo insieme nell'oblio e smisi di patire, divenendo parte del suo patto diabolico con l'accordo che se avessi fallito, sarei tornato a soffrire in eterno e il mio corpo sarebbe morto una seconda volta, quella decisiva. Mentre la mia anima andava per la sua strada, una nube di sangue evaporò, si alzò allo stato gassoso dalla salma riversa a terra quale ero e, precisamente, dal mio ventre piatto e immobile. La nube cremisi raggiunse il cielo cupo e si disperse nella spirale del vento, mentre una luna, corrosa e gialla, appariva e spariva all'interno dell'incubo. La natura fece scempio dei suoni e creò il silenzio. Le fantasie e le speranze di cui mi ero tanto vantato negli anni, si putrefecero e assunsero le vesti di bruchi enormi pronti a divorarmi, cominciando dalle orbite nere della mia mente. La parte spirituale, la mia anima, era venduta.

Quando la mattina seguente mi ritrovarono, caro Clive, m'informarono che ero svenuto, una dichiarazione semplice per loro, ma sapevo bene come fossero andate le cose. Avevo schiumato come un malato epilettico e mi ero contorto in tremende convulsioni per l'intera notte, fino al collasso. Lo sapevo e non era come svenire, può credermi! Da quella notte, i miei amici e compagni di bevute mi dichiararono volutamente pazzo e cominciarono a schivarmi.

Non so cosa volesse dirmi Marie esattamente, ma sono cosciente del fatto che debba portare a termine questa storia. Devo dimenticare il suo sguardo vitreo da bambola di coccio che aveva sul volto sei anni fa quando spirò e per fare questo, devo tentare». Il vecchio mise un punto alla storia passata.

Secondo Clive non ci sarebbe stato altro da dire, se non che Jones era andato man mano degenerando nella confessione e la stessa persona, che inizialmente era sembrata lui normale ed equilibrata, almeno nell'apparenza, in quel preciso istante gli avrebbe dato notevolmente da pensare! Riguardo all'essere pazzi poi, era meglio non prendere in esame la cosa! Clive fissò il contadino come se colui fosse stato il personaggio più assurdo che avesse mai avuto modo di analizzare in tutta la sua carriera. Per un attimo azzardò che, probabilmente, o quel vecchio era tanto fantasioso, o davvero come avevano ragione di affermare giù in paese, era partito di testa. Fatto restava, che per quanto i suoi compaesani facessero di lui non solo un pazzo, ma anche un assassino spietato di animali, Jones non poteva mai esser riuscito a uccidere tutte quelle bestie insieme e in una sola notte! Farlo da soli sarebbe stato impossibile! E quell'uomo non ne avrebbe mai avuto la forza! Oltretutto, quell'enorme casino era sinonimo di sforzo da parte di un'entità sovrannaturale e diabolica. E come spiegare i buchi rinvenuti sui corpi degli animali uccisi? Jones poteva essersi divertito a perforarli con un punteruolo, per poi succhiare loro il sangue con una pompa? L'investigatore si convinse così dell'innocenza di Jones, nonostante la faccenda presentasse delle vere e proprie lacune e nascondesse altro di strano. Era probabile che l'immaginazione del vecchio fosse confusa, ma senza dubbio la storia raccontata esulava dalle comuni spiegazioni razionali.

Clive, reso sgomento e incredulo dalla narrazione tenebrosamente surreale, osservò il contadino standosene immobile, con la bocca lievemente aperta per lo stupore e l'incertezza su come agire. La sua fronte crucciata esprimeva quasi tutto.

Jones finalmente si accasciò, flaccido e rilassato, sulla poltrona. Era esausto e aveva tutta l'aria di chi si era appena tolto un gran peso di dosso. Lasciò che le sue braccia si congiungessero dietro lo schienale, guardò in alto verso il chiarore del soffitto e trasse un respiro profondo. Poi tornò a posare lo sguardo sull'investigatore che, temendo conclusa la storia, fece scattare il tasto di stop sul proprio registratore portatile e ritrasse a sé l'oggetto.

Era fatta! Difficile dire per chi, ma era fatta. Se si fossero susseguiti sviluppi interessanti, Clive decise che ne avrebbe preso nota in seguito e, magari, avrebbe appuntato tutto su di un foglio di carta prima del suo ritorno a casa.

«Ebbene Clive, che te ne pare? Non mi credi vero?», domandò a tal punto quella specie di mummia dallo sguardo vissuto e penetrante.

Clive Wes notò quanto per la prima volta in tutta la loro conversazione, Jones si fosse rivolto a lui quasi in tono confidenziale. Per tutta la durata del suo racconto avevano comunque mantenuto una certa signorilità nel dialogo, ma adesso quel contadino gli parlava quasi fosse stato suo fratello. Gli diede del *tu*! Clive lo lasciò fare.

«Oh, carissimo mio», continuò il vecchio, «credo tu possa finalmente aiutarmi, così come ho sperato fino ad ora, nella risoluzione dell'intera faccenda accadutami la notte del tre aprile!».

«Jones, in un certo modo lo sto già facendo, non le pare?», chiese l'investigatore dando la cosa per scontata.

«No... non capisci», sussurrò Jones, sfondando lo sguardo di Clive con il proprio e continuando a parlargli. «Non hai capito ancora un bel niente ragazzo, ma è naturale! Era prevedibile. E soprattutto, è già stato deciso!».

Clive fece un balzo all'indietro e pensò: *è già stato deciso! Ma cosa?! A cosa allude costui?! Questo deve essere proprio svalvolato! Comincio a credere che i suoi amici abbiano ragione nel crederlo un folle, giù in paese!* Non seppe poi cos'altro rispondere.

«Investigatore», proruppe il vecchio, «lei può fare molto di più di quello che crede! Fin dall'inizio io l'ho cercata e ho chiesto specificamente di lei, affinché si recasse qui di persona, perché solo così e solo materialmente, trovandosi a quattr'occhi, avrebbe potuto placare la mia sofferenza!». Jones tornava a dare a Clive del lei.

«La ringrazio Jones, fa piacere sentirsi dire che la propria presenza influisca positivamente riguardo la serenità di una persona anziana», controbatté Clive, sforzandosi di dare a bere un sorriso finto e forzato. Basta! Per quel giorno ne aveva abbastanza! Aveva ascoltato quell'uomo e aveva registrato la sua testimonianza finendo nell'assurdo, ma era giunta l'ora di tornare a casa e darci un taglio con quella storia! Jones stava diventando pesante, quasi nauseante… il suo sguardo ora brillava di idiozia e a tratti pareva folle. L'aroma del camino cominciava a dargli alla testa, tutte quelle parole lo avevano tramortito e, soprattutto, Clive non sopportava più lo sguardo di quel malefico pazzo che, se da principio era parso del tutto normale, adesso sembrava raggiungere a velocità inaudita l'irrazionalità bella e buona. Un'irrazionalità che Clive non capiva. *Ehi, cosa ti succede? È solo un vecchio! Un povero vecchio a cui hanno sterminato un po' di vacche, pecore e due maiali!* Pensò dentro di sé.

Jones mosse le mani dietro la spalliera della poltrona.

Clive non le vide bene, ma a lui parvero stringersi l'una nell'altra in un gesto di comune accordo, quasi simulando le mosse di due affaristi che, incontrandosi dopo un lungo tempo dedito a un caso di notevole rilievo e avendo capito finalmente come dare a esso una svolta, si fossero donati a un gesto di fratellanza.

«Marie me lo diceva sempre. Ed anche *Lui* me lo fece capire! Si può rimediare a tutto! Perfino a Bolar!», esclamò Jones, quasi ragionando da solo.

I due uomini nella stanza si fissarono ancora e il più debole ebbe paura e timore di scontrarsi con qualcosa di assurdo e impensabile. Clive Wes si sentì preda e fece cenno di alzarsi per togliersi dai piedi. Aveva tutto quello che gli occorreva. Aveva il suo lavoro. Aveva il registratore ed era tardi!

«Dove va investigatore? Non vorrà scappare proprio sul più bello! La storia non è ancora finita, lo sa?». Jones cambiò tono e cambiò anche l'espressione sul suo volto rugoso.

«Senta», tagliò corto Clive sarcastico, «mi sono ricordato di avere un altro impegno stasera, se mi è concesso… e non credo di potermi proprio trattenere per cena! Ho fatto quello che potevo Signor Jones! Mi spiace, magari resterò a farle compagnia per la notte un'altra volta!».

«Oh, no! No! No! No!», esclamò Jones. Sembrava sempre più pazzo ogni minuto che passava.

E Clive piantò una risata. *Come sarebbe a dire?!* Pensò dentro di sé. *Io adesso mi levo proprio dai coglioni, vecchiaccio schizzato! E di certo non sarai tu a impedirmelo, o rischierai una bella denuncia per sequestro di persona!* Poi si chiese ancora che cazzo stesse succedendo.

«Clive, so che tipo di persona è lei», disse Jones con fare scanzonato, «so che se potesse farebbe qualunque cosa per aiutare un povero anziano come me, non l'ha pensato anche prima? Quando mi ha visto piangere? Non lo hai pensato anche prima, investigatore?».

Clive rimase in silenzio a osservare corrucciato la propria *preda* ormai libera da ogni attacco mediatico. *Cristo! E come cavolo fa a saperlo! Quest'uomo deve essere un fenomeno! Sì… un fenomeno da baraccone!* Pensò. *Non puoi sapere cosa diavolo ho pensato prima, razza di… sottosviluppato!* Pensò ancora. *Come fai a…*

«A saperlo? Facile! Mi sono informato in maniera dettagliata sul suo conto e quindi conosco più di quanto lei possa immaginare! Punto e basta. Lei è stato prescelto. Tu sei il prescelto, Clive! Ma questo l'ho già accennato mi pare!». Jones proseguì nel parlare e, nel farlo, non solo non tirò mai allo scoperto le mani nascoste dietro la poltrona, continuando invece a mascherarle al meglio, ma cercò addirittura di mantenere un'estrema cordialità con l'uomo che aveva di fronte, nonostante la situazione stesse notevolmente degenerando. Quel vecchio nascondeva una soddisfazione nel profondo e il suo sorriso era quello di un pazzo che non aveva più nulla da perdere.

Clive si alzò. Aveva ancora una mano poggiata sul bracciolo della poltrona sulla quale era stato seduto fino a quel momento e l'altra abbandonata al fianco con il registratore portatile stretto nel pugno. *Un povero pazzo! Ecco che cos'è!* Pensò. La situazione lo aveva scocciato di gran lunga, ma adesso non ci avrebbe più fatto caso.

«Allora non ci siamo capiti, lei non va proprio da nessuna parte», sussurrò Jones con un finto sorriso sornione e, a quel punto, l'investigatore sbottò. Tutto aveva un limite nel mondo di Clive e le provocazioni, prima o poi, finivano per creare spiacevoli disguidi!

«Come, come?! Io vado dove cazzo mi pare e quando cazzo mi pare, chiaro Signor Jones?», si fece sentire Clive assumendo una posizione di difesa. «Sono un uomo libero! E lei comincia a darmi davvero la nausea, vecchio bastardo di un contadino! Ho fatto il mio lavoro e adesso, per favore, la lascio alle sue cose da contadino! Per quanto riguarda la storia pazzesca che ha narrato poi... posso crederle fino a quando non ho registrato di quell'assurdità di essere che l'ha tramortita e non metto in dubbio che qualcosa abbia visto, ma il resto è da fuori di testa! E che ne dice inoltre, di spiegarmi il suo improvviso desiderio di trattenermi? È forse uno psicopatico? Un pervertito? Cos'altro vuole che le dica?! O cos'altro vuole che faccia per lei...?».

La situazione era andata degenerando! Lo sguardo di Jones continuò a essere indiscreto, opprimente e stressante.

Clive, sentendo che la *preda* lo aveva sottomesso con astuzia, si era in fine adirato, ma non andò lo stesso da nessuna parte, almeno per il momento successivo. Le casualità a volte potevano essere pressoché accidentali...

«Ti sbagli», si limitò a controbattere Jones, tirando fuori un fucile a doppia canna da dietro la poltrona. «Ti sbagli di grosso ragazzo! Tu non vai via. Tu non fai come vuoi adesso! Quindi non ti muovere!». Estrasse l'arma da dietro le spalle e la puntò contro l'investigatore con disinvoltura. Le sue mani furtive avevano aggirato lo schienale e avevano magicamente portato alla luce lo stesso attrezzo descritto nel racconto. «Ricordi Clive? Il migliore che hai… il migliore che hai! Mi disse mia moglie…», Jones rise di gusto sfoderando una serie di denti cariati e corrosi dall'età. Si mosse con soddisfazione, quasi lo attendesse un premio. «E questo… è il migliore che ho!», esclamò ancora ridendo divertito.

«Lei è pazzo!», urlò Clive badando bene a non muoversi. Se prima era meravigliato, adesso la sua bocca si trasformò in una O di stupore. Jones teneva quel fottuto fucile nascosto lì dietro da quando avevano cominciato a parlare? Come diavolo aveva fatto a nasconderlo per tutto quel tempo?!

«Se sono pazzo investigatore? Non credo. No che non lo sono! Sto solo svolgendo il mio compito e non devo fallire. Non posso permettermelo, altrimenti… lei sa come andrà a finire! Gliel'ho spiegato!». Jones era un'altra persona ormai.

Dunque è questo, il compito che il presunto Satana gli ha chiesto di svolgere per… Clive non finì la frase nel suo cervello, che il vecchio già seppe come continuarla nella fredda realtà che li circondava.

«…per dare fine alle mie sofferenze?», si fece avanti Jones, «esatto! Per riavere mia moglie al mio fianco? Certamente! E non solo questo… avrò molto altro ancora! *Lui* mi darà di più!».

«Povero illuso, crede davvero che quell'infido essere, se mai esiste, le darà quello che gli ha promesso, se mi ucciderà?». Clive cercò di assecondarlo facendolo ragionare, ma ormai era chiaro che quell'uomo si fosse bruciato il cervello… bisognava stesse al suo gioco o, forse, avrebbe davvero rischiato grosso! E riuscì a distrarlo anche un po' se vogliamo, ma la canna del fucile non si schiodò poi così eccessivamente dal suo volto! Sarebbe bastato tirare il grilletto, compiere quella semplice flessione della falange e… un sol colpo!

«Mettiti seduto stronzetto e lascia che sia io a giudicare. Piuttosto, non ti stai domandando, come mai proprio tu? Ho fatto molte telefonate per rintracciarti! E ho perso molto del mio tempo prezioso! Senza contare il costo di tale operazione!», confessò Jones adirato e scocciato.

«Avanti allora! Mi dica il perché?! Mi dica il perché Jones e dia fine a tutta questa pagliacciata, per favore!», imprecò Clive.

«Va bene, va bene, ti dirò il perché quando ti sarai messo seduto e darò fine a tutto questo... come desideri! Puoi starne certo!». Una risata infida e maligna accarezzò le labbra screpolate del contadino, mentre la torsione della sua testa sul lato sinistro la diceva lunga sulle serie intensioni.

Sì, puoi starne certo Clive, ma in che modo darà fine alla sua pagliacciata? Con un colpo di canna? Dunque, cosa pensi di fare? E' solo un vecchio alla fine, no? L'investigatore era inerme. Il vecchio, pazzo e armato. Clive decise nonostante tutto di agire. All'improvviso non gli interessò più il perché, quel pazzo lo avesse convocato, ma quello a cui tenne fu la sua pelle e doveva levarsi di torno quel fucile abbastanza in fretta, così da non dare al suo aggressore la possibilità di spargli. Il vecchio era ancora seduto e la canna era protesa nella sua direzione. Gli puntava proprio alla faccia. Forse poteva fingere di accettare l'invito di mettersi a sedere e dare una bella pedata alla doppia canna del fucile facendolo saltare dalle sue mani... prima del botto! Forse l'artrite e la vecchiaia di Jones avrebbero giocato dalla sua parte... cosa si poteva mai rischiare, un buco nel soffitto? *Sbagliato caro mio!* Si disse Clive. *Rischi ben altro! Un buco nella testa come minimo!* Ma avrebbe tentato ugualmente, in fondo Jones era vecchio e, per quanto impegnato a tenere stretto quell'arnese, di quanta forza poteva mai vantare? «Ok, Jones. Mi metto a sedere, ma lo farò molto delicatamente. Lei non faccia pazzie, d'accordo?», si raccomandò Clive alla fine. *Molto delicatamente. L'importante è farcelo credere!* Pensò subito dopo. Si spostò nuovamente davanti alla poltrona, scrutò a fondo lo sguardo del contadino impazzito e, proprio mentre le sue gambe finsero di flettersi... *BAM!* Il suo piede colpì il fucile che Jones gli puntava addosso. Lo colpì in pieno e si sdraiò subito a terra, timoroso di un probabile sparo partito per sbaglio. In effetti un colpo partì, ma creò solo un buco in un quadro, per giunta, alle spalle dello stesso Jones. *Bel colpo!* Si congratulò Clive. Sarebbe stato tutto più facile se avesse portato con sé la pistola, ma era stato un bel colpo lo stesso. Chi avrebbe mai pensato che un vecchietto potesse rivelarsi così violento e imprevedibile!

Il fucile a doppia canna di fabbricazione inglese, strappato dalle mani di Jones per l'urto inaspettato, si rovesciò girando in aria in un arco di centottanta gradi, dopodiché, cadde sul pavimento.

Clive si alzò di scatto, non fece in tempo a dare un altro calcio al manico dell'arma al fine di allontanarla ancora un altro po' dalle mani di Jones, che il contadino gli fu subito addosso. Ora Jones urlava come un forsennato, si aggrappava ai vestiti dell'investigatore come se lo volesse uccidere scarnificandolo a unghiate e morsi. Clive lo colpì forte, affondandogli un pugno nello stomaco e lo allontanò senza ritegno, né rispetto per l'età. In altre circostanze non avrebbe mai colpito un vecchio, ma data la situazione… meglio difendersi!

Subito dopo la colluttazione Clive si fiondò verso l'uscita dell'abitazione. Il registratore era ancora nelle sue mani. Raggiunse il portone e lo aprì di prepotenza con una spallata. Dietro di sé risuonò un secondo sparo, seguito da un urlo isterico e rabbioso.

«No! No!», Urlò Jones. «Non puoi scappare lurido figlio di puttana! Non puoi! Non puoi!», urlò ancora sconfitto, squarciando l'aria. Poi vi fu silenzio.

L'ultimo urlo parve alle orecchie di Clive, quasi un boato sovrannaturale. Una volta fuori, l'investigatore fece in fretta, doveva raggiungere l'auto e filarsela prima che… prima che quell'ottimo tiratore quale quel vecchio diceva di essere, centrasse il suo bersaglio umano! *Questa è la vera fine che fanno le prede, investigatore dei miei stivali! Solo che stavolta sei tu, a fare il coniglio!*

Il vecchio urlava di nuovo. Partì un altro colpo di fucile e Clive cadde scivolando dagli scalini della veranda. Il proiettile l'aveva mancato, ma dall'interno della casa, quel corpo pelle e ossa con lo sguardo da falco, era riuscito a frantumare lo scalino di legno, dove l'investigatore stava per appoggiare il piede. Il fuggiasco ruzzolò fino a schiacciarsi il naso nella terra dello stradello, perse sangue, si rialzò subito e raggiunse la vettura. Mise in moto e diede gas, allontanandosi il più frettolosamente possibile da Jones che, ben presto, uscì dalla veranda sbraitando come una troia a cui era stata rubata la paga.

Clive ce l'aveva fatta. Il vecchio l'aveva raggiunto, gli aveva quasi sparato addosso, ma lui era stato più veloce. *Grazie Dio! Grazie Signore!* Pensò e ringraziò dentro se stesso.

***

Da principio Clive non fece neppure caso a quello che gli fu urlato dietro, Jones aveva sbraitato come un forsennato e lui aveva avuto appena il tempo di filarsela. Fermarsi a riflettere sulle parole che il suo cervello aveva involontariamente registrato o, semplicemente fermarsi, avrebbe significato rischiare la vita e per l'investigatore, come per chiunque altro nella sua situazione, in quel preciso momento una sola cosa era stata essenziale: mettersi in salvo!

Adesso però che tutto era andato per il meglio, mentre la sua auto correva via veloce, Clive ebbe un insight, una brusca illuminazione. Le urla di Jones si ripeterono lui nella memoria, furono analizzate dalla sua coscienza e, fatto quanto mai inaspettato, parvero dare a tutta l'illogicità degli eventi susseguitisi nel pomeriggio, un barlume di nitidezza. Le urla del vecchio gli rimbombarono più e più volte tra le pareti del cranio… fino a quando Clive se lo chiese: *cos'è che ha sbraitato come un cane rabbioso quel maledetto, prima che mi dileguassi?*

Si era trattato di qualcosa che aveva suonato come… *sei mio figlio? Il figlio di una troia che non valeva niente e meritava solo di morire...* o cosa? E poi in che modo aveva continuato Jones? Dicendo forse: *ti ho venduto per riavere mia moglie in cambio?* Era possibile? Aveva detto davvero quelle cose?

Clive respirò avidamente e si sentì davvero lontano da quel delirio solo dopo un quarto d'ora che stringeva il volante dell'auto. Era già uscito dal paese e la sua vettura viaggiava a tavoletta, con l'intento di tornare a casa nel minor tempo possibile. La strada seguiva in una linea d'asfalto curva e continua, svolte a destra, virate a sinistra, ma scorreva bene. Il viaggio sarebbe stato comunque lungo.

Mentre ripensava a Jones (impossibile non farlo), si disse che forse prima o poi qualcuno sarebbe ritornato da quel pazzo, ma senza dubbio, se qualcuno l'avesse fatto, sarebbe stato per arrestarlo! Quel vecchio burlone mentecatto avrebbe potuto prepararne un'altra delle sue, certo, ma i nuovi arrivati sarebbero stati informati in anticipo sulle sadiche intenzioni omicide dell'uomo!

La strada proseguì ancora, poi Clive parve dare alle parole che il contadino irato gli aveva sbraitato contro, finalmente la giusta importanza. O forse cercò solo di accettarle. *Sei mio figlio*, aveva detto. *Il figlio di una troia che non valeva niente.* Quello poteva spiegare lo strano senso di familiarità provato durante la loro conversazione... una familiarità che si percepiva a pelle, ma era pazzesco! Era più incredibile di tutta la storia che gli era stata narrata! «Decisamente assurdo!», sbottò Clive, rivolgendosi all'abitacolo vuoto. Non avrebbe mai creduto nessuno a quel racconto! Neanche uno stupido!

Mettiamo però che Jones avesse detto il vero... se così fosse stato, allora aveva tentato di uccidere suo figlio?! Aveva tentato di vendere la sua prole a Satana per riottenere, in cambio del sacrificio, la moglie?! La sua vera moglie, a quel punto... perché la troia che non valeva niente e che meritava di morire... doveva essere stata dunque la madre dello stesso Clive... e dove mai avevano potuto incontrarsi sua madre e quel fottuto bastardo?!

Clive ci pensò su. Era stato adottato e non aveva mai conosciuto i genitori. Diede gas e proseguì per altri trecento metri. Continuava a pensare all'accaduto e fiero di essersi allontanato al più presto da quella casa maledetta, capì di essere in salvo come mai prima d'ora, ma... un momento! Aveva il registratore... all'interno vi era il nastro che aveva sostituito, il secondo nastro, ma... *la prima cassetta! Cazzo, no! Sei uno stupido!* Si rimproverò. L'aveva messa al sicuro una volta terminata e nonostante tutto, era andata persa! Nella sua giacca non c'era più, se l'era lasciata sfuggire senza neppure rendersene conto! Doveva essere successo quando era rovinato per le scale della veranda! *Vecchio bastardo! Diabolico pezzo di merda!* Implorò Clive, nella sua materia grigia.

Più avanti, dove la strada lo consentiva, frenò di colpo, si accostò il più vicino possibile al margine destro della carreggiata e compì un'inversione a U. Doveva riprendersi quel dannato nastro dove vi era la prima parte della storia! A tutti i costi! Quel picco-

lo oggetto era tutto il suo lavoro! Non lo avrebbe dato per perso!
Per nessuna cosa al mondo!

***

Tornò indietro. Si sentì in dovere di farlo o avrebbero preso lui
per pazzo! Doveva tornare da quel Jones. Dio quanto lo odiava!
E se il vecchio ha trovato il nastro e lo ha distrutto? Si domandò
Clive. *È una probabilità! Devi considerarla!* Ma doveva tentare
comunque. *Nel peggiore dei casi, invece, potresti trovarlo lì ad
aspettarti pronto a sparare e potresti prenderti una pallottola in
faccia! Che ne dici di questa eh, Clive?*
Che se la infilasse pure su per il culo, quella doppia canna, quel
Jones! Lui doveva tentare a tutti i costi. L'investigatore voleva
quello che gli spettava! A questo punto lo pretendeva e se avesse
avuto da rischiare, beh allora avrebbe rischiato! Anche la vita!
L'auto proseguì nella corsia di destra. Clive, fortunatamente, non
si era allontanato molto dall'abitazione del pazzo, in fondo.
Presto raggiunse nuovamente il paese limitrofo e così, a due o
tre chilometri da esso, anche la casa del contadino che gli aveva
urlato dietro, solo poco prima, dicendogli in modo assurdo di
essere suo padre. Questa volta però, Clive parcheggiò la
macchina molto più distante dalla veranda su cui era caduto nella
fuga, più di quanto avesse fatto quel pomeriggio e si obbligò a
scendere lento e dotato di una minuziosa attenzione. Doveva
essere vigile! Ogni finestra di quelle mura di campagna in cui
quel pazzo abitava, avrebbe potuto essere per lui l'orbita vuota
dell'inferno, per mezzo della quale, se Jones avesse sparato,
potersi librare in cielo porgendo ai cari i più sinceri saluti!
Pronto all'azione, Clive notò come la sera avesse prevalso sul
giorno e come, in così poco tempo, le ombre degli oggetti, delle
piante e della sua stessa persona riflessa sul terreno accidentato,
fossero diventate più tetre. Quasi sicuro di non trovare più la sua
piccola cassetta incisa, si chiese se non fosse volata dietro
qualche cespuglio e se così fosse stato, constatò che avrebbe
impiegato minuti per ritrovarla e ciò avrebbe potuto significare
essere fucilati.
C'erano degli alberi. Li sfruttò per avvicinarsi furtivamente alle

390

mura abitate. Si mosse come un militare, come un ninja, come un grosso felino che stava per agguantare la sua cena, la sua *preda*, lasciandola ignara dell'accaduto. Qualsiasi paragone sarebbe potuto andar bene, purché esprimesse il suo sgusciare tra un cespuglio e l'altro, tra un tronco e l'altro!

Il vecchio Jones era in casa. La luce del suo salotto si accendeva giallognola, sul soffitto della stanza in cui loro stessi avevano tenuto il dialogo. Ma forse, Clive sarebbe stato fortunato. Così, ben attento nel prevedere qualsiasi minaccia imminente come passi in avvicinamento, respiri affaticati e frusciare di vesti, nonostante fosse quasi impossibile udire simili suoni dalla posizione in cui si trovava, si avvicinò quanto dovuto. Fu abbastanza scaltro da raggiungere le scalette della veranda su cui era scivolato, allungò lo sguardo in modo furtivo ed ebbe realmente fortuna. Vide la cassetta del registratore. Il piccolo nastro rettangolare era poggiato a un arbusto appena in fondo all'ultimo scalino della veranda. *Bene Clive! Sei stato baciato dalla fortuna! Almeno fino ad ora! Non ti resta che prenderla e dartela a gambe, una bella corsa e poi via di nuovo a tutto gas!* Si disse.

L'investigatore Clive fece per muoversi venendo allo scoperto dall'ultimo tronco che aveva usato per mimetizzarsi, ma subito si ritrasse. Aveva notato solo in seguito come la cassetta fosse in realtà posizionata in modo alquanto innaturale. Il piccolo oggetto era sì poggiato a un arbusto, ma stava ritto in piedi, quasi qualcuno lo avesse posto lì intenzionalmente. Poteva mai essere caduta dalle sue tasche per porsi in quel modo tanto preciso? *E se è stato il vecchio a metterla in quel modo?* Si chiese Clive. *Già, se è stato lui a posizionarla così ben in vista, in modo così ordinato, proprio nel caso tu fossi tornato a riprendertela, per poi spappolarti la testa con quel suo fottuto fucile?* Si domandò. *Potrebbe averla messa Jones in quel modo, per farle fare da esca!*

Il timore di essere giocato e la paura di essere preso in castagna, facendogli fare la fine del coniglio, fecero tentennare i nervi saldi dell'investigatore. Chiunque avrebbe esitato conoscendo la situazione. *Però devi! Avanti Clive! Sii veloce! Veloce e fulmineo!* Si ripeté due volte nella testa, fino a convincersi del contrario e quindi del fatto che non avrebbe corso nessun pericolo. Poi... solo osservando la luce dietro le finestre, trovò la forza di compiere quell'ultimo gesto. Se vi fosse stato qualcuno a spiarlo al di là di quei vetri, pronto a sparargli, l'avrebbe visto, avrebbe notato la sua sagoma attraverso le tende, ma si notava benissimo quanto là dietro non ci fosse nessun Jones!

Clive attese qualche altro minuto per un'ulteriore sicurezza. L'allungarsi delle ombre l'avrebbe aiutato maggiormente se Jones avesse tentato un agguato più astuto. La cassetta abbandonata del registratore aspettò senza fretta a soli pochi metri da lui. Clive aspirò per l'ultima volta una fresca boccata d'aria, chiuse per un secondo gli occhi pregando perché tutto andasse per il meglio e si pose in posizione di partenza, dopodiché... contò fino a tre e partì.

Fu uno scatto veloce, felino, atletico e leggero. Sgusciò all'improvviso da dietro il grosso tronco, staccandosi dalla sua mimetica come un pezzo di corteccia e tornò subito a confondersi tra le ombre che la casa proiettava sul giardino adiacente, dopo aver compiuto ciò che si era imposto di fare. Il nastro fu presto nelle sue mani e lui ne tornò dignitosamente padrone! Non appena i polpastrelli di Clive toccarono la plastica della cassetta, le sue gambe cambiarono decisamente rotta, ritraendo la mano vincitrice al petto e proseguendo verso la macchina. Era fatta! Era andata nel verso giusto! Non c'era stato nessun Jones figlio di una buona donna a sparargli tra le scapole! *Hai vinto canaglia!* Pensò Clive soddisfatto dentro di sé, ma quando il portone della casa alle sue spalle si spalancò di botto, urtando con violenza contro il muro, capì di aver cantato vittoria troppo presto e divenne di ghiaccio.

«Jones non spari la prego!», urlò l'investigatore. *Cristo, questo non ci voleva!* Pensò allo stesso tempo. Aveva il fiatone per lo scatto, il cuore gli martellava in gola con la stessa frenesia di un tamburo tribale in una cerimonia voodoo e il sudore gli imperlava la fronte. Alzò le braccia al cielo in forma di resa. Sarebbe morto con la cassetta ben salda nella mano destra, chiusa tra l'indice e il pollice. Jones era sicuramente dietro di lui, lo stava sicuramente aspettando pronto a uscire nel momento più propenso, quel bastardo si era accorto del nastro e gli aveva teso una trappola bella e buona! Troppo facile altrimenti e ora, non appena Clive si fosse voltato… *BAM!* Cervella si sarebbero sparse a ventaglio in ogni dove, per nutrire gli animali e gli insetti delle campagne nei giorni successivi. Il suo cranio sarebbe esploso come un petardo di Natale! Fine! The End! Tutti a casa nell'alto dei cieli!

«Jones, la prego! Non mi uccida! Non mi spari!», ripeté impaurito Clive. Poi respirò avidamente l'aria fresca della sera, contando i secondi che ancora gli sarebbero rimasti da vivere, tra il gioco sadico del grilletto del fucile e il tempo che il proiettile avrebbe impiegato per tagliare l'aria fino a lambire la sua calotta. Avrebbe potuto cercare di far ragionare quell'ottuso contadino, ma era troppo tardi.

«Jones? Jones non spari per Dio! Jones… è lì dietro? Mi dica qualcosa per favore!», esclamò ancora Clive disperato, ma Jones non gli rispose. Cosa cavolo gli prendeva?! Non capiva!

«Jones?!», chiamò per l'ultima volta il giovane uomo, poi, con lo stesso coraggio avuto nel calciare l'arma del vecchio quando ancora erano accanto alle poltrone nel salotto, l'investigatore decise di compiere un balzo laterale che l'avrebbe portato a ruzzolare a terra, prima di trovare riparo dietro l'albero più vicino. L'atterraggio non fu dei più morbidi. Nell'urto con il suolo infatti, Clive per poco non si slogò una spalla, ma riuscì ancora a tirarsi fuori incolume e vincitore dall'ostinata minaccia. Quando fece capolino dietro lo scudo naturale del tronco, rimase non poco stupito nello scorgere che la via dietro di lui era deserta.

Jones non c'era, non c'era mai stato. Jones era ben più lontano di quanto Clive pensasse e, soprattutto, Jones era morto. Il portone della casa era aperto, si era spalancato, ma per una ventata improvvisa o chissà quale altra conseguenza oscura. L'entrata dell'abitazione era buia e il corpo del vecchio si distingueva a malapena sullo sfondo giallastro delle luci del salotto. Si scorgeva appena, ma abbastanza da dedurne quale fosse stata la sua fine: impiccagione!

Clive, ormai esausto e reduce da una storia in cui tutto appariva più sconvolgente che mai, capì di dover lasciar correre. Non avrebbe tentato più nessuna mossa, né si sarebbe opposto alla forza della natura.

L'investigatore si avvicinò alla scena del delitto, i suoi passi seguitarono con diffidenza inesorabile e quando arrivò dinanzi alla salma, concluse la giornata riflettendosi nella *Dea dalla falce nera*, cioè la *Morte*. Jones, quel bastardo di un contadino non si era impiccato, ma era stato impiccato! Una grossa fune scendeva, tirata perpendicolarmente, dalla trave orizzontale del tetto della sua casa, appena sopra lo stipite dell'entrata principale. Il suo sguardo era vitreo e le palpebre dilatate sopra una smorfia di terrore. Le labbra gli si erano gonfiate vantando il colore scuro del sangue rappreso e la lingua non era che un budello nero sporto all'infuori.

Questo poteva bastare, ma Clive, lui che aveva ascoltato il racconto di Jones, vide dell'altro su quel corpo, qualcosa che gli agenti non avrebbero mai scritto nella dichiarazione di morte.

Su di un fianco e nel collo, vicino alla base posteriore del cranio del contadino, si aprivano due enormi fori triangolari. Da essi non sgorgava più sangue, ma ne era uscito in quantità sufficiente a intridere i suoi vestiti. Qualcuno lo aveva assalito e Jones aveva opposto resistenza inutilmente, poi l'aggressore aveva mascherato la colluttazione in modo superficiale e con noncuranza, al solo fine di darla a bere a degli stupidi mortali.

Satana è tornato. Jones ha fallito. Pensò Clive assente da ogni altra realtà. Si voltò, cercò di dimenticare e scese la veranda, stavolta senza cadere.

∗∗∗

Calò la notte, una notte stellata, la luna rischiarava il cielo e i nastri di una conversazione allucinante e surreale posavano al sicuro, accanto alla poltrona di un noto investigatore, lontano chilometri dalla valle dell'inferno.

Clive pensò a Jones nelle sere successive, lo vide... pendere da quella trave! Rifletté sulle parole che gli aveva riferito e che ancora giacevano sui nastri. Rifletté su quanto si erano detti e sulla strana familiarità che lo aveva turbato durante il racconto. Sapeva che quando avrebbero ritrovato il cadavere dell'uomo, quel corpo sarebbe stato già invaso dalle larve e dalle mosche.

Sapeva che le sue membra, quando i compaesani lo avrebbero trovato l'indomani, avrebbero emanato tanfo penetrante di marcio di cui solo i corpi morti da tempo, potevano vantare. E sapeva che quello era dovuto a un solo fattore: i morti puzzavano e la sua *preda*, fin dal momento in cui si erano incontrati, non aveva fatto altro che metterlo in guardia… attraverso lo sguardo, quel vecchio, o la parte umana che ancora rimaneva in lui, non aveva fatto che ripeterglielo! Lui stesso aveva detto di essere morto quella notte del tre aprile!

Clive guardò fuori e fu estremamente grato di quanto, nel costatarlo ancora, la luna splendesse magica nel blu profondo delle tenebre.

*(**"Almost Evening"** – foto di Raffaella Dagnese)*

Indice

9 788866 183532